U0103912

感谢浙江省新昌县人民政府的大力支持

唐诗之路研究丛书·第一辑

唐诗之路研究会 编

唐诗之路与文学空间研究

胡可先 著

中華書局

图书在版编目(CIP)数据

唐诗之路与文学空间研究/胡可先著. —北京:中华书局,
2023.3
(唐诗之路研究丛书)
ISBN 978-7-101-16118-2

Ⅰ.唐… Ⅱ.胡… Ⅲ.唐诗-诗歌研究 Ⅳ.I207.227.42

中国国家版本馆 CIP 数据核字(2023)第 032576 号

书　　名　唐诗之路与文学空间研究
著　　者　胡可先
丛 书 名　唐诗之路研究丛书
责任编辑　余　瑾
责任印制　陈丽娜
出版发行　中华书局
(北京市丰台区太平桥西里 38 号　100073)
http://www.zhbc.com.cn
E-mail:zhbc@zhbc.com.cn
印　　刷　三河市中晟雅豪印务有限公司
版　　次　2023 年 3 月第 1 版
2023 年 3 月第 1 次印刷
规　　格　开本/920×1250 毫米　1/32
印张 17⅝　插页 2　字数 430 千字
国际书号　ISBN 978-7-101-16118-2
定　　价　138.00 元

“唐诗之路研究丛书”总序

卢盛江

经过多方努力,“唐诗之路研究丛书”终于问世了。

这是中国唐诗之路研究会组织编纂的学术丛书。中国唐诗之路研究会自成立以来,就致力于唐诗之路的研究。2019年11月在浙江新昌召开了成立大会,2020年11月又在浙江天台举办了首届年会,两次会议共收到一百六十余篇论文,对唐诗之路的一系列重要问题进行研究。现在又推出“唐诗之路研究丛书”,旨在全面反映唐诗之路研究的高层次成果,将唐诗之路研究推向深入。关于“丛书”和唐诗之路研究,我想应该注意以下几点:

一、要进行细致全面的资料整理。无论是对某条诗路的具体研究,还是对某些问题的综合研究,抑或是学理层面的理论研究,都要立足于坚实的史料。专门的史料整理工作,在唐诗之路研究初期,尤为必要和重要;唐诗之路研究今后走向深入,这项工作也不可或缺。这是一切研究的基础。要围绕唐诗之路的主题发掘整理史料,注重规范性和系统性,特别要与考证辨伪结合起来,以确定史料的可靠性。既致力于新出史料的发掘,又立足于传统文献的梳理;既有典籍文献包括地方文献的爬剔缕析,又有民间调查和出土文献等史料的发掘探微。对于唐诗之路研究而言,实地考察也是发掘新史料的一个重要途径。

二、要弄清每条诗路的面貌。唐诗之路的关键是“路”与“诗”，路是载体，诗是内涵，而作为灵魂主体一定是“人”。“诗”“路”与“人”三个方面的面貌都需要弄清。路是怎样形成的？路与交通有关，唐代交通面貌如何？走过这条“路”的诗人有哪些？这些诗人，何时因何而走上这条“路”？又何时因何而离开这条“路”？他们在这条“路”上的生活状况如何？有怎样的创作和其他活动？漫游，宦游，贬谪，寓居，是个人活动，还是群体活动等等，这些面貌都要弄清。就某个诗人而言，要进行重要行迹的考证；就某条诗路而言，要进行诗歌总集的编纂；就诗路发展而言，要进行源流演变的梳理。诗歌之外，这一诗路有怎样的文化遗存？民俗风物、名山胜迹、宗教文化、石刻文献等等，这些方面怎样共同形成诗路文化？这些面貌都要弄清。把国内各条诗路、各种问题的面貌弄清后，再进一步，可以从国内延伸到海外，研究海外唐诗之路。从学术的角度实地考察，利用考察成果研究唐诗之路的问题，也可以写成学术著作。

三、要有问题意识，认清问题研究的重要性。清理史料和面貌的过程，也是清理和研究问题的过程。我们需要现象的描述，更需要问题的研究。史料和面貌的清理，本身就有一系列的问题。我们更要关注，唐代为什么会有诗路？一些诗路为什么流寓的诗人比较多，为什么诗歌创作比较繁荣？为什么一些诗路诗人群体比较多，诗人联唱和唱和比较多？复杂现象的解释，历史原因的分析，学术焦点与前沿问题的回答，一些特有的重要的现象，都是问题。现象与现象之间、事物与事物之间、问题与问题之间的联系，都会有问题。着力于发现、提出和研究问题，从一个问题推向另一个问题，我们就能够把诗路研究由浅入深，层层推进。

四、要有科学严格的主题界定。如从地域来说，一条诗路包括哪些范围？其历史行政区划和当代行政区划有何联系和区别？古代不同时期的区划变化如何？主题界定要符合历史面貌，要特别注意文化特点，既要有整体性，又要有包容性和开放性。没有整体性，无法界定范围；没有包容性和开放性，无法把握复杂面貌。

五、要体现“诗路”的特点。各条诗路都与地方文学有关。唐诗之路研究，还与贬谪文学、流寓文学、地域文学、山水文学、隐逸文学等等密切相关，与文学地理学、历史地理学等等密切相关，还与宗教包括佛教道教等等文化有关。具体诗人的诗路研究，必然涉及这些诗人的生平轨迹、他们的生活与创作道路。不要把唐诗之路研究简单地写成地方文学史，不要写成一般的贬谪文学、流寓文学、地域文学、山水文学、隐逸文学研究，不要写成一般的文学地理学、历史地理学研究和宗教文化研究，不要写成一般的作家论、作家传记，或一般的诗人生活与创作道路研究。既要注意与相关研究和问题的联系，扩大我们的视野，启发我们的思路，又不为之所囿，特别是不要落入固有的模式化的套路，要探讨“唐诗之路”作为一个新的学术增长点的丰富内涵和深刻本质，探寻出符合“唐诗之路”特点的新的研究之路。

六、要有大格局。可以做具体的局部的问题，甚至是比较小的问题，也可以做着眼全局的大选题。只要是唐诗之路的学术问题，都可以做。就目前的研究来说，更需要综合的研究。问题不论大小，不论是综合研究还是其他形式的研究，都要有大的格局，做高层次的研究，切实地沉下心来，用三年五年，甚至十年八年时间，沉潜到材料和问题的最深处，系统全面彻底深入加以清理和研究。做一个题目，就把它做深做细做全做彻底，把课题内所有相关材料和问题一网打尽，使之成为进一步研究的坚实基础。

七、期待从理论的高度研究唐诗之路。理论研究是一项研究的提升和必然发展趋势，唐诗之路的理论研究和理论认识，应该来源于唐诗之路的研究实践。我们需要切实从材料出发，在诗路各种具体问题研究的基础上，进行更为宏观的综合研究和理论研究。理论研究有它的独特性，有它特有的对唐诗之路的思考方式。它要提出更为普遍的问题，进行更为综合的宏观思考，对唐诗之路的普遍问题从理论的高度进行总结和提升。

八、不论什么研究，都要锐意创新。唐诗之路研究在全国刚刚起步，处处都有待拓荒的领地，每一块领地都有创新的课题。有些领地前人已经耕耘过，就要处理好利用已有成果和创新的关系。不论拓荒还是接续前人的研究，创新都是第一位的。要发掘新材料，寻找新视角，发现新问题。切忌四平八稳的老调重弹，也不要刻意标新立异，求险求怪，而要把研究对象本身的面貌弄深弄透，对事物有更为准确全面的把握，在此基础上，站得更高一些，视野更开阔一些，着眼全局和整体，着眼发展和变化，提出独特的见解。有的时候，观点的某些方面不那么完善，但它新颖，能启发人们关注一些新的问题，对事物和现象作进一层的思考。我们需要这样的独到创新的深入思考。

这也是这部“丛书”的宗旨和写作要求。

感谢中华书局接受“唐诗之路研究丛书”出版。感谢浙江省新昌县慨然资助。他们资助了第一辑，还计划继续资助以后各辑。

新昌对唐诗之路的贡献有目共睹。新昌是唐诗之路发源地。新昌学者竺岳兵先生发现并首倡唐诗之路。还在20世纪80年代，他就努力探寻，并首次提出“唐诗之路”的概念。他提前退休，潜心著书研究，又四处奔走呼吁，组建“唐诗之路研究开发社”，举办十多次国际国内学术研讨会和其他学术活动，首先倡议唐诗之路申报世界文化遗产。临终之际，还念念不忘，用尽生命的最后力气，嘱托成立全国性的唐诗之路研究会。唐诗之路一直得到新昌县委县政府的高度重视和大力支持。批准竺岳兵先生成立“唐诗之路研究中心”，并拨经费，给编制。大力支持竺岳兵先生举办国际国内学术研讨会。比较早就进行唐诗之路的文化建设和旅游开发，积极打造浙东唐诗名城，建成全国首家唐诗之路博物馆，编修唐诗之路名山志，并且在政府层面，联络各方，开展推进唐诗之路文化建设的各项活动。这些努力，最终在浙江省乃至全国各地产生重大影响，唐诗之路被写进省政府工作报告，为浙江省大花园建设的一项重要工作，唐诗之路被推向全省并开始推向全国。中国唐诗之路研究会成立之际，新昌全力支持，成立大会办得隆重热烈。现在又积极资助“唐诗之路研究丛书”出版，将继续为唐诗之路做出新的贡献。

中国唐诗之路研究会的宗旨，是联络国内外学术力量，进行唐诗之路及相关领域研究和文化建设交流。“唐诗之路研究丛书”的编纂是研究会工作的一个重要方面。唐诗之路研究会自成立以来，得到国内各方，特别是浙江省内各方的大力支持。除新昌之外，浙江天台县就高规格承办了唐诗之路研究会首届年会。我们的理念是会地共建。“唐诗之路研究丛书”的出版，是会地共建的典范。我们希望继续得到各方支持，与各地方联手，与全国各高校联手，共同把唐诗之路事业推向深入。

2021 年 6 月 25 日

目　录

前　言……………………………………………………………… 1

第一编　诗路长安

第一章　唐代长安的文学表现空间………………………………… 3
　第一节　帝京的气象 ……………………………………………… 6
　第二节　官僚的生活 ……………………………………………… 14
　第三节　方外的世界 ……………………………………………… 25
　第四节　文学的空间 ……………………………………………… 35
第二章　唐大明宫与大明宫诗……………………………………… 41
　第一节　大明宫的变迁与遗址发掘 ……………………………… 42
　第二节　大明宫诗与长安气象 …………………………………… 50
　第三节　大明宫殿阁池亭的文学印证 …………………………… 55
第三章　唐华清宫与华清宫诗……………………………………… 71
　第一节　华清宫命名与更名 ……………………………………… 72
　第二节　华清殿阁的道教意义与华清宫诗的道教内涵 ………… 77
　第三节　唐代诗人与华清宫 ……………………………………… 83

第二编　诗路洛阳

第四章　唐代洛阳诗歌的时间与空间…………………………… 101

第一节 武则天时期的洛阳文学 …………………………… 102
第二节 长安动乱时期的洛阳文学 ………………………… 107
第三节 洛阳庄园与文学:以平泉庄为个案的考察 ……… 123
第四节 洛阳坊里与文学:以履道坊为个案的考察 ……… 127
第五章 登封石淙集会与武后宫廷文学…………………… 135
第一节 石淙诗碑的著录与考订 …………………………… 136
第二节 石淙唱和与宫廷文学氛围 ………………………… 142
第三节 石淙唱和与七律演化 ……………………………… 148
第四节 石淙唱和诗的道教内涵 …………………………… 155
第五节 薛曜与石淙诗碑书法 ……………………………… 166
第六章 白居易与洛阳龙门……………………………… 171
第一节 白居易在龙门的诗友交游 ………………………… 171
第二节 白居易龙门写景纪游诗 …………………………… 177
第三节 白居易与龙门香山寺 ……………………………… 181
第四节 白居易与龙门香山“九老会” …………………… 190

第三编 诗路浙东

第七章 唐代越州与浙东诗路…………………………… 199
第一节 唐代越州文学与唐诗之路 ………………………… 199
第二节 唐代越州的本土诗人 ……………………………… 204
第三节 唐代越州的诗歌集团 ……………………………… 228
第四节 《会稽掇英总集》的诗学价值 …………………… 246
第八章 西陵·渔浦:浙东唐诗之路的起点 …………… 253
第一节 唐前山水诗的发源地 ……………………………… 255
第二节 唐代诗人与西陵 …………………………………… 262
第三节 唐代诗人与渔浦 …………………………………… 269

第四节　西陵·渔浦：浙东唐诗之路的起点 …………………… 276
第九章　天台山：浙东唐诗之路与海上丝绸之路的交汇 ……… 279
第一节　唐代台州的地理位置与文化空间 ……………………… 279
第二节　浙东唐诗之路的形成与特色 …………………………… 283
第三节　从台州到明州：海上丝绸之路的重要节点 …………… 291
第四节　唐人《送最澄上人还日本国》组诗的意义 …………… 293
第五节　入唐僧圆仁与圆珍的行记与过所 ……………………… 301

第四编　诗路浙西

第十章　唐诗与润州………………………………………………… 309
第一节　安史之乱与文士南渡 …………………………………… 309
第二节　盛唐润州诗坛与《丹阳集》 …………………………… 317
第三节　北固山唐诗述论 ………………………………………… 323
第十一章　唐诗与湖州……………………………………………… 335
第一节　皎然集团 ………………………………………………… 336
第二节　颜真卿集团 ……………………………………………… 351
第三节　唐代湖州钱氏文学家族 ………………………………… 360
第十二章　唐诗与苏州……………………………………………… 379
第一节　韦应物与苏州 …………………………………………… 380
第二节　白居易与苏州 …………………………………………… 396
第三节　刘禹锡与苏州 …………………………………………… 417

第五编　诗路蜀道

第十三章　石门题刻的文学内涵和价值………………………… 435
第一节　石门题刻的文体类型 …………………………………… 436
第二节　石门题刻的纪实性 ……………………………………… 443

第三节　石门题刻的艺术性 …………………………… 449
第十四章　李白《蜀道难》解读 …………………………… 459
第一节　《蜀道难》的渊源 …………………………… 461
第二节　《蜀道难》的主题 …………………………… 465
第三节　《蜀道难》诗意解读 …………………………… 469
第四节　《蜀道难》艺术分析 …………………………… 480
第十五章　杜甫蜀道纪行诗述论 …………………………… 487
第一节　从秦州到同谷 …………………………… 488
第二节　从同谷到成都 …………………………… 499
第三节　杜甫蜀道诗艺术表现 …………………………… 513

参考文献 …………………………… 531

前　言

唐代是中国历史上最为鼎盛的朝代,也是万国来朝的国际型大帝国。唐代诗人漫游、为宦、从军、贬谪,所经之地,大多留下不朽的诗作,形成了四通八达、多元开放的唐诗之路。宋代严羽在《沧浪诗话·诗评》中说:"唐人好诗,多是征戍、迁谪、行旅、离别之作,往往能感动激发人意。"征戍、迁谪、行旅、离别,当然还有漫游、为宦、隐逸等诸多方面,都是诗人经行道路和由此发生的情感,并呈现于诗篇,成为内蕴丰富的唐诗之路。诸如唐代的两京,是作为文学中心向四方辐射之路;唐代的浙东,是诗人山水漫游之路;唐代的陇右,是诗人从军出塞之路;唐代的剑南,是诗人涉险陟攀之路;唐代的荆南,是诗人南北经行之路;唐代的岭南,是诗人贬黜迁谪之路;唐代的海上,是诗歌交流传播之路。唐诗与黄河,奏响自强不息的乐章;唐诗与长江,表现生命永恒的价值;唐诗与运河,展示绚丽多姿的画卷;唐诗与湘水,蕴涵凄美神秘的意境。陈寅恪先生在《讲义及杂稿》中说:"中国诗虽短,却包括时间、人事、地理三点。但……外国诗则不然,空洞不着人、地、时,为宗教或自然而作。"他在《元白诗笺证稿》中又说:"苟今世之编著文学史者,能尽取当时诸文人之作品,考定时间先后,空间离合,而总汇于一书,如史家之长编之所为,则其间必有启发,而得以知当时诸文士之各竭其才智,竞造胜境,为不可及也。"这就揭示了中国诗有异于外国诗的特点,而地理和空间因素，是中国文学史研究的重要方面。但长期以来，中国古代文学研究一直偏重线性的时间研究，重在文学史流程的梳理，故而空间研究需要做进一步开拓。

基于这样的考虑，我就将本书取名为《唐诗之路与文学空间研究》，以空间因素为切入点，聚焦唐诗之路，研究唐代诗歌分布特点；致力于唐诗之路的核心区域长安与洛阳以及关键区域浙东和浙西等地的研究，发掘出诗坛图景、诗人群体、诗歌分布、诗歌艺术等方面的重要问题；拓展诗路研究的空间美学维度，利用考古遗址扩大唐诗之路研究格局，立足实证研究加深唐诗之路研究专题。具体内容从五个方面展开，包括诗路长安、诗路洛阳、诗路浙东、诗路浙西、诗路蜀道。通过五个方面的研究，可以揭示这一领域具有多重研究视野，比如以地理视角研究唐诗、以区域视角研究唐诗、以传播视角研究唐诗、以辐射状态研究唐诗，从而深入探讨唐诗发展的地域因素与空间形态。

本书的总体格局由五编十五章构成。

第一编《诗路长安》。长安是唐诗之路的核心和心脏，无论从哪一方面研究唐诗，都离不开长安。长安城是唐代政治文化的中心，也是文学活动的中心。既是全国官员与文士倾心向往之地，更是他们的青云之路。唐人身在长安者，要实现抱负，就要在这一大舞台上施展身手；身在州郡者，要博取功名，就得奔赴长安以求得机遇；仕途失意而外放者，尽管有失意的情怀，但也时时渴望再返长安。长安诗坛无论是诗史发展的纵向演进，还是区域文学的空间形态，都处于中心地位，具有引领全国诗坛风会的作用。诗路长安主要研究三个方面的内容：一是唐代长安的文学表现空间；二是大明宫与大明宫诗，三是华清宫与华清宫诗。

第二编《诗路洛阳》。洛阳是唐朝的东都，唐帝国以长安作为各项行政制度运作的舞台，而洛阳的制度设置，与长安基本相同，故官员称为分司。武则天统治时期，驻跸洛阳，政治中心也转移到洛阳，更促进了洛阳文化的发展。因而洛阳同样具有文学中心的意义。唐诗之路研究，洛阳的地位与长安并驾齐驱。诗路洛阳主要研究三个方面的内容：一是武则天时期的洛阳文学；二是石淙集会与武后宫廷文学；三是白居易与洛阳龙门。

第三编《诗路浙东》。唐代江南道分为东道和西道，江南东道又有浙江东道和浙江西道，并且简称"浙东""浙西"。浙东长期管辖越州、台州、明州、婺州、处州、衢州、温州七州，浙东观察使治所在越州。睦州曾经一度属于浙东，而长时间归属浙西。"浙东唐诗之路"研究就是文学空间研究较为典型的区域。浙东唐诗之路的研究就文学空间而言，重点就是区域研究、起点研究、行程研究、山水研究等等。目的是在建构浙东唐诗之路的空间研究体系。诗路浙东主要研究三个方面的内容：一是唐代越州与浙东诗路；二是作为浙东诗路起点的西陵和渔浦；三是代表浙东山水与诗歌凝聚的天台山。

第四编《诗路浙西》。浙东与浙西对于唐诗发展而言，应该是平分秋色的。浙东七州，浙西六州。浙西包括润州、常州、苏州、湖州、杭州、睦州。浙西留存到今天的诗歌，总量应该多于浙东。但就唐诗之路研究而言，浙西的成果远逊于浙东。因此，本书对于浙西唐诗之路做力所能及的开拓。重点研究浙西重要州郡的诗歌创作情况。诗路浙西主要研究三个方面的内容：一是唐诗与润州；二是唐诗与湖州；三是唐诗与苏州。需要说明的是，杭州的诗歌非常集中，而且处在浙东唐诗之路、钱塘江诗路、大运河诗路的交会处；睦州与其他州相比较小，但诗歌很有特色，如有关严子陵钓台的诗歌、晚唐睦州诗派等。这些我将作为以后进行开拓研究的内容。

第五编《诗路蜀道》。蜀道是古代由都城长安通往蜀地的道路。

蜀道穿越秦岭等高山深谷,道路崎岖,人们一直视为畏途。蜀道的主要路线是由关中通往汉中的褒斜道、子午道、陈仓道、傥骆道,由汉中再通往蜀地有金牛道、米仓道等。蜀道虽然艰阻难行,但也成为政治、经济、军事、交通、文化等各方面的主要通道,故而在诗人的笔下经常被吟咏,产生了很多千古名篇,如李白《蜀道难》,极其脍炙人口。杜甫也有《剑门》等诗,堪称千古佳制。诗路蜀道主要研究三个方面的内容:一是石门题刻的文学内涵和价值;二是李白《蜀道难》解读;三是杜甫蜀道纪行诗述论。

以上五编,是唐诗之路具有代表性的五个区域,对于唐诗之路而言,也只是沧海一粟。由这五编的研究,我也在思考唐诗之路研究最为关键的方面是要处理好“诗”与“路”的关系。

大体而言,“诗”是文学,“路”是地理,“诗”重文本,“路”在交通。“诗”一旦创作出来,是文本凝固的;“路”随时代的变迁,是不断变化的。我们现在研究唐诗之路,实则是以文本凝固之唐诗还原唐人经行的道路,也是以后代变化之路印证千年凝固之唐诗。而且以唐诗之路研究促进当前学术研究的繁荣和文化建设的发展。当然,文学研究者可以以诗为本位,重点在文,历史研究者可以以路为重心,重点在史。因此,唐诗之路研究,与一般的唐诗研究或唐代文学研究就有着很大的区别,后者一定要处理好文学本位与学科延展的关系,而唐诗之路研究则是以文学为主体的多学科之间的综合研究。清人徐松《唐两京城坊考序》云:“校书之暇,采集金石传记,合以程大昌、李好问之《长安图》,作《唐两京城坊考》,以为吟咏唐贤篇什之助。”台湾学者严耕望《唐代交通图考前言》云:“凡此百端,皆详征史料,悉心比勘,精辨细析,指证详明,俾后之读史治史,凡涉政令之推行,军事之进退,物资之流通,宗教文化之传播,民族社会之融合,若欲寻其径途与夫国疆之盈亏者,莫不可取证斯编,此余之职志也。

至于解诗、正史，补唐宋志书之夺伪，纠明清志书之失误，皆余事矣。”徐松研究两京地理，重在证诗，严耕望考察唐代交通，以诗为余事，但最终都成为史学巨著。故我们研究唐诗之路，不必拘泥于学科，不能胶柱鼓瑟，而应有广阔的胸襟。对于不同的学者而言，既可以重在“诗”，也可以重在“路”。当然，文史结合是我国古代学术的重要传统，“诗”和“路”的融合、时间与空间的融合、诗篇与人物的融合，能够通过诸多方面的整合，进行系统综合的研究，应该是学者们致力于唐诗之路研究的较高境界。

本书的出版，感谢中国唐诗之路研究会尤其是卢盛江会长的垂青，感谢新昌县对于唐诗之路研究的重视并专门资助丛书的出版，感谢中华书局特别是责任编辑余瑾女士付出的辛勤劳动，感谢我的博士生俞沁、何哲涵、诸佳怡、赵辛谊和硕士生张忠扬的辛苦校对！限于本人的水平，书中错误在所难免，诚请读者批评指正。

2022 年 9 月 10 日写于浙江大学文学院

第一编　诗路长安

第一章　唐代长安的文学表现空间

唐代是中国历史上的鼎盛时代，长安作为大唐帝国的国都，是这个鼎盛时代的核心。许多重大的政治活动、制度运作、军事事件，都是在这个历史舞台上展开的。文化的繁盛，更是这个朝代鼎盛的重要标志，长安也成为当时东西方文化的汇聚之都。然而，唐代近三百年中，政治、经济、军事、文化等各个方面，发展都是不平衡的。长安经过了唐玄宗的极盛之后，安史之乱爆发，受到了很大程度的破坏。中唐以后，虽得到一定程度的恢复，但黄巢起义发生后，也就随其朝运一起衰败了。唐代长安的发展与变迁是动态的。但地面上的实物大多早已不复存在，只能通过留存下来的文献以窥其一鳞半爪。尽管如此，它仍然具有极大的魅力，吸引后代无数学人去探究。他们试图从文献记载的层面恢复与想象大唐长安的辉煌，并得到很多启迪，以构建长安文化传承所特有的景观。自宋代开始，就有宋敏求《长安志》、程大昌《雍录》等著作，清代更有徐松的《唐两京城坊考》等。当代的考古发掘，如唐大明宫遗址的发现与唐华清宫遗址的发掘，都给长安研究的突破性进展提供了契机。因而唐代长安，也还有广阔的研究空间。荣新江先生曾就长安研究与敦煌研究做过比较，以为："有关长安的研究远不如敦煌的研究那样丰富多彩，甚至也没有建立起像'敦煌学'那样的'长安学'来。然而，只要我们读一下唐人张彦远《历代名画记》关于长安千福寺的记载,看一看《旧唐书》卷一〇二《韦述传》关于其家藏文献文物的有关文字,我们就可以断言,敦煌资料的丰富远远不能和长安相比拟。"[①] 因而长安研究是可以从多方面展开的:政治、经济、军事、宗教、科举、文化、艺术等等,诸多领域。

从文学研究的层面,再现唐代长安的辉煌面貌,以及在这一舞台上的人物活动,是研究唐代长安文化动态发展的重要方面,也是本书所要着力的地方。长安都市社会的发展与文学的关系,日本学者妹尾达彦说:"进入八世纪,长安城成为无数的诗歌、小说、故事、传说、逸闻、传闻、市井闲话、民间说唱等的大舞台,通过这些作品和故事传说等,居住在长安的人们开始有了共同感受悲喜哀欢的契机。在各种各样的场所的记忆,随着时间一层一层地在居民们的意识中加深,并作为一种长安城的历史为人们所共有。长安城内各建筑物的固有的故事因时间的流逝日积月累,对这些故事有着共同记忆的人群就大量从街市上产生了。其结果,促进了不同于因政治权力建立起的自上而下的联系的居民们之间的联结纽带,长安的都市社会得以形成。"[②] 霍松林先生说:"唐诗与长安的血肉联系可以从两方面探究:一方面,长安是唐诗发展的主要基地,对唐诗在融合南北诗风的基础上不断开拓、不断创新有其特殊贡献。另一方面,有唐三百年间,全国无数诗人络绎来到长安,长安及京畿一带的历史、现状、山水、田园、名胜、古迹、城郭、人民,乃至一花一木,尽入吟咏;离开长安之后,

---

① 荣新江《关于隋唐长安研究的几点思考》,《唐研究》第9卷,北京大学出版社,2003年,第3页。

② 妹尾达彦《韦述的〈两京新记〉与八世纪前叶的长安》,《唐研究》第9卷,第23页。

犹通过回忆和传闻歌咏长安。"① 阎琦先生说:"长安在诸多方面与唐代士人发生着千丝万缕的联系,例如,从士人行踪上说,长安是他们必至之地;从士人政治理想上说,长安是他们政治的归宿,是他们的一种追求,如果离开长安(无论是落第返乡,还是出任州县外地之职),则不免生政治失落或天涯沦落之感;从诗歌创作上说,长安是诗歌更加社会化、生活化的地方,这里的山川林苑、城阙宫殿,给他们提供了无比丰富的诗材。"② 长安诗坛无论是在诗史发展的纵向演进,还是在区域文学的空间形态方面,都处于中心的地位,具有引领全国诗坛风会的作用,"长安诗坛的理论倡导居风源之始,诗歌创作风气尤是如此。某一种诗风,一经作为中央诗坛的长安诗人发动,便会引起天下云合响应的效果;具体的某种诗歌审美趋向,在长安一有启动,也会牵动、影响乃至决定全国诗歌创作的动向"③。因而从文学再现的层面研究古代都市的风采,也就成为学术研究独特的视角。笔者常做这样的思考:唐代文学最为繁荣的体裁是唐诗,唐帝国最繁荣的核心都市是长安,这两者有着紧密的联系,如果将这两者进行全面综合的研究,无论对于唐代文学史研究,还是对于唐代历史文化,或者地理空间研究,都是很有意义的。而这方面研究,又会将唐代的政治运作、都城风貌、宫殿变迁、士人习尚、平民生活、社会风潮等聚合到长安城市这一点上,并用诗歌表现出来。

这里需要给文化做一个界定,因为近年文化的泛化,造成研究者无所适从,如果不做界定,就会使研究的对象漫无所归。有关唐代文化,我们沿用李斌城主编的《唐代文化》一书的阐释:"它是唐人在

---

① 霍松林《唐诗与长安》,载《唐音阁论文集》,河北教育出版社,2000 年,第 332 页。

② 阎琦《古都西安:唐诗与长安》,西安出版社,2003 年,第 31 页。

③ 阎琦《古都西安:唐诗与长安》,第 33 页。

290年间创造的一切物质财富和精神财富的总和。具体来讲,它包括:物质财富,如衣食住行等物化形态,即服饰、饮食、建筑、交通等;精神财富,如文学、艺术、宗教、哲学、史学、风俗礼仪、科技等。"① 而文学,包括诗歌、散文、小说、戏剧,是包含在文化当中的。本章以"唐代长安的文学表现空间"为题,侧重把文学中的诗歌作为突破点,以展现唐代长安文化动态发展过程及传承的情况。诗歌表现的某些重要方面,如宫殿的兴衰等,本书将辟专章论述大明宫和华清宫,实际上是对本章内容的拓展和延伸。

第一节 帝京的气象

长安,唐王朝的帝京,7世纪以后,进入了极为辉煌与繁荣的境地,也在诗歌领域有着充分的表现。美国学者宇文所安说:"七世纪前半叶的诗人在长安面前惊叹不已,它是伟大的城市,是当代的奇观,是大唐帝国威力的生动证明。在长安任职意味着成功,展示了希望,在其他地方当官则表明失败。大部分离开这个大城市的人都与卢照邻一样,怀着'忆长安'的强烈愿望。"② 美国学者倪健也说:"诗歌必然受到地点和时间两个方面因素的限制,而长安可能是世界上最具诗意的城市。生活在现代的我们几乎无法想象长安是怎样地随着诗的节奏震动着。从皇宫到妓馆,诗溢满了长安城,并且从长安流向外省。参加科举考试的学子用诗向高等官员证明他们的才华,歌女用诗吸引有钱的顾客。才华横溢的诗人可以依靠他的文学才能赢得皇帝的特别召见,一个人的官场生涯也可以因为毁谤他的诗的迅

① 李斌城《唐代文化》,中国社会科学出版社,2002年,第2页。
② 宇文所安《初唐诗》,生活·读书·新知三联书店,2004年,第81页。

速流传而毁于一旦。”[①] 唐代诗人，任职在长安，生活在长安，对于长安的繁荣作了尽情的歌颂，曾在长安生活过的诗人，常常对长安的情况进行回忆，并形之于诗。如计有功《唐诗纪事》卷四七《谢良辅》条所载：“自良辅至沈仲昌，有相会作《忆长安十二咏》，因载他诗于其后。”作者有谢良辅、鲍防、杜弈、丘丹、严维、郑概、陈元初、吕渭、范灯、樊珣、刘蕃、贾弇、沈仲昌[②]。这些组合起来，成为唐诗中一道重要的风景线。初唐时期，吟咏帝京的诗篇，唐太宗的《帝京篇十首》是较早的，且具有代表性的诗作之一，也是清人所编《全唐诗》的压卷首篇，对于唐代帝京诗的发展与长安文化的形成与繁荣，起到开风气的作用。第一首：

> 秦川雄帝宅，函谷壮皇居。绮殿千寻起，离宫百雉余。连甍遥接汉，飞观迥凌虚。云日隐层阙，风烟出绮疏。

其作诗缘起，诗序云：

> 予以万几之暇，游息艺文。观列代之皇王，考当时之行事。轩昊舜禹之上，信无间然矣。至于秦皇周穆，汉武魏明，峻宇雕墙，穷侈极丽。征税殚于宇宙，辙迹遍于天下。九州无以称其求，江海不能赡其欲。覆亡颠沛，不亦宜乎？予追踪百王之末，驰心千载之下。慷慨怀古，想彼哲人。庶以尧舜之风，荡秦汉之弊；用咸英之曲，变烂漫之音。求之人情，不为难矣。故观文教于六

① 倪健《唐代长安诗歌的流传》，载陈平原、王德威、陈学超《西安：都市想象与文化记忆》，北京大学出版社，2009年，第105页。

② 计有功《唐诗纪事》卷四七，上海古籍出版社，1987年，第712—720页。

经，阅武功于七德。台榭取其避燥湿，金石尚其谐神人。皆节之于中和，不系之于淫放。故沟洫可悦，何必江海之滨乎；麟阁可玩，何必两陵之间乎；忠良可接，何必海上神仙乎；丰镐可游，何必瑶池之上乎！释实求华，以人从欲，乱于大道，君子耻之。故述帝京篇以明雅志云尔。①

这是一组直接描写唐代长安的诗篇，以一代英主的身份描写庄严繁盛的帝京，以壮丽雄伟的山川烘托气势磅礴的宫殿，充分展示了唐王朝的赫赫声威，也表现了唐太宗胸涵万国、吞吐八荒的帝王胸襟。而第十首则表现出励精图治的强烈愿望，达到了曲终奏雅的效果：

以兹游观极，悠然独长想。披卷览前踪，抚躬寻既往。望古茅茨约，瞻今兰殿广。人道恶高危，虚心戒盈荡。奉天竭诚敬，临民思惠养。纳善察忠谏，明科慎刑赏。六五诚难继，四三非易仰。广待淳化敷，方嗣云亭响。②

唐太宗作了《帝京篇十首》后，曾命大臣李百药并作，《旧唐书·李百药传》云："太宗尝制《帝京篇》，命百药并作，上叹其工。"③ 从中反映出开国皇帝与其顾命大臣的气概。明人胡应麟评曰："唐初惟文皇《帝京篇》，藻赡精华，最为杰作，视梁、陈神韵少减，而富丽过之。无论大略，即雄才自当驱走一世。"④ 唐太宗的《帝京篇》，开了唐代都城诗的先河，也为这一类诗奠定了庄严雅正的基调。这样的诗歌不仅

① 《全唐诗》卷一，中华书局，1960 年，第 1 页。
② 《全唐诗》卷一，第 2—3 页。
③ 《旧唐书》卷七二，中华书局，1975 年，第 2577 页。
④ 胡震亨《唐音癸签》卷五，上海古籍出版社，1981 年，第 43 页。

呈现出唐代长安城的格局与气象，更是唐朝时代精神的文学象征与审美再现。

初唐展示帝京景象的诗作，以七言歌行体具有代表性。因为这种诗体，以其铺张扬厉的叙事、回环往复的唱叹、夸张渲染的描写，淋漓尽致地展现出大唐帝国核心都市的气象。卢照邻的《长安古意》、骆宾王的《帝京篇》和王勃的《临高台》等都是典型的篇章。先看《长安古意》：

> 长安大道连狭斜，青牛白马七香车。玉辇纵横过主第，金鞭络绎向侯家。龙衔宝盖承朝日，凤吐流苏带晚霞。百丈游丝争绕树，一群娇鸟共啼花。啼花戏蝶千门侧，碧树银台万种色。复道交窗作合欢，双阙连甍垂凤翼。梁家画阁天中起，汉帝金茎云外直。

开头极有气势地铺叙长安大道的繁华场面，四通八达的大道与密如蛛网的小巷交相辉映。接着就是酣畅淋漓的铺张描写：玉辇纵横、金鞭络绎、龙衔宝盖、凤吐流苏，道路异常繁华；百尺游丝、一群娇鸟、游蜂戏蝶、碧树银台，景物极为繁富；复道交窗、双阙连甍、梁家画阁、汉帝金茎，建筑富丽堂皇。长安都市上层社会的豪奢富华，莫过于此。从这样的背景描写中，透露出长安权贵的物欲。

接着是豪门闺秀、贵家舞女等各式各样的人物，他们香艳妖娆，怀着对于情爱的渴望，乘着白马香车，陪着主人出游，往返于长安大道之上。而这些豪贵，夜晚则"共宿娼家桃李蹊"。白昼与黑夜，周而复始，人们这样的生活也就连环不断。闻一多先生说："这生龙活虎般腾踔的节奏，首先已够教人们如大梦初醒而心花怒放了。然后如云的车骑，载着长安中各色人物 panorama（全景）式的一幕幕出现，通过'五剧三条'的'弱柳青槐'来'共宿娼家桃李蹊'。诚然这不是一场美丽的热闹。但这颠狂中有战栗,堕落中有灵性。"① 透露出长安权贵的情欲。物欲、情欲之外,更有权欲:"别有豪华称将相,转日回天不相让。意气繇来排灌夫,专权判不容萧相。专权意气本豪雄,青虹紫燕坐春风。自言歌舞长千载,自谓骄奢凌五公。"即如清人沈德潜称:"长安大道,豪贵骄奢,狭邪艳冶,无所不有。自嬖宠而侠客,而金吾,而权臣,皆向娼家游宿,自谓可永保富贵矣。然转瞬沧桑,徒存墟墓。"② 故而最后四句写道:

> 寂寂寥寥扬子居,年年岁岁一床书。独有南山桂花发,飞来飞去袭人裾。③

以穷愁著书的扬雄自况,与长安的豪贵人物对比作结,表现了怀才不遇者的寂寞寥落之感受与自我宽慰的态度。顾璘评云:"此篇铺叙长安帝都繁华,宫室之美,人物之盛,极于将相而止,然而盛衰相代,唯子云安贫乐道,乃久垂令名耳。但词语浮艳,骨力较轻,所以为初唐之音也。"④ 这首诗在写法上,采用赋体的笔法。前面六十四句铺张扬厉,用了极大的篇幅从各个方面展示长安大道繁华的景象,很有气势。而最后四句,通过与长安大道上各色各样的人物对比,点出富贵不再,给豪门贵族以讽谏,正是沿袭了汉赋"赋百讽一"的特点。

骆宾王的《帝京篇》,也是描写长安壮观与豪华的重要篇章。首叙帝京之气象恢弘:"山河千里国,城阙九重门。不睹皇居壮,安知天

---

① 闻一多《唐诗杂论》,上海古籍出版社,1998年,第12页。
② 沈德潜《唐诗别裁集》卷五,上海古籍出版社,1979年,第149页。
③ 卢照邻《卢照邻集》卷二,中华书局,1980年,第19—20页。
④ 顾璘《唐音评注》卷一,河北大学出版社,2006年,第35页。

子尊。皇居帝里崤函谷，鹑野龙山侯甸服。五纬连影集星躔，八水分流横地轴。秦塞重关一百二，汉家离宫三十六。”次述宫殿之壮伟富华：“桂殿嵚岑对玉楼，椒房窈窕连金屋。三条九陌丽城限，万户千门平旦开。复道斜通鳷鹊观，交衢直指凤凰台。剑履南宫入，簪缨北阙来。声明冠寰宇，文物象昭回。钩陈肃兰戺，璧沼浮槐市。铜羽应风回，金茎承露起。校文天禄阁，习战昆明水。”次述权贵之奢华侈靡：“朱邸抗平台，黄扉通戚里。平台戚里带崇墉，炊金馔玉待鸣钟。小堂绮帐三千户，大道青楼十二重。宝盖雕鞍金络马，兰窗绣柱玉盘龙。绣柱璇题粉壁映，锵金鸣玉王侯盛。王侯贵人多近臣，朝游北里暮南邻。陆贾分金将燕喜，陈遵投辖正留宾。赵李经过密，萧朱交结亲。丹凤朱城白日暮，青牛绀幰红尘度。侠客珠弹垂杨道，倡妇银钩采桑路。倡家桃李自芳菲，京华游侠盛轻肥。延年女弟双飞入，罗敷使君千骑归。同心结缕带，连理织成衣。春朝桂樽樽百味，秋夜兰灯灯九微。翠幌珠帘不独映，清歌宝瑟自相依。”最后，突然笔锋一转：“已矣哉，归去来。马卿辞蜀多文藻，扬雄仕汉乏良媒。三冬自矜诚足用，十年不调几邅回。汲黯薪逾积，孙弘阁未开。谁惜长沙傅，独负洛阳才。”[①] 与卢照邻一样，他也提到了扬雄，用这样的历史人物隐喻自己的景况。最后以贾谊自比，表现了自己的失意，也暗喻进取精神。清人徐增评曰：“宾王此篇，最有体裁，节节相生，又井然不乱。首望出帝居得局；次及星躔山川、城阙离宫；次及诸侯王贵人之邸第，衣冠文物之盛、车马饮馔之乐，乃至游侠倡妇，描写殆尽；后半言祸福倚伏，交情变迁。总见帝京之大，无所不有，所举仕宦皆在京师者，尤见细密处。”[②]

---

① 陈熙晋《骆临海集笺注》卷一，上海古籍出版社，1985 年，第 6—14 页。

② 徐增《而庵说唐诗》卷三，《四库全书存目丛书》集部第 396 册，齐鲁书社，1997 年，第 583—584 页。

唐玄宗统治的开元、天宝时期，是唐代的极盛阶段，长安也成为国际化的大都市，其繁荣的面貌不断地表现在诗人的笔端。唐玄宗曾作《春台望》一首，其气概堪与太宗《帝京篇》相埒：

> 暇景属三春，高台聊四望。目极千里际，山川一何壮。太华见重岩，终南分叠嶂。郊原纷绮错，参差多异状。佳气满通沟，迟步入绮楼。初莺一一鸣红树，归雁双双去绿洲。太液池中下黄鹤，昆明水上映牵牛。闻道汉家全盛日，别馆离宫趣非一。甘泉逶迤亘明光，五柞连延接未央。周庐徼道纵横转，飞阁回轩左右长。须念作劳居者逸，勿言我后焉能恤。为想雄豪壮柏梁，何如俭陋卑茅室。阳乌黯黯向山沉，夕鸟喧喧入上林。薄暮赏余回步辇，还念中人罢百金。①

随即得到诸大臣的奉和，现存有苏颋的《奉和圣制春台望应制》、贺知章的《奉和御制春台望》、许景先的《奉和御制春台望》诸篇。玄宗曾为此诗作手诏云："朕以听政之余，因时游瞩。观古人之制度，怀先王之卑菲，聊遇所览，直书其事，虽文词非丽，亦不忘于言。卿职在史官，君举必记。将以朕之素意，颁示庶寮，循讽表章，益深祗勉。"②洵为君臣唱和之盛事。至于盛唐诗人李白、王维、高适、岑参等，吟咏长安之诗则更多，不胜枚举。

安史之乱以后，长安的繁盛状况虽非同往日，但帝都的威严一直存在，故描写长安的诗作仍然气势磅礴，因此唐诗中表现的长安盛唐

① 《全唐诗》卷三，第 29—30 页。

② 唐玄宗《答蔡孚请宣示御制春雪春台望诗手诏》，《全唐文》卷二八，中华书局，1983 年，第 318—319 页。

以前的繁荣富丽与中唐以后动态变化的气象,体现了长安文化的一脉传承情况。兹举晚唐诗人杜牧加以说明。杜牧是长安人,其故居在长安城南的下杜樊乡,即杜陵。其一生咏长安诗甚多,计有《长安送友人游湖南》《过骊山作》《华清宫三十韵》《长安杂题长句六首》《过勤政楼》《过魏文贞公宅》《过华清宫绝句三首》《登乐游原》《街西长句》《朱坡》《忆游朱坡四韵》《朱坡绝句三首》《杏园》《长安雪后》《长安晴望》等。《长安杂题长句六首》云:

觚棱金碧照山高,万国珪璋捧赭袍。舐笔和铅欺贾马,赞功论道鄙萧曹。东南楼日珠帘卷,西北天宛玉厄豪。四海一家无一事,将军携镜泣霜毛。

晴云似絮惹低空,紫陌微微弄袖风。韩嫣金丸莎覆绿,许公鞯汗杏黏红。烟生窈窕深东第,轮撼流苏下北宫。自笑苦无楼护智,可怜铅椠竟何功。

雨晴九陌铺江练,岚嫩千峰叠海涛。南苑草芳眠锦雉,夹城云暖下霓旄。少年羁络青纹玉,游女花簪紫蒂桃。江碧柳深人尽醉,一瓢颜巷日空高。

束带谬趋文石陛,有章曾拜皂囊封。期严无奈睡留癖,势窘犹为酒泥慵。偷钓侯家池上雨,醉吟隋寺日沉钟。九原可作吾谁与?师友琅琊邴曼容。

洪河清渭天池浚,太白终南地轴横。祥云辉映汉宫紫,春光绣画秦川明。草妒佳人钿朵色,风回公子玉衔声。六飞南幸芙蓉苑,十里飘香入夹城。

丰貂长组金张辈,驷马文衣许史家。白鹿原头回猎骑,紫云楼下醉江花。九重树影连清汉,万寿山光学翠华。谁识大君谦让德？一毫名利斗蛙蟆。[1]

大中四年（850），杜牧在长安为司勋员外郎，诗即作于此时。这组诗写杜牧在长安的见闻和感受。第一首总写，谓四海承平，国家统一；第二首写权贵之豪华与自己的淡泊自守，具有忧世伤时之意；第三首写长安冶游的习俗，衬出人牧繁富；第四首写自己供职长安的寂寞处境；第五首写长安的形势与风光；第六首写长安的繁华，归结于皇帝的德行。整组诗都以长安的豪奢繁富与自己的寂寞自守相映衬，写来又富丽堂皇，词采繁缛，堪称浑成精妙之作。

在唐代，长安城是政治文化的中心，也是文学活动的中心，是全国的官员与文士倾心向往之地，更是他们的青云之路[2]。身在长安者，要实现抱负，就要在这一大舞台上施展身手；身在州郡者，要求取功名，就得奔赴长安以求得机遇；仕途失意而外放者，尽管有失意的情怀，但也时时渴望再返长安。他们的经历、他们的思想、他们的情感、他们的心理，都会在诗中直接或间接地表现出来。因此无论是吟咏长安的诗，还是回忆长安的诗；无论是奋进的心绪，还是失意的情怀，都在共同表现着有唐一代长安的恢弘气象与动态变化。这些诗作不仅具有重要的文学意义，同时具有很大的社会文化价值。

第二节　官僚的生活

唐代长安，是各级官僚最集中的地方。他们在这里供职与生活，

① 杜牧《樊川文集》卷二，上海古籍出版社，1978年，第23页。

② 孟郊《长安旅情》诗云："尽说青云路，有足皆可至。我马亦四蹄，出门似无地。玉京十二楼，峨峨倚青翠。下有千朱门，何门荐孤士。"《全唐诗》卷三七四，第4204页。

还有自己的宅第。一些重要的官僚世家所居之地，对后世还产生了深远的影响。宋代钱易《南部新书》卷己载："近俗以权臣所居坊呼之，安邑，李吉甫也；靖安，李宗闵也；驿坊，韦澳也；乐和，李景让也；靖恭、修行，二杨也。"① 这些官僚的生活，在传世文献与出土文物中都有记录，是我们研究官僚在唐代社会中的政治影响、社会地位、流动方式等课题所借助的丰富的史料。本节集中关注的是唐代长安的官僚生活在诗歌中的表现，以及从中折射出的政治内涵与文化意义。而所要讨论的，是长安官僚生活中带有普遍性的一些问题。

一、宴会

唐代官僚生活的一项重要内容是参加宴会。其中有公宴，有私宴。长安官僚与地方官僚相比，又有其特殊方面。层次最高的是皇帝赐宴，比较平常的是家庭私宴，还有朋友间聚会宴饮等等。

赐宴之作，最早的作品，是唐太宗的《于太原召侍臣赐宴守岁》，不是在京城长安所作。这种情况较为少见。皇帝赐群臣宴，一般都在京城。且一般的赐宴，皇帝如或作诗，群臣都会奉制应和，这在宫廷造成了文学彬彬之盛的局面。如唐玄宗《集贤书院成送张说上集贤学士赐宴得珍字》一首②，就有张说、源乾曜、苏颋、韦抗、程行谌、徐坚、李暠、萧嵩、李元纮、贺知章、陆坚、刘升、褚琇、王翰、赵冬曦、韦述等十六人应制唱和，玄宗得珍字，诸臣依次得辉、迎、昇、兹、西、回、虚、催、登、私、谟、今、宾、风、筵、莲、华等字③。除此之外，玄宗赐宴诗存于今者还有《千秋节宴》《左丞相说右丞相璟太子少傅乾曜同日上官命宴都堂赐诗》《春晓宴两相及礼官丽正殿学士》《端午三殿宴群

① 钱易《南部新书》卷己，中华书局，2002 年，第 80 页。

②《全唐诗》卷三，第 35 页。

③ 李昉《文苑英华》卷一六八，中华书局，1960 年，第 807—809 页。

臣》《夏首花萼楼观群臣宴宁王山亭回楼下》。这些诗作，大多有大臣群体唱和。《文苑英华》将赐宴诗单独列为一类，其中卷一六八收四十六首。从皇帝对臣下的角度来说是赐宴，反之从接受者臣下对皇帝来说，就是侍宴。《文苑英华》卷一六九又收侍宴诗七十二首，合之有一百一十八首。留存至今的可能是极少一部分。唐代皇帝赐宴最特殊最频繁的是唐德宗，“贞元年间，猜疑心甚重的唐德宗一方面不许臣下私自交往，另方面又三番五次地下诏赐宴，企图以恩从己出的形式笼络和控制群臣，从而造成了贞元年间官员宴会最盛的局面”[①]。唐德宗赐宴之作，现存《麟德殿宴百僚》一首，并有卢纶、宋若昭、鲍文姬三人奉和[②]。贞元朝赐宴，先是集中于三节会宴[③]，后又于中和节分宴[④]。

朋友相聚之宴会，韩愈有《醉赠张秘书》诗：“人皆劝我酒，我若耳不闻。今日到君家，呼酒持劝君。为此座上客，及余各能文。君诗多态度，蔼蔼春空云。东野动惊俗，天葩吐奇芬。张籍学古淡，轩鹤避鸡群。阿买不识字，颇知书八分。诗成使之写，亦足张吾军。所以欲得酒，为文俟其醺。酒味既冷冽，酒气又氛氲。性情渐浩浩，谐笑方云云。此诚得酒意，余外徒缤纷。长安众富儿，盘馔罗膻荤。不解文字饮，惟能醉红裙。虽得一饷乐，有如聚飞蚊。今我及数子，固无莸与薰。险语破鬼胆，高词媲皇坟。至宝不雕琢，神功谢锄耘。方今向太平，元凯承华勋。吾徒幸无事，庶以穷朝曛。”[⑤]这是官僚文人之

① 黄正建《韩愈日常生活研究：唐贞元长庆间文人型官员日常生活研究之一》，《唐研究》第4卷，北京大学出版社，1998年，第260—261页。

② 李昉《文苑英华》卷一六八，第810页。

③《旧唐书》卷一三《德宗纪》下，第366页。

④《旧唐书》卷一三《德宗纪》下，第376页。

⑤《全唐诗》卷三三七，第3774页。

间友朋宴会的典型之作,既不同于皇帝赐宴的场面,更不同于不懂诗文的富家子弟的庸俗宴会。黄正建先生在研究韩愈的日常生活时说:“性情相投又擅诗歌的朋友聚在一起,边饮酒边作诗。诗借酒力,酒助诗成,何等畅快!韩愈接着嘲笑了那些不懂诗文的富贵子弟们的宴会,说:‘长安众富儿,盘馔罗膻荤。不解文字饮,惟能醉红裙。’这种‘罗膻荤’的宴饮这种‘醉红裙’的生活方式一向为韩愈所不屑。这是韩愈文人性格的典型反映。”① 至于文人的宴集聚会,典型者有《冬日宴于庶子宅各赋一字》,同赋者有令狐德棻、于志宁、刘孝孙、许敬宗、岑文本、杜正伦、封行高②;陈子昂等人宴于高氏林亭,后将三次宴饮时所作唱和诗编成《高氏三宴诗集》,更是一次盛会。《高氏三宴诗集》卷上陈子昂序云:“有渤海之宗英,是平阳之贵戚。发挥凤管而啸侣,幽赞鸡川而留宴。冠缨济济,多延戚里之宾;鸾凤锵锵,自有文雅之客。凡二十有一人,皆以华字为韵。”③

当然,朋友间的宴会,还有别宴,情怀与上述情况并不一样,一般都会有一定的感伤。这种宴会在京城长安与地方州郡都是普遍的。只是长安是唐帝国的中心,是全国士人的向往之地,故而身处长安的官员,迎来送往,较地方州郡为多。这样的宴会,不仅要作诗,还会有赠序。《文苑英华》《全唐诗》中所收此类诗很多,不胜枚举。

二、交游

交游是长安官僚生活的重要方面,前面的宴会在某种程度上也

① 黄正建《韩愈日常生活研究:唐贞元长庆间文人型官员日常生活研究之一》,《唐研究》第4卷,第260页。

② 李昉《文苑英华》卷二一四,第1063—1064页。

③ 高正臣《高氏三宴诗集》,上海古籍出版社,1993年,第2页。

是交游的一个方面，只是它具有特殊的政治内容与文化内涵，故而单独论述。20 世纪 90 年代，笔者与吴汝煜等诸位先生合编了《唐五代人交往诗索引》，对于唐五代诗人通过诗歌交游的情况做了较为全面的检索，可以作为唐人交游研究的参考。“由于唐代既是一个竞争意识比较强的开放性的时代，又是一个诗的鼎盛时代，所以不仅人际交往极其频繁，而且在交往的过程中留下了大量的交往诗篇。这些诗歌几乎渗透到了人际交往的一切方面，从而把诗歌的社会交往职能发挥到了极致。”①

在这里，我们举盛唐诗人王维为个案加以研究。王维的交游有三个特点：一是王维的主要生活年代在大唐极为繁盛的玄宗开元、天宝时期，二是王维在京城长安做官的时间比较长，三是王维在长安有着较为广阔的交游圈。

作为一个高级官员，王维与包括唐玄宗在内的皇室官僚都有交往。王维现存的诗中，有应制诗及与玄宗交往的诗十七首：《奉和圣制登降圣观与宰臣等同望应制》《奉和圣制御春明楼临右相园亭赋乐贤诗应制》《奉和圣制送不蒙都护兼鸿胪卿归安西应制》《奉和圣制天长节赐宰臣歌应制》《奉和圣制赐史供奉曲江宴应制》《奉和圣制庆玄元皇帝玉像之作应制》《奉和圣制与太子诸王三月三日龙池春禊应制》《奉和圣制上巳于望春亭观禊饮应制》《奉和圣制重阳节宰臣及群官上寿应制》《三月三日勤政楼侍宴应制》《奉和圣制十五夜燃灯继以酺宴应制》《奉和圣制幸玉真公主山庄因题石壁十韵之作应制》《奉和圣制从蓬莱向兴庆阁道中留春雨中春望之作应制》等。与岐王李范交游之作三首：《从岐王过杨氏别业应教》《从岐王夜宴卫家山池应教》《敕借岐王九成宫避暑应教》。

---

① 吴汝煜《唐五代人交往诗索引》前言，上海古籍出版社，1993 年，第 1 页。

王维的交游诗,不少是官场应酬之作。有送往迎来者,如《送魏郡李太守赴任》《送缙云苗太守》《送韦大夫东京留守》《送秘书晁监还日本国并序》;有唱和应答者,如《赠徐中书望终南山歌》;有哀挽故人者,如《故太子太师徐公挽歌四首》《故西河郡杜太守挽歌三首》《达奚侍郎夫人寇氏挽词二首》;有敷衍应付者,如《和仆射晋公扈从温汤》即歌颂李林甫的诗作,其实并不是出于本心。

更多的是官闲后友朋的诗酒聚会,其中有志同道合的诗人,如赠裴迪诗:《赠裴十迪》《赠裴迪》《辋川闲居赠裴用才迪》《黎拾遗昕裴秀才迪见过秋夜对雨之作》《春日与裴迪过新昌里访吕逸人不遇》《酌酒与裴迪》《答裴迪辋口遇雨忆终南山之作》《闻裴秀才迪吟诗因戏赠》《菩提寺禁口号又示裴迪》《菩提寺禁裴迪来相看说逆贼等凝碧池上作音乐供奉人等举声便一时泪下私成口号诵示裴迪》等多首,裴迪亦有《春日与王右丞过新昌里访吕逸人不遇》《辋口遇雨忆终南山因献王维》《崔九欲往南山马上口号与别》(一作《留别王维》)等诗。又赠崔兴宗诗:《秋夜独坐怀内弟崔兴宗》《同崔兴宗送衡岳瑗公南归》《送崔九兴宗游蜀》《送崔兴宗》《崔九弟欲往南山马上口号与别》《崔兴宗写真咏》《与卢员外象过崔处士兴宗林亭》等,崔兴宗亦有《同王右丞送瑗公南归》《和王维敕赐百官樱桃》《留别王维》《酬王维卢象见过林亭》等。

王维信奉佛教,常与长安的佛徒交游,表现于诗歌的有方尊师,《送方尊师归嵩山》;王尊师,《送王尊师归蜀中拜扫》;璇上人,《谒璇上人并序》;昙壁上人,《青龙寺昙壁上人兄院集并序》;瑗公,《同崔兴宗送衡岳瑗公南归》;福禅师,《过福禅师兰若》;道一,《投道一师兰若宿》;操禅师,《夏日过青龙寺谒操禅师》。其《青龙寺昙壁上人兄院集序》云:"吾兄大开荫中,明彻物外。以定力胜敌,以惠用解严,深居僧坊,傍俯人里。高原陆地,下映芙蓉之池;竹林果园,中秀菩提之树。八极氛霁,万汇尘息。太虚寥廓,南山为之端倪;皇州苍茫,渭水贯于天地。经行之后,趺坐而闲。升堂梵筵,饵客香饭。不起而游览,不风而清凉。得世界于莲花,寄文章于贝叶。时江宁大兄持片石,命维序之。诗五韵,座上成。”① 参加这次青龙寺集会者有昙壁上人、王维、王昌龄、裴迪、王缙等人。从僧寺集会的描写中,我们可以看到王维对佛寺清静环境的向往与赞叹,故诗的末二句言“眼界今无染,心空安可迷”。与官场生活正好形成鲜明的对比,映射出唐代文人官僚既身在官场,又崇尚隐逸以表现清高的心理状态。

三、居家

由于唐代官员租房与购房是受其官品、俸禄以及其他经济因素影响的,因而差别很大。即使同一个官员,在其一生中,住房水平也是颇有悬殊的。我们要想全面地考察唐代官员居家的变化,并以诗歌表现作为研究中心,那么关注的对象则应是兼有官员与诗人二重身份者,如王维、元稹、白居易、韩愈、刘禹锡、杜牧等。

白居易在长安的居宅,换过很多次,较早是租住在永崇华阳观的亭子里,后来在新昌坊购买了私有住宅。这两个地方对他来说,都非常重要。“华阳观是白居易准备制科考试的场所,在这里他打开了通往宦途之门。新昌里的私宅,是白居易在经历了五年的左迁之后,终于作为五品京官被召还朝廷,第一次在长安所购之私宅,是他名副其实的获准进入高官们把持的中央政界的场所。”② 当然,白居易对于住宅的选取,考虑到聚会与亲戚朋友往来的需要,对于自己较为重要的交游圈,控制在日常骑马所能到达的范围。妹尾达彦云:“白居

① 陈铁民《王维集校注》卷三,中华书局,1997 年,第 228 页。

② 妹尾达彦《9 世纪的转型:以白居易为例》,《唐研究》第 11 卷,北京大学出版社,2005 年,第 502 页。

易所往来的友人的住宅分布……更为集中在白居易居住地的近邻诸坊，这也就告诉了我们当时官员们日常骑马所能交游的范围。白居易之所以选择这个地区居住，也是为了与亲密朋友频繁往来的需要吧。在白居易的友人当中，只有张籍例外地住在街西，张籍经常过访街东的白居易的居所，而白居易总是对其远道而来热情地款待。”①白居易诗歌以表现日常生活见长，日常生活也是他闲适诗所产生的典型环境。“闲适的境地，在生活中也许只是游移于各种束缚之间的一种心态，而将其固定成形的是闲适文学。白居易的闲适文学，不就是为了在诗中构筑、拥有那种幸福时光而创作的吗？”②

白居易在长安与洛阳的住宅，日本学者妹尾达彦曾做过专门的研究，并详细制成了《白居易两京居住表稿》，附于其《9世纪的转型：以白居易为例》一文后③。兹根据妹尾先生的考证，将白居易在长安的居地简列于下：

白居易长安居宅情况表

居住坊	居住形态	居住时期	年龄	官职
常乐	借居	贞元十九年春至秋	32	秘书省校书郎（正九品上）
永崇	借居	贞元十九年秋至元和元年四月	32—35	秘书省校书郎，盩厔尉
永乐	借居	贞元末年至元和初年之间	30—35	不明。或者秘书省校书郎

① 妹尾达彦《9世纪的转型：以白居易为例》，《唐研究》第11卷，第503页。

② 川合康三《终南山的变容：中唐文学论集》，上海古籍出版社，2007年，第242页。

③ 妹尾达彦《9世纪的转型：以白居易为例》，《唐研究》第11卷，第522—523页。

续表

居住坊	居住形态	居住时期	年龄	官职
新昌	借居	元和二年秋以后至元和五年春	36—39	左拾遗（从八品上）、翰林学士
宣平	借居	元和五年五月以后至元和六年四月	39—40	京兆府户曹参军（正七品下）、翰林学士
昭国	借居	元和九年冬至元和十年八月	43—44	太子左赞善大夫（正五品下）
新昌	自家	长庆元年二月初至长庆二年七月	50—51	主客郎中（从五品上）、知制诰，中书舍人（正五品上）
新昌	自家	大和元年三月至大和三年四月	56—58	秘书监（从三品）、刑部侍郎（正三品下）

白居易在长安的住宅，是由前期的租住发展到后期的购买的。购买住宅时为主客郎中、知制诰，官职从五品上，年龄已到了五十岁。可见唐代官员，五品以上的福利待遇要远远高于低于此的中下级官吏。白居易在长安住宅的迁移，可以看成是唐代社会官僚居住情况的缩影。

与白居易相似，韩愈购房也是在五十岁前后。他的《示儿》诗说："始我来京师，止携一束书。辛勤三十年，以有此屋庐。此屋岂为华，于我自有余。中堂高且新，四时登牢蔬。前荣馔宾亲，冠婚之所于。庭内无所有，高树八九株。有藤娄络之，春华夏阴敷。东堂坐见山，云风相吹嘘。松果连南亭，外有瓜芋区。西偏屋不多，槐榆翳空虚。山鸟旦夕鸣，有类涧谷居。主妇治北堂，膳服适戚疏。……开门问谁来，无非卿大夫。不知官高卑，玉带悬金鱼。……凡此座中人，十九持钧枢。"① 韩愈所购的这套房子在长安的靖安里。徐松《唐

①《全唐诗》卷三四二，第 3836 页。

两京城坊考》附程鸿诏《校补记》卷二："靖安坊韩愈宅。补注：《宣室志》：愈于靖安里昼卧，见神人曰：威粹骨蒍国，世与韩氏为仇，今欲讨之。十二月，愈卒。又韩愈《示儿诗》言屋内外景物甚详。又有《庭楸诗》，此宅庭内有楸树五株，他树四株，东堂可以见山南亭，有松果瓜芋之区，西偏有槐榆，北屋乃内室。"[①] 韩愈贞元二年（786）始来长安，下延三十年，为元和十年（815），诗即作于本年。其时韩愈四十八岁，为中书舍人，品级为正五品上。唐代官员年龄在五十岁前后，且品级升到五品，自购住房大概是较为普遍的现象。

当然，唐代的官僚当中，如果有前辈留下来私产的，情况就有所不同。如杜牧的祖父杜佑，是中唐时期的名相，故其在长安城南的下杜樊川，有自己甚大的住宅，并传给了自己的儿孙。樊延翰《樊川文集后序》："长安南下杜樊乡，郦元长注《水经》，实樊川也。延翰外曾祖司徒岐公之别墅在焉。上五年冬，仲舅自吴兴守拜考功郎中、知制诰，尽吴兴俸钱，创治其墅。"[②] 裴延翰的"仲舅"是杜牧，杜牧继承了祖父杜佑的别墅，并且用自己的俸钱加以修葺。

四、出行

黄正建先生曾就韩愈出行的情况进行考察，对于唐代官员出行的一些制度做了探讨，择要叙述了四个方面：一是贬官出行情况，二是公事出行情况，三是京师出城情况，四是宫门出入情况[③]。可供我们参考。

唐代官员出行，主要交通工具是马，这在制度上是有明文规

① 徐松《唐两京城坊考》，中华书局，1985年，第194—195页。

② 《全唐文》卷七五九，第7881页。

③ 黄正建《韩愈日常生活研究：唐贞元长庆间文人型官员日常生活研究之一》，《唐研究》第4卷，第265—266页。

定的，一直到晚唐还是如此。“朝官出使，自合驿马，不合更乘担子。……如病，即任所在陈牒，仍申中书门下及御史台，其担夫自出钱雇。”① 正因为如此，才有京兆尹韩愈乘马出行，贾岛因吟诗“推”“敲”未定事冲撞他的事情。杜甫有“朝扣富儿门，暮随肥马尘”的诗句②，可证唐代的官僚与权贵是乘马的。

唐代长安，有按时开启与关闭城门的制度，故官员的出行与游览，一般要在开启之后出去，关闭之前回来。韩愈有一组诗《游城南十六首》，其中《晚雨》云：“廉纤晚雨不能晴，池岸草间蚯蚓鸣。投竿跨马蹋归路，才到城门打鼓声。”③ 刚回到城门，听到了将要关闭城门的鼓声。

长安的宫门，还有出入籍禁制度。《唐律疏议》称：“宫门皆有籍禁”④，“应入宫殿，在京诸司皆有籍”⑤。出入宫内都凭“籍”。韩愈《南内朝贺归呈同官》诗称：“岂惟一身荣，珮玉冠簪犀。滉荡天门高，著籍朝厥妻。”⑥ 韩愈不仅自己有籍，其妻亦有籍。所谓籍，就是“二尺竹牒，记其年纪名字物色，悬之宫门，案省相应，乃得入也”⑦。

唐代贬官的出行，更有严格的规定。一旦接到被贬诏书，必须在一两日之内离京。韩愈被贬阳山时，“中使临门遣，顷刻不得留。病妹卧床褥，分知隔明幽。悲啼乞就别，百请不颔头。弱妻抱稚子，出

① 王溥《唐会要》卷三一《舆服》，上海古籍出版社，1991年，第673页。

② 杜甫《奉赠韦左丞丈二十二韵》，《杜诗详注》卷一，中华书局，1979年，第75页。

③ 魏仲举《五百家注韩昌黎集》卷七，中华书局，2019年，第432页。

④ 长孙无忌《唐律疏议》卷七，中华书局，1983年，第150页。

⑤ 长孙无忌《唐律疏议》卷七，第153页。

⑥ 钱仲联《韩昌黎诗系年集释》卷一二，上海古籍出版社，1984年，第1222页。

⑦ 韩愈《南内朝贺归呈同官》诗注，《五百家注韩昌黎集》卷七，第433页。

拜忘惭羞。偪侥不回顾，行行诣连州”[①]。其贬潮州时，“一封朝奏九重天，夕贬潮州路八千”[②]。

第三节 方外的世界

佛教传入中国以后，经过数百年的发展，到唐代已臻于极盛，僧徒的众多与寺院的林立都盛况空前。“两京作为当时的政治、文化和国际交流中心，同时又是宗教活动中心，寺院建设和活动尤其兴盛。而这些京城的大寺不只在当时的佛教内部占据着指导地位，在与世俗政权和社会生活各方面的关系上更起着极其巨大的作用。”[③] 即以两京相较，洛阳与长安也是无法抗衡的，因为洛阳只是在武则天至唐玄宗前期兴盛过一段时期，而长安则在唐王朝的近三百年间一直处于中心地位。

唐代长安佛教兴盛，寺庙遍布于各坊里。日本僧人圆仁于武宗朝入唐求法，就记载“长安城里坊内佛堂三百余所”[④]。宋代宋敏求编写《长安志》，记载天宝以前有僧寺六十四、尼寺二十七，合计九十一所；日本学者塚本善隆根据清徐松《唐两京城坊考》列出唐代长安寺院一百零三所。在以上基础上，孙昌武先生撰写《唐长安佛寺考》，对长安佛寺进行了一次最为详细与系统的整理与考证，以为“在长安城及其近郊有一定规模的佛寺就应有二百所以上。此外，还有大量不

---

① 韩愈《赴江陵途中寄赠王二十补阙李十一拾遗李二十六员外翰林三学士》，《韩昌黎诗系年集释》卷三，第 288 页。

② 韩愈《左迁至蓝关示侄孙湘》，《韩昌黎诗系年集释》卷一一，第 1097 页。

③ 孙昌武《唐长安佛寺考》，《唐研究》第 2 卷，北京大学出版社，1996 年，第 1 页。

④ 圆仁《入唐求法巡礼行记》卷四，上海古籍出版社，1986 年，第 178 页。

知名的山寺、野寺、佛堂、僧舍、兰若等"①。在考证的基础上,还论述长安佛寺"寺院管理与经营""寺院的宗教活动""寺院的社会文化活动",可以说是迄今为止研究长安佛寺的集大成之作。

在诸多佛寺中,慈恩寺是最为著名的一所,因而唐诗表现也很多。慈恩寺在长安东南晋昌坊,本为隋无漏寺之地,武德初废。贞观二十二年(648)十二月二十四日,高宗在春宫,为其母文德皇后立为寺。因纪念皇后之慈母之恩,故以"慈恩"为名。仍选林泉形胜之所。寺成,高宗亲自登览。寺南临黄渠,水竹森邃,为京都之最。唐代有关慈恩寺的诗篇,留存至今者多达七十六首②。慈恩寺建成后,唐高宗多次登览,并作《谒慈恩寺题奘法师房》《谒大慈恩寺》诗,后诗写得很有气势:"日宫开万仞,月殿耸千寻。花盖飞团影,幡虹曳曲阴。绮霞遥笼帐,丛珠细网林。寥廓烟云表,超然物外心。"③群臣与文人一并奉和有《奉和九月九日登慈恩寺浮图应制》,作者有上官昭容、宋之问、崔日用、李峤、李适、刘宪、李乂、卢藏用、岑羲、薛稷、马怀素、赵彦昭、萧至忠、李迥秀、杨廉、辛替否、王景、毕乾泰、麹瞻、樊忱、孙佺、李从远、周利用、张景源、李恒、张锡、解琬、郑愔等二十八人,可谓极一时之盛。

杜甫、高适、岑参、储光羲同登慈恩寺所作诗,是唐诗中不可多得的佳作。岑参《与高适薛据登慈恩寺浮图》云:

> 塔势如涌出,孤高耸天宫。登临出世界,磴道盘虚空。突兀压神州,峥嵘如鬼工。四角碍白日,七层摩苍穹。下窥指高鸟,

---

① 孙昌武《唐长安佛寺考》,《唐研究》第2卷,第19页。

② 胡可先《唐慈恩雁塔题名残卷笺证》,载孙映逵、胡可先《古典文献学论集》,黄山书社,1996年,第263—316页。

③《全唐诗》卷二,第22页。

俯听闻惊风。连山若波涛，奔凑似朝东。青槐夹驰道，宫馆何玲珑。秋色从西来，苍然满关中。五陵北原上，万古青濛濛。净理了可悟，胜因夙所宗。誓将挂冠去，觉道资无穷。①

储光羲《同诸公登慈恩寺塔》诗：

金祠起真宇，直上青云垂。地静我亦闲，登之秋清时。苍芜宜春苑，片碧昆明池。谁道天汉高，逍遥方在兹。虚形宾太极，携手行翠微。雷雨傍杳冥，鬼神中躨跜。灵变在倏忽，莫能穷天涯。冠上阊阖开，履下鸿雁飞。宫室低逦迤，群山小参差。俯仰宇宙空，庶随了义归。崱屴非大厦，久居亦以危。②

高适《同诸公登慈恩寺浮图》诗：

香界泯群有，浮图岂诸相。登临骇孤高，披拂欣大壮。言是羽翼生，迥出虚空上。顿疑身世别，乃觉形神王。宫阙皆户前，山河尽檐向。秋风昨夜至，秦塞多清旷。千里何苍苍，五陵郁相望。盛时惭阮步，末宦知周防。输效独无因，斯焉可游放。③

杜甫《同诸公登慈恩寺塔》诗：

高标跨苍天，烈风无时休。自非旷士怀，登兹翻百忧。方知

① 《全唐诗》卷一九八，第 2037 页。
② 《全唐诗》卷一三八，第 1398 页。
③ 《全唐诗》卷二一二，第 2204 页。

> 象教力，足可追冥搜。仰穿龙蛇窟，始出枝撑幽。七星在北户，河汉声西流。羲和鞭白日，少昊行清秋。秦山忽破碎，泾渭不可求。俯视但一气，焉能辨皇州。回首叫虞舜，苍梧云正愁。惜哉瑶池饮，日晏昆仑丘。黄鹄去不息，哀鸣何所投。君看随阳雁，各有稻粱谋。[①]

这组诗作于天宝十一载（752）秋，以岑参之作最为杰出。诗的开头言塔之高，势如涌出，上耸天宫。登临者高出世界，出阁道而盘入虚空。峥嵘突兀，足以镇压神京，似非人力所造。写法是先从下望，再写登塔，是从下向上写。登塔后则是从上临下之景。所见天形穹隆，其色苍苍。鸟飞虽高，窥之而在下；风从下过，俯听以足惊。从塔上远望，只见山势相连起伏，有波涛之状，似奔走而来朝。其间青松夹道，宫观玲珑。又见秋色满乎关中，茫茫无际。最后四句写决意辞官之情。诗人因登上寺塔，顿觉感悟，表现出厌倦宦游、皈依佛教的情绪。全诗笔力纵逸，意境阔大。明人唐汝询云："此诗首状塔之高，中述望之远，末始有悟道意。言此塔孤立，高出世外，足以镇压神州。是非人力，鬼神所建也。穷其巅而窥听，则高鸟惊风悉在其下，山陵宫阙尽入于目中，举关中之秋色靡不在望，所见博矣。因言于此顿悟禅机，是亦夙缘所聚，我若挂冠而皈依，是真资我无穷之觉路者也。"[②] 杜甫诗则以象征的手法，抒发诗人登塔时的感慨，翻出对于长安的忧伤。清人吴瞻泰《杜诗提要》卷一云："此伤长安也。登高望远，百忧皆集，三、四两句，为一篇扼要。言天下惟放达者无忧，我非其人，翻生百忧，反言见意。'虞舜'，忧明皇之游幸。'瑶池'，忧贵

---

① 《全唐诗》卷二一六，第 2258 页。

② 唐汝询《唐诗解》卷九，河北人民出版社，2001 年，第 194—195 页。

妃之荒宴。'黄鹄',忧君子之去位。'阳雁',忧小人之贪禄。皆暗以'忧'字串,而妙处在不即接,又以'俯''仰'二段,参错成章,几以为写登塔之景,而实隐其用笔之端。意奇法变,纵横跌宕,非可以寻常规矩求之也。讽切明皇,不忍直露。看其登塔处,直陈所见。入时事,皆用引喻。末八句四用比,不参正意,若全与登塔无涉者,然皆自不可求、不可辨中生出。"[①]

霍松林先生曾对唐代雁塔诗所表现的时代氛围做过论述,颇为精到:"初唐上官婉儿、宋之问等人的'应制'诗于'颂圣'中显现升平气象。天宝末年杜甫等登塔,于自然景象的描写中已寓社会危机。中唐前期,欧阳詹的登塔诗则以'因高欲有赋,远意惨生悲'收尾,安史之乱后满目萧条的景象依稀可想。经过黄巢起义,军阀混战,唐末诗人扬玢以《登慈恩寺塔》为题的诗却劝人'莫上慈恩最高处',原因是'不堪看又不堪听'!从前后咏塔诗还可看出此塔本身的变化。盛唐诗人岑参说它'七层摩苍穹',大历诗人章八元说它'十层突兀在虚空',晚唐诗人李洞说它'九级耸莲宫',现在看到的则是七层。从比较文学的角度看,以杜甫、高适、岑参、储光羲同登此塔的四首五古最出色,杜诗尤压倒群贤,雄视千古,至今传诵不衰。"[②]

唐代的社会风习,中进士者必登慈恩寺,题名于塔内。王定保《唐摭言》卷一《述进士下篇》云:"元和中,中书舍人李肇撰《国史补》,其略曰:进士为时所尚久矣,是故俊乂实在其中,由此而出者,终身为文人,故争名常为时所重。……既捷,列名于慈恩寺塔谓之'题名'。"[③]卷三《慈恩寺题名游赏赋咏杂记》云:"进士题名,自神龙之

① 吴瞻泰《杜诗提要》卷一,黄山书社,2015 年,第 9 页。
② 霍松林《唐诗与长安》,载《唐音阁论文集》,第 327—328 页。
③ 陶绍清《唐摭言校证》卷一,中华书局,2021 年,第 12 页。

后,过关宴后,率皆期集于慈恩塔下题名。故贞元中,刘太真侍郎试《慈恩寺望杏园花发》诗。"[①] 又载:"神龙已来,杏园宴后,皆于慈恩寺塔下题名,同年中推一善书者纪之。他时有将相,则朱书之。及第后知闻,或遇未及第时题名处,则为添'前'字。或诗曰:'曾题名处添前字,送出城人乞旧衣。'"[②] 刘太真贞元五年(789)知贡举,试《慈恩寺望杏园花发》诗,今存李君何、周弘亮、陈翥、曹著四人之作。唐代士子们以中进士第后一登雁塔题名于上作为一生荣耀之事,慈恩寺与唐代科举考试联系在一起,题名也就成为后世研究唐代科举制度与进士风习的重要文献。

现在流传的慈恩寺壁题名残卷,亦有题诗,故知当时士子登塔,题名与题诗并行。以慈恩寺为代表的寺庙题咏对于文学的发展影响很大。唐人何光远《鉴诫录》卷七称:"长安慈恩寺浮图,起开元至大和之岁,举子前名登游题纪者众矣。文宗朝,元稹、白居易、刘禹锡唱和千百首,传于京师,诵者称美。凡所至寺观台阁林亭,或歌或咏之处,向来名公诗板潜自撤之,盖有愧于数公之咏也。会元白因传香于慈恩寺塔下,忽睹章先辈(八元)所留之句,命僧拂去埃尘,二公移时吟味,尽日不厌,悉令除去诸家之诗,唯留章公一首而已。"[③] 知寺庙题诗有高下之分,故元稹、白居易、刘禹锡题诗,超过从前题诗之人,而前者暗自撤板。这种普遍意义的诗歌竞争,无疑对于唐诗向广度的社会化发展,与深度的艺术性提升,都有重要的作用。

慈恩寺又是唐代长安重要的名胜之地与休闲场所。尤其是春暖花开季节,更有无限的吸引力。权德舆《和李中丞慈恩寺清上人院

---

① 陶绍清《唐摭言校证》卷三,第 94 页。

② 陶绍清《唐摭言校证》卷三,第 142 页。

③ 何光远《鉴诫录》卷七《四公会》条,《知不足斋丛书》第 8 册,中华书局,1999 年,第 40 页。

牡丹花歌》:“澹荡韶光三月中,牡丹偏自占春风。时过宝地寻香径,已见新花出故丛。曲水亭西杏园北,浓芳深院红霞色。擢秀全胜珠树林,结根幸在青莲域。……独坐南台时共美,闲行古刹情何已。花间一曲奏阳春,应为芬芳比君子。”① 夏天,这里是避暑的胜地。李远《慈恩寺避暑》云:“香荷疑散麝,风铎似调琴。不觉清凉晚,归人满柳阴。”② 刘得仁《慈恩寺塔下避暑》云:“古松凌巨塔,修竹映空廊。竟日闻虚籁,深山只此凉。僧真生我静,水淡发茶香。坐久东楼望,钟声振夕阳。”③ 秋高气爽的季节,登临斯塔,则能排遣胸中的忧愁。郑谷《慈恩寺偶题》云:“往事悠悠添浩叹,劳生扰扰竟何能。故山岁晚不归去,高塔晴来独自登。林下听经秋苑鹿,江边扫叶夕阳僧。吟余却起双峰念,曾看庵西瀑布冰。”④

除了慈恩寺外,诗人吟咏长安寺庙的名篇还有:王维《过香积寺》诗:“不知香积寺,数里入云峰。古木无人径,深山何处钟。泉声咽危石,日色冷青松。薄暮空潭曲,安禅制毒龙。”⑤《登辨觉寺》诗:“竹径从初地,莲峰出化城。窗中三楚尽,林上九江平。软草承趺坐,长松响梵声。空居法云外,观世得无生。”⑥ 岑参《登总持阁》诗:“高阁逼诸天,登临近日边。晴开万井树,愁看五陵烟。槛外低秦岭,窗中小渭川。早知清净理,常愿奉金仙。”⑦ 但这种游览观赏到武宗毁佛后,则大为萧条。故段文昌《桃源僧舍看花》诗云:“前年帝里探春

① 《权德舆诗文集》卷八,上海古籍出版社,2008年,第139页。
② 《全唐诗》卷五一九,第5935页。
③ 《全唐诗》卷五四四,第6297页。
④ 《全唐诗》卷六七六,第7743页。
⑤ 《全唐诗》卷一二六,第1274页。
⑥ 《全唐诗》卷一二六,第1275页。
⑦ 《全唐诗》卷二〇〇,第2085页。

时，寺寺名花我尽知。今日长安已灰烬，忍能南国对芳枝。”[1] 前后对比甚为鲜明。

长安的寺庙作为京城重要的交际场所，具有一定的文学史价值与文化史意义。“如文学史上著名的杜甫、高适、岑参、薛据同登慈恩寺塔，各自赋诗，这样的活动对诗人们的生活和创作都有一定的意义。这是文人间的交流。再如萧颖士有时名，李林甫欲见之，时萧正居丧，‘请于萧君所居侧僧舍一见’。这是官僚和文人间的交往。又大历四年，据有朔方重兵的‘郭子仪入朝，鱼朝恩邀之游章敬寺’。时章敬寺刚刚建成，鱼邀请郭参观自有炫耀之意，但也是为了加深二者的关系，所以宰相‘元载恐其相结’。甚至情人利用寺院来传递信息。又如‘姜皎常游禅定寺，京兆办局甚盛。及饮酒，座上一妓绝色’；而小说《任氏传》中的韦崟说到‘昨者寒食，于二三子游于千福寺，见刁将军缅张乐于殿庭，有善吹笙者，年二八’云云，则寺院中可以歌酒饮宴。”[2]

诗人在寺中唱和，文人与僧人结缘，使得寺院在政治、宗教、文化、学术、文学诸方面得到有机的融合。以长安青龙寺为例，我们检索了一下《全唐诗》，就有直接题咏青龙寺的诗作三十六首。

青龙寺在长安新昌坊南门之东。新昌坊在长安坊里中是一个淡雅超逸的园林境界。“这一泉声树影之地无疑是一些文人官员心目中的桃花源。无论是青龙寺还是私人住宅里，大都绿柳、修竹成荫，青山、绿水掩映，清泉奇松，这样幽雅清丽的景致，定会吸引一部分文人到此居住或经常来此吟诗作文。”[3] 与青龙寺的环境交相辉映。青

---

① 《全唐诗》卷五八四，第 6772 页。

② 孙昌武《唐长安佛寺考》，《唐研究》第 2 卷，第 40—41 页。

③ 王静《唐代长安新昌坊的变迁》，《唐研究》第 7 卷，北京大学出版社，2001 年，第 240 页。

龙寺本为隋灵感寺，开皇二年（582）立。文帝移都，徙掘城中陵墓，葬之郊野，因置此寺，故以灵感为名。至武德四年（621）废。龙朔二年（662），城阳公主复奏立为观音寺。初公主疾甚，有苏州僧法朗诵《观音经》，乞愿得愈，因名焉。景云二年（711）改为青龙寺①。日本有著名的“入唐八家”，其中有六家（空海、圆行、圆仁、惠远、圆珍、宗睿）在青龙寺修学。尤其是和尚空海入唐求法，曾于青龙寺求授大悲胎藏金刚界，并诸瑜伽教法。空海归国后，弘扬密宗，为日本佛教密宗真言宗之开山祖师。有关青龙寺，1973 年以来，对其遗址先后作了三次调查和发掘，至 1980 年春发掘结束。共发掘了两个院落遗址，其中有佛殿和塔基、回廊等遗址，出土了佛像、经幢等佛教遗物②。青龙寺是著名的佛教胜地。此处林木深邃静谧，四季风景各异，唐代文人、官员以及科举考生都会到此俯瞰长安城的风景，并留下感怀抒情的诗文。许多文人都与寺里的僧人有交往。文人和官僚的诗中透露出，青龙寺在他们的意识里与长安的官场和繁华的闹市相比，代表的是另一种景象③。

白居易《青龙寺早夏》诗，是描写青龙寺环境的著名诗篇：“尘埃经小雨，地高倚长坡。日西寺门外，景气含清和。闲有老僧立，静无凡客过。残莺意思尽，新叶阴凉多。春去来几日，夏云忽嵯峨。朝朝感时节，年鬓暗蹉跎。胡为恋朝市，不去归烟萝？青山寸步地，自问心如何？”④唐代诗人常常是几位友朋集结在一起，去青龙寺拜访寺内禅师。王维有《夏日过青龙寺谒操禅师》云：“龙钟一老翁，徐步谒禅宫。欲问义心义，遥知空病空。山河天眼里，世界法身中。莫怪

① 徐松《唐两京城坊考》卷三，第 87 页。

② 李健超《增订唐两京城坊考》卷三，三秦出版社，2006 年，第 161 页。

③ 王静《唐代长安新昌坊的变迁》，《唐研究》第 7 卷，第 239 页。

④ 朱金城《白居易集笺校》卷九，上海古籍出版社，1988 年，第 482 页。

销炎热,能生大地风。”[①]此诗题注:“与裴迪同作。”裴迪亦有同题之作云:“安禅一室内,左右竹亭幽。有法知不染,无言谁敢酬。鸟飞争向夕,蝉噪已先秋。烦暑自兹适,清凉何所求!”[②]王维与王昌龄、裴迪、王缙游青龙寺集昙壁上人院,维作诗序以纪其胜云:“吾兄大开荫中,明彻物外,以定力胜敌,以惠用解严。深居僧坊,傍俯人里。高原陆地,下映芙蓉之池;竹林果园,中秀菩提之树。八极氛霁,万汇尘息。太虚寥廓,南山为之端倪;皇州苍茫,渭水贯于天地。经行之后,趺坐而闲,升堂梵筵,饵客香饭。不起而游览,不风而清凉。得世界于莲花,寄文章于贝叶。时江宁大兄持片石,命维序之。诗五韵,座上成。”诗云:“高处敞招提,虚空讵有倪。坐看南陌骑,下听秦城鸡。眇眇孤烟起,芊芊远树齐。青山万井外,落日五陵西。眼界今无染,心空安可迷。”[③]王缙和作则描绘了此地“林中空寂舍,阶下终南山。高卧一床上,回看六合间。浮云几处灭,飞鸟何时还”的清幽环境,这样的环境自然地引导人们产生出世之想,以至于其兄弟有大隐于市的念头:“问义天人接,无心世界闲。谁知大隐者,兄弟自追攀。”[④]裴迪与王昌龄的诗也表现了“檐外含山翠,人间出世心”[⑤]的高远境界。

中唐以后,青龙寺成为官员们办完公事以后的休憩之所,“晓出文昌宫,憩兹青莲宇”[⑥]。“官清书府足闲时,晓起攀花折柳枝。九陌城

---

① 《全唐诗》卷一二六,第1275页。

② 《全唐诗》卷一二九,第1312页。

③ 王维《青龙寺昙壁上人兄院集并序》,《王维集校注》卷三,第228页。

④ 王缙《同王昌龄裴迪游青龙寺昙壁上人兄院集和兄维》,《全唐诗》卷一二九,第1310页。

⑤ 王昌龄《同王维集青龙寺昙壁上人兄院五韵》,《全唐诗》卷一四二,第1441页。

⑥ 权德舆《早夏青龙寺致斋凭眺感物因书十四韵》,《权德舆诗文集》卷六,第94页。

中寻不尽，千峰寺里看相宜。高人酒味多和药，自古风光只属诗。见说往来多静者，未知前日更逢谁。”[①] 秋天玩赏红叶，面对终南山景，别是一番情趣：“十亩苍苔绕画廊，几株红树过清霜。高情还似看花去，闲对南山步夕阳。”[②] 当然这样的环境，对于失意之人，也会有莫名的惆怅之感。韦庄《下第题青龙寺僧房》诗云：“千蹄万毂一枝芳，要路无媒果自伤。题柱未期归蜀国，曳裾何处谒吴王。马嘶春陌金羁闹，鸟睡花林绣羽香。酒薄恨浓消不得，却将惆怅问支郎。”[③]

第四节 文学的空间

唐代长安的诗歌表现，以及与长安文化发展的关系研究，是学术研究的大课题，涉及方面非常多，远非本章有限的篇幅所能容纳。即便如此，我们还是可以从帝京的气象、宫殿的兴盛[④]、官僚的生活与方外的世界几个层面空间的表现与时间变迁的诗歌载体中，总结出这一课题研究对于文化传承与文学规律研究的启示意义。

第一，文化的传承与嬗变，是有着特定的空间维度与时间向度的。唐代长安，尤其是盛唐时期的长安，堪称中国历史的盛时与盛地，种种辉煌汇聚于此。有精神的，人们的面貌昂扬奋发，人与人之间的关系自然融洽；有物质的，宫阙富丽，库藏盈满，文物昌盛，公私富实。各种因素结合起来，形成了唐王朝空前富强的局面，并以其雄厚国力雄踞于世界之首。唐代长安更成为世界汇聚之中心，是当时

---

① 姚合《和秘书崔少监春日游青龙寺僧院》，《姚合诗集校注》卷九，上海古籍出版社，2012年，第455—456页。

② 羊士谔《王起居独游青龙寺玩红叶因寄》，《全唐诗》卷三三二，第3709页。

③ 聂安福《韦庄集笺注》卷一，上海古籍出版社，2002年，第7页。

④ 见本编第二章、第三章有关大明宫和华清宫的专题研究。

各国景仰的舞台。由长安运作而成的各种制度与措施,不仅辐射到全中国,更是影响了全世界。至今还可以从日本等国家的城市中看到唐代长安的影子,以及唐代中枢官制分省制的情况。至于运作于长安的唐代科举制度,更在长期的封建社会中得到了积极的传承,甚至一直影响到我们现在的考试制度。

唐代长安在对前代的文化继承与后代的文化影响上也具有不可估量的重大意义。虽然唐代以后,各朝的都城都不设在长安,但长安作为文化的象征、帝京的代表,一直影响着以后各朝的都城与一般都市。

在唐代长安文化的嬗变研究中,实物考察、文献记载与诗歌表现,是三个既相关联又相区别的研究对象。而在已有的长安研究当中,将实物考察与文献记载结合加以研究而形成的成果颇多,如对于长安历史地理的研究,有《增订唐两京城坊考》《唐两京坊里谱》《隋唐两京考》《两京胜迹考》《隋唐两京丛考》《唐代的长安与洛阳》《隋唐宫廷建筑考》《长安史迹考》《隋唐长安城佛寺研究》等著作,而长安文学表现研究的专门论著则甚为罕见。

第二,文学研究多层面与多元化。我们如果将长安作为一个坐标系,以其诗歌表现作为多维观察载体,以审视文学研究的现状,就可以进一步开拓研究的空间,扩大研究的视野。如古代文学研究者对于唐代的应制诗,一向不够重视,文学史的著作,很少提到,能入选选本者更是寥寥无几。但《文苑英华》与《全唐诗》中应制诗很多,而应制诗又大多发生在帝都长安,是长安研究的一个重要方面,是皇帝与朝臣及文人之间通过诗歌作为纽带的一种特殊的联系,从中也反映出唐代君臣之间关系较为融洽与开放,从应制诗中可以看出达官贵人的心理状态,对于认识高层社会的文学环境具有重要意义。此外,频繁的应制唱和活动,使得本来就精于诗艺的朝臣,不断精雕细琢，诗歌形式也不断得以丰富成熟，一大批优秀的诗人也从这里产生[①]。因而从长安文化发展的视角审视应制诗，就更容易清楚地看出它的潜在价值。再如地理空间研究，也为唐代文学研究提供了一个新的视角。这方面，清人徐松作《唐两京城坊考》已做了成功的尝试。他在该书的序中说："古之为学者，左图右史，图必与史相因也。余嗜读《旧唐书》及唐人小说，每于言宫苑曲折、里巷歧错，取《长安志》证之，往往得其舛误。……作《唐两京城坊考》，以为吟咏唐贤篇什之助。"[②]沿着这样的思路利用《唐两京城坊考》，我们将会对文学的原生态认识，及其还原历史面貌的研究取得更大的收获。然而，诸如《唐两京城坊考》一书，长期以来，并没有正式引进文学史研究领域，绝大多数学者也只是将其作为历史地理的研究对象，或在文学研究中作为文献的参照而已。可喜的是，朱玉麒教授就小说方面研究做了很有益的尝试，撰写了《隋唐文学人物与长安坊里空间》[③]、《唐宋都城小说的地理空间变迁》[④]等文，试图从"地理空间观"的角度从事文学解读。此外，他还就唐代建筑园林与文学的关系展开研究[⑤]。另有日本学者妹尾达彦作了《唐代后期的长安与传奇小说：以〈李娃传〉的分析为中心》[⑥]。若将这一研究进一步扩展，在每一断代

① 参阅赵昌平《初唐七律的成熟及其风格溯源》，《中华文史论丛》1986年第4辑，第17—38页。

② 徐松《唐两京城坊考》，第1页。

③ 朱玉麒《隋唐文学人物与长安坊里空间》，《唐研究》第9卷，第85—128页。

④ 朱玉麒《唐宋都城小说的地理空间变迁》，《唐研究》第11卷，第525—542页。

⑤ 朱玉麒《唐代长安的建筑园林及其文学表现》，《江苏行政学院学报》2004年第1期，第114—120页。

⑥ 妹尾达彦《唐代后期的长安与传奇小说：以〈李娃传〉的分析为中心》，载刘俊文《日本中青年学者论中国史·六朝隋唐卷》，上海古籍出版社，1995年，第509—553页。

的各种文学体裁上展开，一定会使得文学史研究取得突破性进展。

第三，以文学研究而言，空间、时间与人物的对应是研究方法的不二法门。长期以来，我们在文学研究领域，有过不少方法之争，中西研究方法的对比、古今研究方法的异同，一直是热衷于方法研究者关注的重点。然而，我们回到文学产生的原生环境，就可以看出过于集中于方法的争论是无意义的。长安的诗歌，无论是表现帝京的气象，还是表现宫殿的兴衰，或者表现官僚的生活，都有特定的空间。甚至同在长安，街东与街西也颇不相同，南部与北部也差异很大。街东为高级官僚的居住地，街西是低级官僚与平民的居住地。同样是诗人，王维是这样描写街东新昌坊的："桃源一向绝风尘，柳市南头访隐沦。到门不敢题凡鸟，看竹何须问主人。城上青山如屋里，东家流水入西邻。闭户著书多岁月，种松皆老作龙鳞。"[①] 而白居易描写住在街西的张籍则云："如何欲五十，官小身贱贫。病眼街西住，无人行到门。"[②] 至于北面，是皇城与大明宫所在，是各项政策与制度运转与制定的舞台，故而显得十分忙碌，而城南则既为休闲之地，又面对终南山，就成为官僚士大夫与文人学士聚集、读书与游览之地。如韩愈《游城南十六首》中的《把酒》诗云："扰扰驰名者，谁能一日闲。我来无伴侣，把酒对南山。"[③] 前二句指忙碌的官僚生活，而后二句则指城南的游览情况。在同样的空间里，不同的时间，感受也是不一样的。盛世的长安，即如王维诗所表现的"九天阊阖开宫殿，万国衣冠拜冕旒"[④]。大明宫高耸云霄，宫殿鳞次栉比，世界万国之士无比仰慕以至于汇聚于此。而安史之乱中的长安，则是杜甫所描绘的残破情

① 王维《春日与裴迪过新昌里访吕逸人不遇》，《全唐诗》卷一二八，第1298页。

② 朱金城《白居易集笺校》卷一，第5页。

③ 钱仲联《韩昌黎诗系年集释》卷九，第976页。

④ 王维《和贾舍人早朝大明宫之作》，《全唐诗》卷一二八，第1296页。

况："国破山河在，城春草木深。"[1]山河依旧而京华已经陷落，春色又降但却满目荒芜，多少感慨，多少忧伤！到唐末韦庄描写黄巢起义后的长安，更是伤心惨目："华轩绣毂皆销散，甲第朱门无一半。含元殿上狐兔行，花萼楼前荆棘满。昔时繁盛皆埋没，举目凄凉无故物。内库烧为锦绣灰，天街踏尽公卿骨。"[2]由空间、时间与人物作为关合点，综合起来解读唐代文学作品，是我们研究唐代文学史的重要法则。

---

① 杜甫《春望》，《杜诗详注》卷四，第320页。

② 聂安福《韦庄集笺注》补遗，第317页。

第二章　唐大明宫与大明宫诗

长安城的整体布局分为外郭、坊里与宫城、皇城，作为唐王朝的帝都，宫城与皇城是其核心部分。宫城是各个宫殿的所在地，而宫殿的兴衰，关系到举国上下各层人物的命运与心态，因而宫殿也就成了唐诗集中表现的空间。“九天阊阖开宫殿，万国衣冠拜冕旒”，王维吟咏大明宫的这两句诗，成了唐王朝气势恢弘、君临万国的形象写照。唐代的主要宫殿，是几经变化的。唐朝初年的各种政治运作与制度实施，主要在明光宫。后来，大明宫、兴庆宫的建立，改变了长安的宫室格局，因而相应的政治、经济、军事等制度也有所改变[①]。唐玄宗时，还在骊山温泉宫的基础上扩建华清宫，对当时的政治活动与人们的文化心态有着重大的影响。唐代宫殿，以大明宫与华清宫最有代表性，其诗歌表现也最为集中。20 世纪 50 年代初开始，对唐大明宫遗址进行了考古发掘；90 年代以后，又对唐华清宫遗址进行了考古

---

① 妹尾达彦《9 世纪的转型：以白居易为例》：“安史之乱后的长安，成为连接西北部军事前线和长江下游流域财源地的政治改革的中枢。并且正式代替太极宫成为主要宫殿的大明宫成为 8 世纪至 9 世纪中国的政治中枢。最初建筑的太极宫的宫殿、官府布局重视象征性超过功能，而大明宫的宫殿、官府布局成为一个促成了以皇帝为中心的集权性政治操作的，重视功能的布局，为推进安史之乱后的各项改革提供了行政操作空间。”《唐研究》第 11 卷，第 490—491 页。

发掘。这样，众多的唐诗篇章，不仅可以在传世文献中得到证实，而且可以通过考古发掘的实物相互印证。文学、文献、实物三者结合，为长安宫殿的动态研究提供了一定程度上的立体空间。有关大明宫本身的历史与考古学研究，学术界已经取得了很大的成就①。这些成就，为描写大明宫的诗歌提供了实证资料。

第一节　大明宫的变迁与遗址发掘

一、大明宫的变迁

长安，是唐朝的国都，本为隋大兴城，始建于开皇二年（582），位于汉长安故城东南的龙首原。据《隋书·地理志》记载："开皇三年，

① 中国科学院考古研究所《唐长安大明宫》，科学出版社，1959年；马得志《1959—1960年唐大明宫发掘简报》，《考古》1961年第7期，第341—344页；刘致平、傅熹年《麟德殿复原的初步研究》，《考古》1963年第7期，第385—413页；傅熹年《唐长安大明宫含元殿原状的探讨》，《文物》1973年第7期，第30—48页；傅熹年《唐长安大明宫玄武门及重玄门复原研究》，《考古学报》1977年第2期，第131—158页；秦浩《大明宫的创建》，《隋唐考古》，南京大学出版社，1992年，第29—41页；中国社会科学院考古研究所西安唐城工作队《唐大明宫含元殿遗址1995—1996年发掘报告》，《考古学报》1997年第3期，第341—406页；妹尾达彦《大明宫的建筑形式与唐后期的长安》，《中国历史地理论丛》1997年第4期，第97—108页；妹尾达彦《中唐の社会と大明宫》，《中唐文学の视角》，创文社1998年，第339—356页；杨鸿勋《唐长安大明宫含元殿复原研究报告——再论含元殿的形制》上、下，《建筑学报》1998年第9期，第61—64页及第10期，第58—61页；王静《唐大明宫的构造形式与中央决策部门职能的变迁》，《文史》2002年第4辑，第101—119页；王静《唐大明宫内侍省及内侍诸司的位置与宦官专权》，《燕京学报》新16期，北京大学出版社，2004年，第89—116页；高本宪《唐朝大明宫初建史事考述》，《文博》2006年第6期，第56—58页。有关大明宫诗的研究，王静有《唐诗中的大明宫》，为西北大学2009年专业硕士学位论文。

置雍州。城东西十八里一百一十五步，南北十五里一百七十五步，东面通化、春明、延兴三门，南面启夏、明德、安化三门，西面延平、金光、开远三门，北面光化一门。里一百六，市二。……大兴，开皇三年置。后周于旧郡置县曰万年，高祖龙潜，封号大兴，故至是改焉。有长乐宫。"① 唐朝建立，定都于此，加以扩建，并改名"长安"。唐长安城在当时不仅是全国最大的城市，也是世界最大的城市之一。

长安城中有三座最大的宫殿，即太极宫、兴庆宫、大明宫，又称三大内：太极宫为西内，兴庆宫为南内，大明宫为东内。其位置都在长安城内与城北。史念海先生曾对大明宫的主要布局及政治地位进行总体的概括：

> 大明宫在唐朝所谓"三大内"中规模最大。建筑布局以丹凤门、含元殿、宣政殿、紫宸殿和玄武门为南北轴线，官厅、别殿、亭阁与楼观等四五十所分布于东西两侧。大明宫的南半部为朝政建筑区，其中三大殿又构成前、中、后三个空间。前为"大朝"，以高大雄伟的含元殿为主体，面朝宽阔的广场，国家盛大的庆典多在此举行。中为"中朝"，以宣政殿为主体，朝廷各重要机构设在其左右，为皇帝常朝听政和百官办事的行政中心。后为"内朝"，以紫宸殿为主体，紫宸殿是紧连后宫的便殿，官员被召入此殿朝见，亦称"入阁"，是很荣耀的事。其西侧的延英殿也是政治活动频繁的地方，在不上朝的日子，皇帝多在此召见宰相和重臣议政，时称"开延英"。大明宫的北部为生活建筑区，富丽堂皇的宫殿楼阁环绕着风景如画的太液池，其中以皇帝用作宴请近臣外宾观赏乐舞的麟德殿最为著名。宦官的衙署内侍省则在宫

---

①《隋书》卷二九，中华书局，1973年，第808页。

城北部，中唐以后，宦官逐渐掌握宫廷禁军，进而干预朝政形成“北司”。北司长期与中书门下省代表的“南司”分庭抗礼，造成了唐朝后期政治的混乱和腐败。①

大明宫是“三大内”中规模较大的一座，是唐代帝王政治活动的中心。位于今西安城北一公里的龙首原上，亦即当时长安城（外郭城）北的禁苑中，其南面城墙即是外郭城的北垣。大明宫的名称、建置、规模与变更情况，据《唐会要》卷三〇《大明宫》条记载：大明宫最初建于太宗贞观八年（634）十月，名“永安宫”，至九年（635）正月，改名“大明宫”，以备太上皇清暑。高宗龙朔二年（662），因染风痹，以宫内湫湿，乃重修大明宫，并改名为“蓬莱宫”。三年（663）三月，减百官一月俸钱，赋雍、同等十五州民钱，以建蓬莱宫。四月二十二日，移仗就蓬莱宫新作含元殿，二十五日，始紫宸殿听政，百僚奉贺，新宫成也。咸亨元年（670）三月四日，又改名“含元殿”。长安元年（701）十一月，复称大明宫，从此大明宫的名称才固定②。据《旧唐书·地理志》记载：“东内曰大明宫，在西内之东北，高宗龙朔二年置。正门曰丹凤，正殿曰含元，含元之后曰宣政，宣政左右，有中书门下二省，弘文史二馆。高宗以后，天子常居东内。别殿、亭、观三十余所。”③

我们知道，唐朝初年，皇帝听政在太极宫，自高宗龙朔三年（663）移居大明宫听政以后，各代皇帝便常居大明宫听政。因而大明宫的建立，标志着唐代政治权力核心的转移。有唐近三百年间，中

① 史念海《西安历史地图集》，西安地图出版社，1996 年，第 88 页。
② 王溥《唐会要》卷三〇，第 644 页。
③《旧唐书》卷三八，第 1394 页。

央政治活动的核心主要在大明宫。唐人康骈《剧谈录》卷下《含元殿》条说："每元朔朝会，禁军与御仗宿于殿庭，金甲葆戈，杂以绮绣，罗列文武，缨珮序立，蕃夷酋长仰观玉座，若在霄汉。识者以为自姬汉之代迄于亡隋，未有如斯之盛。京城自朱泚之乱，逮乾符中，近百年无事，君臣和叶，四表靖谧，文物之盛，笼罩姬汉，藩方职贡，府无虚月。上至士君子，下及庶民，皆修饬廉谨，以邀时誉，食禄者守其官，耕贾者专其业，八纮四海，遂同文轨，承平既久，稍务奢逸。"①

在唐代的宫殿当中，大明宫的位置最为重要，它是唐代政治、经济、军事、文化等各方面的中枢所在，也促成了长安各方面的改革与变化。"随着唐朝政治的发展，大明宫、兴庆宫的建立改变了长安的宫室格局，从而影响了唐朝中央的政治格局和制度变更；甚至官人的宅第也逐渐从西街向东街转移，形成了'东贵西富'的新格局；而长安经济、文化的发展，也使得旧有的坊里制度不再适应新经济体制和文化需求，从而导致了坊墙的突破和侵街现象的出现。"②

文献当中较早记载大明者，要数韦述的《两京新记》，该书对大明宫的记载云：

> 大明宫南接京城之北面，西接京城之东北隅。初，高宗尝患风痹，以宫内湫湿，屋宇拥蔽，乃于此置宫。司农少卿梁孝仁充使制造。北据高冈，南望爽垲，视终南如指掌，坊市俯而可窥。宫南面五门，正南丹凤门，次东望仙、延政门；次西建福、兴安门。[丹凤门内]正中含元殿，殿东西翔鸾、栖凤阁，[阁]下肺石、登闻鼓。殿前左右有砌道盘上，谓之龙尾道。殿陛上高于平地

① 康骈《剧谈录》卷下，古典文学出版社，1958年，第56—57页。

② 荣新江《关于隋唐长安研究的几点思考》，《唐研究》第9卷，第2页。

> 四十余丈，南去丹凤门四百步。含元殿东西通乾、观象门，殿北宣政门。门内曰宣政殿，即正衙殿也，朔望大册拜则御之。[殿前]东西廊日华、月华门。[日华门东有门下省]，门下省东弘文馆，次东史馆。紫宸殿在宣政殿北，即内衙正殿。紫宸殿前紫宸门，内设外屏。东崇明门，南出含曜门、昭训门；西光顺门，南出昭庆门、光范门。紫宸殿北曰蓬莱殿，其西曰还周殿，还周西北曰金銮殿。金銮西南曰长安殿。长安北曰仙居殿，仙居西北曰麟德殿。此殿三面，故以三殿名。东南、西南有阁，东西有楼。大福殿在三殿北，重楼连阁绵亘，西殿有走马楼，南北长百余步，楼下即九仙门，西入苑。拾翠殿在大福殿东南。拾翠楼在大福殿东北。①

韦述的《两京新记》已佚，辛德勇根据类书方志等资料重新辑录，成《两京新记辑校》一书，使得该书的大致面貌得以面世。宋人宋敏求的《长安志》以及后来的《河南志》等，都是在《两京新记》的基础上修纂的。如宋赵彦卫《云麓漫钞》卷八云："长安图，元丰三年正月五日，龙图阁待制知永兴军府事汲郡吕公大防，命户曹刘景阳按视、邠州观察推官吕大临检定。其法以隋都城大明宫并以二寸折一里，城外取容，不用折法。大率以旧图及韦述《西京记》为本，参以诸书及遗址。"② 但宋代以后，《两京新记》散佚，元明以后有关长安的著作，就大多来源于《长安志》等书，一直到清人徐松的《唐两京城坊考》，集长安与洛阳研究的大成。《唐两京城坊考》专列"大明宫"一目，对这一宫殿的考证极为详尽，也是后来大明宫遗址发掘得以考据与比照的文献渊薮，具有重要的作用。中国科学院考古研究所编

---

① 辛德勇《两京新记辑校》卷一，中华书局，2020年，第58—60页。

② 赵彦卫《云麓漫钞》卷八，中华书局，1996年，第140页。

纂的《唐长安大明宫》一书，对于历代文献的记载作了提纲挈领的叙述，颇有助于历代大明宫文献的利用："唐长安城及各宫城的建筑形制，颇为精密。自北宋以来，不少学者考证研究，并作图志之。这些都成为今日研究长安城必备的参考资料。仅以大明宫来说，历代所作之图不下十余种，其中最早的要算北宋吕大防，他于元丰三年作'长安城图'。其后为程大昌《雍录》'六典大明宫图'及'阁本大明宫图'。元代李好文（长安志图、大明宫图）、清代徐松（两京城坊考大明宫图）、王森文（汉唐都城图大明宫图）、毕沅（关中胜迹图志东内图）等，都作有大明宫图。《咸宁县志》《陕西通志》也都有大明宫图的记载。上述各图虽有详略的区别，个别宫殿和城门的位置、名称等亦互有不同，但在宫城的形制方面，基本是一致的……各图大都是将文献加以考证然后据以画出的。"①

二、大明宫遗址的发掘

因为唐代大明宫遗址是大唐王朝辉煌历史的象征，也是珍贵的历史文化遗产，故而对这一遗址的发掘与保护，就成为20世纪后半时期为世人瞩目的世界考古的重大事件之一。根据《唐大明宫遗址考古发现与研究》一书，我们对于大明宫从1957年开始发掘，至本世纪初五十多年的成果有了比较全面的了解，下面就发掘的主要过程及与本书相关的情况，就发掘报告与文献记载略述于下：

（一）发掘过程

中国科学院考古研究所于1957年3月组成工作队到大明宫进行勘察，准备发掘。经过三个多月的勘察与试掘，初步了解城址的范围和保存的状况。同年10月，正式展开发掘和勘探的工作，至1959

① 中国科学院考古研究所《唐长安大明宫》，第56页。

年 5 月，基本上将城垣与主要的宫墙、城门以及宫殿、池、渠等遗址的范围和分布勘察清楚。根据勘察的线索，发掘了其中的城门四座、大型宫殿遗址一处、部分城墙以及其他遗址等多处。1957 年还发掘了含光殿遗址的一部分①。

1959 年至 1960 年的勘探工作，主要是在大明宫的北部进行。含元殿的发掘工作，于 1959 年开始，到 1960 年全部结束②。实际上这一次并不是全面的发掘，而仅揭露了殿址的两阁。

20 世纪 80 年代，主要对大明宫的一部分殿堂遗址、皇城的含光门以及街坊内个别寺院遗址进行了调查和发掘③。

1995 年至 1996 年对含元殿遗址又进行全面的发掘。1995 年 3 月，考古所西安唐城工作队进入遗址现场，1996 年 12 月初结束了发掘工作④。

2003 年 2 月 20 日至 5 月 20 日，中日联合考古队对太液池北岸、蓬莱岛南岸遗址进行了考古发掘⑤。2004 年春，又在太液池南岸

---

① 中国科学院考古研究所《唐长安大明宫》，第 1 页。

② 马得志《1959—1960 年唐大明宫发掘简报》，《考古》1961 年第 7 期，第 341—344 页。

③ 马得志《唐长安城发掘新收获》，《考古》1987 年第 4 期，第 329—336 页。

④ 中国社会科学院考古研究所西安唐城工作队《唐大明宫含元殿遗址 1995—1996 年发掘报告》，《考古学报》1997 年第 3 期，第 341—406 页；中国社会科学院考古研究所西安唐城工作队《关于唐含元殿遗址发掘资料有关问题的说明》，《考古》1998 年第 2 期，第 93—96 页。

⑤ 中国社会科学院考古研究所等《唐长安城大明宫太液池遗址考古新收获》，《考古》2003 年第 11 期，第 3—6 页；中国社会科学院考古研究所等《唐长安城大明宫太液池遗址发掘简报》，《考古》2003 年第 11 期，第 7—26 页；中国社会科学院考古研究所等《西安市唐长安城大明宫太液池遗址》，《考古》2005 年第 7 期，第 29—34 页。

遗址上清理出一组大型廊院建筑遗存[①]。2005年2月，中日联合考古队对西安唐长安城大明宫太液池遗址进行了第六次考古发掘，并获得了一些重要的新发现[②]。

2005年9月至2006年1月，中国社会科学院考古研究所西安唐城队，对丹凤门遗址进行了全面发掘[③]。

（二）大明宫的总体格局

随着大明宫的全面发掘，对于大明宫建置与构造形式的研究，成为考古学研究的热点问题，至今已经取得丰硕的成果。其遗址范围及分布情况，到目前为止已基本上弄清楚。“整体布局上，丹凤门——含元殿——宣政殿——紫宸殿构成了大明宫的南北中轴线，并以此为中心形成了外朝、中朝、内朝三个空间。在轴线两侧还有各式宫殿、院馆、楼台等。而处于中轴线上的三座宫殿当中，尤以含元殿的考古发掘和复原工作为最多。”[④]相关的宫殿则有含元殿、宣政殿与紫宸殿。现综合《长安志》《唐两京城坊考》等文献记载与相关考古发掘情况，将大明宫的总体格局述之于下。

大明宫在太极宫东北禁苑内的龙首原上，据龙首山。龙首山长六十余里，来自樊川，由南而北行，至渭滨乃折向东。头高二十丈，尾渐下，约六七丈。大明宫南接都城之北，西接宫城之东北隅，亦曰东内。太宗贞观八年（634）置为永安宫，次年改为大明宫，以备太上皇

---

① 中国社会科学院考古研究所等《西安大明宫太液池南岸遗址发现大型廊院建筑遗存》，《考古》2004年第9期，第3—6页。

② 中国社会科学院考古研究所等《西安唐长安城大明宫太液池遗址的新发现》，《考古》2005年第12期，第3—6页。

③ 中国社会科学院考古研究所西安唐城队《西安市唐长安城大明宫丹凤门遗址的发掘》，《考古》2006年第7期，第39—49页。

④ 王静《唐大明宫的构造形式与中央决策部门职能的变迁》，《文史》2002年第4辑，第102页。

清暑。龙朔二年（662），高宗病风痹，以宫内湫湿，命司农少卿梁孝仁修之，改名蓬莱宫。

大明宫南面五门：正南为丹凤门，其东为望仙门，次东为延政门；丹凤门西为建福门，次西兴安门。东面二门：南为太和门，北为左银台门。西面三门：南为日营门，北为右银台门，右银台门之北为九仙门。北面三门：中为玄武门，左为银汉门，右为凌霄门。

丹凤门内正衙为含元殿，殿之前廊有翔鸾阁、栖凤阁。阁前有钟楼、鼓楼。左右砌道盘上谓之龙尾道。含元殿后为宣政殿。宣政殿后为紫宸殿。紫宸殿后为蓬莱殿。西有清晖阁，北为太液池，池中有亭。太液池北岸有含凉殿，玄武门内又有玄武殿。紫宸殿东又有绫绮殿、浴堂殿、宣徽殿、温室殿。银台门之北为太和殿、清思殿、望仙台、珠镜殿。紫宸殿西为延英殿、思政殿。银台门之北有明义殿、承欢殿、还周殿、麟德殿等。

第二节　大明宫诗与长安气象

日本学者妹尾达彦在研究中唐社会与大明宫的关系时，曾从文学的大明宫的角度，将大明宫作为政治的舞台、皇帝的权威、官人的伟容与文学表现诸方面结合以强调大明宫是中唐以后的政治中心[①]。对于长安与文学关系研究具有很大的启迪意义。

唐人表现大明宫的诗篇，以组诗出现，最能体现盛世承平的象征。《文苑英华》卷一七二载《人日重宴大明宫恩赐彩缕人胜应制》，同题者有李峤、赵彦昭、刘宪、崔日用、韦元旦、马怀素、苏颋、李乂、郑

① 妹尾达彦《中唐の社会と大明宫》四《文学の大明宫》，《中唐文学の视角》，创文社，1998年，第349—351页。

愔、李适、阎朝隐、沈佺期，共十二人。这组诗是应制之作，写于中宗景龙四年（710）正月七日。《唐诗纪事》卷九《李适》条："（景龙）四年正月朔，赐群臣柏树。五日，蓬莱宫宴吐蕃使，因为柏梁体。七日，重宴大明殿，赐彩镂人胜，又观打球。"① 李乂诗云：

诘旦行春上苑中，凭高御下大明宫。千年执象寰瀛泰，七日为人庆赏隆。铁凤曾骞摇瑞雪，铜乌细转入祥风。此时朝野欢无算，此岁云天乐未穷。②

既描写了大明宫的气势，也表现了人日春和景明时君臣一体，沐浴春风，庆赏节日的隆重场面。其他诗作都从不同的角度与层面展开：宫殿的恢弘，"万宇千门平旦开，天容辰象列朝回"（马怀素），"疏龙磴道切朝回，建凤旗门绕帝台"（苏颋）；风景的秀丽，"夹路桃花千树发，垂轩弱柳万条新"（赵彦昭），"七叶仙冥承月吐，千株御柳拂烟开"（苏颋）；气氛的热烈，"新年宴乐正东朝，钟鼓铿锽大乐调"（崔日用），"鸾凤旌旗拂晓陈，鱼龙角觝大明辰"（韦元旦）；君臣的谐和，"千官黼帐杯前寿，百福香奁胜里人"（沈佺期），"宸极此时飞圣藻，微臣窃抃预闻韶"（崔日用）。

吟咏大明宫的诗作，以贾至、杜甫、王维、岑参的一组诗最为著名。贾至《早朝大明宫呈两省僚友》诗云：

银烛熏天紫陌长，禁城春色晓苍苍。千条弱柳垂青琐，百啭流莺绕建章。剑珮声随玉墀步，衣冠身惹御炉香。共沐恩波凤

① 计有功《唐诗纪事》卷九，第 115 页。
② 李昉《文苑英华》卷一七二，第 832 页。

池上，朝朝染翰侍君王。①

王维《和贾舍人早朝大明宫之作》诗云：

绛帻鸡人送晓筹，尚衣方进翠云裘。九天阊阖开宫殿，万国衣冠拜冕旒。日色才临仙掌动，香烟欲傍衮龙浮。朝罢须裁五色诏，佩声归向凤池头。②

岑参《奉和中书舍人贾至早朝大明宫》诗云：

鸡鸣紫陌曙光寒，莺啭皇州春色阑。金阙晓钟开万户，玉阶仙仗拥千官。花迎剑珮星初落，柳拂旌旗露未干。独有凤凰池上客，阳春一曲和皆难。③

杜甫《奉和贾至舍人早朝大明宫》诗云：

五夜漏声催晓箭，九重春色醉仙桃。旌旗日暖龙蛇动，宫殿风微燕雀高。朝罢香烟携满袖，诗成珠玉在挥毫。欲知世掌丝纶美，池上于今有凤毛。④

贾至在唐肃宗乾元元年（758）为中书舍人，作《早朝大明宫呈两省僚友》诗，杜甫、岑参、王维均有和作。“七言褒颂功德，如少陵、贾至

① 《全唐诗》卷二三五，第 2596 页。
② 《全唐诗》卷一二八，第 1296 页。
③ 《全唐诗》卷二〇一，第 2096 页。
④ 《全唐诗》卷二二五，第 2410 页。

诸人倡和《早朝大明宫》,乃为典雅重大。和此诗者,岑参云:‘花迎剑佩星初落,柳拂旌旗露未干。’最佳。”[1]岑诗通篇是铺叙早朝的庄严,从宫内所闻到宫外所见,再写俯视之景与仰看之景,句句自然,字字清新。王诗既显示了宫中的庄严肃穆,又将早朝大明宫时特有的雍容华贵气氛写足。首联写报晓与翠云裘,即显示了宫中的庄严肃穆。这是早朝的环境。中间四句正面写早朝。“九天”句自内而外地描写,“万国”句自外而内进行描写,“日色”句写宫外,“香烟”句写宫中。最后二句点明和贾诗,同时写到早朝后情况,关合题意。“九天阊阖开宫殿,万国衣冠拜冕旒”,造语堂皇,气吞环宇,势压众作,为千古传诵。明人胡应麟曾以岑参与王维二诗相比较:“细校王、岑二作,岑通章八句,皆精工整密,字字天成。颈联绚烂鲜明,早朝意宛然在目。独颔联虽绝壮丽,而气势迫促,遂至全篇音韵微乖,不尔,当为唐七言律冠矣。王起语意偏,不若岑之大体;结语思窘,不若岑之自然;颈联甚活,终未若岑之骈切。独颔联高华博大,而冠冕和平,前后映带,遂令全首改色,称最当时。大概二诗力量相等,岑以格胜,王以调胜,岑以篇胜,王以句胜,岑极精严缜匝,王较宽裕悠扬。”[2]日本虎关禅师《济北诗话》说:“唐初盛唐之诗人有赠答,只和意而已,不和韵矣。和意者,贾至《早朝大明宫》诗,杜甫、王维、岑参皆有和。至落句云:‘共沐恩波凤池里,朝朝染翰侍君王。’甫落句云:‘欲知世掌丝纶美,池上于今有凤毛。’维落句云:‘朝罢须裁五色诏,佩声归到凤池头。’岑落句云:‘独有凤凰地上客,阳春一曲和皆难。’盖至之父曾,开元间掌制诰。肃宗拜至起居舍人,起居舍人掌制诰,故至句有‘染翰侍君王’之语。甫之‘世掌丝纶美’者,曾、至父子,玄、肃两朝

① 杨万里《诚斋诗话》,《历代诗话续编》,中华书局,1983年,第138页。
② 胡应麟《诗薮》内编卷五,上海古籍出版社,1979年,第95页。

盛典之谓也。维之‘五色诏’又同。四诗皆有‘凤池’者,舍人局前有凤皇池也。落句者,寓意之所,四人句同者,和意之谓也。”[①] 这组诗歌,在唐代咏大明宫诗中,是最具格局也是最有影响的组诗。

据笔者统计,唐代诗人描写大明宫或涉及大明宫的诗作,共有二十五题近三十首,除了上述两组诗外,其他诗作都在中晚唐时期。因为中晚唐时期,大明宫是政治运作的中枢,也是官员供职的处所,故吟咏篇什,仍以歌颂居多,承续着盛唐文人诗所表现的升平气象。如令狐楚《宫中乐五首》的前二首:“楚塞金陵靖,巴山玉垒空。万方无一事,端拱大明宫。”“雪霁长杨苑,冰开太液池。宫中行乐日,天下盛明时。”[②] 王涯《宫词三十首》:“曈曈日出大明宫,天乐遥闻在碧空。禁树无风正和暖,玉楼金殿晓光中。”[③] 即使是僧道之徒,也加入了歌颂大明宫承平气象的行列:“庆寿千龄远,敷仁万国通。登霄欣有路,捧日愧无功。仙驾三山上,龙生二月中。修斋长乐殿,讲道大明宫。此地人难到,诸天事不同。法筵花散后,空界满香风。”[④]

当某些官员与文人被外放州郡或贬出京城之后,朋友之间劝勉,还会以回到大明宫作为努力的目标。杨巨源《奉寄通州元九侍御》诗:“大明宫殿郁苍苍,紫禁龙钟直署香。九陌华轩争道路,一枝寒玉任烟霜。须听瑞雪传心语,莫被啼猿续泪行。共说圣朝容直气,期君新岁奉恩光。”[⑤] 诗中“元九侍御”为元稹,其时在通州司马贬所。杨巨源在朝为太常博士,故就大明宫殿的吟咏,以期望元稹重返朝廷,一

① 虎关禅师《济北诗话》,《日本诗话丛书》第6卷,文会堂书店,大正九年(1920),第301—302页。

② 《全唐诗》卷三三四,第3748页。

③ 《全唐诗》卷三四六,第3878页。

④ 广宣《降诞日内庭献寿应制》,《全唐诗》卷八二一,第9269页。

⑤ 李昉《文苑英华》卷二五七,第1292页。

展其宏图大志。中唐以后，勉励士人立功受册者，常常以大明宫为目标。张籍《田司空入朝》诗："西来将相位兼雄，不与诸君觐礼同。早变山东知顺命，新收济上立殊功。朝官叙谒趋门外，恩使喧迎满路中。阊阖晓开铜漏静，身当受册大明宫。"① 相反，对于失意者来说，未见大明宫是平生最为遗憾之事。吕温《登少陵原望秦中诸川太原王至德妙用有水术因用感叹》，即表现这样的情怀："岂知年三十，未识大明宫。卷尔出岫云，追吾入冥鸿。无为学惊俗，狂醉哭途穷。"② 更多的是离开长安以后，对于大明宫的永久回忆，杜甫《秋兴八首》其五云："蓬莱高阙对南山，承露金茎霄汉间。西望瑶池降王母，东来紫气满函关。云移雉尾开宫扇，日绕龙鳞识圣颜。一卧沧江惊岁晚，几回青琐点朝班。"③ 杜甫此时已离开长安多年，滞留于夔州，仍对大明宫寄予一片深情，曾经在长安为拾遗时所见大明宫的气势与威严仍历历在目。

唐代居住于大明宫附近之人，与居住于其他地方者相比，心理状态也有明显的不同。"在有关大明宫的众多唐诗中，都表现了一种与天子相连的幸运与紧张感，反映出与大明宫邻近的街东官员社会的居民所享受的一定的满足感。而另一方面，在以西市为中心的街西的社会，则与居住在街东中南部的官员形成对照，给人以疏离于中心地区之外的僻远空间的印象。"④

第三节　大明宫殿阁池亭的文学印证

日本学者妹尾达彦曾对大明宫及其殿阁的文学现象加以描述

①《全唐诗》卷三八五，第 4341—4342 页。
②《全唐诗》卷三七一，第 4165 页。
③ 仇兆鳌《杜诗详注》卷一七，第 1491 页。
④ 妹尾达彦《9 世纪的转型：以白居易为例》，《唐研究》第 11 卷，第 503 页。

说："在中唐的诗歌和小说中，常常出现大明宫，关于大明宫的诗很多。大明宫作为铨选、贡举及制科的舞台之一，唐后期，很多官人和考生在含元殿或宣政殿直接拜见了皇帝。当时多数官人以能参加大明宫含元殿、宣政殿及紫宸殿的朝会为荣耀，大明宫成为皇帝权威的象征。官人歌颂大明宫华丽壮丽的诗很流行，由此更加强化了居住在大明宫的皇帝的至高无上的形象。"① 这样一个政治舞台，通过上一世纪以来遗址的发掘，其宏伟的规模逐渐呈现在人们的眼前，而这里的主要殿堂楼阁、池台亭榭，也可以得到文学作品的印证。

一、含元殿

含元殿是长安大明宫的正殿，初建于龙朔二年（662），竣工于龙朔三年（663）四月。长安元年（701）十二月改称大明殿，神龙元年（705）复称含元殿②。其地理位置在龙首山的东麓，据唐康骈《剧谈录》卷上《含元殿》条记载："含元殿，国初建造，凿龙首岗以为基趾，彤墀扣砌，高五十余尺，左右立栖凤翔鸾二阙。龙尾道出于阙前。倚栏下瞰，前山如在诸掌，殿去五门二里，每元朔朝会，禁军与御仗宿于殿庭，金甲葆戈，杂以绮绣，罗列文武，缨珮序立，蕃夷酋长仰观玉座，若在霄汉。识者以为自姬汉之代迄于亡隋，未有如斯之盛。"③《长安志》记载："丹凤门内当中正殿曰含元殿，武太后改曰'大明殿'，即龙首山之东麓也。阶基高平地四十余尺，南去丹凤门四十余步，中无间隔，左右宽平，东西广五百步。"④ 宋程大昌《雍录》卷三《汉唐宫殿据

① 妹尾达彦《大明宫的建筑形式与唐后期的长安》，《中国历史地理论丛》1997年第4期，第104页。

② 王溥《唐会要》卷三〇，第644—646页。

③ 康骈《剧谈录》卷下，第56页。

④ 宋敏求《长安志》卷六，《宋元方志丛刊》，中华书局，1990年，第105页。

龙首山》条云:"龙首山首枕渭之南岸,尾达樊川,首高尾下。……未央又东,龙首愈增高,而唐大明宫尤在高处,故含元殿基高于平地四丈,含元之北为宣政,宣政之北为紫宸,地每退北,辄又加高,至紫宸则极矣。其北遂为蓬莱殿,殿有池,则平地矣。大明之东有苑,苑有池,龙首渠水自城南而注入于此,则可见其不在山上也,惟其三面皆低,而大明之基独高。故《长安志》曰:'大明宫北据高原,南望爽垲,视终南如指掌,在京坊市,可俯而窥也。'"① 考古发掘的情况是这样的:"含元殿,位于丹凤门北 610 米(至含殿前沿)处,与丹凤门南北相对。因殿址在龙首原南沿之上,高出下面平地 10 余米。经探测得知,殿庑的面积东西长约 60 余米,南北宽 40 余米,殿址的铺砖地面距现在的地表 1 米多。……殿前东西两侧各有一高出殿址的夯土台基,即翔鸾、栖凤二阁之遗址。"②

含元殿因是唐代大明宫的正殿,是唐代各种重大政治活动施行的场所,凡有元旦、冬至、千秋节的大朝会,或检阅军队,或发布赦令,大都在此举行。"充分表现了盛唐开阔、明朗、辉煌、开放的格调。每逢朝会,数万人列于殿下广场,皇太子及文武百官向皇帝拜贺新岁,外国和周边民族政权使节也谒见朝觐,正是'九天阊阖开宫殿,万国衣冠拜冕旒'。"③ 此时皇帝常御含元殿前廊之翔鸾阁与栖凤阁。两阁具有双阙的性质,颇为壮观,即李华《含元殿赋》所谓"左翔鸾而右栖凤,翘两阙而为翼"。"巍然耸立的大殿居高临下,皇帝在这里举行大朝会,朝见臣下,用来表示其崇高的威严。有人形容参加大朝会的情景说:'元会(指元旦朝会)来朝者,仰瞻王座,如在霄汉。'(康骈

---

① 程大昌《雍录》卷三,中华书局,2002 年,第 56—57 页。

② 中国科学院考古研究所《唐长安大明宫》,第 30 页。

③ 中国社会科学院考古研究所等《唐大明宫遗址考古发现与研究》前言,文物出版社,2007 年,第 1 页。

《剧谈录》)”[1]有唐一代反映含元殿的文学作品甚多,最为著名的是李华的《含元殿赋》,其序云:

> 宫殿之赋,论者以《灵光》为宗。然诸侯之遗事,盖务恢张飞动而已。自兹已降,代有词杰,播于声颂而无闻焉。夫先王建都营室,必相地形,询卜筮,考以农隙,工以子来。虞人献山林之干,太史贞日月之吉。虽班、张、左思,角立于代,未能备也。而曩之文士,赋《长笛》《洞箫》,怀握之细,则广言山川之阻,采伐之勤。至于都邑宫室,宏模廓度,则略而不云,其体病矣。至若阴阳惨舒之变,宜于壮丽;栋宇绳墨之间,邻于政教。岂前修不逮,将俟圣德而启?臣心辄极思虑,作《含元殿赋》,陋百王之制度,出群子之胸臆。非敢厚自夸耀,以希名誉,欲使后之观者,知圣代有颂德之臣焉。[2]

李华的这篇赋作,是想模拟汉大赋的格局,将唐代的含元殿从规模、气势等各个方面加以描述与弘扬。这篇赋在当时非常有名,受到了著名文人萧颖士的称赞:“《景福》之上,《灵光》之下。”[3]宋王谠《唐语林》又有这样一段记载:“李华,字遐叔,以文学自名,与萧颖士、贾幼几为友。华作赋云:‘星锤电交于万绪,霜锯冰解于千寻。拥梯成山,攒杵为林。’颖士读之,谓华曰:‘可使孟坚瓦解,平子土崩矣。’幼几曰:‘未若“天光流于紫庭,测景入于朱户。腾祥灵于黯霭,映旭日之葱茏”。’华曰:‘某所自得,惟:“括万象以为尊,特巍巍于上

① 杨宽《中国古代都城制度史研究》,上海古籍出版社,1993年,第175页。
② 李昉《文苑英华》卷四八,第215页。
③ 陶绍清《唐摭言校证》卷七,第296页。

京。分命征般石之匠，下荆、扬之材，操斧执斤者万人，涉碛砾而登崔嵬。”不让东、西二都也。’时人以华不可居萧、贾之间。”①

杨巨源《元日含元殿下立仗丹凤楼门下宣赦相公称贺二首》则描述了中唐时期在含元殿元日大赦的壮观景象：

> 天垂台耀扫欃枪，寿献香山祝圣明。丹凤楼前歌九奏，金鸡竿下鼓千声。衣冠南面薰风动，文字东方喜气生。从此登封资庙略，两河连海一时清。
>
> 临轩启扇似云收，率土朝天剧水流。瑞色含春当正殿，香烟捧日在高楼。三朝气蚤迎恩泽，万岁声长绕冕旒。请问汉家功第一，麒麟阁上识酂侯。②

为了表现含元殿的壮观雄伟的气象，唐代还将含元殿作为科举考试诗赋的常见试题。《文苑英华》卷一八〇省试门收《南至日隔霜仗望含元殿炉香》诗，共三首，作者分别是崔立之、裴次元、王士良（按应作王良士）。据陈尚君、孟二冬先生所考，《南至日隔霜仗望含元殿炉香》为贞元四年（788）进士试题③。今录王良士诗于下，以见唐朝进士举子目中所见的含元殿远景：“抗殿疏龙首，高楼接上玄。节当南至日，星是北辰天。霜戟罗仙仗，金炉引御烟。霏微霜阙丽，溶曳九门连。拂树祥光满，分晴曙色鲜。一阳今在历，生植愿陶

① 周勋初《唐语林校证》卷二，中华书局，1987年，第170—171页。

② 《全唐诗》卷三三三，第3730页。

③ 陈尚君《〈登科记考〉正补》，《陈尚君自选集》，广西师范大学出版社，2000年，第237页；孟二冬《登科记考补正》卷一二，中华书局，2019年，第457—458页。

甄。”[①] 此外,《文苑英华》尚有卷六二失名《贡举人见于含元殿赋》、卷一三一郑锡《正月一日含元殿观百兽率舞赋》、卷一八〇张莒《元日望含元殿御扇开合》诗等,均为省试诗赋题目。

作为唐帝国强盛象征的含元殿,陪伴大唐帝国辉煌了两百多年,也随着唐代的衰亡而渐趋衰落。至唐末黄巢起义军进攻长安以后,就不复再有往日的气象了,但仍未遭到其他宫殿那样的毁灭性灾难。据《新唐书·黄巢传》记载:“自禄山陷长安,宫阙完雄,吐蕃所燔,唯衢衖庐舍;朱泚乱定百余年,治缮神丽如开元时。至巢败,方镇兵互入掳掠,火大内,唯含元殿独存。火所不及者,止西内、南内及光启宫而已。”[②] 然往日的恢弘气象已不复存在,韦庄的著名诗篇《秦妇吟》中有这样几句诗描绘含元殿:“华轩绣毂皆销散,甲第朱门无一半。含元殿上狐兔行,花萼楼前荆棘满。昔时繁盛皆埋没,举目凄凉无故物。内库烧为锦绣灰,天街踏尽公卿骨。”[③]

二、宣政殿

宣政殿位于含元殿正北,相距三百米。殿址东西长近七十米,南北宽四十余米,殿址东西两侧亦有东西行的宫墙,与含元殿的形式相同[④]。

唐代吟咏宣政殿的诗章共有三首,作者为李义府、杜甫与薛逢,正好各自代表了初唐、盛唐与晚唐时期。李义府《宣正殿芝草》诗云:

明王敦孝感,宝殿秀灵芝。色带朝阳净,光涵南露滋。且标

① 李昉《文苑英华》卷一八〇,第 882 页。
② 《新唐书》卷二二五,中华书局,1975 年,第 6462 页。
③ 聂安福《韦庄集笺注》补遗,第 317 页。
④ 中国科学院考古研究所《唐长安大明宫》,第 30 页。

宣德重，更引国恩施。圣祚今无限，微臣乐未移。①

杜甫《宣政殿退朝晚出左掖》诗云：

天门日射黄金榜，春殿晴曛赤羽旗。宫草霏霏承委珮，炉烟细细驻游丝。云近蓬莱常五色，雪残鳷鹊亦多时。侍臣缓步归青琐，退食从容出每迟。②

据《唐六典》卷七记载，大明宫宣政殿前左右两廊门内为门下省和中书省。门下省因在宣政殿之左，故称“左掖”。至德二载（757）杜甫官左拾遗，故诗题称“左掖”。这首诗的上四句自外而内，咏宣政殿之景。日光射榜，在殿外；晴气薰旗，在殿前；草承委佩，在殿下；烟驻游丝，在殿中。接着二句既写景，又写时。云近蓬莱、雪残鳷鹊，则又是遥瞻殿上之景，亦写出作者在朝之久，故云“亦多时”。最后二句写退朝出掖之时。

薛逢《宣政殿前陪位观册顺宗宪宗皇帝尊号》诗云：

楼头钟鼓递相催，曙色当衙晓仗开。孔雀扇分香案出，衮龙衣动册函来。金泥照耀传中旨，玉节从容引上台。盛礼永尊徽号毕，圣慈南面不胜哀。③

册皇帝尊号，是朝廷的大事，场面当然非常壮观。这次册尊号的地

① 《全唐诗》卷三五，第 468 页。
② 仇兆鳌《杜诗详注》卷六，第 435 页。
③ 《全唐诗》卷五四八，第 6330 页。

点选择在宣政殿，诗的第二句“当衙”即指宣政殿的正衙。宋司马光《涑水记闻》卷八：“唐有大内，有大明宫。大内谓之西内，大明宫谓之东内。高宗以后，多居东内。其正南门曰丹凤。丹凤之内曰含元殿，正至大朝会则御之。次曰宣政殿，谓之正衙，朔望大册拜则御之。次北紫宸殿，谓之上阁，亦曰内衙，奇日视朝则御之。唐制，天子日视朝，则必立仗于正衙，或乘舆止于紫宸，则呼仗自东西阁门入，故唐世谓奇日视朝为入阁。”① 宣政殿楼头设钟鼓乐队，正衙前排列仪仗，殿前置香案，并陈设孔雀扇。孔雀扇是太子仪仗的一部分，故此句应言宪宗。下句“衮龙衣动”则言顺宗。“金泥”代指皇帝玉玺，此为盖上玉玺的圣旨，指册函的内容。“玉节”指玉制的符节，这里指持玉节的引导仪仗的官员。薛逢诗描写了宣政殿前册皇帝尊号礼仪的场面及过程，重点写殿前仪仗。

三、紫宸殿

宣政殿之北有紫宸门，门北为紫宸殿，是唐代内廷的重要机关所在地。大明宫内廷的核心建筑是紫宸殿。紫宸殿西边有延英殿—左藏库—内侍省—集贤院—麟德殿—翰林院—右银台门—含光殿等建筑，东边有浴堂殿—枢密院—宣徽殿—左银台门等建筑。这些建筑都是唐后期行政、财政、军事的重要机关，也是皇帝的直属机关。这些重要机关都集中于内廷，所以唐后期的大明宫内廷是很重要的地方②。

在大明宫的三个正殿中，紫宸殿属于寝殿，故这里连接许多妃嫔的后宫别殿。皇帝会在紫宸殿的前殿坐朝问政，在后殿退朝休息，因

---

① 司马光《涑水记闻》卷八，中华书局，1989 年，第 152 页。

② 妹尾达彦《大明宫的建筑形式与唐后期的长安》，《中国历史地理论丛》1997 年第 4 期，第 97—108 页。

而能够被宣召入紫宸殿的官员是很荣耀的。安史之乱以后，皇帝多在大明宫起居，紫宸殿也就成为他们既可听政，又可入寝的殿堂，比在含元殿、宣政殿更加自由随便①。因为皇帝与一些重要官员也在紫宸殿寓直及处理事务，因而紫宸殿也就成了集官员与文人双重身份于一身的唐代诗赋家咏叹的对象。

杜甫为左拾遗，即供职于紫宸殿，其《紫宸殿退朝口号》诗云：

> 户外昭容紫袖垂，双瞻御座引朝仪。香飘合殿春风转，花覆千官淑景移。昼漏稀闻高阁报，天颜有喜近臣知。宫中每出归东省，会送夔龙集凤池。②

宋程大昌《雍录》卷八《政事堂》云："杜甫为左拾遗，作《紫宸殿退朝》诗云：'宫中每出归东省，会送夔龙集凤池。'凤池者，中书也。左省官方自宫中退朝而出，则归东省者，以本省言也。……杜之为左拾遗也，在中宗后肃宗时，则政事堂已在中书矣。"③杜甫这首诗所咏都是紫宸殿中之景，以及在紫宸殿上朝至退朝的过程。首二句为描写昭容导驾的场面，次二句描写殿堂奏对的情况，接着表现谏官奏对后静候皇帝的反应，最后二句则自东省归于西省，并于政事堂面见宰相。全诗浑厚雍容，状紫宸殿优美壮观之景，如在目前。

国家有吉庆之事，也会在紫宸殿举行欢庆仪式，这时群臣献诗，以壮行色。韩愈《元和圣德诗》就是记载这样的场面的，其序云：

---

① 马得志、马洪路《唐代长安宫廷史话》，新华出版社，1994年，第145页。
② 仇兆鳌《杜诗详注》卷六，第437页。
③ 程大昌《雍录》卷八，第169页。

> 臣见皇帝陛下即位已来,诛流奸臣,朝廷清明,无有欺蔽,外斩杨惠琳、刘辟以收夏、蜀,东定青、徐积年之叛,海内怖骇,不敢违越。郊天告庙,神灵欢喜,风雨晦明,无不从顺。太平之期,适当今日。臣蒙被恩泽,日与群臣序立紫宸殿下,亲望穆穆之光。而其职业,又在以经籍教导国子,诚宜率先作歌诗以称道盛德,不可以辞语浅薄,不足以自效为解。辄依古作四言《元和圣德诗》一篇,凡千有二十四字,指事实录,具载明天子文武神圣,以警动百姓耳目,传示无极。①

元稹《贺圣体平复御紫宸殿受朝贺表》,还描绘了皇帝御紫宸殿受百僚朝拜的场面:

> 臣闻两耀有晦明,所以成其不已;四渎有盈缩,所以成其不竭。不有燎火,无以辨玉质;不有霜霰,无以验松心。是以轩辕神倦,然后梦华胥之游;秦穆疾寐,然后享钧天之乐。尧以癯瘠而为圣,禹以胼胝而称功,斯皆因疾成妍,以劳逢福,非臣臆度,敢进瞽言。昨者圣体不安,才经累日,穆卜罔害,勿药有瘳,此所以表北极之长尊,配南山而永固者也。况日临黄道,万物皆荣,帝御紫宸,千官毕贺。臣以守符外郡,不获称庆明庭,空怀鼓舞之心,有阻赓歌之末,无任跳跃欢欣瞻望徘徊之至。②

从韩愈的序文与元稹的贺表看,紫宸殿是朝廷经常举行欢庆仪式的地方,皇帝在这里朝见百僚,声势浩大,体现了大唐王朝的声威。以

① 钱仲联《韩昌黎诗系年集释》卷六,第627页。
② 《元稹集》(修订本)卷三四,中华书局,2010年,第447页。

上三大殿即含元殿、宣政殿和紫宸殿，是大明宫的主要正殿，“当时皇帝多在此听政和会见群臣，尤其当时常朝多在宣政殿，日常的一般议事则多在紫宸殿，故有内朝之说。有时大的典礼、朝会或皇帝即位等，也常于宣政、紫宸二殿举行”[①]。

四、麟德殿

麟德殿遗址位于太液池正西隆起的高地上，西距宫城西墙九十米。分殿堂和台基两个部分。台基以夯土筑成，平面呈长方形，南北长一三〇．四一米，东西宽七七．五五米。台基是上下两层的重台，殿堂、廊庑则建筑在重台之上。殿堂的柱础南北十七排、东西十排，共一六四个。殿堂是相连并列的，分前、中、后三殿，以中殿为主殿。中殿东西广九间，共为四七．七米，进深五间，是十九．七米。前殿与中殿只隔一间通道，东西广亦九间。中部七间进深为三间，十八．五米。后殿与中殿仅一墙之隔，亦是东西九间，进深三间，大小与后殿相同。各殿的周围，还绕有回廊一周。“总的来说，麟德殿的平面布局是以台基上的三殿为中心的主要建筑，环绕殿身有回廊一周。殿之左右有对称的郁仪、结邻二楼，楼前则有东、西二亭，它们彼此之间的距离与大小等，均是对称的。在二楼之前各有南北向的廊，向南与东西阶道之廊相接，这样东西南北重廊互通，将殿与楼、亭等连结一起。此外，从周围断续的夯土墙基来看，四周可能还有围墙。麟德殿总的布局和建筑都非常规正而严密，布局的形式多是对称，如后殿的东西耳室，左右二楼，东、西两亭以及东、西重廊和相对的各门等，但是主、从分明。由于这些对称的附属建筑物的紧密环绕，主殿就更显得宏伟壮观，加之四周的围墙，成了一座具有防卫性的独立的小

① 中国科学院考古研究所《唐长安大明宫》，第 32 页。

宫庭。”①

麟德殿是大明宫内规模最大的宫殿之一，麟德殿因为三面，故称“三殿”，韦述《两京新记》：“此殿三面，故以三殿名。”② 因大明宫又称蓬莱宫，麟德殿也就称“蓬莱三殿”。当时宫内宴会或蕃臣来朝，大都于此殿，宰臣奏事乃至设道场等，也多在麟德殿③。因而这里也是唐朝君臣经常饮宴赋诗唱和的场所。初唐诗人杜审言有《蓬莱三殿侍宴奉敕咏终南山应制》诗云：“北斗挂城边，南山倚殿前。云标金阙回，树杪玉堂悬。半岭通佳气，中峰绕瑞烟。小臣持献寿，长此戴尧天。”④ 尤其是唐德宗长于诗歌，亦常于麟德殿宴赐百僚，留下了一些唱和诗。《旧唐书·德宗纪》云：贞元十四年，“二月壬子朔。戊午，上御麟德殿，宴文武百僚。……先是上制《中和乐舞曲》，是日奏之，日晏方罢。比诏二月一日中和节宴，以雨雪，改用此日。上又赋《中春麟德殿宴群臣诗》八韵，群臣颁赐有差”⑤。现在存留的诗作中，有关德宗皇帝的唱和应制之作就有两组，德宗《麟德殿宴百僚》诗：

> 忧勤承圣绪，开泰喜时康。恭己临群后，垂衣御八荒。务闲春向暮，朝罢日犹长。紫殿初筵列，彤庭广乐张。成功归辅弼，致理赖忠良。共此欢娱事，千秋乐未央。⑥

又有《中春麟德殿会百僚观新乐诗一章章十六句》，诗序表现了

---

① 中国科学院考古研究所《唐长安大明宫》，第 39 页。
② 辛德勇《两京新记辑校》卷一，第 60 页。
③ 中国科学院考古研究所《唐长安大明宫》，第 40 页。
④《全唐诗》卷六二，第 731—732 页。
⑤《旧唐书》卷一三，第 387 页。
⑥《全唐诗》卷四，第 45 页。

当时的盛况："贞元十四年二月戊午，上制《中春麟德殿会百僚观新乐》诗，令太子书示百官。序曰：朕以中春之首，纪为令节；听政之暇，韵于歌诗。象中和之容，作中和之舞，聊复成篇。其诗八韵，中书门下谢赐诗，请颁示天下，编入乐府。"诗云：

> 芳岁肇佳节，物华当仲春。乾坤既昭泰，烟景含氤氲。德浅荷玄贶，乐成思治人。前庭列钟鼓，广殿延群臣。八卦随舞意，五音转曲新。顾非咸池奏，庶协南风熏。式宴礼所重，浃欢情必均。同和谅在兹，万国希可亲。①

当时朝臣与宫廷人物应制唱和者亦存留多首诗，如常衮、权德舆、宋若昭、宋若宪、鲍君徽等均有和作。权德舆有《中书门下进奉和圣制中春麟德殿会百寮观新乐诗状》："伏奉圣恩，赐百僚麟德殿宴会，群臣观新乐，并赐臣等圣制诗序者。……谨各献奉和圣制诗一首。"② 德宗有《答中书门下进奉和春麟德殿会百寮观新乐诗状批》："朕思以中和，被于风俗，既传令节，载序乐章，因会群寮，用申欢宴。……卿等各抒清词，咸推藻丽，再三省览，良用嘉焉。"③

终唐一代，大臣们能够得到麟德殿赐宴，是非常荣耀的事。杜牧的《郡斋独酌》诗，描述了李光颜击败淮西吴元济叛军后，唐宪宗于麟德殿赐宴事："功成赐宴麟德殿，猿超鹘掠广球场。三千宫女侧头看，相排踏碎双明珰。"④

---

①《全唐诗》卷四，第 47 页。

②《权德舆诗文集》卷四五，第 693—694 页。

③《全唐文》卷五四，第 584 页。

④ 杜牧《樊川文集》卷一，第 7 页。

五、太液池

太液池始于汉代，在建章宫北，池中蓬莱、方丈、瀛洲、壶梁，象征海中神山、龟鱼之属。关于太液池的解释，历来有所异议，以《汉书》颜师古注的解释较有说服力："太液池者，言其津润所及广也。"[①] 但大明宫中的太液池，与汉代太液池的方位，并不一样。唐大明宫太液池，位于大明宫的中心地区，是唐代最重要的皇家池苑。

唐太液池的始建年代与大明宫的建造年代基本一致，或略晚于大明宫的修建年代。"始建年代应不晚于 662 年。"[②] 记载太液池的古籍主要有唐《两京新记》、五代《旧唐书》《开元天宝遗事》、北宋《唐会要》《长安志》、清《两京城坊考》等。这些记述零星简单，远不足以展现大唐盛世太液池皇家园林的面貌和风采，而其缺憾在 20 世纪 50 年代以来对太液遗址的考古发掘中得到了弥补。由考古发掘，我们知道太液池的西池较大，平面略呈椭圆形，东西最长四八四米，南北最宽三一〇米，面积约十四万平方米；东池较小，平面略呈圆形，南北长二二〇米，东西宽一五〇米，面积约三万三千平方米。池底最深处距现代地表达五米多。其东南岸、南岸与西岸都有与池岸走向一致的道路，西岸道路宽达十五至二十五米[③]。

大明宫的布局与太液池是密切相关的，因大明宫分为前宫与后宫，尤其是后宫，是以太液池为中心布局的。唐人所咏太液池，往往是借汉事以咏唐大明宫中的太液池的。贾岛《黄鹄下太液池》诗云：

---

① 《汉书》卷七，中华书局，1962 年，第 219 页。

② 中国社会科学院考古研究所等《唐长安城大明宫太液池遗址发掘简报》，《考古》2003 年第 11 期，第 25 页。

③ 中国社会科学院考古研究所等《西安市唐长安城大明宫太液池遗址》，《考古》2005 年第 7 期，第 29—34 页。

高飞空外鹄，下向禁中池。岸印行踪浅，波摇立影危。来从千里岛，舞拂万年枝。踉跄孤风起，裴回水沫移。幽音清露滴，野性白云随。太液无弹射，灵禽翅不垂。①

黄鹄下太液池事，据《汉书·昭帝纪》所载："始元元年春二月，黄鹄下建章太液池中。"② 而这首诗，《文苑英华》卷一八五收入省试诗类，当为贾岛曾应进士试时所赋。唐代考进士的场所，大多安排在大明宫中，且诗有"下向禁中池"句，唐太液池在大明宫，属禁中，故贾岛所言之太液池，应当是大明宫中的太液池。

李绅《忆春日太液池亭候对》诗云：

宫莺报晓瑞烟开，三岛灵禽拂水回。桥转彩虹当绮殿，舰浮花鹢近蓬莱。草承香辇王孙长，桃艳仙颜阿母栽。簪笔此时方侍从，却思金马笑邹枚。③

回忆为朝官时在太液池候对，则明确指大明宫中的太液池。诗中"三岛"即是太液池中的蓬莱、方丈与瀛洲。太液池上的桥梁与池边的殿阁辉映，水上的画舫又靠近池中的蓬莱阁，春日的景象着实宏伟壮观，又令人心旷神怡。

温庭筠《太液池歌》，是在文宗开成中从游庄恪时作，诗云：

腥鲜龙气连清防，花风漾漾吹细光。叠澜不定照天井，倒影

① 《全唐诗》卷五七四，第6689页。

② 《汉书》卷七，第218页。

③ 《全唐诗》卷四八〇，第5461页。

荡摇晴翠长。平碧浅春生绿塘,云容雨态连青苍。夜深银汉通柏梁,二十八宿朝玉堂。[①]

即是咏汉太液池事,而全诗多以想象之笔出之,并以终南山的晴色相映衬。且诗中景物的表现,亦借用前人的表现方法,如"夜深"二句描写星光灿烂、照耀宫阙殿堂的景象,其手法与王勃《滕王阁序》"物华天宝,龙光射牛斗之墟"[②]、刘禹锡《令狐相公自天平移镇太原以诗申贺》诗"鼙鼓夜闻惊朔雁,旌旗晓动拂参星"[③],颇为异曲同工。然唐诗人咏唐事,往往借汉事以张本,故温诗虽没有在诗中直切唐代大明宫中的太液池,但由温庭筠的经历,他对于大明宫中的太液池,也是应该有一定了解的。

---

① 《全唐诗》卷五七五,第6699页。

② 王勃《秋日登洪府滕王阁饯别序》,《王子安集注》卷八,上海古籍出版社,1995年,第229页。

③ 《刘禹锡集》卷三三,中华书局,1990年,第468页。

第三章　唐华清宫与华清宫诗

与大明宫的繁盛不同,华清宫的文学表现则非常复杂。华清宫是唐代最大的一座宫殿,故址在今陕西临潼骊山上。这样的一座宫殿,浓缩了唐代近三百年盛衰的历史,成为中晚唐诗人咏叹的热点之一。这样的咏叹,不仅是唐代这座豪华宫殿的表现与反映,而且更重要的是与重大的历史事件安史之乱密切相关,故而华清宫的盛衰实则是唐朝盛衰的缩影。通过对唐代华清宫诗的探讨,挖掘唐代华清宫的思想内涵,颇具学术意义。有关华清宫与华清宫诗的研究,前人与时贤取得了颇为瞩目的成就。就国内而言,配合20世纪末期唐华清宫遗址的发掘,骆希哲先生编写了《唐华清宫》一书,1998年由文物出版社出版,为我们进一步研究唐华清宫与华清宫诗提供了新的机缘;就国外而言,较有代表性的著作是日本学者竹村则行的《杨贵妃文学史研究》,2003年由研文出版发行,该书对中晚唐有关华清宫的诗歌做了较为全面的钩稽与探讨,对我们深入研究这一课题颇有启发意义。尽管如此,有关唐华清宫与华清宫诗,还有一些重要问题有待进一步研究,诸如华清宫更名的缘由、华清宫的宗教内涵、华清宫兴衰与唐代政治事件的关系、中晚唐华清宫诗所呈现的社会心理等等。

唐代诗人对大明宫与华清宫的看法有所不同,因而诗歌表现也不相同。描写大明宫侧重于歌颂，而描写华清宫侧重于批判，这与玄宗以后政治方向的逆转及社会心理有关。安史之乱这一特殊的政治背景，使得中晚唐文人敢于借华清宫的吟咏批判、揭露与讽刺唐玄宗和杨贵妃荒淫误国的行径。中晚唐对于华清宫的社会心理的形成，与华清宫的盛衰有很大关系。华清宫在唐玄宗时盛极一时，但安史之乱以后，唐王朝急遽地衰落，肃宗以后的皇帝也就极少行幸华清宫了。因而华清宫由天宝时象征升平繁华气象的宫殿，一变而为与大唐帝国的衰败相关，故中晚唐时期上至君臣，下至百姓，都用批判的眼光来看待华清宫。

第一节　华清宫命名与更名

华清宫的命名，在唐玄宗时期。《唐会要》云："开元十一年十月五日，置温泉宫于骊山。至天宝六载十月三日，改温泉宫为华清宫。至天宝九载九月，幸温泉宫，改骊山为会昌山。"[①] 华清宫的建造由来已久，据史载为唐贞观十八年（644）置，咸亨二年（671）名温泉宫。但玄宗更宫名为"华清"，则具有特殊的背景与意义，又和杨贵妃有着密切的关系。《新唐书·杨贵妃传》："始为寿王妃。开元二十四年，武惠妃薨，后廷无当帝意者。或言妃姿质天挺，宜充掖廷，遂召内禁中，异之，即为自出妃意者，丐籍女官，号'太真'，更为寿王聘韦诏训女，而太真得幸。善歌舞，邃晓音律，且智算警颖，迎意辄悟。帝大悦，遂专房宴，宫中号'娘子'，仪体与皇后等。"[②] 这里值得注意的是杨贵妃号"太真"，这是她的道号。杨玉环由寿王妃变为玄宗贵妃，

---

① 王溥《唐会要》卷三〇，第651页。

②《新唐书》卷七六，第3493页。

中间就是以入道作为过渡的。玄宗《度寿王妃为女道士敕》云："至人用心，方悟真宰；淑女勤道，自昔罕闻。寿王瑁妃杨氏，素以端懿，作嫔藩国，虽居荣贵，每在精修。属太后忌辰，永怀追福，以兹求度，雅志难违。用敦弘道之风，特遂由衷之请，宜度为女道士。"[①] 在此之前，玄宗已于开元二十八年（740）十月在骊山温泉宫召见过杨玉环。宋乐史《杨太真外传》卷上称："（开元）二十八年十月，玄宗幸温泉宫，使高力士取杨氏女于寿邸。"[②] 乃是最早的记载，后来为《新唐书》所采用。《新唐书·玄宗纪》亦云："（开元二十八年）十月甲子，幸温泉宫。以寿王妃杨氏为道士，号太真。"[③] 然《新唐书》将玄宗召见杨玉环与杨氏为道士置于同一日，则不准确。其度为道士的时间，敕文中仅言"属太后忌辰"，而未言具体日期。清朱彝尊《书杨太真外传后》云："其曰'太后忌辰'者，昭成窦后以长寿二年正月二日受害。则天后以建子月为岁首，中宗虽复旧用夏正，即正月行香废务。直至顺宗永贞元年，方改正以十一月二日为忌辰。开元中，犹循中宗行香之旧。是妃入道之期，当在开元二十五年正月二日也。"[④] 陈寅恪则加以辩驳后推测曰："假定杨氏以开元二十八年十月为玄宗所选取，其度为女道士敕文中之太后忌辰，乃指开元二十九年正月二日睿宗昭成窦后之忌日。"[⑤]

华清宫的更名时间是天宝六载（747）十月三日，这是具有特定的背景的，亦即玄宗朝对道教的无上推尊。我们试从华清宫的道教

---

① 宋敏求《唐大诏令集》卷四〇，中华书局，2008 年，第 188 页。

② 丁如明《开元天宝遗事十种》，上海古籍出版社，1985 年，第 131 页。

③《新唐书》卷五，第 141 页。

④ 朱彝尊《曝书亭集》卷五五，《朱彝尊全集》第 19 册，浙江大学出版社，2021 年，第 1178 页。

⑤ 陈寅恪《元白诗笺证稿》，上海古籍出版社，1978 年，第 20 页。

渊源、杨贵妃入道及唐代崇道之风三个方面加以分析。

先从第一方面来说，我们先对“华清”一词简单地溯源。这一方面，本书参考了骆希哲编撰的《唐华清宫》一书的结论部分，特于此说明。北周王褒《温汤碑铭》云：“挺此温谷，骊岳之阴，白矾上彻，丹沙下沉，华清驻老，飞流莹心，谷神不死，川德愈深。”① 因为王褒是道教徒，因而“华清”一词的出处，就必然与道教神仙有一定的联系。而道教的典籍《灵书经》曰：“东方九气天中，灵书度命品章，出自元始东华青童君，封之青玉宝函之中，印以元始九气之章。”② 又《大有经》云：“玉华青宫有宝经玉诀，应有为真人者授之。”③ 又《金根经》云：“领仙玉郎赍金简紫籍，来于东华青宫校定玉名。”④ 华清宫与道教的“华青宫”应有一定的联系。

再从第二方面来说，华清宫的改名与杨贵妃入道相关。据《资治通鉴》记载，天宝四载（745）八月壬寅，册杨太真为贵妃。及贵妃三姊，皆赐第京师，宠贵赫然。其年十月丁酉，玄宗幸骊山温泉宫，十二月还宫。五载（746）十月戊戌，又幸骊山温泉，十一月乙巳还宫。六载（747），“冬十月己酉，上幸骊山温泉，改温泉宫曰华清宫”⑤。骆希哲云：“‘华清宫’大名的问世，不能忽略一个女性的存在，她就是中国古代四大美人之一的杨玉环。……开元二十八年被玄宗看中，欲占为己有，为了遮人耳目，乃令杨玉环自己提出出家为道……取道号‘太真’，为日后与父王结婚制造理论根据。天宝四载秋八月，唐玄宗正式册封杨玉环为贵妃。唐玄宗信道，杨贵妃为道士，俩位道家情侣

① 欧阳询《艺文类聚》卷九，上海古籍出版社，1982 年，第 167 页。
② 李昉《太平御览》卷六七六，中华书局，1960 年，第 3015 页。
③ 李昉《太平御览》卷六六〇，第 2947 页。
④ 李昉《太平御览》卷六七六，第 3014 页。
⑤《资治通鉴》卷二一五，中华书局，1956 年，第 6877 页。

住在瑶室仙宫才能和其特殊身份相符。温泉宫是李、杨俩人第一次幽会、定情之地，以后又多次旧地重游，山盟海誓，'在天愿做比翼鸟，在地愿为连理枝'，世世代代为夫妻。可见温泉宫的易名，也不能说不为情所累吧！"①

最后从第三方面来说，唐玄宗尊道，全国形成了一片崇道之风。玄宗胞妹玉真公主学道拜司马承祯为师就是一个典型的例子，这也是可以与杨贵妃入道相参证的。玉真公主在王屋山学满出家后，在万寿宫任主持，死后葬在上观村平阳洞前的台地上，唐玄宗亲自题额立碑。其碑现存济源市博物馆。碑文经风化已漶漫不清，然陈垣《道家金石略》据《绩语堂碑录》著录文字较为清楚。该碑题曰《玉真公主朝谒谯郡真源宫受道王屋山仙人台灵坛祥应记》，文云"明年春三月既望，乃诏上清玄都大洞三景法师玉真长公主有事于谯郡御真宫"，"夏四月届于宫焉"，"不逾月，又将朝于王屋之天坛及仙人台，而北岳洞灵宫胡先生贲然来会"，这是玉真公主入道的过程。玉真公主的身份为："公主法号无上，真字玄玄，睿宗大圣真皇帝之爱女，今上之季妹"。而玉真公主入道，在当时产生了极大的影响："有若监度保举中岳三洞炼师冯齐□王玉京，同法坛西岳道士敬延寿，中使内谒者监程元暹，王屋令李拯，官寮道俗，莫不咸同盛观。时东京法众玄元观主王虚贞等，鼓金磬，翊霞轩，陪拜乎绛宫之前，倘佯乎碧宇之下。"② 这篇文章作于天宝二年（743），早于华清宫更名四年。我们知道，唐玄宗从做皇帝起，就把道教作为他立国的思想支柱之一，而后终其一朝，推尊的程度愈演愈烈，在天宝时扩建温泉宫，并改名华清，就是一个典型的例证。

---

① 骆希哲《唐华清宫》，文物出版社，1998 年，第 527—528 页。

② 陈垣《道家金石略》，文物出版社，1988 年，第 139—140 页。

玉真公主所拜道教之师司马承祯，实则也是唐玄宗之师。开元九年（721），唐玄宗遣使迎请司马承祯至东都洛阳，并亲受法箓。次年司马承祯辞还天台时，玄宗还赠《王屋山送道士司马承祯还天台》诗："紫府求贤士，清溪祖逸人。江湖与城阙，异迹且殊伦。间有幽栖者，居然厌俗尘。林泉先得性，芝桂欲调神。地道逾稽岭，天台接海滨。音徽从此间，万古一芳春。"[①]杜光庭《天坛王屋山圣迹记》云："唐睿宗皇帝女玉真公主好道，师司马天师。天师住天台山紫霄峰，后睿宗宣诏住上方院。……唐明皇即位，于开元十二年敕修阳台观，明皇御书寥阳殿榜，内塑五老仙像。"[②]唐玄宗对道教的尊崇，还表现在很多方面：其一，他亲自注释《道德经》；其二，任命道士尹愔为谏议大夫、集贤学士兼史官，并下诏"许道士服视事"；其三，命两京及诸州各置玄元皇帝庙一所，下令置崇玄学，令习《老子》《庄子》《文子》与《列子》。王溥《唐会要》卷五〇："天宝元年正月七日，陈王府参军田同秀上言：'玄元皇帝降于丹凤门之通衢，告赐灵符，在尹喜之故宅。'上遣使就函谷故关令尹喜台西得之。于是置玄元皇帝庙于大宁坊西南角，东都置于积善坊临淄旧邸"，"其年五月，宰臣奏：'两京及诸郡崇玄学生，准开元二十九年正月二十五日制，前件举人合习《道德》《南华》《通玄》《冲虚》四经。又准天宝元年二月二十九日制，改《庚桑子》为《洞灵真经》，准请条补，崇玄学生亦合习读。'"[③]其四，度寿王妃杨玉环为女道士。这一举措有利于道士社会地位的提高；其五，道士等还具有法外特权。王溥《唐会要》卷五〇：开元二十九年（741）正月，河南采访使、汴州刺史齐澣上奏："伏以至道冲

---

①《全唐诗》卷三，第35页。

②《全唐文》卷九三四，第9724页。

③ 王溥《唐会要》卷五〇，第1014页。

虚，生人宗仰，未免鞭挞，熟瞻仪型。其道士、僧尼、女冠等有犯，望准道格处分，所由州县官不得擅行决罚。如有违越，请依法科罪，仍书中下考。”①

第二节　华清殿阁的道教意义与华清宫诗的道教内涵

华清宫的命名具有一定的道教意义，与华清宫关系最大的两位著名人物唐玄宗与杨贵妃，一位信奉道教，一位度为道士，这就给华清宫赋予了一定的道教色彩。中晚唐后有关华清宫的传说，以及吟咏华清宫的诗作也颇具道教内涵。我们现在理解这方面的诗作，如白居易《长恨歌》中的一些内容，认为其情节是荒诞不经的，其实是对于华清宫与李、杨纠葛的道教色彩未加深究之故。

首先，华清宫的建构，与唐玄宗抑佛扬道的政治思想相关。唐代的统治思想，至玄宗时已几经变化。唐朝初年，唐高祖李渊、唐太宗李世民父子，结束了隋末混乱的局面，建立了大一统的封建王朝，加以“贞观之治”，各方面呈现出繁盛的局面。社会政治环境需要一定程度的休养与生息，加以唐代君主姓李，与道家的创始者李耳同姓，因而道家在唐朝一建国就受到了李唐王朝统治者的推崇。武则天执政后，要树立自己的势力，建立武氏天下，就容不得道教处于首要地位。因而天授二年（691）下诏“释教宜在道法之上，缁服处黄冠之前”②。武则天尊崇佛教除了政治目的外，还与她的身世有关。因为她在太宗驾崩后，曾出家为尼。故而在她执政时，用佛教来为其统治

---

① 王溥《唐会要》卷五〇，第1013页。

② 宋敏求《唐大诏令集》卷一一三，第587页。

服务。因此一方面有僧徒怀义伪造《大云经》,称说武后是弥勒下世,应该做人间主宰,为武周革命制造舆论;另一方面又“铸浮屠,立庙塔,役无虚岁”①,使得全国形成一片佞佛的风气。唐玄宗即位后,首要的问题是要肃清武周代唐的影响,因而在思想上就必须抑制佛教,他所采用的方法就是扬道抑佛。而华清宫就是他扬道抑佛的一个重要基地,建有朝元阁、老君殿、长生殿、望仙桥等。此外,老母殿、圣母庙、逍遥庄等都是与道教有关之殿宇祠庙。殿阁以外,更为重要的就是汤池。众多汤池,命名都是颇有讲究的,最为著名的要数玄宗专用的莲花汤与贵妃专用的海棠汤。

华清宫是唐代诗人吟咏的集中目标,其中大多数是对华清宫的整体咏叹,相关诗作最为著名也是最长的为白居易的《长恨歌》。尤其是诗的后半,言及杨贵妃成仙后,道士上天四处寻觅,则完全是道家神仙思想在文学中的表现。唐玄宗笃信道教,对于升仙之说也是深信不疑的,这从他的《敕冀州刺史原复边仙观修斋诏》中可以得到证实:“朕承唐运,远袭玄元,载宏道流,遂有灵应。彼之女道丹台真人,白日上升,五云在御,不图好道,遂有明征,深为喜慰。……虽上清玄远,而旧相犹存。辽海虽别于千年,缑山复期于七日,窈冥响像,故亦依然。”② 在皇帝正式颁布的诏书中,确信女道士“白日上升”,联系白居易《长恨歌》描述的杨贵妃入道成仙、陈鸿《长恨歌传》的记述,可知这样的描写是在唐玄宗时期复杂的道教背景下产生的。当然,《长恨歌》与《长恨歌传》故事背景是同源的,而《长恨歌传》具有不少传说的成分,尤其是杨贵妃成仙的情节,故而《长恨歌》的道教内涵来源于两个方面:一是唐代崇道的社会背景,二是《长恨歌传》

① 《新唐书》卷一二五,第 4398 页。

② 《全唐文》卷三二,第 363 页。

中有关道教的传说。

郑嵎《津阳门诗》中的不少诗句则与道教直接相关："碧菱花覆云母陵，风篁雨菊低离披。真人影帐偏生草，果老药堂空掩扉。鼎湖一日失弓剑，桥山烟草俄霏霏。空闻玉碗入金市，但见铜壶飘翠帷。"前四句自注："真人李顺兴，后周时修道北山，神尧皇帝受禅，真人潜告符契，至今山下有祠宇，宫中有七圣殿。自神尧至睿宗[逮](建)窦后皆立，衣衮衣，绕殿石榴树皆太真所植，俱拥肿矣。南有功德院，其间瑶坛羽帐皆在焉。顺兴影堂、果老药室，亦在禁中也。"[①] 后四句用黄帝的传说，暗示唐玄宗之死。传说黄帝铸鼎于荆山下，鼎成，有龙下迎，黄帝乘之升天，群臣后宫从上者七十余人。其余小臣不得上龙身，乃持龙髯，而龙髯拔落，并堕黄帝之弓，百姓遂抱其弓与龙髯而哭号。见《史记·封禅书》。又诗有"长生鹿瘦铜牌垂"句，原注："上常于芙蓉园中获白鹿，惟山人王旻识之，曰：此汉时鹿也。上异之，令左右周视之，乃于角际雪毛中得铜牌子，刻之曰宜春苑中白鹿。上由是愈爱之，移于北山，目之曰仙客。"[②] 王旻是一位道士，他抓住唐玄宗崇道的心理，说汉武帝时的鹿活到唐玄宗时代，而玄宗却信以为真，并目之曰仙客。王建《晓望华清宫》云："晓来楼阁更鲜明，日出阑干见鹿行。武帝自知身不死，看修玉殿号长生。"[③] 今遗址中饮鹿的石槽尚在，可知郑嵎是言之有据的。

华清宫带有道教色彩的殿阁汤池，更是诗人们描绘的重点，而又集中于以下几个殿阁汤池。

朝元阁，所谓朝元阁，即朝拜玄元皇帝之阁，是供奉玄元皇帝的。

---

① 《全唐诗》卷五六七，第 6565 页。

② 《全唐诗》卷五六七，第 6565 页。

③ 《全唐诗》卷三〇一，第 3435 页。

郑嵎《津阳门诗》云："朝元阁成老君见，会昌县以新丰移。"原注："时有诏改新丰为会昌县，移自阴鳖故城，置于山下。至明年十月，老君见于朝元阁南，而于其处置降圣观。复改新丰为昭应县，廨宇始成，令大将军高力士率禁乐以落之。"① 按，《旧唐书》卷九《玄宗纪》：天宝七载（748），"十二月戊戌，言玄元皇帝见于华清宫之朝元阁，乃改为降圣阁。改会昌县为昭应县，会昌山为昭应山；封山神为玄德公，仍立祠宇"②。《长安志》卷一五《临潼县》："朝元阁，天宝七载，玄元皇帝见于朝元阁，即改名降圣阁。"③《资治通鉴》亦云："上于华清宫中起老君殿，殿之北为朝元阁，以或言老君降于此，改曰降圣阁。"④《封氏闻见记》卷七《温汤》条："骊山汤甫迩京邑，帝王时所游幸。玄宗于骊山置华清宫，每年十月车驾自京而出，至春乃还。百官羽卫并诸方朝集，商贾繁会，里闾阗咽焉。山上起朝元阁，上常登眺。命群臣赋诗，正字刘飞诗最清拔，特蒙激赏。右相李林甫怒飞不先呈己，出为一尉，竟不入而卒，士子冤之。丧乱以来，汤所馆殿，鞠为茂草。"⑤ 王建《温泉宫行》云："朝元阁向山上起，城绕青山龙暖水。夜开金殿看星河，宫女知更月明里。武皇得仙王母去，山鸡昼鸣宫中树。温泉决决出宫流，宫使年年修玉楼。"⑥ 杨巨源《寄昭应王丞》诗："武皇金辂辗香尘，每岁朝元及此辰。光动泉心初浴日，气蒸山腹总成春。讴歌已入云韶曲，词赋方归侍从臣。瑞霭朝朝犹望幸，天教赤县有诗人。"⑦ 李

---

①《全唐诗》卷五六七，第6561—6562页。
②《旧唐书》卷九，第222页。
③ 宋敏求《长安志》卷一五，第160页。
④《资治通鉴》卷二一六，第6892页。
⑤ 赵贞信《封氏闻见记校注》卷七，中华书局，2005年，第70页。
⑥《全唐诗》卷二九八，第3375页。
⑦《全唐诗》卷三三三，第3727页。

商隐《华清宫》诗：“朝元阁迥羽衣新，首按昭阳第一人。当日不来高处舞，可能天下有胡尘？”[①]张祜《折杨柳枝二首》其二：“凝碧池边敛翠眉，景阳楼下绾青丝。那胜妃子朝元阁，玉手和烟弄一枝。”[②]

老君殿，据《古今图书集成·骊山部汇考》载：“旧云天宝七年十月，老君见于朝元阁南，玄宗于其处立降圣观，琢白玉石为像，今尚存。殿壁绘唐臣之像，殆当时人笔。”[③]《津阳门诗》云：“其年十月移禁仗，山下栉比罗百司。朝元阁成老君见，会昌县以新丰移。”原注：“时有诏改新丰为会昌县，移自阴鳖故城，置于山下。至明年十月，老君见于朝元阁南，而于其处置降圣观。复改新丰为昭应县，廨宇始成，令大将军高力士率禁乐以落之。”[④]

长生殿，又名集灵台，是祭祀天神之所。《旧唐书·玄宗纪》：天宝元年（742）冬十月丁酉，“新成长生殿名曰集灵台，以祀天神”[⑤]。《长安志》卷一五《临潼县》：“长生殿，斋殿也。有事于朝元阁，即斋沐此殿。山城内多驯鹿，有流涧号饮鹿泉、金沙洞、玉蕊峰，皆玄宗为名。洞居殿之左，玉蕊峰上有王母祠。《实录》：天宝元年新作长生殿、集灵台以祀神。”[⑥]顾况《宿昭应》诗：“武帝祈灵太乙坛，新丰树色绕千官。那知今夜长生殿，独闭山门月影寒。”[⑦]张祜《集灵台二首》其一：“日光斜照集灵台，红树花迎晓露开。昨夜上皇新授箓，太真含笑入帘来。”[⑧]郑嵎《津阳门诗》：“饮鹿泉边春露晞，粉梅檀杏飘

① 《全唐诗》卷五三九，第 6174 页。
② 尹占华《张祜诗集校注》卷四，上海古籍出版社，2020 年，第 187 页。
③ 《古今图书集成·山川典》卷六六，中华书局，1986 年，第 22536 页。
④ 《全唐诗》卷五六七，第 6561—6562 页。
⑤ 《旧唐书》卷九，第 216 页。
⑥ 宋敏求《长安志》卷一五，第 160 页。
⑦ 《全唐诗》卷二六七，第 2969 页。
⑧ 尹占华《张祜诗集校注》卷五，第 207 页。

朱墀。金沙洞口长生殿,玉蕊峰头王母祠。”原注:“山城内多驯鹿,流涧号为饮鹿,有长生殿,乃斋殿也,有事于朝元阁,即御长生殿以沐浴也。”①白居易《长恨歌》中的“七月七日长生殿,夜半无人私语时。在天愿作比翼鸟,在地愿为连理枝”②,则更是千古传诵的佳句。

海棠汤,是唐玄宗首赐杨贵妃沐浴之所,也是杨贵妃的专用浴池。有关赐浴事,一直为中晚唐诗人所热衷描写。白居易《长恨歌》即有“春寒赐浴华清池,温泉水滑洗凝脂。侍儿扶起娇无力,始是新承恩泽时”③的著名诗句。陈鸿《长恨歌传》对赐浴之事描绘得更为详细:“宫中虽良家子千数,无可悦目者。上心忽忽不乐。时每岁十月,驾幸华清宫,内外命妇,熠熠景从,浴日余波,则以汤沐,春风灵液,澹荡其间。上心油然,若有所遇,顾左右前后,粉色如土。诏高力士潜搜外宫,得弘农杨玄琰女于寿邸,既笄矣。鬓发腻理,纤秾中度,举止闲冶,如汉武帝李夫人。别疏汤泉,诏赐藻莹,既出水,体弱力微,若不任罗绮。光彩焕发,转动照人。上甚悦。”④而天宝六载(747)将贵妃之池命名为海棠汤,则是颇有用意的。就其汤池形状来看,像一朵盛开的海棠花,又汤侧白石上刻有出淤泥而不染的芙蓉,故又称芙蓉汤。钱易《南部新书》卷己:“御汤西北角,则妃子汤,面稍狭。汤侧红白石盆四,所刻作菡萏之状,陷于白石面。”⑤王建《华清宫感旧》诗:“公主妆楼金锁涩,贵妃汤殿玉莲开。”⑥从20世纪80年代发掘的海棠汤遗址也可以看出这是用剔模规整的拱券石

① 《全唐诗》卷五六七,第6563页。
② 朱金城《白居易集笺校》卷一二,第661页。
③ 朱金城《白居易集笺校》卷一二,第659页。
④ 汪辟疆《唐人小说》,上海古籍出版社,1978年,第117页。
⑤ 钱易《南部新书》卷己,第89页。
⑥ 《全唐诗》卷三〇〇,第3403页。

模拟花瓣建筑而成的花形汤池。与其他各个汤池不同的是，在这一遗址中发现了一块“杨”字刻石。“这个‘杨’字不是工匠的自姓，而是在海棠汤沐浴的杨贵妃的尊姓。”① 而造型似海棠并命名为“海棠汤”，更当具有一定的道教含义，故葛承雍说：“贵妃‘海棠汤’则有可能是按道家道术的护肤美容、延缓衰老、治病疗养等功用修建的。杨贵妃作过女道士，‘平生服杏丹，颜色真如故’，受仙风道气影响甚重，唐代崇道诗人罗虬《花九锡》附《袁中郎花沐浴》说：‘浴海棠，宜韵致容。’”②

第三节　唐代诗人与华清宫

华清宫作为唐代一座著名的宫殿，又与爆发于公元 755 年，成为唐代由盛转衰的关纽的安史之乱紧密相连，因而华清宫也成为中晚唐诗人集中关注的对象。中唐以后，华清宫的繁华已不复存在，故张籍《华清宫》云：“温泉流入汉离宫，宫树行行浴殿空。武帝时人今欲尽，青山空闭御墙中。”③ 窦巩《过骊山》云：“翠辇红旌去不回，苍苍宫树锁青苔。有人说得当时事，曾见长生玉殿开。”④ 吴融《华清宫》云：“中原无鹿海无波，凤辇鸾旗出幸多。今日故宫归寂寞，太平功业在山河。”“渔阳烽火照函关，玉辇匆匆下此山。一曲羽衣听不尽，至今遗恨水潺潺。”⑤ 唐代诗人通过华清宫将本朝史实与本朝帝王贵妃融合在一起吟咏，从中表现出对于历史发展的思索，因而这些诗歌最

① 骆希哲《唐华清宫》，第 284 页。
② 葛承雍《唐华清宫沐浴汤池建筑考述》，《唐研究》第 2 卷，第 449 页。
③《全唐诗》卷三八六，第 4357 页。
④《全唐诗》卷二七一，第 3052 页。
⑤《全唐诗》卷六八五，第 7873 页。

值得注意的是诗中映射出的诗人的政治观。

在具有批判精神的诗中，有的更侧重于玄宗误国，而对杨贵妃则赋予同情。如李约的《过华清宫》诗："君王游乐万机轻，一曲霓裳四海兵。玉辇升天人已尽，故宫犹有树长生。"[①] 徐夤《开元即事》云："曲江真宰国中讹，寻奏渔阳忽荷戈。堂上有兵天不用，幄中无策印空多。尘惊骑透潼关锁，云护龙游渭水波。未必蛾眉能破国，千秋休恨马嵬坡。"[②] 罗隐《华清宫》云："楼殿层层佳气多，开元时节好笙歌。也知道德胜尧舜，争奈杨妃解笑何！"[③] 又《帝幸蜀》云："马嵬山色翠依依，又见銮舆幸蜀归。地下阿蛮应有语，这回休更怨杨妃。"[④]

当然，也有的诗将批判的矛头侧重于杨贵妃。郑畋《马嵬坡》："肃宗回马杨妃死，云雨虽亡日月新。终是圣明天子事，景阳宫井又何人。"[⑤] 陈寅恪解释说："盖肃宗回马及杨贵妃死，乃启唐室中兴之二大事，自宜大书特书，此所谓史笔卓识也。'云雨'指杨贵妃而言，谓贵妃虽死而日月重光，王室再造。"[⑥]

中晚唐诗人这种政治观的形成，一方面表现了如上所述的诗人政治洞察力的深邃，但更重要的是玄宗以后政治方向的逆转，也是当时社会心理的一种折射。安史之乱爆发，唐王朝宗室之间的矛盾也异常激化，唐肃宗就是在其父子矛盾的旋涡中夺得皇帝位的。因为政治与伦理的需要，安史之乱平定之后，玄宗虽还在太上皇的位置，但行动已很不自由，无异于软禁。在这种背景下，华清宫及与华清宫

① 《全唐诗》卷三〇九，第 3496 页。
② 《全唐诗》卷七一〇，第 8170 页。
③ 《全唐诗》卷六六四，第 7608 页。
④ 《全唐诗》卷六六四，第 7609 页。
⑤ 《全唐诗》卷五五七，第 6464 页。
⑥ 陈寅恪《元白诗笺证稿》，第 36 页。

相关的人与事，毕竟为肃宗所不喜。对于玄宗当然表现上不能太过分，而对于杨贵妃则不同了。从新发掘的华清宫遗址中杨贵妃专用的海棠汤被回填一事，就充分地说明了这一点。“特令回填海棠汤一事，一方面说明杨贵妃对‘安史之乱’的爆发负有不可推卸的责任，是祸国殃民的罪魁祸首之一；另一方面说明了以太上皇李隆基为首的闲置派和以肃宗李亨为首的掌权派的斗争已经表面化，闲置派势力明显处于劣势，无法左右朝政。”[①]这一政治背景，就是中晚唐文人敢于借华清宫的吟咏批判、揭露与讽刺唐玄宗和杨贵妃荒淫误国行径的政治基础。

中晚唐对于华清宫的社会心理的形成，与华清宫的盛衰有很大关系。华清宫在唐玄宗时盛极一时，但安史之乱以后，唐王朝急遽地衰落，肃宗以后的皇帝也就极少行幸华清宫了。因而华清宫由天宝时象征升平繁华气象的宫殿，一变而为与大唐帝国的衰败相关，故中晚唐时期上至君臣，下至百姓，都用批判的眼光看待华清宫。即使个别皇帝有幸华清宫的意愿，也会受到臣僚的阻止。如元和十五年（820）十一月，唐穆宗“将幸华清宫，戊午，宰相率两省供奉官诣延英门，三上表切谏，且言：‘如此，臣辈当扈从。’……己未，未明，上自复道出城，幸华清宫，独公主、驸马、中尉、神策六军使帅禁兵千余人扈从，晡时还宫”[②]。唐敬宗于宝历元年（825）十月亦欲幸骊山华清宫温汤，“左仆射李绛、谏议大夫张仲方等屡谏不听，拾遗张权舆伏紫宸殿下，叩头谏曰：‘昔周幽王幸骊山，为犬戎所杀；秦始皇葬骊山，国亡；玄宗宫骊山而禄山乱；先帝幸骊山，享年不长。’上曰：‘骊山若此之凶邪？我宜一往以验彼言。’十一月，庚寅，幸温汤，即日还宫”[③]。

---

① 骆希哲《唐华清宫》，第556页。
②《资治通鉴》卷二四一，第7786—7787页。
③《资治通鉴》卷二四三，第7845页。

可见穆宗与敬宗虽到了华清宫,但只有半天与一天时间。政治家对华清宫的看法如此,影响到诗人当然就会更加深刻地揭露与批判了。

唐代诗人当中,对华清宫集中加以咏叹者,当推杜牧与李商隐二人,他们将时世的慨叹、政治的寄托、历史的思索,都融会到这一盛极而衰的宫殿演变当中。

一、杜牧与华清宫

杜牧生于长安大族,京兆杜氏历来声名显赫,有"城南韦杜,去天尺五"之说。杜牧出生在长安下杜樊川,故而对于历代宫殿颇为熟稔,其诗文中涉及这方面的主题甚多,如《长安杂题长句六首》《阿房宫赋》《过骊山作》《华清宫三十韵》《过华清宫绝句三首》《长安雪后》《华清宫》《长安晴望》《长安夜月》《隋宫春》等等。

(一)《阿房宫赋》与《过华清宫绝句》

杜牧有关华清宫的诗文当中,《阿房宫赋》与《过华清宫绝句三首》,是最受后人注意的。《阿房宫赋》作于大和元年(827),是杜牧投献给主考官礼部侍郎崔郾的"行卷",杜牧也于大和二年(828)以第五名中进士第。这篇文章的主旨是讽刺唐敬宗大兴土木,营建宫室,杜牧《上知己文章启》称:"宝历大起宫室,广声色,故作《阿房宫赋》。"① 潘錞《潘子真诗话》:"南丰先生曾子固言《阿房宫赋》:'鼎铛玉石,珠瑰金砾,弃掷逦迤,秦人视之,亦不甚惜。'瑰当作块,盖言秦人视珠玉如土块瓦砾也。又言牧赋宏壮巨丽,驰骋上下,累数百言,至'楚人一炬,可怜焦土',其论盛衰之变判于此矣。"②

《过华清宫绝句》共三首,是杜牧过骊山华清宫时,借历史陈迹

---

① 杜牧《樊川文集》卷一六,第241页。

② 郭绍虞《宋诗话辑佚》卷上,中华书局,1980年,第303页。

而对安史之乱这一影响唐朝命运的重大历史事件的思考。有关这组诗的作年,学者或以为与《阿房宫赋》作于同时,与其讽刺大起宫室的主旨相同。如周锡䪖先生《杜牧诗选》即持此说,实则并没有直接依据。

杜牧在《过华清宫绝句》中,追原祸始,对荒淫误国的唐玄宗大加鞭挞,对奢侈贪婪的杨贵妃深刻讽刺,对谋反叛乱的安禄山无情痛击,目的也是给当朝皇帝如唐敬宗,敲响警钟。当时社会,世风败坏,统治者"大起宫室,广声色",过着骄奢淫逸的生活,国家衰败的局势随处可见,诗人感慨深沉,故以诗借古讽今。诗人借唐玄宗、杨贵妃荒淫误国的故事,选取几个典型的场景加以艺术概括。第一首尤脍炙人口:"长安回望绣成堆,山顶千门次第开。一骑红尘妃子笑,无人知是荔枝来。"① 前二句描写骊山行宫,富丽深邃,后二句表现玄宗荒淫好色、贵妃恃宠而骄的主题。全诗含蓄、凝练、朴素、精深,显示了极大的艺术魅力。

关于杨贵妃吃荔枝事,唐时记载不少,而稍有歧异。唐李肇《国史补》卷中说:杨贵妃生于蜀中,喜欢吃鲜荔枝,而南海生产的荔枝,比蜀中要好得多,所以每年都要奔马飞驰以进送。又据《开元天宝遗事》记载:天宝间州贡荔枝,到长安色香不变,杨贵妃非常喜欢,唐玄宗为了让杨贵妃高兴,使州县以邮传疾送,七天七夜到达京师,至于人马僵毙,相望于道,老百姓对此感到非常痛苦。杜牧这首诗所咏的就是此事。他选取杨贵妃吃荔枝一事,与唐代的安史之乱联系起来,不仅具有盛衰之意,更表现了他对历史治乱之迹的深层思考。自从杜牧写这首诗描绘杨贵妃吃荔枝以至误国的行径以后,这个题材引起了后人极大的注意,如宋苏轼的《荔支叹》诗:"十里一置飞尘灰,

① 杜牧《樊川文集》卷二,第 28 页。

五里一堠兵火催。颠坑仆谷相枕藉，知是荔支龙眼来。飞车跨山鹘横海，风枝露叶如新采。宫中美人一破颜，惊尘溅血流千载。”①

（二）《华清宫三十韵》

杜牧《华清宫三十韵》诗，作于大中六年（852），时作者为中书舍人。这是一首叙事佳作。诗的开头写出华清宫所处的地理位置，此地壮观雄伟，明丽如画，自古以来就是帝王所居。至唐玄宗时更成为极为繁华之地，三万里农桑繁盛于此，一千年际遇汇聚当时。五月，玄宗在骊山高处欢庆自己的生日千秋节，八月，则在华清宫的楼台纳凉，欣赏着邈入云端的仙曲，倾听着叮当入耳的环佩。他与杨贵妃在此地竭尽欢愉，置天下之事于不顾，以至于“雨露偏金穴，乾坤入醉乡”，造成了大乱的结局。后半部分则叙述安史之乱发生后，玄宗逃往西川的情景。往日的繁盛与眼前的凋零形成了鲜明的对照。这位失势的老皇帝寂寞悲哀，直至“往事人谁问，幽襟旧独伤”。全诗不着议论，而前后对比鲜明，作者的评判已暗寓其中。最后二句“孤烟知客恨，遥起泰陵傍”，是作者的感叹之语，表明了晚唐士人的心态，对于过去繁盛的一去不复返深深地叹息，这是晚唐诗人心理的典型写照，是以旁观者的姿态看待往日的繁盛与眼前的衰败，又失去了中唐诗人那种革新的追求与中兴的希望。这首诗的结构与叙事方式和白居易的《长恨歌》相似，但其主旨却大不相同。白诗侧重于唐玄宗与杨贵妃爱情的渲染与描写，而本诗则重在揭露唐玄宗的荒淫享乐以至误国的罪过；白诗表现上较含蓄，而本诗则颇直露，以至于“雨露偏金穴，乾坤入醉乡。玩兵师汉武，回手倒干将。鲸鬣掀东海，胡牙揭上阳。喧呼马嵬血，零落羽林枪。倾国留无路，还魂怨有香”②，

① 《苏轼诗集》卷三九，中华书局，1982 年，第 2126 页。

② 杜牧《樊川文集》卷二，第 22 页。

讽刺极为明显而且深刻。从较为广阔的历史背景上着眼，对于这场至关唐王朝生死存亡的安史之乱作了深沉的思考，归结为玄宗只顾逸乐而忽视天下，并且好大喜功，穷兵黩武。周紫芝《竹坡诗话》以为："杜牧之《华清宫三十韵》，无一字不可人意。其叙开元一事，意直而词隐，晔然有《骚》《雅》之风。"① 宋许顗《彦周诗话》："小杜作《华清宫》诗云：'雨露偏金穴，乾坤入醉乡。'如此天下焉得不乱？"②

杜牧《华清宫三十韵》写出后，出现了《华清宫和杜舍人》诗，诗题一作《和杜舍人题华清宫三十韵》。关于这首诗的作者，有不同的说法。南宋蜀刻本《张承吉文集》卷十收入此诗，曾益等《温飞卿诗集笺注》卷九则收为温庭筠诗，胡震亨《唐音统签》卷六〇九收为赵嘏诗，《全唐诗》张祜与赵嘏诗卷均收入，又卷五五九收入薛能诗卷。考《文苑英华》卷三一一收入此诗，中华书局 1966 年影印明隆庆本此首诗题下未署作者，此诗前一首为《过华清宫二十二韵》，下署"温庭筠"，此诗后一首为《华清宫二首》，下署"前人"。然检《四库全书》本《文苑英华》，则在《华清宫和杜舍人》下署"前人"。故竹村则行先生以为《四库全书》本的"前人"为四库馆臣所加③。而考《温飞卿诗集笺注》卷九，为长洲顾嗣立续注，并于该卷第一首《春日雨》题注："以下见《文苑英华》。"④ 由此推知将此诗定为温庭筠作者，即来源于清代传本《文苑英华》。而我们对《文苑英华》所收《华清宫和杜舍人》以下的《华清宫二首》诗进行考证，就可以证明竹村则行推测本诗的作者为张祜是合理的。考南宋蜀刻本《张承吉文集》卷

① 周紫芝《竹坡诗话》，《历代诗话》，中华书局，1981 年，第 350 页。
② 许顗《彦周诗话》，《历代诗话》，第 390 页。
③ 竹村则行《杨贵妃文学史研究》，研文出版，2003 年，第 110 页。
④ 曾益《温飞卿诗集笺注》卷九，上海古籍出版社，1980 年，第 179 页。

十收有《华清宫四首》，其一、二首就是《温飞卿诗集笺注》卷九中的《华清宫二首》。因此，《和杜舍人题华清宫三十韵》诗作者应判归张祜为宜。前人虽将杜牧此诗与温庭筠诗并列，然并不是指《华清宫和杜舍人》诗，而是指温庭筠《过华清宫二十二韵》诗。张戒《岁寒堂诗话》卷上："往年过华清宫，见杜牧之温庭筠二诗，俱刻石于浴殿之侧，必欲较其优劣而不能。近偶读庭筠诗，乃知牧之之工，庭筠小子，无礼甚矣。刘梦得《扶风歌》、白乐天《长恨歌》及庭筠此诗，皆无礼于其君者。庭筠语皆新巧，初似可喜，而其意无礼，其格至卑，其筋骨浅露，与牧之诗不可同年而语也。其首叙开元胜游，固已无稽，其末乃云'艳笑双飞断，香魂一哭休'，此语岂可以渎至尊耶？"[①] 尹占华《张祜诗集校注》卷一〇校记云："杜牧大中六年由考功郎中、知制诰迁中书舍人。再考《文苑英华》所列校语皆曰'集作某'，其'作某'之异文恰与张祜诗合，故'集'当即指张祜之集，如此，此篇及《华清宫四首》之一、二首，当皆是张祜诗。"[②] 都将《和杜舍人题华清宫三十韵》诗作者判为张祜。我们则更可以论定张祜与杜牧对于华清宫盛衰看法的异同。杜牧与张祜的关系，已有较多的成果出现。这里重点考察张祜的华清宫诗与杜牧诗的关系。

张祜是中晚唐之交写作宫殿诗较多的诗人，吟咏华清宫与杨贵妃事就有：《南宫叹亦述玄宗追恨太真妃事》《华清宫和杜舍人》《连昌宫》《华清宫四首》《集灵台二首》《马嵬坡》《太真香囊子》《雨霖铃》《马嵬归》等。在这些诗中，《华清宫和杜舍人》诗尤有代表性。如诗中写到安史之乱前后唐玄宗与杨贵妃的情况："细音摇翠佩，轻步宛霓裳。祸乱根潜结，升平意遽忘。衣冠兆犬虏，鼙鼓动渔

① 张戒《岁寒堂诗话》卷上，《历代诗话续编》，第461—462页。

② 尹占华《张祜诗集校注》卷一〇，第490页。

阳。外戚心殊迫，中途事可量。雪埋妃子貌，刃断禄儿肠。近侍烟尘隔，前踪辇路荒。益知迷宠佞，惟恨丧忠良。"①这一段叙述，与杜牧诗"雨露偏金穴，乾坤入醉乡"有异曲同工之妙，而与温庭筠《过华清宫诗二十二韵》则形成不同的风格。再看张祜的《华清宫四首》其三："红树萧萧阁半开，上皇曾幸此宫来。至今风俗骊山下，村笛犹吹阿滥堆。"②讽刺之意甚为明显，与《和杜舍人题华清宫三十韵》诗参证，风格亦较相近。故前人也常以张祜诗与杜牧诗比较，如宋人葛立方《韵语阳秋》卷一五云："《后庭花》，陈后主之所作也。主与倖臣各制歌词，极于轻荡。男女倡和，其音甚哀，故杜牧之诗云：'烟笼寒水月笼沙，夜泊秦淮近酒家。商女不知亡国恨，隔江犹唱《后庭花》。'《阿滥堆》，唐明皇之所作也。骊山有禽名'阿滥堆'，明皇御玉笛，将其声翻为曲，左右皆能传唱。故张祜诗云：'红叶萧萧阁半开，上皇曾幸此宫来。至今风俗骊山下，村笛犹吹阿滥堆。'二君骄淫侈靡，耽嗜歌曲，以至于亡乱。世代虽异，声音犹存，故诗人怀古，皆有'犹唱''犹吹'之句。"③

由杜牧的《华清宫三十韵》与张祜和作《和杜舍人题华清宫三十韵》诗的分析，可以看出晚唐的诗人，大多将华清宫与唐玄宗的误国联系起来。对于唐玄宗与杨贵妃的关系，稍早一些的白居易侧重于赞叹，而杜牧与张祜作诗，仅与白居易作《长恨歌》相距不到五十年，却已较多地转入了讽刺。

与杜牧、张祜华清宫唱和诗相关的是温庭筠的《过华清宫二十二韵》。刘学锴云："温诗虽未标明和杜，但就三首诗题目、内容、构思、

① 尹占华《张祜诗集校注》卷一〇，第489—490页。

② 尹占华《张祜诗集校注》卷四，第190页。

③ 葛立方《韵语阳秋》，《历代诗话》，第608—609页。

立意、体裁之一致，可大体肯定为同时先后之作。杜牧大中六年夏秋间任中书舍人，是年十二月卒，其诗当年秋冬间作，温、张二和作当亦作于同时或稍后。”[①] 诗的前半描写开元盛世的承平景象：“忆昔开元日，承平事胜游。贵妃专宠幸，天子富春秋。月白霓裳殿，风干羯鼓楼。斗鸡花蔽膝，骑马玉搔头。绣毂千门妓，金鞍万户侯。薄云欹雀扇，轻雪犯貂裘。过客闻韶濩，居人识冕旒。”[②] 后半则描写安史之乱以后所发生的与华清宫相关的一些史事，借以抒发历史盛衰之感，并暗中透露作者的讽喻之意。“不料邯郸虱，俄成即墨牛。剑锋挥太皞，旗焰拂蚩尤”，写安史之乱；“内嬖陪行在，孤臣预坐筹。瑶簪遗翡翠，霜仗驻骅骝。艳笑双飞断，香魂一哭休”，写马嵬之变；“早梅悲蜀道，高树隔昭丘。朱阁重霄近，苍崖万古愁”，写玄宗回銮；“至今汤殿水，呜咽县前流”，抒作者之感，也就是白居易《长恨歌》“天长地久有时尽，此恨绵绵无绝期”之意。与杜牧诗相比，有同有异，同之处在于：抒盛衰之感，露讽刺之意。如“深岩藏浴凤，鲜隰媚潜虬”，上句指杨贵妃，下句指安禄山，以此二句承转诗的前后，隐含着讽刺之意。又如“贵妃专宠幸，天子富春秋”二句，亦思深义微，颇具史家春秋笔法。异之处在于：起语杜诗直咏华清宫，而温诗乃过华清宫，故而重在“忆”字；杜诗重在安史乱后，温诗重在开元盛时。此诗颇得后人好评，张文荪《唐贤清雅集》云：“飞卿取材之富，过于义山。此首气清词丽，最好是不横着议论，而情事显然，得诗人忠厚之意。以丽词写事，是南、北史体，温、李都熟六朝书。”[③]

与华清宫有关的，温庭筠还有《马嵬佛寺》诗：“荒鸡夜唱战尘

---

① 刘学锴《温庭筠全集校注》卷六，中华书局，2007年，第598页。

② 刘学锴《温庭筠全集校注》卷六，第585页。

③ 刘学锴《温庭筠全集校注》卷六引，第597页。

深，五鼓雕舆过上林。才信倾城是真语，直教涂地始甘心。两重秦苑成千里，一炷胡香抵万金。曼倩死来无绝艺，后人谁肯惜青禽。”①这首诗与李商隐的《马嵬二首》题材相同，也都含有讽刺之意，而温诗讽刺意味更深。“一柱胡香抵万金”本事见《开元天宝遗事》卷上《助情花》条：“明皇正宠妃子，不视朝政。安禄山初承圣眷，因进助情花香百粒，大小如粳米而色红。每当寝处之际，则含香一粒，助情发兴，筋力不倦。帝秘之曰：‘此亦汉之慎恤胶也。’”②“曼倩”二句用《汉武故事》：“七月七日，上于承华殿斋。正中，忽有一青鸟从西方来，集殿前，东方朔曰：‘此王母欲来也。’有顷，王母至。”③青鸟指古代神女。通过这样的故实，既正面衬托了玄宗的淫佚无度，又讽刺了方士的无能，从侧面表现玄宗作为皇帝而无力营救杨贵妃的悲哀。

二、李商隐与华清宫

与杜牧、张祜吟咏华清宫的诗相比，李商隐的诗讽刺意义更加深刻。李商隐直接写华清宫的诗有三首，《华清宫》诗云：

> 华清恩幸古无伦，犹恐蛾眉不胜人。未免被他褒女笑，只教天子暂蒙尘。④

此诗将中国历史上与骊山相关而终至亡国与天子蒙尘的两位女性褒姒与杨贵妃放在一起吟咏，讽刺之意极为深刻。也因讽刺尖锐，故后人颇以尖酸刻薄讥义山，如冯浩《玉溪生诗集笺注》曰：“《通鉴》

① 刘学锴《温庭筠全集校注》卷九，第 785 页。
② 丁如明《开元天宝遗事十种》，第 75 页。
③ 曾益《温飞卿诗集笺注》卷九，第 186 页。
④ 冯浩《玉溪生诗集笺注》卷三，上海古籍出版社，1979 年，第 588 页。

载张权舆言：‘幽王幸骊山，为犬戎所杀；始皇葬骊山，国亡；明皇宫骊山，而禄山乱。’唐人每连类言之。然诗语殊尖薄矣。……若此与《骊山》《龙池》之作，皆大伤名教，读者断不可赏其轻脆也。”[1]何焯也说：“与《马嵬》诗同失为尊者讳之意，结又太轻薄。”[2]评论并不公允，故张采田《李义山诗辨正》云：“杨贵妃马嵬之变，千古伤心之事也。唐人章之诗篇，或嘲或刺，或怜或悯，美矣！备矣！……此诗意虽深刻，而语则朴实，依然晚唐本色，佻薄一派，不得藉口，但后人颇难学步耳。”[3]与杜牧的华清宫诗比较，李商隐诗则更为婉曲而深刻。清人程梦星评论说：“此诗谓明皇之宠杨妃，与幽王之嬖褒姒，今古色荒，事同一辙。……当时归咎，咸指杨妃。然开元之前，政事可观；天宝以后，怠荒始见。则明皇不至于幽王，而杨妃乃同于褒姒。论其蛊惑，几于丧邦，社稷有灵，始克收复。然幸蜀而不至灭亡，盖亦幸而免耳。诗意如此，诗语则反言之，较之杜牧之《骊山》诗‘舞破中原始下来’之句，彼浅直此婉曲矣。”[4]

又另一题《华清宫》诗云：

朝元阁迥羽衣新，首按昭阳第一人。当日不来高处舞，可能天下有胡尘。[5]

此首与上一首同韵，然较上一首直露，故前人或疑为他人和义山而作，但并无确据。不管是义山此作，还是杜牧诗篇，虽有直露与婉曲

① 冯浩《玉溪生诗集笺注》卷三，第588—589页。
② 刘学锴、余恕诚《李商隐诗歌集解》，中华书局，1988年，第1506页。
③ 张采田《玉溪生年谱会笺》（外一种），上海古籍出版社，1983年，第274页。
④ 刘学锴、余恕诚《李商隐诗歌集解》，第1507页。
⑤ 冯浩《玉溪生诗集笺注》卷三，第591页。

之别，但指斥当代皇帝无所畏避则是其同。实则唐朝与后代相比，较为宽松，诗歌吟咏时政，往往无所忌讳，故宋人洪迈《容斋续笔》卷二《唐诗无讳避》条言："唐人歌诗，其于先世及当时事，直辞咏寄，略无避隐。至宫禁嬖昵，非外间所应知者，皆反复极言，而上之人亦不以为罪。如白乐天《长恨歌》讽谏诸章，元微之《连昌宫词》，始末皆为明皇而发。……李义山《华清宫》《马嵬》《骊山》《龙池》诸诗亦然。今之诗人不敢尔也。"①

与《华清宫》二首主题相同的，李商隐还有《过华清内厩门》诗："华清别馆闭黄昏，碧草悠悠内厩门。自是明时不巡幸，至今青海有龙孙。"② 就华清宫马厩入手，写出唐代马政之衰，折射出安史之乱前后唐王朝由盛转衰的历程。清人程梦星评论说："义山生当大和、开成之世，则马政之衰可知，而华清之备游幸者，自无复升平故事矣。又其时吐蕃屡寇，自肃宗以来，陇右尝为其所陷。凡苑牧畜马皆然，则求如开元时突厥互市，中国得其善马者，势不可得，而青海龙种者，唯在其国中矣。故义山因过华清内厩作诗以慨叹之也。曰'明时'，曰'不巡幸'，乃《春秋》讳鲁之义，不敢斥言其衰也。曰'青海有龙孙'，微词也，不敢斥言其远莫能致也。乃风人之旨也。"③

与华清宫相关的，还有咏杨贵妃的诗歌。如《马嵬二首》诗：

冀马燕犀动地来，自埋红粉自成灰。君王若道能倾国，玉辇何由过马嵬？

海外徒闻更九州，他生未卜此生休。空闻虎旅传宵柝，无复

① 洪迈《容斋随笔》，中华书局，2005 年，第 239—240 页。
② 冯浩《玉溪生诗集笺注》卷三，第 725 页。
③ 刘学锴、余恕诚《李商隐诗歌集解》，第 1500 页。

鸡人报晓筹。此日六军同驻马,当时七夕笑牵牛。如何四纪为天子,不及卢家有莫愁! ①

李商隐对这两首诗颇为自赏,其《为举人献韩郎中琮启》云:“一日三秋,空咏《马嵬》之清什。”冯浩注云:“《柳仲郢传》:文格高雅,尝为《马嵬》诗,诗人韩琮、李商隐嘉之。按:义山有《马嵬》诗二首,或琮亦赋之,意是诸人唱和之作也。”② 韩琮与李商隐同在泾原王茂元幕府,故诗应为李商隐开成末年在泾原幕中与韩琮交往之作。这两首诗艺术上有高下之别,第二首是千古名篇,而第一首写得较为平庸,但其主旨是一致的,都是对唐玄宗与杨贵妃加以讽刺的。白居易《长恨歌》由此生推及他生,回忆起七月七日山盟海誓,以述爱情坚贞,而此诗由他生引出此生。黄侃评此第二首曰:“首句言神仙茫昧,次句言轮转荒唐,以此思哀,哀可知矣。中二联皆以马嵬与长安对举,六句笔力尤矫健,不仅属对工巧也。由此振出末二句,言当耽溺声色之时,自以宴安可久,岂悟波澜反覆,变起宠胡,仓卒西行,又不能保其嬖爱,以视寻常伉俪,偕老山河者,良多丑恶,上校银潢灵妃,尤不可同年而语矣!讽意至深,用笔至细。”③

又《骊山有感》诗:

骊岫飞泉泛暖香,九龙呵护玉莲房。平明每幸长生殿,不从金舆唯寿王。④

---

① 冯浩《玉溪生诗集笺注》卷三,第 604 页。

② 李商隐《樊南文集》卷三,上海古籍出版社,1988 年,第 206 页。

③ 刘学锴、余恕诚《李商隐诗歌集解》,第 314—315 页。

④ 冯浩《玉溪生诗集笺注》卷三,第 593 页。

这首诗咏唐玄宗与杨贵妃的关系，也较为婉曲。与白居易《长恨歌》同读，更见其佳致，“上二句指‘春寒赐浴’之事，‘九龙’喻明皇，‘玉莲房’喻妃尚以处女为道士，故曰‘呵护’，此即‘新承恩泽’时也。下二句言每遇平明幸长生殿焚香之时，妃以女冠必从焉，故寿王不得从金舆矣。意甚细致”[①]。婉曲之中，更见讥刺，正体现了李商隐作诗的个性。

① 冯浩《玉溪生诗集笺注》卷三，第 595 页。

第二编　诗路洛阳

第四章　唐代洛阳诗歌的时间与空间

长安是唐代的都城，近三百年来，一直是政治、经济、文化的中心。唐王朝建国，定都长安，经过太宗、高宗长时期的营建，至玄宗开元、天宝时期，不仅是中国文化的中心，而且是东西方文化的汇聚之都，这时的长安文化，标志着中国文化的极度繁荣。安史之乱以后，长安一度沦陷，昔日的威势不复存在。但唐朝还将洛阳定为东都，唐帝国以长安作为各项行政制度运作的舞台，而洛阳的制度设置，与长安基本相同，故官员称为分司。武则天统治时期，驻跸洛阳，政治中心也转移到洛阳，更促进了洛阳文化的发展。因而洛阳文学也是唐代京城文学的一部分，同时具有文学中心的意义。

有关洛阳文学的研究，学术界已经取得了一系列成果①。这些成

---

① 整体研究洛阳文学的单篇论文有：周祖譔《武后时期之洛阳文学》，《厦门大学学报》1991 年第 1 期，第 69—72 页；丁毅华《从唐诗看唐代洛阳的生活画卷》，《文史知识》1994 年第 11 期，第 88—92 页；赵小华《武则天执政与洛阳文学发展分析》，《殷都学刊》2006 年第 2 期，第 52—57 页；赵小华《武则天时代的礼仪与文学关系论析》，《广东工业大学学报》2008 年第 3 期，第 62—64 页；郭海文《洛阳与武则天的"颂"诗》，《洛阳师范学院学报》2008 年第 3 期，第 12—15 页。对个体诗人在洛阳的考索与论述有：张宏《悲剧的契合　永恒的契合——论李杜洛阳之会》，《东岳论丛》1988 年第 5 期，第 102—104 页；薛瑞泽、董红光《暮云愁色满中原——杜甫的洛阳情结》，《杜甫研究学刊》1999 年第 1 期，第 60—64 页；张国章《孟郊在洛阳的家事、交游和诗歌创作》，（转下页）

果，对于洛阳文学的研究，起到重要的推动作用。本章则立足于唐代洛阳诗坛的空间形态，参合时间演变的流程，从以下几个特定的侧面对唐代洛阳诗歌加以阐述，也对前人与时贤注意较少或研究未尽的地方加以开拓。

第一节 武则天时期的洛阳文学

唐朝建国，定都长安，其政权以关陇集团为支柱。宋赵彦若《长安志序》称："雍之为都，涉三代历汉唐之全盛，世统屡更，累起相袭，神灵所储，事变丛巨。"① 自汉至唐，长安一直是全国政治的中心。唐朝初年，沿袭宇文泰所开创的关中本位政策，唐高祖偏重任用关陇集团人士，史家早有定论，唐太宗时虽有了一些变化，他兼而擢拔山东微族，但所任用的重臣及高官大多还是关中士族。如秦府的"十八学士"出自关陇集团的人物就有杜如晦、李玄道、于志宁、苏世长、薛

（接上页）《吉林大学学报》1987 年第 3 期，第 78—84 页；李宗鲁《孟郊诗歌与洛阳》，新疆师范大学硕士学位论文 2006 年；焦尤杰《白居易洛诗研究》，郑州大学硕士学位论文 2006 年；郁贤皓《李白洛阳行踪新探索》，《南京师大学报》1986 年第 3 期，第 2—6 页；周相录《元稹洛阳行踪考述》，《洛阳师范学院学报》2000 年第 6 期，第 64—67 页；妹尾达彦《白居易在长安、洛阳》，《白居易研究讲座》第 1 卷《白居易の文学と人生》，勉诚社，1993 年，第 270—296 页。带有综合性研究特点的著作有两种：一是贾晋华女士的《唐代集会总集与诗人群研究》，专设"《汝洛集》《洛中集》及《洛下游赏宴集》与大和至会昌东都闲适诗人群"一章（北京大学出版社，2015 年，第 102—144 页），对于这一段时期的洛阳诗坛状况进行了综合的研究；二是赵建梅博士的学位论文《唐大和初至大中初的洛阳诗坛——以晚年白居易为中心》（中国社会科学院研究生院博士学位论文 2002 年）则是迄今为止洛阳文学研究中最有学术分量的著作之一。该论文以白居易在洛阳的活动为中心，对大和初到大中初的洛阳诗坛进行了较为深入的开掘与一定程度的学理阐发。

① 宋敏求《长安志》卷一，《宋元方志丛刊》，第 74 页。

元敬、薛收、颜相时、苏勖等；唐太宗的顾命大臣长孙无忌、杜淹、杜如晦、李靖、侯君集、杨师道等，均来自关中[1]。唐代政治的变迁升降，陈寅恪先生曾有精当的论述：

> 有唐一代三百年间，其统治阶级之变迁升降，即是宇文泰"关中本位政策"所鸠合集团之兴衰及其分化。盖宇文泰当日融冶关陇胡汉民族之有武力才智者，以便霸业；而隋唐继其遗产，又扩充之。其皇室及佐命功臣大都西魏以来此关陇集团中人物，所谓八大柱国家即其代表也。当李唐初期此集团之力量犹未衰损，皇室与其将相大臣几全出于同一之系统及阶级，故李氏据帝位，主其轴心，其他诸族入则为相，出则为将，自无文武分途之事，而将相大臣与皇室亦为同类之人，其间更不容别一统治阶级之存在也。至于武曌，其氏族本不在西魏以来关陇集团之内，因欲消灭唐室之势力，遂开始族行破坏此传统集团之工作，如崇尚进士文词之科破格用人及渐毁府兵之制等皆是也。此关陇集团自西魏迄武曌，历时既经一百五十年之久，自身本已逐渐衰腐，武氏更加以破坏，遂致分崩堕落不可救止。其后皇位虽复归李氏，至玄宗尤称李唐盛世，然其祖母开始破坏关陇集团之工事竟及其身告完成矣。[2]

武后革唐之命，首先是撼动了唐初得以生存的政治支柱。她破坏府兵制，推行科举制，引用文辞之士，都给予李唐的核心"关陇集团"以沉重的打击。武则天欲改易帝号，其最大的阻力也来自李唐

① 汪篯《汪篯隋唐史论稿》，中国社会科学出版社，1981 年，第 138—139 页。
② 陈寅恪《唐代政治史述论稿》，上海古籍出版社，1997 年，第 47—48 页。

王室与关陇集团，他们盘踞在唐朝的京城长安。如果武则天仍立足于长安，必然难以攻克这一巨大的政治堡垒，特殊的政治形势与地理环境，使得她毅然驻跸洛阳，使得关陇集团中的执政要人，离其本根，易于处置。洛阳成为武周一朝的政治中心，随之而来的就是经济的繁荣、人才的聚集与文学的活跃。

武则天对于文学的一大贡献，还在于在洛阳营造了浓厚的文学氛围，这就是君臣的应制唱和诗。武则天执政时，凡朝廷有大的喜庆，都要自己作诗，后令群臣奉和，或命群臣作诗，以纪其盛况。与洛阳相关者有如下几次：一、垂拱四年（688）十二月，武后拜洛水，受“天授圣图”，作诗后令群臣奉和。《全唐诗》卷六五、六一、九九收有苏味道《奉和受图温洛应制》、李峤《奉和拜洛应制》及牛凤及的同题之作。《旧唐书》卷六《则天皇后纪》：垂拱四年（688）“十二月己酉，神皇拜洛水，受‘天授圣图’”[1]。二、天授元年（690），武则天即皇帝位，作《上礼抚事述怀》诗，陈子昂、李峤均有奉和之作。《全唐诗》卷六一收有李峤《皇帝上礼抚事述怀》，卷八四收有陈子昂《奉和皇帝上礼抚事述怀应制》等诗。《新唐书》卷四《则天皇后纪》载：载初元年（690）九月“壬午，改国号周。大赦，改元。……乙酉，加尊号曰圣神皇帝，降皇帝为皇嗣”[2]。三、天册万岁元年（695），武则天于上阳宫赋诗，群臣皆和，并命宋之问编集作序。宋之问《早秋上阳宫侍宴序》：“我金轮圣神皇帝……乃望芝田，赋葛天，和者万，唱者千。乃命小臣，编纪众作，流汗拜首，而为序云。”[3] 四、长安三年（703），武则天还洛阳，李峤、杜审言、沈佺期扈从，途中有诗唱和。《全唐诗》卷

① 《旧唐书》卷六，第 119 页。

② 《新唐书》卷四，第 90 页。

③ 陶敏《沈佺期宋之问集校注》卷六，中华书局，2001 年，第 647—648 页。

五七李峤有《扈从还洛呈侍从群官》、卷六二杜审言有《扈从出长安应制》,沈佺期亦有同题之作。《旧唐书》卷六《则天皇后纪》:长安三年(703)“十月丙寅,驾还神都。乙酉,至自京师”①。

遇到一些重要的节令,他们也群体作诗,以表现祥和的气氛。如正月十五日君臣作诗,就是典型的事例。武则天有《早春夜宴》诗云:“九春开上节,千门敞夜扉。兰灯吐新焰,桂魄朗圆辉。送酒惟须满,流杯不用稀。务使霞浆兴,方乘泛洛归。”②孙逖《正月十五日夜应制》诗云:“洛城三五夜,天子万年春。彩仗移双阙,琼筵会九宾。舞成苍颉字,灯作法王轮。不觉东方日,遥垂御藻新。”③苏味道作了一首《正月十五夜》诗:“火树银花合,星桥铁锁开。暗尘随马去,明月逐人来。游伎皆秾李,行歌尽落梅。金吾不禁夜,玉漏莫相催。”④据《大唐新语》记载:“神龙之际,京城正月望日,盛饰灯影之会。金吾弛禁,特许夜行。贵游戚属,及下隶工贾,无不夜游。车马骈阗,人不得顾。王主之家,马上作乐以相夸竞。文士皆赋诗一章,以纪其事。作者数百人,惟中书侍郎苏味道、吏部员外郭利贞、殿中侍御史崔液三人为绝唱。”⑤这里所载的“神龙之际”,据陈冠明先生考证,此事发生在武则天的长安年间,并不在神龙之际,地点是在洛阳,也不在长安⑥。由孙逖诗“洛城三五夜,天子万年春”语,也可参证武则天时在洛阳举行灯会,而且常有君臣唱和。这在拙著《唐代重大历史事件与文学研究》第一章《武周革命与初唐文学进程》中有所论述,可

①《旧唐书》卷六,第131页。
②《全唐诗》卷五,第57页。
③《全唐诗》卷一一八,第1188页。
④《全唐诗》卷六五,第752—753页。
⑤ 刘肃《大唐新语》卷八,中华书局,1984年,第127—128页。
⑥ 陈冠明《苏味道李峤年谱》,中央文献出版社,2000年,第43—45页。

以参阅。

初唐时期文学的繁盛,主要在太宗与武后两个时期。太宗盘踞关中,此时的代表文学是以长安为中心的宫廷文学。这一时期的文学集团以太宗为中心,主要人物有上官仪、杨师道等。文学的特点表现为齐梁余风的延续。武后时期,洛阳文学之繁荣,约有以下数端:一、文学群体的出现。武后时期最大的文学群体是珠英学士集团,其次尚有文章四友等,他们都对后世的文学发展产生了巨大的影响;二、文学新体的产生。武后时期重要的文学新体就有沈宋体、吴富体、陈拾遗体、新歌行体、刘知几的史传文学体、燕许大手笔等。拙著《政治兴变与唐诗演化》有《论武则天时期的文学群体》和《论武则天时期的文学新体》等专门章节,可以参阅。

武后退位,中宗登基,始驾返长安,洛阳自此失去了政治中心的地位。当时的著名文士,也大多随驾西还,洛阳的文坛,从此衰落,无复武后时期的盛况。到了中唐时期,裴度退居东洛,始有绿野堂诗酒唱酬之会;白居易仕于东都,也曾有九老之会;其次韩愈、皇甫湜、杜牧等人,或仕宦或寓居于东洛,也有不少名篇传世,但还无法形成文学的中心地位,对后世的影响也无法与武后一朝的文学相提并论。

总体来说,唐代初期的政治特征、文学风貌与生活风尚大致沿袭六朝的余绪,是以关中豪族为主导的。无论是政治还是文学的中心都在长安,地方文学并没有得到应有的发展,无法形成气候。到了武后时期,随着政治中心的东移,洛阳得到了文学发展的不世机遇,形成了在中国文学史上特有的繁盛局面。武后退位,也就日趋衰落。安史之乱后,随着中央政权的旁落、藩镇的崛起,文学也呈现出多元化的趋势。洛阳虽在中唐以后又得到了一些发展的机遇,但武后时期的文学盛况,却一去不复返了。

第二节　长安动乱时期的洛阳文学

一、安史之乱时期的洛阳文学

安史之乱是发生在唐代中期的一次最大的内乱，它标志着唐代历史的一大转折，从大治转为大乱。这时，唐代的两京都遭到了毁灭性的破坏，文学的衰敝是必然出现的结局。因为安史乱军先攻破洛阳，然后攻克长安，故而洛阳地区遭受的破坏尤其严重，“东都残毁，百无一存。……函、陕凋残，东周尤甚。……居无尺椽，人无烟爨，萧条凄惨，兽游鬼哭”[①]，“夫以东周之地，久陷贼中，宫室焚烧，十不存一。百曹荒废，曾无尺椽，中间畿内，不满千户。井邑榛棘，豺狼所嗥。……东至郑、汴，达于徐方，北自覃怀，经于相土，人烟断绝，千里萧条”[②]。武则天时期一度极为繁盛的洛阳文学，经过中宗时期政治中心由洛阳迁到长安，其盛况已不复存在，至此大乱之际，更是凋零不堪。但尽管如此，洛阳毕竟还是唐朝的东都，这一时期，无论是沦陷于洛阳的诗人，还是乱后经过洛阳的诗人，都对于洛阳的现实有着或多或少的反映，体现了身处乱中的洛阳诗人的心态，也折射出洛阳文学的特点。

我们以王维为个案加以分析。王维于天宝十四载（755）为给事中[③]，十一月，安禄山反。十五载（756）六月，安禄山陷潼关，后入长安。是时玄宗仓皇逃向成都，王维扈从不及，为乱军所得。《旧唐书》本传称：“维扈从不及，为贼所得。维服药取痢，伪称喑病。禄山素怜

① 《旧唐书》卷一二三《刘晏传》，第3512—3513页。

② 《旧唐书》卷一二〇《郭子仪传》，第3457页。

③ 陈铁民《王维新论》，北京师范学院出版社，1990年，第25页。

之，遣人迎置洛阳，拘于普施寺，迫以伪署。禄山宴其徒于凝碧宫，其乐工皆梨园弟子、教坊工人。维闻之悲恻，潜为诗曰：'万户伤心生野烟，百官何日再朝天。秋槐花落空宫里，凝碧池头奏管弦。'"①至德二载（757）十月，唐军收复东京，王维及诸陷贼官都被收系，不久勒赴西京②。

王维有《大唐故临汝郡太守赠秘书监京兆韦公神道碑铭》一文，记叙了韦斌陷贼后的遭遇："逆贼安禄山……征天子之兵，逆天子之命。始反幽蓟，稍逼温洛，云诛君侧，尚惑人心。列郡无备，百司安堵，变折冲为贼矣，兼法令而盗之。将逃者已落彀中，谢病者先之死地。密布罗网，遥施陷穽，举足便跌，奋飞即挂。智不能自谋，勇无所致力。贼使其骑劫之以兵，署之以职，以孥为质，遣吏挟行。公溃其腹心，候其间隙，义覆元恶，以雪大耻。呜呼！上京既骇，法驾大迁，天地不仁，谷洛方斗，凿齿入国，磨牙食人。君子为投槛之猿，小臣若丧家之狗。伪疾将遁，以猜见囚。勺饮不入者一旬，秽溺不离者十月；白刃临者四至，赤棒守者五人。刀环筑口，戟枝叉颈，缚送贼庭，实赖天幸，上帝不降罪疾，逆贼恫瘝在身，无暇戮人，自忧为厉。公哀予微节，私予以诚，推食饭我，致馆休我。毕今日欢，泣数行下，示予佩玦，斫手长吁，座客更衣，附耳而语。"③陈铁民先生在《王维生平五事考辨》④中，更对这段文字

①《旧唐书》卷一九〇下，第5052页。

②《资治通鉴》卷二二〇《唐纪》：至德二载十月，"广平王俶之入东京也，百官受安禄山父子官者陈希烈等三百余人，皆素服悲泣请罪。俶以上旨释之，寻勒赴西京。己巳，崔器令诣朝堂请罪，如西京百官之仪，然后收系大理、京兆狱"。第7042—7043页。

③陈铁民《王维集校注》卷一一，第1051—1052页。

④陈铁民《王维新论》，第53—54页。

加以疏证，认为安禄山反后，叛军逼近洛水，列郡无备，或溃或降，韦斌即在此时陷贼。韦斌陷贼后，禄山迫以伪署为黄门侍郎。“公溃其腹心”四句谓韦斌任伪职后，离散禄山之亲信，等待机会，欲灭禄山，以雪己耻。“上京既骇”指天宝十五载（756）六月禄山破潼关后，京师震惊；“法驾大迁”指玄宗幸蜀；“凿齿入国”指叛军入长安；“君子”句谓百官多为贼所获。接下的“伪疾将遁”二句皆王维自谓，非指斌而言。因为维为贼所得正在天宝十五载六月长安沦陷之后，而斌陷贼则在天宝十四载（755）十二月。“勺饮”四句写己被囚后情状。“刀环”三句指己蒙受箠楚之辱，被叛军缚送洛阳安禄山朝廷。“逆贼”句指安禄山患病。谓自己被“缚送贼庭”后实赖天幸，正遇上逆贼患病，无暇戮人，才得免一死。“私予以诚”三句，指自己备受折磨之后，得到了当时正在洛阳任伪职的韦斌的照顾和爱护。因此王维给韦斌写的墓志铭，提供了王维陷贼遭遇的真相，根据这段文字，可知王维的“服药取痢，伪称喑病”，是想借机逃离长安，摆脱安禄山的控制。这一计划失败，王维又在备受折磨以后，被叛军强行押送到洛阳。

王维与韦斌的这些政治活动与文学活动主要发生在长安与洛阳的转换过程中，从中表现出安史之乱中诗人的心理状态：一方面想摆脱安史乱军的控制，另一方面又因文人实力单薄而无能为力，因而非常矛盾。

当时被迫任安禄山伪职者达三百余人，其中诗人任伪职者，也有不少，任伪职的地点是在洛阳，这是洛阳诗坛在紧急状态下的一种特殊情况。尽管诸人在任伪官时，很少有诗作留存到今天，但我们将被执的诗人列为下表，对于安史之乱时洛阳文学的研究，或许还会有一些认识作用。

唐人诗人受安禄山所执及洛阳授伪官情况表

姓名	原官	伪官	贬官
卢象	膳部员外	洛阳被执	果州刺史
薛据	大理司直	洛阳被执	
郑虔	广文博士	水部员外	台州司户
储光羲	监察御史	受伪署	贬死岭南
王维	给事中	给事中	太子中允
毕曜		洛阳被执	
李华	河西节度掌书记	凤阁舍人	杭州司功参军
陈希烈	门下侍郎	宰相	赐死
张万顷			

至德二载（757）洛阳收复以后，洛阳城又进入了诗人的视野之中，独孤及《季冬自嵩山赴洛道中作》诗，表现了洛阳收复后的总体景象：

皇运偶中变，长蛇食中土。天盖西北倾，众星陨如雨。胡尘动地起，千里闻战鼓。死人成为阜，流血涂草莽。策马何纷纷，捐躯抗豺虎。甘心赴国难，谁谓荼叶苦。天子初受命，省方造区宇。斩鲸安溟波，截鳌作天柱。三微复正统，五玉归文祖。不图汉官仪，今日忽再睹。升高望京邑，佳气连海浦。宝鼎歆景云，明堂舞干羽。虎臣□激昂，□□□御侮。腐儒著缝掖，何处议邹鲁。西上镮辕山，丘陵横今古。和气蒸万物，腊月春霭吐。得为太平人，穷达不足数。他日遇封禅，著书继三五。①

① 《全唐诗》卷二四六，第2766—2767页。

诗的前八句描写安史之乱初起时天翻地覆、流血遍地的情况。接着八句描写唐军抗击安史乱军,终于平定大乱的情况。再后八句描写平定安史之乱后,朝廷反正的情况。最后八句抒发作者的感慨。这首诗,一方面是对于安史乱军破坏洛阳后悲惨景况的真实描绘,另一方面也是安史之乱初平后,诗人复望中兴心情的表现。尽管如此,遭遇破坏后的洛阳,还不是理想的栖身之所,故独孤及于次年的春天又东赴越州,在江东寻找安静的避难之所。他的《丙戌岁正月出洛阳书怀》云:"幸逢帝出震,授钺清东藩。白日忽再中,万方咸骏奔。王风从西来,春光满乾坤。蛰虫竞飞动,余亦辞笼樊。"①

与洛阳在安史之乱平定后仍旧破败相比,长安很快就恢复了以前的繁盛。就在独孤及赴越差不多同时,贾至在长安为中书舍人,值大明宫早朝而作诗,当时的大诗人王维、杜甫、岑参相和,极一时之盛事。有关这方面的论述,参本书第二章《唐大明宫与大明宫诗》。

二、甘露之变前后的洛阳文学

与安史之乱后长安与洛阳文学共同凋敝的情况不同,甘露之变前后的晚唐前期,是洛阳文学的繁荣阶段,这一繁荣是以长安文学的衰败为前提的。甘露之变以后,京城长安笼罩在一片恐怖的政治气氛之中,文学在这样的环境下也产生了巨大的变化。甘露之变的第二年,文宗就将年号改为开成。在开成的五年间,长安文学呈现出萧条的景象。追原究始,一方面是当时的大诗人都避祸而离开长安,如白居易、杜牧在洛阳,刘禹锡在同州,李商隐在令狐楚兴元幕府,许浑在润州家乡;另一方面,身在京城的作家所创作的诗文实在是少有称道的名篇佳制。唐朝自建国之后,一直作为文学中心的京城,因甘露

① 《全唐诗》卷二四六,第2767—2768页。

之变而出现了很大的转折。

大和以后的洛阳文坛,呈现出繁盛的状态,也昭示出以下几个特点:其一是文人官僚的集中;其二是群体文学活动的繁盛;其三是文学体裁的丰富。

先从第一个方面看,甘露之变以后的开成年间,洛阳聚集着一批当时堪称第一流的文学家兼政治家。白居易于大和三年(829)三月末,罢刑部侍郎,以太子宾客分司东都。白居易在洛阳本来就有宅第,这时正好以闲散官僚的身份兼以闲居。大和四年(830)十二月,又代韦弘景为河南尹。大和七年(833)四月,以风病免河南尹后,复为太子宾客分司东都。直至大和九年(835)十月,改授太子少傅分司东都。甘露之变时,他就在此任上,而且终文宗开成之年,一直为太子少傅分司东都。裴度于大和八年(834)七十岁时,由山南东道节度使改为东都留守,并守司徒兼侍中。他在洛阳集贤里第,穿山筑池,以其特殊的政治地位与资深年历,引领着洛阳的文人群体。开成五年(840)又为太原尹、北都留守、河东节度使。刘禹锡开成元年(836)自同州刺史迁太子宾客分司东都,与在洛阳的裴度、李德裕等人多有唱酬。并于开成四年(839)加礼部尚书,同年十二月改秘书监分司东都。李德裕开成元年(836)七月,由滁州刺史迁太子宾客分司东都。德裕在洛阳有平泉庄,山水奇胜,他回到洛阳后,与文人诗友唱和颇多,亦为一时盛事。牛僧孺开成二年(837)五月由淮南节度使为东都留守,与白居易、刘禹锡等闲居洛阳的文人交游往还,唱酬赋咏。李绅于大和九年(835)由浙东观察使为太子宾客分司东都,开成元年(836)又为河南尹。并于同年六月改任宣武节度使。杜牧大和九年(835)在长安为监察御史,七月,有感于当时变幻莫测的政治形势,尤其是侍御史李甘反对李训、郑注,被贬为封州司马,杜牧即移疾分司东都,躲过了甘露之变一劫。然而他对于李训、郑注以及甘露之变的看法，在诗文中不时地流露出来。

以上这些文人兼政治家在洛阳的官职一般是东都留守或是以各种朝官名分而分司东都，也有为河南尹的。中晚唐时，洛阳还是东都，但对于高官来说，已视为散地。在洛阳做官，往往成为避免党争或朝中矛盾以及政治动乱而做出的一种选择。各分司官实际上是一种闲职，"唐东都有尚书省，留守兼判，其余百司略如京师，居其官者谓之分司，大抵皆散秩。故当时有诗云'犹被妻孥教渐退，莫求致仕且分司'是也"[①]。"安史之乱后，唐朝版图缩小，国势衰微，洛阳城也几乎成了一片废墟，失去了往日的繁华与光彩，迄朱全忠挟持唐昭帝到洛阳止，唐朝诸帝再没去过洛阳。……而这时长安政局不稳，党争、政变频繁，大量的失意官员被安排到洛阳做分司官，所以东都留司机构成了安排闲散人员的地方，'分司'一词便随之出现。"[②] 再如东都留守，是洛阳地位最高的官员，"这些东都留守们虽然是被纠缠于政治旋涡中的高官显贵，但同时他们又都是极具文学趣味和修养的文人。……唐代后期，东都留守是'自由身'，是闲人。当他们一旦从政治中心退闲下来，文人本性就会表现得更加明显。所以，许多留守在洛阳的文学活动比较活跃"[③]。河南尹虽不属于分司官，但分司官有不少品秩甚高者，也与河南尹相互代替与转任，如白居易由太子宾客分司东都代韦弘景为河南尹即是显例，故而在洛阳为河南尹的官员，其所处的环境和总体的社会心理状态与分司官也是一致的。

---

① 徐度《却扫编》卷上，《景印文渊阁四库全书》第863册，台湾商务印书馆，1986年，第761页。

② 勾利军《唐代东都分司官研究》，上海古籍出版社，2007年，第27页。

③ 赵建梅《唐大和初至大中初的洛阳诗坛——以晚年白居易为中心》，中国社会科学院研究生院博士学位论文2002年，第109—110页。

再从第二个方面看，聚集在洛阳的文人士大夫，经常举行集会，这些集会对当时与后世的文学影响很大。其中最为著名的莫过于裴度的绿野堂诗酒集会。《旧唐书·裴度传》称："（大和）八年三月，以本官判东都尚书省事，充东都留守。九年十月，进位中书令。十一月，诛李训、王涯、贾悚、舒元舆等四宰相，其亲属门人从坐者数十百人，下狱讯劾，欲加流窜，度上疏理之，全活者数十家。自是，中官用事，衣冠道丧。度以年及悬舆，王纲版荡，不复以出处为意。东都立第于集贤里，筑山穿池，竹木丛萃，有风亭水榭，梯桥架阁，岛屿回环，极都城之胜概。又于午桥创别墅，花木万株，中起凉台暑馆，名曰绿野堂。引甘水贯其中，酾引脉分，映带左右。度视事之隙，与诗人白居易、刘禹锡酣宴终日，高歌放言，以诗酒琴书自乐，当时名士，皆从之游。"① 《唐音癸签》："裴居守洛都，筑园，名堂绿野，时出家乐，与白居易、刘禹锡、李绅、张籍、崔群诸诗人游宴联句，缠绵既奢，笺霞尤丽。所云'昔日兰亭无艳质，此时金谷有高人'者，至今可追想其甚。"② 这就是甘露之变后官僚士大夫典型的生活环境与心理状态。洛阳这一特定的自然环境与社会环境，也就给甘露之变后的文人士大夫提供了既可供职，又能养身，更兼创作的最佳空间。白居易有《奉和裴令公新成午桥庄绿野堂即事》诗云："旧径开桃李，新池凿凤凰。只添丞相阁，不改午桥庄。远处尘埃少，闲中日月长。青山为外屏，绿野是前堂。引水多随势，栽松不趁行。年华玩风景，春事看农桑。花妒谢家妓，兰偷荀令香。游丝飘酒席，瀑布溅琴床。巢许终身稳，萧曹到老忙。千年落公便，进退处中央。"③ 刘禹锡亦有《奉和裴

① 《旧唐书》卷一七〇，第 4432 页。

② 胡震亨《唐音癸签》卷二七，第 286 页。

③ 朱金城《白居易集笺校》卷三三，第 2238 页。

令公新成绿野堂即事》诗,与《旧唐书·裴度传》参证,可见裴度在甘露之变以后的生存状态。

与裴度相关的集会,最著名的是开成二年(837)三月三日的洛滨祓禊之会。白居易《三月三日祓禊洛滨》诗序云:

> 开成二年三月三日,河南尹李待价以人和岁稔,将禊于洛滨。前一日,启留守裴令公。令公明日召太子少傅白居易,太子宾客萧籍、李仍叔、刘禹锡,前中书舍人郑居中,国子司业裴恽,河南少尹李道枢,仓部郎中崔晋,司封员外郎张可续,驾部员外郎卢言,虞部员外郎苗愔,和州刺史裴俦,淄州刺史裴洽,检校礼部员外郎杨鲁士,四门博士谈弘谟等一十五人,合宴于舟中。由斗亭,历魏堤,抵津桥,登临溯沿,自晨及暮,簪组交映,歌笑间发,前水嬉而后妓乐,左笔砚而右壶觞,望之若仙,观者如堵。尽风光之赏,极游泛之娱。美景良辰,赏心乐事,尽得于今日矣。若不记录,谓洛无人,晋公首赋一章,铿然玉振,顾谓四座继而和之,居易举酒抽毫,奉十二韵以献。座上作。

诗云:"三月草萋萋,黄莺歇又啼。柳桥晴有絮,沙路润无泥。禊事修初毕,游人到欲齐。金钿耀桃李,丝管骇凫鹥。转岸回船尾,临流簇马蹄。闹翻杨子渡,踏破魏王堤。妓接谢公宴,诗陪荀令题。舟同李膺泛,醴为穆生携。水引春心荡,花牵醉眼迷。尘街从鼓动,烟树任鸦栖。舞急红腰凝,歌迟翠黛低。夜归何用烛,新月凤楼西。"① 全诗描述诸人在风光旖旎的阳春三月聚会的场面,盛大而壮观。据诗序所言,参加集会者一十五人,当时都与裴度诗歌唱和,只是不少没有

① 朱金城《白居易集笺校》卷三三,第2298—2299页。

存留下来。《刘禹锡集》卷三四有《三月三日与乐天及河南李尹奉陪裴令公泛洛禊饮各赋十二韵》诗，即此会之作，诗云："洛下今修禊，群贤胜会稽。盛筵陪玉铉，通籍尽金闺。波上神仙妓，岸傍桃李蹊。水嬉如鹭振，歌响杂莺啼。历览风光好，沿洄意思迷。棹歌能俪曲，墨客竞分题。翠幄连云起，香车向道齐。人夸绫步障，马惜锦障泥。尘暗宫墙外，霞明苑树西。舟形随鹢转，桥影与虹低。川色晴犹远，乌声莫欲栖。唯余踏青伴，待月魏王堤。"[①] 由刘诗与白诗参证，这次集会和诗，应该是和韵的而不是次韵的。刘诗的大体内容与白诗一致，都是表现暮春的洛阳风光与本次聚会的盛大场面。

甘露之变后，文人士大夫进取心减弱，不以出处为意，故而在洛阳建置别墅，并与诗人吟咏其间，以逃避政治的打击与人事的纷扰。不仅裴度如此，牛僧孺也是这样："开成二年五月，加检校司空，食邑二千户，判东都尚书省事、东都留守、东畿汝都防御使。僧孺识量弘远，心居事外，不以细故介怀。洛都筑第于归仁里。任淮南时，嘉木怪石，置之阶廷，馆宇清华，竹木幽邃。常与诗人白居易吟咏其间，无复进取之怀。"[②]

再从第三个方面看，甘露之变后的洛阳诗歌，在体裁上集中于联句与唱酬。就联句来说，远在文宗之前就已产生并具有一定的影响，这就是韩愈和孟郊在洛阳所作的《莎栅联句》。但以裴度为中心的联句，则都作于文宗时。大和九年（835），刘禹锡自汝州刺史改同州刺史，赴任时经过洛阳，裴度有《刘二十八自汝赴左冯涂经洛中相见联句》，参加者有裴度、白居易、李绅、刘禹锡四人；又有《喜遇刘二十八偶书两韵联句》，参加者亦为裴度、白居易、李绅、刘禹锡四人。开成

---

① 《刘禹锡集》卷三四，第 487 页。
② 《旧唐书》卷一七二，第 4472 页。

元年（836），刘禹锡为太子宾客分司东都，至洛阳，裴度作《度自到洛中，与乐天为文酒之会，时时构咏，乐不可支，则慨然共忆梦得，而梦得亦分司至止欢惬可知，因为联句》，参加者有裴度、白居易与刘禹锡三人。除以裴度为首的联句外，开成五年（840）秋，刘禹锡、白居易、王起在洛阳，有《秋霖即事联句三十韵》及《喜晴联句》等。这时的联句已与中唐时期韩孟联句争奇斗巧的特点颇不相同，而是表现当时的现实场面及个人的生活情况和心理状态居多。如《度自到洛中，与乐天为文酒之会，时时构咏，乐不可支，则慨然共忆梦得，而梦得亦分司至止欢惬可知，因为联句》就非常典型：

成周文酒会，吾友胜邹枚。唯忆刘夫子，而今又到来。（度）

欲迎先倒屣，亦坐便倾杯。饮许伯伦右，诗推公干才。（并以本事。居易）

久曾聆郢唱，重喜上燕台。昼话墙阴转，宵欢斗柄回。（禹锡）

新声还共听，故态复相咍。遇物皆先赏，从花半未开。（度）

起时乌帽侧，散处玉山颓。墨客喧东阁，文星犯上台。（居易）

咏吟君称首，疏放我为魁。忆戴何劳访，（时梦得分司而来）留髡不用猜。（宴席上，老夫暂起，乐天密坐不动足。度）

奉觞承曲蘖，落笔捧琼瑰。醉弁无妨侧，词锋不可摧。（此两韵，美令公也。居易）

水轩看翡翠，石径践莓苔。童子能骑竹，佳人解咏梅。（陪游南宅之境。禹锡）

洛中三可矣，邺下七悠哉。自向风光急，不须弦管催。（度）

乐观鱼踊跃，闲爱鹤裴回。烟柳青凝黛，波萍绿拨醅。（居易）

春榆初改火，律管又飞灰。红药多迟发，碧松宜乱栽。（禹锡）

马嘶驼陌上，鹢泛凤城隈。色色时堪惜，些些病莫推。（度）

洄流寻轧轧，余刃转恢恢。从此知心伏，无因敢自媒。（禹锡）

室随亲客入，席许旧寮陪。逸兴嵇将阮，交情陈与雷。（此二句，属梦得也。居易）

洪炉思哲匠，大厦要群材。他日登龙路，应知免曝鳃。（禹锡）①

就唱酬来说，甘露之变后的洛阳诗人，不仅承袭着唐人一贯的重视唱和的风气，更在一些方面表现了唱和诗新的气息。一是利用洛阳居官的闲暇编纂唱和集。刘禹锡《汝洛集引》云："大和八年，予自姑苏转临汝，乐天罢三川守，复以宾客分司东都。未几，有诏领冯翊，辞不拜职，换太子少傅分务，以遂其高。时予代居左冯。明年，予罢郡，以宾客入洛，日以章句交欢。因而编之，命为《汝洛集》。"② 又《彭阳唱和集后引》云："开成元年，公镇南梁，予以太子宾客分司东都，新韵继至，率云三轴成矣。二年冬，忽寄一章，词调凄切，似有永诀之旨，伸纸悸叹。居数日，果承讣书。呜呼！聆风相说者四十年，会面交欢者十九年，以诗见投凡七十九首，勒成三卷，以副平生之言。"③《彭阳唱和集》是刘禹锡所编的与令狐楚唱酬的诗集，可见他在洛阳不仅与洛阳的文士唱酬，更与其他地方的诗友唱酬，并在洛阳将唱和之诗编辑成集。此外，白居易还于开成元年（836）在洛阳自编《白氏文集》六十五卷，藏于圣善寺。其自记云："吾老矣。将寻前好，且结后缘，故以斯文置于是院。其集七帙，六十五卷，凡三千二百五十五首，题为《白氏文集》，纳于律疏库楼。……开成元年闰五月十二日，

① 《全唐诗》卷七九〇，第8895—8896页。

② 《刘禹锡集》卷三九，第589—590页。

③ 《刘禹锡集》卷三九，第588—589页。

乐天记。”① 李绅《题白乐天文集》诗云:“寄玉莲花藏,缄珠贝叶扃。院闲容客读,讲倦许僧听。部列雕金榜,题存刻石铭。永添鸿宝集,莫杂小乘经。”自注:“乐天藏书东都圣善寺,号《白氏文集》,绅作诗以美之。”② 这也可以看成是诗人之间特殊的唱和交往。二是诗人相互间唱酬寄和频繁。如白居易此时不仅与裴度、刘禹锡等诗人唱酬颇多,其尤甚者,岁夜还产生了有怀寄和的群体作品。刘禹锡有《岁夜咏怀》诗云:“弥年不得意,新岁又如何。念昔同游者,而今有几多。以闲为自在,将寿补蹉跎。春色无情故,幽居亦见过。”③ 白居易有《岁夜咏怀兼寄思黯》,牛僧孺有《乐天梦得有岁夜诗聊以奉和》,卢贞有《和刘梦得岁夜怀友》等诗。

白居易的《醉吟先生传》,颇能反映开成中居于洛阳的这一群诗人的生活状况与思想动态。今择录于下:

> 自居守洛川洎布衣家,以宴游召者,亦时时往。每良辰美景,或雪朝月夕,好事者相过,必为之先拂酒罍,次开诗箧。酒既酣,乃自援琴,操宫声,弄《秋思》一遍。若兴发,命家僮调法部丝竹,合奏《霓裳羽衣》一曲。若欢甚,又命小妓歌《杨柳枝》新词十数章。放情自娱,酩酊而后已。往往乘兴,履及邻,杖于乡,骑游都邑,肩舁适野。舁中置一琴一枕,陶、谢诗数卷。舁竿左右悬双酒壶,寻水望山,率情便去,抱琴引酌,兴尽而返。如此者凡十年,其间日赋诗约千余首,岁酿酒约数百斛,而十年前后赋酿者不与焉。……因自吟《咏怀诗》云:“抱琴荣启乐,纵酒刘伶达。

① 白居易《圣善寺白氏文集记》,《白居易集笺校》卷七〇,第3770页。

② 《全唐诗》卷四八三,第5495页。

③ 《刘禹锡集》卷三四,第499页。

放眼看青山,任头生白发。不知天地内,更得几年活?从此到终身,尽为闲日月。”吟罢自哂,揭瓮拨醅,又饮数杯,兀然而醉,既而醉复醒,醒复吟,吟复饮,饮复醉。醉吟相仍,若循环然。繇是得以梦身世,云富贵,幕席天地,瞬息百年,陶陶然,昏昏然,不知老之将至,古所谓得全于酒者,故自号为醉吟先生。于时开成三年,先生之齿六十有七,须尽白,发半秃,齿双缺,而觞咏之兴犹未衰。顾谓妻子云:“今之前吾适矣,今之后吾不自知其兴何如?”①

良辰美景,雪朝月夕,诗酒书翰,丝竹琴瑟,放情自娱,呼友共乐,这篇自传性文字正是他晚年居于闲秩的真实写照。他对于这样的生活是适应的,对于这样的状态是满足的,直至他死后,河南尹卢贞还把《醉吟先生传》刻石以立于白居易的墓侧。钱易《南部新书》卷庚载:“白傅葬龙门山,河南尹卢贞刻《醉吟先生传》,立于墓侧,至今犹存。洛阳士庶及四方游人过其墓者,奠以卮酒,冢前常成泥泞。”②

三、黄巢起义时期的洛阳文学

有唐近三百年间,最大的内乱有两次,一次是安史之乱,一次是黄巢起义,这两次内乱都动摇了唐朝的京城,使得天子蒙尘,逃往西蜀。黄巢义军也曾一度占领了京城长安,这一时期,京城的文学几乎是一片空白。因为长安沦陷,故当时处于京城的诗人,往往会东奔洛阳,然后再谋南行以避难。

韦庄就是这时诗人中的典型人物。黄巢乾符二年(875)始起兵

① 朱金城《白居易集笺校》卷七〇,第3782—3783页。
② 钱易《南部新书》卷庚,第103页。

时，韦庄约四十岁。广明元年（880），也就是黄巢入长安那年，韦庄在长安应举。落第后滞居长安。同年十二月黄巢入长安，韦庄也陷入兵中。中和二年（882）春，始逃离长安，东奔洛阳，寓于洛北乡间。中和三年（883）三月，在洛阳作《秦妇吟》。这一段时间，他亲身经历了黄巢农民起义的动荡年代，亲眼看到了官兵的残酷剥削而使成千上万的人民遭受深重的苦难。因而在中和三年（883）借一女郎之口，反映了黄巢占据长安三年和王师与黄巢军作战的情况，以及在这一大背景下，中原百姓所遭受的深重苦难。诗的开头云："中和癸卯春三月，洛阳城外花如雪。东西南北路人绝，绿杨悄悄香尘灭。路旁忽见如花人，独向绿杨阴下歇。凤侧鸾欹鬓脚斜，红攒黛敛眉心折。借问女郎何处来，含嚬欲语声先咽。回头敛袂谢行人，丧乱漂沦何堪说。三年陷贼留秦地，依稀记得秦中事。"① 然后重点描写秦妇所见的黄巢占领后长安的惨乱情况。诗的后半，则描写了洛阳遭遇兵灾后的残酷景象："自从洛下屯师旅，日夜巡兵入村坞。匣中秋水拔青蛇，旗上高风吹白虎。入门下马若旋风，罄室倾囊如卷土。家财既尽骨肉离，今日垂年一身苦。一身苦兮何足嗟，山中更有千万家。朝饥山上寻蓬子，夜宿霜中卧荻花。"②

韦庄又有《洛阳吟》诗："万户千门夕照边，开元时节旧风烟。宫官试马游三市，舞女乘舟上九天。胡骑北来空进主，汉皇西去竟升仙。如今父老偏垂涕，不见承平四十年。"题注："时大驾在蜀，巢寇未平，洛中寓居，作七言。"③ 这首诗是写在洛阳时追忆开元时节游乐的情形，与当时混乱的局面进行对比。"胡骑"指安史之乱，"如今"

① 聂安福《韦庄集笺注》补遗，第 315 页。
② 聂安福《韦庄集笺注》补遗，第 318 页。
③ 聂安福《韦庄集笺注》卷三，第 109 页。

二句又关合眼前的黄巢起义，诗仅八句，却将两次大的动乱联系在一起，再与开元时承平的局面对照，诗人的感慨自在其中。这段时间，诗人有时寓居洛阳北原，作《洛北村居》诗，有“无人说得中兴事，独倚斜晖忆仲宣”句[①]，对于唐王朝的覆亡，表现出无可奈何之感。有时眺望洛阳魏王堤而怀念在长安的故园，不禁潸然泪下：“魏王堤畔草如烟，有客伤时独扣舷。妖气欲昏唐社稷，夕阳空照汉山川。千重碧树笼春苑，万缕红霞衬碧天。家寄杜陵归不得，一回回首一潸然。”[②] 又作《北原闲眺》诗云：“春城回首树重重，立马平原夕照中。五凤灰残金翠灭，六龙游去市朝空。千年王气浮清洛，万古坤灵镇碧嵩。欲问向来陵谷事，野桃无语泪华红。”[③] 诗中“五凤”指洛阳的五凤楼，谓洛阳为战火所焚，以至“灰残金翠灭”。“六龙游去市朝空”则指僖宗幸蜀，洛阳残破。“千年”二句，由清洛之王气空存，碧嵩之坤灵如故，从而感叹世事之盛衰变迁，引发黍离麦秀之悲慨。故清人胡以梅《唐诗贯珠》卷三八评论说：“此洛阳眺望之作。先于城中回首，见已春树重重。及至立马平原夕照之中，但见五凤楼已烧毁，金翠之色无存，当时六龙驾去，市朝已空，止存千年王气尚浮清洛，万古坤灵徒镇碧嵩。欲问是陵是谷，变迁不可问，惟有野桃笑于东风已尔。当黄巢倾荡之后，虽不致高岸为谷，深谷为陵，而变迁甚矣。”[④]

黄巢起义以后，洛阳城再也没有往日繁华的气象，诗人们或经过此地，或思念及此，无不对着断垣残壁，发出思古的感慨，情怀是感伤的，语调是凄苦的。罗邺《洛阳春望》诗：“洛阳春霁绝尘埃，嵩少烟岚画障开。草色花光惹襟袖，箫声歌响隔楼台。人心便觉闲多少，

---

① 聂安福《韦庄集笺注》卷三，第 128 页。

② 韦庄《中渡晚眺》，《韦庄集笺注》卷三，第 119—120 页。

③ 聂安福《韦庄集笺注》卷三，第 115 页。

④ 聂安福《韦庄集笺注》卷三引，第 116 页。

马足方知倦往来。愁上中桥桥上望,碧波东去夕阳催。”[1] 罗隐《经故洛阳城》诗:“败垣危堞迹依稀,试驻羸骖吊落晖。跛扈以成梁冀在,简书难问杜乔归。由来世事须翻覆,未必余才解是非。千载昆阳好功业,与君门下作恩威。”[2] 崔涂《过洛阳故城》诗:“三十世皇都,萧条是霸图。片墙看破尽,遗迹渐应无。野径通荒苑,高槐映远衢。独吟人不问,清冷自呜呜。”[3] 于邺《洛中有怀》诗:“潺潺伊洛河,寂寞少恩波。銮驾久不幸,洛阳春草多。”[4] 任翻《洛阳道》诗:“憧憧洛阳道,尘下生春草。行者岂无家,无人在家老。鸡鸣前结束,争去恐不早。百年路傍尽,白日车中晓。求富江海狭,取贵山岳小。二端立在途,奔走无由了。”[5]

第三节 洛阳庄园与文学:以平泉庄为个案的考察

李德裕在洛阳的平泉庄,也是开成中洛阳文人赋诗唱酬的重要场所。唐康骈《剧谈录》卷下《李相国宅》云:“平泉庄去洛城三十里,卉木台榭,若造仙府,有虚槛,前引泉水,萦回穿凿,像巴峡洞庭十二峰九派迄于海门江山景物之状。竹间行径有平石,以手摩之,皆隐隐见云霞龙凤草树之形。有巨鱼肋骨一条,长二丈五尺,其上刻云:会昌六年海州送到。”其下有注:“庄东南隅即征士韦楚老拾遗别墅。楚老风韵高致,雅好山水,相国居廓庙日,以白衣累擢谏署,后归

① 《全唐诗》卷六五四,第7516页。
② 《全唐诗》卷六五八,第7559页。
③ 《全唐诗》卷六七九,第7774页。
④ 《全唐诗》卷七二五,第8314页。
⑤ 《全唐诗》卷七二七,第8332页。

平泉，造门访之，楚老避于山谷。相国题诗云：‘昔日征黄诏，余惭在凤池。今来招隐士，恨不见琼枝。’”①

李德裕将经营平泉庄，视为一生的事业，他的《平泉山居戒子孙记》云：

> 经始平泉，追先志也。……前守金陵，于龙门之西，得乔处士故居。天宝末避地远游，鞠为荒榛。首阳翠岑，尚有薇蕨；山阳旧径，唯余竹木。吾乃剪荆莽，驱狐狸，始立班生之宅，渐成应叟之地。又得江南珍木奇石，列于庭际。平生素怀，于此足矣。……矧吾者，于葵无卫足之智，处雁有不鸣之患。虽有泉石，杳无归期，留此林居，贻厥后代。鬻平泉者，非吾子孙也。以平泉一树一石与人者，非佳也。吾百年后，为权势所夺，则以先人所命，泣而告之。此吾志也。②

对于平泉庄，《旧唐书·李德裕传》云："东都于伊阙南置平泉别墅，清流翠筱，树石幽奇。初未仕时，讲学其中。及从官藩服，出将入相，三十年不复重游，而题寄歌诗，皆铭之于石。今有《花木记》《歌诗篇录》二石存焉。"③ 这一山庄的规模，《唐语林》卷七记载："平泉庄周围十余里，台榭百余所，四方奇花异草与松石，靡不置其后。石上皆刻‘支遁’二字，后为人取去。其所传雁翅桧、珠子柏、莲房玉蕊等，仅有存者。怪石名品甚众，各为洛阳城族有力者取去。有礼星

① 康骈《剧谈录》卷下，第34—35页。

② 傅璇琮、周建国《李德裕文集校笺》别集卷九，中华书局，2018年，第681—682页。

③ 《旧唐书》卷一七四，第4528页。

石、狮子石,好事者传玩之。"[1] 李德裕的《平泉山居草木记》,更是对于园中草木较为详细的记述:

余二十年间,三守吴门,一莅淮服。嘉树芳草,性之所耽,或致自同人,或得于樵客,始则盈尺,今已丰寻。因感学《诗》者多识草木之名,为《骚》者必尽荪荃之美。乃记所出山泽,庶资博闻。木之奇者,有天台之金松、琪树,稽山之海棠、榧、桧,剡溪之红桂、厚朴,海峤之香柽、木兰,天目之青神、凤集,钟山之月桂、青飕、杨梅,曲房之山桂、温树,金陵之珠柏、栾荆、杜鹃,茆山之山桃、侧柏、南烛,宜春之柳柏、红豆、山樱,蓝田之栗梨、龙柏。其水物之美者,荷有蘋洲之重台莲,芙蓉湖之白莲,茅山东溪之芳荪。复有日观、震泽、巫岭、罗浮、桂水、严湍、庐阜、漏泽之石在焉。其伊、洛名园所有,今并不载。岂若潘赋《闲居》,称郁棣之藻丽;陶归衡宇,喜松菊之犹存。爰列嘉名,书之于石。己未岁,又得番禺之山茶,宛陵之紫丁香,会稽之百叶木芙蓉、百叶蔷薇,永嘉之紫桂、簇蝶,天台之海石楠,桂林之俱郁卫。台岭、八公之怪石,巫山、严湍、琅邪台之水石,布于清渠之侧;仙人迹、鹿迹之石,列于佛榻之前。是岁又得钟陵之同心木芙蓉,剡中之真红桂,稽山之四时杜鹃、相思、紫苑、贞桐、山茗、重台蔷薇、黄槿,东阳之牡桂、紫石楠,九华山药树、天蓼、青枥、黄心栱子、朱杉、龙骨。□□庚申岁,复得宜春之笔树、楠稚子、金荆、红笔、密蒙、勾栗木。其草药又得山姜、碧百合。[2]

① 周勋初《唐语林校证》卷七,第617页。
② 傅璇琮、周建国《李德裕文集校笺》别集卷九,第684—685页。

可见平泉庄有台榭虚槛、清泉怪石、嘉木芳草，是自然园林式的大庄园。以至于清人龚崧林的《河南洛阳县志》卷二《地理门》将“平泉朝游”作为洛阳八景之一。正因为如此，平泉庄也就成为诗人们喜欢往来之所，《全唐诗》卷五〇七即载有裴潾《前相国赞皇公早葺平泉山居，暂还憩，旋起赴诏命，作镇浙右，辄抒怀赋四言诗十四首奉寄》诗。刘禹锡与李德裕的唱和诗则有多首。

李德裕吟咏平泉庄的诗，具有意象密集的特点，对于园中景物的描绘也包蕴着士大夫坚贞的品格、高洁不俗的志趣和理想的意象，来表现自己的心志。赵建梅博士的论文对此已有较为详细的阐述①，本书就不再重复。而唐代其他诗人与李德裕的唱酬，以及李德裕以后的诗人对于平泉庄的题咏，则颇能表现唐代洛阳与文学的关系，故这里稍加阐述。

与李德裕平泉唱和之诗，裴潾有《前相国赞皇公早葺平泉山居，暂还憩，旋起赴诏命，作镇浙右，辄抒怀赋四言诗十四首奉寄》，这组诗的本事，《唐诗纪事》卷五二记载：“开成元年，李卫公分司东都，居平泉别墅，潾述其素尚，赋四言诗十四章，兼述山泉之美。明年，卫公观察浙西，潾自兵侍尹河南，乃刻于石。首章云：‘动静有源，进退有期。用在得正，明以知微。夫惟哲人，会且有归。静固致动，安每虑危。将憩于盘，止亦先机。’”②

刘禹锡则有与李德裕平泉唱和诗多首：《和李相公平泉潭上喜见初月》《和李相公初归平泉过龙门南岭遥望山居即事》《和李相公以平泉新墅获方外之名因为诗以报洛中士君子兼见寄之什》，德裕亦

① 赵建梅《唐大和初至大中初的洛阳诗坛——以晚年白居易为中心》，中国社会科学院研究生院博士学位论文2002年，第38页。

② 计有功《唐诗纪事》卷五二，第787页。

有《洛中士君子多以平泉见呼愧获方外之名因以此诗为报奉寄刘宾客》诗。其《和李相公平泉潭上喜见初月》云："家山见初月，林壑悄无尘。幽境此何夕，清光不如为人。潭空破镜入，风动翠蛾嚬。会向琐窗望，追思伊洛滨。"[①] 德裕原作云："簪组十年梦，园庐今夕情。谁怜故乡月，复映碧潭生。皓彩松上见，寒光波际轻。还将孤赏意，暂寄玉琴声。"[②] 二人均将平泉庄称为"家山"或"故乡"，说明对于平泉的喜爱备至。瞿蜕园论述说："德裕非洛阳人，而自称乡国、故乡，禹锡亦称以家山，知唐人之置田宅于洛阳者，即以洛阳为故乡，禹锡亦其比也。"[③] 阐明了刘禹锡、李德裕对于洛阳的认同感。

晚唐诗人汪遵，过平泉庄，还有感于李德裕的身世，写了《题李太尉平泉庄》诗："水泉花木好高眠，嵩少纵横满目前。惆怅人间不平事，今朝身在海南边。"[④] 汪遵于咸通七年（866）登进士第，时代稍后于李德裕，其过平泉庄时，仍然见到花木茂盛、嵩少纵横的景象，说明大中后李德裕虽贬死岭南，但其在洛阳的花木园林，还没有圮废。

第四节　洛阳坊里与文学：以履道坊为个案的考察

唐代洛阳与长安一样，都是坊里体制。履道坊是长夏门之东第四街，从南第一曰崇让坊，次北即履道坊。这里的宅第据清徐松《唐两京城坊考》及今人李健超《增订唐两京城坊考》，有源匡赞宅、高力

① 《刘禹锡集》卷三七，第552页。
② 李德裕《潭上喜见初月》，《李德裕文集校笺》别集卷一〇，第713页。
③ 瞿蜕园《刘禹锡集笺证》外集卷七，上海古籍出版社，1989年，第1419页。
④ 《全唐诗》卷六〇二，第6959页。

牧宅、刑部尚书白居易宅、吏部尚书崔群宅、中散大夫上柱国行成州长史张安宅、朝散大夫守汝州长史上柱国安平县开国男赠卫尉少卿崔皑宅、泗州刺史赵本质宅、□□大夫行苏州司马上柱国张利宾宅、桂阳郡临武县令王训宅、郸郡成安县尉高故妻张氏宅、京兆府户县令李钧宅、太子太保分司东都赠太尉崔慎由宅。

白居易、崔群都是唐代著名的诗人，故而研究这一坊里的文学，就以这两个诗人作为主要对象。

日本学者妹尾达彦对于白居易在长安和洛阳的居住地做了详细的考察，其集中的方面，就是洛阳履道坊的私宅。他说："洛阳时期，有大量诗歌吟咏履道坊的私宅，这大概是因为白居易按照自己的趣味建造了这座带庭院的府第，作为自己的永久性住所而格外中意的缘故吧。对于任杭州、苏州刺史时期，接触到明媚旖旎的江南风光，醉心于不同于长安趣味的南朝以来的城市文化的白居易来说，洛阳西面经陆路连接帝都长安，南面以大运河连接江南各城市，其地理位置一定非常令人满足。"① 对于白居易履道坊的宅第，《旧唐书 · 白居易传》即有记载："初，居易罢杭州，归洛阳。于履道里得故散骑常侍杨凭宅，竹木池馆，有林泉之致。家妓樊素、蛮子者，能歌善舞。居易既以尹正罢归，每独酌赋咏于舟中，因为《池上篇》曰：'东都风土水木之胜在东南偏，东南之胜在履道里，里之胜在西北隅，西闬北垣第一第，即白氏叟乐天退老之地。地方十七亩，屋室三之一，水五之一，竹九之一，而岛树桥道间之。初乐天既为主，喜且曰：虽有池台，无粟不能守也。乃作池东粟廪。又曰：虽有子弟，无书不能训也。乃作池北书库。又曰：虽有宾朋，无琴酒不能娱也。乃作池西琴亭，加

① 妹尾达彦《9世纪的转型：以白居易为例》，《唐研究》第11卷，第504页。

石樽焉。'"① 对于白居易故居的位置及构造，1992 年 10 月至 1993 年 5 月，中国社会科学院考古研究所洛阳唐城队，曾对白居易故居进行了两次发掘。确定"白居易故居位于今洛阳市郊区狮子桥村东北约 150 米处，遗址及其周围是农田。附近地势西部略高，一条现代水渠绕其西侧、北侧流过，文化层一般距地表 1.5—2.5 米，保存情况良好。发掘地区在履道坊遗址的西部出土遗物两千余件，还有灰坑、渠道、道路、住宅遗址、圆形砖砌遗址等。白氏故居位于坊的北部，从墙基散水观察，可看出有一中厅，东西长 5.5 米，南北宽 5.8 米，东西两端有回廊与两面对称的东西厢房相连。从残存建筑基址看，其布局南有厢房，北有上房，是一座有前后庭院的两进院落式庭院"②。

白居易题履道诗统计表

序号	诗题	履道诗句	白集卷数
1	履道新居二十韵		卷二三
2	履道春居		卷二五
3	履道池上作		卷二八
4	履道居三首		卷二八
5	履道西门二首		卷三六
6	归履道宅		卷二七
7	答王尚书问履道池旧桥		卷二七
8	咏兴五首	序："余罢河南府，归履道第。"	卷二九
9	洛下卜居	自注："买履道宅，价不足，以两马偿之。"	卷八

①《旧唐书》卷一六六，第 4354 页。
② 李健超《增订唐两京城坊考》卷五，第 362 页。

续表

序号	诗题	履道诗句	白集卷数
10	池上篇		卷六九
11	吾庐	履道幽居竹绕池	卷二三
12	晚春寄微之并崔湖州	履道城边欲暮春	卷二三
13	晚归府	晚从履道来归府	卷二七
14	解印出官府	归来履道宅	卷二八
15	七月一日作	秋生履道里	卷三十
16	重戏赠	履道林亭勿自轻	卷三二
17	和刘汝州酬侍中见寄长句因书集贤坊胜事戏而问之	履道集贤来往频	卷三二
18	从同州刺史改授太子少傅少司	履道西池七过春	卷三三
19	李卢二中丞各创山居俱夸胜绝然去城稍远来往颇劳弊居新泉实在宇下偶题十五韵聊戏二君	何言履道叟	卷三六
20	七老会诗	于白家履道宅同宴	卷三七
21	序洛诗	又三年，病免归履道里	卷七十

此外，没有直接写到履道居所，而以洛中新宅、池亭、池台等语出之的诗篇还很多，这里不再罗列。《池上篇》状其所居的规模与景致云："十亩之宅，五亩之园。有水一池，有竹千竿。勿谓土狭，勿谓地偏。足以容膝，足以息肩。有堂有亭，有桥有船。有书有酒，有歌有弦。有叟在中，白须飘然。识分知足，外无求焉。如鸟择木，姑务巢安。如蛙居坎，不知海宽。灵鹤怪石，紫菱白莲。皆吾所好，尽在我前。时引一杯，或吟一篇。妻孥熙熙，鸡犬闲闲。优哉游哉，吾将终

老乎其间。”[①] 宋邵博《邵氏闻见后录》卷二五《大字寺园》条：“大字寺园，唐白乐天园也。乐天云：‘吾有第在履道坊，五亩之宅，十亩之园。有水一池，有竹千竿’者是也。今张氏得其半，为会隐园，水竹尚在洛阳，但以其图考之，则凡曰某堂有某水，某亭有某木，至今犹在，而曰堂曰亭者，无复仿佛矣。岂因于天者可久，而成于人力者不足恃也，寺中乐天刻尚多。”[②] 此外，他的《履道新居二十韵》也是研究白居易与洛阳坊里第宅的重要诗篇：“履道坊西角，官河曲北头。林园四邻好，风景一家秋。门闭深沉树，池通浅沮沟。拔青松直上，铺碧水平流。篱菊黄金合，窗筠绿玉稠。疑连紫阳洞，似到白蘋洲。僧至多同宿，宾来辄少留。岂无诗引兴，兼有酒销忧。移榻临平岸，携茶上小舟。果穿闻鸟啄，萍破见鱼游。地与尘相远，人将境共幽。泛潭菱点镜，沉浦月生钩。厨晓烟孤起，庭寒雨半收。老饥初爱粥，瘦冷早披裘。洛下招新隐，秦中忘旧游。辞章留凤阁，班藉寄龙楼。病惬官曹静，闲惭俸禄优。琴书中有得，衣食外何求？济世才无取，谋身智不周。应须共心语，万事一时休。”[③] 白居易又有《磐石铭并序》：“大和九年夏，有山客赠余磐石，转置于履道里第。”[④] 最后，白居易就终老于此，其《醉吟先生墓志铭》云：“以会昌六年月日，终于东都履道里私第。”[⑤]

尤其值得注意的是在白居易履道坊住宅举行的七老聚会，《胡吉郑刘卢张等六贤皆多年寿予亦次焉偶于弊居合成尚齿之会七老相顾既醉甚欢静而思之此会稀有因成七言六韵以纪之传好事者》，这七

① 朱金城《白居易集笺校》卷六九，第3706页。
② 邵博《邵氏闻见后录》卷二五，中华书局，1983年，第199—200页。
③ 朱金城《白居易集笺校》卷二三，第1585—1586页。
④ 朱金城《白居易集笺校》卷七〇，第3768页。
⑤ 朱金城《白居易集笺校》卷七一，第3816页。

老是："前怀州司马安定胡杲，年八十九。卫尉卿致仕冯翊吉皎，年八十六。前右龙武军长史荥阳郑据，年八十四。前慈州刺史广平刘真，年八十二。前侍御史内供奉官范阳卢贞，年八十二。前永州刺史清河张浑，年七十四。刑部尚书致仕太原白居易，年七十四。"末题："已上七人合五百七十岁，会昌五年三月二十一日于白家履道宅同宴，宴罢赋诗。时秘书监狄兼谟、河南尹卢贞，以年未七十，虽与会而不及列。"① 诗云："七人五百七十岁，拖紫纡朱垂白须。手里无金莫嗟叹，樽中有酒且欢娱。诗吟两句神还王，酒饮三杯气尚粗。嵬峨狂歌教婢拍，婆娑醉舞遣孙扶。天年高过二疏傅，人数多于四皓图。除却三山五天竺，人间此会更应无？"②《新唐书·白居易传》："尝与胡杲、吉旼（皎）、郑据、刘真、卢真、张浑、狄兼谟、卢贞燕集，皆高年不事者，人慕之，绘为《九老图》。"③ 这样的聚会对于后代的诗坛影响很大。"宋元丰五年，文潞公以太尉留守西京，时富韩公以司徒致仕。公慕白乐天'九老会'，乃集洛中卿大夫年德高者，为'耆英会'，就资圣院建大厦，曰耆英堂。闽人郑奂绘像堂中。时富公年七十九，潞公与司封郎中席汝言皆七十七，朝议大夫王尚恭七十六，太常少卿赵丙、秘书监刘几、卫州防御使冯行已七十五，天章阁待制楚建中、朝议大夫王慎言皆七十二，大中大夫张问、龙图阁直学士张焘皆七十。时宣徽使王拱宸留守北京，贻书愿与斯会，年七十一。独司马温公年未七十，潞公素重其人，用唐九老狄兼谟故事，请入会。见朱子《名臣言行录》。"④

履道坊白居易宅南有吏部尚书崔群宅，徐松《唐两京城坊考》卷五云："按白居易《与刘梦得偶到敦诗宅感而题壁诗》云：'履道凄凉

① 朱金城《白居易集笺校》卷三七，第 2563—2564 页。

② 朱金城《白居易集笺校》卷三七，第 2563 页。

③《新唐书》卷一一九，第 4304 页。

④ 赵翼《瓯北诗话》卷四，《清诗话续编》，上海古籍出版社，1983 年，第 1189 页。

新第宅。’盖其宅在白宅之南，故居易《闻乐感邻诗》注云：‘东邻王大理去冬云亡，南邻崔尚书今秋薨逝。’又《祭崔尚书文》云：‘雒城东隅，履道西偏。修篁回舍，流水潺湲。与公居第，门巷相连。’”[①]李健超增订云：“泗州下邳县尉郑君夫人崔琦，字润之，其先清河东武城人。季弟乡贡进士崔环撰墓志称：夫人，我先府君之长女，开成中先府君弃养于故相国伯父履道之里第。故相国即吏部尚书崔群。”[②]按，白居易诗自注：“敦诗宅在履道，修造初成。”[③]

崔群是中唐时期著名的宰相，也是一位出色的文学家，其文章收录在《全唐文》中。其诗歌现在已不存单篇，但以裴度为首的《春池泛舟联句》和《杏园联句》，都有崔群参加。他与中唐著名诗人元稹、白居易、刘禹锡、韩愈都有交往，尤其与白居易、刘禹锡交往频繁，白有赠崔诗十一首，刘有赠崔诗七首。

白居易和崔群在履道坊的宅第，都是自己的第宅，而对于暂时自建和购买都承担不起的诗人来说，也就只有寓居或租赁这一渠道了。晚唐许浑有《分司东都寓居履道叨承三川尹刘侍郎大夫恩知上四十韵》诗，于“赐第成官舍，佣居起客亭”句自注：“某六代祖，国初赐宅在仁和里，寻已属官舍，今于履道坊赁宅居止。”[④]说明履道坊有官舍，供普通官员赁住。又新出土《洛阳县尉王师正故夫人河南房氏墓志》，题署：“宣德郎行河南府洛阳县尉王师正撰。”志云：“长庆二年五月二日，奄终于神都履道里之第。”[⑤]亦可证实。许浑诗中的刘大夫应为刘瑑，约大中六年（852）在河南尹任，其时许浑为监察御史分

① 徐松《唐两京城坊考》卷五，第163—164页。
② 李健超《增订唐两京城坊考》卷五，第363页。
③ 朱金城《白居易集笺校》卷三三，第2289页。
④ 罗时进《丁卯集笺证》卷一二，第353—354页。
⑤《千唐志斋藏志》，文物出版社，1989年，第1021页。

司东都，受刘瑑的提携，故诗题称“叨承三川尹刘侍郎大夫恩知”。作为担任监察御史职务的八品官员，在洛阳是买不起住房的，故而只能是租赁官舍居住。

由白居易、崔群、许浑居住履道坊的情况，也可以从特定的层面考察唐代诗人处于不同的职位时，居住条件是有很大差别的。

第五章　登封石淙集会与武后宫廷文学

武则天是中国历史上唯一的女皇帝，也是一位富有传奇性与争议性的历史人物。伴随着她的执政，唐代的政治、思想、宗教与文学都在发生巨大的变化。这些方面，都已引起了后人的不断关注。我试图用实证的手段，以具体材料为切入点，展开对武则天一朝政治、宗教、思想与文学等方面的研究，通过这些方面的相互关联来探讨武则天时期文学发展的环境与背景，于是注意到了嵩山石淙武则天君臣唱和的摩崖石刻。这一石刻，虽然早已成为书法界关注的热点，而在文学研究界人们则较少问津。我们知道，在初唐文学的发展史上，唐代君臣的唱和活动，对于推进诗歌的演化起了很大的作用。大型的唱和活动，现存的诗作中有武则天君臣唱和的《石淙诗》，共十七首；中宗君臣唱和的《立春日游苑迎春》，共七首；《奉和初春幸太平公主南庄应制》，共八首；《奉和幸安乐公主山庄应制》，共十五首；《人日侍宴大明宫恩赐彩缕人胜应制》，共十二首；《兴庆宫侍宴应制》，共八首。在这些唱和活动中，武则天于久视元年（700）的石淙唱和诗，是一个关键环节。不仅如此，这一唱和诗碑，还具有特定的道教内涵，说明武则天君臣某种程度上的道教崇尚。

我们将登封石淙集会置于“诗路洛阳”的范围，基于三个重要因素：一是登封的建置与武则天称帝有着密切的关系，载初元年（690）九月九日，武则天称帝，改唐为周，改元天授，定都洛阳，称为神都。

万岁登封元年(696),武则天登嵩山,封中岳。以示大功告成,改嵩阳县为登封县;二是登封石淙集会是武则天以洛阳为中心的宫廷文学的体现;三是通过登封石淙诗碑的研究,可以拓宽以洛阳帝都为核心的空间延展性。

第一节 石淙诗碑的著录与考订

唐代宫廷的集会有时是和诗歌联系在一起的,这在传世文献中是司空见惯的事,太宗、高宗、武后、中宗等都曾主持过这样的集会。在这些集会中,声势较大且立碑刻石者,则非武则天及其群臣的石淙集会莫属。集会之后,立了石淙诗碑,现在还留存在登封石淙山。这是唐代宫廷集会的文字见证,其诗歌的创作者是武则天为首的一代君臣,其文字的撰书者是大书法家薛曜。石淙诗碑记载了以武则天为首的一次大型的宫廷诗歌集会和创作活动。摩崖题刻的"律中蕤宾"为五月,这次君臣唱和的时间为久视元年(700)五月十九日。武则天游石淙,群臣扈从。《全唐诗》卷四六狄仁杰《奉和圣制夏日游石淙山》诗题注:"石淙山,在今河南登封县东南三十里。有天后及群臣侍宴诗并序刻北崖上。其序云:'石淙者,即平乐涧,其诗天后自制七言一首,侍游应制皇太子显、右奉裕率兼检校安北大都护相王旦、太子宾客上柱国梁王三思、内史狄仁杰、奉宸令张易之、麟台监中山县开国男张昌宗、鸾台侍郎李峤、凤阁侍郎苏味道、夏官侍郎姚元崇、给事中阎朝隐、凤阁舍人崔融、奉宸大夫汾阴县开国男薛曜、守给事中徐彦伯、右玉钤卫郎将左奉宸内供奉杨敬述、司封员外于季子、通事舍人沈佺期各七言一首。"[①] 这段文字表现了这次活动的庞大阵

---

① 《全唐诗》卷四六,第 555 页。

容,诗的作者都是武则天左右的顾命大臣和文人学士。现据《北京图书馆藏中国历代石刻拓本汇编》,参考《金石萃编》的著录,将诗碑刻石录之于下:

夏日游石淙诗并序
左奉宸大夫汾阴县开国男臣薛曜奉敕书

若夫圆峤方壶,涉沧波而靡际;金台玉阙,步玄圃而无阶。唯闻山海之经,空览神仙之记;爰有石淙者,即平乐涧也。尔其近接嵩岭,俯届萁峰,瞻少室兮若莲,睇颍川兮如带。既而蹑崎岖之山径,荫蒙密之藤萝。汹涌洪湍,落虚潭而送响,高低翠壁,列幽涧而开筵。密叶舒帷,屏梅氛而荡燠,疏松引吹,清麦候以含凉。就林薮而王心神,对烟霞而涤尘累。森沉丘壑,即是桃源,淼漫平流,还浮竹箭。纫薜荔而成帐,耸莲石而如楼。洞口全开,溜千年之芳髓;山腰半□(坼?),吐十里之香粳。无烦崐阆之游,自然形胜之所。当使人题彩翰,各写琼篇,庶无滞于幽栖,冀不孤于泉石,各题四韵,咸赋七言。

七言　御制

三山十洞光玄箓,玉峤金峦镇紫微。均露均霜摽胜壤,交风交雨列皇畿。万仞高严藏日色,千寻幽涧浴云衣。且驻欢筵赏仁智,雕鞍薄晚杂尘飞。

七言侍游应制　皇太子臣显上

三阳本是标灵纪,二室由来独擅名。霞衣霞锦千般状,云峰云岫百重生。水炫珠光遇泉客，岩悬石镜厌山精。永愿乾坤符睿算，长居膝下属欢情。

七言侍游应制　太子左奉裕率兼检校太都护相王臣旦上

奇峰嵱嵷箕山北，秀崿岧哓嵩镇南。地首地肺何曾拟，天目天台倍觉惭。树影蒙笼鄣叠岫，波深汹涌落悬潭。□愿紫宸居得一，永欣丹扆御通三。

七言侍游应制　太子宾客上柱国梁王臣三思上

此地岩壑数千重，吾君驾鹤□乘龙。掩映叶光含翡翠，参差石影带芙蓉。白日将移冲叠巘，玄云欲度碍高峰。对酒鸣琴追野趣，时闻清吹入长松。

七言侍游应制　内史臣狄仁杰上

宸晖降望金舆转，仙路峥嵘碧洞幽。羽仗遥迎鸾鹤驾，帷宫直坐凤麟洲。飞泉洒液恒疑雨，密树含凉镇似秋。老臣预陪悬圃宴，余年方共赤松游。

七言侍游应制　奉宸令臣张□□上

六龙骧首晓骎骎，七圣陪轩集颍阴。千丈松萝交翠幕，一丘山水当鸣琴。青鸟白云王母使，垂藤断葛野人心。山中日暮幽岩下，泠然香吹落花深。

七言侍游应制　麟台监中山县开国男臣张昌宗上

云车遥杳三珠树，帐殿交阴八桂丛。涧险泉声疑度雨，川平桥势若晴虹。叔夜弹琴歌白雪，孙登长啸韵清风。即此陪欢游阆苑，无劳辛苦向崆峒。

七言侍游应制　鸾台侍郎臣李峤上

羽盖龙旗下绝冥，兰除薜幄坐云扃。鸟和百籁疑调管，花发千岩似画屏。金灶浮烟朝漠漠，石床寒水夜泠泠。自然碧洞窥仙境，何必丹丘是福庭。

七言侍游应制　凤阁侍郎臣苏味道上

雕舆藻卫拥千官，仙洞灵溪访九丹。隐暧源花迷近路，参差岭竹扫危坛。重崖对耸霞文驳，瀑水交飞雨气寒。日落宸襟有余兴，徘回周矚驻归銮。

七言侍游应制　夏官侍郎臣姚元崇上

二室三涂光地险，均霜揆日处天中。石泉石镜恒留月，山鸟山花竞逐风。周王久谢瑶池赏，汉主悬惭玉树宫。别有祥烟伴佳气，能随轻辇共葱葱。

七言侍游应制　给事中臣阎朝隐上

金台隐隐陵黄道，玉辇亭亭下绛雰。千种冈峦千种树，一重岩壑一重云。花落风吹红的历，藤垂日晃绿葐蒀。五百里内贤人聚，愿陪阊阖侍天文。

七言侍游应制　凤阁舍人臣崔融上

洞口仙岩类削成，泉香石冷昼含清。龙旗画月中天下，凤管披云此地迎。树作帷屏阳景翳，芝如宫阙夏凉生。今朝出豫临悬圃，明日陪游向赤城。

七言侍游应制　奉宸大夫汾阴县开国男臣薛曜上

玉洞幽寻更是天，朱霞绿景镇留年。飞花藉藉迷行路，啭鸟遥遥作管弦。雾隐长林成翠幄，风吹细雨即虹泉。此中碧酒恒参圣，浪道昆山别有仙。

七言侍游应制　给事中臣徐彦伯上

碧澱红涔崿嶂间，淙嵌洑岨洊成湾。琪树琁娟花未落，银芝窋咤露初还。八风行殿开仙榜，七景飞舆下石关。张茑席云平圃宴，焜煌金记蕴名山。

七言侍游应制　玉钤卫郎将左奉宸内供奉臣杨敬述上

山中别有神仙地，屈曲幽深碧涧垂。岩前暂驻黄金辇，席上还飞白玉卮。远近风泉俱合杂，高低云石共参差。林壑偏能留睿赏，长天莫遽下丹曦。

七言侍游应制　司封员外郎臣于季子上

九旗云布临嵩室，万骑星陈集颍川。瑞液含滋登禹膳，飞流荐响入虞弦。山扉野径朝花积，帐殿帷宫夏叶连。微臣献寿迎千寿，愿奉尧年倚万年。

七言侍游应制　通事舍人臣沈佺期上

金舆旦下绿云衢，彩殿晴临碧涧隅。溪水泠泠杂行漏，岩烟片片绕香炉。仙人六膳调神鼎，玉女三浆捧帝壶。自惜汾阳纡道驾，何如太室览真图。

大周久视元年岁次庚子律中蕤宾十九日丁卯。①

《北京图书馆藏中国历代石刻拓本汇编》并云："《夏日游石淙诗并序》，唐久视元年(700)五月十九日刻于河南登封石淙山北崖。拓片高255厘米，宽237厘米。武瞾等撰，薛曜正书。三截刻。左下方金大定二十三年栖云题名，尾明嘉靖元年韩锡等题名。"②

"律中蕤宾"为五月，故这次君臣唱和的时间为久视元年五月十九日。据《资治通鉴》卷二〇六记载：久视元年正月乙巳，太后幸嵩山。春一月戊寅，作三阳宫于告成之石淙。夏四月戊申，太后幸三阳宫避暑。五月癸丑，赦天下，改元久视，去天册金轮大圣之号。对于三阳宫、石淙与告成之关系，胡三省注："三阳宫去洛城一百六十里，万岁登封元年，改东都阳城县曰告成，以祀神岳告成也。"③

有关这一诗碑，历代金石学家都很重视。赵明诚《金石录》卷五："《周宴石淙序上》，张易之撰，薛曜正书。《周宴石淙序下》。《周宴石淙诗上》，诸公撰，薛曜正书。《周石淙诗下》。"④朱彝尊《金石文字考》卷四《跋石淙碑》、顾炎武《金石文字记》卷三、毕沅《中州金

① 北京图书馆金石组《北京图书馆藏中国历代石刻拓本汇编》第19册，中州古籍出版社，1989年，第2页。

② 北京图书馆金石组《北京图书馆藏中国历代石刻拓本汇编》第19册，第2页。

③《资治通鉴》卷二〇六，第6545页。

④ 金文明《金石录校证》卷五，中华书局，2019年，第88—89页。

石记》卷二、卢文弨《抱经堂文集》卷一五《武周夏日游石淙诗石刻跋》、清王士禛《香祖笔记》卷二、王昶《金石萃编》卷六四《夏日游石淙诗碑》等均有著录。

第二节 石淙唱和与宫廷文学氛围

初唐时期，宫廷的朝臣文士，扈从皇帝游览，每到一处，常作诗唱和，形成大型的文学活动，其中声势最大者就是这次武则天游石淙的群体活动。

石淙位于嵩山南麓玉女台下之平乐涧，俗称石淙河。距登封城东南约十五公里。石淙之美在于奇趣天成：怪石林立，千姿百态，溪流萦回，幽深静碧。入涧可见巨石，顶平如案，世称“乐台”。水激石壁，淙淙有声，故名“石淙”；出涧则豁然开朗，平畴旷野，一望无际。成为历代帝王大臣、官僚士大夫与文人墨客的集会游赏之地。中唐时孟郊曾作《石淙》诗十首，多方面描绘石淙之景，其第一、二首云：“岩谷不自胜，水木幽奇多。朔风入空曲，泾流无大波。迢递逗难尽，参差势相罗。雪霜有时洗，尘土无由和。洁冷诚未厌，晚步将如何。”“出曲水未断，入山深更重。泠泠若仙语，皎皎多异容。万响不相杂，四时皆自浓。日月互分照，云霞各生峰。久迷向方理，逮兹耸前踪。”① 这样的天然佳境，确是休闲避暑的胜地。为了避暑，武则天在这里建了三阳宫，规模宏大壮丽。建成以后，武则天率领群臣两次在石淙避暑，每次三个月。久视元年的避暑是第一次游三阳宫，自夏至秋共三个月，先在夏天有了这次诗酒文会，并将诗作刻之于石；又在秋日留下了《秋日宴石淙序》的刻石。第二次游石淙三阳宫则没

① 孟郊《石淙》，《孟东野诗集》卷四，人民文学出版社，1959年，第68—69页。

有留下任何遗迹。

就石淙题诗的作者身份来考察,他们总体上都是宫廷诗人。所题刻的十七首诗,也都是应制唱和诗。故前人对其诗的评价并不高,如清人王士禛云:“诸诗惟李峤、沈佺期二篇差成章,余皆拗拙,可资笑柄耳。黄冈叶井叔封知登封县,撰《嵩阳石刻集记》,始著录之,而删去九首,不为无见,而朱竹垞太史憾其阙略,以得睹全碑为喜,则亦好奇之过也。当牝朝淫昏之世,二张每侍行幸,预倡和,已令千古齿冷,而列衔于李峤、苏味道辈之前,诸人亦俯首甘之,当时君臣上下,岂复知有羞恶之心哉!”[①] 王士禛的评价,颇有因人废言之意,我们如果从当时诗歌创作的氛围来看,这样的诗会对于诗史发展还是颇有影响的。

通过这块摩崖诗碑,我们可以集中考察初唐宫廷诗人的身份与宫廷文学产生的氛围。诗的作者,首先是作为女皇的武则天。她作了一首御制诗,接着就是群臣唱和。武则天诗有“万仞高岩藏日色,千寻幽涧浴云衣”之语[②],表现出山崖之高耸峭拔、涧谷之清幽深邃,体现了她作为帝王的开阔胸襟与宏大气魄。其次是皇太子李显,他的诗歌虽然不见有多少特色与过人之处,但他在初唐至盛唐文学的演进过程中所起的作用是很大的,这些作用即奠基于他为皇太子时的诗歌唱酬活动。尽管他是一个“志昏近习,心无远图,不知创业之难,唯取当年之乐”的“孱主”[③],但他在文学方面的贡献却是很大的。张说在《唐昭容上官氏文集序》中说:“自则天久视之后,中宗景龙之际,十数年间,六合清谧。内峻图书之府,外辟修文之馆,搜英猎俊,野无遗才。右职以精学为先,大臣以无文为耻。每豫游宫观,行

① 王士禛《香祖笔记》卷二,上海古籍出版社,1982年,第34页。
② 《全唐诗》卷五,第59页。
③ 《旧唐书》卷七,第151页。

幸河山,白云起而帝歌,翠华飞而臣赋。雅颂之盛,与三代同风。岂惟圣后之好文,亦奥主之协赞者也。”① 中宗在其统治时期,组织了多次的七律唱和活动,《唐诗纪事》卷九《李适》条记载较为详尽:

> 初,中宗景龙二年,始于修文馆置大学士四员,学士八员,直学士十二员,象四时、八节、十二月。于是李峤、宗楚客、赵彦昭、韦嗣立为大学士;适、刘宪、崔湜、郑愔、卢藏用、李乂、岑羲、刘子玄为学士;薛稷、马怀素、宋之问、武平一、杜审言、沈佺期、阎朝隐、韦安石为直学士;又召徐坚、韦元旦、徐彦伯、刘允济等满员。其后被选者不一。凡天子飨会游豫,唯宰相、直学士得从。春幸梨园并渭水祓除,则赐柳圈辟疠;夏宴蒲萄园,赐朱樱;秋登慈恩浮图,献菊花酒称寿;冬幸新丰,历白鹿观,上骊山,赐浴汤池,给香粉兰泽。从行给翔麟马、品官黄衣各一。帝有所感即赋诗,学士皆属和,当时人所钦慕,然皆狎猥佻佞,忘君臣礼法,惟以文华取幸。若韦元旦、刘允济、沈佺期、宋之问、阎朝隐等,无它称。景龙二年七夕,御两仪殿赋诗,李峤献诗云:“谁言七襄咏,流入五弦歌。”九月幸慈恩寺塔,上官氏献诗,群臣并赋。闰九月,幸总持,登浮图,李峤等献诗。十月三日,幸三会寺。十一月十五日,中宗诞辰,内殿联句为柏梁体。二十一日,安乐公主出降武延秀。是月以婕妤上官为昭容。十二月六日,上幸荐福寺,郑愔诗先成,宋之问后进。立春侍宴赋诗。二十一日,幸临渭亭,李峤等应制。三十日,幸长安故城。十二月晦,诸学士入阁守岁,以皇后乳母戏适御史大夫窦从一。三年人日,清晖阁登高遇雪,宗楚客诗云“蓬莱雪作山”是也,因赐金彩人胜。李峤

① 《全唐文》卷二二五,第2275页。

等七言诗。是日甚欢，上令学士递起屡舞，至沈佺期赋《回波》，有“齿绿”“牙绯”之语。晦日，幸昆明池，宋之问诗“自有夜珠来”之句，至今传之。二月八日，送沙门玄奘等归荆州，李峤等赋诗。十一日，幸太平公主南庄。七月，幸望春宫，送朔方节度使张仁亶赴军。八月三日，幸安乐公主西庄。九月九日，幸临渭亭，分韵赋诗。十一月一日，安乐公主入新宅，赋诗。十五日，中宗降诞，长宁公主满月，李峤诗“龙神见像日，仙凤养雏年”是也。二十三日，南郊，徐彦伯上《南郊赋》。十二月十二日，幸温泉宫，敕蒲州刺史徐彦伯入仗，同学士例，因与武平一等五人献诗，上官昭容献七言绝句三首。十四日，幸韦嗣立庄，拜嗣立逍遥公，名其居曰“清虚原”“幽栖谷”。十五日，幸白鹿观。十八日，幸秦始皇陵。四年正月朔，赐群臣柏树。五日，蓬莱宫宴吐蕃使，因为柏梁体。七日，重宴大明殿，赐彩镂人胜，又观打球。八日，立春，内殿赐彩花。二十九日晦，幸浐水。二月一日，送金城公主。三日，幸司农少卿王光辅庄，是夕岑羲设茗饮，讨论经史，武平一论《春秋》，崔日用请北面。日用赠平一歌曰“彼名流兮《左氏》癖，意玄远兮冠今昔”。二十一日，张仁亶至自朔方，宴于桃花园，赋七言诗。明日，宴承庆殿，李峤桃花园词，因号《桃花行》。三月一日清明，幸梨园，命侍臣为拔河之戏。三日上巳，祓禊于渭滨，赋七言诗，赐细柳圈。八日，令学士寻胜，同宴于礼部尚书窦希玠亭，赋诗，张说为之序。十一日，宴于昭容之别院。二十七日，李峤入都祔庙，徐彦伯等饯之，赋诗。四月一日，幸长宁公主庄。六日，幸兴庆池观竞渡之戏，其日过希玠宅，学士赋诗。二十九日御宴，祝钦明为《八风舞》，诸学士曰：祝公斯举，五经扫地尽矣。①

① 计有功《唐诗纪事》卷九，第113—115页。

这段文字全面地记述了中宗时朝廷内部的诗酒文会活动，大约朝廷每次较大的活动，都要设茗饮，或赋诗，这就在朝廷中形成了一个重视诗歌的文学氛围。通过武则天《石淙诗》唱和活动中诗人的身份与中宗时宫廷唱和中诗人身份的比较，我们也可以看出初唐宫廷诗作者递嬗与变化的轨迹，现将几次宴集唱和诗的作者列为下表：

石淙诗	立春日游苑迎春	奉和初春幸太平公主南庄应制	奉和幸安乐公主山庄应制	人日侍宴大明宫恩赐彩缕人胜应制	奉和春日幸望春台应制	兴庆宫侍宴应制
久视元年	景龙二年	景龙三年	景龙三年	景龙四年	景龙四年	景龙四年
武则天						
李　显	李　显	李　显	李　显	李　显	李　显	李　显
李　旦	马怀素		马怀素	马怀素	马怀素	马怀素
武三思	卢藏用	李　邕	卢藏用	崔日用	崔日用	
狄仁杰	崔日用	宋之问	韦元旦	韦元旦	韦元旦	韦元旦
张易之	韦元旦	邵　升	李　适	李　适	李　适	李　适
张昌宗	李　适	苏　颋	苏　颋	苏　颋	苏　颋	苏　颋
李　峤		李　峤	李　峤	李　峤		
苏味道		李　乂	李　乂	李　乂	李　乂	李　乂
姚元崇			刘　宪	刘　宪	刘　宪	刘　宪
阎朝隐	阎朝隐			阎朝隐		
崔　融			薛　稷	赵彦昭	薛　稷	
薛　曜			萧至忠	郑　愔	郑　愔	苏　瓌
徐彦伯			李迥秀		崔　湜	徐彦伯
杨敬述			赵彦昭		张　说	张　说
于季子		韦嗣立	宗楚客		武平一	武平一
沈佺期	沈佺期	沈佺期	沈佺期	沈佺期	沈佺期	沈佺期
			岑　羲		岑　羲	

值得注意的是,武则天石淙唱和诸人中,李峤、阎朝隐、沈佺期等人,在中宗时期的几次大型唱和活动中,仍占主要地位,其中沈佺期是每一次诗歌唱和活动都参与的,他们无疑是从武后诗坛演变到中宗诗坛最为关键的递嬗人物。我们比较一下武后周围与中宗周围的唱和人物,就可以看到,武后周围的文人既有以文学擅长者,如李峤、崔融、苏味道等,也有一些附庸风雅的政治人物,如武三思、狄仁杰、张易之、张昌宗、姚崇等。而到了中宗时期的唱和者,像二张、武三思这样纯粹的政治人物很少,而代之以政治与文学集于一身的诗人环绕其周围。既参与武则天诗歌唱和活动,又参加中宗诗歌唱和活动的李峤、阎朝隐、沈佺期,则是初唐时期的代表诗人。

石淙唱和活动,不管是著名的文人,如李峤、阎朝隐、沈佺期、崔融、苏味道等,或者是作为太子的李显与作为相王的李旦,都无一例外地在这一浓厚的宫廷文学氛围中担任角色。他们的作品虽然文学色彩不太浓厚,成就也有高低之分,但作为群体的一部分,也构成文学发展不可缺少的环节。

另一个值得注意的方面,是陪游诸人中还有诗人宋之问。《全唐诗》收之问诗《三阳宫石淙侍宴应制得幽字》云:“离宫秘苑胜瀛洲,别有仙人洞壑幽。岩边树色含风冷,石上泉声带雨秋。鸟向歌筵来度曲,云依帐殿结为楼。微臣昔忝方明御,今日还陪八骏游。”① 王昶《金石萃编》云:“传称之问累转尚方监丞、左奉宸内供奉,武后游洛南龙门,诏从臣赋诗,左史东方虬诗先成,后赐锦袍。之问俄顷献,后览之,嗟赏,更夺袍以赐。之问《石淙诗》所谓‘微臣昔忝方明御’者,即指此事。下云‘今日还陪八骏游’,是在陪游之列,则信乎《石淙诗》是同时所作。以之问之才,似此诗亦不至远殿诸人之后,不知

①《全唐诗》卷五二,第646页。

何以不入碑中也。”[1]王昶又引《说嵩》云：“唐本有宋之问《石淙侍游应制》诗，未刻崖上，岂宋诗为刻后作耶。”[2]以之问之诗才，陪游而不作诗，事后补作，颇不合情理。这个问题，待日后进一步深入研究。

第三节 石淙唱和与七律演化

武则天石淙唱和诗，为我们提供了七律演化过程中十分重要的文本证据。自初唐至武则天执政时期，总体上还是五言诗的时代，作七言律诗者并不多。现存的《翰林学士集》收录太宗君臣的侍宴唱和诗，共存十三题，除二题四言诗外，其余均为五言诗。从敦煌石室中发现的《珠英集》残本，集中反映了武则天时期朝士诗歌创作的实际情况[3]。该集现存诗五十三首，七律仅有沈佺期二首。因而武则天石淙唱和诗一组十七首七律诗，无疑是七律演进中最重要的里程碑。关于七律成熟的时间，古今学者说法不一，赵昌平《初唐七律的成熟及其风格溯源》一文，通过对自太宗到中宗时九组大型唱和诗的考察，确定七律成熟于中宗的景龙年间。虽然七律的成熟时间尚有进一步研究的空间，但赵昌平的这种论定，无疑给我们研究武则天时代

① 王昶《金石萃编》卷六四，第3页。

② 王昶《金石萃编》卷六四，第2页。

③ 按《珠英集》收武则天时珠英学士之诗，珠英学士则是武则天编纂《三教珠英》文士。据《唐会要》卷三六：“大足元年十一月十二日，麟台监张昌宗撰《三教珠英》一千三百卷成，上之。初，圣历中，以上（上以）《御览》及《文思博要》等书，聚事多未周备，遂令张昌宗召李峤、阎朝隐、徐彦伯、薛曜、员半千、魏知古、于季子、王无竞、沈佺期、王适、徐坚、尹元凯、张说、马吉甫、元希声、李处正、高（乔）备、刘知已、房元阳、宋之问、崔湜、常（韦）元旦、杨齐悊、富嘉谟、蒋凤等二十六人同撰。”是该书成于大足元年，即久视二年，为武则天君臣游石淙的后一年。《珠英集》的完成时间与此亦相当。

七律的演化过程提供了一定的参照标志。他认为武则天时期，“七律一体已从酝酿中脱颖而出，但尚不成熟”①。但我们还是可以从这组唱和诗当中，考察与探讨武则天时期七律诗的演进特征。我们知道，一首标准的七律诗，要在对仗、平仄、粘对、韵律等诸方面完全符合规则。这一组诗的韵律符合规则当然是最基本的条件，故我们根据对仗、平仄、粘对的规律进行考察。

一、对仗情况

序号	诗人	对仗情况	序号	诗人	对仗情况
1	武则天	前三联对	10	姚元崇	前三联对
2	李　显	四联均对	11	阎朝隐	前三联对
3	李　旦	四联均对	12	崔　融	后三联对
4	武三思	中二联对	13	薛　曜	前三联对
5	狄仁杰	四联均对	14	徐彦伯	中二联对
6	张易之	前三联对	15	杨敬述	中二联对
7	张昌宗	四联均对	16	于季子	前三联对
8	李　峤	四联均对	17	沈佺期	四联均对
9	苏味道	前三联对			

二、平仄情况

序号	诗人	平仄情况	序号	诗人	平仄情况
1	武则天	第七句不合	3	李　旦	第三句不合
2	李　显	第五句不合	4	武三思	第一句不合

① 赵昌平《初唐七律的成熟及其风格溯源》，《中华文史论丛》1986年第4期，第26页。

续表

序号	诗人	平仄情况	序号	诗人	平仄情况
5	狄仁杰	第七句不合	12	崔　融	各句均合
6	张易之	各句均合	13	薛　曜	各句均合
7	张昌宗	各句均合	14	徐彦伯	各句均合
8	李　峤	各句均合	15	杨敬述	各句均合
9	苏味道	各句均合	16	于季子	各句均合
10	姚元崇	各句均合	17	沈佺期	各句均合
11	阎朝隐	第七句不合			

三、粘对情况

序号	诗人	粘对情况	序号	诗人	粘对情况
1	武则天	六七句失粘	10	姚元崇	六七句失粘
2	李　显	全诗失粘，三四句失对	11	阎朝隐	尾联失对，四五、六七句失粘
3	李　旦	颔联失对，二三、四五、六七句失粘	12	崔　融	粘对均合
4	武三思	首联失对，全诗失粘	13	薛　曜	粘对均合
5	狄仁杰	尾联失对	14	徐彦伯	二三句失粘
6	张易之	四五句失粘，尾联失对	15	杨敬述	二三、四五句失粘
7	张昌宗	四五、六七句失粘	16	于季子	六七句失粘
8	李　峤	粘对均合	17	沈佺期	粘对均合
9	苏味道	粘对均合			

根据上面的列表，我们可以总结出以下几种特征：

第一，这组诗中的对仗完全符合七言律诗的规则。成熟的七言律诗对仗方面的基本要求是中间两联必须对仗，而首尾是否对仗则是可以自便的。如杜甫的诗，有仅中间两联对仗的，如《蜀相》《秋兴八首》其四；有前三联对仗的，如《阁夜》《咏怀古迹五首》其五；有后三联对仗的，如《宿府》《闻官军收河南河北》；有四联均对仗的，如《登高》。由武则天石淙唱和诗来看，作为七言律诗的一个最重要的因素对仗，成熟时间最早。这大概与初唐时期注意对偶有关。一是上官仪总结前人的经验，创立了六对八对之说，为律诗中的对偶提供了具有典范意义的规则。上官仪的诗作颇有影响，在当时称为"上官体"。他不管是在理论上还是在创作上，都追求属对精切，加以生活于太宗、高宗时，颇受皇帝器重，故而其体风靡全国。另外，初唐时期类书的繁盛也为对仗提供了不少语言运用材料，因为类书中大多有"事对"一项，专门列对各方面的词语，是写作律诗对仗中绝佳的利用材料。因而初唐时期，无论五言律诗，还是七言律诗，基本上很难找到中间两联不对仗的诗作。律诗在发展演进中，是以对仗领先一步的。

第二，这组诗在平仄方面的合律程度，就不如对仗那样全面。需要说明的是，本书的统计，平仄的符合与否，不是针对全诗而言，而是针对各句而言，如果看全诗的平仄是否合律，还要考虑到句与句之间的粘对因素，这在本书的下一方面专门论证。这十七首诗，就各句而言，有十一首是符合的，只有六首不符合，而这不合的六首中，每首也只有一句不合，说明七律的平仄，到了武则天久视年间，已经是较为成熟的。这方面，我们对比一下武则天朝以前的七律诗就可以看得清楚。

姓名	诗题	平仄情况	出处
陆　敬	七夕赋咏成篇	第一、三、七、八句不合	《全唐诗》卷三三
沈叔安	七夕赋咏成篇	第四、五、八句不合	《全唐诗》卷三三
何仲宣	七夕赋咏成篇	第五、六句不合	《全唐诗》卷三三
杨师道	咏马	第六、七句不合	《全唐诗》卷三四
许敬宗	奉和圣制送来济应制	第一、五、六、七、八句不合	《全唐诗》卷三五
许敬宗	七夕赋咏成篇	第一、二、六、八句不合	《全唐诗》卷三五
陈子良	于塞北春日思归	第七句不合	《全唐诗》卷三五
上官仪	咏画障	第七句不合	《全唐诗》卷四十

第三,这组诗在粘对方面离成熟的七言律诗距离最大。十七首中,粘对均合者只有五首,而我们引用的武则天以前的七言律诗,粘对均合者,一首也不见。在律诗中,对偶是指上下句的词性方面,而粘对是兼有对仗与平仄的要求的。粘是要前一句与后一句平仄相同,对是要上下句之间平仄相反。是句与句之间的平仄关系。而句中平仄是要在句中符合规则。从这组诗符合对仗、平仄、粘对规则的不同比例中,我们可以看出七言律诗的演进是从注重对仗开始,然后注意字与字之间平仄的协调,再进一步注意句与句之间平仄的协调,当粘对、平仄、对仗三个方面都符合规则,我们说律诗就成熟了。但这是仅就形式上而言,因为我们可以看出武则天朝以后,虽有一些完全符合格律的七言律诗,但是在内容与意境上写得好的还是极少数。因而律诗真正写得好,除了要形式上符合规则外,还要在构思立意、谋篇布局上下较大的功夫。

第四,值得注意的是这组诗中全面合律的作者是李峤、苏味道、崔融、薛曜、沈佺期,说明某一种诗体的成熟,与擅长此种诗体的精英人物自觉努力是分不开的。我们注意到,他们不仅在创作上有所成就,在理论上也表现出可贵的探索。就创作而言,我们还可以举出他们的其他诗作参照。因为崔融与苏味道并无其他七律诗传世，故只能列举李峤与沈佺期诗：

诗人	诗题	合律情况	出处
李　峤	人日侍宴大明宫恩赐彩缕人胜应制	全诗合律	《全唐诗》卷六一
	奉和初春幸太平公主南庄应制	全诗合律	《全唐诗》卷六一
	太平公主山亭侍宴应制	全诗合律	《全唐诗》卷六一
沈佺期	奉和立春游苑迎春	全诗合律	《全唐诗》卷九六
	人日重宴大明宫赐彩缕人胜应制	全诗合律	《全唐诗》卷九六
	奉和春初幸太平公主南庄应制	全诗合律	《全唐诗》卷九六
	侍宴安乐公主新宅应制	全诗合律	《全唐诗》卷九六
	兴庆池侍宴应制	全诗合律	《全唐诗》卷九六
	从幸香山寺应制	全诗合律	《全唐诗》卷九六
	古意呈补阙乔知之	全诗合律	《全唐诗》卷九六
	遥同杜员外审言过岭	第七句不合	《全唐诗》卷九六
	和上巳连寒食有怀京洛	第七句不合	《全唐诗》卷九六
	守岁应制	颔、颈联不粘	《全唐诗》卷九六

上表有两点需要说明：其一，《全唐诗》卷九六沈佺期诗卷收《红楼院应制》《再入道场纪事应制》，又作僧广宣诗，《陪幸太平公主南庄应制》，又作苏颋诗。据陶敏、易淑琼《沈佺期宋之问集校注》所考，应非沈佺期作，故不录入；其二，《遥同杜员外审言过岭》第七句"两地江山万余里"，《和上巳连寒食有怀京洛》第七句"坐见司空扫西第"，均为"仄仄平平仄平仄"句式，虽不合七律"仄仄平平平仄仄"规则，但后来成为七律的"拗救格式"，如杜甫《咏怀古迹五首》之"千载琵琶作胡语"即是如此，因此应该说是七律的特殊句式，故而上表中十三首诗也就只有一首不是全合格律了。

李峤与崔融还有理论著作。宋人所编《吟窗杂录》一书，曾载有李峤《评诗格》一书，后人虽考为伪托，因为与《文镜秘府论》十体所引崔氏语大体相同。但以李峤在诗歌形式方面的努力，及与崔融《唐朝新定诗格》相参证，李峤等人在当时曾编写过类似的书，或者该书为崔融与李峤合撰，也是可能的。《文镜秘府论》地卷《十体》有“崔氏《新定诗体》”[①]，同书东卷《二十九种对》又有“崔氏《唐朝新定诗格》”[②]。学术界一般认为《唐朝新定诗格》与《新定诗体》为一书。其中有“十体”“九对”“文病”“调声”四个方面[③]。崔氏所言“十体”，一、形似体；二、质气体；三、情理体；四、直置体；五、雕藻体；六、映带体；七、飞动体；八、婉转体；九、清切体；十、菁华体。反映了时人对诗歌形式、形体、风貌等方面的特征的认识。崔氏所说的“九对”，则为第一，切对；第二，双声对；第三，叠韵对；第四，字对；第五，声对；第六，字侧对；第七，切侧对；第八，双声侧对；第九，叠韵侧对。文病则指第一，相类病；第二，不调病；第三，丛木病；第四，形迹病；第五，翻语病；第六，相滥病。调声则本于沈约，以指明“旁纽”与“纽声双声”之病。这里的“十体”“九对”“文病”“调声”等，乃是总结六朝至唐初诗体方面的规律，为时人写诗提供典范的，也是上官仪“六对”“八对”说之后，唐人在诗歌形体探索方面的重大发展。它突破了上官仪论诗仅限于对仗字句方面的琢磨，而扩展到了诗歌表现的全部。

至于沈佺期，元稹在《唐故检校工部员外郎杜君墓系铭》中说：“唐兴，官学大振，历世之文，能者互出。而又沈、宋之流，研练精切，稳顺声势，谓之为律诗。由是而后，文体之变极焉。”[④]《新唐书》称：

---

① 卢盛江《文镜秘府论汇校汇考》，中华书局，2006年，第434页。

② 卢盛江《文镜秘府论汇校汇考》，第678页。

③ 张伯伟《全唐五代诗格汇考》、王运熙《隋唐五代文学批评史》都有所论述，可参看。

④ 元稹《元稹集》（修订本）卷五六，第690页。

“魏建安后讫江左，诗律屡变，至沈约、庾信，以音韵相婉附，属对精密。及之问、沈佺期，又加靡丽，回忌声病，约句准篇，如锦绣成文，学者宗之，号为‘沈宋’，语曰‘苏李居前，沈宋比肩’。”[①]而胡应麟《诗薮》外编卷四则曰：“唐人语云：‘苏、李居前，沈、宋比肩。’诗话谓苏武、李陵，非也。汉苏、李未有律诗，于沈、宋何与？盖苏、李谓苏味道、李峤，与佺期、之问同辈，而年行差前。”[②]以武则天君臣石淙唱和诗证之，胡应麟之说是。律诗正是在沈佺期、宋之问、李峤、崔融、苏味道这群文学精英的手中成熟与定型的。而按之宋之问诗作，明显以五言律诗居多，且更为成熟，而七言律诗，则较沈佺期稍逊色，故对沈、宋而言，同对律诗贡献较大，而沈偏于七律，宋则偏于五律。

由上论述可见，对于律诗的创造，李峤、崔融、苏味道、沈佺期是出于自觉的行动，而武则天时期一些官方的君臣唱和活动，则为七言律诗体裁的发展与成熟提供了特定的环境，自皇帝至于高官大臣的参与，也弘扬了创作这种诗体的风气。因此，武则天君臣的石淙唱和诗在七言律诗演进的历程中具有重要意义。

第四节　石淙唱和诗的道教内涵

一、一组道教词汇的诠释

初步检阅这组君臣唱和诗，就会看到诗中具有浓厚的道教色彩。诗中用了大量的道教词汇，是其呈现道教色彩的基础。如三山、玄箓、鸾鹤驾、凤麟洲、悬圃、赤松、六龙、青鸟、王母、金灶、碧洞、丹丘、九丹、周王瑶池、汉主玉树、赤城、昆山、张茑、丹曦、仙人六膳调神鼎、

---

① 《新唐书》卷二〇二《宋之问传》，第 5751 页。

② 胡应麟《诗薮》外编卷四，第 194—195 页。

玉女三浆捧帝壶、太室真图等等，超过二十个，而武则天所用的“玄箓”等又最有代表性。我们选取其要者加以诠释。

道箓之属

诗有“三山十洞光玄箓”句。“玄箓”指道教的秘文秘录。唐杜光庭《三会醮箓词》：“臣获奉正真，参受玄箓。内期修炼，以保身心，外冀威灵，以禳灾沴。”① 《隋书》卷三五《经籍志》上：“道经者，云有元始天尊，生于太元之先，禀自然之气，冲虚凝远，莫知其极。……其受道之法，初受《五千文箓》，次受《三洞箓》，次受《洞玄箓》，次受《上清箓》。箓皆素书，纪诸天曹官属佐吏之名有多少，又有诸符，错在其间，文章诡怪，世所不识。受者必先洁斋，然后赍金环一，并诸贽币，以见于师。师受其贽，以箓授之，仍剖金环，各持其半，云以为约。弟子得箓，缄而佩之。”② “箓”是道家的符诀，出于元始神尊，凡入道者必受箓。道者受箓主要是三山符箓，“三山”为道教三派宗坛之所在。据《太清玉册》，三山符箓者，上清箓出茅山，灵宝箓出阁皂山，正一箓出龙虎山。“十洞”为道家洞天。因为神仙所居之所，均在名山洞府之中。《云笈七签》有“天地宫府图”，叙述洞天有十大洞天与三十六小洞天。这里将“十洞”与“玄箓”融而为一，实合道家三洞而言之。道藏之经分为三洞：一为洞真部，为元始天尊所流演；二为洞玄部，为太上道君所流演；三为洞神部，为太上老君所出。《云笈七签》称：“三洞者，洞言通也。通玄达妙，其统有三，故曰三洞。”③ 因其通玄达妙，故道家符箓称为“玄箓”。又据道经《本际经》所载，洞真以不杂为义，洞玄以不滞为名，洞神以不测为用。三洞上下，玄义相通。洞玄之义，生天立地，功用不滞，故得名玄。与洞真、洞神三者合

① 《全唐文》卷九三六，第 9742 页。

② 《隋书》卷三五，第 1091—1092 页。

③ 张君房《云笈七签》卷六，中华书局，2003 年，第 86 页。

一,都能通凡入圣,同契大乘,则应为道家的最高境界。则天诗“三山十洞光玄箓”,实即化用《三洞箓》《洞玄箓》而来。故武则天诗的第一句就奠定了这一组诗的道教思想基调,全诗则表明了她对于道教的崇尚与仰慕。

驾鹤乘龙

诗有“吾君驾鹤□乘龙”句。“驾鹤乘龙”或“驾龙乘鹤”,谓仙道乘龙飞行,或指得道成仙。刘向《列仙传》卷上《王子乔》条载:“王子乔,周灵王太子晋也。好吹笙作凤鸣。游伊洛之间,道士浮丘公接以上嵩高山。三十余年后,求之于山上,见桓良,曰:‘告我家,七月七日待我于缑氏山巅。’至时,果乘白鹤驻山头,望之不得到,举手谢时人,数日乃去。”① 晋王嘉《拾遗记·昆仑山》:“群仙常驾龙乘鹤,游戏其间。”② 梁江淹《别赋》:“驾鹤上汉,骖鸾腾天。”③ 此处以仙人驾鹤乘龙喻武则天游石淙。

鸾鹤驾

诗有“羽仗遥迎鸾鹤驾”句。“鸾鹤驾”传为仙人所乘之车。狄仁杰诗有“羽仗遥临鸾鹤驾”句,武三思诗有“吾君驾鹤□乘龙”句。《乐府诗集》卷五八南朝宋汤惠休《楚明妃曲》:“骖驾鸾鹤,往来仙灵。”④ 梁江淹《从冠军建平王登庐山香炉峰》诗:“此峰具鸾鹤,往来尽仙灵。”⑤

凤麟洲

诗有“帷宫直坐凤麟洲”句。“凤麟洲”出东方朔《海内十洲

① 王叔岷《列仙传校笺》卷上,中华书局,2007年,第65页。
② 王嘉《拾遗记》卷一〇,中华书局,1981年,第221页。
③ 胡之骥《江文通集汇注》卷一,中华书局,1984年,第39页。
④ 郭茂倩《乐府诗集》卷五八,中华书局,1979年,第848页。
⑤ 胡之骥《江文通集汇注》卷三,第103页。

记·凤麟洲》:“凤麟洲在西海中央,地方一千五百里,洲四面有弱水绕之,鸿毛不浮,不可越也。洲上多凤麟,数万各为群。又有山川池泽,及神药百种,亦多仙家。煮凤喙及麟角,合煎作膏,名之为续弦胶,或名连金泥。此胶能续弓弩已断之弦、刀剑断折之金,更以胶连续之,使力士掣之,他处乃断,所续之际终无断也。武帝天汉三年,帝幸北海,祠恒山。四月,西国王使至,献此胶四两,吉光毛裘,武帝受以付外库,不知胶裘二物之妙用也。以为西国虽远,而上贡者不奇,稽留使者未遣。又,时武帝幸华林园射虎,而弩弦断。使者时从驾,又上胶一分,使口濡以续弩弦。帝惊曰:‘异物也!’乃使武士数人,共对掣引之,终日不脱,如未续时也。胶色青如碧玉。吉光毛裘黄色,盖神马之类也。裘入水数日不沉,入火不焦。帝于是乃悟,厚谢使者而遣去,赐以牡桂干姜等诸物,是西方国之所无者。又盖思东方朔之远见。周穆王时,西胡献昆吾割玉刀及夜光常满杯。刀长一尺,杯受三升。刀切玉如切泥,杯是白玉之精,光明夜照。冥夕,出杯于中庭以向天,比明而水汁已满于杯中也。汁甘而香美,斯实灵人之器。秦始皇时,西胡献切玉刀,无复常满杯耳。如此胶之所出,从凤麟洲来,剑之所出,必从流洲来,并是西海中所有也。”[①] 诗用“凤麟洲”的典故,颂扬武后将宫殿直接坐落在仙境之中。

悬圃

诗有“老臣预陪悬圃宴,余年方共赤松游”句。“悬圃”是传说中神仙所居之地,在昆仑山顶。《楚辞·离骚》:“朝发轫于苍梧兮,夕余至乎县圃。”王逸注:“县圃,神山,在昆仑之上。《淮南子》:‘昆仑县圃,维绝,乃通天。’言己朝发帝舜之居,夕至县圃之上,受道圣

① 东方朔《海内十洲记》,《汉魏六朝笔记小说大观》,上海古籍出版社,1999 年,第 66—67 页。

王，而登神明之山。”①《穆天子传》卷二：“清水出泉，温和无风，飞鸟百兽之所饮食，先王所谓县圃。……天子五日观于春山之上，乃为铭迹于县圃之上，以诏后世。”② 又作“玄圃”“悬圃”，玄与县、悬通。《文选》张衡《东京赋》：“左瞰阳谷，右睨玄圃。”李善注：“《淮南子》曰：‘……悬圃在昆仑阊阖之中。’‘玄’与‘悬’通。”③ 郦道元《水经注·河水篇》：“昆仑之山三级：下曰樊桐，一名板松；二曰玄圃，一名阆风；三曰层城，一名天庭。是为太帝之居。”④

赤松

诗有“老臣预陪悬圃宴，余年方共赤松游”句。“赤松”即赤松子，是古代的仙人。《史记·留侯世家》：“留侯性多病，即道引不食谷。杜门不出岁余……愿弃人间事，欲从赤松子游耳。乃学辟谷、道引轻身。”⑤《淮南子·泰族训》则将赤松与王乔对举：“王乔、赤松去尘埃之间，离群慝之纷，吸阴阳之和，食天地之精，呼而出故，吸而入新，蹀虚轻举，乘云游雾。可谓养性矣，而未可谓孝子也。”⑥ 赤松与王乔能吐出旧气，吸入新气，而成为蹀虚轻举、乘云游雾的仙人。汉代铜镜的铭文也经常见到赤松子，往往作为仙人出现。如：“服此镜者不知老，寿而东王父、西王母、仙人赤松子。”⑦ 而《列仙传》卷上《赤松子》条记载：“赤松子者，神农时雨师也。服水玉，以教神农。能入火自烧。往往至昆仑山上，常止西王母石室中，随风雨上下。炎

① 洪兴祖《楚辞补注》卷一，中华书局，1983 年，第 26 页。
② 佚名《穆天子传》，《汉魏六朝笔记小说大观》，第 11 页。
③ 萧统《文选》卷三，上海古籍出版社，1986 年，第 125 页。
④ 王国维《水经注校》卷一，上海人民出版社，1984 年，第 1 页。
⑤《史记》卷五五，中华书局，1959 年，第 2044 页。
⑥ 何宁《淮南子集释》卷二〇，中华书局，1998 年，第 1395 页。
⑦ 大形彻《松乔考》，《复旦学报》1996 年第 4 期，第 101 页。

帝少女追之，亦得仙俱去。高辛时，复为雨师。今之雨师本是焉。”[①]是赤松子更变成一位呼风唤雨的神仙了。

王母

诗有“青鸟白云王母使”句。“王母”，传说中女仙人。《山海经·西山经》：“西王母，其状如人，豹尾虎齿而善啸。”[②]《穆天子传》卷三：“乙丑，天子觞西王母于瑶池之上，西王母为天子谣。”[③]“青鸟”为西王母的使者。《汉武故事》：“七月七日，上于承华殿斋，日正中，忽有青鸟从西方来集殿前。上问东方朔曰，朔对曰：‘西王母暮必降尊像上，宜洒扫以待之。’有顷，王母至，乘紫车，玉女夹驭，载七胜履玄琼凤文之舄，青气如云，有二青鸟如乌，夹侍母旁。”[④]后世诗文多以青鸟为传信之吉祥鸟。

碧洞、仙洞

诗有“自然碧洞窥仙境，何必丹丘是福庭”句。“碧洞”，即指道观，故在碧洞可窥仙境。清厉荃《事物异名录·仙道部·道院》：“清观、紫宫、银宫、金阙、丹房、碧洞、丹台，《白六帖》：‘皆道观也。’”[⑤]“丹丘”，指神仙之地。《楚辞》：“仍羽人于丹丘兮，留不死之旧乡。”注：“因就众仙于明光也。丹丘，昼夜长明也。”[⑥]

诗有“仙洞灵溪访九丹”句。“仙洞”谓仙人所居之地，亦借称为道观，当即李峤诗中的“碧洞”。唐白居易《春题华阳观》诗：“帝子

① 王叔岷《列仙传校笺》卷上，第 1 页。
② 袁珂《山海经校注》卷二，上海古籍出版社，1980 年，第 50 页。
③ 佚名《穆天子传》卷三，《汉魏六朝笔记小说大观》，第 14 页。
④ 佚名《汉武故事》，《汉魏六朝笔记小说大观》，第 173 页。
⑤ 厉荃《事物异名录》卷二七，《续修四库全书》第 1253 册，第 76 页。
⑥ 洪兴祖《楚辞补注》卷五，第 167 页。

吹箫逐凤凰,空留仙洞号华阳。”自注:“观即华阳公主旧宅。”[1] 后蜀阎选《浣溪沙》:“刘阮信非仙洞客,嫦娥终是月中人。”[2]

九丹

诗有“仙洞灵溪访九丹”句。“九丹”,为道教以为服后可长生或成仙的丹药,即丹华、神符、神丹、还丹、饵丹、炼丹、柔丹、伏丹、寒丹。晋葛洪《抱朴子·金丹》:“九丹者,长生之要,非凡人所当见闻。”[3] 梁昭明太子萧统《谢敕参解讲启》:“服九丹之华,则仙徒为役。”[4] 唐诗人用九丹之事颇多,如李白《灵墟山》诗:“丁令辞世人,拂衣向仙路。伏炼九丹成,方随五云去。”[5] 吴筠《高士咏·南华真人》诗:“况乃资九丹,轻举归太极。”[6]

瑶池、玉树

诗有“周王久谢瑶池赏,汉主悬惭玉树宫”句。“瑶池”为仙境,是古代传说昆仑山上的池名,西王母所居。《史记·大宛列传》:“昆仑其高二千五百余里,日月所相避隐为光明也。其上有醴泉、瑶池。”[7]《穆天子传》卷三:“乙丑,天子觞西王母于瑶池之上。”[8]“玉树”,神话传说中的仙树。《淮南子·坠形训》:“(昆仑)有木禾,其修五寻。珠树、玉树、璇树、不死树在其西。”[9] 唐李白《怀仙歌》:“仙人

---

① 朱金城《白居易集笺校》卷一三,第 726 页。

②《全唐诗》卷八九七,第 10132 页。

③ 王明《抱朴子内篇校释》卷四,中华书局,1986 年,第 76 页。

④ 严可均《全上古三代秦汉三国六朝文·全梁文》卷一九,中华书局,1958 年,第 3061 页。

⑤《李太白全集》卷二二,中华书局,1977 年,第 1055 页。

⑥《全唐诗》卷八五三,第 9653 页。

⑦《史记》卷一二三,第 3179 页。

⑧ 佚名《穆天子传》卷三,《汉魏六朝笔记小说大观》,第 14 页。

⑨ 何宁《淮南子集释》卷四,第 323 页

浩歌望我来，应攀玉树长相待。”①

赤城

诗有“今朝出豫临悬圃，明日陪游向赤城”句。“悬圃”已见前考。“赤城”，传说中的仙境。北周庾信《奉答赐酒》诗：“仙童下赤城，仙酒饷王平。”倪璠注引《神仙传》：“茅蒙，字初成，乃于华山之中乘云驾龙，白日升天，歌曰：‘神仙得者茅初成，驾龙上升入泰清，时下玄洲戏赤城。’”②陈子昂《与东方左史虬修竹篇》：“携手登白日，远游戏赤城。”③

神鼎

诗有“仙人六膳调神鼎，玉女三浆捧帝壶”句。“神鼎”，道家炼丹药所用的合子。杜蒲《庚道集》卷九：“用药金铸神鼎，入药，封固，再入大铁鼎内，封固。安灰池内养火。”④梁江淹《从冠军建平王登庐山香炉峰》诗：“广成爱神鼎，淮南好丹经。”⑤“玉女三浆捧玉壶”，谓炼丹时的“玉女投胎法”。据《诸家丹法》卷六《玉女投胎法》，铅汞泥与白矾椒杵如泥丸，煮制（用醋入白矾、盐、椒）用砒霜、焰硝、白矾、白虎（白垩）炼成伏火砒霜。以伏火砒霜入磁合子铺底盖头，丸子在内，养火日足，用伏火砒霜消作汁将丸子抛入此汁中，玉女投胎谓丸子抛入伏死砒霜汁中。故此丸子即玉女。又同卷有《三对妆玉女投胎法》，三对妆谓此法用铅汞银各三两⑥。此二句为道家炼丹

① 《李太白全集》卷八，第448页。

② 倪璠《庾子山集注》卷四，中华书局，1980年，第342页。

③ 《全唐诗》卷八三，第895页。

④ 杜蒲《庚道集》卷九，引自陈国符《中国外丹黄白法考》，上海古籍出版社，1997年，第46页。

⑤ 逯钦立《先秦汉魏晋南北朝诗·梁诗》卷三，中华书局，1983年，第1557页。

⑥ 陈国符《中国外丹黄白法考》，第258页。

情况。

二、武则天的道教信仰

关于武则天对儒、佛、道三教的态度，学者们最常引用的就是《旧唐书》卷六《则天皇后纪》中的一段话：

> 载初二年正月，亲祀明堂。春三月，改唐太庙为享德庙。夏四月，令释教在道法之上，僧尼处道士女冠之前。①

又武则天《释教在道法上制》：

> 朕先蒙金口之记，又承宝偈之文，历教表于当今，本愿标于曩劫。大云阐奥，明王国之祯符；方等发扬，显自在之丕业。驭一境而敦化，宏五戒以训人。爰开革命之阶，方启惟新之运，宜叶随时之义，以申自我之规。虽实际如如，理忘于先后；翘心恳恳，畏展于勤诚。自今已后，释教宜在道法之上，缁服处黄冠之前，庶得道有识以皈依，极群生于回向。布告遐迩，知朕意焉。②

从而论证武则天的思想是崇佛的，她通过尊崇佛教而压制道教，加以武则天有皈依佛门以改变自己身份的经历，因而不少学者认为武则天的崇佛抑道是一以贯之的。我们检阅记载武则天一朝的史籍，也可以看出武则天在革命之初，对于佛教的提倡不遗余力，终其在位，也是非常重视的。据《旧唐书·则天皇后纪》记载：

---

①《旧唐书》卷六，第121页。

②《全唐文》卷九五，第981页。

载初元年秋七月，有沙门十人伪撰《大云经》，表上之，盛言神皇受命之事。制颁于天下，令诸州各置大云寺，总度僧千人。①

王溥《唐会要》卷四九载大足元年（701）正月成均祭酒李峤上书谏当时建造佛寺之盛称：

殿堂佛宇，处处皆有，见在足堪供养，无烦更有修营。窃见白司马坂欲造大像，虽税非户口，钱出僧尼，不得州县祇承，必是不能济办，终须科率，岂免劳扰！②

长安四年十月九日敕："大像宜于白司马坂造为定，仍令春官尚书、建安王攸宁充检校大像使。"③

同书卷四一载延载元年敕：

盗公私尊像，入大逆条；盗佛殿内物，同乘御物。④

陈寅恪先生《武曌与佛教》说："武曌以女身而为帝王，开中国政治上未有之创局。如欲证明其特殊地位之合理，决不能于儒家经典求之。此武曌革唐为周，所是不能不假托佛教符谶之故也。"⑤ 任继愈也说："武后称帝后，由于自称是弥勒佛化生，因而在全国大力崇奉佛教，执

---

① 《旧唐书》卷六，第121页。
② 王溥《唐会要》卷四九，第1003—1004页。
③ 王溥《唐会要》卷四九，第1004页。
④ 王溥《唐会要》卷四一，第873页。
⑤ 陈寅恪《金明馆丛稿二编》，上海古籍出版社，1980年，第147页。

行先佛后道的政策。……其政治目的是十分明显的。”[①]

可见武则天在革唐之命前后重视佛教，实则是利用佛教为其革命造舆论的。“武则天在称帝前后，确曾狂热地提倡过佛教。但她并非真正的佛教信徒，故其崇佛之政策未能一贯到底。当武周政权得以稳固后，武则天事佛之意渐衰，对佛像的营建已不如前之热心，也颇能采纳臣下抑佛的劝谏。”[②]但尽管如此，武则天在对待佛、道问题上，并不是采取对抗的态度，而是兼容并包的。尽管曾下诏书将释教置于道法之上，但这时的压制也是有限的。这些通过她下令编纂《三教珠英》可以体现出来，因为编这部书的目的就是要融和三教的。

同时，因为颁布诏书将释教置于道教之上，激化了道、佛之间的矛盾，武则天就设法调和，不久之后，又颁布了《僧道并重敕》：

> 道能方便设教，佛本因道而生，老、释既是元同，道、佛亦合齐重。自今后僧人入观不礼拜天尊，道士入寺不瞻仰佛像，各勒还俗，仍科违敕之罪。[③]

圣历元年（698）正月，武则天还颁布了《禁僧道毁谤制》，称“佛道二教，同归于善；无为、究竟，皆是一宗。……自今僧及道士，敢诽谤佛道者，先决杖，即令还俗”[④]。

随着政权的巩固，武则天对于道教的利用逐渐超过了佛教，尤其到了晚年，更是尊崇无比。《新唐书・诸帝公主传》云：

---

① 任继愈《中国道教史》（增订本），中国社会科学出版社，2001年，第289页。
② 牛志平《武则天与宗教》，《社会科学战线》1990年第1期，第164页。
③《全唐文》卷九六，第990—991页。
④《全唐文》卷九五，第983页。

太平公主,则天皇后所生,后爱之倾诸女。荣国夫人死,后丐主为道士,以幸冥福[①]

荣国夫人为则天之母,为祈求冥福,竟然让其女儿太平公主为道士。又张鷟《朝野佥载》称:

周圣历年中,洪州有胡僧出家学道,隐白鹤山,微有法术,自云数百岁。则天使合长生药,所费巨万,三年乃成。自进药于三阳宫,则天服之,以为神妙,望与彭祖同寿,改元为久视元年。[②]

可见武则天这时崇奉道教的程度极高,她为了自己的长生,服用道士所炼的金丹,即长生药,说明她这时已经对于道教所言的长生非常迷信了。久视元年(700)也就是石淙唱和的这一年,正是武则天崇道的时候,无怪乎石淙唱和诗具有丰富而深刻的道教内涵了。有些学者以为,"武则天与道教的关系较为复杂,既非单纯的利用,也非纯粹的打击,而是既利用又抑制,视政治上的需要而定。对于佛教,她则十分宠信,使有唐开国以来佛教在官方的地位终于凌驾于道教之上"[③]。这样的论断,施之于武则天的晚年,就不怎么确切了。

第五节　薛曜与石淙诗碑书法

值得注意的是,薛曜既是诗碑的书者,又是该碑的撰者之一。就

① 《新唐书》卷八三,第3650页。
② 张鷟《朝野佥载》卷五,中华书局,1979年,第116页。
③ 卿希泰《中国道教史》第2册,四川人民出版社,1996年,第79页。

撰者而言，碑有《七言侍游应制》，题署："奉宸大夫汾阴县开国男臣薛曜上。"就书者而言，诗碑为《夏日游石淙诗并序》，题署："左奉宸大夫汾阴县开国男臣薛曜奉敕书。"题署的文字就是久视元年（700）五月薛曜的官职。

薛曜，字升华，薛元超长子，是初唐时期著名的书法家和文学家。他与当时的达官贵人和文人墨客往还频繁。其书风渊源于褚遂良，瘦硬有神，细劲疏朗，而其险处又超越遂良。他尚城阳公主，官为驸马都尉，成为皇室外戚之中的一员，在初唐政坛上有一定的位置。他与当时著名诗人王勃交游甚密，咸亨初与王勃游绵州。《全唐诗》载王勃有《别薛华》，题注："《英华》作《秋日别薛升华》。"[①] 又有《重别薛华》诗，题注："一作《重别薛升华》。"[②] 王勃《仲氏宅宴序》亦有"思传胜饯，敢振文锋，盖同席者高人薛曜等耳"[③]，又《送宇文明府序》有"况乎巨川之凛孤出，升华之丽清峙。……言泉共秋水同流，词锋与夏云争长"[④]。武则天圣历中，与阎朝隐、徐彦伯等预修大型类书《三教珠英》一千三百卷。久视元年（700），扈从武则天游幸石淙山，并赋诗撰书。其后事迹即未见记载。

薛曜的文学成就表现在诗和文两个方面，就诗而言，现存八首。从存留之诗来看，薛曜律诗和古诗都颇擅长，七律代表作品就是《奉和圣制夏日游石淙山》，诗云："玉洞幽寻更是天，朱霞绿景镇韶年。飞花藉藉迷行路，啭鸟遥遥作管弦。雾隐长林成翠幄，风吹细雨即虹泉。此中碧酒恒参圣，浪道昆山别有仙。"[⑤] 这是典型的七律初起时

---

① 《全唐诗》卷五六，第 674 页。

② 《全唐诗》卷五六，第 675 页。

③ 蒋清翊《王子安集注》卷七，第 202 页。

④ 蒋清翊《王子安集注》卷八，第 254 页。

⑤ 《全唐诗》卷五六，第 869 页。

的诗作,对与粘、平与仄的交换搭配都与格律完全吻合。颔联的对偶极为工整,第二句“朱霞绿景”的句中对,都有琢炼的痕迹,末句直抒情怀,稍欠蕴藉,可见就形式技巧而言,已经是很规范的七律,但在气象和境界方面,尚未臻于成熟。因而像这样的诗作,对于研究唐代七律诗的演进历程,是非常有意义的。五律代表作是《登绵州富乐山别李道士策》诗:“珠阙昆山远,银宫涨海悬。送君从此路,城郭几千年。云雾含丹景,桑麻覆细田。笙歌未尽曲,风驭独泠然。”① 这首诗首联即对仗,属于“偷春格”,把绵州富乐山道观的仙宫境界形象地表现出来。而颔联并不对偶,却把送别的情怀表现得自然真挚。颈联转为写景,是工整的对句,云雾缭绕,桑麻欣荣,颇堪留恋,又隐喻依依惜别的情怀。尾联写笙歌未尽之时,李道士泠然驭风,飘然而去,又展现出道士高蹈出世的风貌。薛曜的古体诗也写得很好,代表作品要数《舞马篇》:“星精龙种竞腾骧,双眼黄金紫艳光。一朝逢遇升平代,伏皂衔图事帝王。我皇盛德苞六宇,俗泰时和虞石拊。昔闻九代有余名,今日百兽先来舞。钩陈周卫俨旌旄,钟镈陶匏声殷地。承云嘈囋骇日灵,调露铿鋐动天驷。奔尘飞箭若麟螭,蹑景追风忽见知。咀衔拉铁并权奇,被服雕章何陆离。紫玉鸣珂临宝镫,青丝彩络带金羁。随歌鼓而电惊,逐丸剑而飙驰。态聚足甫还急,骄凝骤不移。光敌白日下,气拥绿烟垂。婉转盘跚殊未已,悬空步骤红尘起。惊凫翔鹭不堪俦,矫凤回鸾那足拟。蘅垂桂裛香氛氲,长鸣汗血尽浮云。不辞辛苦来东道,只为箫韶朝夕闻。阊阖间,玉台侧,承恩煦兮生光色。鸾锵锵,车翼翼,备国容兮为戎饰。充云翘兮天子庭,荷日用兮情无极。吉良乘兮一千岁,神是得兮天地期。大易占云南山寿,走参走

① 《全唐诗》卷八八二,第 9968 页。

覃共乐圣明时。”[①]这首诗描写唐代宫廷舞马表演以祝寿的场面，将舞马的姿态写得惟妙惟肖。据《新唐书·礼乐志》所载：“玄宗又尝以马百匹，盛饰分左右，施三重榻，舞《倾杯》数十曲，壮士举榻，马不动。乐工少年姿秀者数十人，衣黄衫、文玉带，立左右。每千秋节，舞于勤政楼下。”[②]故舞马这种宫廷艺术虽在唐玄宗以前即已开始，甚至可以追溯到南朝时期[③]，但到了唐玄宗时达到极盛，尤其是以舞马以庆祝千秋节玄宗生日，更是如此。张说写过《舞马词》六首，也是表现千秋节场面的。以此参证，薛曜的《舞马篇》也以作于玄宗的千秋节可能性较大，其诗有“大易占云南山寿，走参走覃共乐圣明时”，也是为皇帝祝寿而作，这样薛曜的卒年也可以确定在玄宗即位以后。

薛曜的书法留存至今者，主要有《夏日游石淙诗并序》碑和《封祀坛铭》。叶昌炽评薛曜所书《夏日游石淙诗并序》碑：“观《石淙序》，其转折之处运笔太重，如黛乾霜皮，礧砢多节，又如侧出之水竹箭，奔腾至千里，一曲之处，忽搏而过頞，不免捉衿肘见矣。余谓必欲学曜书，尚不如《封祀坛铭》，不失河南三龛矩镬。”[④]《封祀坛铭》为万岁登封元年（696）所刻，武三思撰文，薛曜楷书，在河南登封。又新出土《薛元超墓志》末署：“崔融撰，曜、骆、缜书序，毅、俊书铭，万三奴镌，万元抗镌。”[⑤]武则天君臣唱和，并将组诗立碑，选择薛曜

---

① 《全唐诗》卷五六，第870页。

② 《新唐书》卷二二，第477页。

③ 沈约《宋书·谢庄传》记载大明元年时“河南献舞马”，谢庄作《舞马赋》，并“作舞马歌，令乐府歌之”，此南朝宋时期之舞马。

④ 叶昌炽撰，柯昌泗评《语石·语石异同评》卷七，中华书局，1994年，第436页。

⑤ 陕西省古籍整理办公室《新中国出土墓志》陕西壹，文物出版社，2000年，第83页。

书写,大概是因为薛曜的书法,当时已经具有较高的地位,当时薛曜职位品级也已经是“奉宸大夫汾阴县开国男”,加以在陪游的群体当中,诗才与书才兼备,书写的任务就自然落到他的头上。

第六章　白居易与洛阳龙门

洛阳龙门，古称“伊阙”，两岸香山、龙门山对峙，伊水中流，如天然门阙。隋朝立国，皇宫正对伊阙，故改为“龙门”。古代帝王将相，萃集于此；高僧大德，徜徉于此；文人墨客，吟咏于此。而白居易堪称代表性人物。白居易《修香山寺记》开头即言：“洛都四郊，山水之胜，龙门首焉。”① 白居易在洛阳十八年，与龙门结下了深厚的情缘，结交了很多诗人文士，创作了很多脍炙人口的诗文，其中不乏千古传诵的名篇佳制。白居易晚年捐资六七十万贯，重修香山寺，并撰《修香山寺记》，从此寺名大振，成为“龙门十寺”之首。不仅如此，白居易死后也葬在龙门。《唐语林》卷四《企羡》记载：“白居易葬龙门山。河南尹卢贞刻《醉吟先生传》于石，立于墓侧。相传洛阳士人及四方游人过瞩墓者，必奠以卮酒，故冢前方丈之土常成渥。”② 龙门，是白居易的生活、创作和卒葬之地。

第一节　白居易在龙门的诗友交游

白居易《龙门下作》诗云：“龙门涧下濯尘缨，拟作闲人过此生。

---

① 朱金城《白居易集笺校》卷六八，第3689页。

② 周勋初《唐语林校证》卷四，第381页。

筋力不将诸处用,登山临水咏诗行。”[①] 白居易生前与龙门结下不解之缘,写下了数十首诗文作品,死后又葬于龙门,因而龙门是白居易的安身立命和终老之地。他在龙门所作的诗文,总共有二十多篇,其中一半的篇章是与诗友交游之作。

皇甫曙、韦楚

白居易《龙门送别皇甫泽州赴任韦山人南游》诗:“隼旟归洛知何日,鹤驾还嵩莫过春。惆怅香山云水冷,明朝便是独游人。”[②] 这里的“皇甫泽州”为皇甫曙,《八琼室金石补正》卷四七载皇甫曙《金刚经幢记》,题记:“开成元年岁次丙辰五月七日建,泽州刺史皇甫曙记。”[③] 白居易与皇甫曙交往诗颇多,白居易有《池上清晨候皇甫郎中》《答皇甫十郎中秋深酒熟见忆》《闲吟赠皇甫郎中亲家翁》《咏怀寄皇甫朗之》等诗。“韦山人”即韦楚,因隐居洛阳伊阙山平泉,故称“山人”。白居易有《赠张处士韦山人》诗,又有《荐李晏韦楚状》:“隐居乐道,独行善身。敛迹市朝,息机名利。况家传簪组,兄在班行。而楚独栖山卧云,练气绝粒。滋味不接于口,尘埃不染其心。二十余年,不改其乐。志齐箕颍,节类颜原。”[④] 确实是一位山人的写照。《册府元龟》卷七七九《总录部·高尚》云:“韦楚,京兆尹韦长之兄。文宗大和八年,以楚为左拾遗内供奉,竟以自乐闲澹不起。”[⑤]

崔玄亮

白居易《同崔十八宿龙门兼寄令狐尚书冯常侍》诗云:“水碧玉磷磷,龙门秋胜春。山中一夜月,海内两闲人。共是幽栖伴,俱非富

① 朱金城《白居易集笺校》卷二五,第1742页。
② 朱金城《白居易集笺校》卷三二,第2224页。
③ 陆增祥《八琼室金石补正》卷四七,文物出版社,1985年,第322页。
④ 朱金城《白居易集笺校》卷六八,第3694—3695页。
⑤ 王钦若《册府元龟》卷七七九,中华书局,1960年,第9258页。

贵身。尚书与常侍，不可得相亲。”[1]“崔十八”即崔玄亮。白居易有《常乐里闲居偶题十六韵兼寄刘十五公舆王十一起吕二炅吕四颎崔十八玄亮元九稹刘三十二敦质张十五仲方时为校书》诗可证。白居易与崔玄亮交游频繁，计有诗作三十六首。崔玄亮有《和白乐天》诗云：“病余归到洛阳头，拭目开眉见白侯。凤诏恐君今岁去，龙门欠我旧时游。几人樽下同歌咏，数盏灯前共献酬。相对忆刘刘在远，寒宵耿耿梦长洲。”[2]《淳熙秘阁续帖》卷五载白居易《与刘禹锡书》：“前月廿六日崔家送终事毕，执绋之时，长恸而已！况见所示祭文及祭微哀辞，岂胜凄咽！来使到迟，不及发引，反虞之明日申奠，亦足以及哀。因睹二文，并录祭敦并微志文同往，览之当一恻恻耳！平生相识虽多，深者盖寡，就中与梦得同厚者，深、敦、微而已。今相次而去，奈老心何！”[3]可见白居易平生最交契的密友是崔玄亮（字敦诗）、李绛（字深之）、元稹（字微之），以及刘禹锡等数人。诗题中“令狐尚书”为令狐楚，“冯常侍”为冯宿，因非同游龙门而仅是“兼寄”，这里就不展开论述了。

王鉴、郑俞

白居易《同王十七庶子李六员外郑二侍御同年四人游龙门有感而作》诗：“一曲悲歌酒一尊，同年零落几人存。世如阅水应堪叹，名是浮云岂足论。各从禄仕休明代，共感平生知己恩。今日与君重上处，龙门不是旧龙门。”[4]“王十七庶子”为王鉴。王鉴与白居易同于贞元十六年（800）登进士第，《全唐诗》尚存王鉴《玉水记方流》诗一首。“郑二侍御”为郑俞，白居易集有《吟四虽》诗“命虽薄犹胜于

---

① 朱金城《白居易集笺校》外集卷中，第 3885 页。

② 《全唐诗》卷四六，第 5301 页。

③ 朱金城《白居易集笺校》外集卷下，第 3940 页。

④ 朱金城《白居易集笺校》卷二八，第 1949 页。

郑长水”句自注:“同年郑俞始受长水县令。”还有《早春雪后赠洛阳李长官长水郑明府二同年》诗、《酬郑二司录与李六郎中寒食日相遇同宴见赠》诗。居易与王鉴、郑俞同游龙门,樽酒悲歌,怀想同年,感叹世事,身外浮名,表现出超逸的情怀。

张仲方、舒元舆

白居易《秋日与张宾客舒著作同游龙门醉中狂歌凡二百三十八字》诗。“张宾客”即张仲方,“舒著作”为舒元舆。白居易与张仲方至交,仲方卒时,居易为其撰墓志铭。舒元舆大和五年(831)自刑部员外郎改授著作郎分司东都,与白居易也经常往还。居易有《九日代罗樊二妓招舒著作》《送舒著作重授省郎赴阙》等诗。只是舒元舆在四年后的大和九年(835)死于甘露之变,结果悲惨,很值得同情。白居易这首与张仲方、舒元舆同游诗,既是龙门风景的真切描绘,也是隐逸情怀的自然流露,是其闲适诗的代表作品。

裴度

白居易《侍中晋公欲到东洛先蒙书问期宿龙门思往感今辄献长句》:“昔蒙兴化池头送,今许龙门潭上期。聚散但惭长见念,荣枯安敢道相思。功成名遂来虽久,云卧山游去未迟。闻说风情筋力在,只如初破蔡州时。”① “侍中晋公”为裴度,大和八年(834)三月为东都留守。诗的首句自注:“大和三年春,居易授宾客分司东来,特蒙侍中于兴化里池上宴送。”“兴化池头”指裴度所在的长安兴化里宅。诗句“昔蒙兴化池头送”指此。白居易在洛阳,游览名园山水,友朋往来,裴度及其兴化池亭是重要的人物和场所。裴度在洛阳的时候,往往成为官僚士大夫与文人墨客集聚朋游的中心,即如开成二年(837)三月三日祓禊洛滨,居易有诗并序云:“开

---

① 朱金城《白居易集笺校》卷二九,第2164页。

成二年三月三日，河南尹李待价以人和岁稔，将禊于洛滨。前一日，启留守裴令公。令公明日召太子少傅白居易，太子宾客萧籍、李仍叔、刘禹锡……等一十五人，合宴于舟中。由斗亭，历魏堤，抵津桥，登临溯沿，自晨及暮，簪组交映，歌笑间发，前水嬉而后妓乐，左笔砚而右壶觞，望之若仙，观者如堵。尽风光之赏，极游泛之娱。美景良辰，赏心乐事，尽得于今日矣。若不记录，谓洛无人，晋公首赋一章，铿然玉振，顾谓四座继而和之，居易举酒抽毫，奉十二韵以献。"[①] 而白居易这首诗是裴度将来洛阳，先期书问，期宿龙门，先寄诗居易，而居易酬答之作。这也说明二人对龙门的共同向往。

神照禅师

白居易《神照禅师同宿》诗云："八年三月晦，山梨花满枝。龙门水西寺，夜与远公期。晏坐自相对，密语谁得知。前后际断处，一念不生时。"[②] 神照禅师，东都奉国寺僧人。白居易有《唐东都奉国寺禅德大师照公塔铭并序》："大师号神照，姓张氏，蜀州青城人也。……粤以开成三年冬十二月，示灭于奉国寺禅院。以是月迁葬于龙门山，报年六十三，僧夏四十四。"[③] 诗有"龙门水西寺，夜与远公期"语，即为白居易与神照禅师同宿龙门之作。诗言大和八年（834）三月白居易与神照禅师同宿龙门水西寺夜中禅话的情景。阳春三月的龙门景色、禅寺的清境、禅师的密语，都融注在晏坐相对的氛围之中，充满了禅意。

皇甫镛、李绅

白居易《赠皇甫六张十五李二十三宾客》诗云："昨日三川新罢

---

① 朱金城《白居易集笺校》卷三三，第 2298—2299 页。

② 朱金城《白居易集笺校》卷二九，第 2019 页。

③ 朱金城《白居易集笺校》卷七一，第 3807—3808 页。

守，今年四皓尽分司。幸陪散秩闲居日，好是登山临水时。家未苦贫常酝酒，身虽衰病尚吟诗。龙门泉石香山月，早晚同游报一期。”①“皇甫六”即皇甫镛，亦为诗人，与白居易颇多交往。居易有《寄皇甫宾客》《酬皇甫宾客》《赠皇甫宾客》《拜表早出赠皇甫宾客》等诗。皇甫镛卒后，居易为其撰写墓志铭云：“公好学善属文，尤工五言七言诗，有集十八卷，又著《性言》十四篇。居易辱与公游，迨二纪矣，自左右庶子历宾客，讫于少保傅，皆同官东朝，分务东周，在寮友间，闻之最熟。故得以实录志而铭。”②“张十五”为张仲方，居易有《秋日与张宾客舒著作同游龙门醉中狂歌凡二百三十八字》诗，可以参看。“李二十”为李绅，亦是著名诗人。李绅于大和七年（833）正月自寿州刺史授太子宾客分司东都，见李绅《发寿阳分司敕到又遇新正感怀书事》诗自注。白居易又有《醉送李二十常侍赴镇浙东》《叹春风兼赠李二十侍郎》等诗。本诗云“昨日三川新罢守，今年四皓尽分司”，所谓“新罢守”指白居易本年由河南尹转为太子宾客分司东都事。诗言“四皓尽分司”，即指白居易与皇甫镛、张仲方、李绅四人都为太子宾客分司东都。这样的官职属于分司闲秩，故而可以登临山水，期待欣赏龙门泉石与香山月色，因而这首诗是白居易表现闲适生活的典型作品。

姚合

姚合有《寄东都白宾客居易》诗云：“阙下高眠过十旬，南宫印绶乞离身。诗中得意应千首，海内嫌官只一人。宾客分司真是隐，山泉绕宅岂辞贫。竹斋晚起多无事，唯到龙门寺里频。”③陶敏云：“白居

---

① 朱金城《白居易集笺校》卷三一，第 2118 页。

② 朱金城《白居易集笺校》卷七一，第 3773 页。

③ 吴河清《姚合诗集校注》卷三，第 141 页。

易大和三年及七年两授太子宾客分司，但七年乃自河南尹授。诗云‘阙下高眠过十旬，南宫印绶乞离身’，自当作于大和三年白自刑部郎请告授太子宾客分司时。”① 姚合为中唐著名诗人，其时并不在洛阳，而是得知白居易由刑部侍郎授太子宾客分司东都时寄赠之作。所崇尚的仍然是白居易在洛阳的闲适生活，竹斋晚起，龙门频游，得意赋诗，成为真正的都市隐者。

第二节　白居易龙门写景纪游诗

白居易在洛阳龙门留下的诗作有二十二题三十余首，其中多半与香山有关，我们将专门探讨，这里先根据相关文献对白居易龙门诗文的年代进行大致的梳理，然后对其写景纪游诗举其要者加以论述。

白居易龙门诗文一览表

序号	诗题	写作年代	担任官职	出处
1	龙门下作	大和二年	秘书监	《白居易集笺校》卷二五
2	同崔十八宿龙门兼寄令狐尚书冯常侍	大和三年	太子宾客分司	《白居易集笺校》外集卷中
3	偶吟二首	大和四年	太子宾客分司	《白居易集笺校》卷二七
4	同王十七庶子李六员外郑二侍御同年四人游龙门有感而作	大和四年	太子宾客分司	《白居易集笺校》卷二八
5	修香山寺记	大和六年	河南尹	《白居易集笺校》卷六八

① 陶敏《全唐诗人名汇考》，辽海出版社，2006 年，第 942 页。

续表

序号	诗题	写作年代	担任官职	出处
6	舒员外游香山寺数日不归兼辱尺书大夸胜事时正值坐衙虑囚之际走笔题长句以赠之	大和六年	河南尹	《白居易集笺校》卷二二
7	重修香山寺毕题二十二韵以纪之	大和六年	太子宾客分司	《白居易集笺校》卷三一
8	秋日与张宾客舒著作同游龙门醉中狂歌凡二百三十八字	大和七年	太子宾客分司	《白居易集笺校》卷二九
9	赠皇甫六张十五李二十三宾客	大和七年	太子宾客分司	《白居易集笺校》卷三一
10	香山寺二绝	大和七年	太子宾客分司	《白居易集笺校》卷三一
11	侍中晋公欲到东洛先蒙书问期宿龙门思往感今辄献长句	大和八年	太子宾客分司	《白居易集笺校》卷三一
12	神照禅师同宿	大和八年	太子宾客分司	《白居易集笺校》卷二九
13	菩提寺上方晚望香山寺寄舒员外	大和八年	太子宾客分司	《白居易集笺校》卷三〇
14	龙门送别皇甫泽州赴任韦山人南游	大和九年	太子宾客分司	《白居易集笺校》卷三二
15	晚归香山寺因咏所怀	大和九年	太子宾客分司	《白居易集笺校》卷二九
16	宿香山寺酬广陵牛相公见寄	大和九年	太子宾客分司	《白居易集笺校》卷三三
17	香山下卜居	开成元年	太子少傅分司	《白居易集笺校》卷三三
18	香山避暑二绝	开成元年	太子少傅分司	《白居易集笺校》卷三三

续表

序号	诗题	写作年代	担任官职	出处
19	五年秋病后独宿香山寺三绝句	开成五年	太子宾客分司	《白居易集笺校》卷三五
20	香山寺新修经藏院	开成五年	太子宾客分司	《白居易集笺校》卷七一
21	香山寺白氏洛中集记	开成五年	太子宾客分司	《白居易集笺校》卷七一
22	开龙门八节石滩诗二首	会昌四年	刑部尚书致仕	《白居易集笺校》卷三七

白居易《秋日与张宾客舒著作同游龙门醉中狂歌凡二百三十八字》①，是集中描绘洛阳龙门的诗作，诗的前四句由秋日漫游引起："秋天高高秋光清，秋风袅袅秋虫鸣。嵩峰余霞锦绮卷，伊水细浪鳞甲生。"秋天高澄，秋光清爽，秋风袅袅，秋虫鸣叫，在这样的时节，一览嵩峰云霞如同锦绮舒卷，观伊水细浪见锦鳞浮现。接着由景而兴感："洛阳闲客知无数，少出游山多在城。商岭老人自追逐，蓬丘逸士相逢迎。南出鼎门十八里，庄店逦迤桥道平。不寒不热好时节，鞍马稳快衣衫轻。并辔踟蹰下西岸，扣舷容与绕中汀。开怀旷达无所系，触目胜绝不可名。"这是与张宾客、舒著作出游时的所见所感。体现的是闲适之游，透露的是隐逸情怀。因是纪游诗，抒感之后还是集中于写景："荷衰欲黄荇犹绿，鱼乐自跃鸥不惊。翠藻蔓长孔雀尾，彩船橹急寒雁声。"这里有荷叶、荇草、游鱼、鸥鸟、萃藻、孔雀、彩船、寒雁，风景如画，而都呈现出秋天的气韵。接着是返程的情况："家酝一壶白玉液，野花数把黄金英。昼游四看西日暮，夜话三及东方明。"一天的游览日暮而归，游兴仍然不减，故聚集夜话一直

① 朱金城《白居易集笺校》卷二九，第2011—2012页。

到东方既明。最后表达出白居易的思想与情怀:"暂停杯觞辍吟咏,我有狂言君试听。丈夫一生有二志,兼济独善难得并。不能救疗生民病,即须先濯尘土缨。况吾头白眼已暗,终日戚促何所成。不如展眉开口笑,龙门醉卧香山行。"点出"兼济"与"独善"之志趣,抒写"救民"与"濯缨"的矛盾,归结到"醉卧"与漫游的行为。这样的纪游诗,内蕴深厚,风律严整,写景入画,抒情自然,理寓景中,神在象外。

白居易《开龙门八节石滩诗二首》,诗前有序,说明作诗之缘起及八节滩的地理位置:"东都龙门潭之南有八节滩、九峭石,船筏过此,例反破伤。舟人楫师推挽束缚,大寒之月,裸跣水中,饥冻有声,闻于终夜。予尝有愿,力及则救之。会昌四年,有悲智僧道遇,适同发心,经营开凿,贫者出力,仁者施财。于戏!从古有碍之险,未来无穷之苦,忽乎一旦尽除去之,兹吾所用适愿快心,拔苦施乐者耳!岂独以功德福报为意哉?因作二诗,刻题石上,以其地属寺,事因僧,故多引僧言见志。"其一云:"铁凿金锤殷若雷,八滩九石剑棱摧。竹篙桂楫飞如箭,百筏千艘鱼贯来。振锡导师凭众力,挥金退傅施家财。他时相逐西方去,莫虑尘沙路不开。"其二云:"七十三翁旦暮身,誓开险路作通津。夜舟过此无倾覆,朝胫从今免苦辛。十里叱滩变河汉,八寒阴狱化阳春。我身虽殁心长在,暗施慈悲与后人。"诗句"八寒阴狱化阳春"自注云:"八寒地狱,见《佛名》及《涅槃经》,故以八节滩为比。"[①] 白居易诗文涉及八节滩者还有卷三一《重修香山寺毕题二十二韵以纪之》:"波翻八滩雪,堰护一潭油。"[②] 卷三七有《欢喜二偈》诗:"心中别有欢喜事,开得龙门八节滩。"[③] 诗人已是七十三

① 朱金城《白居易集笺校》卷三七,第2550—2551页。
② 朱金城《白居易集笺校》卷三一,第2123页。
③ 朱金城《白居易集笺校》卷三七,第2568页。

岁的暮年，而具有开凿八节滩的壮志，目的就是夜船过此不会有倾覆的危险，白天人行也能免去险滩的艰辛。这时个人的生死已经置之度外，而倾心尽力做一件施惠后人的大事。“我身虽殁心长在，暗施慈悲与后人”，既是一心向佛的表现，更是对人民疾苦的同情与关怀。

白居易《五凤楼晚望》诗：“龙门翠黛眉相对，伊水黄金线一条。自入秋来风景好，就中最好是今朝。”该诗题注：“六年八月十日作。”① 时白居易在洛阳，任河南尹。五凤楼在洛阳，《资治通鉴》卷二一四《唐纪》：开元二十三年（735）春正月，“上御五凤楼酾宴，观者喧隘，乐不得奏，金吾白梃如雨，不能遏，上患之”②。唐郑处诲《明皇杂录》：“唐玄宗在东洛，大酺于五凤楼下。”③ 白居易《偶吟二首》其一有“犹残少许云泉兴，一岁龙门数度游”，《再授宾客分司》有“六游金谷春，五看龙门雪”之句，都是对于龙门的纪游之作。

第三节　白居易与龙门香山寺

一、白居易与香山寺

香山寺为“龙门十寺”之一。其重要节点有三个：一是始建于北魏，据《河南府志》卷七五所载，龙门十寺即石窟、灵岩、乾元、广化、崇训、宝应、嘉善、天竺、奉先、香山，俱为后魏时建。陈振孙《白文公年谱》云：香山寺，“寺在龙门山，后魏熙平元年建”。二是繁荣于武后时期，《大唐传载》云：“洛东龙门香山寺上方，则天时名望春宫，则

① 朱金城《白居易集笺校》卷二六，第 1856 页。

② 《资治通鉴》卷二一四，第 6810 页。

③ 郑处诲《明皇杂录》卷下，中华书局，1994 年，第 26 页。

天常御石楼坐朝，文武百执事，班于外而朝焉。”① 三是重修，在重修方面，白居易之功居首，故其给自己亦取号“香山居士”。

对于古代的香山寺，洛阳市龙门文物保管所1984年曾经做过遗址调查认为：“位置，香山寺遗址在龙门东山南端、今洛阳轴承厂疗养院及其北侧的山坡间。地形，北依香山，南临伊河。主轴线方向南偏西约15度，在疗养院二号楼迤北，南北长250米。自南向北有三层台地。第一层台地（二号楼所在之台地）南北长115米，东西阔70—50米不等。第二层台地南北长35米，东西阔90—50米不等。三个台地依次升高。第三层台地与其北的香山间，第二台地与第一层台地间，均有宽窄不等的几条过渡带，每条宽约7—9米。在主轴线以西的第一层台地西侧，即疗养院一号楼附近，可能是香山寺的‘西院’，两楼相距为100米，这里是大约100米见方的一块坡地。在一号楼以西和二号楼以东，均为山谷，构成香山寺的自然边界线。遗迹，在第二层台北侧有夯土台基一处，南北长10米，东西宽15米，残高1.2—1.4米。第三层台地北侧有夯土台基一处，南北长22.5米，东宽27.5米，残高1.2米。两个夯土台基的中心线都与主轴线吻合。遗物，在三层台地上有大量的布纹板瓦、灰色大筒瓦、米字纹方砖、莲花纹圆瓦当等物。在一号楼北山坡间，发现残石兽雕刻一块。”② 因为这样的试掘，也可以确定清朝康熙四十六年学政汤右曾、河南知府张玶、洛阳知县吴徽龘俸，将龙门东山北侧山腰的旧寺修葺后命名香山寺的错误。这里本为唐代乾元寺，而并不是香山寺遗址。

白居易《修香山寺记》云：

---

① 佚名《大唐传载》，中华书局，2019年，第18页。

② 洛阳市龙门文物保管所《洛阳龙门香山遗址的调查与试掘》，《考古》1986年第1期，第40—41页。

洛都四郊，山水之胜，龙门首焉。龙门十寺，观游之胜，香山首焉。香山之坏久矣，楼亭骞崩，佛僧暴露。士君子惜之，予亦惜之。佛弟子耻之，予亦耻之。顷予为庶子、宾客分司东都时，性好闲游，灵迹胜概，靡不周览，每至兹寺，慨然有葺完之愿焉。迨今七八年，幸为山水主，是偿初心、复始愿之秋也。似有缘会，果成就之。噫！予早与故元相国微之定交于生死之间，冥心于因果之际。去年秋，微之将薨，以墓志文见托。既而元氏之老，状其臧获、舆马、绫帛洎银鞍、玉带之物，价当六七十万，为谢文之贽，来致于予。予念平生分，文不当辞，贽不当纳。自秦抵洛，往返再三，讫不得已，回施兹寺。因请悲知僧清闲主张之，命谨干将士复掌治之，始自寺前亭一所，登寺桥一所，连桥廊七间，次至石楼一所，连廊六间，次东佛龛大屋十一间，次南宾院堂一所，大小屋共七间，凡支坏补缺，垒聩覆漏，圬墁之功必精，赭垩之饰必良，虽一日必葺，越三月而就。譬如长者坏宅，郁为导师化城。于是龛像无燥湿陊泐之危，寺僧有经行宴坐之安。游者得息肩，观者得寓目。关塞之气色，龙潭之景象，香山之泉石，石楼之风月，与往来者耳目，一时而新。士君子、佛弟子，豁然如释憾刷耻之为者。清闲上人与予及微之，皆夙旧也，交情愿力，尽得知之，感往念来，欢且赞曰："凡此利益，皆名功德，而是功德，应归微之，必有以灭宿殃，荐冥福也。"予应曰："呜呼！乘此功德，安知他劫不与微之结后缘于兹土乎？因此行愿，安知他生不与微之复同游于兹寺乎？"言及于斯，涟而涕下。唐大和六年八月一日，河南尹太原白居易记。①

① 朱金城《白居易集笺校》卷六八，第3689—3690页。

香山寺到白居易为河南尹时，“香山之坏久矣，楼亭骞崩，佛僧暴露”，故而白居易将为元稹撰写墓志所得之“六七十万”作为修寺之资。修复之后，“关塞之气色，龙潭之景象，香山之泉石，石楼之风月，与往来者耳目，一时而新”，以新的面貌呈现于世。故居易作《修香山寺记》以将修寺过程记录下来。白居易此记，后人也有著录。《宝刻丛编》卷四引《诸道石刻录》：“《唐香山寺碑》，唐白居易撰。”[①]《五灯会元》卷四《佛光满禅师师嗣》载有白居易修香山寺事云：“凡守任处多访祖道，学无常师，后为宾客，分司东都。罄已俸修龙门香山寺。寺成自撰记。凡为文动关教化，无不赞美佛乘。”[②]

白居易在修香山寺七八年之后，又因寺中虽有僧徒，有佛像，而无经典，故而再修藏经阁，开成五年（840）九月修成后，居易又作《香山寺新修经藏堂记》云：

> 先是，乐天发愿修香山寺既就（原注：事具前记），迨今七八年，寺有佛像，有僧徒，而无经典。寂寥精舍，不闻法音，三宝阙一，我愿未满。乃于诸寺藏外杂散经中，得遗编坠轴者数百卷帙，以《开元经录》按而校之。于是绝者续之，亡者补之，稽诸藏目，名数乃足。合是新旧大小乘经律论集，凡五千二百七十卷，乃作六藏，分而护焉。寺西北隅有隙屋三间，土木将坏，乃增修改饰为经藏堂。堂东西间辟四窗，置六藏，藏二门，启闭有时，出纳有籍。堂中间置高广佛座一座，上列金色像五百，像后设西方极乐世界图一，菩萨影二。环座悬大幡二十有四。榻席巾几洎供养之器咸具焉。合为道场，简俭严净。开成五年九月二十五日，堂

① 陈思《宝刻丛编》卷四，《丛书集成初编》，中华书局，1985年，第82页。
② 普济《五灯会元》卷四，中华书局，1984年，第221页。

成，藏成，道场成。以香火衅之，以饮食乐之，以管磬歌舞供养之，与闲、振、源、济、钊、操、洲、畅八长老及比丘众百二十人围绕赞叹之。又别募清净七人，日日供斋粥，给香烛，十二部经，次第讽读。俾夫经梵之音，昼夜相续，洋洋乎盈耳哉，忻忻乎满愿哉！尔时道场主佛弟子香山居士乐天，欲使浮图之徒，游者归依，居者护持，故刻石以记之。①

白居易修好藏经阁后，即将自己大和三年（829）至开成五年（840）共十二年之间的诗作编成《洛中集》，藏于香山寺。开成五年（840）十一月又作《香山寺白氏洛中集记》云：

《白氏洛中集》者，乐天在洛所著书也。大和三年春，乐天始以太子宾客分司东都，及兹十有二年矣，其间赋格律诗凡八百首，合为十卷，今纳于龙门香山寺经藏堂。夫以狂简斐然之文，而归依支提法宝藏者，于意云何？我有本愿，愿以今生世俗文字之业，狂言绮语之过，转为将来世世赞佛乘之因，转法轮之缘也，十方三世诸佛应知。噫！经堂未灭，记石未泯之间，乘此愿力，安知我他生不复游是寺，复睹斯文，得宿命通，省今日事，如智大师记灵山于前会，羊叔子识金环于后身者欤？于戏！垂老之年，绝笔于此，有知我者，亦无隐焉。大唐开成五年十一月二日，中大夫、守太子少傅、冯翊县开国侯、上柱国、赐紫金鱼袋白居易乐天记。②

① 朱金城《白居易集笺校》卷七一，第3804页。
② 朱金城《白居易集笺校》卷七一，第3806页。

白居易一生编集多次，可见其重于身后之名。而且将编好的文集藏于寺庙，以期流传永久。白居易在洛中编集共有两次，其《序洛诗》云："自三年春至八年夏，在洛凡五周岁，作诗四百三十二首。"[①]而本记则云："大和三年春，乐天始以太子宾客分司东都，及兹十有二年矣，其间赋格律诗凡八百首，合为十卷，今纳于龙门香山寺经藏堂。"盖此前五年所编之集非正式文集，没有交代所藏何地，而此次所编为十卷，即藏于香山寺经藏堂。

香山寺重修之后，白居易常与文士僧徒游赏于此，情调高逸，若脱离尘世。宋王谠《唐语林》卷四《栖逸篇》记载了这样一件事："白居易少傅分司东都，以诗酒自娱，著《醉吟先生传》以自叙。卢尚书简辞有别墅，近伊水，亭榭清峻。方冬，与群从子侄同登眺嵩洛。既而霰雪微下，说镇金陵时，江南山水，每见居人以叶舟浮泛，就食菰米鲈鱼，思之不忘。逡巡，忽有二人，衣蓑笠，循岸而来，牵引篷艇。船头覆青幕，中有白衣人与衲僧偶坐；船后有小灶，安铜甑而炊，卯角仆烹鱼煮茗，溯流过于槛前。闻舟中吟笑方甚。卢叹其高逸，不知何人。从而问之，乃告居易与僧佛光，自建春门往香山精舍。"[②]白居易与佛光禅师从建春门向香山寺途中，泛舟伊水，于船头青幕之中，烹鱼煮茗，情调何其高逸！白居易与龙门，与香山寺，结下了不解之缘。

《旧唐书》记载会昌六年（846）白居易卒时，"遗命不归下邽，可葬于香山如满师塔之侧，家人从命而葬焉"[③]。《宝刻丛编》卷四引《复斋碑录》云："《唐醉吟先生白公西北岩石碣》，乐天自著墓碣也。白敏中书，会昌六年十一月立。"[④]"如满塔及白居易墓应在地婆诃罗

① 朱金城《白居易集笺校》卷七〇，第3757页。
② 周勋初《唐语林校证》卷四，第397页。
③《旧唐书》卷一六六，第4358页。
④ 陈思《宝刻丛编》卷四，《丛书集成初编》，第83页。

八角浮图的同一地段——这是香山寺的高僧葬地——即‘西院’西北的一块山麓台地上。大中十年正月，日本国园城寺智证大师园珍与园觉等在龙门西岗奉先寺巡礼金刚智阿阇黎坟塔时，‘便于伊川东边，望见故太保白居易之墓’，也可以证明白居易墓是在香山寺以西的地方。”①赵从仁专门写过一篇《香山寺及白居易墓址考》②，也通过排比史料，说明白居易墓是在香山寺的西院，也就是大中十年（856）圆珍法师所望见的方向。

二、白居易香山寺诗

白居易所作香山寺诗，与其所作《修香山寺记》可以相互印证。香山寺修成后，他就作诗以纪胜概。《重修香山寺毕题二十二韵以纪之》云："阙塞龙门口，祇园鹫岭头。曾随减劫坏，今遇胜缘修。再莹新金刹，重装旧石楼。病僧皆引起，忙客亦淹留。四望穷沙界，孤标出赡州。地图铺洛邑，天柱倚崧丘。两面苍苍岸，中心瑟瑟流。波翻八滩雪，堰护一潭油。台殿朝弥丽，房廊夜更幽。千花高下塔，一叶往来舟。岫合云初吐，林开雾半收。静闻樵子语，远听棹郎讴。官散殊无事，身闲甚自由。吟来携笔砚，宿去抱衾裯。霁月当窗白，凉风满簟秋。烟香封药灶，泉冷洗茶瓯。南祖心应学，西方社可投。先宜知止足，次要悟浮休。觉路随方乐，迷涂到老愁。须除爱名障，莫作恋家囚。便合穷年住，何言竟日游。可怜终老地，此是我菟裘。"③居易有《修香山寺记》末题："唐大和六年八月一日，河南尹太原白居易记。"诗与记盖同时之作。

---

① 洛阳市龙门文物保管所《洛阳龙门香山遗址的调查与试掘》，《考古》1986年第1期，第40—41页。

② 赵从仁《香山寺及白居易墓址考》，《中州学刊》1983年第2期，第111—114页。

③ 朱金城《白居易集笺校》卷三一，第2123页。

白居易与香山寺结下了深厚的情谊，无论是其生活，还是游览，也都能够形之于诗。如卜居诗，《香山下卜居》诗："老须为老计，老计在抽簪。山下初投足，人间久息心。乱藤遮石壁，绝涧护云林。若要深藏处，无如此处深。"① 避暑诗，《香山避暑二绝》："六月滩声如猛雨，香山楼北畅师房。夜深起凭栏杆立，满耳潺湲满面凉。""纱巾草履竹疏衣，晚下香山踏翠微。一路凉风十八里，卧乘篮舆睡中归。"② 夜宿诗，《五年秋病后独宿香山寺三绝句》："经年不到龙门寺，今夜何人知我情？还向畅师房里宿，新秋月色旧滩声。""饮徒歌伴今何在，雨散云飞尽不回。从此香山风月夜，祇应长是一身来。""石盆泉畔石楼头，十二年来昼夜游。更过今年年七十，假如无病亦宜休。"③ 开成五年（840）香山寺作，时白居易为太子宾客分司东都。"新秋月色旧滩声"一语，道尽对于香山寺的热爱。沐浴诗，《香山寺石楼潭夜浴》诗："炎光昼方炽，暑气宵弥毒。摇扇风甚微，褰裳汗霡霂。起向月下行，来就潭中浴。平石为浴床，洼石为浴斛。绡巾薄露顶，草屦轻乘足。清凉咏而归，归上石楼宿。"④ 咏怀诗，《晚归香山寺因咏所怀》诗："我年日已老，我身日已闲。闲出都门望，但见水与山。关塞碧岩岩，伊流清潺潺。中有古精舍，轩户无扃关。岸草歇可籍，径萝行可攀。朝随浮云出，夕与飞鸟还。吾道本迂拙，世途多险艰。尝闻嵇吕辈，尤悔生疏顽。巢悟入箕颍，皓知返商颜。岂唯乐肥遁，聊复祛忧患。吾亦从此去，终老伊嵩间。"⑤《香山寺二绝》："空山寂静老夫闲，伴鸟随云往复还。家酝满瓶书满架，半移生计入香

① 朱金城《白居易集笺校》卷三三，第 2263 页。
② 朱金城《白居易集笺校》卷三三，第 2261 页。
③ 朱金城《白居易集笺校》卷三五，第 2428 页。
④ 朱金城《白居易集笺校》卷二二，第 1508 页。
⑤ 朱金城《白居易集笺校》卷二九，第 2037 页。

山。”“爱风岩上攀松盖，恋月潭边坐石棱。且共云泉结缘境，他生当作此山僧。”①

白居易香山寺诗的另一方面则是友朋往还之作。如与舒元舆酬赠者就有两首：一是《舒员外游香山寺数日不归兼辱尺书大夸胜事时正值坐衙虑囚之际走笔题长句以赠之》诗：“香山石楼倚天开，翠屏壁立波环回。黄菊繁时好客到，碧云合处佳人来。酡颜一笑夭桃绽，清吟数声寒玉哀。轩骑逶迟棹容与，留连三日不能回。白头老尹府中坐，早衙才退暮衙催。庭前阶上何所有，累囚成贯案成堆。岂无池塘长秋草，亦有丝竹生尘埃。今日清光昨夜月，竟无人来劝一杯。”② 这里的“舒员外”为舒元舆。上文有《秋日与张宾客舒著作同游龙门醉中狂歌凡二百三十八字》，居易又有《苦热中寄舒员外》诗。二是《菩提寺上方晚望香山寺寄舒员外》诗：“晚登西宝刹，晴望东精舍。反照转楼台，辉辉似图画。冰浮水明灭，雪压松偃亚。石阁僧上来，云汀雁飞下。西京闹于市，东洛闲如社。曾忆旧游无，香山明月夜。”③ 按，菩提寺在洛阳城南。《洛阳伽蓝记》卷三《城南》：“菩提寺，西域胡人所立也，在慕义里。”④ 此诗与前首主旨相同，也是寄赠舒元舆之作。

除了寄赠舒元舆之作，还有与牛僧孺的酬答之诗。其《宿香山寺酬广陵牛相公见寄》云：“手札八行诗一篇，无由相见但依然。君匡圣主方行道，我事空王正坐禅。支许徒思游白月，夔龙未放下青天。应须且为苍生住，犹去悬车十四年。”题注云：“来诗云：‘唯羡东都白居士，月明香积问禅师。’时牛相三表乞退，有诏不许。”末注：

① 朱金城《白居易集笺校》卷三一，第 2142 页。
② 朱金城《白居易集笺校》卷二二，第 1519 页。
③ 朱金城《白居易集笺校》卷三〇，第 2064 页。
④ 范祥雍《洛阳伽蓝记校注》卷三，上海古籍出版社，1978 年，第 173 页。

"牛相公今年五十七。"[1]这里的"牛相公"为牛僧孺，僧孺大和六年（832）十二月为淮南节度使，开成二年（837）五月为东都留守。

第四节　白居易与龙门香山"九老会"

会昌五年（845）春夏之间，白居易于洛阳龙门香山发起了两次宴集，参加者九人，称为"九老会"或"七老会"。白居易《九老图诗序》记载了这两次聚会：

> 会昌五年三月，胡、吉、刘、郑、卢、张等六贤，于东都敝居履道坊合尚齿之会。其年夏，又有二老，年貌绝伦，同归故乡，亦来斯会。续命书姓名年齿，写其形貌，附于图右，与前七名，题为《九老图》，仍以一绝赠之。

诗有原注："二老，谓洛中遗老李元爽，年一百三十六，归洛；僧如满，年九十五岁。"诗云：

> 雪作眉须云作衣，辽东华表暮双归。当时一鹤犹希有，何况今逢两令威。[2]

与此同时而作者还有《七老会诗》：

> 七人五百七十岁，拖紫纡朱垂白须。手里无金莫嗟叹，樽中

① 朱金城《白居易集笺校》卷三三，第2264页。
② 朱金城《白居易集笺校》外集卷上，第3861页。

> 有酒且欢娱。诗吟两句神还王,酒饮三杯气尚粗。嵬峨狂歌教婢拍,婆娑醉舞遣孙扶。天年高过二疏傅,人数多于四皓图。除却三山五天竺,人间此会更应无。①

诗末注有参加宴会者的名字与年龄:"前怀州司马安定胡杲,年八十九。卫尉卿致仕冯翊吉皎,年八十六。前右龙武军长史荥阳郑据,年八十四。前慈州刺史广平刘真,年八十二。前侍御史内供奉官范阳卢真,年八十二。前永州刺史清河张浑,年七十四。刑部尚书致仕太原白居易,年七十四。已上七人,合五百七十岁。会昌五年三月二十一日,于白家履道宅同宴,宴罢赋诗。时秘书监狄兼谟、河南尹卢贞,以年未七十,虽与会而不及列。"②《新唐书·白居易传》云:"尝与胡杲、吉旼(皎)、郑据、刘真、卢真、张浑、狄兼谟、卢贞燕集,皆高年不事者,人慕之,绘为《九老图》。"③可以相互比照。是"九老会"乃两次宴集,合之而成,都在龙门香山。

白居易这两首诗主要表现怡老适情、群游畅意的情怀。第一首因第二次集会加上最老的两人,故而集中写"老"。第二首首联点出聚会者的年龄和形态容颜,突出其老;二联表现樽酒欢娱的心情,并与"无金"进行对比,趋向于避俗崇雅的追求;三联表现诗酒情怀,突出了年老而性豪;四联表现狂歌醉舞的状态,营造出宴会的氛围;五联用典以表现耆寿与高隐,疏广疏受年老致仕而隐,商山四皓终身隐居而辞决征召;六联祈求三仙山、五天竺的高寿老者以突出九老会的主旨。

---

① 朱金城《白居易集笺校》卷三七,第 2563 页。

② 朱金城《白居易集笺校》卷三七,第 2563—2564 页。

③《新唐书》卷一一九,第 4304 页。

白居易而外,其他参与宴会者的年龄及所作诗,均载于《唐诗纪事》卷四九各条。《胡杲》条:

前怀州司马安定胡杲,年八十九。

《九老会赋诗》云:"闲居同会在三春,大抵愚年最出群。霜鬓不嫌杯酒兴,白头仍爱玉炉薰。徘徊玩柳心犹健,老大看花意却勤。凿落满斟判酩酊,香囊高挂任氤氲。搜神得句题红纸,望景长吟对白云。今日友情何不替,齐年同事圣明君。"①

《吉皎》条:

卫尉卿致仕冯翊吉皎,年八十八。

《九老会》云:"休官罢任已闲居,林苑园亭兴有余。对酒最宜花藻发,邀欢不厌柳条初。低腰醉舞垂绯袖,击筑讴歌任褐裾。宁用管弦来合杂,自亲松竹且清虚。飞觥酒到须先酌,赋咏成诗不住书。借问商山贤四皓,不知此后更何如。"②

《刘真》条:

前磁州刺史广平刘真,年八十七。

《九老会》云:"垂丝今日幸同筵,朱紫居身是大年。赏景尚知心未退,吟诗犹觉力完全。闲庭饮酒当三月,在席挥毫象七贤。山茗煮时秋雾碧,玉杯斟处彩霞鲜。临阶花笑如歌妓,傍竹松声

① 计有功《唐诗纪事》卷四九,第738页。
② 计有功《唐诗纪事》卷四九,第738页。

当管弦。虽未学穷生死诀，人间岂不是神仙。”①

《郑据》条：

前右龙武军长史荥阳郑据，年八十五。

《九老会》云：“东洛幽闲日暮春，邀欢多是白头宾。官班朱紫多相似，年纪高低次第匀。联句每言松竹意，停杯多说古今人。更无外事来心肺，空有清虚入思神。醉舞两回迎劝酒，狂歌一曲会娱身。今朝何事偏情重，同作明时列任臣。”②

《卢贞》条：

前侍御史内供奉官范阳卢贞，年八十三。

《九老会》云：“三春已尽洛阳宫，天气初晴景象中。千朵嫩桃迎晓日，万株垂柳逐和风。非论官位皆相似，及至年高亦共同。对酒歌声犹觉妙，玩花诗思岂能穷。先时共作三朝贵，今日犹逢七老翁。但愿绿醽常满酌，烟霞万里会应通。”③

《张浑》条：

前永州刺史清河张浑，年七十七。

《九老会》云：“幽亭春尽共为欢，印绶居身是大官。遁迹岂

① 计有功《唐诗纪事》卷四九，第739页。
② 计有功《唐诗纪事》卷四九，第739页。
③ 计有功《唐诗纪事》卷四九，第739页。

劳登远岫，垂丝何必坐溪磻。诗联六韵犹应易，酒饮三杯未觉难。每况襟怀同宴会，共将心事比波澜。风吹野柳悬罗带，日照庭花落绮纨。此席不烦铺锦帐，斯筵堪作画图看。”①

诸人诗中集中表现的方面，一是“闲居”，胡杲“闲居同会在三春”，吉皎“休官罢任已闲居”，刘真“闲庭饮酒连三月”，郑据“东洛幽闲日暮春”；二是“饮酒”，胡杲“凿落满斟判酩酊”，吉皎“对酒最宜花藻发”，刘真“闲庭饮酒连三月”，郑据“醉舞两回迎劝酒”，卢贞“对酒歌声犹觉妙”，张浑“酒饮三杯未觉难”；三是“吟诗”，胡杲“搜神得句题红叶，望景长吟对白云”，吉皎“赋咏成诗不住书”，刘真“吟诗犹觉力完全”，郑据“联句每言松竹意”，卢贞“玩花诗思岂能穷”，张浑“诗联六韵犹应易”。

对于这次盛会，九老们也是作为一生的盛事来对待的。新出土的《唐故永州刺史清河张公（浑）墓志铭并序》就记载了这次盛会：“罢永居于洛师，与少傅白公为嵩少琴酒之侣，遂绝意于宦途。以会昌六年八月廿三日疾，薨于河南府洛阳县仁风里，年七十六。”② 墓志中记述此事，并言因为本次宴会而成为琴酒之侣，从而绝意于仕途。

这次宴会人群的选择与结合很有特色，它是由文人与僧人组成。文人都是诗人，僧人也是诗僧。这是尚齿的聚会，诗歌的结缘，也是禅意的表现。这样的聚会凸显了白居易以及诸老的闲适意趣，也说明贯穿白居易一生诗歌创作的闲适特点到此发挥到了极致，白居易与佛教的关联也于此得到了体现，其儒释融合的思想也贯穿在这次

---

① 计有功《唐诗纪事》卷四九，第 739—740 页。

② 洛阳市文物工作队《洛阳出土历代墓志辑绳》，中国社会科学出版社，1991 年，第 677 页。

集会与赋诗当中。也正因为如此，“九老会”这种形式以及聚会时所作诗歌，才成为后世文人尤其是退出政坛的文人所向往的境界和崇尚的方式，甚至连清代的乾隆皇帝都在附庸风雅，参会作诗。

香山“九老会”不仅成为后世文人集会结社的效仿样本，而且成为诗人画家题诗作画的重要对象。

沈括《梦溪笔谈》卷九载：“唐白乐天居洛，与高年者八人游，谓之九老。洛中士大夫至今居者为多，继而为九老之会者再矣。元丰五年文潞公守洛，又为耆年会，人为一诗命画工郑英图于妙觉佛寺。”①

明代顾应祥观赏一幅《九老图》作诗云：“香山老人避世人，性耽冲淡乐天真。招邀知己结雅社，眇视声利同埃尘。流风已远事若新，兹图无乃传其神。衣冠不异山中叟，抱负俱为席上珍。岁月悠悠几百春，高名千载迥绝伦。庙堂勋业倘来寄，泉石襟期见在身。便欲相从一问津，抚卷令人感慨频。浮玉山前亦堪乐，澄湖碧浪涵秋菱。”

不仅如此，白居易香山“九老会”在唐时即传到了日本，受到日本文人的仿效。菅原道真《菅家文草》卷二《暮春见南亚阳山庄尚齿会》云：“大唐会昌五年，刑部尚书白乐天于履道坊闲宅，招卢、胡、六叟宴集，名为七叟尚齿会，唐家爱怜此会希有，图写障子，不离座右。有人传送呈我圣朝，即得此障，遍览诸相，诸紫接袖，发眉皓白，或歌或舞，傲然自得，谁谓图画，昭昭在眼。爰南相公感叹顾告云：‘吾党五六人，年齿虽衰迈，颇觉吟诗，未难酣乐，尚齿高会，何必卢、白，请集山宅，续彼旧踪，足传子孙。’是善官号同白氏，年齿校卢公，忝侍南氏之席，惭动北山之移，聊述六韵，贻之千载云尔。”② 诗为日本贞观十九年（877）作，相当于唐僖宗乾符四年（877），距白居易卒时仅

① 沈括《梦溪笔谈》卷九，中华书局，2015 年，第 92 页。
② 菅原道真《菅家文草》，岩波书店，1966 年，第 472 页。

三十一年。此见白居易香山“九老会”当时与后世在国内外的重大影响。

白居易在洛阳龙门生活了十八年，留下了大量的诗文名作。卒后又安葬于龙门，龙门是白居易的安身立命和终老之地。龙门在唐代就是风景名胜之地，白居易于龙门与很多文人墨客、士子官僚交游往还，所留下的诗作是中唐时期诗人群体研究非常珍贵的材料。在洛阳龙门，他写下了一些写景纪游诗，既是龙门胜景的呈现，也是一心向佛的表达。龙门是佛教圣地，其中最具代表性的寺庙为香山寺，白居易与香山寺的关系最为密切，他有重修香山寺之功，并给自己取号为“香山居士”。他写了多篇香山寺的记体文字，如《修香山寺记》《香山寺新修经藏堂记》《香山寺白氏洛中集记》等，其晚年编写文集藏于香山寺经藏堂。白居易与香山寺结下了深厚的情谊，无论是其生活，还是游览，也都能够形之于诗。居于龙门的十八年，是白居易生活和创作的重要阶段，白居易与龙门的研究，也是白居易研究的重要内容。白居易晚年在龙门香山举行“九老会”，是一次著名盛会，成为后世集会结社的效仿样本以及诗人画家题诗作画的重要对象，并且在不久以后就传到了日本，成为日本文人崇尚的对象。

第三编　诗路浙东

第七章　唐代越州与浙东诗路

唐代的越州，风景优美，人才荟萃。白居易《沃洲山禅院记》说："东南山水，越为首，剡为面，沃洲、天姥为眉目。"[①] 前期设都督府，后期为浙东观察使治所，所辖范围有越、明、婺、台、温、括、衢七州。仅越州辖区亦有会稽、山阴、诸暨、余姚、剡、萧山六县。州中镜湖、剡溪、沃洲山、天姥山，都是诗人漫游所经之地，又是浙东唐诗之路的重要组成部分。唐代越州文学有其自身的特点与演变规律，又与这一区域深厚的文化积淀、众多的人文与自然景观有关。对越州文学发展做出重要贡献者，既有本籍诗人，又有全国各地仕宦或漫游于此的文人墨客，因而越州文学的发展，又与唐诗的整体发展相联系。本章拟以唐代越州为中心，兼及浙东观察使所辖区域，对其文学的发展情况作简要的勾勒，以期这一区域文学研究进一步深入。

第一节　唐代越州文学与唐诗之路

一、唐诗越州诗歌的渊源

唐代东南一地，具有悠远的文化渊源，又是经济发达的地方。山

---

① 朱金城《白居易集笺校》卷六八，第 3684 页。

水的美景，孕育了很多卓有成就的文学家。浙东更是唐代诗人漫游之路，很多大诗人在此留下了绚烂的篇章。因此，唐代越州文学的成就是本土人士与漫游越中的文人共同创造的。

光辉灿烂的文化渊源是越州文学发展兴盛的坚实根基。以越州为中心的浙东文化，源远流长，早在七千多年前，余姚河姆渡文化代表着新石器时代的早期文化，是中华民族的发祥地之一。在会稽，有关舜、禹的传说，更吸引了古往今来多少文士为之探秘与景仰。越王勾践兴国复仇的史实，使得这个地区，在南方山水妩媚的环境之下，又加上了不少阳刚之气。这样一个刚柔相济的区域文化优势，也使得浙东一地，无论在文学、历史还是学术的发展演进中，都呈现出自己独有的特色。

魏晋以后，北方战乱，衣冠贵族大量南迁，黄河流域的中原文化随着人口的南迁而与浙东文化融合，更使得越中成为人文荟萃之地。加以东晋门阀制度的盛行，士族势力、门阀势力、北方贵族、南方土著等各大利益集团汇聚在一地，组成了会稽文人集团。他们借江山之助，体物写志，留下了很多名垂千古的篇章。胡阿祥先生在《魏晋本土文学地理研究》中说：

> 东晋中期前后，以剧郡会稽为中心的东土，文坛空前活跃。活跃于东土的文学家，以侨姓世族及其后裔为主。……东土佳山水，美田园，人口宽稀，经济上则适宜于侨姓世族的广占田宅，文学上则耳目一新的侨姓世族之寄情自然，又促成了“庄老告退而山水方滋”的文风转变。据知晋宋间山水文学的兴盛，时间上可以说滥觞于东晋中期前后，空间上可以说发源于东土一带。东土的文学活动中心在会稽，这表现于：首先，移居会稽的北方世家大族最多，其中颇出文才的就有琅琊王氏，陈郡谢氏，

太原王氏、孙氏，庐江何氏，高平郗氏，北地傅氏，陈留阮氏，高阳许氏，乐安高氏，鲁国孔氏，颍川庾氏、荀氏等；这颇出的文才，与会稽的青山秀水相融合，为后来世居会稽的谢灵运使山水诗独立成派铺平了道路。其次，东晋永和九年（353）三月三日王羲之主持的会稽山阴兰亭修禊，"群贤毕至，少长咸集"，参加的四十余人中，又以寓居东土的世族子弟为主。兰亭修禊使文人的聚会活动由不定期进入定期，其"渔弋山水"、"言咏属文"、优游风雅，较之西晋的华林、金谷，在当时及后世文坛的影响更大。①

胡阿祥论述的第二点，对于越州文学影响尤大。以王羲之为首的兰亭修禊，就是这些文人雅士集结的最高形式。他们将文人的特质、士流的品位和会稽的山水有机地融合在一起，成为千年传承的会稽文化源头，以至唐代浙东文学的文化渊源，也肇始于此。王羲之兰亭修禊，写下了著名的《兰亭集序》：

永和九年，岁在癸丑，暮春之初，会于会稽山阴之兰亭，修禊事也。群贤毕至，少长咸集。此地有崇山峻岭，茂林修竹；又有清流激湍，映带左右，引以为流觞曲水，列坐其次。虽无丝竹管弦之盛，一觞一咏，亦足以畅叙幽情。是日也，天朗气清，惠风和畅，仰观宇宙之大，俯察品类之盛，所以游目骋怀，足以极视听之娱，信可乐也。夫人之相与，俯仰一世，或取诸怀抱，悟言一室之内；或因寄所托，放浪形骸之外。虽趋舍万殊，静躁不同，当其欣于所遇，暂得于己，快然自足，曾不知老之将至。及其所之既倦，情随事迁，感慨系之矣。向之所欣，俯仰之间，已为陈迹，犹不能

① 胡阿祥《魏晋本土文学地理研究》，南京大学出版社，2001年，第166—167页。

不以之兴怀。况修短随化,终期于尽。古人云:"死生亦大矣。"岂不痛哉!每览昔人兴感之由,若合一契,未尝不临文嗟悼,不能喻之于怀。固知一死生为虚诞,齐彭殇为妄作。后之视今,亦犹今之视昔。悲夫!故列叙时人,录其所述,虽世殊事异,所以兴怀,其致一也。后之览者,亦将有感于斯文。①

晋穆帝永和九年(353)三月三日,王羲之在会稽内史任,他和友人谢安、孙绰等聚于兰亭,饮酒赋诗,参加聚会者有官僚、文人与僧徒,都是一时名士。当时与会之人都有诗作,事后编辑成集,由王羲之作序与书写,这就是著名的《兰亭集序》。"像《兰亭集序》这样的早期谯集序的代表作,其抒情方式作为一种审美积淀而影响于后世。从某种意义上来说,它几乎含有一定的原型意味,后世的文人自觉或不自觉地有所应用或引申。"② 至谢灵运更在越中留下大量的诗作,名篇《石壁精舍还湖中作》就是描写此中山水之作。宋代孔延之所编的《会稽掇英总集》,分门别类辑集了六朝以来对于会稽形胜与山水的吟咏,更可以看出六朝王羲之、谢灵运等人的流风余韵。

自古以来,会稽尤称山水之首,王羲之以后的各代文人,都对其地投以青睐与仰慕的目光。大中时杨汉公为浙东观察使,李商隐祝贺道:"越水稽峰,乃天下之胜概;桂林孔穴,成梦中之旧游。……虽思逸少之兰亭,敢厌桓公之竹马。况去思遗爱,遐布歌谣;酒兴诗情,深留景物。"③ 晚唐文人顾云《在会稽与京邑游好诗序》对会稽山水

① 严可均《全上古三代秦汉三国六朝文·全晋文》卷二六,第1609页。

② 曹虹《〈兰亭集序〉与后代宴集序》,《清代文学研究集刊》第1辑,人民文学出版社,2008年,第205页。

③ 李商隐《为荥阳公与浙东杨大夫启》,《樊南文集》补编卷七,第733页。

做了这样的描绘："造化之功，东南之胜，独会稽知名，前代词人才子谢公之伦，多所吟赏，湖山清秀，超绝上国；群峰接连，万水都会。升高而望，尽目所穷，苍然黯然，兀然澹然，先春煦然；似画似翠，似水似冰，似霜似镜；削玉似剑者，霞布似窈窕者，霜清似英绝者，如是者千状万态，绵亘数百里间，则夫盘龙于泉，巢凤于山，蕴玉于石，藏珠于渊，固必有矣。真骇目丧精之所也！其土沃，其人文。虽逼闽蛮而不失礼节，虽枕江海而不甚瘴疫，斯焉郁邑，一何胜哉！将天地之乐，萃于此耶？至于物土所产，风气所被，鸟兽草木之奇，妖冶婵娟之出，前圣灵踪，往哲盛事，此传记所详，不假重言也。斯但粗述其胜耳。仆虽乏才，自侍从至此，晨夕习业之外，游览所得，吟咏烟月，摅散情志，自足一时之兴也，亦足快哉！"[①] 盛赞会稽是大自然造就的东南之地最为知名的区域，因为湖山清秀，万水都会，天地之乐，萃集于此，而赢得谢灵运等众多词人才子的吟赏叹咏。

二、浙东唐诗之路的起点

浙东唐诗之路的起点在越州。唐代以钱塘江为界，江北为浙西，江南为浙东，由杭州过江就到了越州。而过江到越州的起点是西陵驿，也就是现在杭州西兴大桥的地方，也是浙东运河的发源地。浙东唐诗之路还有一个起点就是渔浦，由渔浦入浦阳江就可以南行到婺州直至永嘉，由渔浦再沿江东行就到了西陵再由浙东运河进入会稽，再进入曹娥江到剡溪，这是浙东唐诗之路的主线。这两个地方，盛唐之前都是越州的永兴县，天宝元年（742）改为萧山县，一直到现在。本书第八章《西陵·渔浦：浙东唐诗之路的起点》，要专门论述这一问题，这里只是略提一下，说明越州对于唐诗之路而言，地位

①《全唐文》卷八一五，第8586—8587页。

极其重要。

第二节　唐代越州的本土诗人

谈浙东唐诗之路，最重要的当然就是本土诗人，因为本土诗人成为越州诗坛的重要支柱，而其他类型的诗人如做官诗人、漫游诗人、贬谪诗人、流寓诗人在越州也留下很多的诗作，使得浙东唐诗之路呈现多元化的格局。

一、初唐余姚诗人虞世南

初唐诗人虞世南（558—638），字伯施，越州余姚人。在南朝陈时就为建安王法曹参军。入隋，又任秘书郎、起居舍人。唐朝建立，历秦府参军、弘文馆学士、太子中舍人、著作郎等职，官至秘书监。虞世南以书法与诗歌著称于唐初，书法与欧阳询齐名，并称“欧虞”。他曾劝唐太宗毋为宫体诗。《册府元龟》卷五四九载太宗与虞世南论诗云：

> “朕因向日每与虞世南商略今古，朕有一言之善，世南未尝不悦；有一言之失，未尝不一怅恨。朕尝戏作艳诗，世南便进表谏曰：‘圣作虽工，体制非雅。上之所好，下必随之。此文一行，恐致风靡。轻薄成俗，非为国之利。赐令继和，辄申狂简。而今之后，更有斯文，断以死请，不敢奉诏。’其恳诚若此，朕用嘉焉。群臣皆若虞世南，天下何忧乎不治？”因顾谓世南曰：“朕更有此诗，卿能死不？”虞世南对曰：“臣闻诗者，动天地，感鬼神，上以风化下，下以讽刺上。故季札听诗，而知国之兴废；盛衰之道，

实继于兹。臣虽愚,诚愿不奉诏。”太宗大悦,赐绢五十匹。①

可见其在初唐诗坛革故鼎新方面是颇有功绩的。虞世南的诗,入唐之前较为婉缛,有类徐陵。入唐后,多应制、奉和、侍宴之作,文辞由艳入丽,由缛入雅。边塞之作亦清新刚健。明徐献忠的《唐诗品》较为全面地评述了他在诗歌发展史上的作用:“虞监师资野王,嗜慕徐庾。髫丱之年,婉缛已著;琨玙之美,绮藻并丰。虽隋皇忌人之主,贞观睿圣之朝,然而善始之爱,身存乱国,准伦之誉,竟列名臣,骈美二陆,不信知言矣乎。其诗在隋,则洗濯浮夸,兴寄已远;在唐则藻思萦纡,不乏雅道。殆所谓圆融之整丽,四德俱存,治世之音,先人而兴者也。至如‘横空一鸟度,照水百花燃。’‘竹开霜后翠,梅动雪前香。’天然秀颖,不烦痕削。又《长春宫应令》云:‘民瘼谅斯求’,《江都应诏》云:‘顺动悦来苏’,其视宫体之规,同归雅正,石渠东观之思,自非圣主,何能扬休于世哉!”② 虞世南生活于隋唐之际,其诗在隋已经洗濯浮夸,赋予兴寄,入唐以后,更是将崇尚雅正与藻思萦纡结合在一起,为唐诗的发展开了一个很好的端绪。

虞世南的诗,以咏物诗与边塞诗颇具特色,如其《蝉》等诗多有兴寄:“垂绥饮清露,流响出疏桐。居高声自远,非是藉秋风。”③ 清人施补华《岘佣说诗》评论说:“《三百篇》比兴为多,唐人犹得此意。同一《咏蝉》,虞世南‘居高声自远,端不藉秋风’,是清华人语;骆宾王‘露重飞难进,风多响易沉’,是患难人语;李商隐‘本以高难饱,徒

---

① 王钦若《册府元龟》卷五四九,第 6592 页。

② 徐献忠《唐诗品》,《明诗话全编》第 3 册,江苏古籍出版社,1997 年,第 3014 页。

③《全唐诗》卷三六,第 475 页。

劳恨费声',是牢骚人语,比兴不同如此。"① 这首诗借蝉咏怀,以蝉的高洁,隐喻自己为官的清廉,体现了高尚的人格精神,这样的诗与六朝的柔靡诗风已迥然不同。

虞世南的边塞诗现存留者也不少,著名的有《从军行二首》《拟饮马长城窟》《出塞》《结客少年场行》等。如《从军行二首》:

> 涂山烽候惊,弭节度龙城。冀马楼兰将,燕犀上谷兵。剑寒花不落,弓晓月逾明。凛凛严霜节,冰壮黄河绝。蔽日卷征蓬,浮天散飞雪。全兵值月满,精骑乘胶折。结发早驱驰,辛苦事旌麾。马冻重关冷,轮摧九折危。独有西山将,年年属数奇。
>
> 烽火发金微,连营出武威。孤城塞云起,绝阵虏尘飞。侠客吸龙剑,恶少缦胡衣。朝摩骨都垒,夜解谷蠡围。萧关远无极,蒲海广难依。沙磴离旌断,晴川候马归。交河梁已毕,燕山旆欲挥。方知万里相,侯服见光辉。②

清人沈德潜《唐诗别裁集》评论这首诗说:"犹存陈、隋体格,而追琢精警,渐开唐风。"③ 就突出了虞世南在唐诗初创时期承先启后的作用。在陈、隋时期,诗风柔靡,而各种诗体当中,也只有边塞之作稍有刚健之气,而虞世南就选取这样的诗歌体式作为自己致力的主要方面,并且向前拓展一步。其中的诗句,开辟了盛唐边塞诗的先河。"弭节度龙城。冀马楼兰将",影响了王昌龄的《出塞》;"马冻重关冷,轮摧九折危",开启了岑参《走马川行奉送出师西征》对于大漠

---

① 施补华《岘佣说诗》,《清诗话》,上海古籍出版社,1978 年,第 974 页。

② 《全唐诗》卷三六,第 470 页。

③ 沈德潜《唐诗别裁集》卷一,第 2 页。

荒塞的描写；“独有西山将，年年属数奇”，则为王维《老将行》“卫青不败由天幸，李广无功缘数奇”[1]所本。此外，他的《出塞》诗中“雪暗天山道，冰塞交河源。雾锋黯无色，霜旗冻不翻”[2]，也为盛唐边塞诗人岑参《白雪歌》“纷纷暮雪下辕门，风掣红旗冻不翻”[3]所袭用。

《结客少年场行》也是虞世南边塞诗中的著名作品：

> 韩魏多奇节，倜傥遗声利。共矜然诺心，各负纵横志。结交一言重，相期千里至。绿沉明月弦，金络浮云辔。吹箫入吴市，击筑游燕肆。寻源博望侯，结客远相求。少年怀一顾，长驱背陇头。焰焰戈霜动，耿耿剑虹浮。天山冬夏雪，交河南北流。云起龙沙暗，木落雁门秋。轻生殉知己，非是为身谋。[4]

最后六句写得雄浑刚健，已经初步具备了唐诗的风骨。明人周珽评论说：“首二语已概一篇之旨，中铺叙尽侠客之态，正‘多奇节’处。‘一言重’、‘重一顾’、‘千里至’、‘远相求’，俱映照有情。结应起语，见遗名利以相谋，总是士为知己者用也。”[5]明人程元初《唐诗绪笺》评论说：“虞世南入唐，一变新声，振复古道，实为唐世五言古诗之始。”[6]足见虞世南之诗既变新声，又复古道，对于唐代五言古诗的发端贡献很大。尤其是边塞诗，更显得骨气端翔，风格健举。

---

① 《全唐诗》卷一二五，第1257页。

② 《全唐诗》卷三六，第471页。

③ 《全唐诗》卷一九九，第2050页。

④ 《全唐诗》卷三六，第471页。

⑤ 周珽《唐诗选脉会通评林》，《唐诗汇评》，上海古籍出版社，2015年，第43页。

⑥ 程元初《唐诗绪笺》，《唐诗汇评》，第43页。

二、盛唐山阴诗人贺知章、崔国辅

（一）贺知章

唐代越州，山水奇胜，人杰地灵，近三百年间，出现了很多优秀诗人。最著名者是贺知章，他是初唐诗向盛唐过渡的关键性人物。他与张旭、张若虚、包融号为“吴中四士”，并与李白、杜甫等诗人友善。“开元中，张孝嵩出塞，张九龄、韩休、崔沔、王翰、胡皓、贺知章所撰送行歌诗”，为“《朝英集》三卷”[1]，是贺知章前面绾结张若虚、张旭，中间联袂张九龄、王翰，后面开启李白、杜甫。他的诗情味隽永，颇有兴象。

贺知章一生与越州最有关系且影响最大的事是高龄以后辞官还乡。他在天宝三载（744）八十余岁时，辞去秘书监，还乡为道士，唐玄宗在都门外祖席相送，百官朝臣赋诗饯别，现尚存诗三十余首，堪称一时盛事。这一组诗都载于宋人孔延之的《会稽掇英总集》当中。诗为唐玄宗首唱，然后群臣赓和，玄宗《送贺秘监归会稽诗序》云：“天宝三载，太子宾客贺知章鉴于止足，抗归老之疏，解组辞荣，志期入道。朕以其夙存微尚，年在迟暮，用修挂冠之事，俾遂赤松之游。正月五日，将归稽山，遂饯东路。乃命六卿庶尹三事大夫，供帐青门，宠行迈也。岂惟崇德尚齿，亦将励俗劝人，无令二疏，独光汉册。乃赋诗赠行。凡预兹宴，宜皆属和。”诗云：“遗荣期入道，辞老竟抽簪。岂不惜贤达，其如高尚心。环中得秘要，方外散幽襟。独有青门饯，群僚怅别深。”[2] 他的还乡诗歌，写得最脍炙人口，如《回乡偶书二首》：“少小离乡老大回，乡音难改鬓毛衰。儿童相见不相识，笑问客从何处来！”“离别家乡岁月多，近来人事半销磨。惟有门前镜湖水，

---

① 《新唐书》卷六〇《艺文志四》，第 1622 页。

② 孔延之《会稽掇英总集》卷二，《景印文渊阁四库全书》第 1345 册，第 16 页。

春风不改旧时波。”① 对家乡的一往情深，跃然纸上。

贺知章在为集贤学士时还有一段佳话，据《大唐新语》卷一一记载：“贺知章自太常少卿迁礼部侍郎，兼集贤学士。一日并谢二恩。时源乾曜与张说同秉政，乾曜问说曰：‘贺公久著盛名，今日一时两加荣命，足为学者光耀。然学士与侍郎，何者为美？’说对曰：‘侍郎，自皇朝已来，为衣冠之华选，自非望实具美，无以居之。虽然，终是具员之英，又非往贤所慕。学士者，怀先王之道，为缙绅轨仪，蕴扬班之词彩，兼游夏之文学，始可处之无愧。二美之中，此为最矣。’”② 说明贺知章声名籍甚，词彩堪比扬雄、班固，文学堪比子游、子夏，故而得到当时执政者源乾曜和张说的高度评价。

贺知章是初唐至盛唐诗风演变过程中起着重要作用的大诗人，因而对于他诗歌本身的研究，已成果卓著，因此我在这里就不拟作全面的评述，只就其可以开拓的方面，作简略的阐述。贺知章虽然是唐代著名的大诗人，但他的诗文，《全唐诗》《全唐文》收录的并不多。其文《全唐文》仅收录两篇，上文已经介绍了新出土文献中发现了多篇贺知章撰写的墓志铭，而这些文章为我们了解贺知章提供了更为全面的原典材料，对这位唐文大手笔，也有了更进一步的了解。还能对其书法也有一定的认识，这样就更为逼近这位“四明狂客”的全貌。张同印《隋唐墓志书迹研究》云：“《朱君妻王氏墓志》，唐开元二十年（732 年）葬。河南洛阳出土。贺知章撰文，无书者名。志文清楚，保存完好，隶书法度严谨，中规入矩，隶法纯正。辅笔细弱，主笔丰腴，笔笔不拘，短画劲挺，长画飘逸，左兜右裹，波势明显。结构端庄周正，精心安排。整体格调娟秀艳丽，华贵典雅。只是点画多有

① 《全唐诗》卷一一二，第 1147 页。
② 刘肃《大唐新语》卷一一，第 165 页。

雷同而缺少变化，结构规整，惜无奇态。强烈的装饰性和程式化的倾向，反而减少了艺术含量。在唐隶中可属上乘，若与汉隶相比，优劣互差明矣。”[①] 贺知章的书法一直为世人所称道，唐窦臮《述书赋》称贺知章："湖山降礼，狂客风流。落笔精绝，芳词寡俦。如春林之绚彩，实一望而写忧。邕容省闼，高逸豁达。解朝服而归乡，敛霓裳而辞阙。"并注云："每兴酣命笔，好书大字，或三百言，或五百言，诗笔唯命。问有几纸？报十纸，纸尽语亦尽。二十纸、三十纸，纸尽语亦尽。忽有好处，与造化相争，非人工所到也。"[②] 唐赵璘《因话录》卷五亦云："秘书省内有落星石，薛少保画鹤，贺监草书，郎馀令画凤，相传号为四绝。元和中，韩公武为秘书郎，挟弹中鹤一眼，时谓之五绝。"[③] 宋人《宣和书谱》卷一八亦云："每醉必作为文词，初不经意，卒然便就，行草相间，时及于怪逸，尤见真率，往往自以为奇，使醒而复书，未必尔也。书时惟问纸有几幅？或曰：十幅。则词随十幅尽。或曰：二十幅。则随二十幅意乃止。然多多益办，不见笔力之衰，忽有佳处，人谓其机会与造化争衡，非人工可到。盖胸中所养不凡，源深流长，自然之道。"[④] 对其书法，唐代诗人亦多赞之，权德舆有《秘阁五绝图贺监草书赞》，刘禹锡有《洛中寺北楼见贺监草书题诗》，温庭筠有《秘书省有贺监知章草题诗笔力遒健风尚高远拂尘寻玩因有此作》等。

还有一首佚诗，也为我们增添了贺知章与越州文学关联的事实。柯昌泗《语石异同评》卷四："唐人题诗石刻较多，其著录罕见者，为贺知章题抱腹寺诗，即刻抱腹寺碑右侧，传拓每不及之。诗前题

① 张同印《隋唐墓志书迹研究》，文物出版社，2003 年，第 144 页。
② 张彦远《法书要录》卷六，人民美术出版社，1984 年，第 202—203 页。
③ 赵璘《因话录》卷五，上海古籍出版社，1979 年，第 101 页。
④ 佚名《宣和书谱》卷一八，《丛书集成初编》，第 396—397 页。

‘《醉后逢汾州人寄马使君题抱腹寺□》,四明狂客贺季真,正癫发时作。’诗凡六韵,十二句。诗曰:‘昔年与亲友,俱登抱腹山。数重攀云梯,□颠□□□。一别廿余载,此情思弥潺。不言生涯老,蹉跎路所艰。八十余数年,发丝心尚殷。’附此一癫,此二州镇俯狂痫。第三韵下注云:‘将与故人苏三同上梯,寺僧以两匹布(缺十字),然后得上狂喜。更不烦人力直上,至今不忘。忽逢彼州信,附此一首,以达马使君,请送至寺,题壁上幸也。’末署:‘庚辰岁首十二日,故人太子宾客贺知章敬呈。’季真本盛唐诗家巨擘,此诗题及注,老笔挥洒,恢诡不群。说部言季真知举,立梯墙外,以避众举子。据此诗则游山亦梯而登者,可为四明狂客又添一故实矣,不独补唐诗之逸也。”① 按,庚辰岁为开元二十八年。

(二)崔国辅

盛唐诗人崔国辅,越州山阴人。开元十四年(726)登进士第,当时大诗人储光羲、綦毋潜与其同年登第。开元二十三年(735),为举牧宰科及第。历官山阴尉。

其时大诗人孟浩然漫游吴越,宿永嘉江寄诗于崔国辅,有《宿永嘉江寄山阴崔国辅少府》诗:“我行穷水国,君使入京华。相去日千里,孤帆天一涯。卧闻海潮至,起视江月斜。借问同舟客,何时到永嘉。”② 又有《江上寄山阴崔少府国辅》诗:“春堤杨柳发,忆与故人期。草木本无性,荣枯自有时。山阴定远近,江上日相思。不及兰亭会,空吟祓禊诗。”③ 王昌龄有《同从弟销南斋玩月忆山阴崔少府》诗:“高卧南斋时,开帷月初吐。清晖淡水木,演漾在窗户。苒苒几盈

① 柯昌泗《语石异同评》卷四,第223—224页。
② 佟培基《孟浩然诗集笺注》(增订本)卷上,上海古籍出版社,2013年,第160—161页。
③ 佟培基《孟浩然诗集笺注》(增订本)卷上,第164页。

虚，澄澄变今古。美人清江畔，是夜越吟苦。千里其如何，微风吹兰杜。”①

后为许昌令、集贤院直学士。在集贤直学士任，与大诗人杜甫诗歌往来。杜甫有《奉留赠集贤院崔国辅于休烈二学士》诗：“昭代将垂白，途穷乃叫阍。气冲星象表，词感帝王尊。天老书题目，春官验讨论。倚风遗鹓路，随水到龙门。竟与蛟螭杂，空闻燕雀喧。青冥犹契阔，凌厉不飞翻。儒术诚难起，家声庶已存。故山多药物，胜概忆桃源。欲整还乡旆，长怀禁掖垣。谬称三赋在，难述二公恩。”原注：“甫献《三大礼赋》出身，二公常谬称述。”②按，天宝九载（750）冬天，杜甫献《三大礼赋》，玄宗称奇，使待制集贤院。其时受到集贤院直学士崔国辅、于休烈的提携，但因李林甫从中作阻，杜甫的愿望并没有实现，故于天宝十一载（752）三月，写了这一首诗赠给崔、于二人。末尾八句失意思归，感别知己。既表明自己的心志，又说明自己欲回洛阳。

后又为礼部员外郎等职。天宝末期，因与王鉷近亲坐累，贬竟陵司马。当时著名诗人陆羽家居竟陵，与崔国辅游处，颇为相得。陆羽《陆文学自传》云：“属礼部郎中崔公国辅出守竟陵郡，与之游处凡三年，赠白驴、乌帮牛一头，文槐书函一枚。白驴、帮牛，襄阳太守李憕见遗，文槐函，故卢黄门侍郎所与，此物皆己之所惜也，宜野人乘蓄，故特以相赠。”③崔国辅与李白亦相友善，国辅贬谪竟陵时，其子崔度在幽燕，与李白同处，时将还吴，李白作《送崔度还吴，度故人礼部员外国辅之子》诗：“幽燕沙雪地，万里尽黄云。朝吹归秋雁，南飞日几

① 《全唐诗》卷一四〇，第1425页。
② 仇兆鳌《杜诗详注》卷九，第130—132页。
③ 《全唐文》卷四三三，第4421页。

群。中有孤凤雏，哀鸣九天闻。我乃重此鸟，彩章五色分。胡为杂凡禽，鸡鹜轻贱君。举手捧尔足，疾心若火焚。拂羽泪满面，送之吴江渍。去影忽不见，踌躇日将曛。”①

崔国辅诗以五绝著称，得南朝乐府遗意。殷璠《河岳英灵集》卷下称：“国辅诗婉娈清楚，深宜讽味，乐府数章，古人不能过也。”②明人高棅作《唐诗品汇》，以崔国辅、李白、王维、孟浩然四人为“正宗”。清宋荦《漫堂说诗》则以为盛唐五言绝句“李白、崔国辅号为擅场”③。清管世铭《读雪山房唐诗序例》云：“专工五言小诗，自崔国辅始，篇篇有乐府遗意。”④清乔亿《剑溪说诗》：“五言绝句，工古体者自工，谢朓、何逊尚矣，唐之李白、王维、韦应物可证也。惟崔国辅自齐、梁乐府中来，不当以此论列。”⑤他的诗多为五言绝句，而且受民歌影响，体裁又近于乐府，并融合汉魏古诗与南朝乐府而自成一体，对后世影响很大，晚唐韩偓有《效崔国辅体》五律四首。

三、中唐山阴诗人严维、秦系

（一）严维

中唐诗人严维，字正文，越州山阴人。至德二载（757）登进士第，又中辞藻宏丽科。之前曾经有落第的经历，还江东时，大诗人岑参作了《送严维下第还江东》诗：“勿叹今不第，似君殊未迟。且归沧洲去，相送青门时。望鸟指乡远，问人愁路疑。敝裘沾暮雪，归棹带

① 《李太白全集》卷一七，第818—819页。
② 傅璇琮、陈尚君、徐俊《唐人选唐诗新编》（增订本），中华书局，2014年，第236页。
③ 宋荦《漫堂说诗》，《清诗话》，第419页。
④ 管世铭《读雪山房唐诗序例》，《清诗话续编》，第1560页。
⑤ 乔亿《剑溪说诗》卷下，《清诗话续编》，第1095页。

流澌。严子滩复在，谢公文可追。江皋如有信，莫不寄新诗。”①

严维中第后，以家贫亲老，不能远游，任诸暨尉。当时诗人刘长卿《送严维尉诸暨》诗云：“爱尔文章远，还家印绶荣。退公兼色养，临下带乡情。乔木映官舍，春山宜县城。应怜钓台石，闲却为浮名。”② 严维亦有《留别邹绍［先］刘长卿》诗：“中年从一尉，自笑此身非。道在甘微禄，时难耻息机。晨趋本郡府，昼掩故山扉。待见干戈毕，何妨更采薇。”③ 在诸暨尉任上，曾奉鲍防之命赴余姚，有《余姚祇役奉简鲍参军》诗：“童年献赋在皇州，方寸思量君与侯。万事无成新白首，两春虚掷对沧流。歌诗盛赋文星动，箫管新亭晦日游。知己欲依何水部，乡人今正贱东丘。”④

严维后历官河南尉，钱起有《送严维尉河南》诗：“蕙叶青青花乱开，少年趋府下蓬莱。甘泉未献扬雄赋，吏道何劳贾谊才。征陌独愁飞盖远，离筵只惜暝钟催。欲知别后相思处，愿植琼枝向柏台。”⑤ 严维有《赠别刘长卿时赴河南严中丞幕府》诗，其时严维由越中赴河南尉任所，刘长卿在睦州司马任。严维仕终秘书郎，武元衡有《闻严秘书与正字及诸客夜会因寄》《经严秘校维故宅》等诗。皎然有《赠包中丞书》，亦称“故秘书郎严维”⑥。

严维在至德至大历时期约十余年时间，都在越州。他是中唐越州诗坛的主要人物之一，景遐东先生曾论述其地位云：“严维当时诗名很大，即如刘长卿、李嘉祐、鲍防、皎然、秦系、包佶、皇甫冉、耿沣、

① 陈铁民、侯忠义《岑参集校注》卷二，上海古籍出版社，2004 年，第 164 页。
② 杨世明《刘长卿集编年校注》，人民文学出版社，1999 年，第 114 页。
③《全唐诗》卷二六三，第 2917 页。
④《全唐诗》卷二六三，第 2918 页。
⑤《全唐诗》卷二三九，第 2670 页。
⑥《全唐文》卷九一七，第 9553 页。

丘为、朱放、灵一等中唐著名文士都与他为诗友，另一方面江南的年轻诗人又多慕名从其学诗，严维实际上成为大历间江南本土文人之领袖。他在浙东诗会中的作用非常突出，既是诗会之组织者，又常常是诗会宴集场所之提供者，其庄园是诗会宴集的主要地点。”① 严维曾与鲍防集团联唱，为《大历年浙东联唱集》中的主要人物。当时节度使薛兼训入朝，他作了《送薛尚书入朝》诗，后来皇甫温继任，严维又有《奉和皇甫大夫夏日游花严寺》诗。《嘉泰会稽志》卷一四《人物》称："（维）为秘书郎。大历中与郑概、裴冕、徐嶷、王纲等宴其园宅，联句赋诗，世传浙东唱和。维诗一卷，及剡隐居朱放、越僧灵澈诗集，皆藏秘府。”② 此时，严维还与会稽郡内的文人僧徒聚会，《宋高僧传》卷一七《唐越州焦山大历寺神邕传》："倏遇禄山兵乱，东归江湖。……旋居故乡法华寺，殿中侍御史皇甫曾、大理评事张河、金吾卫长史严维、兵曹吕渭、诸暨长丘丹、校书陈允初赋诗往复，卢士式为之序，引以继支许之游，为邑中故事。”③ 与当时著名诗人钱起、耿沣、崔峒、皇甫冉、丘为等均有交往。其诗亦多为酬唱之作，章八元、灵澈等又曾从严维学诗，诸人都有名于当世。严维诗，"诗情雅重，挹魏晋之风，锻炼铿锵，庶少遗恨"④。尤其是"柳塘春水慢，花坞夕阳迟"⑤二句历来为人传诵。

（二）秦系

与严维同时的秦系，字公绪，号东海钓客，越州会稽人。天宝中应试未第，避乱归越，隐居剡山。秦系有《鲍防员外见寻因书情呈赠》

① 景遐东《江南文化与唐代文学研究》，人民文学出版社，2005年，第195页。
② 施宿《嘉泰会稽志》卷一四，《宋元方志丛刊》，第6978页。
③ 赞宁《宋高僧传》卷一七，中华书局，1987年，第422页。
④ 傅璇琮《唐才子传校笺》卷三，第1册，中华书局，1987年，第609页。
⑤ 严维《酬刘员外见寄》，《全唐诗》卷二六三，第2914页。

诗,题注:“曾与系同举场。”诗云:“少小为儒不自强,如今懒复见侯王。览镜已知身渐老,买山将作计偏长。荒凉鸟兽同三径,撩乱琴书共一床。犹有郎官来问疾,时人莫道我佯狂。”① 是其早年曾应进士举。因为未第而放弃宦情,归乡隐居。秦系又有《将移耶溪旧居留赠严维秘书》《耶溪书怀寄刘长卿员外》等诗,知其隐居地点是家乡的若耶溪。后诗云:“时人多笑乐幽栖,晚起闲行独杖藜。云色卷舒前后岭,药苗新旧两三畦。偶逢野果将呼子,屡折荆钗亦为妻。拟共钓竿长往复,严陵滩上胜耶溪。”② 又《山中奉寄钱起员外兼简苗发员外》诗云:“高吟丽句惊巢鹤,闲闭春风看落花。”③ 就是隐居时环境和心态的写照。秦系在越州隐居时间很长,其后因与妻离婚而开罪于妻族,因而心态与环境都发生了变化。刘长卿有《见秦系离婚后出山居作》《夜中对雪赠秦系时秦初与谢氏离婚谢氏在越》《秦系顷以家事获谤因出旧山每荷观察崔公见知欲归未遂感其流寓诗以赠之》诸作,知其在越时与妻谢氏离婚而获谤。其时相州刺史薛嵩拟招致于幕中,秦系辞而不赴,仍隐居越中。秦系《献薛仆射》诗序云:“系家于剡山,向盈一纪。大历五年,人或以其文闻于邺留守薛公,无何,奏系右卫率府仓曹参军,意所不欲,以疾辞免,因将命者,辄献斯诗。”④

后来被迫离开越州,至于泉州。“客泉州,南安有九日山,大松百余章,俗传东晋时所植,系结庐其上,穴石为研,注《老子》,弥年不出。刺史薛播数往见之,岁时致羊酒,而系未尝至城门。”⑤ 在泉州,曾做

---

①《全唐诗》卷二六〇,第 2898 页。
②《全唐诗》卷二六〇,第 2899 页。
③《全唐诗》卷二六〇,第 2898 页。
④《全唐诗》卷二六〇,第 2898 页。
⑤《新唐书》卷一九六《秦系传》,第 5608 页。

了安葬姜公辅的义举："姜公辅之谪，见系辄穷日不能去，筑室与相近，忘流落之苦。公辅卒，妻子在远，系为葬山下。"①

后来，秦系又赴湖州刺史袁高之招，离开泉州而至湖州为宾。皎然有《奉酬袁使君西楼饯秦山人与昼同赴李侍御招三韵》诗云："秋风怨别情，江守上西城。竹署寒流浅，琴窗宿雨晴。治书招远意，知共楚狂行。"②

贞元七年（791），徐泗节度使张建封征为从事，检校校书郎。卒年八十余。权德舆《秦征君校书与刘随州唱和诗序》："贞元中，天下无事，大君好文，公绪旧游，多在显列，伯喈、文举之徒，争为荐首，而寿阳大夫公之章先闻，故有书府典校之拜。时动静不滞于一方矣。七年春，始与予遇于南徐。白头初命，色无愠作，知名岁久，故其相得甚欢。"③秦系有《张建封大夫奏系为校书郎因寄此作》诗，即为当时事。韦应物有《送秦系赴润州》诗："近作新婚镊白髯，长怀旧卷映蓝衫。更欲携君虎丘寺，不知方伯望征帆。"④当是秦系赴张建封之招由湖州至润州时作。《唐诗纪事·韦应物》条："应物性高洁，所在焚香扫地而坐，惟顾况、刘长卿、丘丹、秦系、皎然之俦，得厕宾列，与之酬唱。"⑤

秦系诗在当时颇为著名，韦应物《答秦十四校书》云："莫道谢公方在郡，五言今日为君休。"⑥皎然《酬秦山人赠别》诗云："姓被名

①《新唐书》卷一九六《秦系传》，第5608页。
②《全唐诗》卷八一八，第9219页。
③《权德舆诗文集》辑遗，第811页。
④ 陶敏、王友胜《韦应物集校注》卷四，上海古籍出版社，1998年，第284页。
⑤ 计有功《唐诗纪事》卷二六，第400页。
⑥ 陶敏、王友胜《韦应物集校注》卷五，第341页。

公题旧里，诗将丽句号新亭。”[①] 戴叔伦《题秦隐君丽句亭》诗云：“北人归欲尽，犹自住萧山。闭户不曾出，诗名满世间。”[②] 他与刘长卿友善，且唱酬颇多，并编成《秦征君校书与刘随州唱和集》，权德舆序称：“彼汉东守（刘长卿），尝自以为五言长城，而公绪用偏伍奇师，攻坚击众，虽老益壮，未尝顿锋。词或约而旨深，类乍近而致远，若珩珮之清越相激，类组绣之玄黄相发。奇采逸响，争为前驱。至于室家离合之义，朋友切磋之道，咏言其伤，折之以正，凡若干首，各见于词云。”[③]《旧唐书》本传亦称：“与刘长卿善，以诗相赠答。权德舆曰：‘长卿自以为五言长城，系用偏师攻之，虽老益壮。’”[④]

四、晚唐越州诗人朱庆馀

晚唐诗人朱庆馀，名可久，以字行，越州人。宝历二年（826）登进士第，官秘书省校书郎。当时诗人周贺《赠朱庆馀校书》诗云：“风泉尽结冰，寒梦彻西陵。越信楚城得，远怀中夜兴。树停沙岛鹤，茶会石桥僧。寺阁连官舍，行吟过几层。”[⑤] 朱庆馀应进士时曾有一段佳话，范摅《云溪友议》卷下《闺妇歌》称：“朱庆馀校书既遇水部郎中张籍知音，遍索庆馀新旧篇什数通，吟改后只留二十六章，水部置于怀抱而推赞钦。清列以张公重名，无不缮录而讽咏之，遂登科第。朱君尚为谦退，作《闺意》一篇，以献张公。公明其进退，寻亦和焉。……朱公才学，因张公一诗，名流于海内矣。”[⑥] 朱庆馀的诗为

---

① 《全唐诗》卷八一五，第 9183 页。
② 《全唐诗》卷二七四，第 3101 页。
③ 《权德舆诗文集》辑遗，第 812 页。
④ 《新唐书》卷一九六《秦系传》，第 5608 页。
⑤ 《全唐诗》卷五〇三，第 5723 页。
⑥ 唐雯《云溪友议校笺》卷下，中华书局，2017 年，第 200 页。

《近试上张籍水部》："洞房昨夜停红烛，待晓堂前拜舅姑。妆罢低声问夫婿，画眉深浅入时无。"① 张籍酬答之作是《酬朱庆馀》："越女新妆出镜心，自知明艳更沉吟。齐纨未是人间贵，一曲菱歌敌万金。"② 因为二人酬答的关系，使得朱庆馀名流海内。张洎《项斯诗集序》云："元和中，张水部为律格，字清意远，惟朱庆馀一人亲受其旨。沿流而下，则有任藩、陈标、章孝标、司空图等，咸及门焉。"③ 宋刘克庄《后村诗话》新集卷六："庆馀绝句，为世所称赏，然他作皆不如此。"④

曾客游边塞，仕途蹭顿。与张籍、贾岛、姚合、顾非熊等诗人友善。其诗辞意清新，与张籍相近。晚唐张为作《诗人主客图》，列李益为"清奇雅正主"，及门八人，朱庆馀名列其中。他的诗作颇有奇致，开清远一派法门。如《宿陈处士书斋》诗云："结茅当此地，下马见高情。菰叶寒塘晚，杉阴白石明。向炉新茗色，隔雪远钟声。闲得相逢少，吟多寐不成。"⑤《唐诗笺要》评论说："谭友夏谓'隔雪二字有景'，予谓更有奇致，又不在写景也。朱君开此一派清远法门，与盛唐迥别，亦拔戟中唐钱、郎诸家之外。"⑥ 朱庆馀作为越州人，对于故乡的名胜一往情深，其《过耶溪》诗云："春溪缭绕出无穷，两岸桃花正好风。恰是扁舟堪入处，鸳鸯飞起碧流中。"⑦《镜湖西岛言事》云："慵拙幸便荒僻地，纵闻猿鸟亦何愁。偶因药酒欺梅雨，却著寒衣过麦秋。岁计有余添橡实，生涯一半在渔舟。世人若便无知己，应向此溪

① 《全唐诗》卷五一五，第 5892 页。
② 《全唐诗》卷三八六，第 4362 页。
③ 刘克庄《后村诗话》后集卷二引，中华书局，1983 年，第 65 页。
④ 刘克庄《后村诗话》新集卷六，第 248 页。
⑤ 《全唐诗》卷五一四，第 5864 页。
⑥ 吴瑞荣《唐诗笺要》，《唐诗汇评》，第 3489 页。
⑦ 《全唐诗》卷五一五，第 5893 页。

成白头。”①

五、唐代越州诗僧

唐代佛教的重要宗派天台宗、禅宗发达，且在南方崛起，且天台山国清寺是天台宗的发祥地，故唐代浙东僧诗，甚为繁盛。代表性诗人有清江、灵澈。

（一）清江

清江，会稽人。幼时出家，代宗大历初在杭州华严寺，师华严宗僧人守真。后归越州开元寺。《宋高僧传》卷一五《唐襄州辩觉寺清江传》云：“于浙阳天竺戒坛求法，与同学清源从守直和尚下为弟子。还听习一公《相疏》并南山《律钞》，间岁精义入神，举皆通畅。而善篇章，儒家笔语，体高辞典，又擅一隅之美。”② 法照《送清江上人》诗云：“越人僧体古，清虑洗尘劳。一国诗名远，多生律行高。见山援葛藟，避世著方袍。早晚云门去，侬应逐尔曹。”③ 是清江还越州时，居于云门寺。

清江于大历、贞元间以诗名闻于江南，与诗人皎然齐名，时称“会稽二清”。刘禹锡《澈上人文集纪》：“世之言诗僧多出江左。灵一导其源，护国袭之。清江扬其波，法振沿之。”④ 唐赵璘《因话录》卷四《江南多名僧》云：“贞元、元和以来，越州有清江、清昼，婺州有乾俊、乾辅，时谓之会稽二清，东阳二乾。”⑤

清江与著名诗人耿沣、严维、卢纶、朱湾、鲍防、刘言史交往频繁，其诗多送别赠答之作。耿沣有《与清江上人及诸公宿李八昆季宅》

① 《全唐诗》卷五一五，第 5894 页。
② 赞宁《宋高僧传》卷一五，第 368 页。
③ 《全唐诗》卷八一〇，第 9135 页。
④ 《刘禹锡集》卷一九，第 240 页。
⑤ 赵璘《因话录》卷四，第 94 页。

诗："汤公多外友，洛社自相依。远客还登会，秋怀欲忘归。惊风林果少，骤雨砌虫稀。更过三张价，东游愧陆机。"① 卢纶有《洛阳早春忆吉中孚校书司空曙主簿因寄清江上人》诗云："值迴逢高驻马频，雪晴闲看洛阳春。莺声报远同芳信，柳色邀欢似故人。酒貌昔将花共艳，鬓毛今与草争新。年来百事皆无绪，唯与汤师结净因。"② 朱湾有《同清江师月夜听坚正二上人为怀州转法华经歌》诗："若耶溪畔云门僧，夜闲燕坐听真乘。莲花秘偈药草喻，二师身住口不住。凿井求泉会到源，闭门避火终迷路。前心后心皆此心，梵音妙音柔软音。清冷霜磬有时动，寂历空堂宜夜深。向来不寐何所事，一念才生百虑息。风翻乱叶林有声，雪映闲庭月无色。玄关密迹难可思，醒人悟兮醉人疑。衣中系宝觉者谁，临川内史字得之。"③ 就是朱湾与清江在越州云门山听《法华经》后对于当时情境的描写。鲍防有《酬江公见寄》诗："曾答雁门偈，为怜同社人。多惭惠休句，偕得此阳春。"④ 刘言史作《伤清江上人》诗云："往年偏共仰师游，闻过流沙泪不休。此身岂得多时住，更著尘心起外愁。"⑤ 由首句可知刘言史颇为仰慕并曾从游于清江。

（二）灵澈

灵澈，或作灵彻，俗姓汤，字源澄，会稽人。出家后，住越州云门寺。灵澈初从严维学诗，大历时名闻一时。皎然《赠包中丞书》云："会稽沙门灵澈，年三十有六，知其有文十余年，而未识之。此则闻于故秘书郎严维、随州刘使君长卿、前殿中皇甫侍御曾所常称耳。及上

①《全唐诗》卷二六八，第 2984 页。
②《全唐诗》卷二七八，第 3158 页。
③《全唐诗》卷三〇六，第 3479 页。
④《全唐诗》卷四八六，第 5530 页。
⑤《全唐诗》卷四六八，第 5328 页。

人自浙右来湖上，见存并示制作，观其风裁，味其情致，不下古手，不傍古人，则向之严、刘、皇甫所许，畴今所觌，则三君所言，犹未尽上人之美矣。”[①] 又皎然《答权从事德舆书》：“灵澈上人，足下素识。其文章挺拔瑰奇，自齐梁以来，诗僧未见其偶。但此子迹冥累迁，心无营营，虽然，至于月下风前，犹未废是。”[②] 灵澈与皎然有着师徒关系，权德舆《送灵澈上人庐山回归沃州序》：“吴兴长老昼公，掇六义之清英，首冠方外。入其室者，有沃州灵澈上人。心冥空无，而迹寄文字，故语甚夷易，如不出常境，而诸生思虑，终不可至。其变也，如风松相韵，冰玉相扣，层峰千仞，下有金碧。耸鄙夫之目，初不敢视，三复则淡然天和，晦于其中，故睹其容，览其词者，知其心不待境静而静。”[③] 灵澈师于皎然，故能“心冥空无，而迹寄文字”，又变于皎然，臻于“心不待境静而静”的境地。总之，灵澈文才杰出，心境虚静。而他又与世俗接触较多，终于被贬斥汀州。

严维卒后，又抵吴兴，与诗僧皎然居何山游讲。后入长安，名振辇下。贞元初又归越州。后曾住庐山东林寺、宣州开元寺。灵澈在江南极有诗名，当时诗人刘长卿、权德舆、柳宗元、刘禹锡、吕温等，均与其交游。刘禹锡作《澈上人文集纪》称：“维卒，乃抵吴兴，与长老诗僧皎然游，讲艺益至。……独吴兴昼公能备众体。昼公后，澈公承之。至如《芙蓉园新寺》诗云：‘经来白马寺，僧到赤乌年。’《谪汀州》云：‘青蝇为吊客，黄耳寄家书。’可谓入作者阃域，岂特雄于诗僧间邪？”[④] 这时，皎然作了《灵澈上人何山寺七贤石诗》《妙喜寺高房期灵澈上人不至重招之一首》《山居示灵澈上人》《宿法华寺简灵澈

① 《全唐文》卷九一七，第 9553 页。
② 《全唐文》卷九一七，第 9552 页。
③ 《权德舆诗文集》卷三八，第 574 页。
④ 《刘禹锡集》卷一九，第 239—240 页。

上人》《送灵澈》等诗多首。

刘禹锡《澈上人文集纪》又称："皎然以书荐于词人包侍郎佶。包得之大喜，又以书致于李侍郎纾。是时以文章风韵主盟于世者，曰包、李，以是，上人之名由二公而飏，如云得风，柯叶张王。"① 前引皎然作《赠包中丞书》即言及推荐皎然之事。贞元中，灵澈"西游京师，名振辇下。缁流疾之，遂造飞语激动中贵，因诬奏得罪，徙汀州"②。后来又遇赦东归，得到吴、楚间诸侯的礼遇。刘禹锡《澈上人文集纪》："会赦，归东越。时吴、楚间诸侯多宾礼招延之。"③ 李肇《东林寺经藏碑铭并序》："元和四年，云门僧灵澈，流窜而归，栖泊此山。"④ 范摅《云溪友议》卷中《思归隐》条："江西韦大夫丹，与东林灵澈上人，骘忘形之契。篇什唱和，月唯四五焉。序曰：'澈公近以《匡庐七咏》见寄，及吟味之，皆丽绝于文圃也。（即莲花峰、石镜、虎跑泉、聪明水、白鹿洞、铁船、康王庙为七咏也。）此七篇者，俾予益起"归欤"之兴。且芳时胜侣，上游于三二道人，必当攀跻千仞之峰，观九江之水。是时也，飘然而去，不希京口之顾，默尔而游，不假东门之送。天地为一朝，万物任陶铸。夫二林翼翼，松迳幽邃，则何必措足于丹霄，驰心于太古矣！偶为《思归》绝句诗一首，以寄上人。法友谭玄，幸先达其深趣矣！'予谓韦亚台归意未坚，果为高僧所诮。历览前代散发海隅者，其几人乎？《寄庐山上人澈公》诗曰：亚相丹'王事纷纷无暇日，浮生冉冉只如云。已为平子归休计，五老岩前必共君'。澈奉酬诗曰：'年老身闲无外事，麻衣草座亦容身。相逢尽道休官去，林

① 《刘禹锡集》卷一九，第 239 页。
② 傅璇琮《唐才子传校笺》卷三，第 1 册，第 615 页。
③ 《刘禹锡集》卷一九，第 239 页。
④ 《全唐文》卷七二一，第 7417 页。

下何曾见一人！'"① 知其归越之前，曾在庐山东林寺有一段停留，又经过润州，窦庠《于阗钟歌送灵彻上人归越》诗，时窦庠在润州为浙西观察使韩皋幕僚，诗有"高僧访古稽山曲，终日当之言不足"等语，题注又有"钟在越灵嘉寺"②。知灵澈归越时经过润州。而其离开润州，又到了湖州。福琳《唐湖州杼山皎然传》："元和四年，太守范传正、会稽释灵澈同过旧院，就影堂伤悼弥久。遗题曰：'道安已返无何乡，慧远来过旧草堂。余亦当时及门者，共吟佳句一焚香。'"③ 是其元和四年（809）已与范传正有所过从。其后范传正为宣州刺史，灵澈则到了宣州开元寺，并于元和十一年（816）卒于宣州开元寺。刘禹锡《澈上人文集纪》："元和十一年，终于宣州开元寺，七十有一。门人迁之，建塔于越之山阴天柱峰陲，从本教也。"④《宋高僧传》卷一五《唐会稽云门寺灵澈传》称："建中、贞元已来，江表谚曰：'越之澈，洞冰雪。'可谓一代胜士。"⑤

灵澈与中唐时期的文人诗侣，多所酬唱，在诗坛上影响甚大。除了上面述及的皎然、刘禹锡等人外，可考者尚有：

卢纶，其《酬灵澈上人》诗："军人奉役本无期，落叶花开总不知。走马城中头雪白，若为将面见汤师。"题一作《口号戏赠灵澈上人时奉事入城》⑥。

刘长卿，有《送灵澈上人》诗："苍苍竹林寺，杳杳钟声晚。荷笠

① 唐雯《云溪友议校笺》卷中，第77—78页。
② 《全唐诗》卷二七一，第3044页。
③ 《全唐文》卷九一九，第9574页。
④ 《刘禹锡集》卷一九，第239页。
⑤ 赞宁《宋高僧传》卷一五，第370页。
⑥ 《全唐诗》卷二七七，第3144页。

带夕阳，青山独归远。”[①] 又《送灵澈上人归嵩阳兰若》诗：“南地随缘久，东林几岁空。暮山门独掩，春草路难通。作梵连松韵，焚香入桂丛。唯将旧瓶钵，却寄白云中。”[②] 又《酬灵彻公相招》诗：“石涧泉声久不闻，独临长路雪纷纷。如今渐欲生黄发，愿脱头冠与白云。”[③]《送灵澈上人还越中》诗：“禅客无心杖锡还，沃洲深处草堂闲。身随敝履经残雪，手绽寒衣入旧山。独向青溪依树下，空留白日在人间。那堪别后长相忆，云木苍苍但闭关。”[④]

权德舆，有《酬灵彻上人以诗代书见寄》诗：“莲花出水地无尘，中有南宗了义人。已取贝多翻半字，还将阳焰谕三身。碧云飞处诗偏丽，白月圆时信本真。更喜开缄销热恼，西方社里旧相亲。”[⑤] 又《月夜过灵彻上人房因赠》诗：“此身会逐白云去，未洗尘缨还自伤。今夜幸逢清净境，满庭秋月对支郎。”[⑥] 权德舆又有《送灵澈上人庐山回归沃州序》等文。

杨衡，有《寄彻公》诗：“北风吹霜霜月明，荷叶枯尽越水清。别来几度龙宫宿，雪山童子应相逐。”[⑦] 又《送彻公》诗：“白首年空度，幽居俗岂知。败蕉依晚日，孤鹤立秋墀。久客何由造，禅门不可窥。会同尘外友，斋沐奉威仪。”[⑧]

白居易，其《读灵澈诗》云：“东林寺里西廊下，石片镌题数首诗。

---

①《全唐诗》卷一四七，第1482页。
②《全唐诗》卷一四七，第1495页。
③《全唐诗》卷一五〇，第1557页。
④《全唐诗》卷一五一，第1563—1564页。
⑤《权德舆诗文集》卷二，第37页。
⑥《权德舆诗文集》卷三，第57页。
⑦《全唐诗》卷四六五，第5285页。
⑧《全唐诗》卷四六五，第5288页。

言句怪来还校别,看名知是老汤师。”①

熊孺登,其《赠灵彻上人》诗云:“诗句能生世界春,僧家更有姓汤人。况闻暗忆前朝事,知是修行第几身。”②

吕温,其《戏赠灵澈上人》诗云:“僧家亦有芳春兴,自是禅心无滞境。君看池水湛然时,何曾不受花枝影。”③

陈羽,有《洛下赠彻公》诗云:“天竺沙门洛下逢,请为同社笑相容。支颐忽望碧云里,心爱嵩山第几重。”④

张祜,亦有《寄灵澈上人》诗:“老僧何处寺,秋梦绕江滨。独树月中鹤,孤舟云外人。荣华长指幻,衰病久观身。应笑无成者,沧洲垂一纶。”⑤ 又《题灵澈上人旧房》诗:“寂寞空门支道林,满堂诗版旧知音。秋风吹叶古廊下,一半绳床灯影深。”⑥

窦庠,有《于阗钟歌送灵彻上人归越》诗:“海中有国倾神功,烹金化成九乳钟。精气激射声冲瀜,护持海底诸鱼龙。声有感,神无方,连天云水无津梁。不知飞在灵嘉寺,一国之人皆若狂。东南之美天下传,环文万象无雕镌。有灵飞动不敢悬,锁在危楼五百年。有时清秋日正中,繁霜满地天无风。一声洞彻八音尽,万籁悄然星汉空。徒言凡质千钧重,一夫之力能振动。大鸣小鸣须在君,不击不考终不闻。高僧访古稽山曲,终日当之言不足。手提文锋百炼成,恐劃此钟无一声。”⑦

---

① 朱金城《白居易集笺校》卷一六,第1049页。

②《全唐诗》卷四七六,第5422页。

③《全唐诗》卷三七〇,第4162页。

④《全唐诗》卷三四八,第3895页。

⑤ 尹占华《张祜诗集校注》卷一,第28页。

⑥ 尹占华《张祜诗集校注》卷四,第183页。

⑦《全唐诗》卷二七一,第3044页。

韦丹，有《思归寄东林澈上人》诗："王事纷纷无暇日，浮生冉冉只如云。已为平子归休计，五老岩前必共闻。"① 又《答澈公》诗："空山泉落松窗静，闲地草生春日迟。白发渐多身未退，依依常在永禅师。"②

灵一，有《赠灵澈禅师》诗："禅师来往翠微间，万里千峰到剡山。何时共到天台里，身与浮云处处闲。"③

灵澈死后，柳宗元《闻彻上人亡寄侍郎杨丈》诗："东越高僧还姓汤，几时琼珮触鸣珰。空花一散不知处，谁采金英与侍郎。"④ 宋胡仔《苕溪渔隐丛话》引《雪浪斋日记》云："灵澈诗，僧中第一，如'海月生残夜，江春入暮年'，'窗风枯砚水，小雨慢琴弦'，'经来白马寺，僧到赤乌年'，前辈评此诗云：'转石下千仞江。'"⑤ 同书又引《集古录》云："'相逢尽道休官去，林下何曾见一人？'世俗相传以为俚谚。庆历中，许元为发运使，因修江岸，得斯石于池阳江水中，始知为灵彻诗也。"⑥ 是知灵澈诗以通俗见长。明杨慎《升庵诗话》亦云："僧灵彻有诗名于中唐。《古墓》诗云：'松树有死枝，冢墓惟莓苔。石门无人入，古木花不开。'《天台山》云：'天台众山外，岁晚当寒空。有时半不见，崔嵬在云中。'《九日》云：'山僧不记重阳节，因见茱萸忆去年。'诸篇为刘长卿、皇甫冉所称。予独取《天台山》一绝，真绝唱也。"⑦ 杨慎所谓《天台山》即指灵澈的《天姥岑望天台山》诗："天台

---

①《全唐诗》卷一五八，第1615页。
②《全唐诗》卷一五八，第1615页。
③《全唐诗》卷八〇九，第9129—9130页。
④《柳宗元集》卷四二，中华书局，1979年，第1183页。
⑤ 胡仔《苕溪渔隐丛话》前集卷五六，人民文学出版社，1962年，第382页。
⑥ 胡仔《苕溪渔隐丛话》前集卷五六，第382页。
⑦ 杨慎《升庵诗话》卷一四，《历代诗话续编》，第933页。

众峰外，华顶当寒空。有时半不见，崔嵬在云中。”① 这是灵澈的名篇之一，明人钟惺在《唐诗归》卷三二题作《华顶》，评论说：“极深，极广，极孤，极高，二十字抵一篇大游记。”②

第三节　唐代越州的诗歌集团

一、中唐前期的鲍防集团

（一）鲍防集团的形成

安史之乱后，中原板荡，而南方安定，经济迅速发展，也给文学带来了繁荣的机运。蒋寅先生在《大历浙东浙西联句述论——兼论联句的发生与发展》中说：“由于安史之乱造成的特殊的政治、军事局面，大历诗人明显分为京官、地方官、方外之士三个群体。其中京官诗人与方外诗人因地理的悬隔交流联系相对较少，而地方官诗人则因台省迁转、出牧佐府，遂与京官诗人方外诗人两方面都有交际。尤其当他们较长时间留滞于吴越一带时，便与方外诗人产生了密不可分的联系，在生活态度和创作作风上都出现趋同化倾向。”③ 而这种趋于同化的现象，以鲍防为首的浙东联唱集团为代表。穆员《工部尚书鲍防碑》说：“天宝中天下尚文，其曰闻人则重侔有德、贵齿高位，公赋《感遇》十七章，以古之政法刺讥时病，丽而有则，属诗者宗而诵之。举进士高第，调太子正字。中州兵兴，全德违难，辞永王，去来瑱，为李光弼所致。光弼上将薛兼训授专征之命于东越，辍

① 《全唐诗》卷八一〇，第 9132 页。

② 钟惺《唐诗归》卷三二，《续修四库全书》第 1590 册，第 217 页。

③ 蒋寅《大历浙东浙西联句述论——兼论联句的发生与发展》，《文学研究》第 2 辑，第 121 页。

公介之。……东越仍师旅饥馑之后，三分其人，兵盗半之。公之佐兼训也，令必公口，事必公手，兵兼于农，盗复于人。自中原多故，贤士大夫以三江五湖为家，登会稽者如鳞介之集渊薮，以公故也。"①武元衡撰《唐故兰陵郡夫人萧氏墓志铭并序》，叙述鲍防事迹云："公自弱冠，登进士甲科。文章籍甚，震曜中夏。斥华尚质，秉笔者咸知向方。惟人禀五行而生，罔不异其好尚。道无全用，材罕兼能。公则道备文武，材并轮桷。故入登琐闼，出总戎轩。外由军司马当百城十连之寄，南统闽越，北临太原，瓯民代人，至于今怀其德而行其教；内历尚书郎，升散骑省，典小宗伯，为大京兆，领御史府，守上将军，龟虎联华，缛映中外。"②鲍防之文学成就，《唐才子传》卷三云："防工于诗，兴思优足，风调严整，凡有感发，以讥切世弊，正国音之宗派也。与谢良为诗友，时亦称鲍谢云。"③

探究鲍防安史之乱前后的经历，尤其是政治与文学活动，对于研究安史之乱促使文学转型及越州区域文学具有一定的意义。他在天宝尚文的环境中考取了进士，又与安史之乱相始终。安史之乱后，又由使府僚佐升为使府统帅。对他的考察，有两点值得注意：其一，他是亲身经历安史之乱，并且亲自参与平乱之人，与平乱主将李光弼等联系紧密。薛兼训从李光弼平乱，他从之；薛兼训为浙东观察使，他为僚佐；薛兼训迁太原尹、河东节度使，他为太原少尹；薛兼训卒，他升任太原尹、河东节度使。新发现的《唐薛兼训墓志》，据赵振华考证，乃鲍防为太原少尹时撰。志中述及"薛兼训，活跃于唐王朝由太平盛世而突然衰落的特殊时期，以其较高的军事才能，积极参与了平

① 李昉《文苑英华》卷八九六，第4720页。

② 赵跟喜《新中国出土墓志》河南叁《千唐志斋壹》上册，文物出版社，2008年，第241页。

③ 傅璇琮《唐才子传校笺》卷三，第1册，第500页。

定安史之乱的战争以及平息田承嗣割据魏博的国家大事。其后历任浙东观察使越州刺史、太原尹北都留守河东节度使等职”[①]。为我们研究安史之乱前后平叛将领、方镇统帅、使府僚佐与文人活动、文学创作的关系，提供了第一手资料；其二，他是大历中南方（浙东）文学集团的中心人物。鲍防诗文兼擅，《全唐文》存其文三篇，《全唐诗》存其诗八首，《全唐诗续拾》又补其联句。其创作活动，主要集中于浙东任职期间，以他为中心的文学集团也形成于此时。而他到太原，同样为薛兼训僚佐，又升任为节度使，却不再产生这样的文学集团。由此可知，安史之乱后，影响唐代文学发展的重要因素，除了方镇使府以外，地理环境更为重要。安史之乱后，文化重心逐渐南移，与南方固有的经济、地域优势相融合，促进了中唐文学的发展。研究唐代方镇使府与文学的关系，成就较大者首推戴伟华先生，他的力作是《唐代使府与文学研究》[②]。但他过分强调使府对于文学的影响，而对于使府官吏与文人僚佐动态考察不够，如果对以鲍防、薛兼训为中心的文学活动进行深入的个案研究与动态考察，会更有助于中唐文学研究的深入。

（二）《大历年浙东联唱集》

鲍防的文学成就与作为这一集团的中心人物，表现在他任职浙东时。当时文士投奔鲍防，在浙东唱和赋诗，联句次韵，一时蔚为风气。“薛兼训名义上是浙东观察使，实际政务多由鲍防主持，掌握着浙东的行政权。这一点很重要。大抵某一地区性文学团体的形式，往往有一位好文，而且有政治地位的人物起核心作用。鲍防是个儒雅之士，颇好文名，喜欢接纳文士，又是浙东行政权力的执掌者，文

---

① 赵振华《唐薛兼训残志考索》，《唐研究》第 9 卷，第 477 页。

② 戴伟华《唐代使府与文学研究》，广西师范大学出版社，1998 年。

学之士趋集于越就不足为奇了。”①《新唐书》卷六〇《艺文志》所载《大历年浙东联唱集》就是这一集团联句赋诗盛况的见证。有关这一集团的情况，南宋桑世昌《兰亭考》录有一首《经兰亭故池联句》，注云：“鲍防、严维、刘全白、朱迪共二十五人，具姓名。大历中唱（和）五十七人。元本不注姓名于联句下。”贾晋华据此推论：“鲍防等人《经兰亭故池联句》及多至五十七人之联唱，应作于广德元年至大历五年鲍防任浙东从事时，这种大规模联唱的盛况，正与当时江南文士‘登会稽者如鳞介之集渊薮’的情况合。《大历年浙东联唱集》二卷，当即鲍防联唱集团的作品总集。”并考定说：“《大历年浙东联唱集》的作者共有五十七人，可确考者有鲍防、严维、刘全白、朱迪、吕渭、谢良辅、丘丹、陈允初、郑概、杜奕、范憕、樊珣、刘蕃、贾弇、沈仲昌、李清、范淹、吴筠、□迥、成用、张叔政、周颂，共二十二人；可能参加者有皇甫曾、张河、神邕、卢士式、裴冕、徐嶷、王纲、秦系、朱放、张志和、灵澈、清江、陆羽、李华舅，共十四人。”②

分析《大历年浙东联唱集》的作者与所存诗篇，可以看出安史之乱后的越州文学有以下两个特点：

其一，文学群体的包融性。这一时期文学集团的领袖人物无疑是鲍防，在他的组织与影响下，由不同类型的士人组成较大的群体。有官僚，如吕渭、裴冕、皇甫曾；有文士，如严维、刘全白、陈允初；有隐士，如丘丹、秦系、朱放、张志和；有僧人，如灵澈、清江。之所以有这样包融性的特征，主要是安史之乱后社会变化的结果。因为无论是幕府官吏，还是普通文人，或是僧人道侣，他们在较为安定的

① 尹占华《大历浙东和湖州文人集团的形成和诗歌创作》，《文学遗产》2000 年第 4 期，第 66 页。

② 贾晋华《〈大历年浙东联唱集〉考述》，《文学遗产增刊》18 辑，山西人民出版社，1989 年，第 99—102 页。

环境下，时常聚集。《宋高僧传》卷一七《唐越州焦山大历寺神邕传》称："倏遇禄山兵乱，东归江湖。……旋居故乡法华寺，殿中侍御史皇甫曾、大理评事张何、金吾卫长史严维、兵曹吕渭、诸暨长丘丹、校书陈允初赋诗往复，卢士式为之序，引以继支许之游，为邑中故事。邕修念之外，时缀文句，有集十卷，皇甫曾为序。"① 表现出当时文士聚集的盛况。有了这样适合于诗歌创作的环境，联句自然就繁盛了。

其二，使府文学的区域性。就诗人而言，安史之乱前，诗人主要在京城，文学中心也在京城，文人要实现自己的志向，或者要在诗坛上取得重要的地位，就必须入京，故而像王维、李白、杜甫、孟浩然、岑参、高适等等，都有入京的经历。真正的方外之士，因为志趣的不同与地缘的隔阂，虽然也颇致力于文学创作，但终究难以得到官方的认可，也不易产生较大的社会影响。安史之乱后，随着中央集权的削弱，经济文化的南移，方镇使府的崛起，区域化的政权中心也就不断出现。而方镇崛起后的文化发展情况，南北有所不同。北方因为是安禄山、史思明的发迹地，受祸乱影响最大，藩镇首领又以武人较多，他们不可能有很大的兴趣也没有能力在文化方面有很大推进，而只有通过武力争取或控制自己的地盘，因而带有割据的性质。南方则不同，这些方镇是在州郡的基础上发展起来的，仍然带有州郡的特点，加以经济文化持续发展，文人受重视的程度与北方藩镇大有不同。这时的方镇首领大多由京官莅任，他们在南方地区，既致力于经济的繁荣，又致力于文化的振兴。和京官相比，他们有了接触方外之士之机会，故而能将京官文化、方镇文化与方外文化融为一体。这种特点在南方的方镇都不同程度地表现出来，而以越州为中心的浙东

① 赞宁《宋高僧传》卷一七，第 422 页。

方镇最有代表性。

（三）《状江南十二咏》和《忆长安十二咏》

鲍防集团在越州，除了举行大型的联句之外，还集体从事组诗的创作，代表作品就是《状江南十二咏》和《忆长安十二咏》。这两组诗分别由十一位诗人集体完成，这些诗作，《唐诗纪事》和《全唐诗》均有记载。对于《状江南十二咏》，郑学檬先生曾有《从〈状江南〉组诗看唐代江南的生态环境》专文研究[①]，从生态学的视角探讨了该组诗对表现江南生态环境的认识意义，对笔者颇有启发。而本书则从群体创作的层面探讨该组诗在区域文学发展方面的意义。

这两组诗的作年，储仲君先生为《唐才子传校笺》卷三《鲍防传》作笺证，考证颇详："据《旧唐书·代宗纪》，大历五年（770）秋七月丁卯，以浙东观察使薛兼训为'太原尹、北都留守，充河东节度使'。防即于此时为薛兼训浙东从事。……时江东文士与防唱酬者甚众。《唐诗纪事》卷四七载防与谢良辅、杜奕、丘丹、严维、郑概、陈元初、吕渭、范灯、樊珣、刘蕃、贾弇、沈仲昌等人同赋《忆长安十二咏》《状江南十二咏》，可谓东南诗坛之盛事。"[②] 这段文字对于这两组诗所作之时、地、人三者都有了较为明确的考证，对于我们了解这一诗歌群体很有帮助。

《状江南十二咏》，按照季节顺序排列，分别是：鲍防《孟春》，谢良辅《仲春》，严维《季春》，贾弇《孟夏》，樊珣《仲夏》，范灯《季夏》，郑概《孟秋》，沈仲昌《仲秋》，刘蕃《季秋》，谢良辅《孟冬》，吕渭《仲冬》，丘丹《季冬》。

《忆长安十二咏》，按照时间顺序排列，分别是：谢良辅《正月》，

---

① 《唐研究》第 1 卷，北京大学出版社，1995 年，第 377—384 页。

② 傅璇琮《唐才子传校笺》卷三，第 1 册，第 494—495 页。

鲍防《二月》,杜弈《三月》,丘丹《四月》,严维《五月》,郑概《六月》,陈元初《七月》,吕渭《八月》,范灯《九月》,樊珣《十月》,刘蕃《子月》,谢良辅《腊月》。

这两组诗的作者群体,全部在《大历年浙东联唱集》的作者群体之中。可见,浙东这一作者群体是一个典型的诗歌创作集团,他们举行过多次聚会,创作了多种体裁的诗歌。而从这两组诗,可以折射出以下几个问题:

第一,这组诗对于江南风光进行了诸多层面的描绘,成为中唐时期最能表现江南景物的诗章。这十二首诗如下:

> 鲍防《孟春》:"江南孟春天,荇叶大如钱。白雪装梅树,青袍似葑田。"
>
> 谢良辅《仲春》:"江南仲春天,细雨色如烟。丝为武昌柳,布作石门泉。"
>
> 严维《季春》:"江南春季天,莼叶细如弦。池边草作径,湖上叶如船。"
>
> 贾弇《孟夏》:"江南孟夏天,慈竹笋如编。蜃气为楼阁,蛙声作管弦。"
>
> 樊珣《仲夏》:"江南仲夏天,时雨下如川。卢橘垂金弹,甘蕉吐白莲。"
>
> 范灯《季夏》:"江南季夏天,身热汗如泉。蚊蚋成雷泽,袈裟作水田。"
>
> 郑概《孟秋》:"江南孟秋天,稻花白如毡。素腕惭新藕,残妆妒晚莲。"
>
> 沈仲昌《仲秋》:"江南仲秋天,鲟鼻大如船。雷是樟亭浪,苔为界石钱。"

> 刘蕃《季秋》："江南季秋天，栗熟大如拳。枫叶红霞翠，芦花白浪川。"
>
> 谢良辅《孟冬》："江南孟冬天，荻穗软如绵。绿绢芭蕉裂，黄金橘柚悬。"
>
> 吕渭《仲冬》："江南仲冬天，紫蔗节如鞭。海将盐作雪，山用火耕田。"
>
> 丘丹《季冬》："江南季冬月，红蟹大如鳊。湖水龙为镜，炉风气作烟。"①

贾晋华云："整组诗按照四时十二月的次序，分咏江南的美景佳产风土人情，描写细微如画，比喻新鲜贴切，用词自然流丽，充满清新秀美的江南水乡风味。这组诗与前一组诗（指《忆长安》）是相互关联的，忆长安而状江南，这正是当时南渡文士的典型心理：盛世回忆使他们产生了绵绵不尽的感伤情绪，北方中原的动乱和破坏令他们厌倦失望，唯有眼前宁静富饶的江南美景使他们获得一定的安慰和怡悦。而《忆长安》和《状江南》二组诗的并置，则形成一种潜在的主题张力：通过描绘赞美江南风物，含蓄地感伤叹惜北方中原的衰微动乱，大唐盛世一去不复返。"②蒋寅云："当他们一旦沉入自然的审美体验，便立刻在剡山镜水中领略到了他们从未在北方山水中感受过的清空灵秀之美，这新鲜的审美感受使他们沉醉、惊喜，精神得到放松、麻痹而暂时平息时代的心灵痛苦，同时更让他们对北方山水风物产生新的认识，唤起不同往日的异样感觉。《状江南十二咏》和《忆长

---

① 以上组诗，见《唐诗纪事》卷四七，第712—720页。

② 贾晋华《唐代集会总集与诗人群研究》（第2版），北京大学出版社，2015年，第81页。

安十二咏》正是在这样的心态下产生的。”①

就《状江南十二咏》本身来说，它对于我们认识并了解唐代以越州为主的江南生态环境有着重要的意义。江南的春天：“池边草作径，湖上叶如船。”江南的夏天：“蜃气为楼阁，蛙声作管弦。”江南的秋天：“素腕惭新藕，残妆妒晚莲。”江南的冬天：“海将盐作雪，山用火耕田。”一年四季，春华秋实，四时美景，佳丽宜人，处处使人流连忘返，置身在这样的境地，无怪乎他们有些人要终老于此了。尤其是果树水产丰富，体现出江南的特色：水草则水荇、莼丝、莲藕、苍蒲；果品则卢橘、芭蕉、毛栗、金柚；水产则青蛙、鲈鱼、红蟹、鳞鲟。适意心境与美丽风光以及山川风土的结合，形成了这组诗独有的江南情调，读之让人对于唐代的江南憧憬无限。

第二，对于长安的想象和回忆，表现出这一群诗人对于首都的憧憬与向往。这十二首诗如下：

谢良辅《正月》：“忆长安，正月时，和风喜气相随。献寿彤庭万国，烧灯青玉五枝。终南往往残雪，渭水处处流澌。”

鲍防《二月》：“忆长安，二月时，玄鸟初至禖祠。百啭宫莺绣羽，千条御柳黄丝。更有曲江胜地，此来寒食佳期。”

杜奕《三月》：“忆长安，三月时，上苑遍是花枝。青门几场送客，曲水竟日题诗。骏马金鞭无数，良辰美景追随。”

丘丹《四月》：“忆长安，四月时，南郊万乘旌旗。尝酎玉卮更献，含桃丝笼交驰。芳草落花无限，金张许史相随。”

严维《五月》：“忆长安，五月时，君王避暑华池。进膳甘瓜

① 蒋寅《大历浙东浙西联句述论——兼论联句的发生与发展》，《文学研究》第2辑，第129页。

朱李,续命芳兰彩丝。竞处高明台榭,槐阴柳色通逵。"

郑概《六月》:"忆长安,六月时,风台水榭逶迤。朱果雕笼香透,分明紫禁寒随。尘惊九衢客散,赭珂滴沥青骊。"

陈元初《七月》:"忆长安,七月时,槐花点散罘罳。七夕针楼竞出,中元香供初移。绣毂金鞍无限,游人处处归随。"

吕渭《八月》:"忆长安,八月时,阙下天高旧仪。衣冠共颁金镜,犀象对舞丹墀。更爱终南灞上,可怜秋草碧滋。"

范灯《九月》:"忆长安,九月时,登高望见昆池。上苑初开露菊,芳林正献霜梨。更想千门万户,月明砧杵参差。"

樊珣《十月》:"忆长安,十月时,华清士马相驰。万国来朝汉阙,五陵共猎秦祠。昼夜歌钟不歇,山河四塞京师。"

刘蕃《子月》:"忆长安,子月时,千官贺至丹墀。御苑雪开琼树,龙堂冰作瑶池。兽炭毡炉正好,貂裘狐白相宜。"

谢良辅《腊月》:"忆长安,腊月时,温泉彩仗新移。瑞气遥迎凤辇,日光先暖龙池。取酒虾蟆陵下,家家守岁传卮。"①

贾晋华云:"《忆长安十二咏》的主题很值得注意。这组诗深情地回顾了安史乱前的长安从一月到十二月的不同景致和游乐情事:曲江胜游,上苑花枝,昆明池水,华清池台,五陵冬猎,温泉彩仗,终南残雪……长安代表大唐帝国,诗人们所依依怀念的实际上是那刚刚成为旧梦的开元天宝盛事,那'献寿彤庭万国''万国来朝汉阙'的帝国声威。这一主题在当时十分流行。"② 其实还不仅如此,长安作为大唐帝国的政治与文化中心,一直是人们向往的象征,开元盛世自

① 以上组诗,见《唐诗纪事》卷四七,第712—720页。

② 贾晋华《唐代集会总集与诗人群研究》(第2版),第80页。

不必说，即使是安史之乱以后，其象征的地位也并未减损。长安的声威：“万国来朝汉阙，五陵共猎秦祠。”长安的名胜：“更有曲江胜地，此来寒食佳期。”长安的风景：“百啭宫莺绣羽，千条御柳黄丝。”长安的文化：“青门几场送客，曲水竟日题诗。”长安的节序：“七夕针楼竞出，中元香供初移。”长安的风俗：“取酒虾蟆陵下，家家守岁传卮。”这一群诗人，身处江南佳丽之地，对于长安保持着美好的回忆，说明大唐帝国的声威，不断地在他们的脑海中得到回荡。就文学表现的空间来说，这一批作家，身处越州，是他们作诗的实际地域，而长安则是他们的想象空间。他们曾经身处长安，领略过长安的风光，体验过长安的声威，也可能通过诗歌表现过长安的风貌，而现在这些美好的场景还映现在他们的脑海之中，说明长安在诗人心目中的中心地位，无论是盛唐，还是中唐，都是不曾动摇的。

第三，鲍防集团的诗人，对于诗歌体裁做出了可贵的探索，并且与词体文学发生了紧密的关系。任半塘先生以为“《状江南》辞有主文倾向，亦有应歌倾向”①，主文倾向表现在：一群文人按定题、定体、定韵、拈季、分咏；应歌倾向表现在《状江南》同为十二月辞，又格调一致，更适宜于同声叠唱，乃宋代鼓子词《渔家傲》等调之先声。而“《忆长安》，均‘三三、六、六六、六六’句法，四平韵，显依曲拍为句，比刘禹锡《忆江南》之依曲拍为句，且早六十年”②，可见鲍防集团诗人创体之重要地位。蒋寅以为：“《忆长安十二咏》是真正意义上的诗体探索，它们实际上是长短句歌辞，十二首格式相同，都是三、三、六。六、六。六、六。又同押四个平韵，明显是依照一定的乐曲节奏制词，所以我们有理由断定他们是填词。相对于刘长卿、戴叔伦、韦

---

① 任半塘《唐声诗》，上海古籍出版社，2006年，第507页。
② 任半塘《唐声诗》，第502页。

应物、张志和等人的零星词作来说，这一组作品在词体发展史上的意义是尤其显得重要的。"[①]《状江南十二咏》的性质应该与《忆长安十二咏》相同，只是前者为齐言体，后者为杂言体。两组诗合参，也可以看出江南的诗人群体对于诗歌体式与文学价值的重视。他们既不像李白那样利用诗歌以直抒胸臆，也不像杜甫那样用诗歌以表现国难民瘼，而运用游戏的手段就诗歌本身的形体进行雕琢，从字里行间，透露出作者当时的心境与情怀。他们的创作，不但丰富了文学的体式，而且这种创作态度，对于中晚唐以后以韩愈为代表的文学家"以文为戏"观念的形成起着很大的作用。

二、中唐后期的元稹集团

中晚唐浙东文学最盛的时期莫过于元稹为浙东观察使时。元稹观察浙东，始于长庆三年（823）八月，终于大和三年（829）九月，首尾共七年，在唐代后期的浙东观察使中年限最长。他于长庆二年（822）六月罢相，出为同州刺史，仅一年就转为浙东观察使。故元稹实集京官与地方官二者之长，研究中晚唐的越州乃至浙东文学，选取元稹为个案，最为切合实际。元稹本为宰相，出任浙东观察使实属贬谪，但山水的美景，仍使得他保持心理的平衡，并以此为乐。他作诗寄白居易说："我是玉皇香案吏，谪居犹得住蓬莱。"[②]他对于越州文学发展的贡献主要有三个方面：

第一，营造了适合文学生长的环境。元稹观察浙东，也营造了适合文学生长的环境。他在越州辟署的僚佐，大多具有文学才能。《旧唐书·元稹传》称："会稽山水奇秀，稹所辟幕职，皆当时文士，而镜

① 蒋寅《大历浙东浙西联句述论——兼论联句的发生与发展》，《文学研究》第2辑，第130页。

②《元稹集》（修订本）卷二二，第281页。

湖、秦望之游，月三四焉。而讽咏诗什，动盈卷帙。副使窦巩，海内诗名，与稹酬唱最多，至今称兰亭绝唱。”①《新唐书·元稹传》：“在越时，辟窦巩。巩，天下工为诗，与之酬和，故镜湖、秦望之奇益传，时号‘兰亭绝唱’。”②王十朋《会稽三赋·会稽风俗赋》也说：“唐元微之一代奇才。罢侍玉皇，谪居蓬莱，宾窦邻白，唱酬往来。繇是鉴湖、秦望之奇益开，故其俗至今好吟咏，而多风骚之才。”③《嘉泰会稽志》卷二：“（元稹）所辟幕职皆当时文士，镜湖、秦望之游，月三四焉。而讽咏诗什，动盈卷帙，副使窦巩海内诗名，与稹酬唱最多，至今称兰亭绝唱。”④元稹在越州辟署幕僚十一人，或诗文兼擅，如副使窦巩、观察判官郑鲂、掌书记卢简求；或能文工书，如观察推官韩杼材、使府从事陆洿、使府从事刘蔚等。《墨池编·续书断·能品》：“韩梓（应为杼）材，字利用。元稹观察浙东，幕府皆知名士，梓材其一也。笔迹晞颜鲁公、沈传师，而加遒丽，披砂见金，时有可宝。”⑤

有关元稹在浙东的僚佐的考证，卞孝萱《元稹年谱》⑥及戴伟华《唐方镇文职僚佐考》⑦已做了一部分考述。咸晓婷有《元稹浙东幕府文学研究》，其中一个重要部分是《元稹浙东幕僚佐生平考》⑧，在卞、戴二位先生考述的基础上又有了很大程度的推进。其后来继续

① 《旧唐书》卷一六六《元稹传》，第4336页。
② 《新唐书》卷一七四《元稹传》，第5229页。
③ 王十朋《王十朋全集·文集》（修订本）卷一六，上海古籍出版社，2012年，第837—838页。
④ 施宿《嘉泰会稽志》卷二，《宋元方志丛刊》，第6750页。
⑤ 朱长文《墨池编》卷一〇，浙江人民美术出版社，2019年，第305页。
⑥ 卞孝萱《元稹年谱》，齐鲁书社，1980年。
⑦ 戴伟华《唐方镇文职僚佐考》，天津古籍出版社，1994年。
⑧ 咸晓婷《元稹浙东幕府文学研究》，浙江大学硕士学位论文2007年。

补充的文稿，形成专文《元稹浙东幕僚佐生平考》[1]，考证较为全面。根据诸位学者的考证，元稹浙东幕僚可考者以有以下人员：

窦巩，褚藏言《窦巩传》："故相左辖元稹观察浙东，固请公副戎，分实旧交，辞不能免，遂除秘书少监兼中丞，加金紫。"[2]

卢简求，《旧唐书·卢简求传》："又从元稹为浙东、江夏二府掌书记。"[3]卢简求为浙东从事时，著名诗人赵嘏曾经投谒，赵嘏有《山中寄卢简求》云："心忆郡中萧记室。"[4]

郑鲂，郑鲂《禹穴碑铭序》："唐兴二百八祀，宝历庚午秋九月，予从事于是邦，感上圣遗轨，而学者无述，作禹穴碑，廉察使旧相河南公见而铭之。"[5]孟郊有《赠郑夫子鲂》诗，元稹有《酬郑从事四年九月宴望海亭次用旧韵》，白居易有《和酬郑侍御东阳春闷放怀追越游见寄》。

周师范，白居易有《和酬郑侍御东阳春闷放怀追越游见寄》诗："白首旧僚知我者，凭君一咏向周师。"注："周判官师范，苏杭旧判官，去范字叶韵。"[6]朱庆馀《送浙东周判官》诗："到日重陪丞相宴，镜湖新月在城楼。"[7]

韩杼材，《金石录》卷九："《唐清泉寺大藏经记》，唐韩特（杼）材撰并行书，刘蔚篆。太和二年九月。"[8]《宝庆四明志》卷一一《叙遗》：

---

① 咸晓婷《元稹浙东幕僚佐生平考》，《中文学术前沿》第4辑，浙江大学出版社，2012年，第46—54页。

② 《全唐文》卷七六一，第7911页。

③ 《旧唐书》卷一六三《卢简求传》，第4271—4272页。

④ 《全唐诗》卷五五〇，第6378页。

⑤ 《全唐文》卷七四〇，第7657页。

⑥ 朱金城《白居易集笺校》卷二二，第1482页。

⑦ 《全唐诗》卷五一五，第5885页。

⑧ 金文明《金石录校证》卷九，第190页。

“《移城记》,唐推官韩杼材撰。”[①]

陆洿,《嘉泰会稽志》卷一六《碑刻》:“《禹穴碑》,郑昉(鲂)撰,元稹铭,韩杼材行书,陆洿篆额。宝历景午秋九月作。”[②]

刘蔚,刘禹锡《犹子蔚适越诫》:“昔吾友柳仪曹尝谓吾文隽而膏,味无穷而炙愈出也。迟汝到丞相府,居一二日,袖吾文入谒,以取质焉。丞相,吾友也,汝事所从如事诸父,借有不如意,推起敬之心以奉焉,无忽!”[③]其适越即入元稹幕府,因《嘉泰会稽志》卷一六《翰墨》称:“《禹穴碑》……后有大和元年八月三日中山刘蔚续记二行。”[④]

王琦,为浙东观察从事。《宝刻丛编》卷一三《越州》引《复斋碑录》:“《唐春分投简阳明洞天并继作》,唐元威明、白居易撰,王琦分书,刘蔚篆额,大和三年正月十五日立,在龙瑞宫。”[⑤]越州的阳明洞天,是道教著名的三十六洞之十一洞,元稹的幕吏宾客在这里举行投龙仪式,并书写篆额,刻之于石。

韦繇,朱庆馀有《送韦繇校书赴浙东幕》诗:“丞相辟书新,秋关独去人。官离芸阁早,名占甲科频。水驿迎船火,山城候骑尘。湖边寄家久,到日喜荣亲。”[⑥]姚合有《送韦瑶校书赴越》诗:“寄家临禹穴,乘传出秦关。霜落橘满地,潮来帆近山。相门宾益贵,水国事多闲。晨省高堂后,余欢杯酒间。”[⑦]韦繇、韦瑶,疑为同一人。

---

① 罗濬等《宝庆四明志》卷一一,《宋元方志丛刊》,第5139页。
② 施宿《嘉泰会稽志》卷一六,《宋元方志丛刊》,第7021页。
③《刘禹锡集》卷二〇,第245页。
④ 施宿《嘉泰会稽志》卷一六,《宋元方志丛刊》,第7021页。
⑤ 陈思《宝刻丛编》卷一三,《丛书集成初编》,第335页。
⑥《全唐诗》卷五一四,第5869页。
⑦ 吴河清《姚合诗集校注》卷一,第93页。

李群，新出土李郧撰《唐故濠州刺史渤海李公(群)墓志铭》云："元相国稹观察浙东，即表公试太常寺协律郎，为府从事，交驰聘问。"①

借助于出土文献，我们还可以对浙东文会进行更全面的考察。《河洛墓刻拾零》四五九《唐郑鲂卢夫人合祔墓志》："仓部郎中郑公府君讳鲂，字嘉鱼。……元和七年兵部侍郎许公孟容下升进士第，其首故相国李公固言，得人之盛，至今称之。公业古诗，寒苦不易，词人孟郊、李贺为酬唱侣。言进士者，巨人词客从之，之游谚曰：不识郑嘉鱼，不名为进士。……公由进士既筮仕，寻为相国故清河公群弓旌之辟，旋又为浙东元稹相辟，竟应元命，或者云：崔公大贤盛德，元公文章之美，尚浮艳，何遽舍崔公而就元公？公曰：前敕破后敕，吾但奉诏，不知其他。由是论者太息。"②《河洛墓刻拾零》四一五《唐郑鲂墓志》："府君讳鲂，字嘉鱼，荥阳人。……浙东廉察使元公稹闻其贤，奏为观察判官，授监察御史，转殿中，赐绯银鱼，移团练判官，迁右补阙。君忠恪敢直言，素所蕴蓄，咸切时病，谏书屡奏，闻者壮之。"③这两方墓志为我们提供了绝好的唐代诗人群体唱和的资料。郑鲂擅长于古诗，与诗人孟郊、李贺唱和并为诗侣。又为元稹观察浙东时的幕吏，而元稹的浙东幕府诗酒文会活动颇盛，所辟幕僚与宾客如郑鲂、陆洿、卢简求、韩楚材、周元范等，都是能文善诗之士。因而这两方墓志对于我们研究中唐文学，特别是中唐时期东南地区的地域文学，是难得的第一手材料。赵振华先生云："郑鲂'少质厚喜学，为江湖闻人'。碌碌于科场功名时就与孟郊、李贺等为诗文伴侣，跻身于

① 柳金福《唐濠州刺史李群墓志考释》，《河洛文化论丛》第4辑，北京图书馆出版社，2008年，第181—183页。

② 赵君平、赵文成《河洛墓刻拾零》，北京图书馆出版社，2007年，第623页。

③ 赵君平、赵文成《河洛墓刻拾零》，第557页。

文圈内。李景庄在合祔墓志中写道：'言进士者，巨人词客从之，之游谚曰：不识郑嘉鱼，不名为进士。'可见其自身的涵养与人格魅力为众进士所倾心仰慕，广为交游。故取得功名之后，提携郑鲂且成功者若崔群、刘述古、元稹以及老友陈商等，皆进士出身之一代才彦俊杰。他们通过官职给与的地位和便利，主动与之交往，以许愿封官的可行办法，网罗才子于幕下。这既是进士仕途的一条路径，又使优秀文士惺惺相惜，联络感情发展友谊。"① 这两方墓志，为我们了解浙东幕府文会的组成，以及唐代地方幕府官属之间因亲缘朋友关系相互援引的风尚提供了原典佐证。

第二，结交了很多著名的文士与道流。元稹以宰相的身份，出为方镇首领，自己又是著名的诗人，以其地位与影响，其幕府当然会受到文人们的青睐。当时与元稹交往的浙东文士有：

徐凝，睦州人。其《奉酬元相公上元》《酬相公再游云门寺》《春陪相公看花宴会》等诗，均是与元稹浙东唱和作。

章孝标，睦州人。其《上浙东元相》诗称："雪晴山水勾留客，风暖旌旗计会春。"②

赵嘏，山阳人。有《九日陪越州元相燕龟山寺》《浙东陪元相公游云门寺》诗。

冯惟良，相州人。《嘉定赤城志》卷三五《人物》："冯惟良，相人，字云翼，修道衡岳。元和中，入天台。廉使元稹闻其风，常造请方外事。后以三洞法行于江表，屡诏不起。"③

第三，与邻近州郡诗人唱和。元稹观察浙东时，正值李德裕为浙

① 赵振华《洛阳新出唐代墓志研究三题》，《出土文献研究》第 8 辑，上海古籍出版社，2007 年，第 281—282 页。

② 《全唐诗》卷五〇六，第 5748 页。

③ 陈耆卿《嘉定赤城志》卷三五，《宋元方志丛刊》，第 7556 页。

西观察使，白居易为杭州刺史，李谅为苏州刺史，诸人唱酬颇多，故于长庆四年（824）结集为《杭越寄和诗集》《三州唱和集》[①]。大和元年（827），将元稹与白居易二人唱酬诗结集为《元白唱酬集》[②]；大和二年（828），又编成《因继集》[③]。大和三年（829），将与李德裕、刘禹锡等唱和诗作，结集为《吴越唱和集》[④]。越州、杭州、润州、苏州，环绕太湖，地理环境的一致性与文化氛围的趋同性，使得文学在元稹等官僚兼文士的影响下，日趋繁盛。

因为元稹浙东幕府多文士，因而形成了颇为适应文学创作的环境。这时的幕府中的文学创作，以诗歌唱酬居多，与鲍防集团偏重联句有所不同。大约是联句之诗，需众人合作，既可逞才使气，亦需雕章琢句，故拘束与限制颇多。而唱和之诗，既能表现群体的氛围，又能发挥诗人的个性，因而颇受元稹等人的喜爱。加以唱和诗多了，可以编集，藉以流传后世，因而在中唐后期，同地唱和与异地唱和诗都很兴盛。据《新唐书》卷六〇《艺文志》记载，就有二十余种，多数在元和至大和前后。其中与元稹相关者二种，与白居易相关者三种，与刘禹锡相关者四种，与李德裕相关者一种。中晚唐唱和诗的极盛，标志着诗歌群体化与集团化倾向较初盛唐更为明显。而这些唱和又大多数以州郡为中心，说明唐代文学的发展逐渐从以京城为中心向地方多元化转化。

---

① 《宋史》卷二〇九，中华书局，1985年，第5395页；《新唐书》卷六〇，第1624页。

② 白居易《和微之诗二十三首序》，《白居易集笺校》卷二二，第1463—1464页。

③ 白居易《因继集重序》，《白居易集笺校》卷六九，第3709页。

④ 胡仔《苕溪渔隐丛话》前集卷三八引宋蔡启《蔡宽夫诗话》，第258页。

第四节 《会稽掇英总集》的诗学价值

一、孔延之与《会稽掇英总集》

《会稽掇英总集》二十卷，宋孔延之撰，是集中存录北宋以前越州诗文的文学总集。孔延之（1014—1074），字长源，临江新淦人。他是孔子的四十六代孙。幼孤贫，昼则带经耕锄，夜则燃松读书。庆历二年（1042）举进士，授钦州军事推官，历知洪州新建县、筠州新昌县，擢知封州，移广南西路转运判官，改荆湖北路提点刑狱，召为开封府推官，以母老辞。后知越州、泉州，改知宣州，未行，又改知润州，未赴任而得暴疾卒于京师，年六十二。凡九迁至司封郎中。平生与周敦颐、曾巩友善。曾巩《元丰类稿》卷四二有《司封郎中孔君墓志铭》。《嘉泰会稽志》卷二《太守》："孔延之，熙宁四年四月以度支郎官知，五年十一月召赴阙。"[①] 其罢任的原因，《续资治通鉴长编》：熙宁五年十一月丁巳，"司封郎中、知越州孔延之，库部员外郎、通判裴士杰并冲替。以两浙提举盐事司言延之等沮坏盐法，亏岁额也"[②]。《会稽掇英总集》前有自序，首题其官为"尚书司封郎中知越州军州事浙东兵马钤辖"，末署"熙宁壬子五月一日，越州清思堂"[③]。熙宁壬子即熙宁五年（1072），五月一日即《会稽掇英总集》编成之时。其序述编纂该书的目的与过程云：

① 施宿《嘉泰会稽志》卷二，《宋元方志丛刊》，第 6755 页。

② 李焘《续资治通鉴长编》卷二四〇，中华书局，2004 年，第 5826 页。

③ 纪昀《四库全书总目》卷一八六，中华书局，1965 年，第 1694 页。

会稽称名区，自《周官》《国语》《史记》，其衣冠文物，记录赋咏之盛，则自东晋而下，风亭月榭，僧蓝道馆，一云一鸟，一草一木，觌缕而曲尽者。自唐迄今，名卿硕才，亳起栉比；碑铭颂志，长歌短引，究其所作，宜以万计。而时移代变，风磨雨剥，见于今者盖亦仅有。考之壁记，自唐武德至光启，为之守者几百人，其间高情逸思，发为篇咏者，岂无四五？而今所传者，元、薛、李、孟数人而已。或失于自著，或怠于所承，此予之所以深惜也。故自到官，申命吏卒，遍走岩穴，且捃之编蕴，询之好事，自太史所载至熙宁以来，其所谓铭志歌咏，得八百五篇，为二十卷，命曰《会稽掇英总集》。诗则以古次律，自近而之远，文则一始于古，稍以岁月为先后，无所异也。①

清人纪昀《四库全书总目》述其书之体例云：

延之以会稽山水人物著美前世，而纪录赋咏多所散佚，因博加搜采，旁及碑板石刻，自汉迄宋，凡得铭志歌诗等八百五篇，辑为二十卷，各有类目。前十五卷为诗。首曰州宅；次西园；次贺监；次山水，分兰亭等八子目；次寺观，分云门寺等四子目，而以祠宇附之；次送别；次寄赠；次感兴；次唱和。后五卷为文。首曰史辞；次颂；次碑铭；次记；次序；次杂文。书中于作者皆标姓名，而独称王安石为史馆王相。盖作此书时，王安石柄政之际，故有所避而不敢直书欤？②

① 孔延之《会稽掇英总集》，《景印文渊阁四库全书》第1345册，第3页。

② 纪昀《四库全书总目》卷一八六，第1694页。

正是因为孔延之编纂该书时的态度极为认真，不仅搜罗了很多传世文献，而且命其下属遍走岩穴，搜罗实物材料，再分门纂辑，才成为一部体例完备的地方文学的总集。

孔延之于诗文亦所擅长，故墓志载其“有文集二十卷”①。北京大学所编的《全宋诗》收孔延之诗二首及残句一则，其一《七星岩》作于其为广南西路转运判官任上，其二《顶山寺》作于其知泉州任上，其三残句引自苏轼《孔长源挽词》的自注。同时，《会稽掇英总集》卷一《州宅》门，录沈立、赵诚、沈绅、吴可几、裴士杰、孙昌龄、顾临、江衍的《和孔司封题蓬莱阁》诗各一首。可见孔延之每到一地，都对于当时的名胜颇有吟咏。苏轼《孔长源挽词二首》云：“少年才气冠当时，晚节孤风益自奇。君胜宜为夫子后，林宗不愧蔡邕碑。南荒尚记诛元恶，东越谁能事细儿。耆旧如今几人在，为君无憾为时悲。”“小堰门头柳系船，吴山堂上月侵筵。潮声半夜千岩响，诗句明朝万口传。岂意日斜庚子后，忽惊岁在已辰年。佳城一闭无穷事，南望题诗泪洒笺。”②孔延之还曾和苏轼联句：“长源自越过杭，夜饮有美堂上联句。长源诗云：‘天目远随双凤落，海门遥蹙两潮趋。’一坐称善。”③

二、《会稽掇英总集》所载诗人集会

一般的总集，大都是诗人诗作的汇编，虽体例不一，而总体趋向无异，《会稽掇英总集》虽也按类编纂，但呈现出两个显著的特色：其一是记载越州一地的文学文献，其二是汇录了中晚唐时会稽一地的诗人雅集所存留的诗歌创作。尤其是后者，不仅与普通总集有所不

① 曾巩《司封郎中孔君墓志铭》，《曾巩集》卷四二，中华书局，1984年，第577页。
② 《苏轼诗集》卷一三，第638—639页。
③ 《苏轼诗集》卷一三，第639页。

同，即使与地方总集相较，也是非常独特的，故而最能体现出该书的价值。有关这些聚会活动，与鲍防、元稹相关者，上文中已作详述，故本节从略。除此以外，诗人聚会活动形成规模者还有以下几次：

（一）石伞峰诗会

《会稽掇英总集》卷四记载了齐推、杨於陵、王承邺、陈谏、卫中行、路黄中六人的《登石伞峰》诗。《嘉泰会稽志》卷一一称："石伞在会稽山之别峰……齐抗于峰下置书堂，后为精庐，今寿圣院有齐相书屋遗址存焉。元和初，杨於陵与其属来游，赋诗刻石。"[1] 陈谏序称：

> 中书侍郎平章事高阳齐公，昔游越乡，阅玩山水者垂三十载，初栖于剡岭，后迁于玉笥。自解薜此山，未二纪而登台铉，乃施旧居之西偏为昌元精舍，其东偏石伞岩，付令弟秀才推。俄而中书即世，推高尚之致，文行之美，与伯氏相侔。至元和九年秋九月七日，浙东廉使越州牧兼御史中丞杨公，洎中护军王公，率僚佐宾旅同游赋诗，记登览之趣。小子承命，序其梗概以冠篇。窃谓斯地也，斯文也，必传于后世，与兰亭、东山俱为越邦之不朽者矣。[2]

这次聚会非常重要，至少提示了以下几个方面的讯息：其一，杨於陵为浙东观察使时，和元稹一样，与其幕僚宾客，也常常进行吟诗唱和活动，说明这种情况在中晚唐的郡守中颇为普遍。也说明杨於陵在中唐诗坛上具有一定的地位。再看中唐杨汝士作《宴杨仆射新昌里第》诗，白居易作《和杨郎中贺杨仆射致仕后杨侍郎门生合宴席上

---

① 施宿《嘉泰会稽志》卷一一，《宋元方志丛刊》，第 6910 页。

② 孔延之《会稽掇英总集》卷四，《景印文渊阁四库全书》第 1345 册，第 38 页。

作》以相酬和，诗中“杨郎中”即杨汝士，“杨仆射”即杨於陵，“杨侍郎”即杨嗣复。可见杨於陵是身兼官僚与文学家双重身份，故而与他有关的诗人聚会就不止一次；其二，陈谏作《登石伞诗并序》，为我们了解永贞革新也打开了一扇窗口。陈谏当时为台州司马，邹志方言其为越州司马，不确。陈谏诗云：

> 贤相昔未遇，耶溪藏卧龙。宛然东山居，已韵西林钟。仲氏亦遐旷，尔来习高踪。杨公偶闲暇，中贵同游从。曲渚拥驺驭，回潭转艨艟。既登寅缘岸，遂践岧峣峰。径侧萦巨石，磴危攀茂松。伞开自罗列，筒闭谁缄封？迥立霄汉表，俯看岩嶂重。远村暮杳杳，秋海晴溶溶。染翰纪胜绝，飞觞畅心胸。仍闻待新月，归棹何从容。[①]

诗的中间几句，描写石伞的形态与景观，重在突出其岩嶂重叠，磴石艰危，峰巅岧峣，实际上也是陈谏政治生命艰危曲折的写照。焦闽先生曾对这次雅集做了专门的研究说：“在参与石伞峰雅集的诗人中，台州司马陈谏是参加过两次革新的人物。他在德宗朝即为刘晏集团的一员，参与了刘晏与杨炎的经济斗争。虽然这场斗争最终操控于德宗之手，但充分证明了陈谏的经济才能，成为其参加永贞革新、掌管财政的渊源，也因此首先被排挤出朝。”[②] 陈谏作为台州司马，台州属于浙东观察使的管辖范围，这可能是陈谏能来到越州参与这次聚会的直接原因，而从这次聚会当中，杨於陵以及其他参与雅集者都能

① 孔延之《会稽掇英总集》卷四，《景印文渊阁四库全书》第1345册，第39页。

② 焦闽《唐元和“石伞峰雅集”研究》，《文教资料》2008年10月号上旬刊，第86页。

对于永贞革新的人物采取接受的态度，则又是可以肯定的。

（二）禹庙诗会

《会稽掇英总集》卷八收薛苹《禹庙神座，顷服金紫，苹自到镇，申牒礼司，重加衮冕，今因祈雨，偶成八韵》诗。按，欧阳修《集古录跋尾》卷九《唐薛苹唱和诗》云："右薛苹唱和诗，其间冯宿、冯定、李绅皆唐显人，灵澈以诗名后世，皆人所想见者。然诗皆不及苹，岂唱者得于自然，和者牵于强作耶？"[1]《宝刻丛编》卷一三《越州》引《集古录目》："《唐禹庙诗》，唐浙东观察使越州刺史薛苹诗，不著书人名氏。苹初至镇，易禹庙金紫服以冠冕，后因祈雨作此诗，其和者盐铁转崔述等凡十七首。"[2]《嘉泰会稽志》卷一六云："薛苹《禹庙祈雨唱和诗》，薛苹及和者崔述等十七人，共十八诗。豆卢署正书。刻于复（夏）禹衮冕碑之阴。"[3] 这一次唱和诗由于散佚较多，难以见出当时的规模。

（三）唐以后的其他诗会

唐代的越州诗会，集中体现了各个时期文人士大夫的群体活动，扩充了地方文化的内涵，也对后世产生了很大的影响。至于宋代，这些雅集活动也频繁不断，即以《会稽掇英总集》记载，就有多次。其一是陈尧佐等人的《忆越州》唱和。唱和地点虽不在越州，但有共同的主题与规定的次序。陈尧佐的原唱二首，和者有张士逊、晏殊、吕夷简、薛奎、王随，也都是二首，而且属于次韵唱和，在唱和的程序和要求上，比唐代的唱和诗更推进了一步。这是唐代越州唱和对宋代越州诗群体唱和影响最有力的说明。其二是以蒋堂为首的《题曲

① 欧阳修《欧阳修全集》卷一四二，中华书局，2001 年，第 2289 页。

② 陈思《宝刻丛编》卷一三，《丛书集成初编》，第 334 页。

③ 施宿《嘉泰会稽志》卷一六，《宋元方志丛刊》，第 7020 页。

水阁》诗的群体唱和。唐询《题曲水阁诗序》云："吏部乐安公治会稽，数月，政清吏休，庭无留事。一日，出府署西里所，历金山祠，顾神而噫，知非所宜为民祀者，促吏坏去，因其宇，乃广乃辟，署曰：'正俗亭。'……即渠之南，夹植文栋，引梁横度，隐若虹起，命之曰：'曲水阁。'……公乐闻其言，又嘉其成，作诗以美之。监郡虞曹，降及僚属，从而赋者凡二十一篇，编次如左。属吏唐询，辱命以序。"[①] 其三是以孔延之为首的《题蓬莱阁》诗。《会稽掇英总集》卷一记载沈立、赵诚、沈绅、吴可几、裴士杰、孙昌龄、顾临、江衍的《和孔司封题蓬莱阁》诗共八首。很清楚是孔延之为郡守时组织的一次蓬莱阁的集会。因该书为孔延之主编，为表明自己的谦逊，故而不录自己的诗作。

① 孔延之《会稽掇英总集》卷二，《景印文渊阁四库全书》第1345册，第14页。

第八章　西陵·渔浦：浙东唐诗之路的起点

唐代以钱塘江为界，分为浙东与浙西。从杭州钱塘江北的樟亭驿出发，渡江到西陵就是浙东了。《水经注·浙江水》曰："浙江又迳固陵城北。昔范蠡筑城于浙江之滨，言可以固守，谓之固陵。今之西陵也。"① 有关固陵的记载，最早见《越绝书》卷八："浙江南路西城者，范蠡敦兵城也。其陵固可守，故谓之固陵。所以然者，以其大船军所置也。"②《宝庆会稽续志》卷三《萧山》："西兴镇，前志云：西陵城在萧山县西十二里，吴越武肃王以西陵非吉语，遂改曰西兴。今按《越绝书》：'浙江南路西城者，范蠡屯兵城也。其陵固可守，故谓之固陵。'详此即今之西陵也。《越绝书》所云，图经、前志俱不曾引及，惜哉！"③ 宋祝穆《方舆胜览》卷六《浙东路·绍兴府》："西兴渡，在萧山县西十二里。本名西陵，吴越武肃王以非吉语，改西兴。"④ 西晋永嘉元年（307），会稽内史贺循于西陵渡口起开凿运河，这就是后代所称的萧绍运河或称西兴运河，西陵就成为沟通浙东浙西的重要津

① 王国维《水经注校》卷四〇，第1262页。
② 李步嘉《越绝书校释》卷八，中华书局，2013年，第228页。
③ 张淏《宝庆会稽续志》卷三，《宋元方志丛刊》，第7123页。
④ 祝穆《方舆胜览》卷六，中华书局，2003年，第108页。

渡[①]。唐代的西陵、五代的西兴与现在的西兴具体位置应该没有太大的变化，就是现在杭州的钱江三桥即西兴大桥的南岸。

渔浦是钱塘江与浦阳江、富春江三江汇合之处。渔浦之名，最早见于晋人顾夷的《吴郡记》："富春东三十里有渔浦。"[②]有关宋代以后之渔浦，萧然客先生有《两宋萧山渔浦考》[③]一书，考论精详。唐代以前的渔浦，因其原始材料有限，也需要通过宋代以后的记载与唐代以前的诗文加以印证与推测。《嘉泰会稽志》卷四："萧山县……渔浦驿，在县南三十六里。"[④]同书卷一〇："萧山县……渔浦，在县西三十里。《十道志》云：'渔浦，舜渔处也。'梁丘希范《旦发渔浦潭》诗云：'渔潭雾未开，赤亭风已飏。'谢灵运诗云：'宵济渔浦潭。'钱起诗云：'渔浦浪花摇素壁，西陵木色入秋窗。'"[⑤]《宝庆会稽续志》卷三《萧山》："渔浦镇，在县西三十里。梁丘希范、宋谢灵运、唐孟浩然皆称为'渔浦潭'。对岸则为杭之龙山，故潘阆诗云：'渔浦风水急，龙山烟火微。'"[⑥]然《方舆胜览》卷六《浙东路·绍兴府》："渔浦，在萧山县西二十里，对岸则为杭之龙山。"[⑦]与前之"三十里"有异。《大清一统志》云："浙江，在萧山县西十里，自富阳县流入，与钱塘县接界，又北接海宁县界，又东北入海。其东西渡口曰西兴、渔浦，为往来之要津。"[⑧]渔浦，自古以来文人汇聚，客商云集，具有深厚的历史积淀，形成了特定的区域。此地物产富饶，风景优美，"渔浦夕照"曾

① 陈志富《萧山水利史》，方志出版社，2006年，第184—186页。
② 萧统《文选》卷二六，第1240页。
③ 萧然客《两宋萧山渔浦考》，中州古籍出版社，2015年。
④ 施宿《嘉泰会稽志》卷四，《宋元方志丛刊》，第6780页。
⑤ 施宿《嘉泰会稽志》卷一〇，《宋元方志丛刊》，第6886页。
⑥ 张淏《宝庆会稽续志》卷三，《宋元方志丛刊》，第7123—7124页。
⑦ 祝穆《方舆胜览》卷六，第108页。
⑧ 和珅等《大清一统志》卷二二六，《景印文渊阁四库全书》第479册，第206页。

为“萧山八景”之一。但渔浦的地点，不像西陵那样稳定，而是从唐代以前一直到当代，都在沧桑变化。这是由于渔浦处于钱塘江、富春江、浦阳江三江交汇，地理变化无常，特别是浦阳江改道造成了自然环境变迁。

在唐代，西陵与渔浦是重要的渡口和驿站。官员的升迁贬谪、文人的寻幽漫游、客商的南来北往，无不经过此地，形成了繁盛的山水文化，在浙东漫长的唐诗之路上，成为重要的起点①。而中国古代山水诗的兴盛，无论从人物、地理还是时间，都要追溯到西陵和渔浦。

第一节　唐前山水诗的发源地

刘勰《文心雕龙·明诗》云：“宋初文咏，体有因革。庄老告退，而山水方滋；俪采百字之偶，争价一句之奇；情必极貌以写物，辞必穷力而追新。”②魏晋南北朝时期是中国山水诗的勃兴时期，这时产生了很多诗人，谢灵运、谢朓、颜延之、沈约、谢惠连等都各领风骚，而谢灵运对山水诗的发展贡献最大。魏晋南北朝时期的浙东，山水奇胜，钱塘江的西陵、渔浦，文人墨客来往浙东必经此地，留下了众多的名篇佳制，成为唐前山水诗的发源地。

一、西陵

钱塘江大潮千百年来一直引发文人墨客的咏叹，西陵更是观潮

①2012 年 11 月 6 日，杭州市萧山区举办了“从义桥渔浦出发：浙东唐诗之路重要源头学术研讨会”，自此，渔浦作为唐诗之路的重要起点，成为学术界的共识。但渔浦唐诗的深入研究、渔浦在中国山水文学史上的地位、渔浦在唐诗发展史上的作用等方面，还具有巨大的学术空间需要开拓。

②范文澜《文心雕龙注》卷二，人民文学出版社，1958 年，第 67 页。

的佳地。西晋苏彦《西陵观涛诗》云:"洪涛奔逸势,骇浪驾丘山。訇隐振宇宙,漰磕津云连。"① 这首诗写出了钱塘江大潮奔逸的气势,浩瀚磅礴,动人心魄。惊涛骇浪搏击凌驾于丘山之上,涛声震撼宇宙,潮头直击云霄。这是迄今所见最早描写西陵的诗作。

南朝宋时的谢惠连,辞别会稽经过西陵时,写过《西陵遇风献康乐诗》五章:"我行指孟春,春仲尚未发。趣途远有期,念离情无歇。成装候良辰,漾舟陶嘉月。瞻涂意少悰,还顾情多阙。""哲兄感仳别,相送越垧林。饮饯野亭馆,分袂澄湖阴。凄凄留子言,眷眷浮客心。回塘隐舻栧,远望绝形音。""靡靡即长路,戚戚抱遥悲。悲遥但自弭,路长当语谁。行行道转远,去去情弥迟。昨发浦阳汭,今宿浙江湄。""屯云蔽曾岭,惊风涌飞流。零雨润坟泽,落雪洒林丘。浮氛晦崖巘,积素惑原畴。曲汜薄停旅,通川绝行舟。""临津不得济,伫楫阻风波。萧条洲渚际,气色少谐和。西瞻兴游叹,东睇起凄歌。积愤成疢痗,无萱将如何。"② 因为晋惠帝永康(300—301)前后,会稽内史贺循疏凿漕渠即浙东运河,西部从杭州开始,过江即是西陵,西南经过会稽郡城,再东折曹娥江之蒿坝,沿着我们现在所说的浙东唐诗之路主线南行,全长达二百余里。由浙西进入浙东主要选择这条道路。谢惠连辞别会稽北归,经过西陵遇风,就写了这组诗作以赠送谢灵运。谢惠连为谢灵运"四友"之一,二人常常诗歌赠答。第一首描写辞别,孟春辞别会稽,又与谢灵运作别,颇生眷恋之意,又因遇风阻行,流露出难以言状的伤感。第二首描写惜别,谢灵运相送到越之垧林,在野亭馆饯行,在澄湖阴诀别,惜别之情,跃然纸上。第三首描写献诗,自己登上漫漫长路,悲从中来,无人倾诉,故献诗于谢灵运。

① 逯钦立《先秦汉魏晋南北朝诗·晋诗》卷一四,第 924 页。
② 逯钦立《先秦汉魏晋南北朝诗·宋诗》卷四,第 1193 页。

第四首描写舟行所见，岸边屯云蔽岭，江中惊风涌流，雨水降落在沼泽，落雪洒遍了林丘，飘动的云雾笼罩着高崖远峰，洁白的积雪辨不清田畴原野，曲折的江浦驻留着行色匆匆的旅人，大江遇风却绝少见到舟船。第五首描写遇风所感，人在渡口而不能渡江，洲渚萧条气色并不和谐，西望兴发漫游的感叹，东望引起凄凉的哀歌，久积愤懑而忧伤成病，无法忘忧更无可奈何。这组诗采用倒叙的方法写作，时间的推移与感情的变化交织进行，景物描写清新淡雅，感情表达回环往复。

谢灵运得诗后，写了《酬从弟惠连》诗作答："寝瘵谢人徒，灭迹入云峰。岩壑寓耳目，欢爱隔音容。永绝赏心望，长怀莫与同。末路值令弟，开颜披心胸。""心胸既云披，意得咸在斯。凌涧寻我室，散帙问所知。夕虑晓月流，朝忌曛日驰。悟对无厌歇，聚散成分离。""分离别西川，回景归东山。别时悲已甚，别后情更延。倾想迟嘉音，果枉济江篇。辛勤风波事，款曲洲渚言。""洲渚既淹时，风波子行迟。务协华京想，讵存空谷期。犹复惠来章，祇足搅余思。傥若果归言，共陶暮春时。""暮春虽未交，仲春善游遨。山桃发红萼，野蕨渐紫苞。嘤鸣已悦豫，幽居犹郁陶。梦寐伫归舟，释我吝与劳。"①诗在风景的描绘和情境的交融中表现出二人心心相印的知友之情，既是酬答，又有慰勉。谢惠连既是谢灵运的族人，也是谢灵运的至交，更是谢灵运的诗友。钟嵘《诗品》卷中引《谢氏家录》云："康乐每对惠连，辄得佳语。后在永嘉西堂，思诗竟日不就，寤寐间，忽见惠连，即成'池塘生春草'。故尝云：'此语有神助，非吾语也。'"②谢惠连与谢灵运赠答的这两组诗，是描写西陵渡口的代表作品，作为早期山水诗

① 逯钦立《先秦汉魏晋南北朝诗·宋诗》卷三，第1175页。

② 曹旭《诗品集注》卷中，上海古籍出版社，1994年，第284页。

的佳作,对于唐人游览唐诗之路时描绘浙东山水,具有很大的影响。

二、渔浦

作为浙东唐诗之路的重要起点,渔浦现存数十首唐诗与数百首古诗。作为山水诗的发源地,渔浦的诗歌文化起源远在唐朝以前。我们现在研究山水诗发展史,一致公认鼻祖是谢灵运,他将山水的美景、心灵的纯净融入凝练含蓄的五言诗当中,创立了中国最早的山水诗派,影响了千余年的诗歌发展。他的《富春渚》诗云:“宵济渔浦潭,旦及富春郭。定山缅云雾,赤亭无淹薄。溯流触惊急,临圻阻参错。亮乏伯昏分,险过吕梁壑。洊至宜便习,兼山贵止托。平生协幽期,沦踬困微弱。久露干禄请,始果远游诺。宿心渐申写,万事俱零落。怀抱既昭旷,外物徒龙蠖。”① 这首诗是谢灵运永初三年(422)被排挤出朝为永嘉太守时所作。他先是买舟南下,经过故居始宁别墅,作《过始宁墅》诗。始宁墅在今上虞境内,是谢灵运先祖晋车骑将军谢玄所建,而谢灵运承继祖业,也传承祖志。离开始宁别墅之后,谢灵运又沿钱塘江向西南富春渚进发,就写了这首《富春渚》诗。诗的首联直接写明行程:“宵济渔浦潭,旦及富春郭。”突出了“渔浦潭”。渔浦潭离富春三十里,经过一夜行船,早晨到达了富春的城郭。诗中的几个地名都与渔浦相关。一是“定山”,我们将在下面沈约的《早发定山》中讨论;二是“赤亭”,即赤亭山,亦称“赤松子山”。《咸淳临安志》卷二七《山川》六《富阳县》:“赤松子山,在县东九里,高一百五十丈,周回四十里一百步。赤松子驾鹤时憩此,因得名。其形孤圆,望之如华盖,又名华盖山,一曰赤亭山,又曰鸡笼山。”② 故而

① 逯钦立《先秦汉魏晋南北朝诗·宋诗》卷二,第 1160 页。
② 潜说友《咸淳临安志》卷二七,《宋元方志丛刊》,第 3614 页。

行经渔浦潭，南望是定山，北望是赤亭山。至于六朝时渔浦的具体位置，王志邦《六朝渔浦新考》给予了确定的定位：南朝的渔浦是永兴与富阳、钱塘三县交界处——富春江注入浙江——浙江东南侧水域[①]。谢灵运的这首诗，是迄今所见描写渔浦最早也是最为著名的诗作。它将富春渚附近的渔浦潭、定山、赤亭山的美景惟妙惟肖地描绘出来，表现出浙东唐诗之路起点的奇山异水、天下独绝的山水风貌。又由山水美景的欣赏进而感悟人生，故而“平生协幽期”以下八句，是对自己生活历程的回顾，并且从中顿悟出怀抱超旷，即使如同龙蛇蛰伏以屈求伸也能觉得心地光明。谢灵运的山水诗对唐人的诗歌具有极大的影响，浙东山水又集中了天下的奇景，故而唐人漫游浙东者，无不受到谢灵运的影响。

丘迟《旦发渔浦潭》诗是集中描写渔浦的诗作：“渔潭雾未开，赤亭风已飏。棹歌发中流，鸣鞞响沓障。村童忽相聚，野老时一望。诡怪石异象，崭绝峰殊状。森森荒树齐，析析寒沙涨。藤垂岛易陟，崖倾屿难傍。信是永幽栖，岂徒暂清旷。坐啸昔有委，卧治今可尚。”[②]诗作于丘迟赴任永嘉太守途中，描写的是从渔浦潭出发，舟行富春江的情景。作者买舟渔浦，平明晓发，时值江雾未开，晨光曦微，而到达赤亭山时，已经风飏雾散，天气晴朗。诗以渔浦为起点，重在写天气变化，诗人启航不久，气候就由阴转晴。接着描写旦发渔浦潭后航行于钱塘江的所见所闻：先写江上人物，舟人的棹歌激荡于钱江中流，动听的鞞鼓响彻于江岸山峰，棹歌吸引着村童聚集嬉戏，激发了野老驻足观望。再写山川美景：怪石，呈现出异象；绝峰，呈现出殊状；荒树，森森而齐整；寒沙，析析而丰茂；江岛，因垂藤而易陟；崖屿，因陡

① 王志邦《六朝渔浦新考》，《学习与探索》2013 年第 11 期，第 150 页。

② 逯钦立《先秦汉魏晋南北朝诗·梁诗》卷五，第 1602—1603 页。

峭而难傍。每句突出一景,合之将旦发渔浦后的江上美景如同山水长卷一样展现出来。最后四句见景生情,抒发作者旦发渔浦潭之后的感受:富春江确实是值得永远幽栖之地,不只是见到一时的美景,而在这里既遨游山水,又无为而治,就是自己崇尚的境界。诗的最后两句连用了两个典故:一是成瑨坐啸,据《后汉书·党锢传》记载:"后汝南太守宗资任功曹范滂,南阳太守成瑨亦委功曹岑晊,二郡又为谣曰:'汝南太守范孟博,南阳宗资主画诺。南阳太守岑公孝,弘农成瑨但坐啸。'"① 二是汲黯卧治,据《史记·汲黯列传》记载:西汉时汲黯为东海太守,"多病,卧闺阁内不出,岁余,东海大治"。后召为淮阳太守,不受。武帝曰:"吾徒得君之重,卧而治之。"② 诗人用这两个典故,表明自己在浙东这山水美景之中委心于无为的心理,也表现出为官要达到政事清简而治理有序的境地。

南北朝时期的渔浦,是山水奇胜的风景胜地,周围有定山、赤亭等重要景点。沈约《早发定山》诗云:"夙龄爱远壑,晚莅见奇山。标峰彩虹外,置岭白云间。倾壁忽斜竖,绝顶复孤圆。归海流漫漫,出浦水溅溅。野棠开未落,山樱发欲然。忘归属兰杜,怀禄寄芳荃。眷言采三秀,徘徊望九仙。"③ 据《梁书·沈约传》记载,南朝齐隆昌元年(494),沈约由吏部郎出为东阳太守,由新安江东下,经过定山时写了这首著名的诗篇。定山,在杭州城南钱塘江中。《文选》李善注引《吴郡缘海四县记》云:"钱唐西南五十里有定山,去富春又七十里,横出江中,涛迅迈以避山难。辰发钱塘,巳达富春。"④《咸淳临安志》卷二三《城南诸山》云:"定山,在钱塘。高七十五丈,周回

---

①《后汉书》卷六七,中华书局,1965年,第2186页。

②《史记》卷一二〇,第3105—3110页。

③ 逯钦立《先秦汉魏晋南北朝诗·梁诗》卷六,第1636页。

④ 萧统《文选》卷二六,第1240页。

七里一百二步。《太平寰宇记》云：‘定山突出浙江数百丈。’又《郡国志》：‘江涛至是辄抑声，过此则雷吼霆怒，上有可避处，行者赖之。’”[①] 诗云“归海流漫漫，出浦水溅溅”，是早发定山再出江浦，参照谢灵运《富春渚》诗早发渔浦潭即望到定山云雾，这里的“江浦”，就是渔浦渡口。定山的山脚与渔浦相连。

定山东十余里就是赤亭，江淹秋日入越，经过渔浦东行到了赤亭，写了《赤亭渚》诗，有“水夕潮波黑，日暮精气红。路长寒光尽，鸟鸣秋草穷”[②] 之句，把深秋日暮的赤亭渚景色写绝了。江淹另有《谢法曹惠连赠别》诗，是离别赤亭之后南行入越之作。诗的开头说“昨发赤亭渚，今宿浦阳汭。方作云峰异，岂伊千里别”[③]，就是到了浦阳江后，又江湾夜宿而作是诗。但江淹这两首诗，吟咏地点“赤亭”是渔浦附近的景点，而其直接写景的文字很少，大概是诗人元徽二年（474）被贬为建安吴兴令（今福建浦城）时赴任途中所作，因心情郁结，故发之为诗，极为沉痛感伤。《赤亭渚》诗有“一伤千里极，犹望淮海风”，《赠别谢法曹惠连》诗有“芳尘未歇席，零泪犹在袂”，都是当时心境的流露。

由上述诸诗也可以看出，南朝首都在建康，而当时官员或文人到浙东任职，多是取道新安江东征，到达东阳、永嘉、建安等地，而渔浦潭则是这一水路的必经之地。因为渔浦潭是浙东与浙西的交汇之地，故而到此可以眺望赤亭山与定山风景。谢灵运、丘迟、沈约有关渔浦的诗歌，是中国早期山水诗的代表，对于唐代山水诗的兴盛起到很大的引领作用，对于后代山水诗更产生了巨大的影响。

---

① 潜说友《咸淳临安志》卷二三，第3579页。

② 逯钦立《先秦汉魏晋南北朝诗·梁诗》卷三，第1559页。

③ 逯钦立《先秦汉魏晋南北朝诗·梁诗》卷四，第1578页。

第二节　唐代诗人与西陵

西陵作为唐代京杭大运河的南端，又向越州和明州延伸，成为南北与东西往来的重要枢纽。唐代诗人喜欢漫游，这种风气尤其繁盛于盛唐之后，西陵作为由杭州进入浙东的重要通津，故而引起诗人们的不断吟咏。

一、盛唐诗人与西陵

盛唐诗坛泰斗李白，在《送友人寻越中山水》诗中，写下了“东海横秦望，西陵绕越台。湖清霜镜晓，涛白雪山来”①的句子，推想李白在其“四入浙江”的过程中，也是经过西陵渡的。另一伟大诗人杜甫，在《壮游》诗中回忆漫游吴越时有这样精彩的描绘：“越女天下白，鉴湖五月凉。剡溪蕴秀异，欲罢不能忘。归帆拂天姥，中岁贡旧乡。……忤下考功第，独辞京尹堂。放荡齐赵间，裘马颇清狂。……快意八九年，西归到咸阳。”②杜甫到浙东漫游大约在开元十九年（731）到开元二十二年（734）之间。他到江南后在湖州停留，因为他的叔父杜登在湖州武康担任县尉。然后就到了杭州，由杭州渡钱塘江，杜甫是经过西陵渡的。他的《解闷十二首》其二云：“商胡离别下扬州，忆上西陵故驿楼。为问淮南米贵贱，老夫乘兴欲东游。”③说明杜甫漫游吴越，先是经过扬州的，到了杭州后登过西陵的故驿楼。因为从杭州赴越，要经过西陵渡口，杜甫才有登上故驿楼之举。杜甫

① 《全唐诗》卷一七五，第 1790 页。

② 仇兆鳌《杜诗详注》卷一六，第 1439—1442 页。

③ 仇兆鳌《杜诗详注》卷一七，第 1512 页。

这首诗很新颖别致，用的是交错格，即第三句承第一句，都说的是扬州；第四句承第二句，都说的是西陵。

盛唐诗人孙逖，开元二年（714）进士及第，之后担任山阴县尉。开元五年（717）辞别山阴赴京时，写了一首《春日留别》诗："春路逶迤花柳前，孤舟晚泊就人烟。东山白云不可见，西陵江月夜娟娟。春江夜尽潮声度，征帆遥从此中去。越国山川看渐无，可怜愁思江南树。"① 据诗意，孙逖离开越地由钱塘江北行，应是开元五年（717）由山阴尉赴任秘书正字的留别之作。诗有"西陵江月夜娟娟"之语，则是由西陵渡口渡江北上的。

盛唐诗人崔国辅于开元十九年（731）在山阴尉任，有《宿范浦》诗云："月暗潮又落，西陵渡暂停。村烟和海雾，舟火乱江星。路转定山绕，塘连范浦横。鸱夷近何去，空山临沧溟。"② 范浦在钱塘江北岸，崔国辅赴山阴县尉任，傍晚因潮水渐落，暂时不能渡江，故寄宿于范浦。《咸淳临安志》记载有"范浦镇市"，属仁和县，并云："在艮山门外，去县四里。"③ 范浦在宋时已经设镇，而唐代崔国辅时是靠近钱塘江边的一个地方。

盛唐诗人薛据有《西陵口观海》诗："长江漫汤汤，近海势弥广。在昔胚浑凝，融为百川泱。地形失端倪，天色潜滉瀁。东南际万里，极目远无象。山影乍浮沉，潮波忽来往。孤帆或不见，棹歌犹想像。日暮长风起，客心空振荡。浦口霞未收，潭心月初上。林屿几邅回，亭皋时偃仰。岁晏访蓬瀛，真游非外奖。"④ 薛据又有《题丹阳陶司马厅壁》诗，与《西陵口观海》诗均见于《河岳英灵集》卷下。润州天

---

①《全唐诗》卷一一八，第1188页。
②《全唐诗》卷一一九，第1201页。
③ 潜说友《咸淳临安志》卷一九，《宋元方志丛刊》，第3550页。
④《全唐诗》卷二五三，第2853页。

宝元年（742）改为丹阳郡，《河岳英灵集》成书于天宝十二载（753），故而薛据为山阴尉过西陵渡在天宝中，应约在六载（747）或七载（748）。

二、中唐诗人与西陵

中唐诗人群体中最值得关注的是“大历十才子”，钱起、卢纶、司空曙、韩翃、耿沣、李端、崔峒等人都在浙东留下诗作，其中经过西陵作诗或诗歌涉及西陵者至少有李嘉祐和皇甫冉。

李嘉祐《送朱中舍游江东》诗云：“孤城郭外送王孙，越水吴洲共尔论。野寺山边斜有径，渔家竹里半开门。青枫独映摇前浦，白鹭闲飞过远村。若到西陵征战处，不堪秋草自伤魂。”① 诗中“朱中舍”应为朱巨川，《金石萃编》卷一〇二《颜鲁公书朱巨川告身》：“朝议郎行尚书司勋员外郎、知制诰朱巨川……可守中书舍人，散官如故。建中三年八月十四日。”② “八月”为“六月”之误。朱巨川还江东，需要行经西陵渡口。诗有“若到西陵征战处”句，既是用典，因为这里曾经是范蠡屯兵征战之地，即《水经注·渐江水》曰“浙江又迳固陵城北。昔范蠡筑城于浙江之滨，言可以固守，谓之固陵。今之西陵也”③，同时也是说经过安史之乱以后，社会动乱战争也连及杭州的情况。

皇甫冉《西陵寄灵一上人》诗云：“西陵遇风处，自古是通津。终日空江上，云山若待人。汀洲寒事早，鱼鸟兴情新。回望山阴路，心中有所亲。”④ 按皇甫冉至德二载（757）春就任无锡县尉，故而皇甫

① 《全唐诗》卷二〇七，第2162页。

② 王昶《金石萃编》卷一〇二，第6页。

③ 王国维《水经注校》卷四〇，第1262页。

④ 《全唐诗》卷二四九，第2794页。

冉与灵一赠答诗应是至德元载（756）所作。灵一《酬皇甫冉西陵见寄》云："西陵潮信满，岛屿没中流。越客依风水，相思南渡头。寒光生极浦，落日映沧洲。何事扬帆去，空惊海上鸥。"① 即收到皇甫冉诗后的酬谢之作。皇甫冉还有《赋得越山三韵》诗："西陵犹隔水，北岸已春山。独鸟连天去，孤云伴客还。只应结茅宇，出入石林间。"② 是与灵一酬答又关合西陵的诗作。

灵一是著名诗僧，也是浙东唐诗之路上的焦点人物。刘长卿有《西陵寄一上人》诗："东山访道成开士，南渡隋阳作本师。了义惠心能善诱，吴风越俗罢淫祠。室中时见天人命，物外长悬海岳期。多谢清言异玄度，悬河高论有谁持。"③ 亦当与皇甫冉、灵一诗同时而作。张南史有《西陵怀灵一上人兼寄朱放》诗："淮海风涛起，江关忧思长。同悲鹊绕树，独坐雁随阳。山晚云藏雪，汀寒月照霜。由来濯缨处，渔父爱沧浪。"④ 灵一与众多的诗人赠答往还，特别是诸人有关西陵的吟咏，更呈现了作为唐诗之路起点的无限风光。

中唐诗人朱长文《送李司直归浙东幕兼寄鲍将军》诗云："翩翩书记早曾闻，二十年来愿见君。今日相逢悲白发，同时几许在青云。人从北固山边去，水到西陵渡口分。会作王门曳裾客，为余前谢鲍将军。"⑤ 该诗一作朱湾诗，"鲍将军"一作"鲍行军"。"鲍行军"就是鲍防，大历中薛兼训镇浙东时，鲍防为行军司马，是大历诗人联唱集团的领袖人物，"李司直"应该是浙东幕府中的一位文人幕吏，其时从浙西治所的润州到浙东越州赴任，故诗有"人从北固山边去，水到

① 《全唐诗》卷八〇九，第 9123 页。
② 《全唐诗》卷二五〇，第 2819 页。
③ 杨世明《刘长卿集编年校注》，第 243—244 页。
④ 《全唐诗》卷二九六，第 3358 页。
⑤ 《全唐诗》卷二七二，第 3064 页。

西陵渡口分”之语。中唐诗人严维也有《酬王侍御西陵渡见寄》诗：“前年万里别，昨日一封书。郢曲西陵渡，秦官使者车。柳塘薰昼日，花水溢春渠。若不嫌鸡黍，先令扫弊庐。”[①] 严维是越州人，隐居于会稽，经常往来于浙东浙西，故与人交往诗中涉及西陵。

作为浙东镇帅，元稹是来往于西陵的代表人物。元稹有《别后西陵晚眺》诗云：“晚日未抛诗笔砚，夕阳空望郡楼台。与君后会知何日，不似潮头暮却回。”[②] 白居易酬和之作为《答微之泊西陵驿见寄》诗：“烟波尽处一点白，应是西陵古驿台。知在台边望不见，暮潮空送渡船回。”[③] 元稹于穆宗长庆三年（823）八月自同州刺史授越州刺史兼浙东观察使，十月途经杭州，拜访杭州刺史白居易，二人颇多唱和。元稹与白居易分别后，到了西陵渡口，就写下此诗，并以竹筒贮诗，递送杭州。白居易收到诗后就酬答了《答微之泊西陵驿见寄》诗，这样的“竹筒递诗”也就成了文坛佳话。

不仅如此，中唐时期于西陵题诗者也有寒士。宋计有功《唐诗纪事》卷四五《周匡物》条记载：“匡物，字几本，漳州人。元和十一年李逢吉下进士及第。时以歌诗著名，家贫，徒步应举，至钱塘，乏僦船之资，久不得济，乃题诗公馆云：万里茫茫天堑遥，秦皇底事不安桥。钱塘江口无钱过，又阻西陵两信潮。郡牧见之，乃罪津吏。《及第后谢座主》云：‘一从东越入西秦，十度闻莺不见春。试向昆山投瓦砾，便容灵沼洗埃尘。悲欢暗负风云力，感激潜生土木身。中夜自将形影语，古来吞炭是何人。”[④] 表现的是一种较为困顿的应试举子的寒士心态。而其经过西陵渡的过程以及津吏的表现，都惟妙惟肖。

① 《全唐诗》卷二六三，第 2914 页。
② 《元稹集》（修订本）卷二二，第 280 页。
③ 朱金城《白居易集笺校》卷二三，第 1527 页。
④ 计有功《唐诗纪事》卷四五，第 689 页。

中唐诗中吟咏西陵者，还有刘长卿《送朱山人越州贼退后归山阴别业》诗："越州初罢战，江上送归桡。南渡无来客，西陵自落潮。"[①] 皎然《送刘司法之越》诗："三山期望海，八月欲观涛。几日西陵路，应逢谢法曹。"[②] 张籍《送李评事游越》诗："未习风尘事，初为吴越游。露沾湖草晚，日照海山秋。梅市门何处，兰亭水尚流。西陵待潮处，知汝不胜愁。"[③] 这些诗句，或描写战乱后的萧条，或描写漫游时的心绪，都无一例外地将西陵渡口与钱江大潮融合在一起。

三、晚唐诗人与西陵

与元稹一样，李绅也是浙东镇帅往来于西陵的代表人物，只是李绅镇浙东时已经到了晚唐时期。

李绅有《渡西陵十六韵》诗，序云："七年冬十有三日，早渡浙江，寒雨方霖，军吏悉在江次。越人年谷未成，霪雨不止，田亩浸溢，水不及穗者数寸。余至驿，命押衙裴行宗先斋祝辞，东望拜大禹庙，且以百姓请命。"[④] 诗序中的"七年冬"是指大和七年（833）冬，他赴浙东观察使任从西陵渡江入越州。大和九年（835）七月，李绅离浙东观察使任，入朝为太子宾客，北上时仍然取道西陵，并作《却渡西陵别越中父老》。需要追溯的是，李绅最早渡西陵是在元和四年（809），他有《欲到西陵寄王行周》诗，首句注："西陵渡在萧山县西二十里。钱王以陵非吉语，改曰西兴。"[⑤] 李绅元和三年（808）受浙东观察使薛苹之招游浙东，次年返回长安时由西陵渡钱塘江北上，诗即是时寄友

① 杨世明《刘长卿集编年校注》，第253页。
② 《全唐诗》卷八一八，第9223页。
③ 《全唐诗》卷三八四，第4315页。
④ 《全唐诗》卷四八一，第5475页。
⑤ 《全唐诗》卷四八三，第5493页。

人王行周之作。

吴融《西陵夜居》诗云："寒潮落远汀，暝色入柴扃。漏永沉沉静，灯孤的的清。林风移宿鸟，池雨定流萤。尽夜成愁绝，啼蛩莫近庭。"① 诗人夜居西陵，未眠而作诗，突出地表现了西陵的夜景：应该是深秋季节，寒潮在远处的沙洲中回落，夜色渐渐地侵入了柴扉；到了深夜，静谧之中漏声不断，一盏孤灯显得格外明亮；山林之风吹动了宿鸟，池塘的微雨限制了不定的流萤；处于这样的夜色之中，本来就愁肠欲绝，更害怕寒蛩近庭而啼鸣。

罗隐《钱塘江潮》诗云："怒声汹汹势悠悠，罗刹江边地欲浮。漫道往来存大信，也知反复向平流。任抛巨浸疑无底，猛过西陵只有头。至竟朝昏谁主掌，好骑赪鲤问阳侯。"② 这首诗是描写钱塘江潮的名篇，首联描写潮水的声势，颔联描写潮水的变化，颈联描写潮水到达西陵渡口的情景，尾联拓开一笔，写出日夜朝昏是由潮水掌控。

喻坦之《题樟亭驿楼》诗云："危槛倚山城，风帆槛外行。日生沧海赤，潮落浙江清。秋晚遥峰出，沙干细草平。西陵烟树色，长见伍员情。"③ 樟亭驿在钱塘江北，西陵渡在钱塘江南，隔江相对，经过樟亭驿渡江就到达西陵渡，渡口也有西陵驿。故诗写樟亭驿，实际上是与西陵渡对照着笔的。首联写江堤之高，好像一道护城的危槛，而船在钱塘江中就好比在槛外航行；颔联描写江潮，以日出与潮落对比，日出时映红沧海，潮落后江面平静；颈联描写深秋时节江岸之景，遥远的山峰秋晚更显苍翠，江边的沙地细草长满呈现一片平芜；尾联特写西陵之景，秋晚烟树苍苍，令人触景生情，更加怀念伍

① 《全唐诗》卷六八四，第7855—7856页。

② 《全唐诗》卷六五八，第7556页。

③ 《全唐诗》卷七一三，第8199页。

子胥。

晚唐江南的送往赠别中，经常提及“西陵”。方干《送吴彦融赴举》诗：“西陵柳路摇鞭尽，北固潮程挂席飞。”[①] 又《贻高说》诗：“西陵晓月中秋色，北固军鼙半夜声。”[②] 又《送王霖赴举》诗：“北阙上书冲雪早，西陵中酒趁潮迟。”[③] 又《送钱特卿赴职天台》诗：“雾昏不见西陵岸，风急先闻瀑布声。”[④] 张乔《越中赠别》诗：“东越相逢几醉眠，满楼明月镜湖边。别离吟断西陵渡，杨柳秋风两岸蝉。”[⑤] 储嗣宗《送顾陶校书归钱塘》诗：“水色西陵渡，松声伍相祠。”[⑥] 春风杨柳，水色松声，中秋晓月，潮迟月早，西陵的四时佳景和盘托出。

第三节　唐代诗人与渔浦

与西陵类似，唐代诗人在渔浦留下的诗歌，也是以盛唐以后居多。唐人由新安江东下入浙东，一般都要经过渔浦，而到了渔浦再沿浦阳江向诸暨、婺州到达永嘉，这是一条路线；另一条路线是由钱塘江继续东行到了西陵渡转入浙东运河再向越州、嵊州、天台。

一、盛唐诗人与渔浦

唐代诗人有漫游的风气，盛唐时期尤盛。盛唐的大诗人李白、杜甫、王维、孟浩然、常建都曾漫游浙东。李白由广陵、金陵再至越

---

①《全唐诗》卷六五一，第 7475 页。
②《全唐诗》卷六五〇，第 7464 页。
③《全唐诗》卷六五一，第 7473 页。
④《全唐诗》卷六五二，第 7493 页。
⑤《全唐诗》卷六三九，第 7326 页。
⑥《全唐诗》卷五九四，第 6888 页。

中，杜甫则由姑苏南行，“枕戈忆勾践，渡浙想秦皇”[①]，其路线经过西陵。而李白《送王屋山人魏万还王屋》诗云：“挥手杭越间，樟亭望潮还。”[②]参以陶翰《乘潮至渔浦作》诗“樟台忽已隐，界峰莫及睹”[③]之句，“樟台”即樟亭，是位于钱塘县的驿站，过了樟亭就到了渔浦。可证李白是确实到过渔浦的。

孟浩然入浙东经过渔浦，并且留下了重要的诗作，成为我们研究唐诗之路起点的重要印证材料。其《将适天台留别临安李主簿》诗云：“枳棘君尚栖，匏瓜吾岂系。谁念离当夏，漂泊指炎裔。江海非堕游，田园失归计。定山既早发，渔浦亦宵济。泛泛随波澜，行行任舻枻。故林日已远，群木坐成翳。羽人在丹丘，吾亦从此逝。”[④]这首诗是孟浩然开元十八年（730）赴浙东会稽途中所作。浙东之行的目的地是天台山，而他是先到临安的，在临安出发时给李主簿的诗中说“定山既早发，渔浦亦宵济”，是取道富春的定山，再到渔浦渡口乘船而向浙东进发。到了渔浦时，他又作了《早发渔浦潭》诗：“东旭早光芒，渚禽已惊聒。卧闻渔浦口，桡声暗相拨。日出气象分，始知江湖阔。美人常晏起，照影弄流沫。饮水畏惊猿，祭鱼时见獭。舟行自无闷，况值晴景豁。”[⑤]作者由临安过了定山，清晨到了渔浦潭，将乘舟出发而作了这首诗。开头四句写早发，夏日晴天，太阳早出，惊动渚禽，鸣声聒耳，作者卧于舟中，听到隐隐棹声，已觉在渔浦口出发了。接着六句写渔浦之景：长空日出，气象万千，天气晴朗，江面空阔。晚起的美女，照影自怜。惊猿下山饮水，令人望而生畏，水禽捕捉鲤鱼，

① 杜甫《壮游》，仇兆鳌《杜诗详注》卷一六，第1439页。
② 《李太白全集》卷一六，第750页。
③ 《全唐诗》卷一四六，第1476页。
④ 佟培基《孟浩然诗集笺注》（增订本）卷中，第288页。
⑤ 佟培基《孟浩然诗集笺注》（增订本）卷上，第1页。

陈列在岸边。最后两句是作者抒情，富春江夏日清晨，晴空万里，江上舟行轻松畅快，心旷神怡。

盛唐诗人的名篇，还可以举出常建的《渔浦》诗："春至百草绿，陂泽闻鸧鹒。别家投钓翁，今世沧浪情。沤纻为缊袍，折麻为长缨。荣誉失本真，怪人浮此生。碧水月自阔，安流净而平。扁舟与天际，独往谁能名。"① 春日渔浦百草葱绿之景、鸧鹒和鸣之声，触动了作者隐逸的情怀。"别家投钓翁，今世沧浪情"，用《孟子·离娄上》典："有孺子歌曰：'沧浪之水清兮，可以濯我缨；沧浪之水浊兮，可以濯我足。'孔子曰：'小子听之，清斯濯缨，浊斯缨足矣。自取之也。'"② 表现自己不失本真的追求。故而描写渔浦之景也是"碧水月自阔，安流净而平"，月照碧水，渔浦宁静而空阔；江潮未涨，江流安闲而清幽。这样的境界，令人无限向往，乐而忘忧。

盛唐诗人陶翰也有《乘潮至渔浦作》诗："舣棹乘早潮，潮来如风雨。樟台忽已隐，界峰莫及睹。崩腾心为失，浩荡目无主。豗憧浪始闻，漾漾入鱼浦。云景共澄霁，江山相吞吐。伟哉造化工，此事从终古。流沫诚足诫，商歌调易苦。颇因忠信全，客心犹栩栩。"③ 诗中的"樟台"，亦即"樟亭"。《乾道临安志》卷二："樟亭驿，晏殊《舆地志》云：'在钱塘县旧治之南五里，白居易有《宿樟亭驿》诗。'"④《淳祐临安志》卷六："浙江亭，旧为樟亭驿。祥符旧经云：在钱塘旧治南到县一十五里，府尹赵公与重建。"⑤ 陶翰乘舟趁早潮从樟亭出发，樟亭渐远渐没之后，经过界峰，就看到了渔浦。全诗写舟中观望之景，趁早

①《全唐诗》卷一四四，第1460页。

② 孙奭《孟子注疏》卷七上，《十三经注疏》，中华书局，1980年，第2719页。

③《全唐诗》卷一四六，第1576页。

④ 周淙《乾道临安志》卷二，《宋元方志丛刊》，第3232页。

⑤ 施谔《淳祐临安志》卷六，《宋元方志丛刊》，第3273页。

潮过江，大浪席卷而来如同暴风骤雨，顺着惊涛骇浪，到达了波澜荡漾的渔浦。这时波浪擎空，惊涛拍岸，云景澄霁，江山吞吐，大自然鬼斧神工，千古永恒，浪花飞溅令人惊戒，商歌悲凉震人心弦。在这样的环境中行船，心情欢畅，欣喜无比。

二、中唐诗人与渔浦

中唐诗人漫游浙东经过渔浦者，“大历十才子”非常值得注意，尤其是钱起与韩翃。钱起《九日宴浙江西亭》诗云：“诗人九日怜芳菊，筵客高斋宴浙江。渔浦浪花摇素壁，西陵树色入秋窗。木奴向熟悬金实，桑落新开泻玉缸。四子醉时争讲习，笑论黄霸旧为邦。”[①] 重九佳节，诗人来到杭州，宴于浙江亭。浙江亭就是樟亭。到了樟亭，可以渡江的两个重要渡口渔浦与西陵都可以看到，故诗有“渔浦浪花摇素壁，西陵树色入秋窗”之句。这时正值深秋，是收获的季节，柑橘熟了，枝头垂挂着金黄色的果实，桑葚落了，做成了美味的佳酿。尾联的“四子讲习”用王褒《四子讲德论序》事：“褒既为益州刺史，王襄作《中和乐职宣布》之诗，又作传，名曰《四子讲德》，以明其意焉。”[②] 可见参加宴会者有当时的杭州刺史，故而在这果实丰满的深秋季节，笑谈前朝太守治理邦国的情况。钱起还有《渔潭值雨》诗云：“日入林岛异，鹤鸣风草间。孤帆泊枉渚，飞雨来前山。客意念留滞，川途忽阻艰。赤亭仍数里，夜待安流还。”[③] “渔潭”即渔浦潭。时值秋晚，日入林岛，鹤鸣草间，此时雨来前山，故而孤舟晚泊。因为遇雨，更易引发客子之情，川途之阻也融于字里行间。

韩翃《送王少府归杭州》诗云：“归舟一路转青苹，更欲随潮向富

---

① 《全唐诗》卷二三九，第 2670 页。
② 萧统《文选》卷五一，第 2246 页。
③ 《全唐诗》卷二三七，第 2648 页。

春。吴郡陆机称地主，钱塘苏小是乡亲。葛花满把能消酒，栀子同心好赠人。早晚重过鱼浦宿，遥怜佳句箧中新。”①当时在杭州担任县尉的王姓友人要回到杭州，韩翃相送而作了这首诗。全诗描写王少府取道渔浦归于杭州的路线，是我们认识渔浦津渡的重要诗篇。王少府大概是由北方回杭州，取道富春江，乘上归舟，随潮进发，所见青苹满路。首句用曹丕《秋胡行》诗："泛泛渌池，中有浮萍。寄身流波，随风靡倾。”②说明前此王少府游子在外，好像浮萍一样漂流不定，而今要回到家乡，故心境愉悦。接着写出了两个名句："吴郡陆机称地主，钱塘苏小是乡亲。”运用历史事实，极写杭州的人杰地灵。同时赞美王少府像陆机一样，文采风流，传播乡邦。闻名于钱塘的苏小小也会将自己作为乡亲看待。值得注意的是，作者用苏小小事是关合“西陵”的，因为南朝民歌说苏小小“妾乘油壁车，郎骑青骢马。何处结同心，西陵松柏下”。《乐府诗集》引《乐府广题》云："苏小小，钱塘名倡也，盖南齐时人。西陵在钱塘江之西，歌云‘西陵松柏下’是也。”③接着两句描写送别时的场景，送行饯别，把酒言欢，故以葛花消酒，别时以栀子相赠，以表同心。最末两句是韩翃对于王少府的期待，乘舟归杭，重过渔浦，即兴赋诗，堪多佳句。这首诗将通向浙东的钱塘江中的两个渡口渔浦和西陵都关合进去了。渔浦是富春江、浦阳江、钱塘江的汇合之处，不仅奔赴浙东者要经过，就连回归杭州者也要在这里停泊。

与“大历十才子”同时且交往颇深的诗人有独孤及。独孤及《早发龙沮馆舟中寄东海徐司仓郑司户》诗云："沙禽相呼曙色分，渔浦

---

①《全唐诗》卷二四五，第2751页。

②逯钦立《先秦汉魏晋南北朝诗·魏诗》卷四，第390页。

③郭茂倩《乐府诗集》卷八五，第1203页。

鸣榥十里闻。正当秋风渡楚水，况值远道伤离群。津头却望后湖岸，别处已隔东山云。停舻目送北归翼，惜无瑶华持寄君。”① 独孤及在乾元元年（758）侍母如越，六月渡过楚水，七月到达会稽，诗即是年初秋时所作。诗人取道新安江入越，龙沮馆应该是渔浦渡之前的一个驿站，故诗称“渔浦鸣榥十里闻”，也就是说再航行十里就快到渔浦了。这里独孤及想到了身在东海的友人徐司仓和郑司户，故而写诗寄赠，以表出离别之感。

中唐诗人与浙东关系最深者要数严维，严维有好几首诗描写渔浦，其中一首是送“大历十才子”崔峒之作。《送崔峒使往睦州兼寄薛司户》诗云：“如今相府用英髦，独往南州肯告劳。冰水近开渔浦出，雪云初卷定山高。木奴花映桐庐县，青雀舟随白露涛。使者应须访廉吏，府中惟有范功曹。”② 崔峒出使睦州，取道新安江，必经渔浦，故有“冰水近开渔浦出，雪云初卷定山高”之句。渔浦与定山相连，故诗人想象冬日的渔浦、定山之景。睦州治所在桐庐县，故而后四句归结到桐庐的景色和人物。严维还有《书情上李苏州》诗：“东土苗人尚有残，皇皇亚相出朝端。手持国宪群僚畏，口喻天慈百姓安。礼数自怜今日绝，风流空计往年欢。误著青袍将十载，忍令渔浦却垂竿。”③ 这里的“李苏州”应为李涵，大历七年（772）五月由兵部侍郎为御史大夫出守苏州，故诗有“皇皇亚相出朝端”之语。严维是越州人，长期退隐，故有“误着青袍将十载，忍令渔浦却垂竿”之语，这里的“渔浦”也是渔浦潭。

①《全唐诗》卷二四七，第 2776 页。

②《全唐诗》卷二六三，第 2915 页。

③《全唐诗》卷二六三，第 2918 页。

三、晚唐诗人与渔浦

晚唐诗人吟咏渔浦的诗歌仍然不少，最为典型者是著名诗人许浑与方干。许浑《寄天乡寺仲仪上人富春孙处士》诗云："诗僧与钓翁，千里两情通。云带雁门雪，水连渔浦风。心期荣辱外，名挂是非中。岁晚亦归去，田园清洛东。"[①] "天乡寺"在润州，"仲仪上人"是作者的朋友。"孙处士"应该是孙璐，许浑同时的诗人项斯有《寄富春孙璐处士》诗可证。因为寄诗的对象之一是"富春孙处士"，故而诗歌写到了"渔浦"，这是作者的想象。许浑又有《和李相国》诗，序云："蒙宾客相国李公见示《和宣武卢仆射以吏部高尚书自江南赴阙贶大梨白鹇因赠五言六韵》，攀和。"[②] 诗中"李相国"为李珏，"高尚书"为高元裕。序称"江南赴阙"，高元裕会昌末由宣歙观察使入拜吏部尚书，与诗题合。诗为大中元年（847）所作。诗的首联"巨实珍吴果，驯雏重越禽"以吴、越对举，故颔联接着写"摘来渔浦上"，可以确证是渔浦潭。

方干为睦州青溪人，长期隐居会稽。他有《送弟子伍秀才赴举》诗，中有"倚棹寒吟渔浦月，垂鞭醉入凤城尘"[③] 句，以"渔浦"与"凤城"对举。其弟子在越中，要赴京应举必须是由钱塘江北上，途中要经过渔浦。"凤城"即长安，是伍秀才应举要去的目的地。方干《别喻凫》诗云："知心似古人，岁久分弥亲。离别波涛阔，留连槐柳新。蟆陵寒贳酒，渔浦夜垂纶。自此星居后，音书岂厌频。"[④] 喻凫是毗陵人，曾经做过乌程县令，是一位江南才子，故方干为他送行时表现出

①《全唐诗》卷五二八，第6037—6038页。

②《全唐诗》卷五三七，第6132页。

③《全唐诗》卷六五〇，第7464页。

④《全唐诗》卷六四八，第7442页。

知心交契。诗的中间四句是写景之笔,“渔浦夜垂纶”则是方干自喻,说自己隐居于家乡睦州,过着垂纶渔浦的生活,故而这一“渔浦”也是特指渔浦潭。方干又有一首《送人宰永泰》诗有“舟停渔浦犹为客,县入樵溪似到家”[①]之句,永泰县属福建,由浙东赴永泰,水路须经过渔浦,故诗有“舟停渔浦犹为客”句,而永泰县又是群峰叠翠、山水环绕的优美之地,故诗有“县入樵溪似到家”句。

晚唐五代有关渔浦的诗作,值得重视者还有徐夤的《回文诗二首》,其中第二首提到了“渔浦”:“轻帆数点千峰碧,水接云山四望遥。晴日海霞红霭霭,晓天江树绿迢迢。清波石眼泉当槛,小径松门寺对桥。明月钓舟渔浦远,倾山雪浪暗随潮。”[②]这首回文诗非常新颖别致,它写出了钱塘江的优美景色:千峰翠碧,轻帆数点,水接云山,四望阔远。晴日海霞映江,霭霭橙红;白天江树夹岸,迢迢翠绿。清泉流出石眼,犹似门槛;小径通向松门,还对溪桥。在这样的风景之下,遥远的渔浦正有明月映照,钓舟往来,而倾山的雪浪也正在钱江暗涌。作者的视线是眺望渔浦,而立足点却在较远的峰边江上,这样的渔浦景色,也堪称独绝了。

第四节　西陵·渔浦:浙东唐诗之路的起点

浙东唐诗之路是由新昌文人竺岳兵先生1991年首倡与命名,1993年经过中国唐代文学学会论证并确定的作为中国文学上的专有名词。浙东唐诗之路的自然路线是指渡过钱塘江以后,开始沿浙东运河中段的南向曹娥江溯古代的剡溪经嵊州、新昌、天台、临海,东

---

①《全唐诗》卷六五〇,第7467页。

②《全唐诗》卷七〇八,第8144页。

向余姚、宁波、舟山，西南通向金华、诸暨的道路。这样在由浙西渡钱塘江之前再到渡过钱塘江之后的津渡或驿站就是浙东唐诗之路的起点。而据《大清一统志》卷二六云："其东西渡口，西兴、渔浦为往来之要津。"[①] 也就是说，钱塘江上两个渡口极为重要，这就是西兴渡和渔浦渡。西兴在唐代以前称为"西陵"，五代时改为"西兴"。魏晋南朝以后，特别是唐代诗人到浙东漫游，常常取道西陵或渔浦而入浙东。因此，西陵和渔浦就成为浙东唐诗之路的起点。

就渔浦而言，权德舆《送王仲舒侍从赴衢州觐叔父序》云："新安江路，水石清浅，严陵故台，德风蔼然，渔浦潭、七里濑，皆此路也。二谢清兴，多自兹始。今日出祖，可以言诗。"[②] 可见唐人赴浙东可以取道新安江路，经严陵钓台、渔浦潭、七里濑，而权德舆从王仲舒赴衢州即走此路，而且送别之时，吟诗作饯。有关渔浦的诗作，如孟浩然《早发渔浦潭》"卧闻渔浦口，桡声暗相拨"[③] 之句，陶翰《乘潮至渔浦作》"匽懎浪始闻，漾漾入鱼浦"之句，钱起《九日宴浙江西亭》"渔浦浪花摇素壁，西陵树色入秋窗"之句，都将渔浦与西陵融入一首诗中进行对照描写，把钱塘江上的两个渡口都表现出来，成为表现浙东唐诗之路重要起点的著名诗句。而从魏晋南朝到唐代诗人的作品所记载的地点来看，从渔浦入浙东者，大多经过浦阳江入诸暨、婺州、衢州以至永嘉，这条路线上留下了很多诗作，而这条道路是竺岳兵先生所提出的浙东唐诗之路尚未清晰揭示的。

就西陵而言，隋唐时期，萧绍运河经过了开凿、发展、完善、繁盛的过程，交通运输、水利建设、文化旅游都能成体系地发展，因而带

---

① 和珅等《大清一统志》卷二二六，《景印文渊阁四库全书》第 479 册，第 206 页。
② 《权德舆诗文集》卷三九，第 582 页。
③ 佟培基《孟浩然诗集笺注》（增订本）卷上，第 1 页。

动了唐代诗人从西陵渡江，经萧山、会稽，沿曹娥江入剡溪，再登天姥山与天台山。因为唐代萧绍运河的繁盛，加以渔浦渡口的变化，诗人的浙东之行取道西陵就较取道渔浦者更多。无论是“诗仙”李白还是“诗圣”杜甫，他们往来于浙东，都经过了西陵。李白有“东海横秦望，西陵绕越台”，杜甫有“商胡离别下扬州，忆上西陵故驿楼”的诗句。盛唐诗人孙逖、崔国辅、薛据任职于浙东，都是由西陵渡江入越，并且留下了脍炙人口的杰作。中唐时期“大历十才子”中的钱起、皇甫冉等人都经过西陵渡。更值得重视的是，中唐以后唐王朝设置浙东观察使，以越州为治所。其长官与幕僚赴任，以取道西陵为多，并且留下了众多的诗篇，这以元稹与李绅最为典型。而作为隐逸诗人，中唐时期的严维、晚唐时期的方干，他们常常往来于浙东浙西，过钱塘江多次经过西陵，留下了不少描写西陵渡口与钱塘江风光的作品。

但西陵和渔浦，历史命运并不相同。渔浦处于钱塘江、富春江、浦阳江三江交汇处，汉魏六朝以及隋唐时期，交通便捷，商贸云集，但由于钱塘江地理变化无常，特别是浦阳江改道造成的自然环境变迁，使得渔浦经历了从繁盛到湮废的过程。近年，萧山义桥镇也在启动渔浦的修复工程，努力再现昔日唐诗之路的山水风景。西陵地处钱塘江要冲，是京杭运河与萧绍运河的连接地带，千百年来交通、商贸、旅游、文化等各方面的交流长盛不衰。直至当代，1996 年西兴大桥的建成，使得古时的西陵渡进入了一个全新发展时期。杭州地铁又专门在当地设了“西兴站”，集中了繁荣便捷的现代城市特点。就在钱塘江南岸地铁“西兴站”附近，还隐藏着一个历史底蕴极为深厚的西兴古镇，历史与现实在这里交融，西兴的魅力将随着时代的发展更加展现异彩。

第九章　天台山：浙东唐诗之路与海上丝绸之路的交汇

南朝梁陶弘景《真诰》称："天台山高一万八千丈，周回八百里。山有八重，四面如一，当牛斗之分。以其上应台宿，光辅紫宸，故名天台。"① 这是天台山命名的由来。东晋孙绰《游天台山赋》云："天台山者，盖山岳之神秀者也。涉海则有方丈蓬莱，登陆则有四明天台，皆玄圣之所游化，灵仙之所窟宅。夫其峻极之状，嘉祥之美，穷山海之瑰富，尽人神之壮丽矣。"② 孙绰为永嘉太守，即将解印以向幽寂，闻道天台神秀，令人图其状貌而遥为之赋，将天台山之秀美、媚丽与神奇和盘托出。以"佛宗道源，山水神秀"著称的天台山，古往今来无数的文人墨客驻迹于此，留下了诸多华美的篇章。尤其是在唐代，天台山成为浙东唐诗之路与海上丝绸之路的交汇点。

第一节　唐代台州的地理位置与文化空间

天台山在台州境内，台州也是因为境内有天台山而得名。台州与天台山在自然地理上紧密相连，在文化空间上更是融合无间。天

① 徐灵府《天台山记》，《唐文拾遗》卷五〇，《全唐文》附，第10941页。
② 萧统《文选》卷一一，第493—494页。

台山的辐射意义更是超越了时空,产生了广泛的世界影响,其路径则为天台山—台州—浙东—全国—世界。而其集结点与交汇处则最为关涉浙东唐诗之路与海上丝绸之路。

一、地理位置

唐人李吉甫《元和郡县图志》卷二六《台州》:"武德四年讨平李子通,于临海县置海州,五年改海州为台州,盖因天台山为名。……州境:东西三百九十三里,南北四百三十五里。八到:西北至上都四千五百里,西北至东都三千一百四十五里,正南微东至温州五百里,东至大海一百八十里,西北至越州四百七十五里,正西微南至处州四百九十里。……管县五:临海、唐兴、黄岩、乐安、宁海。"① 这是台州地理位置较早而且是最为明确的记载。台州以境内有天台山,故以名州,而天台山就在台州所辖之唐兴县以北一十里。唐兴县至宋代改名"台兴县",又改名"天台县",县名一直沿用到今天。

唐代中唐以后置浙东观察使,辖越州、台州、婺州、衢州、明州、处州、温州七州,治所在越州。台州是浙东观察使下属的一个州,治所在临海。天台山就地理空间而言,就成为浙东的一个标志,我们就唐代的东南驿路进行考察。

唐代通往浙东的道路,我们参考华林甫先生的《唐代两浙驿路考》②,对于东南的驿馆进行梳理。唐代过了长江以后,通向东南的路程,其主要驿馆有:

通吴驿(润州)—秦潭驿(丹徒)—云阳驿(丹阳)—庱亭驿(丹阳)—常州驿—毗陵驿(常州)—望亭驿(苏州)—临水驿(苏

---

① 李吉甫《元和郡县图志》卷二六,中华书局,1983年,第627—628页。

② 华林甫《唐代两浙驿路考》,《浙江社会科学》1999年第5期,第129—134页。

州）—松江驿（苏州）—平望驿（苏州）—嘉禾驿（嘉兴）—石门驿（桐乡）—义亭驿（海宁）—临平驿（余杭）—樟亭驿（杭州）—西陵驿（萧山）—西亭驿（绍兴）—皂矶江馆（慈溪）—山源驿（奉化）—南陈馆（宁海）—宁溪馆（天台）—上浦馆（乐清）

东南的驿馆以长江与钱塘江为分界,形成了两个区域。从润州的通吴驿,向北过了长江就属于淮南区域,因此长江以南自润州开始就是两浙区域。从润州通吴驿到杭州樟亭驿是在浙西境内,樟亭驿在钱塘江北岸。过了钱塘江就到了萧山西陵驿,就进入了浙东境内。从西陵驿到乐清的上浦馆,就是唐代来往于浙东的主要道路,所谓"浙东唐诗之路",其主要通道也就是在这一线。在这一通道之上,天台的宁溪馆就是一个关键的驿站。

在浙东区域的主要通道上,还有一条以剡溪为通道的水路,则是诗人经过浙东游览山水、领略风景的重要道路。这条道路在越州之前是与前面的驿站相同的,而过了越州之后,则走向曹娥埭,经过上虞江,到了剡县,再折入剡溪,更向天台山出发,中间经过新昌寨即今新昌县到天台山,进一步通向台州临海。在这条通道上,台州天台也是浙东道路的重要节点,而且在这条通道之上,留下的唐诗最多也最精彩。

二、文化空间

台州以州中有天台山而得名,因而天台山文化就构成了台州文化的核心,由这样的文化核心又超越了台州扩大了半径而向整个浙东辐射。天台山之所以能够作为文化核心区域,主要有五个要素:

第一,文学创作的繁盛。东晋之时,章安令孙绰写下了著名的《游天台山赋》,成为"试掷地,要作金石声"① 的千古名篇,自此赋问

① 余嘉锡《世说新语笺疏》上卷下《文学》第四,上海古籍出版社,1993 年,第 267 页。

世之后,天台山文学与文化就源远流长。到了唐代,天台山更成为文学表现的重要空间,唐代诗人足迹遍布了天台的赤城、丹邱、华顶、琼台、石桥、瀑布、国清寺、桐柏观、委羽山、巾子山、括苍山、寒岩、楢溪等。吟咏这些名胜的诗篇在《全唐诗》等典籍中还留下了很多,成为天台山文学遗产的宝贵财富。

第二,佛教天台宗的发源地。我们知道,天台宗是中国汉地佛教最早创立的一个宗派,对隋唐以后成立的各宗派很有影响。中晚唐时期,日本僧人最澄来华求法,将天台宗佛教传到日本,使这一宗派得到弘扬,一直到现在还不断扩大,成为日本最重要的几个佛教宗派之一。到了北宋初年,僧人义天到宋朝求学,又把天台宗传到了朝鲜。

第三,道教南宗的发祥地。天台山是道教南宗的发祥地,也是全真派的祖庭,在中国道教史上有着重要的影响。道教由唐代的重外丹发展到宋代的重内丹,天台山道教起到举足轻重的作用。这一内丹学派创始于北宋的张伯端,他到天台山桐柏宫修炼,能够融摄儒、释、道三教精华,并根据自己多年内丹修炼的体会,著述了《悟真篇》。这部书就完成于天台山桐柏宫,因此,桐柏宫成为道教南宗的祖庭,张伯端后来被尊为"紫阳真人",成为道教南宗的祖师。

第四,中唐以后儒家文化的发达从而引导儒、释、道三者的融合。儒家文化发达的重要标志,一是以陆淳为代表的台州长官是唐代的儒学宗师,陆质是《春秋》新学的代表,继承了赵匡、啖助的《春秋》学而对于唐代儒家革新起到重要作用;二是天台弟子梁肃等人也是儒学根基较深甚至深入骨髓之人,故成为以儒道为宗的中唐古文运动的先驱人物。因此,我们可以说,台州是唐代儒、释、道融会程度最深的文化区域。

第五,唐代著名文人郑虔的遗迹和影响。郑虔因为安史之乱中被俘虏，唐肃宗于平虏之后，对于陷贼之人都做了不同程度的处置，郑虔被贬为台州司户。台州的文化核心是天台山，因此，郑虔也就成为天台山文化的早期创造者之一。对于郑虔而言，被贬台州是很不幸的，而对于台州而言，则又是很幸运的。因为郑虔来到台州之后，对于台州的文化教育事业做出了不可磨灭的贡献。人们为了纪念他，就建了郑广文祠，至今还矗立在临海县城的望天台。我们也可以看出，台州以盛唐安史之乱为界，前后发生了很大的变化。安史之乱北方和中原的战乱，也给南方带来了发展契机，人口南迁，经济南移，文化交融，这些都是重要发展方向。前些年，洛阳发现了《郑虔墓志》，为郑虔的研究提供了新的原始材料，推动了郑虔研究的进展。

第二节　浙东唐诗之路的形成与特色

唐代诗歌发达，浙东山水优美，文化鼎盛，加以佛寺道观繁多，诗人喜爱漫游访道，故而浙东就成为诗人踪迹留存较多的地方，也是唐诗表现最为突出山水名胜之地。

一、浙东唐诗之路的形成

浙东唐诗之路是唐代诗人由杭州渡过钱塘江之后，经行于浙东的通道。是融交通、风景、文化与诗歌为一体的地理空间和文化区域。在浙东留下诗歌的文人大致上分为这样四种类型：

一是漫游。唐代的诗人都向往浙东山水，大诗人李白、杜甫、孟浩然、高适、韦应物、刘长卿、戴叔伦、贾岛、姚合都有漫游浙东的经历，中唐时期的“大历十才子”中至少有皇甫冉、李嘉祐、崔峒三人到过浙东。即如李白的《秋下荆门》《梦游天姥吟留别》《琼台》《天台晓望》《送杨山人归天台》，都是名垂千古的佳制。

二是隐居。因为浙东山水的优美，吸引着很多诗人隐居于此，甚至终老于此。比如晚唐诗人方干，是睦州桐庐人，属于浙西。应举不第后，即长期隐居于会稽镜湖。孙郃《方玄英先生传》云："先生新安人，字雄飞。……广明、中和间为律诗，江之南未有及者。……先生一举不得志，遂遁于会稽，渔于鉴湖，与郑仁规、李频、陶详为三益友。"[①] 辛文房《唐才子传》卷七称他"湖北有茅斋，湖西有松岛，每风清月明，携稚子邻叟，轻棹往返，甚惬素心。所住水木幽閟，一草一花，俱能留客。家贫，蓄古琴，行吟醉卧以自娱"[②]。

三是做官。唐代文人喜爱浙东山水，故而来到浙东做官，也留下了不少诗篇。即如元稹为浙东观察使期间，就写了很多诗篇，并结诗酒文会，接续东晋兰亭宴集的传统。有些来浙东做官者，本意非为做官，主要还是对浙东山水的向往。即如新近出土的《卢广墓志》记载他到剡县做官的情况："补越州剡县尉。之官，遂吟曰：'挂席日千里，长江乘便风。无心羡鸾凤，自若腾虚空。'时人望其止足之分，反若在丹霄之上。"[③] 墓志表现出卢广一生崇尚道家的思想，其诗歌也表现出虚空出世的情怀。同时，这首诗值得注意的是作者对于浙东剡县风景的期待，其刚赴任时，即挂帆东去，乘江上顺风而一日千里，其赴剡县并不在于为官利禄，那么就有出世的情怀。

四是贬谪。唐代文人贬谪，以南方为多，湖南与岭南更是贬谪的处所。与浙东相关的贬谪文人，大致有两类：一类是贬到浙东做官的文人，如上文提到的郑虔就非常典型，他因为安史之乱陷入叛军而得罪，被贬为台州司户，作为宰相又兼诗人的王缙得罪后贬官括州刺

---

① 《全唐文》卷八二〇，第 8636 页。

② 傅璇琮《唐才子传校笺》卷七，第 3 册，第 373 页。

③ 吴钢《全唐文补遗 · 千唐志斋新藏专辑》，三秦出版社，2006 年，第 331 页。

史，再如宋之问、李邕、徐浩等，都有贬谪浙东的经历；另一类是贬谪岭南的文人，经过浙东时留下了很多著名篇章，即如初唐时期王勃犯罪牵连其父贬官交趾，王勃随父赴官经过浙东即撰写了诗歌多篇，再如宋之问由考功员外被贬为越州长史，又由越州长史流放钦州，则是因贬谪与浙东发生多重关系的诗人。

唐代诗人漫游浙东，隐居浙东，为宦浙东，贬谪浙东，使得这一块区域文化发达，诗歌繁盛，据统计，唐代的剡县即现在的嵊州现存的唐诗就超过五百首，因此我们可以说，唐诗之路是唐代就形成的，是客观的，而且是永远留存的，是影响千古的。但“浙东唐诗之路”的概念却是当代产生的。

“浙东唐诗之路”的概念是由浙东新昌地方文化名人竺岳兵先生于 1991 年 5 月提出的。是时他在南京师范大学召开的“中国首届唐宋诗词国际学术研究会”上，提交了《剡溪——唐诗之路》的论文，认为沿曹娥江、剡溪至新昌、天台等地，是一个富有文化内涵的胜地。至 1993 年 8 月 18 日，中国唐代文学学会正式发函，同意确认“浙东唐诗之路”的专称。后来，竺岳兵自己成立的“唐诗之路研究社”这一民间机构，对于新昌地方文化做出了一定的贡献。随着唐代文学研究和区域文化研究的进一步发展，在浙江省仅仅是一个县以下的民间机构来研究浙东唐诗之路显然是不够的，因此，在浙江省哲学社会科学联合会指导下，在台州市人民政府的支持下，台州学院于 2018 年初专门成立了“浙东唐诗之路”研究所，并且与天台山文化、和合文化融为一体，整合了浙江省社会科学研究力量，这样就特别适合新世纪文化需求，也更与国家“一带一路”宏大规划完全合拍。而至 2018 年底，浙东各地即如绍兴、嵊州、新昌、仙居、金华等也都在浙东唐诗之路的研究与开发上提出了各项实施计划。2019 年 11 月 3 日，在中国唐代文学学会的支持下，又成立了全国性的“中国唐诗之路研究会”,以浙东唐诗之路为重心,向全国诗路辐射。其成立大会就在新昌召开,同时确定第一次研讨会将在台州学院召开。这就标志着浙东唐诗之路的研究面向全国,走向世界。

二、浙东唐诗之路的特色

竺岳兵在 1991 年提出唐诗之路以剡溪为中心,经曹娥江、剡溪、天台等地。这样的提法当然有一定道理,而且“浙东唐诗之路”的命名权也理应归竺先生所有。但就唐代的浙东道路而言,这一区域也还有较大的局限性。我们知道,唐代东部地区的交通,都是以水路为主的,从杭州渡过钱塘江之后就到了浙东,根据水道和驿站的分布,自越州西陵驿到乐清上浦馆,无疑是浙东唐诗之路的重要通道。但从越州向东,沿钱塘江东行一直到明州,也是唐代诗人经行的通道,从杭州以西富阳对岸的渔浦潭开始入浦阳江又有一条通道通往诸暨、义乌向婺州方向,再到永嘉。即:渔浦潭—诸暨驿—待贤驿(诸暨)—双柏驿(义乌)—婺州水馆。因此,浙东唐诗之路从主要道路的分布来看,从杭州过了钱塘江进入浙东,就形成了一条干钱和两条支线的格局。这是浙东唐诗之路地理上的特色。

浙东迄今留下了超过两千六百余首唐诗,是我们得以继承和弘扬的宝贵的遗产。即以越州而言,白居易《沃洲山禅院记》说:“东南山水越为首,剡为面,沃洲、天姥为眉目。”[①] 唐代越州,出现了不少著名诗人,骆宾王是临海人,贺知章是会稽人。他们在初盛唐诗坛上举足轻重,影响深远,同时留下了吟咏越州的篇章。即如骆宾王《早发诸暨》诗:“征夫怀远路,夙驾上危峦。薄烟横绝巘,轻冻涩回湍。野雾连空暗,山风入曙寒。帝城临灞涘,禹穴枕江干。橘

① 朱金城《白居易集笺校》卷六八,第 3684 页。

性行应化，蓬心去不安。独掩穷途泪，长歌行路难。"[①]而贺知章到八十余岁由秘书监告老还乡还作了《回乡偶书二首》："少小离家老大回，乡音无改鬓毛衰。儿童相见不相识，笑问客从何处来。""离别家乡岁月多，近来人事半销磨。唯有门前镜湖水，春风不改旧时波。"不仅越州本土诗人如此，流寓越州的诗人创作更为丰富。即如初唐时期的大诗人宋之问，曾被贬越州长史。尽管被贬，但到此乐土，仍然是幸运的，故言"虽叹出关远，始知临海趣。赏来空自多，理胜孰能喻"[②]。他"穷历剡溪山，置酒赋诗，流布京师，人人传讽"[③]。他尤其致力于律诗的创作，既精丽缜密，又流畅自然，达到情景交融的境地。如《泛镜湖南溪》诗："乘兴入幽栖，舟行向日低。岩花候冬发，谷鸟作春啼。沓嶂开天小，丛篁夹路迷。犹闻可怜处，更在若邪溪。"[④]又《游禹穴回出若邪》后半："石帆摇海上，天镜落湖中。水底寒云白，山边坠叶红。归舟何虑晚，日暮有樵风。"[⑤]此外，尚有《谒禹庙》《游法华寺》《早春泛镜湖》《游云门寺》《湖中别鉴上人》《游称心寺》诸作共二十余首。无论是越州本土诗人以其作品表达对于家乡的热爱，还是流寓诗人对于浙东的欣赏，无一例外地都受到越州山水美景的陶冶从而将真情流露于诗作当中。诗歌之外，散文如晋孙绰《游天台山赋》、王羲之《兰亭集序》之后，代有名作。小说自刘义庆《幽明录》所载刘晨、阮肇遇仙的故事也凄美动人，吴均《续齐谐记》亦收录这一故事，对于后世产生了重大影响。这是浙东唐诗之路文学上的特色。

---

① 陈熙晋《骆临海集笺注》卷二，第 34 页。

② 宋之问《景龙四年春祠海》，《沈佺期宋之问集校注》卷三，第 517 页。

③《新唐书》卷二〇二《宋之问传》，第 5750 页。

④ 陶敏、易淑琼《沈佺期宋之问集校注》卷三，第 513 页。

⑤ 陶敏、易淑琼《沈佺期宋之问集校注》卷三，第 511 页。

浙东有着深厚的文化渊源，魏晋以后，北方战乱，衣冠贵族大量南迁，黄河流域的中原文化随着人口的南迁而与浙东文化融合，更使得越中成为人文荟萃之地。加以东晋门阀制度盛行，士族势力、门阀势力、北方贵族、南方土著等各大利益集团汇聚在一地，组成了浙东文人集团。他们借江山之助，体物写志，留下了很多名垂千古的篇章。最为典型的例证就是东晋时期以王羲之为首的兰亭集会。晋穆帝永和九年（353）三月三日，王羲之在会稽内史任，他和友人谢安、孙绰等聚于兰亭，饮酒赋诗，参加聚会者有官僚、文人与僧徒，都是一时名士。当时与会之人都有诗作，事后编辑成集，由王羲之作序与书写，这就是著名的《兰亭集序》。后来，每到三月上巳，越州多有修禊。唐代永淳二年（683），一批文士修禊于云门山王献之山亭，王勃作了《修禊于云门王献之山亭序》，其中有“永淳二年暮春三月，修祓禊于献之山亭也。迟迟风景出没，媚于郊原；片片仙云远近，生于林薄。杂花争发，非止桃蹊；迟鸟乱飞，有余莺谷。王孙春草，处处皆青；仲统芳园，家家并翠”[①]等描写，则很明显是与王羲之的《兰亭集序》一脉相承的。谢灵运更在越中留下大量的诗作，名篇《石壁精舍还湖中作》《登池上楼》都是描写此中山水之作。宋代孔延之所编的《会稽掇英总集》，分门别类辑集了六朝以来对于会稽形胜与山水的吟咏，更可以看出六朝王羲之、谢灵运等人的流风余韵。这是浙东唐诗之路文化上的特色。

唐代浙东地区，是佛教和道教的圣地。天台山的国清寺、新昌的大佛寺、鄞县的天童寺，都是唐代甚为鼎盛的寺庙，沃洲山更是唐人景仰的佛教圣地，东晋高僧支道林曾于此“买山而隐”，养马坡谷，放

① 孔延之《会稽掇英总集》卷二〇，《景印文渊阁四库全书》第1345册，第164页。

鹤山峰，而沃洲禅院由白道猷开山，白寂然兴寺，白居易撰写《沃洲山禅院记》，后世号称“三白堂”。道教圣地则有天台山的桐柏观，虽后来成为道教南宗祖庭，实则在唐代已经非常繁盛，迄今存世的唐代诗人崔尚撰写的《桐柏观碑》就是明证。这里是佛教天台宗的发源地，这里的佛教与道教融合无间，和合相处。这是浙东唐诗之路宗教上的特色。

唐代诗人自爱名山，喜欢漫游。李白《秋下荆门》诗说“此行不为鲈鱼脍，自爱名山入剡中”①，杜甫《壮游》诗说“剡溪蕴秀异，欲罢不能忘。归帆拂天姥，中岁贡旧乡”②，赵嘏《发剡中》诗说“南岩气爽横郛郭，天姥云晴拂寺楼”③，许浑《早发天台山中岩度关岭次天姥岑》诗说“来往天台天姥间，欲求真诀驻衰颜。星河半落岩前寺，云雾初开岭上关。丹壑树多风浩浩，碧溪苔浅水潺潺。可知刘阮逢人处，行尽深山又是山”④。这样的漫游影响了千年的浙东文脉。我们现在弘扬优秀传统文化，开发浙东唐诗之路，将文学与景观、山水融为一体，也是这一文脉的延伸。这是浙东唐诗之路旅游上的特色。

这样的五大特色，又集中于天台山一脉。因为天台山在唐代就汇集了山水美景的精粹，悬岩、峭壁、瀑布、幽谷，“穷山海之瑰富，尽人神之壮丽矣”；天台山是唐代诗人最为向往的地方，李白既有“天台四万八千丈，对此欲倒东南倾”⑤ 的神往，又有“天台国清寺，天下

---

①《李太白全集》卷二二，第 1023 页。

②《全唐诗》卷二二二，第 2358 页。

③《全唐诗》卷五四九，第 6348 页。

④《全唐诗》卷五三三，第 6091 页。

⑤ 李白《梦游天姥吟留别》，《李太白全集》卷一五，第 706 页。

为四绝”[1] 的赞叹；天台山文化源远流长，自晋室南渡，衣冠贵族如琅琊王氏、陈郡谢氏、太原王氏、庐江何氏、高平郗氏、北地傅氏、陈留阮氏、高阳许氏、乐安高氏、鲁国孔氏、颍川庾氏集聚于此，提高了当地的文化品位，促成了“庄老告退而山水方滋”的文风转变，唐代山水诗的兴盛也无疑渊源于此；天台山既是唐代佛教十宗之一天台宗的发源地，也是道教南宗的发祥地，其宗教影响不仅遍及国内，而且传至东瀛；天台山汇合了地理、山水、文学、文化、宗教之优长，对于当今的旅游开发也具有重要意义。以天台山为核心的浙东唐诗之路的特色，我们可以用下面的图表形式表现其中的关联。

浙东唐诗之路特色关系示意图

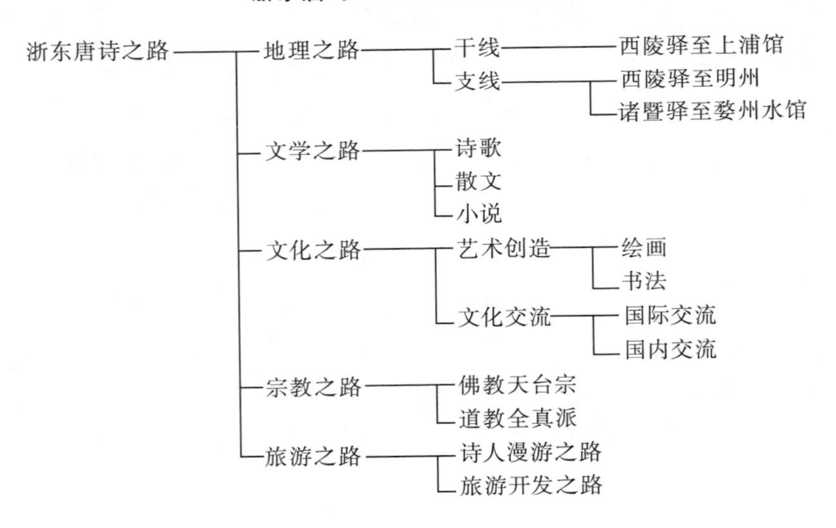

① 李白《普照寺》,《全唐诗补编》之《全唐诗续补遗》卷三，中华书局，1992年，第360页。

第三节　从台州到明州：海上丝绸之路的重要节点

唐代浙东的海上口岸，是海上贸易和文化交流的重要通道，其中从台州到明州是海上丝绸之路的重要节点。当然，海上丝绸之路不止这一段道路，还有更南边的广州等地。比如 1998 年在南海发现的"黑石号沉船"载有的唐代长沙窑瓷器上刻写有不少唐诗，标志着唐诗由海上向全世界传播。而从台州进而到明州再向东亚各国的传播路线，是与浙东唐诗之路相关联和融会的海上丝路之一。

就台州与明州而言，从海上来中国的外国官员、商人、学生和僧徒，都要在台州或明州查验，发放"过所"才可以进行陆地上的各种活动。出了台州和明州口岸，向东可以到达日本，向南经过福建到达南海，出亚洲再向欧洲。我们这里重点谈一下与日本的交流。

纵观唐代将近三百年间，日本共派遣了十九次遣唐使，其中包括"送唐客使"和"迎入唐使使"，而任命后成行者有十三次。这些遣唐使到达中国的登陆口岸大概分三个时期：7 世纪 30 至 70 年代，主要由北路进行，从日本滩波（大阪）登舟，沿日本内海到博多（福冈）出发，经过朝鲜半岛、辽东半岛，在山东半岛口岸登陆，再西去洛阳到长安；7 世纪 70 年代到 8 世纪 60 年代约一百年，因为日本与新罗关系紧张，故而遣唐使改由九州南下，经东海在长江口登陆，再沿运河北上去洛阳到长安；8 世纪 70 年代以后，航线改由南路，也是由九州出发，向西南跨过东海，在长江口的明州、台州或苏州一带登陆，再由运河北上。这三条航线，山东半岛最为安全，航行时间需三十天左右，但因国际关系问题，实际使用时间很短；长江口的航行时间虽然也在三十天左右，但安全性不好，有时船只漂流到南海后倾覆；明州、台州登陆的航行时间较短，大约十天，但安全性与长江口登陆一样，都较为危险。这三个登陆口岸都连接中国和东亚各国，尤其是日本，我们可以将之看成是海上丝路的起点，但其中只有台州、明州的口岸与浙东唐诗之路集结与交汇。

明州和台州作为海上丝绸之路的起点，应该始于盛唐时期。因为高僧鉴真和尚第四次东渡日本，在天宝三载（744）从宁波经宁海，巡礼天台山国清寺，带去《法华玄义》《摩诃止观》等天台宗的经典，这对于天台宗的发展具有极大的影响。但鉴真这次东渡并没有成功。到天宝十三载（754），鉴真第六次东渡日本，才取得成功。到了日本以后，他大力弘扬天台宗教义，开辟了天台山与日本文化交流的新时代。鉴真弟子、台州开元寺（即临海龙兴寺）僧思托则是中日文化交流史上第一位赴日的台州高僧。日本天台宗祖师最澄于贞元二十年（804）乘日本第十七次遣唐使的船入唐，到天台山从行满大师学法。回到日本之后就创立了日本天台宗。后来继最澄衣钵成为日本天台宗祖师的圆仁、圆珍、圆载等，都曾入唐求法，得天台宗佛教精髓，回国后为日本佛教的发展做出了突出的贡献。由此我们也就可以看出台州在海上丝绸之路上的重要地位，而这些入唐求法的高僧又以天台山为中心，台州天台山与日本的比睿山由海上通路相连，成为文化传播的最重要的标志。

明州是唐代的重要海港，外国使船从南方到达中国，主要从明州登陆，明州则成为主要贸易通道。由明州登陆后，再分散去全国各地。就贸易而言，明州港成为当时亚洲的三大贸易港之一。经过明州的日本遣唐使，重点是来唐学习先进文化，故而其核心访问区域也是天台山，实际上台州的天台山是日本遣唐使从明州登陆后从事文化交流最核心的地方。

第四节　唐人《送最澄上人还日本国》组诗的意义

日本僧人来唐学法者众多，著名的高僧即有最澄、空海、圆行、圆仁、圆珍、惠远、宗睿、常晓，称为“入唐八家”。最澄学成返回日本后，在日本创立了天台宗。而最澄之所以能够创立天台宗，与其在天台山国清寺学法有着密切的关系。非常值得重视的方面是最澄于贞元二十一年（805）返回日本国时，台州文武官员相送，并作诗饯别，留下了《送最澄上人还日本国》组诗。我们先根据相关典籍，将这组诗并叙整理于下：

送最澄上人还日本国叙

过去诸佛，为求法故，或碎身如尘，或捐躯强虎。尝闻其说，今睹其人，日本沙门最澄，宿植善根，早知幻影，处世界而不著，等虚空而不碍，于有为而证无为，在烦恼而得解脱。闻中国故大师智颉，传如来心印于天台山，遂赍黄金涉巨海，不惮滔天之骇浪，不怖映日之惊鳌。外其身而身存，思其法而法得，大哉其求法也。以贞元二十年九月二十六日臻于海郡。谒太守陆公，献金十五两，筑紫斐纸二百张，筑紫笔二管，筑紫墨四挺，刀子一，加斑组二，火铁二，加火石八，兰木九，水精珠一贯，陆公精孔门之奥旨，蕴经国之宏才，清比冰囊，明逾霜月，以纸等九物，达于庶使，返金于师。师译言：请货金贸纸，用以书天台止观。陆公从之，乃命大师门人之裔哲曰道邃，集工写之，逾月而毕，邃公亦开宗指审焉。最澄忻然瞻仰，作礼而去，三月初吉，遐方景浓。

酌新茗以饯行，对春风以送远，上人还国谒奏，知我唐圣君之御宇也。

贞元二十一年巳日　台州司马吴颛叙①

送最澄上人还日本国
台州司马吴颛

重译越沧溟，来求观行经。问乡朝指日，寻路夜看星。得法心愈喜，乘杯体自宁。扶桑一念到，风水岂劳形。

台州录事参军孟光

往岁来求请，新年受法归。众香随贝叶，一雨润禅衣。素舸轻翻浪，征帆背落晖。遥知到本国，相见道流稀。

台州临海县令毛涣

万里求文教，王春怆别离。来传不住相，归集祖行诗。举笔论蕃意，梵香问汉仪。莫言沧海阔，杯度自应知。

乡贡进士崔谟

一叶来自东，路在沧溟中。远思日边国，却逐波上风。问法言语异，传经文字同。何当至本处，定作玄门宗。

① 安藤俊雄、薗田香融《日本思想大系 4・最澄》，岩波书店，1974 年，第 352 页。

广文馆进士全济时

家与扶桑近，烟波望不穷。来求贝叶偈，还过海龙宫。流水随归处，征帆远向东。相思渺无畔，应使梦魂通。

天台沙门行满

异域乡音别，观心法性同。来时求半偈，去罢悟真空。贝叶翻经疏，归程大海东。何当到本国，继踵大师风。

天台归真弟子许兰

道高心转实，德重意唯坚。不惧洪波远，中华访法缘。精勤同慧可，广学等弥天。归到扶桑国，迎人拥海堧。

天台僧幻梦

却返扶桑路，还乘旧叶船。上潮看浸日，翻浪欲滔天。求宿宁逾日，云行讵隔年！远将乾竺法，归去化生缘。

前国子监明经林晕

求获真乘妙，言归倍有情。玄关心地得，乡思日边生。作梵慈云布，浮杯涨海清。看看达彼岸，长老散华迎。①

① 《送最澄上人还日本国》诗九首，张步云《唐代中日往来诗辑注》据日本最澄《显戒论缘起》卷上录入（陕西人民出版社，1988年，第32—47页），陈尚君《全唐诗续拾》卷一九又据张步云《辑注》录入。户崎哲彦撰有《唐代台州刺史陆淳与日僧最澄（上）——唐诗在日本》（《台州学院学报》2019年第1期，第11—13页），对于这组诗重新校订，胜义较多。今参合诸家，录组诗于上。

这里值得注意的是以诗歌为中心的中日交流活动，其地点在浙东的台州，又是最澄要启航归国的地点，故而可以说这是海上丝绸之路的起点之一。因此，这组诗最重要的价值就是能够作为浙东唐诗之路与海上丝绸之路交汇的标志。与此相关，我们重点谈一下这组诗涉及的三个问题。

一是最澄的行历。最澄于贞元二十年（804）七月六日，搭乘日本第十七次遣唐使第二舶石川道益之船从日本筑紫（今福冈）出发，航行五十余日，于九月一日抵达明州之鄮县①。九月十二日，最澄前往台州拿到公验，十五日，与弟子兼译语僧义真、行者丹福成启程前往台州。抵达台州之后，即拜谒台州刺史陆淳，“献金十五两，筑紫斐纸二百张，筑紫笔二管，筑紫墨四挺，刀子一，加斑组二，火铁二加火石八。兰木九，水精珠一贯”。陆淳就是陆质，永贞革新的代表人物，其名因为犯唐宪宗李淳之讳，故改名陆质。最澄此行，目的在于“求妙法于天台，学一心于银地”②。十二月，最澄随道邃上天台山，在修禅寺遇道邃同门行满法师，二人颇为投契，行满“倾以法财，舍以法宝”③。十二月七日，最澄复至山下国清寺，并和义真一同受具足戒毕，《显戒论缘起》中还录有义真的戒牒。贞元二十一年（805）三月，最澄结束台州的行程，四月返抵明州。但彼时离遣唐使团启航返日尚有一个多月的时间，于是最澄又向明州官府请求前往越州巡礼。四月中旬，最澄抵达越州，于越州龙兴寺遇顺晓法师，继而受善无畏三藏直传的秘密灌顶，又受其付法印记。五月，复返明州。五月中

① 据《宁波日报》2011年11月18日报道，宁波观宗讲寺于2011年立“日本传教大师最澄入唐上岸圣迹碑”，并由来自日本佛教天台宗的日中友好天台宗协会会长小堀光诠、理事长阿纯孝等一行三十人参加了揭碑仪式。

② 伊藤松辑《邻交征书》，上海辞书出版社，2007年，第112页。

③ 伊藤松辑《邻交征书》，第112页。

旬，最澄将在唐期间所获全部经论整理汇集，编制成一卷《日本国求法僧最澄目录》（即后来的《传教大师请来目录》），并求得明州刺史郑审则赐官方印记。五月十九日，最澄改乘遣唐使第一船，从明州望海镇（今宁波镇海）起碇归国，六月五日平安抵达日本的对马岛，为期将近一年的入唐求法之旅至此真正结束[①]。

二是送行时的台州府官员、文人与僧徒。首先值得关注的是诗序当中提到的台州刺史陆淳，也是给最澄签发过所的长官。他是浙东唐诗之路与海上丝绸之路上的焦点人物，同时也是与唐代政治、学术、文学都很有关联之人。就政治而言，因为他在罢任台州刺史之后被征为给事中，就入朝参加了在当时和后世极具影响的"永贞革新"，并为皇太子侍读，未几病卒。从学术上看，陆淳是唐代著名的儒学大师，是《春秋》学派的代表人物，他研究经学，注重会通，表现了对传统观念的大胆怀疑精神，其立足点是对旧学的否定，因而在当时和后世被视为"异儒"。著有《集注春秋》二十卷、《类礼》二十卷、《君臣图翼》二十五卷等。永贞革新的代表人物都是陆淳的弟子。陆淳《春秋》之学，是永贞革新的思想基础。从文学上看，当时从陆淳学者柳宗元、刘禹锡、吕温、韩泰等都是著名的文学家，陆淳即置身其中成为文学与学术兼长的代表人物。陆淳的文章，《全唐文》《唐文拾遗》《唐文续拾》《全唐文补编》都有收录，尚存多篇。陆淳之诗，《全唐诗》不载只字，但日本比睿山无量院沙门慈本在文久二年（1862）所撰的《天台霞标》第四篇第一卷收陆淳诗一首，诗名题为《台州刺史陆淳送最澄阇梨还日本》诗："海东国主

① 有关最澄的行迹，可参考陈凯林《唐代中日往来诗研究》，浙江大学硕士学位论文2016年，第50—52页。

尊台教，遣僧来听妙法华。归来香风满衣裓，讲堂日出映朝霞。"①这首诗是否为陆淳所作，近来学者有所怀疑。但就其所言情事，再与台州官员送最澄诗比照，作为陆淳所作，应该不是空穴来风。诗歌也写得很好，首句叙说最澄来台州的原因是因为日本皇帝尊崇天台山佛教，次句叙说最澄受日本天皇的委派来台州听授《妙法莲华经》的过程，三句则言最澄归国的情况，设想其香火旺盛，布满僧衣，四句设想最澄弘扬教义的情景，讲堂与朝霞相映，是对最澄最好的赞美。全诗语言朴素明畅，情景真切。

其他官员、文人及僧徒的诗作都是五言律诗，台州诗人以五言律诗的形式创作送赠最澄之组诗。从内容上看，这九首诗作皆以《送最澄上人还日本国》为题，虽作者不同，但在风格上却显示出高度的统一，表现出对于最澄入唐求法的赞美之情，对于最澄求法成功回归日本，既有祝愿，也表现出难舍难分的伤情惜别之情，更有对最澄求法而成的祝福与未来学佛之路的期许之情。我们举一首广文馆进士全济时的诗作以见一斑："家与扶桑近，烟波望不穷。来求贝叶偈，还过海龙宫。流水随归处，征帆远向东。相思渺无畔，应使梦魂通。"这首诗首联写最澄居于海东之日本，近于扶桑，大海一望无际。次联言其为了求法而远过大海。三联言学成回国远随流水而征帆向东。尾联则由送行分别而表现出相思之情，不因大海的阻隔而与魂梦相通。

从这组诗产生的地点，我们可以做这样的定位：它是一组群体所作的诗歌，其地点就在浙东唐诗之路最东端的大海之滨，同时这里也是海上丝绸之路的起点，因此这组诗就远远超越文学、宗教的意义，而成为文化、地理等多方面集中的标志。

① 参户崎哲彦《留传日本的有关陆质的史料及若干考证》，《中国哲学史研究》，1985 年第 1 期，第 54 页。

三是有关这组诗还可延伸考察的方面是最澄回国后，日本嵯峨天皇、仲雄王、巨势识人与最澄的唱和诗。最澄卒后，嵯峨天皇还有哀挽诗。这些唱和诗和哀挽诗都与天台宗佛教相关。嵯峨天皇《答澄公奉献诗》云：

远传南岳教，夏久老天台。杖锡凌溟海，蹑虚历蓬莱。朝家无英俊，法侣隐贤才。形体风尘隔，威仪律范开。袒肩临江上，洗足踏岩隈。梵语翻经阁，钟声听香台。经行人事少，宴坐岁华催。羽客亲讲席，山精供茶杯。深房春不暖，花雨自然来。赖有护持力，定知绝轮回。①

又《和澄公卧病述怀之作》诗云：

闻公云峰里，卧病欲契真。对境知皆幻，观空厌此身。柏暗禅庭寂，花明梵宇春。莫嫌应化久，为济梦中人。②

又《哭最澄上人》诗云：

吁嗟双树下，摄化契如如。慧远名仍驻，支公业已虚。草深新庙塔，松掩旧禅居。灯烈残空座，香烟绕像炉。苍生稍集少，缁侣律仪疏。法体何不住，尘心伤有余。③

---

① 小岛宪之校注《文华秀丽集》，岩波书店，1964年，第258页。

② 小岛宪之校注《文华秀丽集》，第262页。

③ 嵯峨天皇《哭澄上人》诗真迹，载《书迹名品丛刊》，日本二玄社1964年影印本。

仲雄王《和澄上人卧病述怀之作》诗云：

古寺北林下，高僧毛骨清。天台萝月思，佛陇白云情。院静芭蕉色，廊虚钟梵声。卧痾如入定，山鸟独来鸣。[①]

巨势识人《和澄上人卧病述怀之作》诗云：

吾师山上寺，托疾卧云烟。猿鸟狎梵宇，鬼神护法筵。涧花当佛笑，峰月向僧悬。已觉非真有，观身自得痊。[②]

这些诗当然都不是在唐土所作，而是在最澄回国后与自天皇到贵族之间的唱和，甚至在最澄死后，天皇还作诗哀悼表示其痛挽之情。这在当时的日本，应该是一件代表国家的大事。“在日本历史上，嵯峨天皇享有崇高的地位。擅长汉诗、书法，并且成就很高，连音律都有相当的造诣。……嵯峨天皇的传世之作，以现存《光定戒牒》《哭澄上人诗》等最负盛名。”[③]值得注意的是这些诗中还呈现出受天台以至浙东佛教影响的痕迹。几首诗都表现了对最澄回到日本国创立和弘扬天台宗的赞美之情，对于最澄的卧病，更是给予了极大的关切和安慰，尤其是最澄死后天皇的哀挽诗，将其比之于庐山的高僧慧远和沃洲的高僧支遁，崇敬与哀悼之意蕴藏于字里行间。这首诗至今还有嵯峨天皇的墨迹流传，成为日本书法的珍宝。

---

① 小岛宪之校注《文华秀丽集》，第 262 页。

② 小岛宪之校注《文华秀丽集》，第 263 页。

③ 李寅生《日本天皇年号与中国古典文献关系之研究》，凤凰出版社，2018 年，第 125 页。

第五节　入唐僧圆仁与圆珍的行记与过所

圆珍和圆仁都是“入唐八家”中的僧人，他们在中日文化交流方面都做出了重大贡献。他们在中国接受了天台宗的佛法，并且在回到日本后大力弘扬，圆仁为日本天台宗的第三代宗主，圆珍成为第五代宗主。

一、圆仁

圆仁（793—864），俗姓壬生，下野国（今栃木县）人。日本佛教天台宗山门派创始人。开成三年（838），圆仁以请益僧身份随遣唐使到中国求法，随后在扬州开元寺，五台山大华严寺、竹林寺习天台教义，抄写天台典籍。不久入长安，住资圣寺，又从大兴善寺元政，青龙寺法全、义真等受密法，历时十年。因武宗禁佛，故其于宣宗大中元年（847）携带佛教经疏、仪轨、法器等回国，于比睿山建立总寺院，弘传密教和天台教义。卒后，清和天皇赐慈觉大师谥号。圆仁著作百余部，最著名的有《入唐求法巡礼行记》四卷。该书详述其亲历唐文宗、武宗、宣宗三代所见的佛教情况，史料价值极高。而在《巡礼行记》中可以看出，求佛于天台是其本来的愿望。《入唐求法巡礼行记》卷一云：

> 八月一日早朝，大使到州衙见扬府都督李相公，事毕归来。斋后，请益、留学两僧出牒于使衙，请向台州国清寺，兼请被给水手丁胜小麿，仕充求法驰仕。暮际，依大使宣，为果海中誓愿事，向开元寺看定闲院。三纲老僧卅有余，共来慰问。巡礼毕，归店馆。

三日，请令请益僧等向台州之状，使牒达扬府了。为画造妙见菩萨、四王像，令画师向寺里。而有所由制不许外国人滥入寺家，三纲等不令画造佛像。仍使牒达相公，未有报牒。

四日早朝，有报牒。大使赠土物于李相公，彼相公不受，还却之。又始今日充生料每物不备。斋后，从扬府将覆问书来。彼状称："还学僧圆仁、沙弥惟正、惟晓、水手丁雄满，右请往台州国清寺寻师，便住台州，为复从台州却来，赴上都去；留学僧圆载，沙弥仁好，伴始满，右请往台州国清寺寻师，便住台州，为复从台州却来，赴上都去者。"即答书云："还学僧圆仁，右请往台州国清寺寻师决疑，若彼州无师，更赴上都，兼经过诸州。留学问僧圆载，右请往台州国清寺随师学问，若彼州全无人法，或上都觅法，经过诸州访觅者。"又得使宣称，画像之事，为卜筮有忌，停止既了，须明年将发归时，奉画供养者。①

《入唐求法巡礼行记》记载圆仁从开成三年（838）六月十三日开始到宣宗大中元年（847）返回日本国，前后长达九年。而圆仁的目的是要到天台山国清寺求法，但他的请求并没有得到朝廷和州府的批准，不得不在扬州住了半年多。无奈之下就想随同遣唐使一起回日本。但船到楚州的时候，他和新罗译语金正南说："到密州界留住人家，朝贡船发，隐居山里，便向天台，兼往长安。"② 还是想暗中向天台山求法。但这个目的仍未达到，被迫搭乘遣唐使船回国，恰巧船在海上遇风，飘回了文登县赤山湾。因为巡礼天台山得不到唐代官府的批准，于是圆仁只好改变初衷，将目的地改为五台山。而他之所

① 圆仁《入唐求法巡礼行记》卷一，第9—10页。
② 圆仁《入唐求法巡礼行记》卷一，第39页。

以要到五台山，实际上主要还是与天台佛教的关联。《入唐求法巡礼行记》卷二云：

> 三僧为向天台，忘归国之意，留在赤山院。每问行李：向南去道路绝远；闻道向北巡礼有五台山，去此二千余里，计南远北近。又闻有天台和尚法号志远，文鉴座主兼天台玄素座主之弟子，今在五台山修《法花》三昧，传天台教迹。……常闻台山胜迹，甚有奇特，深喜近于圣境；暂休向天台之议，更发入五台之意。①

说明圆仁来唐志在学习天台佛教，虽未遂天台山巡礼之愿，但在五台山从天台和尚志远，亦得天台宗精髓。圆仁回国后登比睿山，设灌顶台，建根本观音堂、法华总持院，弘扬佛教天台宗和密宗，在日本佛教史和中日佛教交流史上产生了重大而深远的影响。由《入唐求法巡礼行记》所记载的圆仁求法过程可见，他虽然未得在天台山求法，但因天台山佛教的影响，仍然在五台山从天台和尚志远学习，而后在日本大力弘扬天台宗。这就足以说明天台山佛教成为中国佛教的核心地，其辐射不仅在全国各地，更达到了邻国日本。

需要补充说明的是圆仁书中所记的留学僧圆载曾在台州国清寺。圆载（？—877），日本大和（今奈良县）人。最澄弟子。唐开成三年（838），随最后一次遣唐使入唐巡礼，先在天台山国清寺求法，后来到长安青龙寺从法全学得两部大法。在唐三十九年。唐僖宗乾符四年（877），至吴淞江口的青龙镇隆福寺，准备搭商人李延孝船归国。当时吴地诗人皮日休、陆龟蒙、颜萱奉命相送，并作有送行诗，亦

① 圆仁《入唐求法巡礼行记》卷二，第64—65页。

为中日交流史上的重要环节，也为唐代文学史留下了辉煌篇章。皮日休有《送圆载上人归日本国》《重送圆载上人归日本国》诗，陆龟蒙有《和袭美重送圆载上人归日本国》《闻圆载上人挟儒书洎释典归日本国更作一绝以送》诗，颜萱亦有《送圆载上人》诗。但不幸的是，圆载在归国途中，遇大风暴，船被颠覆，溺水而死。

二、圆珍

圆珍（814—891），俗姓和气，字远尘，赞岐国（今香川县）人，空海俗甥。他是日本佛教天台宗寺门派创始人。圆珍的主要著作有《法华论记》《法华玄义略要》《大日经指归》《讲演法华仪》等，所著《授决集》二集。圆珍既是僧人，亦为诗人。圆珍即将赴唐时，在日本国的鸿胪馆作《昨日鸿胪北馆门楼游行一绝七言》："鸿胪门楼掩海生，四邻观望散人情。遇然圣裂游上嬉，一杯仙药奉霄青。"又作《怀秋思故乡诗一首七言》："日落西郊偏忆乡，秋深明月破人肠。亭前满露蝉声乱，霜雁天边一带长。尽夜吟诗还四望，一轮挂叶落四方。一年未在鸿胪馆，诗兴千船入文章。"① 尤其后者，情思悠远，怀乡之情与秋日之景融会，加以"折腰体"诗格的运用，形成前后映照，堪称诗中佳制。

圆珍的入唐行历，据日本学者佐藤长门《入唐僧圆珍：日本天台宗寺门派之祖》② 有专门的考证，参考佐藤的考证，我们梳理出圆珍入唐所经之地甚多，而其与天台山的关系主要有两个时段：

一是圆珍于唐宣宗大中五年（851）四月十五日从平安京出发，

---

① 圆珍《智证大师全集》卷四《风藻饯言集》，引自苌岚《7—14世纪中日文化交流的考古学研究》，中国社会科学出版社，2001年，第210页。

② 佐藤长门《入唐僧圆珍：日本天台宗寺门派之祖》，《浙江大学学报》2015年第3期，第112—123页。

但没有赶上遣唐使的船只，只好借住城山四王院等待。待到下一年闰八月，才有机会随遣唐使之船入唐。大中七年（853）七月十六日出发，八月九日到流求（台湾）。后来经过海口镇（福清）进入福州，请求都督府公验。大中七年（853）九月十四公验记录如下内容："为巡礼天台山、五台山及长安青龙、兴善寺等，寻求圣教，来到圣府。"九月二十八日，又从海路前往温州，十一月初到达温州，住开元寺。二十六日，到达台州开元寺，遇到曾经同在贞元二十年（804）十二月于国清寺受戒的老僧知建。十二月九日又从台州出发，抵达唐兴县，即现在的天台县。十三日到达天台山国清寺。大中八年（854），圆珍在天台山主要是巡礼遗迹和抄写经典。二月九日，前往禅林寺，拜谒智𫖮、湛然、智晞禅师之墓，抄写了寺内的碑文。十八日，登上天台山华顶，数日后返回国清寺。四月十六日至七月十五日，抄写天台山教法两百卷。九月七日，前往越州。二十日，抵达越州城南门。三月十九日，越州都督府下发过所，圆珍开始前往长安。

二是大中十年（856）六月四日，圆珍又由长安回到国清寺。这时主要是勤奋校勘《大日经义释》，并在国清寺止观院造止观堂。当时越州商人詹景全、刘仕献，渤海国商主李延孝、吴英觉等施钱四千文，建造住房三间，实现了祖师最澄的心愿。这些建筑统称为"天台国清寺日本国大德僧院"。大中十一年（857）十月，圆珍编写了《日本比丘圆珍入唐目录》。十二年（858）二月，前往台州拜访刺史严修睦。闰二月乞求台州刺史颁发回国公验，直至四月八日获批。此后开始编《入唐求法总目录》。大中十二年（858）六月八日，圆珍辞别台州，乘坐李延孝的商船回国，二十二日回到日本太宰府鸿胪馆。圆珍回到日本后，于公元864年就任天台座主，大力弘扬天台佛法，成为日本天台宗寺门派之祖，就任后与中国僧人的来往仍然非常频繁。因为圆珍的弘扬，日本天台宗佛教发展很快，而且源远流长。直到现在，京都附近的比睿山仍然是天台宗佛教的圣地。

圆珍入唐后的公验和过所，现在还存留两则，这对我们研究中日文化交流意义重大。因为两则过所又都是浙东所发，更有助于对浙东唐诗之路的研究，而其本身也是海上丝路实物的见证。这两则过所，一是越州都督府颁发的过所，二是温州横阳县颁发的过所。这说明到了中晚唐时期，日本遣唐使者的往来，登陆以后的活动范围主要集中于浙东地区。

举世闻名的天台山，集山水奇观与文化精粹于一体，是浙东唐诗之路的精华所在。以天台山文化为核心，以台州为中心的主要区域，是浙东唐诗之路与海上丝绸之路的交汇点。这一区域以天台山为中心向四周辐射，而集中于现在的绍兴、宁波、温州，扩展到浙东，向内再向全国延伸，向外再向日本、韩国以及东亚地区，直至世界扩展。浙东唐诗之路，不仅仅是20世纪80年代定位的地理之路与旅游之路，更是一条文化之路、经济之路、艺术之路、宗教之路。浙东唐诗之路与海上丝绸之路融会在一起，具有更为深厚的文化底蕴和更为广阔的发展前景。这样从时间的纵轴来看，就能把过去、现在和未来通贯成一线，具有无限的延伸性；从空间的横轴来看，以天台山为辐射的中心，向浙东—全国—世界扩展，具有广袤的延展性。浙东唐诗之路的概念，虽然提出来有三十余年的时间，但迄至目前的学术研究，还处于初步的状态，仍集中于旅游开发与地方宣传的层面，这与浙东唐诗之路的实际文学成就和文化内涵很不相称。因此，浙东唐诗之路的研究，需要提高文化境界，加深学术内涵。同时，浙东唐诗之路研究，也不仅仅是浙东学者需要完成的使命，也是整个唐诗研究的一个组成部分，由浙东唐诗之路可以进一步拓展到全国唐诗之路的研究。

第四编　诗路浙西

第十章 唐诗与润州

唐代润州属于江南重镇，这一方面是由于六朝的都城金陵就是现在的南京，在隋唐时行政建置方面下降到上元县这样的县级，造成了金陵的急遽衰败，留给唐代诗人的大多是对于陈迹的凭吊；另一方面，唐代特别发展润州，尤其是中唐以后设置为浙西观察使治所，成为与越州并驾齐驱的江南重镇；再一方面，润州的长江对岸是扬州，唐代有“扬一益二”之称，为长江与运河的交会处，是淮南节度使的治所，加以为唐代盐铁转运使的所在地，这样也就与润州的发展相得益彰。《全唐诗》表现润州的诗篇总共有一千余首，呈现出恢宏的气象。名篇如王昌龄《芙蓉楼送辛渐》、王湾《次北固山下》、张祜《题金陵渡》等，不胜枚举。盛唐时期还出现专门的润州群体诗集《丹阳集》，与同是殷璠所编的《河岳英灵集》相媲美。本章讨论润州诗歌的三个方面：一是安史之乱文士南渡对于润州的影响，二是盛唐润州诗坛与《丹阳集》，三是润州北固山诗的专题研讨。

第一节 安史之乱与文士南渡

唐代从建立到玄宗天宝时期，文学的重心都在京城长安和东都洛阳。长安不仅是唐帝国政治与经济的中心，也是文化学术的中心。唐代文学的中心也是长安和洛阳，太宗朝、武后时期及玄宗时期，这三个鼎盛时期的京城，文学繁盛，成为各地士子向往的目标。举国上下的文人，要想实现自己的抱负，都要入长安，一是通过科举走上仕途，二是在这一文化中心展示自己的才华，扩大自己的影响。陈子昂少年时虽抱经世之才华，而在蜀地并没有出头的机会，是到长安才受到人们尊重的。当时京兆司功王适见到他的《感遇诗》，感叹说："此子必为天下文宗矣！"[①] 杜甫有长安十年的经历，李白到底是二入长安，还是三入长安，学术界到现在还在争论不休。这些都说明，长安与洛阳在天宝以前是唐代文学的中心。

安史之乱爆发，先是攻克洛阳，后是长安沦陷，天子蒙尘，逃奔成都，长安为乱兵所占有，搞得一片荒芜。加以北方战乱，南方较为平静，同时经济发展又非常快，因而此时人口大量南移。随着人口的南迁，南方也成了文学发展重要的发源地。

在中国历史上，往往北方发生大的动乱时，人口就大规模地向南方迁徙。西晋末年的永嘉之乱与北宋末年的靖康之难最为典型。唐代的安史之乱，也促成了北方人口的大规模南迁。安史之乱发生时，"海内久承平，百姓累世不识兵革，猝闻范阳兵起，远近震骇"[②]。战火由北向南推进，人口也随之南移。根据黄盛璋《唐代户口的分布与变迁》和周振鹤《唐代安史之乱和北方人口的南迁》[③] 研究，南下的北方移民浪潮，以在淮、汉以南处沉淀下来，从地理上考察，大约分为三类：第一类，东南沿海地区，达到岭南、闽南等地，集中于有港市的地区，如广州、泉州等；第二类，长江中下游地区，以苏南、浙北为主，延

---

① 《旧唐书》卷一九〇中《陈子昂传》，第 5018 页。

② 《资治通鉴》卷二一七，第 6935 页。

③ 黄盛璋《唐代户口的分布与变迁》，《历史研究》1980 年第 6 期，第 91—108 页；周振鹤《唐代安史之乱和北方人口的南迁》，《中华文史论丛》1987 年第 2、3 期合刊，第 115—138 页。

及赣北、鄂南、湘西北一带；第三类，汉江中下游地区，包括淮南、鄂北等地区。三类中，第二类集中了最多数量的移民。

在难以计数的移民中，以苏南与浙北地区最为集中，加以原本就极为发达的东南文化，融在一起，逐渐形成了独特的人文景观。文人荟萃，学术与文学在这个地区也异常发达。永贞革新集团中，以陆质为代表的学术和以刘、柳为代表的文学，都与这一人文背景具有密切的关系。

唐肃宗《加恩处分流贬官员诏》："又缘顷经逆乱，中夏不宁，士子之流，多投江外。"①

《旧唐书·权德舆传》："两京蹂于胡骑，士君子多以家渡江东。"②

李白《为宋中丞请都金陵表》："天下衣冠士庶，避地东吴，永嘉南迁，未盛于此。"③

顾况《送宣歙李衙推八郎使东都序》："天宝末，安禄山反，天子去蜀，多士奔吴为人海。"④

梁肃《吴县令厅壁记》："自京口南被于浙河，望县十数，而吴为大，国家当上元之际，中夏多难，衣冠南避，寓于兹土，参编户之一。"⑤

权德舆《唐故太子右庶子集贤院学士赠左散骑常侍王公神道碑铭并序》："时荐绅先生，多游寓于江南。"⑥

穆员《工部尚书鲍防碑》："是时中原多故，贤士大夫以三江五湖

① 《全唐文》卷四三，第 203 页。
② 《旧唐书》卷一四八，第 4002 页。
③ 《李太白全集》卷二六，第 1213 页。
④ 《全唐文》卷五二九，第 2378 页。
⑤ 李昉《文苑英华》卷八〇四，第 4254 页。
⑥ 《权德舆诗文集》卷一四，第 232 页。

为家,登会稽者如鳞介之集渊薮。”①

韩愈《考功员外卢君墓铭》:“当是时,中国新去乱,仕多避处江淮间,尝为显官得名声,以老故自任者以千百数。”②

杜牧《礼部尚书崔公行状》:“公曰:‘……自艰难已来,军士得以气加之,商贾得以财侮之,不能自奋者,多栖于吴土。’遂立延宾馆以待之。”③

以上是安史之乱后,北方移民南迁江左,特别是吴、越地区的总体情况。至于有关文人的具体记载,则更多。

梁肃,“其先安定人……父逵,止于司御率府兵曹参军事,安于燕蓟,避乱于吴越”④。他自称:“窜身东下,旅于吴越。转徙厄难之中者垂二十年。”⑤

独孤及,洛阳人。“属中原兵乱,避地于越。”⑥

齐抗,定州义丰人。“属幽陵横溃,中夏如毁,奉太夫人安舆违难于越,得子州支伯之故地而偕隐焉。诛草茅以顺居息,悦山水以资仁智。”⑦

韩洄,京兆万年人。“安禄山乱,家七人遇害,洄避地江南。”⑧

李华,赵郡赞皇人。在安史之乱后,“遂屏居江南”⑨。

---

① 李昉《文苑英华》卷八九六,第 4720 页。

② 马其昶《韩昌黎文集校注》卷六,上海古籍出版社,1986 年,第 353 页。

③ 杜牧《樊川文集》卷一四,第 210 页。

④ 崔元翰《左补阙翰林学士梁君墓志》,《文苑英华》卷九四四,第 4967 页。

⑤ 梁肃《过旧园赋并序》,《全唐文》卷五一七,第 5249 页。

⑥ 崔祐甫《常州刺史独孤及神碑》,《文苑英华》卷九二四,第 4865 页。

⑦ 权德舆《唐故中书侍郎同中书门下平章事太子宾客赠户部尚书齐成公神道碑铭并序》,《权德舆诗文集》卷一四,第 224 页。

⑧《新唐书》卷一二六《韩洄传》,第 4439 页。

⑨《新唐书》卷二〇三《李华传》,第 5776 页。

崔翰，博陵安平人。“父倚，举进士，天宝之乱，隐居而终。君既丧厥父，携扶孤老，托于大江之南。”①

皇甫冉，安定人。“往以世遘艰虞，避地江外。”②

李希仲，赵郡人。“范阳兆戎，挈家避乱入江淮。”③

崔孚，博陵人。“天宝末，盗起燕蓟，毒流梁宋。……遂以族行，东游江淮。”④

萧颖士，颍州汝阴人。“某自中州隔越，流播汉阴，遂至江左。”⑤

杨於陵，弘农人。天宝乱时，“始六岁，间关至江左”⑥。

元载，凤翔岐山人。曾于安史之乱时，“避地江左”⑦。

崔祐甫，博陵安平人。“属中夏不宁，奉家避乱于江表，弟祐甫为吉州司马。”⑧

杨凭，虢州弘农人。柳宗元的岳父。他于安史之乱时移家于苏州，大历九年（774）登进士第⑨。

从上面的引证看出，安史之乱后，文士与官吏避难南奔的主要地区是长江中下游以南的地区，而以吴、越一带最为密集。史念海先生说：“江南人物的增加显示当地的发展，而黄河流域的残破，也促成这样的不断增加，象润州的权德舆，常州的窦群、薛戎、杨收等都是由黄

---

① 韩愈《崔评事墓铭》，《韩昌黎文集校注》卷六，第349页。

② 高仲武《中兴间气集》卷上，《唐人选唐诗新编》（增订本），第478页。

③ 计有功《唐诗纪事》卷二八，第433页。

④ 白居易《唐故湖州长城县令赠户部侍郎博陵崔府君神道碑铭并序》，《白居易集笺校》卷六九，第3725页。

⑤ 萧颖士《与崔中书圆书》，《全唐文》卷三二三，第3271页。

⑥《新唐书》卷一六三《杨於陵传》，第5031页。

⑦《旧唐书》卷一一八《元载传》，第3409页。

⑧《唐魏州冠氏尉卢公夫人崔氏墓记》，《唐代墓志汇编》，第1769页。

⑨《旧唐书》卷一四六，第3967页；《新唐书》卷一六〇《杨凭传》，第4970页。

河流域迁徙到江南的。……唐代后期，长江下游太湖周围各地固然是由黄河流域南迁的人物喜居之地，其实江南道其他地方也不乏南迁的人物。”①

南渡的文士中，有古文家萧颖士、独孤及、李华，诗人刘长卿、朱放、张继等。因此，中唐前期，吴、越之地就呈现出文人荟萃的局面。安史之乱造成文人南迁这一社会背景，对中唐文学与政治无疑产生了巨大的影响。皎然《诗式》卷四称：

> 大历中，词人多在江外，皇甫冉、严维、张继、刘长卿、李嘉祐、朱放，窃占青山白云，春风芳草，以为己有。吾知诗道初丧，正在于此。何得推过齐梁作者。迄今余波尚浸，后生相效，没溺者多。大历末年，诸公改辙，盖知前非也。②

元代盛如梓《庶斋老学丛谈》卷中之下称：

> 唐诗人江南为多，今列于后：陶翰、许浑、储光羲、皇甫冉、皇甫曾、沈颂、沈如筠、殷遥，润州人；三包融、何、佶、戴叔伦，金坛人；陆龟蒙、于公异、丘为、丘丹、顾况、非熊父子，沈传师、诚之父子，苏州人；三罗虬、邺、隐、章孝标、章碣，杭州人；孟郊、钱起、沈亚之，湖州人；施肩吾、章八元、徐凝、李频、方干，睦州人；贺德仁、吴融、秦系、严维，越人；张志和，婺人；吴武陵、王贞白，信州人；王昌龄、刘昚虚、陈羽、项斯，江东人；郑谷、王毂，宜春人；张乔、杜荀鹤，池州人；吉中孚，饶州人；刘太真、顾蒙、汪遵，

① 史念海《河山集》五集，山西人民出版社，1991年，第449—450页。
② 李壮鹰《诗式校注》卷四，人民文学出版社，2003年，第273—274页。

宣州人；任涛、来鹏，豫章人；李群玉，澧人；李涛、胡曾，长沙人。皆有诗名。①

以上所列诸人，除偶有盛唐作者外，绝大多数是中唐以后诗人。可见，中唐以后，江外形成了一个独特的诗人群体，这对少年时期生长于此的刘禹锡、柳宗元、吕温、陈谏等人，一定也会产生潜移默化的作用。

安史之乱平定之后，南迁的文人，很多并没有回到北方，其原因大概在于北方在安史乱中遭到严重的破坏。如洛阳以东地区，“东都残毁，百无一存。……函陕凋残，东周尤甚。……居无尺椽，人无烟爨，萧条凄惨，兽游鬼哭”②。“夫以东周之地，久陷贼中，宫室焚烧，十不存一，百曹荒废，曾无尺椽。中间畿内，不满千户。井邑榛棘，豺狼所嗥。……东至郑汴，达于徐方，北自覃怀，经于相土，人烟断绝，千里萧条。”③而吴、越地区经东晋南朝的开发，已经得到很大的发展，历经隋、唐，更成为全国最富庶的地区，社会政治环境，颇如人意。“夫越地称山水之乡，辕门当节钺之重，进可以自荐求试，退可以闲居保和。”④这样的生存环境，使得由北方迁徙而来的文士，又受到南方文化的熏陶，他们开始放弃了固守已久的北方文化，尤其是京城文化，而不断地接受南方的新文化。他们的下一代一方面接受了父辈转型的文化观念，少年时期又生长在南方的环境中，因而在观念方面必定接近南人而渐与北人疏离。尽管在成人之后，又出仕于北方，但青少年时所接受的知识，毕竟是根深蒂固的。因此，将安史之乱南徙

① 盛如梓《庶斋老学丛谈》卷中之下，《丛书集成初编》，第29页。
② 《旧唐书》卷一二三《刘晏传》，第3512—3513页。
③ 《旧唐书》卷一二〇《郭子仪传》，第3457页。
④ 皇甫冉《送陆鸿渐赴越并序》，《全唐诗》卷二五〇，第2820页。

文士的下一代，视为南人，也颇为符合当时社会发展的情况。他们的文学，无疑带有南方文化的特点。

开元天宝间的大诗人，他们在安史之乱之中及之后，或颠沛流离，或宦游他方，也给长安与洛阳以外地区的文学发展增添了生机。李白晚年居于江南，依当涂县令李阳冰，其文学活动以当涂为中心，留下了不少千古传颂的佳作。杜甫晚年入蜀，寄家成都，其时高适为蜀州刺史，两位大诗人都在蜀地，加以当时镇帅严武等亦能诗作，因而形成了一个西蜀文学群体。

安史之乱后，中央集权有所削弱，藩镇势力不断增强，他们割据一方，各自为政，除了经营政治与经济上的实力外，还想附庸风雅，招揽一批文人，为他们制造舆论，美化政绩。文人们往往走上科举一途，中了进士或者明经以后，或在朝廷为官，或受辟于藩府。京官编制必定有限，受辟于藩府的相对更多一些。这样就在全国各地形成了一些大小不等的文学中心。如大历年间，鲍防为浙东观察使，幕府收罗一批文人，并与当地的诗僧多加往来，常在一起联唱诗赋，后编为《大历年浙东联唱集》，联唱诗达五十七首。这在本书的上一章《唐代越州的诗歌集团》中有所论述，可以参看。

安史之乱后文学重心的多元化，是唐代政治动荡的结果，也表现出文学发展的新气象。袁行霈先生在《中国文学概论》中说："在某个时期，同一地区集中出现一批文学家，使这个地区成为人才荟萃之地；在某个时期文学家们集中活动于某一地区，使这个地区成为文学的中心。"[①] 安史之乱以后的江南地区，就出现了这样多个文学中心，如浙西的吴中诗派、皎然集团、颜真卿集团，浙东的鲍防集团、元稹集团等等。

① 袁行霈《中国文学概论》，高等教育出版社，2006年，第52页。

第二节　盛唐润州诗坛与《丹阳集》

《新唐书》卷六〇《艺文志》四《包融诗》下注：

> 融与储光羲皆延陵人，曲阿有余杭尉丁仙芝、缑氏主簿蔡隐丘、监察御史蔡希周、渭南尉蔡希寂、处士张彦雄、张潮、校书郎张晕、吏部常选周瑀、长洲尉谈戭，句容有忠王府仓曹参军殷遥、硖石主簿樊光、横阳主簿沈如筠，江宁有右拾遗孙处玄、处士徐延寿，丹徒有江都主簿马挺、武进尉申堂构，十八人皆有诗名。殷璠汇次其诗，为《丹杨集》者。①

这是对《丹阳集》的最早记载。有关《丹阳集》的结集时间，学者说法不一。陈尚君以为在开元二十三年（735）至二十九年（741）之间，根据是《新志》所述该集诗人之官职，以及曲阿更名之时间②。吕玉华则据天宝元年（742）润州改名丹阳郡，至乾元元年（758）又改为润州，以确定《丹阳集》结集时间在天宝元年（742）至乾元元年（758）之间③。乔长阜则根据新出土《蔡希周墓志》考证“《丹阳集》成书当在天宝元年、二年间，尤可能在天宝元年”④。以上诸种说法，吕玉华的结论最为合理，但所定时间跨度较大，参合诸人考证，《丹阳

① 《新唐书》卷六〇，第1609—1610页。

② 陈尚君《殷璠〈丹阳集〉辑考》，《唐代文学论丛》第8辑，陕西人民出版社，1986年，第169—190页。

③ 吕玉华《〈丹阳集〉考辨》，《文献》2003年第2期，第48—58页。

④ 乔长阜《蔡希周兄弟事迹与〈丹阳集〉成书时间考》，《镇江高专学报》2004年第4期，第18页。

集》的结集时间应在天宝年间为宜。殷璠编集的另一部唐人选唐诗《河岳英灵集》,成书于天宝十二载(753),也可作为《丹阳集》结集于天宝年间的旁证。"《丹阳集》的编撰的意义在于代表以籍贯为单位关注文学现象在此得到确认,其选诗标准和评论导向暗示了区域作者的创作趋向。收入集中的诗作可推知为这些诗人的代表作,现存诗歌虽少,可想见写景咏物的山水诗当为吴越诗人创作的主要内容。"① 这段论述基本揭示出《丹阳集》的选诗标准、评论导向和社会影响。

《丹阳集》虽佚,但尚有不少材料保存于《吟窗杂录》等书中,其录《殷璠〈丹阳集〉序》曰:"李都尉没后九百余载,其间词人不可胜数。建安末,气骨弥高,大(太)康中,体调尤峻,元嘉筋骨仍在,永明规矩已失,梁、陈、周、隋,厥道全丧。盖时迁推变,俗异风革,信乎大文化成天下。"② 参以《河岳英集叙》所言:"武德初,微波尚在。贞观末,标格渐高。景云中,颇通远调。开元十五年后,声律风骨始备矣。实由主上恶华好朴,去伪从真,使海内词场,翕然尊古,南风周雅,称阐今日。璠不揆,窃尝好事,愿删略群才,赞圣朝之美,爰因退迹,得遂宿心。粤若王维、昌龄、储光羲等二十四人,皆河岳英灵也,此集便以《河岳英灵》为号。"③ 则二集所选,都具有盛唐诗歌的风格,而区域不同:一是代表黄河流域,一是代表长江流域。就《丹阳集序》的文字可以看出,"殷璠着重从风骨这一标准来评论建安以来的诗歌,所谓气骨、筋骨,均指风骨;体调峻,也寓骨峻之意。他推崇建安、太康、元嘉三时代诗,因其具有风骨;批评齐、梁、陈、隋各代诗,则因其

① 禹媚《盛唐前期吴越诗人群体研究》,湖南大学硕士学位论文2008年,第8页。
② 陈应行《吟窗杂录》卷四一,中华书局,1997年,第1107页。
③ 李珍华、傅璇琮《河岳英灵集研究》,中华书局,1992年,第117页。

丧失优秀的风骨。《英灵集》的王昌龄评语有云：'元嘉以还，四百年内，曹、刘、陆、谢，风骨顿尽。'看法与《丹阳集序》完全一致"①。也正体现了盛唐诗风骨高扬、声律铿锵的特点。

《丹阳集》与《河岳英灵集》都选录了储光羲的诗作，可见二书颇有相通之处。《河岳英灵集》选储诗《杂诗二章》《效古二章》《猛虎词》《射雉词》《采莲词》《牧童词》《田家事》《寄孙山人》《酬綦毋校书梦游耶溪见赠之作》《使过弹筝峡作》诸首，而《丹阳集》仅选了储光羲《田家杂兴》《行次田家澳梁作》《夜到洛口入黄河》等诗三首②。我们根据《全唐诗》，将这三首诗录出。《田园杂兴八首》其八：

> 种桑百余树，种黍三十亩。衣食既有余，时时会亲友。夏来菰米饭，秋至菊花酒。孺人喜逢迎，稚子解趋走。日暮闲园里，团团荫榆柳。酩酊乘夜归，凉风吹户牖。清浅望河汉，低昂看北斗。数瓮酒未开，明朝能饮否。③

《夜到洛口入黄河》：

> 河洲多青草，朝暮增客愁。客愁惜朝暮，枉渚暂停舟。中宵大川静，解缆逐归流。浦溆既清旷，沿洄非阻修。登舻望落月，击汰悲新秋。倘遇乘槎客，永言星汉游。④

---

① 王运熙、杨明《隋唐五代文学批评史》，上海古籍出版社，1994年，第249—250页。

② 按，《吟窗杂录》卷二六《历代吟谱》收储光羲诗六联，分别出自以上三诗。见陈尚君《殷璠〈丹阳集〉辑考》，《唐代文学论丛》第8辑，第169—190页。

③《全唐诗》卷一三七，第1387页。

④《全唐诗》卷一三六，第1379页。

《行次田家澳梁作》诗：

> 田家俯长道，邀我避炎氛。当暑日方昼，高天无片云。桑间禾黍气，柳下牛羊群。野雀栖空屋，晨昏不复闻。前登澳梁坂，极望温泉分。逆旅方三舍，西山犹未曛。①

所选的这三首诗都是山水田园诗一类，《田家杂兴》尤其是储光羲的代表作品。《四库全书总目》评其诗说："源出陶潜，质朴之中，有古雅之味，位置于王维、孟浩然间，殆无愧色。"② 沈德潜《说诗晬语》也说："陶诗胸次浩然，其中有一段渊深朴茂不可到处。唐人祖述者，王右丞有其清腴，孟山人有其闲远，储太祝有其朴实，韦左司有其冲和，柳仪曹有其峻洁，皆学焉而得其性之所近。"③ 可见润州的大诗人储光羲在盛唐诗坛上独具特色。殷璠《河岳英灵集》评其诗："储公诗，格高调逸，趣远情深，削尽常言，挟风雅之道，得浩然之气。《述华清宫》诗云：'山开鸿濛色，天转招摇星。'又《游茅山》诗云：'山门入松柏，天路涵虚空。'此例数百句，已略见《荆杨集》，不复广引。璠尝睹储公《正论》十五卷，《九经分义疏》二十卷，言博理当，实可谓经国之大才。"④ 他以经国之大才而从事田园诗的创作，无怪乎具有盛唐的风骨。较《丹阳集》所选储诗，《河岳英灵集》更为广泛，但也选了典型的田园诗之作，如《田家事》《牧童词》等。

再看包融，《新唐书·艺文志》所载《丹阳集》作者，以包融居首，可见他在这一群体中的地位，但他存诗不多，《全唐诗》仅录八

① 《全唐诗》卷一三七，第1388页。

② 纪昀《四库全书总目》卷一四九，第1283页。

③ 沈德潜《说诗晬语》卷上，《清诗话》，第535页。

④ 李珍华、傅璇琮《河岳英灵集研究》，第213—214页。

首。《旧唐书·文苑传》称："先是神龙中，知章与越州贺朝、万齐融，扬州张若虚、邢巨，湖州包融，俱以吴越之士，文词俊秀，名扬于上京。"①《丹阳集》选包融诗两首，即《送国子张主簿》和《阮公啸台》诗。后诗云："荒台森荆杞，蒙笼无上路。传是古人迹，阮公长啸处。至今清风来，时时动林树。逝者共已远，升攀想遗趣。静然荒榛门，久之若有悟。灵光未歇灭，千载知仰慕。"② 孟浩然曾有《宴包二融宅》诗："闲居枕清洛，左右接人野。门庭无杂宾，车辙多长者。是时方盛夏，风物自萧洒。五月休沐浴，相携竹林下。开襟成欢趣，对酌不能罢。烟暝栖鸟迷，余将归白社。"③ 包融与其二子包何、包佶都工为诗，齐名当时，号"三包"，堪称文学世家，故《唐才子传》卷二云："夫人之于学，苦心难；既苦心，成业难；成业者获名不朽，兼父子、兄弟间尤难。历观唐人，父子如三包、六窦……皆联玉无瑕，清尘远播。芝兰继芳，重难改于父道；骚雅接响，庶不慊于祖风。四难之间，挥麈之际，亦可以为美谈矣。"④

殷璠所选《丹阳集》于各位诗人都有简略评语，当与《河岳英灵集》体例相同。评包融诗："融诗青幽语奇，颇多剪刻。"⑤ 评沈如筠诗："如筠早岁驰声，白首一尉。"⑥ 评丁仙芝诗："仙芝诗婉丽清新，迥出凡俗，恨其文多质少。"⑦ 评殷遥诗："瑶诗闲雅，善用声。"⑧ 评张彦雄诗："彦雄诗但责消洒，不尚绮密。至如'云壑凝寒阴，岩泉

① 《旧唐书》卷一九〇中，第 5035 页。
② 《全唐诗》卷一一四，第 1153 页。
③ 佟培基《孟浩然诗集笺注》（增订本）卷下，第 380 页。
④ 傅璇琮《唐才子传校笺》卷二，第 1 册，第 227—228 页。
⑤ 陈应行《吟窗杂录》卷二四，第 714 页。
⑥ 陈应行《吟窗杂录》卷二五，第 738 页。
⑦ 陈应行《吟窗杂录》卷二六，第 741 页。
⑧ 陈应行《吟窗杂录》卷二六，第 742 页。

激幽响'，亦非凡俗之所能至也。"①评储光羲诗："光羲诗宏赡纵逸，务在直置。"②评张潮诗："潮诗委曲怨切，颇多悲凉。"③评蔡隐丘诗："隐丘诗体调高高险，往往惊奇，虽乏绵密，殊多骨气。"④评蔡希周诗："希周词彩明媚，殊得风规。"⑤评张晕诗："晕诗巧用文字，务在规矩。"⑥评蔡希寂诗："希寂词句清迥，情理绵密。"⑦评周瑀诗："瑀诗窈窕鲜洁，务为奇巧。"⑧评谈戭诗："戭诗经典古雅。"⑨评余延寿诗："延寿诗婉娈艳美。"⑩评樊光诗："词局妥贴。"⑪评申堂构诗："堂构善叙事咏物，长于情理。"⑫

《丹阳集》所选诗人的现存诗作大致上具有两种趋向：其一是有关江南山水与田园风物较多。除前面所举储光羲作品之外，诸如包融有《赋得岸花临水发》《武陵桃源送人》，丁仙芝《渡扬子江》《江南曲五首》，蔡隐丘《石桥琪树》，张潮《江风行》《采莲词》《江南行》，张晕《游栖霞寺》，周瑀《临川山行》，谈戭《清溪馆作》，殷遥《友人山亭》《春晚山行》，余延寿《折杨柳》《南州行》，樊光《南中感怀》等，都是如此；其二是诗中表现了隐逸的情怀。以上所举有关江南与

① 陈应行《吟窗杂录》卷二六，第743页。
② 陈应行《吟窗杂录》卷二六，第755页。
③ 陈应行《吟窗杂录》卷二六，第757页。
④ 陈应行《吟窗杂录》卷二六，第757页。按，文中衍一"高"字。
⑤ 陈应行《吟窗杂录》卷二六，第758页。
⑥ 陈应行《吟窗杂录》卷二六，第758页。
⑦ 陈应行《吟窗杂录》卷二六，第759页。
⑧ 陈应行《吟窗杂录》卷二六，第759页。
⑨ 陈应行《吟窗杂录》卷二六，第760页。
⑩ 陈应行《吟窗杂录》卷二六，第760页。
⑪ 陈应行《吟窗杂录》卷二六，第761页。
⑫ 陈应行《吟窗杂录》卷二六，第761页。

田家的诗作,不少透露出作者隐逸的情怀。再如蔡希寂《同家兄题渭南王公别业》诗:“好闲知在家,退迹何必深。不出人境外,萧条江海心。轩车自来往,空名对清阴。川涘将钓玉,乡亭期散金。素晖射流濑,翠色绵森林。曾为诗书癖,宁惟耕稼任。吾兄许微尚,枉道来相寻。朝庆老莱服,夕闲安道琴。文章遥颂美,寤寐增所钦。既郁苍生望,明时岂陆沉。”①我们知道,唐代隐逸是一种社会风气,隐逸与入世是相辅相成的,故而有终南捷径之说,这在盛唐时期尤为典型。孟浩然等人就是盛唐隐逸的著名的诗人。而江南一地,风景秀丽,物产富饶,隐逸林间,陶冶山水,更是文人所崇尚的境界。他们在此闭门读书,当学成之后,可以从事科举;当朝廷需要的时候,也可以应召出仕;当仕途不得意的时候,还可以寄情山水。殷璠《丹阳集》与《河岳英灵集》中所选的具有隐逸情怀的诗作,就是盛唐时期诗人经历与心态的写照,这与安史之乱后士人南迁,归隐于江南青山碧水之中的情怀,既有联系,也有不同。

第三节　北固山唐诗述论

北固山是润州最著名的名胜之一,古往今来,留下了众多文人墨客的吟咏。唐李吉甫《元和郡县图志》卷二五《江南道》一《润州·丹徒县》:“北固山,在县北一里。下临长江,其势险固,因以为名。蔡谟、谢安作镇,并于山上作府库,储军实。宋高祖云:‘作镇作固,诚有其绪。然北望海口,实为壮观,以理而推,固宜为顾。’江今阔一十八里,春秋朔望有奔涛,魏文帝东征孙氏,临江叹曰:‘固天所

① 《全唐诗》卷一一四,第1158页。

以限南北也。'"[1] 对岸即扬州广陵,故北固山是南来北往之文人墨客最喜吟咏之地。南朝谢灵运就有《从游京口北固应诏》诗,是山水诗中的著名作品:

> 玉玺戒诚信,黄屋示崇高。事为名教用,道以神理超。昔闻汾水游,今见尘外镳。鸣笳发春渚,税銮登山椒。张组眺倒景,列筵瞩归潮。远岩映兰薄,白日丽江皋。原隰荑绿柳,墟囿散红桃。皇心美阳泽,万象咸光昭。顾己枉维絷,抚志惭场苗。工拙各所宜,终以反林巢。曾是萦旧想,览物奏长谣。[2]

这首诗在谢灵运的山水诗中并不算上乘之作,因为是应诏诗,还有一定的应酬成分,同时诗中较多篇幅表现对于皇帝的歌颂,特别是开头六句和结尾六句都是如此。但"张组眺倒景,列筵瞩归潮。远岩映兰薄,白日丽江皋。原隰荑绿柳,墟囿散红桃"六句,仍然是写景佳句。作者眺望着倒映在江中的北固山景,似乎是张开了如画般的组练;山下摆开筵席,欣赏着潮回大海的美景。远方的山岩掩映着丛生的兰花,将落的白日仿佛依靠着江岸旁边。低湿的原野上绿柳刚刚发芽,粉红的桃花在故苑中散漫地开放。这样对于北固山美景的赞赏,对后来润州诗特别是北固山的吟咏产生了很大的影响。

一、唐人对北固山的吟咏

唐代诗人吟咏北固山,较早者是初唐诗人宋之问。他所作《登北固山》诗云:"京镇周天险,东南作北关。埭横江曲路,戍入海中

---

① 李吉甫《元和郡县图志》卷二五,第 591 页。

② 逯钦立《先秦汉魏晋南北朝诗·宋诗》卷二,第 1158 页。

山。望越心初切,思秦鬓已斑。空怜上林雁,朝夕待春还。”[①] 这首诗是描写北固山的佳作。宋之问为考功员外郎,景龙三年(709)因为与太平公主牵连,被贬为越州长史,赴任途中经过润州北固山而作是诗。首联描写北固山位于京口的险要的形势,是东南的北面关口。颔联描写北固山方位的特点,作为重要的关镇,横于江曲;作为重要的戍营,入于海中。颈联描写作者的旅况,因为作者要为宦越州,故望越心切;但他到越州任职毕竟属于外放,故而思念秦中北返朝廷之情也日益加重,以至鬓发斑白。尾联寄情于上林雁,春去秋来,能够候时北还。因为是贬官途中,故而诗末表现出感伤情调,同时寄希望于北还升迁。上林是汉长安宫苑名,这里代指唐代长安,表现出对于北还长安的向往。

到了盛唐时期,张子容作了《九日陪润州邵使君登北固山》诗:“五马向西椒,重阳坐丽谯。徐州带绿水,楚国在青霄。张幕连江树,开筵接海潮。凌云词客语,回雪舞人娇。梅福惭仙吏,羊公赏下僚。新丰酒旧美,况是菊花朝。”[②] 按,诗中“邵使君”为邵昇,开元中润州刺史,唐代诗人。《宋高僧传》卷八《唐润州竹林寺昙璀传》:“正议大夫使持节润州刺史汝南郡(邵)昇,向风遐想,悦而久之,褒德尚贤,赞成厥美焉。”[③]《嘉定赤城志》卷八《郡守》:“开元十三年,邵昇。”[④] 按,邵昇为唐代诗人,《全唐诗》卷六九有《奉和初春幸太平公主南庄应制》诗。张子容陪邵昇登北固山诗,作于重阳节,这里应该是江南的最好景色。首联写重阳登山,“五马”点明邵昇为润州太守。次联写北固绿水环绕,上入云霄,因润州南朝时侨治南徐州,故以“徐州”

---

① 陶敏、易淑琼《沈佺期宋之问集校注》卷三,第 501 页。
② 《全唐诗》卷一一六,第 1177 页。
③ 赞宁《宋高僧传》卷八,第 182 页。
④ 陈耆卿《嘉定赤城志》卷八,《宋元方志丛刊》,第 7340 页。

与“楚国”对举。三联写登上北固山所见之景，江边绿树绵延，如同张开帷幕，开筵眺望江水东接海潮。这句明显是化用谢灵运“张组眺倒景，列筵瞩归潮”诗意。四联写登北固山观赏歌舞之事，歌响凌云，舞姿轻盈。五联用梅福、羊祜之典，表明对邵昇的赞颂。尾联点明九日重阳登山赏菊，饮酒欢舞的快乐。

吴筠有《登北固山望海》诗：“此山镇京口，迥出沧海湄。跻览何所见，茫茫潮汐驰。云生蓬莱岛，日出扶桑枝。万里混一色，焉能分两仪。愿言策烟驾，缥缈寻安期。挥手谢人境，吾将从此辞。”[①] 吴筠是著名的道士诗人，他登上北固山望海，故有此作。前面四句写出北固山的总体形势。中间四句叙写作者望海所见之景，“蓬莱岛”“扶桑枝”是作者望海时的想象。末尾四句叙写作者望海时对于仙境的向往，从而体现出道家崇仙的情怀。

到了中唐时期，李绅作了《却到金陵登北固亭》诗：“龙形江影隔云深，虎势山光入浪沉。潮蹙海风驱万里，日浮天堑洞千寻。众峰作限横空碧，一柱中维彻底金。还叱楫师看五两，莫令辜负济川心。”[②] 北固亭是北固山上的亭阁，《嘉定镇江志》卷一二《楼》：“北固楼或名为亭，《舆地志》：北固山有亭屋五间，蔡谟以置军实。刘牢之败，为其子敬宣所焚。梁武帝改固为顾，有《登北顾楼》诗，则其名久矣。”[③] 李绅大和九年（835）由越州刺史罢归洛阳，经过润州登上北固亭，而作是诗。首联描写北固山龙形江影、虎势山光的地理形势。颔联描写潮驱万里、日浮天堑的情景。颈联描写登亭所见，众峰横空，一柱中维，一柱为金山，为大江中悬礁孤岛，太阳照耀，呈现金色，

① 《全唐诗》卷八五三，第 9648 页。
② 《全唐诗》卷四八二，第 5487 页。
③ 卢宪《嘉定镇江志》，《宋元方志丛刊》，第 2404 页。

故诗句以金山之“金”对众山之“碧”。尾联由观察江中行船引发自己济世之情。“济川”本于《尚书·说命上》：“若金，用汝作砺；若济巨川，用汝作舟楫；若岁大旱，用汝作霖雨。”[①]表明自己以天下为己任的胸怀。

窦常有《北固晚眺》诗：“水国芒种后，梅天风雨凉。露蚕开晚簇，江燕绕危樯。山趾北来固，潮头西去长。年年此登眺，人事几销亡。”[②]这是窦常于芒种时节经过北固山所写的一首诗。首联点时点地，地点是“水国”，时间是“芒种”，这时因为梅雨天气，觉得风雨清凉。颔联描写露蚕开始结茧，洁白如花。露蚕指户外养蚕。颈联描写眺望山脚，石壁嵯峨，山势险固，东潮西去，绵延不断。“北来固”对“西去长”，对仗妥帖工稳，又嵌入“北固山”，堪称工对。尾联抒写江山依旧、物是人非之感，是说年年岁岁，登山者依旧，但人事的消亡就如流水一般，去而不返。

李涉有《登北固山亭》诗：“海绕重山江抱城，隋家宫苑此分明。居人不觉三吴恨，却笑关河又战争。”[③]这首诗具有怀古的情味。诗人登上北固山亭，目睹海绕重山，江水抱城，想到了隋家宫苑，本来繁盛，而世代变换，终成遗址。三、四两句是诗人发出的感慨，说当地居人满足于当时的承平，而哂笑北方又发生了战争。实际上，北固山在三国两晋南北朝时期，也是硝烟弥漫，而当时的居人竟然忘记了北固山曾经战乱的历史。这是从反面落笔，通过今昔的对比对社会危机提出一种警诫。

到了晚唐时期，高蟾有《秋日北固晚望二首》诗：“风含远思翛翛

① 孔颖达《尚书正义》卷一〇，《十三经注疏》，第174页。
② 《全唐诗》卷二七一，第3032页。
③ 《全唐诗》卷四七七，第5430页。

晚，日照高情的的秋。何事满江惆怅水，年年无语向东流。”“泽国路岐当面苦，江城砧杵入心寒。不知白发谁医得，为问无情岁月看。”①这两首都是登北固山抒情的诗作，第一首点明秋晚登临北固山，风含远思，日照高情，面对长流不断的江水，发出无语东流的惆怅之叹。第二首面对泽国路歧，前途难辨，江城砧杵，声入心寒，联想到自己年华老大，白发平添，对于无情岁月，只能发出无奈的感喟。这是晚唐诗人面对江河日下的社会所表现的无可奈何的心态。

罗隐作了《北固亭东望寄默师》诗："高亭暮色中，往事更谁同。水谩矜天阔，山应到此穷。病怜京口酒，老怯海门风。唯有言堪解，何由见远公。"②这首诗是唐僖宗中和年间罗隐在润州周宝幕中所作。罗隐登上北固山亭，想起友人默师，故而作诗寄赠。此前，罗隐也曾与默师同游北固山，而今罗隐独自再登北固亭。诗是登高寄慨之作，首联描写登上高亭，天已将晚，暮色苍茫，想起与默师同登亭阁的往事，不禁顿生感慨。颔联写景，描写北固山下，江水漫天，连绵群山，到此也近终结。一个"矜"字，一个"穷"字，就将自己的情怀融入了景色之中。颈联抒情，说自己虽然生病，但仍喜欢京口的名酒；年老体弱，害怕海门的江风。尾联叙说只有默师的言语才能够化解自己的老病之忧。末句"远公"是指晋代庐山东林寺高僧慧远，世称远公。

二、李德裕北固山游览唱和诗

李德裕有《晚下北固山喜松径成阴怅然怀古偶题临江亭》诗，全诗已残泐不全，陈尚君《全唐诗续拾》卷二九经过整理得出数句：

---

①《全唐诗》卷六六八，第7647页。

②《全唐诗》卷六六四，第7608页。

"□□□□□,□□□□柳。□□□□□,□□□□久。□□□□□,□□□□皋。自有此山川,于今几太守?忆昔蔡与谢,兹焉屡回首。□□□□□,□□□□口。□□□□□,□□□□吼。□□□□□,□□□□后。□□□□□,□□□□朽。□□□□□,□□□□有。近世二千石,毕公宣化厚。丞相量纳川,平阳气冲斗。三贤若时雨,所至跻仁寿。凛凛君子风,余将千载友。(丞相谓陆兖公,尚书谓毕隆择,平阳谓齐詹事浣,三贤皆历此郡。)□□□□□,□□□□偶。□□□□□,□□□□绶。□□□□□,□□□□苟。□□□□□,□□□□酒。□□□□□,多景悬窗牖。□□□□□,□□□□负。班剑出妓堂。(郡城东南有谢公妓堂遗迹。)"[①] 这首诗是李德裕登北固山下山途中怀古之作,从所存的诗句,可以看到李德裕作为润州刺史对于所领山川的爱恋以及对于前代贤明太守的追怀。尤其提出陆象先、毕构、齐浣三位刺史,都具有君子之风,李德裕愿意在千载而下仍与之为友。李德裕大和初为润州刺史时,刘禹锡为和州刺史,元稹为越州刺史,三人常有诗歌往来,相互唱和。李德裕写了这首游北固山诗后,元稹即作《和浙西李大夫晚下北固山喜松径成阴怅然怀古偶题临江亭》,然仅存"自公镇南徐,三换营门柳"[②] 二句。刘禹锡有《和浙西李大夫晚下北固山喜径松成阴怅然怀古偶题临江亭并浙东元相公所和依本韵》诗:"一辞温室树,几见武昌柳。荀谢年何少,韦平望已久。种松夹石道,纡组临沙皋。目览帝王州,心存股肱守。叶动惊彩翰,波澄见赪首。晋宋齐梁都,千山万江口。烟散隋宫出,涛来海门吼。风俗太伯余,衣冠永嘉后。江长天作限,山固壤无朽。自古称佳丽,非贤谁奄有。八元邦族盛,万石门风厚。天柱揭东溟,文星照

① 陈尚君《全唐诗补编》之《全唐诗续拾》卷二九,第1099—1100页。
② 陈尚君《全唐诗补编》之《全唐诗续拾》卷二五,第1038页。

北斗。高亭一骋望，举酒共为寿。因赋咏怀诗，远寄同心友。禁中晨夜直，江左东西偶。笔手握兵符，儒腰槃贵绶。颁条风有自，立事言无苟。农野闻让耕，军人不使酒。用材当构厦，知道宁窥牖。谁谓青云高，鹏飞终背负。"[①]由刘禹锡的和作，可以看出李德裕的原诗也应该是一首长篇古诗。就用韵来看，李、元、刘三首诗又是三篇次韵诗，说明中晚唐时期，次韵诗在唱和诗中非常流行。

《舆地纪胜》卷七记载李德裕《游北固》残句还有："南山寂历风飙发，半夜青崖吐明月。"写出北固山清风夜起，半夜清崖吐月的明丽景象。"地接三茅岭，江迎子胥涛。"前一句描写北固山所在之润州山的形势，后一句描写北固山所在之地水之特色。"水国逾千里，风帆过万艘。"[②]描写登上北固山，鸟瞰千里水国、万船竞发的壮阔形势。

张祜有《题润州李尚书北固新楼》诗："蹑石攀云一径危，粉廊朱槛眺江湄。青山半在潮来处，碧海先看月满时。树色转烟城斗峻，水光浮草岸遥卑。西楼又起公羊意，坐对寒潮向渺弥。"[③]这首诗作于大和元年（827）李德裕为检校礼部尚书、润州刺史、浙江西道观察使时。其时张祜在润州。诗的首联描写攀登北固山到达北固新楼，其楼粉廓朱槛，登楼可以凭眺江边景色。颔联描写登楼时所见山水之景，上句写山，潮水经过青山半腰，山与水相连；下句写水，潮水涨满，可以欣赏明月倒映。颈联描写登楼时所见草树之景，上句写树，树色烟云缭绕，环绕着陡峭的山城；下句写草，水光浮草，远望江岸逐渐平夷。尾联抒发所感，登北固新楼，想起了《公羊传》所载尊王攘夷的

① 《刘禹锡集》卷三七，第546—547页。

② 王象之《舆地纪胜》卷七所载三联残句，均见《全唐诗补编》之《全唐诗续拾》卷二九，第1100—1101页。

③ 尹占华《张祜诗集校注》卷七，第313页。

意趣，故而对着旷远不绝的流水，引发出深深的思考。《公羊传·成公十五年》："曷为殊会吴？外吴也。曷为外也？《春秋》内其国而外诸夏，内诸夏而外夷狄。"① 这里的"吴"就是指润州、苏州一带。

三、王湾《次北固山下》解读

王湾有《次北固山下》诗："客路青山外，行舟绿水前。潮平两岸阔，风正一帆悬。海日生残夜，江春入旧年。乡书何处达，归雁洛阳边。"②

王湾这首诗是唐代流传至今的最有影响力的绝句之一。唐人殷璠《河岳英灵集》卷下《王湾》条记载："湾词翰早著，为天下所称最者，不过一二。游吴中，作《江南意》诗云：'海日生残夜，江春入旧年。'诗人已来，少有此句。张燕公手题政事堂，每示能文，令为楷式。"③ 说明这首诗在当时被奉为楷式，具有极大的影响。《河岳英灵集》选录了这首诗，题作《江南意》。稍后于《河岳英灵集》的《国秀集》，在卷下也选录此诗，题作《次北固山下作》。《唐诗纪事》卷一五《王湾》条载此诗，正文题作《江南意》，小字注："一作《次北固山下》。"④ 王湾，洛阳人。先天元年（712）登进士第。开元初，为荥阳主簿。马怀素请其校正群籍，召学涉之士分部撰次，王湾名列选中。后又与陆绍伯等同校丽正院书。官终洛阳尉。王湾词翰早著，为天下所称，与当时诗人綦毋潜等多有往还，又多有著述。

王湾《次北固山下》诗，作于其游吴之时。考王湾有《晚春诣苏州敬赠武员外》诗，有"苏台忆季常，飞棹历江乡。持此功曹掾，初离

① 徐彦《春秋公羊传注疏》卷一八，《十三经注疏》，第2297页。
② 《全唐诗》卷一一五，第1170页。
③ 傅璇琮、陈尚君、徐俊《唐人选唐诗新编》（增订本），第257页。
④ 计有功《唐诗纪事》卷一五，第220页。

华省郎”[1]语。“武员外”为武平一。据《唐才子传校笺》卷一《王湾传》考证，武平一于玄宗初即位时贬苏州功曹参军，王湾于先天元年（712）登进士第，则其游江南及作《江南意》诗，当在进士登第后一二年内，因此后王湾即参预丽正殿修书，又任洛阳尉等职，无缘再至江南。《江南意》至为张说所赞赏，并手题于政事堂，当在张说居相位时，即开元九年（721）至十四年（726）之间。

这首诗的题目是“次北固山下”，“次”是停泊之意，说明王湾是赴苏州途中经过润州，故停泊于北固山下。

首联“客路青山外，行舟绿水前”，诗人停泊所见，首先是“山”与“水”。“客路”“行舟”表明自己的客人身份，路过青山，行舟绿水。诗人停泊于北固山下，仰视见山，俯视见水，开头即紧扣诗题。着“客”与“行”，表明自己是漂泊异乡，在烟波浩渺的长江之上，慢慢生出缕缕乡愁。

颔联“潮平两岸阔，风正一帆悬”，诗人停泊所见，其次是“岸”与“帆”。潮水涨平，两岸更显宽阔；顺风行船，一帆尤觉高悬。这样的描写，气象恢弘，意境高远。“一帆”又突出其早，因海日初升，残夜未退，此时江上船只稀少，故而作者乘舟，正是一帆孤悬。上句描写平面江面之景，下句描写船帆上下之景，正好形成立体的对比。这一联侧重于空间的描写，是停泊北固所见到的最美景色。

颈联“海日生残夜，江春入旧年”，残夜即将消退，海日已经出现，江边的春色来得很早，甚至未到新年，已见春意。这一联侧重于时间的感受，是作者行旅时最深切的体验。这一感受是立体的，是动态的。因为作者在“海日”“残夜”“江春”“旧年”四个景物的捕捉中，又用了“生”“入”两个动词，使得时节的变换在交叉错位中，触

---

[1]《全唐诗》卷一一五，第1170—1171页。

动作者心灵的惊奇。同时,“王湾这首诗也是行役吴中时所作。这一联以宏大的气魄写出诗人从海日生于残夜、新春入于旧年的自然景象中领悟的哲理意味,意境更为深广,标志着五言律诗已彻底摆脱齐梁山水诗赋物象形、即景寓情的阶段,进入了盛唐。张说敏锐地察觉到这一变化的意义,并‘每示能文令为楷式’,便及时防止了开元前期齐梁清媚诗风流行,容易失于肤浅的潜在危机,并为近体山水诗指出了艺术升华的途径”①。这里表现的是时序的交错,由时序的交错触发客人行色匆匆的感慨,故而自然而然地引出末二句的乡愁。这一联写得太过优美,不仅张说赞叹,晚唐郑谷《卷末偶题三首》其一也称:“一卷疏芜一百篇,名成未敢暂忘筌。何如海日生残夜,一句能令万古传。”②黄庭坚云:“唐诗曰‘海日生残夜,江春入旧年’,置早意于残晚中。”③胡应麟《诗薮》内编卷四:“盛唐句,如‘海日生残夜,江春入旧年’;中唐句,如‘风兼残雪起,河带断冰流’;晚唐句,如‘鸡声茅店月,人迹板桥霜’,皆形容景物,妙绝千古,而盛、中、晚界限斩然。故知文章关气运,非人力。”④都是说王湾的这首诗为自然形成的千古佳制,其境界非人力所能达到。也说明盛唐诗歌,兴象玲珑,无迹可求。

尾联“乡书何处达,归雁洛阳边”,由写景转入抒情。作者是洛阳人,行旅途中,离家乡越来越远,思乡之情愈来愈切,故迸发出最后两句的设问。时值新春,无法归乡,只能寄情于北归的大雁,将自己的消息带到遥远的洛阳家乡。诗以思乡结束,又照应首句的“客路”,前后呼应,全篇一体。

---

① 葛晓音《诗国高潮与盛唐文化》,北京大学出版社,1998年,第87页。

②《全唐诗》卷六七五,第7736页。

③ 魏庆之《诗人玉屑》卷三,上海古籍出版社,1978年,第47页。

④ 胡应麟《诗薮》内编卷四,第59页。

值得注意的是，这首诗的早期记载颇有异文。第一处异文是诗的开头两句，《河岳英灵集》卷下录作“南国多新意，东行伺早天”①，《国秀集》卷下作“客路青山外，行舟绿水前”②，后来的《唐诗纪事》卷一五也作“客路青山外，行舟绿水前”③，或以为《唐诗纪事》是后人所改，实际上我们参照《国秀集》成书距《河岳英灵集》不远，则后人所改之说并不成立。刘学锴先生对于这首诗异文的说法，我觉得比较允当：“这两种歧异很大的版本文字，其实均出于诗人之手，即其中一种是初稿本，另一种是修改后的定稿。从文字的工拙情况看，《河岳英灵集》所载的《江南意》应是初稿，而《国秀集》所收的《次北固山下作》应是修改后的定稿。……两种版本的文字反映的都是诗人所历所感的实际情况。”④盖王湾当时，此诗流传即有所差异。然就诗歌的意境分析，“客路青山外，行舟绿水前”要优于“南国多新意，东行伺早天”，盖后者稍显刻露而缺乏蕴藉之致。第二处异文是“潮平两岸阔”，《河岳英灵集》录作“潮平两崖失”，经常观察潮水涨落情况，我们就知道在江水满潮的时候，江面显得更加宽阔，甚至远处看不到江边，故而“两岸阔”与“两岸失”都适合于诗中的景物描写。第三处异文是末二句“乡书何处达，归雁洛阳边”，《河岳英灵集》作“从来观气象，惟向此中偏”，而《国秀集》和《唐诗纪事》都作“乡书何处达，归雁洛阳边”。从诗的起承转合、前后照应，以及情感表达方面，“乡书何处达，归雁洛阳边”都应该胜出一筹。

---

① 傅璇琮、陈尚君、徐俊《唐人选唐诗新编》（增订本），第 261 页。

② 傅璇琮、陈尚君、徐俊《唐人选唐诗新编》（增订本），第 351 页。

③ 计有功《唐诗纪事》卷一五，第 219 页。

④ 刘学锴《唐诗选注评鉴》，中州古籍出版社，2013 年，第 194 页。

第十一章　唐诗与湖州

唐代的湖州属于上州，与苏州、常州并称“三吴”。湖州最著名的特点是境内有苕溪和霅溪，唐代诗人来湖州，无不对于二溪倾注深厚的感情。曾任湖州刺史的于頔诗中写道：“霅水漾清浔，吴山横碧岑。含珠复蕴玉，价重双南金。”[①] 杜牧的诗中，有关湖州的诗多达数十首。但唐代湖州的诗歌，前后期发展并不平衡，不像润州、苏州、杭州那样从初唐到晚唐都有著名的篇章。湖州的诗歌，初盛唐时期发达程度并不太高，一直到安史之乱以后，这里是避乱胜地，北方文人南迁与本土文人结合，促进了诗歌的发展。更为重要的是产生了两个重要群体：一是以诗僧皎然为核心的诗歌群体，在安史之乱后的江南，与担任湖州的郡守联动，创作了大量的诗歌，提高了生活品位和文化品位；二是颜真卿来到湖州担任刺史，召集一批南下文士和本土文士编纂《韵海镜原》，参与者超过百人，这些文人在编书之余，相与联句赋诗，唱酬赠答，组成一个大型的诗歌吟唱集团，形成了与周边州郡并不相同的诗歌创作路径，湖州文学自此有了突飞猛进的发展。本章讨论湖州唐诗着重三个方面：一是讨论皎然集团与湖州文学的发展；二是讨论颜真卿集团与湖州文学的发展；三是讨论湖州文学世家的典型，从钱起到钱珝的一脉传承。

---

① 于頔《郡斋卧疾赠昼上人》，《全唐诗》卷四七三，第 5366 页。

第一节 皎然集团

一、皎然集团的形成机制

安史之乱以后，江南诗僧的大量出现，是中国文学史上的重要现象。中唐时期的重要诗僧皎然、清江、灵一等人都是江南的诗僧。这些诗僧与当地的官员和文人组成大小不等的文学群体，个别诗僧还成为群体中的中心人物，以至于诗坛领袖。这些诗僧，与当地的其他诗僧以及官僚文人形成诸多的诗歌群体，非常值得研究唐代文学者关注。在以诗僧为中心的群体考察中，以皎然最具有代表性。皎然以特殊的身份在江南，也在一定程度上引领了江南诗风的嬗变。

以皎然为首的这一群体的文学活动在安史之乱后，集中于大历至贞元年间，代表人物有皎然、顾况、秦系、灵澈、朱放、陆羽、张志和诸人。对于这一派诗人，赵昌平先生曾有《“吴中诗派”与中唐诗歌》[①]专文研究，对于我们考察安史之乱以后南方诗歌群体的形成非常有用。因此本节有关吴中集团形成的论述，主要参考赵先生文。但本书不取“吴中诗派”这一名称，是因为这一集团的中心在湖州，虽属于吴中，而实不能代表吴中，因为吴中还有更为重要的区域苏州。皎然等人之所以能形成一个著名的诗派，基于以下几方面的原因：

第一，地域因缘。皎然，字清昼，吴兴人。俗姓谢，南朝宋谢灵运十世孙。于頔《释皎然杼山集序》：“吴兴开士释皎然，字清昼，即康乐之十世孙。”[②]《唐诗纪事》卷七三《僧皎然》条：“姓谢，字清昼，

---

① 赵昌平《“吴中诗派”与中唐诗歌》，《中国社会科学》1984 年第 4 期，第 191—212 页。

② 《全唐文》卷五四四，第 5520 页。

吴兴人，灵运十世孙。"[1] 赞宁《宋高僧传》卷二九《唐湖州杼山皎然传》："释皎然，名昼，姓谢氏，长城人，康乐侯十世孙也。"[2] 顾况，字逋翁，苏州人。《旧唐书》卷一三〇《顾况传》："顾况者，苏州人。"[3] 秦系，字公绪，会稽人。《新唐书》卷一九六《秦系传》："秦系字公绪，越州会稽人。"[4] 灵澈，姓汤氏，字澄源，会稽人。刘禹锡《澈上人文集纪》："上人生于会稽，本汤氏子。聪察嗜学，不肯为凡夫。因辞父兄出家，号灵澈，字源澄。"[5] 陆羽，字鸿渐，复州竟陵人。至德后避乱，并于上元初，结庐湖州苕溪之上，闭门读书[6]。朱放，字长通，襄阳人。初居临汉水，后南来卜隐剡溪、镜湖间[7]。张志和，字子同，婺州人。《新唐书》卷一九六《张志和传》："张志和，字子同，婺州金华人。"[8] 他们这一派诗人，"或世籍东吴，或早年即寓居吴会，其主要活动地区都在三吴两浙，有鲜明的地域性。他们的生年除灵澈在天宝八年外都在开元年间。卒年除朱放在贞元五年前之外，均在贞元末元和初。……由于吴中特殊的文化传统的影响，他们更多地体现了奇变的特色"[9]。

第二，时代一致。这一诗派诸人中，除灵澈较早出生于开元时外，其余都出生于天宝年间，卒年自贞元末至元和初。他们这些人大都经历了安史之乱，或家在吴越，或避乱而至吴越。

---

① 计有功《唐诗纪事》卷七三，第1074页。
② 赞宁《宋高僧传》卷二九，第728页。
③《旧唐书》卷一三〇，第3625页。
④《新唐书》卷一九六，第5608页。
⑤《刘禹锡集》卷一九，第239页。
⑥ 傅璇琮《唐才子传校笺》卷三，第1册，第625页。
⑦ 刘长卿《送朱山人放越州贼退后归山阴别业》，《全唐诗》卷一四七，第1489页。
⑧《新唐书》卷一九六，第5608页。
⑨ 赵昌平《"吴中诗派"与中唐诗歌》，《中国社会科学》1984年第4期，第193页。

第三，志趣相同。他们这一批诗人都是崇尚隐逸之士。皎然、灵澈是僧人，自不必言。《唐才子传》称秦系“天宝末避乱剡溪，自称东海钓客”[1]，称朱放“南来卜隐剡溪、镜湖间，排青紫之念，结庐云卧，钓水樵山”[2]，顾况亦“隐茅山，炼金拜斗，身轻如羽”[3]，张志和更是“居江湖，性迈不束，自称‘烟波钓徒’”[4]。陆羽“结庐于苕溪之滨，闭关对书，不杂非类。名僧高士，谈宴永日。常扁舟来往于山寺”[5]。与皎然交往者，无论是长官还是崇尚隐逸之士，也都不同程度上带有居士的特点，故潘桂明《中国居士佛教史》说皎然：“中年参谒各家禅师，了悟心地法门，具备门第、诗才、禅学三个条件，故得以与朝贵、地方长官等上层居士交游。……他们‘或簪组，或布衣，与之交结，必高吟乐道。道其同者，则然始定交者’。……皎然与官僚士人的结交，有严格的选择，所以官僚士人也都以能与他往来而深感荣幸。”[6]这一群体的形成，在人员选择上重视志趣的一致，这也使得他们的文学创作具有共同的取向和风格。

第四，群体活动。他们这一诗派，流传于今的唱酬及联句活动不少，这是他们群体活动的见证。如《渚山春暮，会顾丞茗舍，联句效小庾体》诗：

谁是惜暮人，相携送春日。因君过茗舍，留客开兰室。（士修）
湿苔滑行屐，柔草低藉瑟。鹊喜语成双，花狂落非一。（子向）

---

① 傅璇琮《唐才子传校笺》卷三，第1册，第592页。
② 傅璇琮《唐才子传校笺》卷五，第2册，第343页。
③ 傅璇琮《唐才子传校笺》卷一，第1册，第645页。
④ 傅璇琮《唐才子传校笺》卷一，第1册，第690页。
⑤ 陆羽《陆文学自传》，《全唐文》卷四三三，第4420页。
⑥ 潘桂明《中国居士佛教史》，中国社会科学出版社，2000年，第439页。

烟浓山焙动，泉破水舂疾。莫拗挂瓢枝，会移阅书帙。（昼）
颇容樵与隐，岂闻禅兼律。栏竹不求疏，网藤从更密。（士修）
池添逸少墨，园杂庄生漆。景晏枕犹攲，酒醒头懒栉。（子向）
云教淡机虑，地可遗名实。应待御荈青，幽期踏芳出。（昼）[①]

题中“顾丞”即顾况，以皎然为中心的一群诗人，在顾况宅中赋诗联句。类似这样的联句，《全唐诗》卷七九四收有三十一首，可见其盛况。“唐人联句之盛，实起于大历、贞元时期的吴中地区，皎然今存联句三十一篇，陆羽、顾况皆曾参与，此外颜真卿名下联句十来篇，皎、陆亦多在内。与联句相应的是‘诗会’活动。《孟东野诗集》卷八《送陆畅归湖州因凭题故人皎然塔陆羽坟》云：‘昔游诗会满，今游诗会空。’又卷十有《逢江南故昼上人会中郑方回》诗。均作于元和初，可知大历、贞元间吴中派活动的中心地区湖州曾有诗会组织，而皎、陆为其核心人物。联句殆为诗社的课题之一。”[②]群体唱和活动是皎然文学集团形成的重要因素，由此也创造了不少优秀的文学作品。这一集团在吴中产生，而且以联句与唱和较多，这对中唐以后诗会的发展也产生了非常积极的影响。

二、皎然集团与中唐江南文学

以皎然为代表的诗人群体，以其联唱成为集团的特点。这一集团参加者很多，有潘述、汤衡、裴济、王遘、齐玥、李纵、崔子向、郑说、陆士修、李令从、严伯均、裴澄、朱巨川、卢幼平、陆羽、李恂、郑述诚、崔逵、崔万、韩章、杨秦卿、殷仲文、顾况等人。而联句则有三十一组。

① 《全唐诗》卷七九四，第8935页。
② 赵昌平《“吴中诗派”与中唐诗歌》，《中国社会科学》1984年第4期，第194页。

从参加联句的诸人事迹考知，这些联句均作于大历初皎然隐于湖州时。皎然也曾和颜真卿联句唱答。

联句诗题	联句作者	联句地点
讲德联句	清昼、潘述、汤衡	湖州
讲古文联句	清昼、潘述、裴济、汤衡	湖州
项王古祠联句	清昼、潘述、汤衡	湖州
还丹可成诗联句	清昼、潘述、汤衡	湖州
建安寺西院喜王郎中遘恩命初至联句	清昼、王遘、齐翔、李纵、崔子向	湖州建安寺
建安寺夜会对雨怀皇甫侍御曾联句	清昼、李纵、郑说、王遘、崔子向、[齐翔]	湖州建安寺
泛长城东溪暝宿崇光寺寄处士陆羽联句	清昼、崔子向	湖州长城
与崔子向泛舟自招橘经箬里宿天居寺忆李侍御粤渚山春游后期不及联一十六韵以寄	清昼、崔子向	湖州天居寺
渚山春暮会顾丞茗舍联句效小庾体	清昼、陆士修、崔子向	湖州渚山
与李司直令从荻塘联句	清昼、李令从	湖州荻塘
远意联句	清昼、疾（失姓）、[裴]澄、严伯均、巨川（失姓）	湖州
暗思联句	清昼、疾、巨川、严伯均、从心（失姓）	湖州
乐意联句一首	清昼、均、疾、澄、巨川	湖州
恨意联句	清昼、疾、均、澄、从心、杭（失姓）	湖州
秋日卢郎中使君幼平泛舟联句一首	清昼、卢藻、卢幼平、陆羽、潘述、李恂、郑述诚	湖州
重联句一首	清昼、卢幼平、陆羽、潘述、卢藻、惸（失姓）	湖州

续表

联句诗题	联句作者	联句地点
与潘述集汤衡宅怀李司直纵联句	清昼、汤衡、潘述	湖州
安吉崔明甫山院联句一首	清昼、崔逵	湖州安吉
重联句一首	清昼、崔逵	湖州安吉
重联句一首	清昼、崔逵	湖州安吉
重联句一首	清昼、崔逵	湖州安吉
重联句一首	清昼、崔逵	湖州安吉
道观中和潘丞观青溪图联句	清昼、崔万、潘述	湖州
春日对雨联句一首	清昼、韩章	湖州武康
春日会韩武康章后亭联句	清昼、韩章、杨秦卿、仲文（失姓）	湖州武康
康录事宅送僧联句	清昼、崔子向	湖州
与邢端公李台题庭石联句	昼（余缺）	湖州
冬日建安寺西院喜昼公自吴兴至联句一首	王遘、李纵、郑说、崔子向、齐翔	湖州建安寺
秋日潘述自长城至霅上与昼公汤评事游集累日时司直李公暇往苏州有阻良会因与二公联句以寄之	潘述、清昼、汤衡	湖州霅上
喜昼公寻山回相遇联句一首	潘述、清昼	湖州
送昼公联句	韩章、清昼、顾况	湖州

从这些联句透露的信息，参以皎然的身世和著述，我们可以探讨皎然和中唐江南文学发展的一些重要问题：

其一，这一群体以诗僧皎然为中心，鸠合了当时湖州刺史（卢幼平、裴清）、郡佐（裴济、潘述、汤衡）、所属各县县令（韩章），以及当地著名文士（陆羽）等，形成了一个较为稳固且联句活动较多的集团。

皎然的文学创作，在当时具有崇高的地位。于頔《释皎然杼山集序》云：“得诗人之奥旨，传乃祖之菁华，江南词人，莫不楷范。极于缘情绮靡，故辞多芳泽；师古兴制，故律尚清壮。其或发明玄理，则深契真如，又不可得而思议也。”[①]宋僧赞宁所撰《唐湖州杼山皎然传》云：“文章隽丽，当时号为释门伟器。”[②]元人辛文房《唐才子传》亦云：“公外学超然，诗兴闲适，居第一流、第二流不过也。”[③]湖州的文人集团，以大历七年（772）颜真卿莅任湖州刺史为界，分为前后两个时期。前期虽然有裴清、卢幼平等郡守参与，这些郡守也爱好文学，附庸风雅，但他们在文学上都无法达到领袖群伦的地位，故而诗僧皎然就成为众所推尊的领袖人物。而在大历七年（772）颜真卿为湖州刺史之后，湖州诗人群体的聚集次数与规模更有了拓展，而领袖人物成为郡守兼诗人，又是大书法家的颜真卿。皎然也就成为以颜真卿为首的群体中的最重要的诗人之一。这也体现出文学群体构成在历史发展过程中的一些动态转化。皎然能处于领袖地位，与他在江南诗坛的地位与影响也是分不开的。

其二，联句的内容体现了江南文学的新观念。这方面，贾晋华曾以《讲古文联句》做个案的分析，并言：“此诗对唐以前的代表作家都给予较为全面的评价，与初盛唐一概否定晋宋以降文学的复古文学史观截然有别；此种新观念后来成为皎然《诗式》的核心。又此诗由潘述领起和结束，其所咏亦最多，共十五联，汤衡次之，共十三联，皎然十二联，裴济仅二联，则诗中的新观念，似当以潘述为主。皎然正是在此类讨论中，受到重要启发，逐渐形成自己的文学史观和诗歌

① 《全唐文》卷五四四，第 5520 页。
② 赞宁《宋高僧传》卷二九，第 728 页。
③ 傅璇琮《唐才子传校笺》卷四，第 2 册，第 205 页。

理论。”[①]

其三，这一群体除了联句以展现群体特点之外，诗人间的相互交往也体现了安史之乱后的新特点。福琳《唐湖州杼山皎然传》：“昼生常与韦应物、卢幼平、吴季德、李萼、皇甫曾、梁肃、崔子向、薛逢、吕渭、杨逵，或簪组，或布衣，与之交结，必高吟乐道。”[②] 这里记载的众人事迹，韦应物主要活动于大历中，卢幼平在大历初任湖州刺史，皇甫曾、崔子向、梁肃等也主要活动于大历中。

“高吟乐道”是他们交往时所追求的一种境界，他们的唱和群体是在江南大的社会环境和自然环境的影响下形成的，也与他们追求的生活品位与文化品位密切相关。我们选取皎然与陆羽的关系加以考察：陆羽是集文学、学术于一身，并非常追求生活品位的一位文学家，《陆文学自传》称：“自禄山乱中原，为《四悲诗》；刘展窥江淮，作《天之未明赋》，皆见感激当时，行哭涕泗。著《君臣契》三卷、《源解》三十卷、《江表四姓谱》八卷、《南北人物志》十卷、《吴兴历官记》三卷、《湖州刺史记》一卷、《茶经》三卷、《占梦》上中下三卷，并贮于褐布囊。”[③] 该文还述及与皎然的关系：“洎至德初，秦人过江，子亦过江，与吴兴释皎然为缁素忘年之交。”[④] 他对茶的著述尤受当时与后世的重视，李肇《唐国史补》卷中云：“羽有文学，多意思，耻一物不尽其妙，茶术尤著。巩县陶者多为瓷偶人，号‘陆鸿渐’。买数十茶器得一鸿渐，市人沽茗不利，辄灌注之。……与颜鲁公厚善，及玄真子张志和为友。”[⑤] 皎然有《九日与陆处士羽饮茶》诗云：“九日山僧院，东

① 贾晋华《皎然年谱》，厦门大学出版社，1992 年，第 39 页。
② 《全唐文》卷九一九，第 9574 页。
③ 陆羽《陆文学自传》，《全唐文》卷四三三，第 4421 页。
④ 陆羽《陆文学自传》，《全唐文》卷四三三，第 4421 页。
⑤ 聂清风《唐国史补校注》卷中，中华书局，2021 年，第 134 页。

篱菊也黄。俗人多泛酒,谁解助茶香。”① 据宋谈钥《嘉泰吴兴志》卷一七载皎然“《茶诀》一篇”②。则皎然与陆羽在茶的方面也是志同道合者。皎然还有《饮茶歌诮崔石使君》诗云:“越人遗我剡溪茗,采得金牙爨金鼎。素瓷雪色缥沫香,何似诸仙琼蕊浆。一饮涤昏寐,情来朗爽满天地;再饮清我神,忽如飞雨洒轻尘;三饮便得道,何须苦心破烦恼。此物清高世莫知,世人饮酒多自欺。愁看毕卓瓮间夜,笑向陶潜篱下时。崔侯啜之意不已,狂歌一曲惊人耳。孰知茶道全尔真,唯有丹丘得如此。”③ 又有《顾渚行寄裴方舟》《对陆迅饮天目山茶因寄元居士晟》《饮茶歌送郑容》等诗,对顾渚茶、天目山茶等名茶都作了歌咏。他的咏茶诗多达数十首。皎然与陆羽关系至密,其《寻陆鸿渐不遇》诗,已成千古佳制:“移家虽带郭,野径入桑麻。近种篱边菊,秋来未着花。叩门无犬吠,欲去问西家。报道山中去,归时每日斜。”④ 全诗妙在写不遇,画出一位飘然无拘的隐士形象。前半首写陆羽隐居之地的环境,后半首写不遇的情况。本诗清新自然,笔调灵活,用行云流水的散句传达出隐士的情趣,表现出很高的精神境界。皎然《〈诗式〉序》云:“贞元初,予与二三子居东溪草堂,每相谓曰:世事喧喧,非禅者之意,假使有宣尼之博识、胥臣之多闻,终朝目前,矜道侈义,适足以扰我真性,岂若孤松片云,禅坐相对,无言而道合,至静而性同哉?吾将深入杼峰,与松云为侣,所著《诗式》及诸文笔,并寝而不纪。……至五年夏五月,会前御史中丞李公洪自河北负谴,遇恩再移为湖州长史。初与相见,未交一言,恍然神合。”⑤ 这就是皎

① 《全唐诗》卷八一七,第 9211 页。
② 谈钥《嘉泰吴兴志》卷一七,《宋元方志丛刊》,第 4832 页。
③ 《全唐诗》卷八二一,第 9260 页。
④ 《全唐诗》卷八一五,第 9178 页。
⑤ 李壮鹰《诗式校注》,第 1—2 页。

然的著述环境，也是他的创作环境，这样的环境与从中映射出来的群体生活品位，正是安史之乱后江南文士群体的共同追求。

其四，皎然与湖州郡守的互动，也是这一群体得以形成的重要基础。据郁贤皓先生《唐诗刺史考全编》卷一四〇所考，安史之乱后终皎然一生的湖州郡守有豆卢麟、杨慧、杜鸿渐、崔论等至少二十人。与皎然往还唱和可考之郡守，除下节专门要讨论的颜真卿外，至少还有十人：

崔论。《嘉泰吴兴志》记载："崔论，上元元年自蜀州刺史授，迁试太府卿兼御史大夫、淮南节度行军司马。"① 皎然有《送崔詹事论之上都》诗，自注："崔尝典吴兴。"② 又有《夏日同崔使君论登城楼赋得远山》《夏日登观农楼和崔使君》诗，因其与崔论曾经唱和，知崔论亦长于诗，惜崔诗今已无传世之作。

卢幼平。《嘉泰吴兴志》记载："卢幼年（平），宝应二年自杭州刺史授，迁大理少卿。《统记》云：永泰元年。"③ 皎然有《秋日卢郎中使君幼平泛舟联句》诗，注："郎中，吴兴守。"④ 又有《冬日遥和卢使君幼平綦毋居士游法华寺高顶临湖亭》诗，有"仁坊标绝境，廉守蹑高踪"语⑤。又有《秋日遥和卢使君游何山寺宿敭上人房论涅槃经义》诗，有"诗情缘境发，法性寄筌空"语⑥。可知卢幼平亦长于诗，故与皎然唱和。皎然还有《陪卢使君登楼送方巨之还京》《同诸公奉侍祭岳渎使大理卢幼平自会稽回经平望将赴于朝廷期过故林不至》《春

① 谈钥《嘉泰吴兴志》卷一四，《宋元方志丛刊》，第 4773 页。
② 《全唐诗》卷八一九，第 9236 页。
③ 谈钥《嘉泰吴兴志》卷一四，《宋元方志丛刊》，第 4774 页。
④ 《全唐诗》卷七九四，第 8937 页。
⑤ 《全唐诗》卷八一五，第 9175 页。
⑥ 《全唐诗》卷八一五，第 9175 页。

日和卢使君幼平开元寺听妙奘上人讲》《奉同卢使君幼平游精舍寺》《同卢使君幼平郊外送阎侍御归台》《乌程李明府水堂同卢使君幼平送奘上人游五台》《九日同卢使君幼平吴兴郊外送李司仓赴选》等诗。

裴清。《嘉泰吴兴志》记载："裴清，大历二年自宿州刺史授，除鄂州刺史。《统记》云：六年，选兵部郎中。"① 因大历六年（771）尚无宿州设置，故应从《统记》作大历六年（771）为湖州刺史。《宝刻丛编》卷一四引《复斋碑录》："《唐立晋谢公碣》，唐裴清撰，僧道锐（诜？）书，大历七年十月十一日龙兴寺沙门皎然建。"② 是皎然建碣，请郡守裴清撰文。

樊系。《嘉泰吴兴志》记载："樊系，大历十二年自谏议大夫授，迁濠州刺史。"③ 皎然有《画救苦观世音菩萨赞并序》称："即湖州刺史谏议大夫樊公夫人范阳县君卢氏所造也。"④ 又有《画药师琉璃光佛赞并序》称："诚恳之至，感而遂通。湖州刺史谏议大夫樊公夫人范阳县君卢氏得之矣。"⑤ 由是推之，皎然在湖州，与郡守樊系亦有往还。

袁高。《南部新书》记载："唐制：湖州造茶最多，谓之'顾渚贡焙'。岁造一万八千四百八斤，焙在长城县西北。大历五年以后，始有进奉。至建中二年，袁高为郡，进三千六百串，并诗刻石在贡焙。"⑥ 皎然有《遥酬袁使君高春暮行县过报德寺见怀》《奉酬袁使君

① 谈钥《嘉泰吴兴志》卷一四，《宋元方志丛刊》，第 4774 页。
② 陈思《宝刻丛编》卷一四，第 375 页。
③ 谈钥《嘉泰吴兴志》卷一四，《宋元方志丛刊》，第 4774 页。
④《全唐文》卷九一七，第 4236 页。
⑤《全唐文》卷九一七，第 4236 页。
⑥ 钱易《南部新书》卷戊，第 66 页。

高寺院新亭对雨》《奉酬袁使君高春游鹔鸰峰兰若见怀》《奉酬袁使君送陆灞却回期道寺院》《奉和袁使君高郡中新亭会张炼师昼会二上人》《奉送袁使君诏征赴行在效曹刘体》《奉酬袁使君西楼饯秦山人与昼同赴李侍御招三韵》《同袁高使君送李判官使回》等诗。

陆长源。皎然有《奉和陆使君长源夏月游太湖》诗，自注："此时公权领湖州。"① 皎然有《奉和陆中丞使君长源寒食日作》《奉陪陆使君长源裴端公枢春游东西武丘寺》《奉陪陆使君长源诸公游支硎寺》《奉和陆使君长源水堂纳凉效曹刘体》《夏日奉陪陆使君长源公堂集》《春夜与诸公同宴呈陆郎中》《奉送陆中丞长源诏征入朝》《奉酬陆使君见过各赋院中一物得江蓠》《白云歌寄陆中丞使君长源》等诗，都是和陆长源交往之作，大多作于陆长源权领湖州刺史时。

杨顼。《嘉泰吴兴志》记载："杨顼，贞元四年自濮州刺史授，迁国子祭酒。《统记》云：兴元元年。"② 皎然有《奉陪杨使君顼送段校书赴南海幕》《同杨使君白蘋洲送陆侍御士佳入朝》《同薛员外谊喜雨诗兼上杨使君》《同薛员外谊久旱感怀寄兼呈上杨使君》等诗，都是与杨顼酬寄之作。

郑谔。皎然有《奉陪郑使君谔游太湖至洞庭山登上真观却望湖水》诗云："郡斋得无事，放舟下南湖。湖中见仙邸，果与心赏俱。不远风物变，忽如寰宇殊。"③ 据朱长文《吴郡图经续记》记载："上真观，在洞庭山上，建于梁世。唐僧皎然尝陪湖州郑使君登此，却望湖水赋诗。"④

崔石。皎然有《饮茶歌诮崔石使君》诗。崔石为湖州刺史，唯见

---

①《全唐诗》卷八一七，第 9198 页。

② 谈钥《嘉泰吴兴志》卷一四，《宋元方志丛刊》，第 4774 页。

③《全唐诗》卷八一七，第 9199 页。

④ 朱长文《吴郡图经续记》卷中，江苏古籍出版社，1999 年，第 29 页。

此诗，未见其他记载，此则是皎然在湖州交游的非常珍贵的材料，二人在作诗与饮茶方面，都是志同道合者。

于頔。《嘉泰吴兴志》记载："于頔，贞元八年自驾部郎中授，迁苏州刺史。……《统记》作五年。"[①] 据郁贤皓先生考证，于頔为湖州刺史始于贞元七年，终于贞元十年[②]。于頔有《郡斋卧疾赠昼上人》诗云："夙陪翰墨徒，深论穷文格。丽则风骚后，公然我词客。晚依方外友，极理探精赜。吻合南北宗，昼公我禅伯。尤明性不染，故我行贞白。……众耳岂不聆，钟期有真赏。高洁古人操，素怀夙所仰。觌君冰雪姿，祛我淫滞想。常吟柳恽诗，苕浦久相思。逮此远为郡，蘋洲芳草衰。逢师年腊长，值我病容羸。共话无生理，聊用契心期。"[③] 于頔还是《皎然集》的编纂者，其《释皎然杼山集序》称："贞元壬申岁，余分刺吴兴之明年，集贤殿御书院有命征其文集，余遂采而编之，得诗五百四十六首，分为十卷，纳于延阁书府。上人以余尝著诗述论前代之诗，遂托余以集序，辞不获已，略志其变。"[④] 表明于頔和皎然的关系是非常密切的，故而才能够委托时为郡守的于頔组织人力编其文集，并请于頔为文集作序。

皎然《唐湖州佛川寺故大师塔铭并序》云："菩萨戒弟子刺史卢公幼平、颜公真卿、独孤公问俗、杜公位、裴公清，惟彼数公，深于禅者也。"[⑤]《宋高僧传》卷二六《唐湖州佛川寺慧明传》："菩萨戒弟子刺史卢幼平、颜真卿、独孤问俗、杜位、裴清，深于禅味。俾昼公为塔铭

① 谈钥《嘉泰吴兴志》卷一四，《宋元方志丛刊》，第 4774 页。

② 郁贤皓《唐刺史考全编》卷一四〇，安徽大学出版社，2000 年，第 1949—1950 页。

③《全唐诗》卷四七三，第 5366 页。

④《全唐文》卷五四四，第 5520 页。

⑤《全唐文》卷九一七，第 9559 页。

焉。"[1] 其中独孤问俗、杜位等湖州郡守，为皎然所提及，其或有交往，只是目前未见其他文献记载。

其五，皎然在湖州与其他诗僧的关系，也是这一群体形成的另一个层面。据皎然的《唐杭州灵隐山天竺寺故大和尚（守真）塔铭并序》："其间临坛既多，度人无数，今一不复纪也。显名弟子苏州辨秀，湖州惠普、道庄，越州清江、清源，杭州择邻、神偃，常州道进。"[2] 所列诸僧与皎然同出守真之门，相互间关系自然非常密切，其中清江又是著名的诗僧。再如越僧灵澈曾抵达吴兴，与皎然游从，这两位高僧相见，也是中国文学史上的一段佳话，他们相互切磋诗艺，相得益彰。刘禹锡作《澈上人文集纪》称："维卒，乃抵吴兴，与长老诗僧皎然游，讲艺益至。……独吴兴昼公能备众体，昼公后，澈公承之。至如《芙蓉园新寺》诗云：'经来白马寺，僧到赤乌年。'《谪汀州》云：'青蝇为吊客，黄耳寄家书。'可谓入作者阃域，岂独雄于诗僧间邪？"[3]《宋高僧传》卷一五《唐会稽云门寺灵澈传》："澈游吴兴，与杼山昼师一见为林下之游，互相击节。"[4] 胡震亨《唐音癸签》卷八云："皎然《杼山集》清机逸响，闲澹自如，读之，觉别有异味在咀嚼之表，当繇雅慕曲江，取则不远尔。"[5] 他的"清机逸响，闲澹自如"风格的形成，除了渊源于张九龄之外，更是他所处的环境造成的。

通过对以皎然为首的湖州诗人群体的考察，我们知道诗僧在这一群体中的重要地位，而江南多诗僧则又是中唐以后文学发展的重要现象，对此进行简略的考察，更有助于了解安史之乱后江南地区文

---

① 赞宁《宋高僧传》卷二六，第 665 页。
② 《全唐文》卷九一八，第 9561 页。
③ 《刘禹锡集》卷一九，第 239—240 页。
④ 赞宁《宋高僧传》卷一五，第 369 页。
⑤ 胡震亨《唐音癸签》卷八，第 81 页。

学发展的风貌。这里我们根据陈尚君先生的《唐代诗人占籍考》、周勋初主编的《唐诗大辞典》、周祖譔主编的《中国文学家大辞典》、景遐东《唐代江南籍诗人述论》等,将唐代江南诗僧的总体情况列表于下:

姓名	籍贯	所属州郡	存诗	姓名	籍贯	所属州郡	存诗
慧忠	丹徒	润州	2首	延寿	曲阿	润州	88首+8句
玄逵	江宁	润州	1首	智威	江宁	润州	2首
印崇粲	江宁	润州	1首	义褒	晋陵	常州	3首
灵默	常州	常州	1首	文喜	嘉兴	苏州	2首
文偃	嘉兴	苏州	30首	明解	武康	湖州	2首
皎然	长城	湖州	537首	玄览	钱塘	杭州	1首
洪寿	钱塘	杭州	1首	慧棱	盐官	杭州	2首
文益	余杭	杭州	14首	延沼	余杭	杭州	5首
灵澈	会稽	越州	17首+26句	澄观	山阴	越州	1首
良价	诸暨	越州	36首	遇真	越州	越州	1首
清澜	歙县	歙州	2句	宗亮	奉化	明州	4首
契此	奉化	明州	24首	大义	须江	衢州	1首
法善	括苍	括州	3首	德韶	龙泉	衢州	1首
处默	金华	婺州	8首+2句	贯休	兰溪	婺州	737首+28句
玄觉	永嘉	温州	1首	玄宗	永嘉	温州	2首
永安	永嘉	温州	1首	道忞	温州	温州	9首
晓荣	温州	温州	2首	本先	温州	温州	3首
清观	临海	台州	2句	重机	黄岩	台州	1首
怀玉	宁海	台州	1首	正原	宣州	宣州	4首

刘禹锡《澈上人文集纪》:“世之言诗僧多出江左。灵一导其源,护国袭之。清江扬其波,法振沿之。”① 唐赵璘《因话录》卷四《江南多名僧》云:“贞元、元和以来,越州有清江、清昼,婺州有乾俊、乾辅,时谓之会稽二清,东阳二乾。”② 明人胡震亨《唐音癸签》卷八则更为详细:“释子以诗闻世者,多出江南。灵一导其源,护国袭之;清江扬其波,法振沿之。风习渐盛,背箧笥,怀笔牍,挟海溯江,独行山林间,倏倏然模状物态,搜伺隐隙,凄怆超忽,游其心以求胜语,若有程督之者。嗜吟憨态,几夺禅诵。嗣后转唊膻名,竞营供奉,集讲内殿,献颂寿辰,如广宣、栖白、子兰、可止之流,栖止京国,交结重臣,品格斯非,诗教何取?诸衲大历间独吴兴昼公能备众体,缀六义清英,首冠方外;文、宣之代,可公以雅正接绪;五代之交,己公以清赡继响,篇什并多而益善。余则一联一什,非无可观,概如幺弦孤韵,瞥入人耳,非大音之乐,不能缕鹭云。”③ 以上统计正好印证了“诗僧多出江左”的说法,而且就地理方面进行考察,还能够说明两个问题,一是安史之乱以后,江南诗僧众多,几乎在各个州郡普遍存在,他们成为唐诗发展的一个重要组成部分;二是他们存留下来的诗歌并不平衡,多者有七百余首,少者仅存一则残句,为我们考察他们的全面成就带来难题。因此,诗僧研究还是唐代文学史研究尚需开拓的空间。

第二节　颜真卿集团

颜真卿是安史之乱前后最为著名的人物之一。他早年即以文章知名于时,更以其书法卓绝于世。在士人心目中具有崇高的地位。

---

①《刘禹锡集》卷一九,第240页。

② 赵璘《因话录》卷四,第94页。

③ 胡震亨《唐音癸签》卷八,第82页。

安史之乱爆发后，他又首举义旗抗击安禄山，为天下所景仰。《旧唐书·颜真卿传》云："出为平原太守。安禄山逆节颇著，真卿以霖雨为托，修城浚池，阴料丁壮，储廪实；乃阳会文士，泛舟外池，饮酒赋诗。或谗于禄山，禄山亦密侦之，以为书生不足虞也。无几，禄山果反，河朔尽陷；独平原城守具备，乃使司兵参军李平驰奏之。"①《新唐书·颜真卿传》云："是时，从父兄杲卿常山太守，斩贼将李钦凑等，清土门。十七郡同日自归，推真卿为盟主，兵二十万，绝燕、赵。"② 安史之乱后，朝廷矛盾依旧激烈，颜真卿被元载排挤，迁徙不定。大历七年（772）九月由抚州刺史迁官湖州刺史。颜真卿《乞御书题额恩敕批答碑阴记》："（大历）七年秋九月归自东京，起家蒙除湖州刺史，来年春正月至任。"③ 在湖州首尾共六年。《嘉泰吴兴志》卷一四《郡守题名》："颜真卿，唐大历七年自抚州刺史授，迁刑部尚书。"④ 他在公务之暇，招集诸文士修撰典籍，唱和赋诗，值得称道的诗歌集会颇多，他将这些集会的诗歌编纂在一起，成为《吴兴集》十卷⑤。规模较大的集会有：

一、妙喜寺集会

颜真卿在《湖州乌程县杼山妙喜寺碑铭》中云：

> 真卿自典校时，即考五代祖隋外史府君与法言所定《切

① 《旧唐书》卷一二八，第3589—3590页。
② 《新唐书》卷一五三，第4855页。
③ 《全唐文》卷三三八，第3431页。
④ 谈钥《嘉泰吴兴志》卷一四，《宋元方志丛刊》，第4774页。
⑤ 令狐垣《光禄大夫太子太师上柱国鲁郡开国公颜真卿墓志铭》，《全唐文》卷三九四，第4012页。

韵》，引《说文》《苍雅》诸字书，穷其训解，次以经史子集中两字已上成句者，广而编之，故曰《韵海》，以其镜照原本，无所不见，故曰《镜源》。天宝末，真卿出守平原，已与郡人渤海封绍、高筼，族弟今太子通事舍人浑等修之，裁成二百卷。属安禄山作乱，止具四分之一。及刺抚州，与州人左辅元、姜如璧等增而广之，成五百卷，事物婴扰，未遑刊削。大历壬子岁，真卿叨刺于湖，公务之隙，乃与金陵沙门法海、前殿中侍御史李崿、陆羽，国子助教州人褚冲，评事汤某，清河丞、太祝柳察，长城丞潘述，县尉裴循，常熟主簿萧存，嘉兴尉陆士修，后进杨遂初、崔宏、杨德元、胡仲，南阳汤涉、颜祭、韦介、左兴宗、颜策，以季夏于州学及放生池日相讨论。至冬，徙于兹山东偏。来年春，遂终其事。前是颜浑，正字殷佐明，魏县尉刘茂，括州录事参军卢锷，江宁丞韦宁，寿州仓曹朱弁，后进周愿、颜暄、沈殷、李莆亦尝同修，未毕，各以事去。而起居郎裴郁，秘书郎蒋志，评事吕渭、魏理、沈益、刘全白、沈仲昌，摄御史陆向、沈祖山、周阆，司议邱悌，临川令沈咸，右卫兵曹张著，兄谟弟荐、芴，校书郎权器，兴平丞韦桓尼，后进房夔、崔密、崔万、窦叔蒙、裴继，侄男超、岘，愚子頵、顾往来登历。时杼山大德僧皎然工于文什，惠达灵煜，味于禅诵，相与言曰：昔庐山东林，谢客有遗民之会；襄阳南岘，羊公流润甫之词。况乎兹山深邃，群士响集，若无记述，何以示将来？①

这段话详细地叙述了以颜真卿为首的文士集团在湖州集结的情况。皎然有《奉和颜使君真卿修〈韵海〉毕会诸文士东堂重校》《奉和颜使君真卿修〈韵海〉毕州中重宴》《春日陪颜使君真卿皇甫曾西亭重

① 《全唐文》卷三三九，第3436页。

会〈韵海〉诸生》《奉陪颜使君修〈韵海〉毕东溪泛舟饯诸文士》等诗，均记其事。

二、岘山集会

谈钥《嘉泰吴兴志》卷一二《古迹》云："唐开元中，李适之为湖州别驾，南岘山有石觞可贮五斗酒，适之每携其所亲友登山酣饮，望帝乡，时以一醉，士民呼为李相石樽。颜真卿及门生弟侄多携酒舣楫以游，作《李相石樽宴集联句》，叙云：'因积溜潨石嵌为樽形，公注酒其中，结宇环饮之处。'"①《全唐诗》卷七八八即载有《登岘山观李左相石尊联句》，参加联句者有颜真卿、刘全白、裴循、张荐、吴筠、强蒙、范缙、王纯、魏理、王修甫、颜岘、左辅元、刘茂、颜浑、杨德元、韦介、皎然、崔弘、史仲宣、陆羽、权器、陆士修、裴幼清、柳淡、释尘外、颜颛、颜须、颜项、李崿等三十余人②。颜真卿留下的联句很多，《全唐诗》除此之外还载有《水堂送诸文士戏赠潘丞联句》《与耿沣水亭咏风联句》《又溪馆职蝉联句》《送耿沣拾遗联句》《五言月夜啜茶联句》《五言夜宴咏灯联句》《三言喜皇甫曾侍御见过南楼玩月》《七言重联句》《五言送李侍御联句》《五言玩初月重游联句》《五言重送横飞联句》《五言夜集联句》《三言拟五杂组联句》《三言重拟五杂组联句》《七言大言联句》《七言小言联句》《七言乐语联句》《七言馋语联句》《七言滑语联句》《七言醉语联句》等二十余首，表现出集会的某一层面的情况。

三、潘氏书堂集会

《中国历代法书墨迹大观》收有颜真卿所书《竹山连句题潘（氏）

① 谈钥《嘉泰吴兴志》卷一二，《宋元方志丛刊》，第4734页。

② 《全唐诗》卷七八八，第8880页。

书(堂)》一首,参加者达十八人。而这首诗为《全唐诗》所失收,故录之于下:

竹山招隐处,潘子读书堂。(真卿)
万卷皆成帙,千竿不作行。(处士陆羽)
练容飡沆瀣,濯足咏沧浪。(前殿中侍御史广汉李萼)
守道心自乐,下帷名益彰。(前梁县尉河东裴修)
风来似秋兴,花发胜河阳。(推官会稽康造)
支策晓云近,援琴春日长。(评事范阳汤清河)
水田聊学稼,野圃试条桑。(释皎然)
巾折定因雨,履穿宁为霜。(河南陆士修)
解衣垂蕙带,拂席坐藜床。(河南房夔)
檐宇驯轻翼,簪裾染众芳。(颜粲)
草生还近砌,藤长稍依墙。(颜顗)
鱼乐怜清浅,禽闲憙颉行。(颜须)
空园种桃李,远墅下牛羊。(京兆韦介)
读易三时罢,围棋百事忘。(洛阳丞赵郡李观)
境幽神自王,道在器犹藏。(詹事司直河南房益)
昼歠山僧茗,宵传野客觞。(河东柳淡)
遥峰对枕席,丽藻映缣缃。(永禛丞颜岘)
偶得幽栖地,无心学郑乡。(述上)①

① 谢稚柳《中国历代法书墨迹大观》三,上海书店,1987年,第102—131页。但颜真卿《竹山连句题潘氏书堂》的墨迹拓本是否真迹,学者颇有异词。岑仲勉《续贞石证史·伪竹山联句厚诬颜真卿》条、朱关田《颜真卿书迹考略》、徐无闻《颜真卿〈竹山连句〉辨伪》,均以为非真迹。按,其墨迹为后人伪造,或有之,但这次联句活动则是难以伪造的,岑仲勉云:"或者《竹山联句》,留有残搨,市贾牟利,遂添合之而伪作真迹。"(《金石论丛》,第232—233页)或可得其实。

这首联句，孙望《全唐诗补逸》卷一七收入，所据为黄本骥校订本《颜鲁公文集》卷十二。从上面的联句看出，颜真卿集团的联句酬唱的声势，较之鲍防集团更为巨大。

四、张志和来访集会

颜真卿《浪迹先生玄真子张志和碑铭》："玄真子，姓张氏，本名龟龄，东阳金华人。……仍改名志和，字子同。……大历九年秋八月，讯真卿于湖州，前御史李崿以缣帐请焉。俄挥洒横拂而纤纩霏拂，乱抢而攒毫雷驰，须臾之间，千变万化。蓬壶仿佛而隐见，天水微茫而昭合，观者如堵，轰然愕眙。在坐六十余人，玄真命各言爵里、纪年、名字、第行，于其下作两句题目，命酒，以蕉叶书之，援翰立成，潜皆属对，举席骇叹。竟陵子因命画工图而次焉。真卿以舴艋既敝，请命更之，答曰：'傥惠渔舟，愿以为浮家泛宅，沿溯江湖之上，往来苕霅之间，野夫之幸矣。'其诙谐辨捷，皆此类也。"① 可见这次饮酒聚会赋诗者至少有六十余人。皎然也参与其间，作了《奉应颜尚书真卿观玄真子置酒张乐舞破阵画洞庭三山歌》："道流迹异人共惊，寄向画中观道情。如何万象自心出，而心澹然无所营。手援毫，足蹈节，披缣洒墨称丽绝。石文乱点急管催，云态徐挥慢歌发。……颜公素高山水意，常恨三山不可至。赏君狂画忘远游，不出轩墀坐苍翠。"② 与此次聚会相关者，还有后来颜真卿与门客宾佐唱和张志和的《渔父词》。《云笈七签》卷一一三引《续仙传》云："玄真子姓张名志和，会稽山阴人也。博学能文，进士擢第，善画，饮酒三斗不醉。守真养气，卧雪不寒，入水不濡。天下山水，皆所游览。鲁公颜真卿与之友善。

① 《全唐文》卷三四〇，第 3447—3448 页。
② 《全唐诗》卷八二一，第 9255—9256 页。

真卿为湖州刺史，与门客会饮，乃唱和为《渔父词》，其首唱即志和之词，曰：'西塞山边白鸟飞，桃花流水鳜鱼肥。青箬笠，绿蓑衣，斜风细雨不须归。'真卿与陆鸿渐、徐士衡、李成钜共唱和二十五首，递相夸赏。而志和命丹青剪素，写景夹词，须臾成五本，花木禽鱼，山水景像，奇绝踪迹，今古无伦。而真卿与诸宾客传玩，叹伏不已。"[①]《词林纪事》引《西吴纪》亦云："志和有《渔父词》，刺史颜真卿与陆鸿渐、徐士衡、李成矩递相唱和。"[②]

五、耿沣来访集会

《全唐诗》收有颜真卿《与耿沣水亭咏风联句》诗，参加者有颜真卿、裴幼清、杨凭、杨凝、左辅元、陆士修、权器、陆羽、皎然、耿沣、乔（失姓）、陆涓。又有《又溪馆听蝉联句》，参加者有颜真卿、杨凭、杨凝、权器、陆羽、耿沣、乔（失姓）、裴幼清、伯成（失姓）、皎然。又有《送耿沣拾遗联句》，参加者为颜真卿和耿沣[③]。耿沣有《陪谯湖州公堂》诗云："谢公为楚郡，坐客是瑶林。文府重门奥，儒源积浪深。壶觞邀薄醉，笙磬发高音。末至才仍短，难随白雪吟。"[④]就是对这次集会的记述。据卢纶《送耿拾遗沣充括图书使往江淮》诗，知为耿沣奉命经过湖州时，颜真卿召集聚会之作，其时在大历十一年（776）[⑤]。

颜真卿是中唐时期浙西最重要的官员之一，他的到来，使得文人

① 张君房《云笈七签》卷一一三下，第2481—2482页。

② 杨宝霖《词林纪事补正》卷一，上海古籍出版社，1998年，第22页。

③ 以上联句见《全唐诗》卷七八八，第8881—8882页。

④《全唐诗》卷二六八，第2991页。

⑤ 参傅璇琮《唐才子传校笺》卷四《耿沣传笺证》（第2册，第33—34页）及朱关田《唐代书法家年谱》卷六《颜真卿年谱》（江苏教育出版社，2001年，第408—409页）。

集团的领袖皎然暂时让位，在诗会中由第一号人物变为第二号人物。这一方面，尹占华先生曾论述说："颜真卿离湖州后，诗会继续活动，主盟诗会就是皎然。在后一段时期任湖州刺史的如袁高，曾参加过妙喜寺盛会；陆长源（权领湖州），著名文士；杨顼（即杨昱），曾在颜真卿为刺史为军事判官，皆钦慕真卿之为人，自然是诗会的大力支持者，这是诗会能继续存在的重要保证。随着皎然的去世，诗会才正式终结。"① 颜真卿不是湖州土著，不会久居湖州，而是当官一任，官理一方的，故而颜真卿罢任以后，诗会的领袖仍然由皎然来担任。

唐代文人的群体活动，经历了以京都为中心向周边特别是南方扩展的阶段。安史之乱是这一扩展的转折点。本来，唐代文人的群体活动一般都是以京城为中心的，明胡震亨《唐音癸签》云："唐朝士文会之盛，有杨师道《安德山池宴集》、于志宁《宴群公于宅》、高正臣《晦日置酒林亭》《晦日重宴》及《上元夜效小庾体》等诗，并吟流之佳赏，承平之盛事。"② 以京都为中心的唱和更为重要的是武则天时的珠英学士以及则天、中宗时的多次宫廷唱和活动。到了唐玄宗时期，大型的群体唱和活动仍然在京城，如杜甫、高适、岑参、薛据、储光羲等人同登长安寺塔的唱和，贾至、杜甫、王维、岑参等人早朝大明宫的唱和等。这些唱和都带有承平时代的特点，也是当时的政治环境与社会环境造成的。安史之乱打破了长期承平的局面，全国的动乱首先是造成了文人分布格局的改变。"文人分布格局的改变，地方性的文人活动也渐趋频繁，尽管他们不可能取代京都文士的群体文学活动，却起到文学活动由一个中心向多个中心扩展的作用。""它一

① 尹占华《大历浙东和湖州文人集团的形成和诗歌创作》，《文学遗产》2000 年第 4 期，第 68 页。

② 胡震亨《唐音癸签》卷二七，第 285—286 页。

方面改变了初盛唐大致以京都为中心的文学格局；一方面也使文学创作集体活动具有了鲜明的地方区域文化的特点。”① 文学由京城为中心的辐射发展为安史之乱后一个中心向多个中心扩展，这是盛唐到中唐文学嬗变的重要特征之一。

这些南方的诗人群体，具有共同的美学趣味和生活追求。他们的诗中，没有像杜甫那样，反映安史大乱后的社会现实，而是追求隐居的生活以及对盛世的怀念。这些诗中，透露出安史之乱后文人们心理的巨大变化。“安史之乱给唐王朝带来了极大的破坏，整个帝国由盛转衰，一蹶难振。在这个历史转折点上，这些文士不是以拯救国家危机为己任，而是采取消极避世的态度。这是一种真正意义上的精神上的避世，与盛唐文士的以隐居为仕进捷径或反抗官场黑暗不同。它不仅是鲍防诸人的倾向，也是这一时代很大一部分士大夫的共同倾向。”这一批诗人“从盛世回忆中得出的不是中兴帝国的责任感，而是无可奈何的感伤哀婉，结果只能是充耳不闻北方中原的喧喧鼓鼙，把注意力转向眼前的相对平静的江南美景，以此麻醉”②。“宁静秀丽的江南山水，正是恬退独善的最好场所。诗人们聚集于此，散怀于烟霞风景，陶情于文咏唱和，国事民生，不再萦怀，自然不再有浓烈深厚的情感，而是一片清机，恬淡无碍了。这里体现了由心理变化而导致的文学观念的变化：诗歌不再被看成是抒情写志的手段，而成了消遣娱乐的工具。”③ 这与置身于安史乱中以积极的姿态抗击乱军时表现出来的豪情，是截然不同的。安史之乱以后文学重心的多元化发展，对中唐以后的文学产生了巨大的影响。中唐以后诗派林立，

① 戴伟华《唐代使府与文学研究》，第154—155页。

② 贾晋华《〈大历年浙东联唱集〉考述》，载《文学遗产增刊》18辑，第102—104页。

③ 贾晋华《唐代集会总集与诗人群研究》（第2版），第97页。

各种诗风诗体追新逐奇，都可以在安史之乱给唐代文士的心理影响方面找到渊源。

第三节 唐代湖州钱氏文学家族

一、大历十才子钱起

钱起是“大历十才子”之一，在唐代诗坛上具有较高的地位。“大历十才子”之称，据姚合《极玄集》和《新唐书·卢纶传》记载，是卢纶、吉中孚、韩翃、钱起、司空曙、苗发、崔峒、耿沣、夏侯审和李端。

（一）事迹考述

钱起（772—780），字仲文。唐姚合《极玄集》卷上：“钱起……字仲文，吴兴人。”[①]《新唐书·卢纶传》附钱起事：“起，吴兴人。”[②]《直斋书录解题》卷一九：“《钱考功集》十卷，唐考功员外郎吴兴钱起撰。天宝十载进士。”[③]《嘉泰吴兴志》卷一六《著姓·贤贵事实》：“钱起，唐史云吴兴人。与河中卢纶、鄱阳吉中孚、南阳韩翃、广平司空曙、苗发、崔峒、耿纬（沣）、夏侯审、李端，皆能诗，齐名，号‘大历才子’。”[④]宋乐史《太平寰宇记》卷九四《湖州·人物门》载钱起为吴兴人[⑤]。晁公武《郡斋读书志》卷四上载钱起为“吴郡人”[⑥]，当为“吴兴人”之误。

天宝十载（751）登进士第，吴兴人。《旧唐书·钱徽传》：“钱徽

① 傅璇琮、陈尚君、徐俊《唐人选唐诗新编》（增订本），第687页。

②《新唐书》卷二〇三，第5786页。

③ 陈振孙《直斋书录解题》卷一九，上海古籍出版社，1987年，第562页。

④ 谈钥《嘉泰吴兴志》卷一六，《宋元方志丛刊》，第4820页。

⑤ 乐史《太平寰宇记》卷九四，中华书局，2008年，第1880页。

⑥ 晁公武《昭德先生郡斋读书志》卷四上，《四部丛刊三编》，第19页。

字蔚章，吴郡人。父起，天宝十年登进士第。起能五言诗，初从乡荐，家寄江湖。尝于客舍月夜独吟，遽闻人吟于庭曰：‘曲终人不见，江上数峰青。’起愕然，摄衣视之，无所见矣，以为鬼怪，而志其一十字。起就试之年，李暐所试《湘灵鼓瑟诗》题中有‘青’字，起即以鬼谣十字为落句，暐深嘉之，称为绝唱。是岁登第，释褐秘书省校郎。大历中，与韩翃、李端辈十人，俱以能诗，出处贵游之门，时号‘十才子’，形于图画。起位终尚书郎。”①《嘉泰吴兴志》卷一六《著姓·贤贵事实》：“天宝中举进士，与郎士元俱有声，时语曰：‘前有沈宋，后有钱郎。’”②

官秘书省校书郎，姚合《极玄集》卷上：“天宝十载进士，历校书郎。”③《旧传》称“释褐秘书省校书郎”④。按钱起有《夜雨寄寇校书》诗云：“秋馆烟雨合，重城钟漏深。佳期阻清夜，孤兴发离心。烛影出绡幕，虫声连素琴。此时蓬阁友，应念昔同衾。”⑤诗称“此时蓬阁友，应念昔同衾”，是知钱起与寇校书为秘书省校书郎。

迁蓝田尉。钱起有《初黄绶赴蓝田县作》诗：“蟠木无匠伯，终年弃山樊。苦心非良知，安得入君门。忽忝英达顾，宁窥造化恩。萤光起腐草，云翼腾沉鲲。片石世何用，良工心所存。一叨尉京甸，三省惭黎元。贤尹正趋府，仆夫俨归轩。眼中县胥色，耳里苍生言。居人散山水，即景真桃源。鹿聚入田径，鸡鸣隔岭村。餐和俗久清，到邑政空论。且嘉讼庭寂，前阶满芳荪。”⑥其尉蓝田，与王维往还诗较

---

①《旧唐书》卷一六八，第4382—4383页。
② 谈钥《嘉泰吴兴志》卷一六，《宋元方志丛刊》，第4820页。
③ 傅璇琮、陈尚君、徐俊《唐人选唐诗新编》（增订本），第687页。
④《旧唐书》卷一六八，第4383页。
⑤《全唐诗》卷二三七，第2647页。
⑥《全唐诗》卷二三六，第2620—2621页。

多。王维有《春夜竹亭赠钱少府归蓝田》诗:“夜静群动息,时闻隔林犬。却忆山中时,人家涧西远。羡君明发去,采蕨轻轩冕。”① 钱起有《酬王维春夜竹亭赠别》诗:“山月随客来,主人兴不浅。今宵竹林下,谁觉花源远。惆怅曙莺啼,孤云还绝巘。”②王维有《送钱少府还蓝田》诗:“草色日向好,桃源人去稀。手持平子赋,目送老莱衣。每候山樱发,时同海燕归。今年寒食酒,应是返柴扉。”③ 钱起有《晚归蓝田酬王维给事赠别》诗:“卑栖却得性,每与白云归。徇禄仍怀橘,看山免采薇。暮禽先去马,新月待开扉。霄汉时回首,知音青琐闱。”④

历司勋员外郎。《郎官石柱题名》司勋员外郎第十行有钱起名。怀素大历十二年(777)所作《自叙帖》:“从父司勋员外郎吴兴钱起。”⑤ 是年钱起在司勋员外郎任。

转祠部员外郎。《郎官石柱题名》祠部员外郎第七行有钱起名。司空曙有《过钱员外》诗:“为郎头已白,迹向市朝稀。移病居荒宅,安贫著败衣。野园随客醉,雪寺伴僧归。自说东峰下,松萝满故扉。”⑥ 卢纶《将赴阌乡灞上留别钱起员外》诗:“暖景登桥望,分明春色来。离心自惆怅,车马亦裴回。远雪和霜积,高花占日开。从官竟何事,忧患已相催。”⑦《客舍苦雨即事寄钱起郎士元二员外》诗:“积雨暮凄凄,羁人状鸟栖。响空宫树接,覆水野云低。穴蚁多随草,巢

①《全唐诗》卷一二五,第1238页。
②《全唐诗》卷二三六,第2606页。
③《全唐诗》卷一二六,第1269页。
④《全唐诗》卷二三七,第2629页。
⑤《唐文拾遗》卷四九,《全唐文》附,第10932页。
⑥《全唐诗》卷二九二,第3314页。
⑦《全唐诗》卷二七六,第3137页。

蜂半坠泥。绕池墙藓合，拥溜瓦松齐。旧圃平如海，新沟曲似溪。坏阑留众蝶，欹栋止群鸡。莠盛终无实，槎枯返有荑。绿萍藏废井，黄叶隐危堤。闾里欢将绝，朝昏望亦迷。不知霄汉侣，何路可相携。”①李端《野亭三韵送钱员外》诗：“野菊开欲稀，寒泉流渐浅。幽人步林后，叹此年华晚。倚杖送行云，寻思故山远。”②又有《得山中道友书寄苗钱二员外》诗：“有谋皆轗轲，非病亦迟回。壮志年年减，驰晖日日催。还山不及伴，到阙又无媒。高卧成长策，微官称下才。诗人识何谢，居士别宗雷。迹向尘中隐，书从谷口来。药栏遭鹿践，涧户被猿开。野鹤巢云窦，游龟上水苔。新欢追易失，故思渺难裁。自有归期在，劳君示劫灰。”③李嘉祐有《过乌公山寄钱起员外》诗：“雨过青山猿叫时，愁人泪点石榴枝。无端王事还相系，肠断蒹葭君不知。”④韩翃有《褚主簿宅会毕庶子钱员外郎使君》诗：“开瓮腊酒熟，主人心赏同。斜阳疏竹上，残雪乱天中。更喜宣城印，朝廷与谢公。”⑤秦系有《山中奉寄钱起员外兼简苗发员外》诗：“空山岁计是胡麻，穷海无梁泛一槎。稚子唯能觅梨栗，逸妻相共老烟霞。高吟丽句惊巢鹤，闲闭春风看落花。借问省中何水部，今人几个属诗家。”⑥诸诗作于钱起为员外郎时，然难以确定是司勋还是祠部。

终考功郎中。《新唐书·卢纶传》附钱起事：“终考功郎中。”⑦刘湾有《对雨愁闷寄钱大郎中》诗：“积雨细纷纷，饥寒命不分。揽衣愁

①《全唐诗》卷二七八，第3156页。
②《全唐诗》卷二八四，第3233页。
③《全唐诗》卷二八六，第3275页。
④《全唐诗》卷二〇七，第2168页。
⑤《全唐诗》卷二四三，第2726页。
⑥《全唐诗》卷二六〇，第2898页。
⑦《新唐书》卷二〇三，第5786页。

见肘，窥镜觅从文。九陌成泥海，千山尽湿云。龙钟驱款段，到处倍思君。”① 郎士元有《送彭偃房由赴朝因寄钱大郎中李十七舍人》诗：“衰病已经年，西峰望楚天。风光欺鬓发，秋色换山川。寂寞浮云外，支离汉水边。平生故人远，君去话潸然。”② 司空曙有《赠送郑钱二郎中》诗：“梅含柳已动，昨日起东风。惆怅心徒壮，无如鬓作翁。百年飘若水，万绪尽归空。何可宗禅客，迟回岐路中。”③ 卢纶有《送钱郎中晚春过慈恩寺》诗：“不见僧中旧，仍逢雨后春。惜花将爱寺，俱是白头人。”④ 法照《寄钱郎中》诗：“闭门深树里，闲足鸟来过。五马不复贵，一僧谁奈何。药苗家自有，香饭乞时多。寄语婵娟客，将心向薜萝。”⑤ 均为钱在考功郎中任上友人送别之作。

（二）诗歌评述

唐人高仲武编选《中兴间气集》，列钱起于卷首，并对钱起的诗歌做了总体的评述：“员外诗，体格新奇，理致清赡。越从登第，挺冠词林。文宗右丞，许以高格，右丞没后，员外为雄。救宋齐之浮游，削梁陈之靡嫚，迥然独立，莫之与群。且如‘鸟道挂疏雨，人家残夕阳’，又‘牛羊下山小，烟火隔云深’，又‘长乐钟声花外尽，龙池柳色雨中深’，皆特出意表，标准古今。又‘穷达恋明主，耕桑亦近郊’，则礼义克全，忠孝兼著，足可弘长名流，为后生楷式。士林语曰：‘前有沈宋，后有钱郎。’”⑥ 这就说明钱起在安史之乱后的中唐前期诗坛具有崇高的地位，是盛唐王维以后的第一人。

---

①《全唐诗》卷一九六，第 2012 页。

②《全唐诗》卷二四八，第 2790 页。

③《全唐诗》卷二九二，第 3313 页。

④《全唐诗》卷二七九，第 3170 页。

⑤《全唐诗》卷八一〇，第 9135 页。

⑥ 傅璇琮、陈尚君、徐俊《唐人选唐诗新编》（增订本），第 459 页。

中唐时期，常有诗歌集会，这种场合，钱起往往领袖群贤。唐李肇《唐国史补》卷上云："郭暧，昇平公主驸马也。盛集文士，即席赋诗，公主帷而观之。李端中宴诗成，有'荀令''何郎'之句，众称妙绝。或谓宿构，端曰：'愿赋一韵。'钱起曰：'请以起姓为韵。'复有'金埒''铜山'之句。暧大出名马、金帛遗之。是会也，端擅场。送王相公之镇幽朔，韩翃擅场。送刘相之巡江淮，钱起擅场。"① 元辛文房《唐才子传》卷四《钱起传》云："凡唐人燕集祖送，必探题分韵赋诗，于众中推一人擅场者。刘相巡察江淮，诗人满座，而起擅场。郭暧尚主盛会，李端擅场。缅怀盛时，往往文会，群贤毕至，觥筹乱飞，遇江山之佳丽，继欢好于畴昔，良辰美景，赏心乐事，于此能并矣。况宾无绝缨之嫌，主无投辖之困，歌阑舞作，微闻香泽，冗长之礼，豁略去之，王公不觉其大，韦布不觉其小，忘形尔汝，促席谈谐，吟咏继来，挥毫惊座，乐哉！古人有秉烛夜游，所谓非浅，同宴一室，无及于乱，岂不盛也！至若残杯冷炙，一献百拜，察喜怒于眉睫之间者，可以休矣。"② 这是"大历十才子"作诗典型环境的一个方面，钱起的创作具有代表性。

钱起以《省试湘灵鼓瑟》诗影响最大。除了《旧唐书》记载之外，范摅《云溪友议》卷中《贤君鉴》条记载晚唐时评价曰："宣宗十二年，前进士陈玩等三人，应博学宏词选。所司考定名第，及诗、赋、论进讫，上于延英殿诏中书舍人李潘等对，上曰：'凡考试之中，重用字如何？'中书对曰：'赋忌偏枯丛杂，论即褒贬是非，诗即缘题落韵。（只如《白云起封中诗》云"封中白云起"是也。）其间重用文字，乃是庶几，亦非有常有例也。'又曰：'孰诗重用字？'对曰：'钱起

① 聂清风《唐国史补校注》卷上，第54页。

② 傅璇琮《唐才子传校笺》卷四，第2册，第45—46页。

《湘灵鼓瑟诗》有二“不”字。诗曰:“善抚云和瑟,常闻帝子灵。冯夷空自舞,楚客不堪听。逸韵谐金石,清音发杳冥。苍梧来怨慕,白芷动芳馨。流水传湘浦,悲风过洞庭。曲终人不见,江上数峰青。”上鉴钱公此年宏词诗曰:‘且一种重用文字,此诗似不及起。起则今之协律文字也,合于匏革宫商,即变郑卫之奏。虽谢朓云:“洞庭张乐地,潇湘帝子游。云去苍梧野,水还江汉流。”此若比《鼓瑟》一篇,摛藻妍华无以加。其前进宏词诗重字者,登科更待明年考校,起诗便付史选。’”[①] 明王世贞《艺苑卮言》卷四:“人谓唐以诗取士,故诗独工,非也。凡省试诗,类鲜佳者。如钱起《湘灵》之诗,亿不得一;李肱《霓裳》之制,万不得一。”[②] 这首诗被称为“亿不得一”的佳制,到底好在哪里?

这首诗的题目在唐代省试诗中称得上最佳的命题。因为“湘灵鼓瑟”本身就非常凄美、空灵、瑰丽、哀婉,由此可展开丰富的想象。这个故事来源于《楚辞·远游》:“使湘灵鼓瑟兮,令海若舞冯夷。”[③] 湘灵就是湘水女神,相传为尧之女,舜之妃。舜死于苍梧之野,其妃悲不自胜,自沉湘水而死,遂为湘水女神。善于鼓瑟。《史记·封禅书》也记载:“太帝使素女鼓五十弦瑟,悲,帝禁不止,故破其瑟为二十五弦。”[④] “湘灵鼓瑟”的主体是湘灵,对象是瑟,核心是悲。《楚辞》与《史记》的记载都突出其悲。而其直接来源还是《楚辞》的“湘灵鼓瑟”。钱起的诗歌正是抓住这三个特征展开描写。首联“善鼓云和瑟,常闻帝子灵”,开篇点题,将“湘灵”“鼓”“瑟”的字面都和盘托出。“云和”,地名,代瑟。《周礼·春官·大司乐》:“孤竹之管,云和之

---

① 唐雯《云溪友议校笺》卷中,第 121 页。

② 王世贞《艺苑卮言》卷四,《历代诗话续编》,第 1015 页。

③ 洪兴祖《楚辞补注》卷五,第 173 页。

④《史记》卷二八,第 1396 页。

琴瑟。"[1] 郑司农注:"云和,地名也。"[2] "帝子"即湘灵,因是尧之子,死后为湘水女神,故称"湘灵"。即《楚辞·湘夫人》:"帝子降兮北渚,目眇眇兮愁予。"[3] 点题而有变化,盖首句突出鼓瑟,空出主语,次句补充湘灵,"鼓"前用"善","瑟"饰"云和","帝子灵"加"常闻",主语关乎作者,是表现富于变化,以"灵"煞尾,奠定全诗的悲情主题和迷离氛围。次联"冯夷空自舞,楚客不堪听",引出冯夷以描写鼓瑟效果,是侧面烘托瑟声。"冯夷"典出《楚辞·远游》:"使湘灵鼓瑟兮,令海若舞冯夷。"[4] "楚客"是指屈原,忠而被谤,身遭放逐,流落江湘,故称。句意是说,河神冯夷闻瑟声而起舞,但并不理解其中的悲凄情调;只有骚人屈原有着与湘灵共同的遭遇,听到瑟声,激起了心中的波澜,更增添了心中的迁谪之悲,故而"不堪听"。三联"苦调凄金石,清音入杳冥",描写鼓瑟的音乐旋律,表现瑟声凄苦,振动金声,音调清越,回荡云天,这是正面描写瑟声,突出瑟的"苦调"和"清音"。四联"苍梧来怨慕,白芷动芳馨",描写由瑟声而引发的想象。是说瑟声如怨如慕,如泣如诉,感动了苍梧山上的舜帝赶来与湘灵重聚,以表现离别之恨;就连沅水中的白芷也受瑟声的感染而散发出芳馨。这句典出《楚辞·湘夫人》:"沅有茝兮醴有兰,思公子兮未敢言。"[5]《湘夫人》:"合百草兮实庭,建芳馨兮庑门。"[6] 五联"流水传潇浦,悲风过洞庭",描写瑟声的传播效应。乐声随着流水传遍湘江两岸,伴随悲风,飞过浩渺洞庭。"流水""悲风"或者理解为湘灵所

---

① 《周礼注疏》卷二二,《十三经注疏》,第 789 页。
② 《周礼注疏》卷二二,《十三经注疏》,第 790 页。
③ 洪兴祖《楚辞补注》卷二,第 64—65 页。
④ 洪兴祖《楚辞补注》卷五,第 173 页。
⑤ 洪兴祖《楚辞补注》卷二,第 65—66 页。
⑥ 洪兴祖《楚辞补注》卷二,第 67 页。

弹奏的乐曲名，也可以说得通，这样就聚焦到具体的乐曲，由虚转实。“流水”又可以理解为“高山流水”，源于《列子·汤问》：“伯牙善鼓琴，钟子期善听。伯牙鼓琴，志在登高山。钟子期曰：‘善哉！峨峨兮若泰山！’志在流水，钟子期曰：‘善哉！洋洋兮若江河！’”① “悲风”为《悲风操》，亦为琴曲名。李白《月夜听卢子顺弹琴》诗：“忽闻《悲风》调，宛若《寒松吟》。”② 王琦注：“释居月《琴曲谱录》有《悲风操》《寒松操》《白雪操》。《白帖》：《阳春》《白雪》《绿水》《悲风》《幽兰》《别鹤》，并琴曲名。”③ 诗句描写瑟声传播也突出“悲”的效应。六联“曲终人不见，江上数峰青”，描写曲终以后环境的静寂空幽。一曲终了，美丽的湘灵已隐去声影，但余音不绝，仿佛萦绕在青山绿水之间，这样的情境，表现一种恍恍惚惚、静谧空灵的意境，给人留下追慕无已又怅然若失的思绪。最后，湘灵隐去，瑟音渐消，静寂空幽的几座山峰，留下的更是曲终的悲凄和读者心中美丽的遗憾。总体来看，这首诗紧扣题目，写出“湘灵”作为主体与“瑟”作为对象的关系，而且通过“鼓”的动作把主体与客体有机地联系在一起。开头两句直接点题。三、四两句侧重于湘灵的描写。五、六两句实赋鼓瑟。七、八两句乃湘灵与鼓瑟交错描写，“苍梧”“白芷”写湘灵，“怨慕”“芳馨”写鼓瑟。九、十两句是湘灵鼓瑟的间接表现，“流水”“悲风”写鼓瑟，“湘浦”“洞庭”写湘灵。末尾两句，是湘灵鼓瑟的总体概括，“曲终”是鼓瑟的结果，“人不见”是湘灵的形态，“江上”“峰青”指湘浦洞庭，是湘灵鼓瑟的环境。这样对于各方面关系的处理，针线细密，天衣无缝，故而被推尊为省试诗中“亿不得一”的佳作。

---

① 杨伯峻《列子集释》卷五，中华书局，1979年，第178页。

② 王琦注《李太白全集》卷二三，第1071页。

③ 王琦注《李太白全集》卷二三，第1072页。

同年应进士的《湘灵鼓瑟》诗共留存下五首，其他四首录之于下。庄若讷《湘灵鼓瑟》诗："帝子鸣金瑟，余声自抑扬。悲风丝上断，流水曲中长。出没游鱼听，逶迤彩凤翔。微音时扣徵，雅韵乍含商。神理诚难测，幽情讵可量。至今闻古调，应恨滞三湘。"[1] 魏璀《湘灵鼓瑟》诗："瑶瑟多哀怨，朱弦且莫听。扁舟三楚客，丛竹二妃灵。淅沥闻余响，依稀欲辨形。柱间寒水碧，曲里暮山青。良马悲衔草，游鱼思绕萍。知音若相遇，终不滞南溟。"[2] 陈季《湘灵鼓瑟》诗："神女泛瑶瑟，古祠严野亭。楚云来泱漭，湘水助清泠。妙指微幽契，繁声入杳冥。一弹新月白，数曲暮山青。调苦荆人怨，时遥帝子灵。遗音如可赏，试奏为君听。"[3] 王邕《湘灵鼓瑟》诗："宝瑟和琴韵，灵妃应乐章。依稀闻促柱，仿佛梦新妆。波外声初发，风前曲正长。凄清和万籁，断续绕三湘。转觉云山迥，空怀杜若芳。诚能传此意，雅奏在宫商。"[4] 整个这组诗在省试诗中都堪称佳制，钱起的诗作既冠于当年的省试诗，在有唐一代的省试诗中，也是独绝夺冠的名篇。

钱起的创作高峰在安史之乱后的大历时期，这时处于盛唐的诗峰之后，需要一个总结时期，钱起在这方面取得了成就，而这些总结主要不在诗的内容方面，而在诗的形式方面。钱起将自己的精力集中用于格律诗的锤炼上，对仗追求精工，语言追求和谐，意境追求浑融。如《裴迪南门秋夜对月》诗："夜来诗酒兴，月满谢公楼。影闭重门静，寒生独树秋。鹊惊随叶散，萤远入烟流。今夕遥天末，清光几处愁。"[5] 这首诗又名《裴迪书斋玩月之作》，二者相比，以后者更为切

---

①《全唐诗》卷二〇四，第 2133 页。
②《全唐诗》卷二〇四，第 2133 页。
③《全唐诗》卷二〇四，第 2132 页。
④《全唐诗》卷二〇四，第 2132 页。
⑤《全唐诗》卷二三七，第 2628 页。

合诗意。因为裴迪是王维、钱起的好友,他们经常登楼望月,吟咏赋诗。诗人与裴迪从南门登楼望月有感。首联点明望月,而且是乘酒兴而望。“谢公楼”一般指谢朓为宣城太守时所建的楼阁,后世号称谢公楼。因谢朓以山水诗著称,故而以谢公楼称誉裴迪的住处。颔联写登高远望所见的静景,影闭重门,寒生秋树,清秋景色,一片孤寂。颈联写登高远望时所见的动景,鸟鹊受月光之惊随着落叶而飞散,萤火随着朦胧的烟云向着远方飞行。诗人用鸟鹊的惊飞衬托月光,用烟霭的暗淡衬托萤光,加以秋叶的散落,萤光的流失,使得月笼大地,光照宇宙,很好地呼应了首联的“月满谢公楼”。尾联抒写望月之感,诗人面对月色笼罩下漫无边际的清秋景色,不禁思绪万千,感慨不已,想到今夜的月光下有多少文人墨客哀伤沉吟,心生忧愁。这首诗清冷的景色与悲愁的情怀融合无间。全诗摹物精细,写景逼真,写景抒情融合无间,中间对仗精工富丽,确实是中唐时期的五律佳制。

二、修身诗人钱徽

钱徽(755—829),字蔚章,吴兴人。钱起之子。《旧唐书》卷一六八、《新唐书》卷一七七有传。据《旧唐书》记载,钱徽贞元初进士擢第,从事戎幕。元和初入朝,三迁祠部员外郎,召充翰林学士。六年(811),转祠部郎中、知制诰。八年(813),改司封郎中、赐绯鱼袋,职如故。九年(814),拜中书舍人。十一年(816),朝廷征讨淮西,诏朝臣议兵,徽上疏言用兵累岁,供馈力殚,宜罢淮西之征。宪宗不悦,罢徽学士之职,守本官。

长庆元年(821),为礼部侍郎。时宰相段文昌出镇蜀川。文昌好学,尤喜图书古画。故刑部侍郎杨凭兄弟,以文学知名,家多书画,钟、王、张、郑之迹在《书断》《画品》者,兼而有之。凭子浑之求进,尽以家藏书画献文昌,求致进士第。文昌将发,面托钱徽,继以私书保荐。翰林学士李绅亦托举子周汉宾于徽。及榜出,浑之、汉宾皆不中选。李宗闵与元稹素相厚善。初稹以直道谴逐久之,及得还朝,大改前志。由径以徽进达,宗闵亦急于进取,二人遂有嫌隙。杨汝士与徽有旧。是岁,宗闵子婿苏巢及汝士季弟殷士俱及第。故文昌、李绅大怒。文昌赴镇。辞日,内殿面奏,言徽所放进士郑朗等十四人,皆子弟艺薄,不当在选中。穆宗以其事访于学士元稹、李绅,二人对与文昌同。遂命中书舍人王起、主客郎中知制诰白居易,于子亭重试,内出题目《孤竹管赋》《鸟散余花落》诗,而十人不中选。寻贬徽为江州刺史,中书舍人李宗闵剑州刺史,右补阙杨汝士开江令。初议贬徽,宗闵、汝士令徽以文昌、李绅私书进呈,上必开悟。徽曰:"不然。苟无愧心,得丧一致,修身慎行,安可以私书相证耶?"令子弟焚之,人士称徽长者。

既而穆宗知其朋比之端,徽明年迁华州刺史、潼关防御、镇国军等使。文宗即位,征拜尚书左丞。大和元年(827)十二月,复授华州刺史。二年(828)秋,以疾辞位,授吏部尚书致仕。三年(829)三月卒,时年七十五。

《全唐诗》不载钱徽诗,陈尚君《全唐诗续拾》卷二五补其诗一首,残句一则。其《小庭水植率尔成诗》云:"泓然一缶水,下与坳堂接。青菰八九枝,圆荷四五叶。动摇香风至,顾盼野心惬。行可采芙蓉,长江讵云涉。"① 这首咏物诗写得秀美可掬,清新可喜。又《同乐天登青龙寺上方望蓝田山绝句》云:"偶来僧寺因高望,松雪分明见旧山。"② 虽仅存二句,也可看出钱徽登高临远、放眼四方的宏远情怀。

① 陈尚君《全唐诗补编》之《全唐诗续拾》卷二五,第1029页。
② 陈尚君《全唐诗补编》之《全唐诗续拾》卷二五,第1029页。

钱徽之文,《全唐文》也没有收录。新出文献中有《唐故朝议大夫守国子祭酒致仕上骑都尉赐紫金鱼袋赠右散骑常侍杨府君(宁)墓志铭并序》,题署:"朝散大夫守太子右庶子武骑尉吴兴钱徽撰。"① 《(上阙)大理司直兼殿中侍御史赐绯鱼袋弘农杨公(下阙)志铭并序》,题署:"(上阙)池等州观察判官将仕郎监察御史里行吴兴钱徽撰。"② 据《全唐文补遗》考证,后者墓主为杨宁之妻。是知钱徽为杨宁夫妇各撰一方墓志。

钱徽因人品之高洁与文名之影响,中唐文人多喜与其交游,相互交往诗现存数十首,其中白居易最多。白居易有《白牡丹和钱学士作》《冬夜与钱员外同直禁中》《和钱员外禁中夙兴见示》《答崔侍郎钱舍人书问因继以诗》《登龙昌上寺望江南山怀钱舍人》《和钱员外答卢员外早春独游曲江见寄长句》《同钱员外题绝粮僧巨川》《绝句代书赠钱员外》《杏园花落时招钱员外同醉》《同钱员外禁中夜直》《酬钱员外雪中见寄》《重酬钱员外》《立春日酬钱员外曲江同行见赠》《和钱员外青龙寺上方望旧山》《夜惜禁中桃花因怀钱员外》《和钱员外早冬玩禁中新菊》《得钱舍人书问眼疾》《渭村退居寄礼部崔侍郎翰林钱舍人诗一百韵》《寄李相公崔侍郎钱舍人》《钱虢州以三堂绝句见寄因以本韵和之》《钱侍郎使君以题庐山草堂诗见寄因酬之》《吉祥寺见钱侍郎题名》《初到郡斋寄钱湖州李苏州》《钱湖州以箬下酒李苏州以五酘酒相次寄到无因同饮聊咏所怀》《小岁日对酒吟钱湖州所寄诗》《和微之诗二十三首并序》《华城西北雉堞最高崔相公首创楼台钱左丞继种花果合为胜境题在雅篇岁暮独游怅然成咏》《喜钱左丞再除华州以诗伸贺》《和钱华州题少华清光绝

① 周绍良《唐代墓志汇编》,第2023页。

② 吴钢《全唐文补遗》第1册,第250页。

句》等。韩愈有《和虞部卢四汀酬翰林钱七徽赤藤仗歌》《奉酬卢给事云夫四兄曲江荷花行见寄并呈上钱七兄阁老张十八助教》《奉和钱七兄曹长盆池所植》。刘禹锡有《途次华州陪钱大夫登城北楼春望因睹李崔令狐三相国唱和之什翰林旧侣继踵华城山水清高鸾凤翔集皆忝宿眷遂题是诗》。元稹有《和乐天招钱蔚章看山绝句》。贾岛有《寄钱庶子》《秋夜仰怀钱孟二公琴客会》。孟郊有《和宣州钱判官使院厅前石楠树》《和钱侍郎甘露》。章孝标有《赠庐山钱卿》《次韵和光禄钱卿二首》。令狐楚有《秋怀寄钱侍郎》。王建有《和钱舍人水植诗》。

三、悲剧诗人钱可复

钱可复，吴兴人。钱起之孙，钱徽之子。元和十一年（816）及进士第。累官至礼部郎中。大和九年（835），郑注出镇凤翔，李训选名家子以为宾佐，授可复检校兵部郎中兼御史中丞，充凤翔节度副使。其年十一月，李训败，郑注诛，可复为凤翔监军使所杀。郑注出镇凤翔，是由与李训的矛盾造成的。“郑注求为凤翔节度使，门下侍郎、同平章事李固言不可。丁卯，以固言为山南西道节度使，注为凤翔节度使。李训虽因注得进，及势位俱盛，心颇忌注。谋欲中外协势以诛宦官，故出注于凤翔。其实俟既诛宦官，并图注也。”[①]“（郑注）俄检校尚书左仆射、凤翔陇右节度使，诏月入奏事。请寮属于训，训与舒元舆谋终杀注，虑其豪俊为助，更择台阁长厚者，以钱可复为副，李敬彝为司马，卢简能、萧杰为判官，卢弘茂为掌书记。”[②] 钱可复作为名家子，最终成为甘露之变中李训与郑注矛盾的牺牲品。事迹见《旧唐

① 《资治通鉴》卷二四五，第7908页。
② 《新唐书》卷一七九《郑注传》，第5315—5316页。

书》卷一六八、《新唐书》卷一七七《钱徽传》。

钱可复是一位诗人，他与当时著名诗人有所交往。姚合有《九日寄钱可复》诗："数杯黄菊酒，千里白云天。上国名方振，戎州病未痊。静愁惟忆醉，闲闷不胜眠。惆怅东门别，相逢知几年。"[①] 姚合亦为元和十一年（816）登进士第，与钱可复为同年，二人关系非同一般。刘禹锡有《和州送钱侍御自宣州幕拜官便于华州觐省》诗："五彩绣衣裳，当年正相称。春风旧关路，归去真多兴。兰陔行可采，莲府犹回瞪。杨家绀幰迎，谢守瑶华赠。御街草泛滟，台柏烟含凝。曾是平生游，无因理归乘。"原注："侍御即王相公贵婿，宣州崔相公有诗赠行。"[②] 崔相公为崔群，《旧唐书·崔群传》："改华州刺史，兼御史大夫，复改宣州刺史、歙池等州都团练观察等使。"[③] 又是时钱侍御华州觐省，即其父时为华州刺史。据《旧唐书·钱徽传》："大和元年十二月，复授华州刺史。二年秋，以疾辞位，授吏部尚书致仕。"[④] 是知钱侍御为钱徽之子钱可复。因钱徽于华州与崔群交接，故而诗将宣州幕拜官与华州觐省正好合在一起吟咏。由此诗也可以推知，钱可复为宰相王涯之婿。

钱可复能诗，《全唐诗》收其《莺出谷》诗一首："玉律阳和变，时禽羽翮新。载飞初出谷，一啭已惊人。拂柳宜烟暖，冲花觉露春。抟风翻翰疾，向日弄吭频。求友心何切，迁乔幸有因。华林高玉树，栖托及芳晨。"[⑤] 据《登科记考》卷一八："《永乐大典》引《清漳志》：'元

---

① 吴河清《姚合诗集校注》卷三，第 136 页。

② 《全唐诗》卷三五四，第 3970 页。

③ 《旧唐书》卷一五九，第 4189—4190 页。

④ 《旧唐书》卷一六八，第 4386 页。

⑤ 《全唐诗》卷五四六，第 6311 页。

和十一年,周匡物进士及第。'"[①] 再考《福建通志》卷五一《文苑·漳州府》:"周匡物,字几本,龙溪人。元和间进士及第。尝赋《轩辕古镜歌》云:'欲向高台对晓开,不知谁是孤光主。'王播见而异之,至是果为播所举士。御试《学殖赋》《莺出谷》诗,为时传诵。"[②] 知钱可复《莺出谷》诗也是元和十一年(816)应进士试所作。

为了分析钱可复诗,我们将《全唐诗》现存其他三首《莺出谷》诗录之于下。刘得仁《莺出谷》诗:"东风潜启物,动息意皆新。此鸟从幽谷,依林报早春。出寒虽未及,振羽渐能频。稍类冲天鹤,多随折桂人。尊前喧有语,花里昼藏身。若向秾华处,余禽不见亲。"[③] 张鹭《莺出谷》诗:"弱柳随俦匹,迁莺正及春。乘风音响远,映日羽毛新。已得辞幽谷,还将脱俗尘。鸳鸾方可慕,燕雀迥无邻。游止知难屈,翻飞在此伸。一枝如借便,终冀托深仁。"[④] 刘庄物《莺出谷》诗:"幸因辞旧谷,从此及芳晨。欲语如调舌,初飞似畏人。风调归影便,日暖吐声频。翔集知无阻,联绵贵有因。喜迁乔木近,宁厌对花新。堪念微禽意,关关也爱春。"[⑤] 知三人元和十一年(816)同应进士第者。刘得仁困于举场三十年未第,而当年省试诗却流传下来,也是较为幸运之事。张鹭、刘庄物是否曾及第,目前文献尚不足征。四首《莺出谷》诗比较,钱可复之作还是更胜一筹。首联描写时序变化,禽鸟羽新。次联描写莺飞出谷,鸣啭惊人,突出莺声悦耳。三联描写飞入花柳,报告暖春。四联描写凭风疾飞,向日啼鸣。五联描写莺鸣求友,幽谷迁乔。尾联描写华林高树,芳晨栖托。从莺出谷到栖高树,

---

① 徐松《登科记考》卷一八,中华书局,1984 年,第 665 页。

② 谢道承等《福建通志》卷五一,《景印文渊阁四库全书》第 529 册,第 737 页。

③《全唐诗》卷五四五,第 6302 页。

④《全唐诗》卷五四六,第 6311 页。

⑤《全唐诗》卷五四六,第 6311 页。

出谷的状态、声音、动作等全过程都惟妙惟肖地表现出来。相比其他三首,刘庄物的诗作描写莺从旧谷到芳晨,在拟人方面表现得不错,但总体上缺乏意境。刘得仁和张鹭的诗作写得直露无隐,缺少蕴藉之致。

四、山水诗人钱珝

钱珝,字瑞文,吴兴人。钱徽之孙。事迹附于《旧唐书·钱徽传》。善文辞,广明元年(880)及进士第。历官京兆府参军、蓝田县尉、太常博士、膳部郎中。宰相王抟推荐其知制诰,进中书舍人。王抟得罪,珝亦贬为抚州司马。《新唐书·艺文志四》著录"钱珝《舟中录》二十卷"[1],《宋史·艺文志七》著录"钱珝《制集》十卷,又《舟中录》二十卷"[2]。《全唐诗》卷七一二编其诗一卷。

光化三年(900),钱珝在被贬抚州司马途中,沿江而上,写有《江行无题一百首》,是晚唐著名的组诗。诗用五言绝句的形式,描写长江两岸的秀丽景色,展示了万里长江美丽如画的长卷,表现了诗人高远旷达的情致,成为晚唐山水诗的佳制。比如其第六十八首:"咫尺愁风雨,匡庐不可登。只疑云雾窟,犹有六朝僧。"[3]是写舟行至庐山脚下,虽近在咫尺,但因为风雨,不能上岸登山,顿生遗憾。虽不能登山,而作者生发想象,怀疑在高耸入云的庐山峰洞里,似乎还有六朝的僧人在讲道修行。庐山为佛教胜地,六朝时名僧甚多,像庐山高僧慧远,一直流誉后世。诗句"疑"字由实转虚的描写更表现出情思的高远和意境的深邃。

再如其第九十八首:"万木已清霜,江边村事忙。故溪黄稻熟,

① 《新唐书》卷六〇,第1616页。
② 《宋史》卷二〇八,第5336页。
③ 《全唐诗》卷七一二,第8195页。

一夜梦中香。”[①] 首句写景，深秋时节，万木已经洒上一层薄霜。次句写人，此时又是农忙的季节，农民们正忙着秋收。三句又写景，这是想象中的景象，作者江行时看到农忙，不由想象故乡已经到晚稻金黄的季节了。四句又写人，仍从想象着笔，写自己梦回故乡，一夜都在尝闻稻花的清香。梦中的美好也与现实的被贬境遇形成对比，诗中实际上是透露出作者隐隐的愁绪。

《江行无题一百首》组诗，又常混入钱起集中，其实钱起的经历没有江行之事，而钱珝在贬谪抚州途中才有创作这组诗的机会。明人胡震亨《唐音癸签》卷三二云："钱珝，起之曾孙也。起释褐校书，终尚书考功郎。珝官历中书舍人，掌纶诰，后坐累贬抚州司马。其《江行绝句百首》正赴抚时涂中所作也。珝有他文，载《英华》中，云：'夏六月获谴佐郡，秋八月自襄阳浮舟而下。'今其诗有'润色非东里，官曹更建章''去指龙沙路，徒悬象阙心''岘山回首望，如别故乡人'及'好日当秋半''九日自佳节'等句，其官，其谪地，其经涂，其时日，无勿与珝合者，起无是也。后人重起名，借篇贻厥，为到（起）公增美耳。宋鲍钦止尝疑起集有珝诗杂入，葛立方亦疑集中同《同程九早入中书》《和王员外雪晴早朝》二律非起作。吾谓《雪晴早朝》声调还应属起，至《早入中书》一篇，起未为此官，与江行百首，并当归珝为是。"[②] 此外，还有《罢章陵令山居过中峰道者二首》《赴章陵酬李卿赠别》诸诗，都是钱珝诗误入钱起集中。因此，我们在读钱珝诗时要注意真伪的辨别。

钱珝的代表作品，我们再举一首《未展芭蕉》来分析一下。诗云："冷烛无烟绿蜡干，芳心犹卷怯春寒。一缄书札藏何事，会被东风

① 《全唐诗》卷七一二，第 8197 页。

② 胡震亨《唐音癸签》卷三二，第 339 页。

暗拆看。”[1] 首句点题直接描写未展芭蕉，因为没有展开芭蕉的色彩和形状如同蜡烛，但没有烛烟和烛泪。这个比喻非常奇特，而且“冷烛”和“绿蜡”都是指蜡烛，但分开来比喻，前者说明形状像烛，但烛可以点燃，而芭蕉虽像烛而不可以点燃，故用“冷”字。芭蕉的颜色像绿色的蜡烛，但绿色的蜡烛燃烧时可以化为烛泪，而芭蕉不能点燃，故用“干”字。次句“芳心犹卷怯春寒”，未展的芭蕉是层层卷曲的，最里一层是芭蕉之心，这里将蕉心比喻成少女的芳心，是拟人的手法。芭蕉没有展开是因为还处于早春，带有寒意，故芭蕉受到春寒气候的影响就不能展开。这句诗将拟人的手法用到极致，先是将蕉心比喻成少女的芳心，接着用“怯”字传达了芭蕉的感情，似乎是少女那含蓄蕴藉、含情脉脉的状态。三句是以一个奇特的比喻，将未展芭蕉比喻成卷成筒状的书信，这也是大胆的联想，同时又紧扣第二句的芳心，因为芳心是拟人，故而接着就是以人为主体来写信。诗中设问卷筒书札中藏着何事？实际上作为芭蕉而言是藏着蕉心，而拟人以后就是藏着芳心。末句“会被东风暗拆看”，这是诗人的想象。眼前是未展芭蕉，但随着春风到来，寒意退去，芭蕉慢慢舒展开来，这就好比信筒被慢慢拆开一样。这首诗面上写芭蕉，实际写人物，看似写景，实则抒情，这样的情景交融，已经达到炉火纯青的完美境界。

---

① 《全唐诗》卷七一二，第 8197 页。

第十二章　唐诗与苏州

刘禹锡《白舍人曹长寄新诗有游宴之盛因以戏酬》诗云："苏州刺史例能诗，西掖今来替左司。二八城门开道路，五千兵马引旌旗。水通山寺笙歌去，骑过虹桥剑戟随。若共吴王斗百草，不如应是欠西施。"① 这是刘禹锡为和州刺史时，与苏州刺史白居易的酬赠之作。后来，白居易担任苏州刺史罢任后，又到洛阳为官。大和六年（832）刘禹锡担任苏州刺史，经过洛阳时，白居易作了《送刘郎中赴任苏州》诗："仁风膏雨去随轮，胜境欢游到逐身。水驿路穿儿店月，花船棹入女湖春。宣城独咏窗中岫，柳恽单题汀上蘋。何似姑苏诗太守，吟诗相继有三人。"② 末联是说姑苏最著名的诗歌太守，相继有韦应物、白居易和刘禹锡三个人。这是对唐代担任苏州刺史者出现众多诗人的概括，而这些诗人中，韦应物、白居易、刘禹锡最为著名。白居易为中书舍人，唐时中书省在宫阙西侧，故这里的"西掖"即代白居易。"左司"为韦应物，以左司郎中出任苏州刺史。因此，本章就研究担任苏州刺史的三位诗人韦应物、白居易、刘禹锡。

① 《刘禹锡集》卷三一，第 419 页。

② 朱金城《白居易集笺校》外集卷上，第 3831 页。

第一节 韦应物与苏州

诗人又担任苏州刺史较早而且影响最大者要数韦应物。他担任苏州刺史期间，不仅为苏州做了很多有益的事，受到苏州人民的爱戴，而且在创作上也是他晚年的丰收时期、成熟时期。北宋朱长文《吴郡图经续记》云：“若韦应物、白居易、刘禹锡，亦可谓循吏，而世独知其能诗耳。韦公以清德为唐人所重，天下号曰‘韦苏州’。”① 有关他在苏州的文学创作研究，学术界也取得了丰硕的成果②。我们研究唐诗之路浙西诗歌，韦应物在苏州的创作也是绕不过去的一段，因而在前人研究的基础上，融合自己的心得，对于韦应物在苏州的诗歌创作进行简略的叙述。

一、韦应物的苏州经历

刘禹锡给白居易的诗中称“西掖今来替左司”，左司就是韦应物，我们先对他的这段经历做资料上的钩稽。丘丹撰《唐故尚书左司郎中苏州刺史京兆韦君墓志铭并序》：“君讳应物，字义博，京兆杜陵人也。……征拜左司郎中，总辖六官，循举戴魏之法。寻领苏州刺史。下车周星，豪猾屏息，方欲陟明，遇疾终于官舍。池雁随丧，州人

① 朱长文《吴郡图经续记》卷上，第19页。

② 有关韦应物苏州创作的研究，姜光斗、顾启有《韦应物任苏州刺史时的建树和晚年概况》，《苏州大学学报》1986年第4期，第122—126页；梁近飞有《唐代苏州郡守文学研究——以韦应物、白居易、刘禹锡为中心》，苏州大学硕士学位论文2010年；杜光熙有《郡斋吏隐与江南望阙——谈韦应物任苏州刺史期间的交游与创作》，《燕赵学术》2012年秋之卷，第196—205页；郭殿忱有《韦应物苏州任上所作五七言绝句校释》，《苏州文博论丛》2016年号，第115—120页；陈尚君有《韦应物在苏州》，《文史知识》2021年第7期，第49—59页。

罢市。素车一乘，旋于逍遥故园。茅宇竹亭，用设灵几。历官一十三政，三领大藩。俭德如此，岂不谓贵而能贫者矣。所著诗赋、议论、铭颂、记序，凡六百余篇，行于当时。”① 这是对韦应物担任苏州刺史的最早记载，也对他的文学成就做了衡定。

韦应物由江州刺史征拜左司郎中在贞元三年（787）。王钦臣《韦苏州集序》：“改刺江州。追赴阙，改左司郎中。”② 姚宽《西溪丛语》卷下：“改判江州，改左司郎中。”③ 沈明远《补韦应物传》：“俄擢江州刺史。居二岁，召至京师。贞元二年，由左司郎中补外，得苏州刺史。”④ 孙望《韦应物事迹考述》则又推定于贞元四年（788）初。傅璇琮《系年考证》则考证其入为左司郎中在贞元三年（787），其证确凿，可正沈氏、孙氏之误。又岑仲勉《郎官石柱题名新著录》左司郎中第八行有“□应物”，应即韦应物。又韦应物《答河南李士巽题香山寺》诗：“前岁守九江，恩召赴咸京。……今兹守吴郡，绵思方未平。”⑤ 韦应物为苏州刺史在贞元五年（789），则其征拜左司郎中在贞元三年（787）。

韦应物为苏州刺史在贞元五年（789）。白居易《吴郡诗石纪》：“贞元初，韦应物为苏州牧，房孺复为杭州牧，皆豪人也。……时予始年十四五，旅二郡，以幼贱不得与游宴，尤觉其才调高而郡守尊。……然二郡之物状人情，与曩时不异，前后相去三十七年，江山是而齿发非，又可嗟矣。……宝历元年七月二十日，苏州刺史白居易

① 胡可先、杨琼《唐代诗人墓志汇编》卷三，上海古籍出版社，2021 年，第 240—241 页。

② 陶敏、王友胜《韦应物集校注》附录三《序跋》，第 625 页。

③ 姚宽《西溪丛语》卷下，《丛书集成初编》，第 61 页。

④ 陶敏、王友胜《韦应物集校注》附录二，第 619 页。

⑤ 陶敏、王友胜《韦应物集校注》卷五，第 349 页。

题。”[①] 以宝历元年(825)逆推三十七年,即贞元五年(789)。

韦应物罢苏州刺史的时间,傅璇琮《韦应物系年考证》系于贞元四年(788)至六年(790),郁贤皓《唐刺史考》卷一三九从之[②]。陶敏、王友胜《简谱》则系于贞元七年(791),寓居苏州永定寺,约卒于贞元八年(792)或稍后[③]。而据《韦应物墓志》所载其贞元七年(791)十一月葬,则其卒在七年前无疑。故陶敏《韦应物生平再考》又据墓志以更正其说,云:“尽管《墓志》未载韦应物的卒年,但他的卒年实可据‘下车周星’一语推定。据《系年》及《韦应物集校注》,韦应物贞元五年在苏州有与顾况等唱和,六年在苏州有与邹儒立唱和,所以他出守苏州当在贞元五年初,至贞元六年末去世。贞元五年至六年末,正一年多,可谓‘下车周星’。如定其四年末任苏州,六年或七年卒,或者定五年任苏州,七年卒,都不能说‘下车周星’而只能说‘星岁再周’了。所以韦应物于贞元五年岁初来苏州、贞元六年卒,应当是没有疑问的。”[④] 对于韦应物出任苏州刺史的时间,考证详明,可以信从。

二、韦应物的苏州交游

(一)韦应物苏州交游述略

韦应物担任苏州刺史,与著名文士有着广泛的交游,其交游的形式以唱和诗为多。其中有郡斋的集体宴集,也有个人的相互酬赠,以及迎来送往的情况见之于诗,为我们留下了不可多得的诗人联系网络。

北宋朱长文《吴郡图经续记》卷上《牧守》云:“若韦应物、白居

① 朱金城《白居易集笺校》卷六八,第3663页。

② 郁贤皓《唐刺史考全编》卷一三九,第1915—1916页。

③ 陶敏、王友胜《韦应物集校注》附录六,第667页。

④ 陶敏《韦应物生平再考》,《文学遗产》2010年第1期,第136—137页。

易、刘禹锡，亦可谓循吏，而世独知其能诗耳。韦公以清德为唐人所重，天下号曰‘韦苏州’。当正（贞）元时，为郡于此，人赖以安。又能宾儒士，招隐独，顾况、刘长卿、丘丹、秦系、皎然之俦，类见旌引，与之酬唱，其贤于人远矣。”① 韦应物在苏州，与之唱和酬赠者多达二十余人，包括顾况、刘长卿、皎然、秦系、丘丹、刘太真、房孺复、陆傪、崔峒、孟郊、令狐峘、李儋、元锡、畅当、卢嵩、邹儒立、崔翰、阎陟、白居易、卢陟、雷咸等。

韦应物在苏州的交游，陈尚君等学者都做过考证和叙述，这里就不再重复已有的成果，只是将其在苏州的交游人物和诗歌名称通过列表的形式加以概括，然后重点钩稽为韦应物作墓志铭的丘丹以及苏州郡斋的一次燕集。

韦应物苏州刺史交游人物表

交游人物	交游诗歌	备注
顾况	韦应物《郡斋雨中与诸文士燕集》；顾况《酬本部韦左司》，一作《奉和同郎中韦使君郡斋雨中宴集》	顾诗署名“州民朝议郎行饶州司户参军员外置同正员顾况”。
刘长卿	刘长卿《余干夜宴奉饯前苏州韦使君新除婺州作》《赴宣州使院夜宴寂上人房留辞前苏州韦使君》	
皎然	韦应物《寄皎然上人》，皎然《答苏州韦应物郎中》	
秦系	秦系《即事奉承郎中韦使君》	

① 朱长文《吴郡图经续记》卷上，第 19 页。

续表

交游人物	交游诗歌	备注
丘丹	韦应物《秋夜寄丘二十二员外》《赠丘员外二首》《复理西斋寄丘员外》《送丘员外还山》《重送丘二十二还临平山居》《送丘员外归山居》《经无锡县醉吟寄丘丹》，丘丹《和韦使君秋夜见寄》《奉酬韦苏州使君》《和韦使君听江笛送陈侍御》《奉酬韦使君送归山之作》《奉酬重送归山》	
刘太真	韦应物《酬刘侍郎使君》，刘太真《顾十二况左迁过韦苏州房杭州韦睦州三使君皆有郡中燕集诗辞章高丽鄙夫之所仰慕顾生既至留连笑语因亦成篇以继三君子之风焉》	刘太真《与韦应物书》："顾著作来，以足下《郡斋燕集》相示，是何情致，畅茂遒逸如此。"
房孺复	韦应物《送房杭州》	白居易《吴郡诗石记》："贞元初，韦应物为苏州牧，房孺复为杭州牧，皆豪人也。韦嗜诗，房嗜酒，每与宾友一醉一咏，其风流雅韵，多播于吴中。"
陆傪	韦应物《送陆侍御还越》《听江笛送陆侍御》	陆傪以殿中侍御史佐越州，经过苏州时与韦应物唱和。
崔峒	崔峒《书情寄上苏州韦使君兼呈吴县李明府》	
孟郊	孟郊《赠苏州韦郎中使君》《春日同韦郎中使君送邹儒立少府扶侍赴云阳》	
令狐峘	韦应物《答令狐侍郎》《寄令狐侍郎》，令狐峘《硖州旅舍奉怀苏州韦郎中》	

续表

交游人物	交游诗歌	备注
李儋	韦应物《寄李儋元锡》《赠李儋》《将往江淮寄李十九儋》《雪中闻李儋过门不访聊以寄赠》《善福阁对雨寄李儋幼遐》《赠李儋侍御》《送李儋》《寄别李儋》《酬李儋》	其中有部分诗写于苏州，如《寄李儋元锡》《赠李儋》。
畅当	韦应物《寄畅当》《答畅参军》《答畅校书当》《西郊养疾闻畅校书有新什见赠久伫不至先寄此诗》，畅当《山居酬韦苏州见寄》	
元锡	韦应物《寄李儋元锡》《郡中对雨赠元锡兼简杨凌》《送元锡杨凌》《同元锡题琅琊寺》	
卢嵩	韦应物《赠卢嵩》《期卢嵩枉书称日暮无马不赴以诗答》《假中枉卢二十二书亦称卧疾兼讶李二久不访问以诗答书因亦戏李二》《酬卢嵩秋夜见寄五韵》《夏夜忆卢嵩》，卢嵩残句："岁晏以为期。"	
邹儒立	韦应物《送云阳邹儒立少府侍奉还京师》，邹儒立《春日同韦郎中使君送邹儒立少府扶侍赴云阳》	
崔翰	韦应物《送崔叔清游越》	韦应物为苏州刺史，崔翰隐居江南，崔翰游越，韦应物相送。
阎陟	韦应物《酬阎员外陟》	
白居易		陈尚君云："白居易《吴郡诗石记》，证明韦应物广邀文士时，白居易曾到苏州，但那时还太年轻，大约连挺身自作介绍的勇气也没有，只是远远地观望。应该说明的是，韦应物莅苏那年，白居易已经十八岁，他后来自陈十四五岁，与其说是记忆偶误，不如认为是故意说得小些。"

续表

交游人物	交游诗歌	备注
卢陟	韦应物《同卢陟同游永定寺北池僧斋》	永定寺在苏州，韦应物有《寓居永定精舍》《永定寺喜辟强夜至》。
雷咸	韦应物《送雷监赴阙庭》	陶敏《全唐诗人名汇考》考证雷监为雷咸，贞元五年（789）左右自福建某州刺史入为秘书少监经苏州，韦应物以诗送之。

（二）韦应物与丘丹

丘丹所撰《韦应物墓志铭》云："余，吴士也，尝忝州牧之旧，又辱诗人之目，登临酬和，动盈卷轴。公诗原于曹、刘，参于鲍、谢，加以变态，意凌丹霄，忽造佳境，别开户牖。惜夫位未崇，年不永，而殁乎泉扃，哀哉！"[①]这一段记载着重说明两个问题：一是韦应物为苏州刺史，属于丘丹的父母官，因为丘丹是苏州嘉兴人。他与韦应物经常登临赋咏，来往酬唱，动盈卷轴；二是丘丹对于韦应物诗的理解，这是现存韦应物诗的最早评价，对于韦应物诗歌的渊源、特征与成就，都有独到的阐发，对诗歌以外的其他文学成就也有所记述，这对于我们全面了解韦应物其人其作，都是非常重要的。

《韦应物墓志》题撰者："守尚书祠部员外郎骑都尉赐绯鱼袋吴兴丘丹纂。"[②]按，丘丹是唐代著名的诗人，并且也是文学世家。《元和姓纂》卷五："邱俊居吴兴乌程。松江太守邱灵鞠生迟，梁永嘉太守。五代孙仲升，唐武临尉。宋西卿侯邱道让，亦俊后。七代孙悦，岐王傅，昭文学。右常侍邱为，吴郡人；弟丹，仓部员外。"[③]《郎官石柱题

① 胡可先、杨琼《唐代诗人墓志汇编》卷三，第241页。

② 胡可先、杨琼《唐代诗人墓志汇编》卷三，第240页。

③ 林宝《元和姓纂》卷五，中华书局，1994年，第707页。

名》仓部员外郎、祠部员外郎均有丘丹题名。《全唐诗》卷三〇七《丘丹小传》："丘丹，苏州嘉兴人，诸暨令，历尚书郎，隐临平山，与韦应物、鲍防、吕渭诸牧守往还，存诗十一首。"[①]《韦应物墓志》，堪称近百年来唐代新出土文献的重要收获，墓志的撰者是与韦应物同时的著名诗人丘丹，这一墓志不仅对于韦应物的家世、生平、科举、婚宦等方面的研究提供了原始文献，还为大诗人丘丹的研究提供了不少重要的线索。参以韦、丘的往还诗，如丘丹赠韦应物诗有《和韦使君秋夜见寄》《奉酬韦苏州使君》《和韦使君听江笛送陈侍御》《奉酬韦使君送归山之作》《奉酬重送归山》；韦应物赠丘丹的诗则有《秋夜寄丘二十二员外》《赠丘员外二首》《复理西斋寄丘员外》《送丘员外还山》《重送丘二十二还临平山居》《送丘员外归山居》等，中唐诗人的人情往来、文学交流，以及唐诗产生的主体因素，都可以由此而得到体现。

（三）韦应物苏州郡斋燕集

韦应物《郡斋雨中与诸文士燕集》诗云："兵卫森画戟，宴寝凝清香。海上风雨至，逍遥池阁凉。烦疴近消散，嘉宾复满堂。自惭居处崇，未睹斯民康。理会是非遣，性达形迹忘。鲜肥属时禁，蔬果幸见尝。俯饮一杯酒，仰聆金玉章。神欢体自轻，意欲凌风翔。吴中盛文史，群彦今汪洋。方知大藩地，岂曰财赋疆。"[②] 贞元五年（789），韦应物好友顾况被贬饶州，途经苏州，韦应物于郡斋设宴款待，席上作了这首诗。陈尚君先生撰写《韦应物在苏州》一文，专列一节《轰动一时的郡斋宴集诗》以描述这一过程，成为苏州诗坛的一段佳话。当时参加这次宴集者有三四人，诗作包括著名诗人顾况的和作。宴集

① 《全唐诗》卷三〇七，第 3480 页。

② 陶敏、王友胜《韦应物集校注》卷一，第 55 页。

诗传到邻近的杭州、睦州，杭州刺史房孺复等续有和作，顾况赴官上饶见到刺史刘太真，太真立即致书给韦应物，并且作诗相和，韦应物更作诗酬答。刘太真《与韦应物书》云："顾著作来，以足下《郡斋燕集》相示，是何情致畅茂，遒逸如此！宋齐间，沈、谢、何、刘，始精于理意，缘情体物，备诗人之旨。后之传者，甚失其源，惟足下制其横流。师挚之始、《关雎》之乱，于足下之文见之矣。"[①] 将这些诗歌与宋齐间沈约、谢朓、何逊、刘孝绰媲美，认为是精于理意、缘情体物之佳制，足以改变时风。

这次宴集，直到三十余年后的宝历元年（825），白居易还作了《吴郡诗石记》追述此事："贞元初，韦应物为苏州牧，房孺复为杭州牧，皆豪人也。韦嗜诗，房嗜酒，每与宾友一醉一咏，其风流雅韵，多播于吴中，或目韦房为诗酒仙。时予始年十四五，旅二郡，以幼贱不得与游宴，尤觉其才调高而郡守尊，以当时心言异日苏、杭苟获一郡足矣。及今自中书舍人间领二州，去年脱杭印，今年佩苏印，既醉于彼，又吟于此，酣歌狂什，亦往往在人口中，则苏、杭之风景，韦、房之诗酒，兼有之矣。岂始愿及此哉！然二郡之物状人情，与曩时不异，前后相去三十七年，江山是而齿发非，又可嗟矣！韦在此州，歌诗甚多，有《郡宴》诗云：'兵卫森画戟，燕寝清香。' 最为警策。今刻此篇于石，传贻将来，因以予《旬宴》一章，亦附于后，虽雅俗不类，各咏一时之志，偶书石背，且偿其初心焉。宝历元年七月二十日，苏州刺史白居易题。"[②] 为了纪念这次雅集，白居易将此刻之于石，以传贻将来。

---

① 《全唐文》卷三九五，第 4016 页。
② 朱金城《白居易集笺校》卷六八，第 3663 页。

三、韦应物的苏州创作

韦应物担任苏州刺史期间，留下了近五十首诗歌，代表他晚年创作的最高成就。这些诗作，内容丰富，形式多样。题材方面，包括送别诗、寄酬诗、怀古诗、山水诗、风物诗；体裁方面，包括五言、七言、乐府等，仍以五言为主，代表韦应物诗的形式特点。

（一）送别诗

韦应物苏州送别诗以送丘丹之作最为著名，他有《送丘员外还山》诗云："长栖白云表，暂访高斋宿。还辞郡邑喧，归泛松江渌。结茅隐苍岭，伐薪响深谷。同是山中人，不知往来躅。灵芝非庭草，辽鹤委池鹜。终当署里门，一表高阳族。"[①] 因为丘丹隐居于临平山，故而诗的首联就点明题目，说丘丹是长期隐居于白云山中，到郡斋来歇宿是暂时的举措。这里用了南朝陶弘景《诏问山中何所有赋诗以答》："山中何所有，岭上多白云。只可自怡悦，不堪持寄君。"[②] 故"白云表"即代指隐士住所。次联"还辞郡邑喧，归泛松江渌"承接首联，是说丘丹辞别郡斋之后，就要回到松江。这一联与上联属于交叉互文的写作，上联先写隐处，后写郡斋，此联先写郡斋，后写隐处。同样是隐处，上联写山，此联写水。三联"结茅隐苍岭，伐薪响深谷"就集中写丘丹的隐居生活，居住在山木掩映的苍岭之上，采樵于雄奇幽静的深谷之中。四联"同是山中人，不知往来躅"，是宕开一笔的写法，是说临平山太深太大，同是隐居于这一山中的人，也不知道往来的踪迹。五联"灵芝非庭草，辽鹤委池鹜"，说丘丹像灵芝一样不同凡响，像辽鹤一样得道成仙。尾联"终当署里门，一表高阳族"，用东汉荀淑晚年归乡，闲居养志事，荀氏一门八子，皆有德行，成为闻名的高阳一

① 陶敏、王友胜《韦应物集校注》卷四，第269页。
② 逯钦立《先秦汉魏晋南北朝诗·梁诗》卷一五，第1814页。

族。丘丹还作了《奉酬韦使君送归山之作》诗:“侧闻郡守至,偶乘黄犊出。不别桃源人,一见经累日。蝉鸣念秋稼,兰酌动离瑟。临水降麾幢,野艇才容膝。参差碧山路,目送江帆疾。涉海得骊珠,栖梧惭凤质。愧非郑公里,归扫蒙笼室。”① 对韦应物的款待及相送还乡进行答谢。

韦应物《送房杭州》诗:“专城未四十,暂谪易蹉跎。风雨吴门夜,恻怆别情多。”② 房杭州是房孺复,贞元四、五年为杭州刺史。刘太真有《顾十二况左迁过韦苏州房杭州韦睦州》诗,韦睦州是韦赞。是知韦应物刺苏州、房孺复刺杭州、韦赞刺睦州约略同时。据诗意,当时房孺复被贬谪,经过苏州,韦应物送行,故而对他的遭遇深表同情。据《旧唐书·房孺复传》:“累拜杭州刺史。……(妻)一夕杖杀孺复侍儿二人。……孺复坐贬连州司马。”③ 房孺复与韦应物具有同样的性情,故为知友。白居易《吴郡诗石纪》:“贞元初,韦应物为苏州牧,房孺复为杭州牧,皆豪人也。韦嗜诗,房嗜酒,每与宾友一醉一咏,其风流雅韵,多播于吴中。或目韦、房为诗酒仙。”④

韦应物有时在送别友人时,还会与丘丹一同题诗。如《听江笛送陆侍御》诗:“远听江上笛,临觞一送君。还愁独宿夜,更向郡斋闻。”题注:“同丘员外赋题。”⑤ 丘丹诗:“离樽闻夜笛,寥亮入寒城。月落车马散,凄恻主人情。”⑥ 陆侍御为陆傪,陆傪以殿中侍御史佐越州,经过苏州时与韦应物唱和。韦诗首句即写笛声,扣紧题目,次句

① 《全唐诗》卷三〇七,第3481页。
② 陶敏、王友胜《韦应物集校注》卷四,第273页。
③ 《旧唐书》卷一一一,第3325页。
④ 朱金城《白居易集笺校》卷六八,第3663页。
⑤ 陶敏、王友胜《韦应物集校注》卷四,第275页。
⑥ 丘丹《和韦使君听江笛送陈侍御》,《全唐诗》卷三〇七,第3480—3481页。

描写送友，三句描写送友之后之孤独情怀，末句描写孤独时以郡斋听笛以排遣忧愁。四句环环相扣，离情融注于字里行间。丘丹的答诗首二句描写笛声，次二句描写别情，末句点明主人，表示对韦应物的答谢。也是难得的佳作。

（二）寄酬诗

韦应物《秋夜寄丘二十二员外》诗："怀君属秋夜，散步咏凉天。山空松子落，幽人应未眠。"① 这首诗是寄赠丘丹之作，因为作者深刻怀念丘丹，故而寄诗给他。首句"怀君属秋夜"，点出怀人，生发题意，时间是秋夜，正是怀人深切之时。次句因为怀人而不见，故出门在凉天下散步，是前句的接续，也是因为怀人而在凉秋之夜徘徊沉吟。后二句是想象，设想对方的情景。上句写景，也是人所处的环境，下句写人，推想所怀之人，也应未眠，而在空山之中沉吟。这样，怀人之人与所怀之人就表现出同一种情怀，可以说这两位老友心心相印。

韦应物与丘丹的寄酬之作，都表现出二人心心相印、融合无间的感情。如韦应物《赠丘员外二首》其二："迹与孤云远，心将野鹤俱。那同石氏子，每到府门趋。"② 丘丹《奉赠韦苏州使君》："久作烟霞侣，暂将簪组亲。还同褚伯玉，入馆忝州人。"③ 一寄一酬，把郡斋之人与山居之士共同的心境表现来。可以看出，韦应物虽然身为刺史，坐镇郡斋，但心境闲逸，格调清高，故而写出这样飘逸恬淡的诗句。

韦应物《答秦十四校书》诗："知掩山扉三十秋，鱼须翠碧弃床头。莫道谢公方在郡，五言今日为君休。"④ 秦系《即事奉呈郎中使君》诗："久卧云间已息机，青袍忽着狎鸥飞。诗兴到来无一事，郡中

① 陶敏、王友胜《韦应物集校注》卷三，第194页。
② 陶敏、王友胜《韦应物集校注》卷三，第197页。
③《全唐诗》卷三〇七，第3480页。
④ 陶敏、王友胜《韦应物集校注》卷五，第341页。

今有谢玄晖。”原署:“东海钓客试秘书省校书郎秦系。”[1]秦十四校书为秦系,天宝末,避乱隐居剡溪,自号东海钓客。仆射薛兼训奏请朝廷授予秦系右卫率府仓曹参军,不就。张建封闻其不可致,就加校书郎。他是一位终身隐居者,给韦应物赠诗自述退隐情怀,同时称赞韦应物诗媲美谢朓。韦应物的答诗首联称颂秦系隐居山扉三十年,推辞了征召,把官笏官服都抛弃到床头。尾联是说谢朓擅长五言诗,而今天不比谢朓,没有写五言诗而是写七言绝句。这是韦应物针对秦系的赞颂而谦逊作答。

(三)怀古诗

韦应物《阊门怀古》诗:“独鸟下高树,遥知吴苑园。凄凉千古事,日暮倚阊门。”[2]阊门为苏州西北门,是古代吴国城墙的大门。韦应物到了阊门,萌发思古之幽情。首联看到独鸟飞下高树,推知这是古代吴王夫差的宫苑。尾联联想到吴国灭亡的千古凄凉往事,倚着阊门一直到了日暮。作者身为苏州刺史,孤身一人去阊门游览,情怀本身就较为孤寂,又看到独鸟飞下高树,更觉孤独,因而就倚着阊门进入深沉的思考当中。怀古当然也是讽今,吴国的灭亡不也是给当代一种借鉴吗?我们可以推测,安史之乱以后,韦应物对国事有着深沉的担忧,而这首怀古诗正是提醒当政者不要再有安史之乱发生,不能让吴国灭亡之事重演。

(四)风物诗

韦应物贞元五年(789)到六年(790)担任苏州刺史近两年,饱览了苏州风物和习俗人情,这在他的诗歌中有着充分的表现。时值佳节,往往为时序之游赏。如《九日》诗:“一为吴郡守,不觉菊花开。

---

① 陶敏、王友胜《韦应物集校注》卷五,第342页。

② 陶敏、王友胜《韦应物集校注》卷六,第420页。

始有故园思，且喜众宾来。”[①] 是说时间过得很快，不觉到了九日菊花盛开的时节。这时当然会想起故乡的风物，给游子增添落寞的心绪，但好在这一天众宾来集郡斋，欣喜带来的热烈的气氛，冲淡了孤寂之感。《答郑骑曹青橘绝句》：“怜君卧病思新橘，试摘犹酸亦未黄。书后欲题三百颗，洞庭须待满林霜。”[②] 也是重阳节的诗歌。因为郑姓骑曹参军卧病在家，思食新橘，韦应物就将尚未完全成熟的橘子采摘相送。因为是未黄的橘子，故后二句写的是期待，等到秋后满林霜后成熟的橘子会更好。

有时候登高临远，饱览风物，即兴赋诗。《登重玄寺阁》诗：“时暇陟云构，晨霁澄景光。始见吴都大，十里郁苍苍。山川表明丽，湖海吞大荒。合沓臻水陆，骈阗会四方。俗繁节又暄，雨顺物亦康。禽鱼各翔泳，草木通芬芳。于兹省氓俗，一用劝农桑。诚知虎符忝，但恨归路长。”[③] 苏州重玄寺始建于梁武帝天监二年（503），一直到中唐时期都十分繁盛。诗的开头四句总写登上重玄寺阁眺望苏州的景象，是说遐日登上高耸入云的重玄寺阁，清晨天空晴朗景色宜人。这时远看吴郡地域广大，纵横十里，郁郁苍苍。五至十二句描写苏州景物之秀丽，从山川到湖海，从水陆到四方，民俗丰富，雨顺物康，禽鱼翔泳，草木芬芳。最后四句叙写自己作为刺史的登临之感，需要进一步了解民俗，务劝农桑，确实知道有愧于作为郡守的责任，但遗憾的是要达到目标，路还有很长。

苏州西山还盛产黄精，当时人认为这是一种可以服食以强身健体的中药。韦应物也服食黄精，并且写了《饵黄精》一诗：“灵药出西

① 陶敏、王友胜《韦应物集校注》拾遗，第607页。
② 陶敏、王友胜《韦应物集校注》卷五，第343页。
③ 陶敏、王友胜《韦应物集校注》卷七，第433—434页。

山，服食采其根。九蒸换凡骨，经著上世言。候火起中夜，馨香满南轩。斋居感众灵，药术启妙门。自怀物外心，岂与俗士论。终期脱印绶，永与天壤存。”① 前四句描写黄精的产地和功用，中四句描写饵食黄精的方法和效果，后四句抒写自己摆脱世网羁绊、超然物外、与天地融而为一的情怀。当然这也与韦应物在苏州常与隐者佛徒道士往来，过着焚香独坐的生活有关。

苏州太湖还有鼋头山，流传着山中神女的美丽传说，韦应物寻访鼋头山，根据传说与当地风俗，写了《鼋头山神女歌》：“鼋头之山，直上洞庭连青天。苍苍烟树闭古庙，中有蛾眉成水仙。水府沉沉行路绝，蛟龙出没无时节。魂同魍魉潜太阴，身与空山长不灭。东晋永和今几代，云发素颜犹盼睐。阴深灵气静凝美，的砾龙绡杂琼珮。山精木魅不敢亲，昏明想像如有人。蕙兰琼芳积烟露，碧窗松月无冬春。舟客经过奠椒醑，巫女南音歌激楚。碧水冥空惟鸟飞，长天何处云随雨。红渠绿蘋芳意多，玉灵荡漾凌清波。孤峰绝岛俨相向，鬼啸猿啼垂女萝。皓雪琼枝殊异色，北方绝代徒倾国。云没烟销不可期，明堂翡翠无人得。精灵变态状无方，游龙宛转惊鸿翔。湘妃独立九疑暮，汉女菱歌春日长。始知仙事无不有，可惜吴宫空白首。”② 开头四句描写鼋头山的形势，点明了山中古庙中曾经的女子成为水仙，扣紧题中“神女”。“水府”以下重点描写神女作为水神在太湖鼋头山中的姿态和活动。末尾四句以湘妃、汉女相比，是对于神女传说的肯定。这首诗想象奇特，语言畅达，思绪泉涌，音节流美，作为乐府歌行，与韦应物诗的主要体裁五言诗有所不同。

韦应物担任苏州刺史，往来的文人墨客、道徒诗僧很多，人们既

① 陶敏、王友胜《韦应物集校注》卷八，第 508 页。

②《全唐诗》卷一九五，第 2007 页。

崇尚韦氏的人格境界，又赞颂韦应物的诗歌成就，确定了韦应物崇高的诗坛地位。大诗人孟郊《赠苏州韦郎中使君》云："谢客吟一声，霜落群听清。文含元气柔，鼓动万物轻。嘉木依性植，曲枝亦不生。尘埃徐庾词，金玉曹刘名。章句作雅正，江山益鲜明。蘋萍一浪草，菰蒲片池荣。曾是康乐咏，如今搴其英。顾惟菲薄质，亦愿将此并。"[①] 诗中将韦应物类比谢灵运，认为他的诗歌内含柔美的元气，能够鼓动万物。其为人如同嘉木，不生曲枝。其名声可以与曹植、刘桢相提并论，徐陵、庾信何足为比。其章句雅正，描写江山风物，更是鲜明秀丽，就像谢灵运的诗歌一样，得天地之精华，而我自己虽然质性菲薄，但也愿意与韦应物一起切磋诗艺。著名诗僧皎然与韦应物为诗友，年龄大概小于韦应物，曾经向韦应物请教诗事。《唐诗纪事》卷七三《皎然》条："（皎然）尝于舟中抒思，作古体十数篇，求合韦苏州，韦大不喜。明日，献其旧制，乃极称赏云：'师几失声名。何不但以所工见投，而猥希老夫之意？人各有所得，非卒能至。'昼大服其鉴裁之精。"[②] 皎然《答苏州韦应物郎中》诗云："诗教殆沦缺，庸音互相倾。忽观风骚韵，会我夙昔情。荡漾学海资，郁为诗人英。格将寒松高，气与秋江清。何必邺中作，可为千载程。受辞分虎竹，万里临江城。到日扫烦政，况今休黩兵。应怜禅家子，林下寂无营。迹隳世上华，心得道中精。脱略文字累，免为外物撄。书衣流埃积，砚石驳藓生。恨未识君子，空传手中琼。安可诱我性，始愿惩素诚。为无鸑鷟音，继公云和笙。吟之向禅薮，反愧幽松声。"[③]与韦应物讨论诗道，称赞韦氏为"郁为诗人英"，而今作为苏州刺史，"万里临江

① 孟郊《孟东野诗集》卷六，第 99 页。
② 计有功《唐诗纪事》卷七三，第 1074—1075 页。
③《全唐诗》卷八一五，第 9172—9173 页。

城”。皎然自己作为方外之人,“脱略文字累,免为外物撄”,但愿意与韦应物相识以倾注自己的真诚,继和韦应物的诗作,并在禅林中吟诵。

第二节 白居易与苏州

韦应物之后,苏州刺史中影响最大的诗人是白居易。白居易于唐敬宗宝历元年(825)三月担任苏州刺史,第二年九月因病罢官,时间仅有一年半。但白居易在苏州做出了很大的功绩,也留下了丰富的文学财富。有关白居易诗歌的研究,学术界也取得了丰硕的成果[①]。本节在前人成果的基础,对于白居易的苏州经历、交游和创作进行钩稽和阐述。

一、白居易的苏州经历

李商隐《刑部尚书致仕赠尚书右仆射太原白公墓碑铭》:“徙右庶子。出苏州。授秘书监,换服色,迁刑部侍郎。”[②]《旧唐书·白居易传》:“宝历中,复出为苏州刺史。”[③]《新唐书·白居易传》:“以太

① 有关白居易与苏州的研究:柴德赓有《从白居易诗文中论证唐代苏州的繁荣(初稿)》,《江苏师院学报》1979年第Z1期,第21—35页;杜学霞有《白居易在杭、苏时的“吏隐”心态及思想渊源》,《韶关学院学报》2009年第4期,第22—25页;梁近飞有《苏州郡守研究——以韦应物、白居易、刘禹锡为中心》,苏州大学硕士学位论文2010年;曹瑞娟有《从白居易苏杭诗看文学与地域的互动》,《文艺评论》2015年第2期,第19—23页;杨旭辉有《“补种甘棠绕屋新,后先循吏总诗人”——白居易的苏州行踪与诗咏》,《古典文学知识》2016年第1期,第47—54页;杨恂骅有《论白居易任职于苏杭时期的乐舞诗》,《音乐传播》2018年第4期,第51—54页。有关白居易苏州经历的考证,则有朱金城先生《白居易年谱》,上海古籍出版社,1982年。

② 李商隐《樊南文集》卷八,第473页。

③《旧唐书》卷一六六,第4353页。

子宾客分司东都。复拜苏州刺史，病免。”[①] 白居易为苏州刺史在宝历元年（825）三月，其《苏州刺史谢上表》云：“伏奉三月四日恩制，授臣使持节苏州诸军事、守苏州刺史，臣以其月二十九日发东都，今月五日到州，当日上讫。”[②] 其所撰《吴郡诗石记》云：“去年脱杭印，今年佩苏印……宝历元年七月二十日，苏州刺史白居易题。”[③] 大和元年（827）三月授秘书监。《旧唐书·文宗纪上》：大和元年（827）三月，“以前苏州刺史白居易为秘书监”[④]。朱金城《白居易年谱》敬宗宝历元年（825）：“三月四日，除苏州刺史。二十九日，发东都，过汴州，与令狐楚相会。渡淮水，经常州，五月五日，到苏州任。”[⑤] 宝历二年（826）：“在苏州刺史任。二月末，落马伤足，卧三旬。五月末，又以眼病肺伤，请百日长假。九月初，假满，罢官。”[⑥] 其从洛阳赴任时，白居易作《除苏州刺史别洛城东花》诗：“乱雪千花落，新丝两鬓生。老除吴郡守，春别洛阳城。江上今重去，城东更一行。别花何用伴，劝酒有残莺。”[⑦] 正是春暖花开的时节。

对于由杭州刺史转任苏州刺史的情况，白居易《苏州刺史谢上表》云：“伏奉三月四日恩制，授臣使持节苏州诸军事、守苏州刺史，臣以其月二十九日发东都，今月五日到州，当日上讫。……臣以微陋，早忝班行。前自中书舍人出为杭州刺史，幸免败阙，实无政能，已蒙宠荣，入改宫相。今奉恩寄，又分郡符，奖饰具载于诏中，庆幸

① 《新唐书》卷一一九，第 4303 页。
② 朱金城《白居易集笺校》卷六八，第 3672 页。
③ 朱金城《白居易集笺校》卷六八，第 3663 页。
④ 《旧唐书》卷一七上，第 525 页。
⑤ 朱金城《白居易年谱》，上海古籍出版社，1982 年，第 158 页。
⑥ 朱金城《白居易年谱》，第 169 页。
⑦ 朱金城《白居易集笺校》卷二四，第 1612 页。

实生于望外。况当今国用，多出江南。江南诸州，苏最为大。兵数不少，税额至多。土虽沃而尚劳，人徒庶而未富。宜择循良之吏，委以抚绥；岂臣琐劣之才，合当任使？然既奉成命，敢不誓心。必拟夕惕夙兴，焦心苦节。唯诏条是守，唯人瘼是求。谕陛下忧勤之心，布陛下慈和之泽。则亭育之下，疲人自当感恩；而岁时之间，微臣或希报政。”[①] 写出了自己由杭州刺史而担任苏州刺史的情况，苏州在江南占据着首要地位，因此白居易对于这次任命颇为感戴。

白居易在苏州，颇有政绩。北宋朱长文《吴郡图经续记》卷上《牧守》云：“若韦应物、白居易、刘禹锡，亦可谓循吏，而世独知其能诗耳。……乐天高行美才，其于簿领，宜不以屑意，然观其勤瘁，非旬休不设宴，见于题咏。尝作虎丘路，免于病涉，亦可以障流潦。未几求去，梦得赠诗云：‘姑苏十万户，皆作婴儿啼。’盖其实也。”[②] 则白居易在苏州，对于苏州人民的精神层面和物质层面，都做出了较大的贡献。

二、白居易的苏州交游

（一）元稹

白居易为苏州刺史，元稹为越州刺史、浙东观察使，二人唱酬频繁。白居易《自咏》《吟前篇因寄微之》《秋寄微之十二韵》《泛太湖书事寄微之》《岁暮寄微之三首》《酬微之开拆新楼初毕相报末联见戏之作》《九日寄微之》等诗，都是在苏州时与元稹的往还之作。如《泛太湖书事寄微之》诗：“烟渚云帆处处通，飘然舟似入虚空。玉杯浅酌巡初匝，金管徐吹曲未终。黄夹缬林寒有叶，碧琉璃水净无风。

① 朱金城《白居易集笺校》卷六八，第 3672—3673 页。
② 朱长文《吴郡图经续记》卷上，第 19 页。

避旗飞鹭翩翻白，惊鼓跳鱼拨剌红。涧雪压多松偃蹇，岩泉滴久石玲珑。书为故事留湖上，吟作新诗寄浙东。军府威容从道盛，江山气色定知同。报君一事君应羡，五宿澄波皓月中。”①白居易在苏州，泛舟太湖，湖中烟渚，云帆点点，飘然行舟，玉盏相传，管乐未终，眺望缬林寒叶，碧水无波，飞鹭翩翻，跳鱼惊鼓，涧松偃蹇，岩石玲珑，此番美景，恍如仙境，不禁想到浙东元稹，故而吟诗寄赠，推想元稹对于这次泛舟太湖一定非常羡慕。

（二）刘禹锡

白居易有《答刘和州》《重答刘和州》《酬刘和州戏赠》《答刘禹锡白太守行》《答刘和州禹锡》《醉赠刘二十八使君》，都是为苏州刺史时寄与和州刺史刘禹锡的酬唱之作。刘禹锡有《白舍人见酬拙诗因以寄谢》。如白居易《重答刘和州》诗题注：“来篇云：‘苏州刺史例能诗，西掖今来替左司。’又云：‘若共吴王斗百草，不如唯是欠西施。’”诗云：“分无佳丽敌西施，敢有文章替左司。随分笙歌聊自乐，等闲篇咏被人知。花边妓引寻香径，月下僧留宿剑池。可惜当时好风景，吴王应不解吟诗。”②这样的酬答最能够体现苏州深厚的文化底蕴和优美的山水风光，苏州刺史兼为诗人的特点也被展现出来。

值得称道的是，白居易罢苏州刺史回洛阳，也正好与刘禹锡罢和州刺史归洛阳约略同时，二人相约在扬州转运河北上，故而在扬州见面。见面时，白居易作了《醉赠刘二十八使君》诗：“为我引杯添酒饮，与君把箸击盘歌。诗称国手徒为尔，命压人头不奈何。举眼风光长寂寞，满朝官职独蹉跎。亦知合被才名折，二十三年折太多。”③刘

① 朱金城《白居易集笺校》卷二四，第 1644 页。
② 朱金城《白居易集笺校》卷二四，第 1664 页。
③ 朱金城《白居易集笺校》卷二五，第 1706—1707 页。

禹锡当即酬答《酬乐天扬州初逢席上见赠》诗："巴山楚水凄凉地，二十三年弃置身。怀旧空吟闻笛赋，到乡翻似烂柯人。沉舟侧畔千帆过，病树前头万木春。今日听君歌一曲，暂凭杯酒长精神。"① 两首诗都成为千古佳制。二人在扬州半个月，饱览了扬州名胜。如白居易有《与梦得同登栖灵塔》诗："半月悠悠在广陵，何楼何塔不同登。共怜筋力犹堪在，上到栖灵第九层。"② 心情通达畅快，可见二人离开苏州、和州北归洛阳，对于前景都有所期待。

白居易因病罢官未离苏州时，刘禹锡作《白太守行》云："闻有白太守，弃官归旧溪。苏州十万户，尽作婴儿啼。太守驻行舟，阊门草萋萋。挥袂谢啼者，依然两眉低。朱户非不崇，我心如重狴。华池非不清，意在寥廓栖。夸者窃所怪，贤者默思齐。我为太守行，题在隐起珪。"③ 白居易和作为《答刘禹锡白太守行》诗："吏满六百石，昔贤辄去之。秩登二千石，今我方罢归。我秩讶已多，我归惭已迟。犹胜尘土下，终老无休期。卧乞百日告，起吟五篇诗。朝与府吏别，暮与州民辞。去年到郡时，麦穗黄离离。今年去郡日，稻花白霏霏。为郡已周岁，半岁罹旱饥。襦袴无一片，甘棠无一枝。何乃老与幼，泣别尽沾衣。下惭苏人泪，上愧刘君辞。"④

（三）李德裕

李德裕有《霜夜听小童薛阳陶吹笛》诗，仅存"君不见秋山寂历风飙歇，半夜青崖吐明月。寒光乍出松篆间，万籁萧萧从此发。忽闻歌管吟朔风，精魂想在幽岩中"⑤ 六句，白居易和诗为《小童薛阳陶

①《刘禹锡集》卷三一，第 421 页。

② 朱金城《白居易集笺校》卷二四，第 1695 页。

③《刘禹锡集》卷三一，第 420—421 页。

④ 朱金城《白居易集笺校》卷二一，第 1433 页。

⑤《全唐诗》卷四七五，第 5416 页。

吹觱栗歌》，题注："和浙西李大夫作。"[1] 刘禹锡《和浙西李大夫霜夜对月听小童吹觱篥歌依本韵》，有"吴门水驿接山阴，文字殷勤寄意深"[2] 句，可知当时白居易为苏州刺史，故称"吴门水驿"，元稹为越州刺史，故称"山阴"。元稹和作仅存残句，见晏殊《类要》卷二九。这组白居易、李德裕、元稹、刘禹锡异地酬唱诗，展现了中唐诗歌唱和的特定氛围，较之以前，唱和的地域范围有所扩大。遗憾的是，这组诗没有全部流传下来，李德裕原唱和元稹的和作仅存残句。白居易的诗全篇保存完好，为唐代音乐诗的佳制，我们在下节中进行分析。

（四）张籍

张籍有《寄苏州白二十二使君》诗："三朝出入紫微臣，头白金章未在身。登第早年同座主，题诗今日是州人。阊门柳色烟中远，茂苑莺声雨后新。此处吟诗向山寺，知君忘却曲江春。"[3] 诗为宝历二年（826）所作，诗有"柳色""莺声""曲江春"之语，盖白居易宝历元年（825）五月才至苏州，诗不得作于元年。二年九月又病免罢官，故亦不得作于二年之后。这首诗对于白居易称颂备至。首联称白氏出入三朝，担任中书舍人。颔联写早年登第，与张籍同年，张籍为苏州人，故称"州人"[4]。颈联上句描写苏州之景，下句描写长安之景，二人

---

① 朱金城《白居易集笺校》卷二一，第 1416 页。

② 《刘禹锡集》卷三七，第 544 页。

③ 《全唐诗》卷三八五，第 4341 页。

④ 张籍为苏州人，韩愈《张中丞传后叙》："愈与吴郡张籍阅家中旧书。"（《五百家注韩昌黎集》卷一三，第 753 页）韩愈《唐故少府监胡公墓神道碑》："与公婿广文博士吴郡张籍。"（《五百家注韩昌黎集》卷三〇，第 1263 页）张籍《送陆畅》诗："共踏长安街里尘，吴州独作未归身。昔年旧宅今谁住，君过西塘与问人。"（《全唐诗》卷三八六，第 4353 页）然《新唐书·张籍传》："张籍者，字文昌，和州乌江人。"（卷一七六，第 5266 页）韩愈《与孟东野书》："张籍在和州居丧。"（《五百家注韩昌黎集》卷一五，第 837 页）是张籍籍贯有苏州、和州两种说法。盖有籍贯和居地的区别。

居于两地，故对比描写。尾联系描写曲江，意图引起白居易的回忆。又有《苏州江岸留别乐天》诗："银泥裙映锦障泥，画舸停桡马簇蹄。清管曲终鹦鹉语，红旗影动薄寒嘶。渐消酒色朱颜浅，欲话离情翠黛低。莫忘使君吟咏处，女坟湖北武丘西。"① 这首诗一作白居易作。白居易为苏州刺史时，张籍在长安担任水部郎中，无缘到苏州与白居易相会。故诗当为白居易罢任苏州时留别之作，题目为"苏州江岸留别"，乐天为作者题署。

（五）令狐楚

白居易《奉和汴州令狐相公二十二韵》云："客有东征者，夷门一落帆。二年方得到，五日未为淹。"诗中自注："相府领镇隔年，居易方到。既到，陪奉游宴，凡经五日。"② 是白居易赴苏州刺史任，经过汴州与令狐楚唱和之作。诗中描写白居易受到款待的情况："选幽开后院，占胜坐前檐。平展丝头毯，高褰锦额帘。雷捶柘枝鼓，雪摆胡腾衫。发滑歌钗坠，妆光舞汗沾。回灯花簇簇，过酒玉纤纤。馔盛盘心殢，醅浓盏底粘。陆珍熊掌烂，海味蟹螯咸。福履千夫祝，形仪四座瞻。"《宣武令狐相公以诗寄赠传播吴中聊用短章用伸酬谢》诗："新诗传咏忽纷纷，楚老吴娃耳遍闻。尽解呼为好才子，不知官是上将军。辞人命薄多无位，战将功高少有文。谢朓篇章韩信钺，一生双得不如君。"③ 白居易为苏州刺史期间，令狐楚还从汴州寄诗，在苏州引起很大的反响，故白居易作诗酬答。

（六）贾悚

白居易受命苏州刺史，从洛阳赴任，经过常州时，时值贾悚在常

---

①《全唐诗》卷三八五，第 4345 页。

② 朱金城《白居易集笺校》卷二四，第 1613 页。

③ 朱金城《白居易集笺校》卷二四，第 1621 页。

州为刺史，白居易受到贾餗的招待。白作《赴苏州至常州答贾舍人》诗：“杭城隔岁转苏台，还拥前时五马回。厌见簿书先眼合，喜逢杯酒暂眉开。未酬恩宠年空去，欲立功名命不来。一别承明三领郡，甘从人道是粗才。”[1] 白居易与贾餗是故人，故而诗历数自己近年担任朝官和地方官的情况，尤其重视杭州刺史和苏州刺史。贾餗设宴款待白居易，居易又作《戏和贾常州醉中二绝句》：“闻道毗陵诗酒兴，近来积渐学姑苏。罨头新令从偷去，刮骨清吟得似无。”“越调管吹留客曲，吴吟诗送暖寒杯。娃宫无限风流事，好遣孙心暂学来。”[2] 白居易到达苏州任所之后，先是忙于公务，旬日以后还是偷闲给时任常州刺史的贾餗和湖州刺史的崔玄亮写诗，《自到郡斋仅经旬日方专公务未及宴游偷闲走笔二十四韵兼寄常州贾舍人湖州崔郎中仍呈吴中诸客》诗：“渭北离乡客，江南守土臣。涉途初改月，入境已经旬。”[3] 说明由洛阳到苏州，已过旬日。“甲郡标天下，环封极海滨。版图十万户，兵籍五千人。”说明苏州为大郡，甲于天下，极于海滨，户数十万，兵籍五千。“自顾才能少，何堪宠命频。冒荣惭印绶，虚奖负丝纶。候病须通脉，防流要塞津。救烦无若静，补拙莫如勤。削使科条简，摊令赋役均。以兹为报效，安敢不躬亲。”自谦才能不足，有愧朝廷宠命，但要极尽努力，躬亲事务以报效国家。

（七）周元范

周元范，句容人。唐代诗人。晚唐张为《诗人主客图》列为广大教化主白居易之及门。白居易在苏州时，周元范为判官。白居易《夜招周协律兼答所赠》诗：“满眼虽多客，开眉复向谁。少年非我伴，秋

① 朱金城《白居易集笺校》卷二四，第1619页。
② 朱金城《白居易集笺校》卷二四，第1648—1649页。
③ 朱金城《白居易集笺校》卷二四，第1624页。

夜与君期。落魄俱耽酒，殷勤共爱诗。相怜别有意，彼此老无儿。”[①] 白居易与周元范有很多共同之处，耽酒、爱诗，还有老年无子。《代诸妓赠送周判官》诗：“妓筵今夜别姑苏，客棹明朝向镜湖。莫泛扁舟寻范蠡，且随五马觅罗敷。兰亭月破能回否，娃馆秋凉却到无。好与使君为老伴，归来休染白髭须。”[②]《重酬周判官》诗：“秋爱冷吟春爱醉，诗家眷属酒家仙。若教早被浮名系，可得闲游三十年。”[③] 这两首诗描写了周元范在苏州幕中樽酒娱乐的情形。唐代州郡有妓提供相关的娱乐活动，故白居易作此二诗。《三月二十八日赠周判官》诗：“一春惆怅残三日，醉问周郎忆得无。柳絮送人莺劝酒，去年今日别东都。”[④] 回忆去年三月二十八日与周元范一起离开洛阳赴苏州时的情景。《重题小舫赠周从事兼戏微之》诗：“细篷青篾织鱼鳞，小眼红窗衬曲尘。阔狭才容从事座，高低恰称使君身。舞筵须拣腰轻女，仙棹难胜骨重人。不似镜湖廉使出，高樯大艑闹惊春。”[⑤] 与周元范唱酬还将诗歌寄给时任越州刺史的元稹。《酬别周从事二首》诗：“腰痛拜迎人客倦，眼昏勾押簿书难。辞官归去缘衰病，莫作陶潜范蠡看。”“洛下田园久抛掷，吴中歌酒莫留连。嵩阳云树伊川月，已校归迟四五年。”[⑥]《望亭驿酬别周判官》诗：“何事出长洲，连宵饮不休？醒应难作别，欢渐少于愁。灯火穿村市，笙歌上驿楼。何言五十里，已不属苏州。”[⑦] 说明在很多场合，白居易都与周元范酬和唱答。

---

① 朱金城《白居易集笺校》卷二〇，第 1376 页。
② 朱金城《白居易集笺校》卷二四，第 1630 页。
③ 朱金城《白居易集笺校》卷二〇，第 1376—1377 页。
④ 朱金城《白居易集笺校》卷二四，第 1663 页。
⑤ 朱金城《白居易集笺校》卷二四，第 1667 页。
⑥ 朱金城《白居易集笺校》卷二四，第 1682—1683 页。
⑦ 朱金城《白居易集笺校》卷二四，第 1690 页。

（八）殷尧藩

殷尧藩，嘉兴人。唐代诗人。元和九年（814）进士，历任永乐县令，后官至侍御史。宝历时为白居易苏州判官。白居易举行宴集时，殷尧藩经常参加，白居易有《九日宴集醉题郡楼兼呈周殷二判官》，殷判官即尧藩。《日渐长赠周殷二判官》诗："日渐长，春尚早。墙头半露红萼枝，池岸新铺绿芽草。踏草攀枝仰头叹，何人知此春怀抱。年颜盛壮名未成，官职欲高身已老。万茎白发直堪恨，一片绯衫何足道。赖得君来劝一杯，愁开闷破心头好。"① 白居易遇到烦闷的时候，也会找殷尧藩、周元范等下属来把酒言情，倾诉衷肠。《齐云楼晚望偶题十韵兼呈冯侍御周殷二协律》诗："潦倒宦情尽，萧条芳岁阑。欲辞南国去，重上北城看。复叠江山壮，平铺井邑宽。人稠过杨府，坊闹半长安。插雾峰头没，穿霞日脚残。水光红漾漾，树色绿漫漫。约略留遗爱，殷勤念旧欢。病抛官职易，老别友朋难。九月全无热，西风亦未寒。齐云楼北面，半日凭栏干。"② 平时在登览作诗时即兴而发，也与殷尧藩、周元范等分享。

（九）崔玄亮

崔玄亮，字晦叔，博陵安平人。贞元十一年（795），进士及第，授秘书郎，出任宣歙、越州观察推官，授大理评事。历任密、歙、湖三州刺史。崔玄亮为湖州刺史，白居易为苏州刺史，元稹为越州刺史，常相唱和，后来辑为《三州唱和集》。白居易有《夜泛阳坞入明月湾即事寄崔湖州》诗："湖山处处好淹留，最爱东湾北坞头。掩映橘林千点火，泓澄潭水一盆油。龙头画舸衔明月，鹊脚红旗蘸碧流。为报茶山崔太守，与君各是一家游。"末注："尝羡吴兴每春茶山之游，泊入

① 朱金城《白居易集笺校》卷二一，第1424—1425页。
② 朱金城《白居易集笺校》卷二四，第1684页。

太湖，羡意减矣。故云。”[①]《郡中闲独寄微之及崔湖州》诗：“少年宾旅非吾辈，晚岁簪缨束我身。酒散更无同宿客，诗成长作独吟人。蘋洲会面知何日，镜水离心又一春。两处也应相忆在，官高年长少情亲。”[②]《夜闻贾常侍崔湖州茶山境会想羡欢宴因寄此诗》：“遥闻境会茶山夜，珠翠歌钟俱绕身。盘下中分两州界，灯前合作一家春。青娥递舞应争妙，紫笋齐尝各斗新。自叹花时北窗下，蒲黄酒对病眠人。”[③]《仲夏斋居偶题八韵寄微之及崔湖州》诗：“腥血与荤蔬，停来一月余。肌肤虽瘦损，方寸任清虚。体适通宵坐，头慵隔日梳。眼前无俗物，身外即僧居。水榭风来远，松廊雨过初。褰帘放巢燕，投食施池鱼。久别闲游伴，频劳问疾书。不知湖与越，吏隐兴何如？”[④]这些诗歌，都是白居易担任苏州刺史，与崔玄亮寄赠酬答之作。

（十）郭行馀

郭行馀，登进士第。宝历中累官至楚州刺史，与白居易相互赠答。历任汝州刺史、大理卿、邠宁节度使。大和九年（835），死于甘露之变。白居易罢苏州刺史归洛阳，途经楚州，时郭行馀在楚州任上，得到款待，二人诗歌唱答。《赠楚州郭使君》诗：“淮水东南第一州，山围雉堞月当楼。黄金印绶悬腰底，白雪歌诗落笔头。笑看儿童骑竹马，醉携宾客上仙舟。当家美事堆身上，何啻林宗与细侯。”[⑤]《和郭使君题枸杞》诗：“山阳太守政严明，吏静人安无犬惊。不知灵药根成狗，怪得时闻吠夜声。”[⑥]《旧唐书·郭行馀传》：“大和初，累

① 朱金城《白居易集笺校》卷二四，第1643页。
② 朱金城《白居易集笺校》卷二四，第1656页。
③ 朱金城《白居易集笺校》卷二四，第1659页。
④ 朱金城《白居易集笺校》卷二四，第1669页。
⑤ 朱金城《白居易集笺校》卷二五，第1704页。
⑥ 朱金城《白居易集笺校》卷二五，第1704—1705页。

官至楚州刺史。”① 刘禹锡亦有《罢郡归洛途次山阳留辞郭中丞使君》诗：“自到山阳不许辞，高斋日夜有佳期。管弦正合看书院，语笑方酣各咏诗。银汉雪晴褰翠幕，清淮月影落金卮。洛阳归客明朝去，容趁城东花发时。”② 是大和元年（827）冬日由和州刺史归洛阳途经楚州所作。

（十一）张彤

张彤，唐代诗人，生卒年里不详。白居易在苏州刺史任，作《拣贡橘书情》诗：“洞庭贡橘拣宜精，太守勤王请自行。珠颗形容随日长，琼浆气味得霜成。登山敢惜驽骀力，望阙难伸蝼蚁情。疏贱无由亲跪献，愿凭朱实表丹诚。”③ 张彤与周元范都有和作，张彤《奉和白太守拣橘》诗云：“凌霜远涉太湖深，双卷朱旗望橘林。树树笼烟疑带火，山山照日似悬金。行看采掇方盈手，暗觉馨香已满襟。拣选封题皆尽力，无人不感近臣心。”④ 是知为白居易为苏州刺史时僚佐。《岁日家宴戏示弟侄等兼呈张侍御二十八丈殷判官二十三兄》诗：“弟妹妻孥小侄甥，娇痴弄我助欢情。岁盏后推蓝尾酒，春盘先劝胶牙饧。形骸潦倒虽堪叹，骨肉团圆亦可荣。犹有夸张少年处，笑呼张丈唤殷兄。”⑤ 张二十八丈，朱金城《白居易年谱》亦疑为张彤。

（十二）如信

僧如信，姓康，号如信，襄城人。白居易《感悟妄缘题如上人壁》诗：“自从为騃童，直至作衰翁。所好随年异，为忙终日同。弄沙成佛塔，锵玉谒王宫。彼此皆儿戏，须臾即色空。有营非了义，无著是真

---

①《旧唐书》卷一六九，第4409页。

②《刘禹锡集》卷三一，第422页。

③ 朱金城《白居易集笺校》卷二四，第1642页。

④《全唐诗》卷四六三，第5266页。

⑤ 朱金城《白居易集笺校》卷二四，第1651页。

宗。兼恐勤修道,犹应在妄中。”[①] 如上人应为如信。白居易《如信大师功德幢记》:“师姓康,号如信,襄城人。”[②] 朱金城《白居易年谱》以为如上人与如信为同一人。

三、白居易的苏州创作

白居易担任苏州刺史,虽然仅有一年多的时间,但文学创作取得了很大成就。最突出的表现是创作了一批登览诗、宴集诗、咏物诗、乐舞诗。

(一)登览诗

白居易与其他担任苏州刺史的诗人一样,在苏州这样山水风光优美和历史底蕴深厚的城市,不断登高览胜,并形之于诗。

苏州阊门起源于春秋吴国,《吴越春秋·阖闾内传》记载:“造筑大城,周回四十七里。陆门八,以象天之八风。水门八,以法地之八聪。筑小城,周十里,陵门三。不开东面者,欲以绝越,明也。立阊门者,以象天门,通阊阖风也。”[③] 历代都是苏州繁华的象征。白居易来到苏州,登上阊门而作诗。《登阊门闲望》诗:“阊门四望郁苍苍,始觉州雄土俗强。十万夫家供课税,五千子弟守封疆。阖闾城碧铺秋草,乌鹊桥红带夕阳。处处楼前飘管吹,家家门外泊舟航。云埋虎寺山藏色,月耀娃宫水放光。曾赏钱唐嫌茂苑,今来未敢苦夸张。”[④] 登上阊门,苏州城尽收眼底,整个城市郁郁苍苍,深感州城雄伟,土俗强劲。州城之人供给国家大量赋税,强壮子弟出塞坚守封疆。眺望景色,秋草铺遍阖闾城,碧中带黄,夕阳照着乌鹊桥,红霞相映。处处楼

① 朱金城《白居易集笺校》卷二五,第 1699 页。

② 朱金城《白居易集笺校》卷六八,第 3659 页。

③ 周生春《吴越春秋辑校汇考》,中华书局,2019 年,第 31—32 页。

④ 朱金城《白居易集笺校》卷二四,第 1628 页。

台歌吹，家家舟船停泊。虎丘寺深藏云色，馆娃宫水映月光。最后白居易还是以前守杭州进行对比，觉得苏州景象独胜，不必夸张杭州。

有时公闲之余，白居易登上郡西亭，有感作诗。《郡西亭偶咏》诗："常爱西亭面北林，公私尘事不能侵。共闲作伴无如鹤，与老相宜只有琴。莫遣是非分作界，须教吏隐合为心。可怜此道人皆见，但要修行功用深。"①在这繁华的都市，登亭鸟瞰，触发心绪。觉得这样的吏隐正合己心。

苏州有很多著名的寺庙，其中以虎丘寺、报恩寺、楞伽寺、灵岩寺最有影响，白居易在苏州，这些寺庙都有登临。其《题东武丘寺六韵》诗："香刹看非远，祇园入始深。龙蟠松矫矫，玉立竹森森。怪石千僧坐，灵池一剑沉。海当亭两面，山在寺中心。酒熟凭花劝，诗成倩鸟吟。寄言轩冕客，此地好抽簪。"②《夜游西武丘寺八韵》诗："不厌西丘寺，闲来即一过。舟船转云岛，楼阁出烟萝。路入青松影，门临白月波。鱼跳惊秉烛，猿觑怪鸣珂。摇曳双红旆，娉婷十翠娥。香花助罗绮，钟梵避笙歌。领郡时将久，游山数几何。一年十二度，非少亦非多。"③《题报恩寺》诗："好是清凉地，都无系绊身。晚晴宜野寺，秋景属闲人。净石堪敷坐，寒泉可濯巾。自惭容鬓上，犹带郡庭尘。"④《自思益寺次楞伽寺作》诗："朝从思益峰游后，晚到楞伽寺歇时。照水姿容虽已老，上山筋力未全衰。行逢禅客多相问，坐倚渔舟一自思。犹去悬车十五载，休官非早亦非迟。"⑤《宿灵岩寺上院》诗："高高白月上青林，客去僧归独夜深。荤血屏除唯对酒，歌钟放

① 朱金城《白居易集笺校》卷二四，第1633页。
② 朱金城《白居易集笺校》卷二四，第1672页。
③ 朱金城《白居易集笺校》卷二四，第1674页。
④ 朱金城《白居易集笺校》卷二四，第1678页。
⑤ 朱金城《白居易集笺校》卷二四，第1680页。

散只留琴。更无俗物当人眼，但有泉声洗我心。最爱晓亭东望好，太湖烟水绿沉沉。”①

（二）宴集诗

韦应物为苏州刺史时，作《郡斋雨中与诸文士燕集》诗，对于白居易影响很大。白居易《吴郡诗石纪》回忆当时在苏州时了解这样一件事，宝历元年（825）白居易为苏州刺史，专门将宴集诗刻之于石："韦在此州歌诗甚多，有《郡宴》诗云：'兵卫森画戟，燕寝凝清香。'最为警策。今刻此篇于石，传贻将来，因以予《旬宴》一章亦附于后。虽雅俗不类，各咏一时之志。偶书石背，且偿其初心焉。"②说明文人作为苏州刺史，非常喜爱宴集，并形之于诗，尤其是在节日更是如此。白居易《九日宴集醉题郡楼兼呈周殷二判官》，就是宝历元年（825）九月九日重阳节的一次宴集："前年九日余杭郡，呼宾命宴虚白堂。去年九日到东洛，今年九日来吴乡。两边蓬鬓一时白，三处菊花同色黄。一日日知添老病，一年年觉惜重阳。江南九月未摇落，柳青蒲绿稻穗香。姑苏台榭倚苍霭，太湖山水含清光。可怜假日好天色，公门吏静风景凉。榜舟鞭马取宾客，扫楼拂席排壶觞。胡琴铮鏦指拨刺，吴娃美丽眉眼长。笙歌一曲思凝绝，金钿再拜光低昂。日脚欲落备灯烛，风头渐高加酒浆。觥盏滟翻菡萏叶，舞鬟摆落茱萸房。半酣凭槛起四顾，七堰八门六十坊。远近高低寺间出，东西南北桥相望。水道脉分棹鳞次，里闾棋布城册方。人烟树色无隙罅，十里一片青茫茫。自问有何才与政？高厅大馆居中央。铜鱼今乃泽国节，刺史是古吴都王。郊无戎马郡无事，门有棨戟腰有章。盛时傥来合惭愧，壮岁忽去还感伤。从事醒归应不可，使君醉倒亦何妨。请

① 朱金城《白居易集笺校》卷二四，第1682页。

② 朱金城《白居易集笺校》卷六八，第3663页。

君停杯听我语，此语真实非虚狂。五旬已过不为夭，七十为期盖是常。须知菊酒登高会，从此多无二十场。"[①]这首诗通过对于宴集的记述，呈现出苏州的总体风貌。

白居易在苏州的宴集诗，还可以举出《城上夜宴》诗："留春不住登城望，惜夜相将秉烛游。风月万家河两岸，笙歌一曲郡西楼。诗听越客吟何苦，酒被吴娃劝不休。从道人生都是梦，梦中欢笑亦胜愁。"[②]《西楼喜雪命宴》诗："宿云黄惨澹，晓雪白飘飖。散面遮槐市，堆花压柳桥。四郊铺缟素，万室甃琼瑶。银榼携桑落，金炉上丽谯。光迎舞妓动，寒近醉人销。歌乐虽盈耳，惭无五袴谣。"[③]前诗是春日宴集，表现出人生如梦，须及时行乐的感触。后诗是冬日宴集，重点描绘宴集时的雪景和宴集的热闹场面。

（三）咏物诗

白居易担任苏州刺史时，非常热爱苏州风物，写了一批咏物诗，举凡一花一草、一果一木，都可以入诗。

白居易的苏州诗里有多种花草树木，草木入诗，更增添了苏州的自然之美。如《苏州柳》诗："金谷园中黄袅娜，曲江亭畔碧婆娑。老来处处游行遍，不似苏州柳最多。絮扑白头条拂面，使君无计奈春何。"[④]作者所到之地，见过很多柳树，即如金谷园之柳、曲江亭之柳，都没有苏州这样满城之柳那么耀眼。柳絮迎着白头，柳条掠过面庞，觉得轻快舒畅，在苏州担任刺史，面对如此美好的春天，有何不热爱的理由呢？再如《新栽梅》诗："池边新种七株梅，欲到花时点检来。

---

① 朱金城《白居易集笺校》卷二一，第1406页。
② 朱金城《白居易集笺校》卷二四，第1666页。
③ 朱金城《白居易集笺校》卷二四，第1646页。
④ 朱金城《白居易集笺校》卷二四，第1662页。

莫怕长洲桃李妒,今年好为使君开。”[①] 新栽梅树应时开花,之所以如此,是因为使君爱梅而开。诗还以桃李对比,反衬梅花的迎春早开。还有莲花,他的《莲石》云:“青石一两片,白莲三四枝。寄将东洛去,心与物相随。石倚风前树,莲栽月下池。遥知安置处,预想发荣时。领郡来何远,还乡去已迟。莫言千里别,岁晚有心期。”[②] 题目是“莲石”,诗写围绕莲石而生的白莲。诗人将此三四枝白莲寄给洛阳友人,心也与莲一起飞到洛阳的家乡。这样又将咏物与思乡有机地联系在一起。《紫薇花》诗:“紫薇花对紫微翁,名目虽同貌不同。独占芳菲当夏景,不将颜色托春风。浔阳官舍双高树,兴善僧庭一大丛。何似苏州安置处,花堂栏下月明中。”[③] 这首诗独具匠心,将紫薇花与白居易的两处为官联系在一起。“紫薇花对紫微翁”,“紫薇翁”是白居易为中书舍人的代称,尾联“苏州安置”则又对应白居易在苏州观赏紫薇花的情景。

有时候,白居易对于苏州一些草木的不得地也感到遗憾。如《东城桂三首》,序云:“苏之东城,古吴都城也。今为樵牧之场。有桂一株,生乎城下,惜其不得地,因赋三绝句以唁之。”诗云:“子堕本从天竺寺,根盘今在阖闾城。当时应逐南风落,落向人间取次生。”“霜雪压多虽不死,荆榛长疾欲相埋。长忧落在樵人手,卖作苏州一束柴。”“遥知天上桂华孤,试问嫦娥更要无。月宫幸有闲田地,何不中央种两株。”[④]

白居易在苏州,对于果蔬也非常关注,这不仅仅是因为果蔬可以宴饮,可以馈赠,可以供上,更在于可以观赏,可以怡情。如《吴樱桃》

---

① 朱金城《白居易集笺校》卷二四,第 1647 页。
② 朱金城《白居易集笺校》卷二四,第 1671 页。
③ 朱金城《白居易集笺校》卷二四,第 1623 页。
④ 朱金城《白居易集笺校》卷二四,第 1635 页。

一首："含桃最说出东吴，香色鲜秾气味殊。洽恰举头千万颗，婆娑拂面两三株。鸟偷飞处衔将火，人摘争时踏破珠。可惜风吹兼雨打，明朝后日即应无。"[①] 吟咏的是吴地樱桃，香色鲜秾，气味特殊。举首观望，千万颗入眼，迎面而来，两三株树木婆娑。鸟雀偷衔飞走的时候好像火一样流动，人们争着采摘以致掉到地上像踏破红色的珍珠。而很可惜起了风雨，这样的景象可能在明后天就见不到了，因此格外珍惜今天的观赏。

白居易在苏州吟咏动物的诗作也有多首，如《题笼鹤》诗云："经旬不饮酒，逾月未闻歌。岂是风情少，其如尘事多。虎丘惭客问，娃馆妒人过。莫笑笼中鹤，相看去几何。"[②] 诗从侧面着笔，前六句都是说自己因为事务繁忙，酒都经旬不饮，歌也逾月未听，虎丘寺、馆娃宫更是无缘游览，后二句将自己与笼中鹤相比，实际上是叙说自己犹如笼中之鹤，无法自由。又如《鹦鹉》诗："竟日语还默，中宵栖复惊。身囚缘彩翠，心苦为分明。暮起归巢思，春多忆侣声。谁能拆笼破，从放快飞鸣。"[③] 也是描写笼中鹦鹉的处境，而且囚于笼中是缘于羽毛很美，心里苦闷是因为学话清晰。时逢日暮，渐生归巢的思绪，春天到来，多多忆念伴侣的声音。希望有人拆破鸟笼，放飞自然，使其畅快自由。再如《六月三日夜闻蝉》诗："荷香清露坠，柳动好风生。微月初三夜，新蝉第一声。乍闻愁北客，静听忆东京。我有竹林宅，别来蝉再鸣。不知池上月，谁拨小船行。"[④] 作者听到新蝉之声，思乡之念袭来，想到自己在洛阳的竹林之宅，也曾听到美妙的蝉声，想到明月所照的绿池之上，有谁今夜能够摇拨小船，

① 朱金城《白居易集笺校》卷二四，第 1668 页。
② 朱金城《白居易集笺校》卷二四，第 1626 页。
③ 朱金城《白居易集笺校》卷一八，第 1155 页。
④ 朱金城《白居易集笺校》卷二四，第 1670 页。

回到家乡呢?

(四)乐舞诗

白居易以乐舞诗著名,而最著名的是《琵琶行》和《霓裳羽衣歌》两首。《琵琶行》是在江州所作,《霓裳羽衣歌》则是在苏州所作。他在苏州还创作了《郡中夜听李山人弹三乐》《小童薛阳陶吹觱栗歌》《唤笙歌》《听琵琶妓弹略略》等,可以说苏州时期是他乐舞诗创作的高峰时期。这里我们选择他的《霓裳羽衣歌》和《小童薛阳陶吹觱栗歌》加以叙述。

《霓裳羽衣歌》题注:"和微之。"① 宋程大昌《演繁露》卷七:"乐天和元微之《霓裳羽衣歌》,略曰:'移领钱塘第二年,始有心情问丝竹。玲珑箜篌谢好筝,教得霓裳一曲成。前后只应三度案,闻到而今各星散。今年五月至苏州,忽忆霓裳无处问。闻君部内多乐徒,问有霓裳舞者无。答云七州十万户,无人知有霓裳舞。惟寄长歌与我来,题作霓裳羽衣谱。'案此乃居易守杭日,自教官妓玲珑习为霓裳舞,至乐天镇苏时,习舞者已皆不存。元微之为越守,乐天求此舞人于越,而越中无之,但寄得霓裳歌以为之谱耳。元、白距明皇不远,此时此曲已自无传,况今日乎?"② 有关《霓裳羽衣歌》,元诗已佚,白诗就显得更为重要。诗的开头,白居易叙述自己曾在朝廷见过《霓裳羽衣舞》:"我昔元和侍宪皇,曾陪内宴宴昭阳。千歌万舞不可数,就中最爱霓裳舞。舞时寒食春风天,玉钩栏下香案前。案前舞者颜如玉,不著人家俗衣服。虹裳霞帔步摇冠,钿瓔累累佩珊珊。娉婷似不任罗绮,顾听乐悬行复止。磬箫筝笛递相搀,击擫弹吹声逦迤。散序六奏未动衣,阳台宿云慵不飞。中序擘騞初入拍,秋竹竿裂春冰拆。飘然

① 朱金城《白居易集笺校》卷二一,第1410页。

② 许逸民《演繁露校证》卷七,中华书局,2018年,第492页。

转旋回雪轻，嫣然纵送游龙惊。小垂手后柳无力，斜曳裾时云欲生。烟蛾敛略不胜态，风袖低昂如有情。上元点鬟招萼绿，王母挥袂别飞琼。繁音急节十二遍，跳珠撼玉何铿铮！翔鸾舞了却收翅，唳鹤曲终长引声。”这一段作者将见到的舞姿歌态写得生动逼真。接着描写白居易离开朝廷以后出任杭州刺史教导歌女演唱《霓裳羽衣曲》的过程：“当时乍见惊心目，凝视谛听殊未足。一落人间八九年，耳冷不曾闻此曲。湓城但听山魈语，巴峡唯闻杜鹃哭。移领钱塘第二年，始有心情问丝竹。玲珑箜篌谢好筝，陈宠觱栗沈平笙。清弦脆管纤纤手，教得霓裳一曲成。虚白亭前湖水畔，前后只应三度按。”后来离开杭州，能歌舞者已经不知下落，因而请求时任越州刺史的元稹打听：“便除庶子抛却来，闻道如今各星散。今年五月至苏州，朝钟暮角催白头。贪看案牍常侵夜，不听笙歌直到秋。秋来无事多闲闷，忽忆霓裳无处问。闻君部内多乐徒，问有霓裳舞者无？”说明白居易对《霓裳羽衣曲》情有独钟，也无怪乎在《长恨歌》中描写到《霓裳羽衣曲》时十分动人。接着写得到元稹回答：“答云七县十万户，无人知有霓裳舞。唯寄长歌与我来，题作霓裳羽衣谱。四幅花笺碧间红，霓裳实录在其中。千姿万状分明见，恰与昭阳舞者同。眼前仿佛睹形质，昔日今朝想如一。疑从魂梦呼召来，似著丹青图写出。”元稹也找不到歌者舞者，只好写一首长诗以回报白居易。最后写出白居易对于《霓裳羽衣曲》的钟爱：“我爱霓裳君合知，发于歌咏形于诗。君不见，我歌云，‘惊破霓裳羽衣曲’。又不见，我诗云，‘曲爱霓裳未拍时’。由来能事皆有主，杨氏创声君造谱。君言此舞难得人，须是倾城可怜女。吴妖小玉飞作烟，越艳西施化为土。娇花巧笑久寂寥，娃馆苎萝空处所。如君所言诚有是，君试从容听我语。若求国色始翻传，但恐人间废此舞。妍媸优劣宁相远，大都只在人抬举。李娟张态君莫嫌，亦拟随宜且教取。”决定以元稹所寄的舞谱为据，在苏州重新排练演出，以使《霓裳羽衣曲》得到流传。这样，《霓裳羽衣曲》和《霓裳羽衣舞》在诗人的笔下展现出迷人的舞姿和流动的风采，同时把这一舞几十年间的沧桑变化细致地展现出来。

《小童薛阳陶吹觱栗歌》，题注："和浙西李大夫作。"[①] 诗歌着重描写小童薛阳陶吹奏觱栗的高超技法和表演效果。开头四句"剪削干芦插寒竹，九孔漏声五音足。近来吹者谁得名，关璀老死李衮生。衮今又老谁其嗣，薛氏乐童年十二。指点之下师授声，含嚼之间天与气"，通过著名演奏家引出薛阳陶。"润州城高霜月明，吟霜思月欲发声。山头江底何悄悄，猿声不喘鱼龙听"，通过润州城中的景色描写，呈现薛阳陶演奏的背景。"翕然声作疑管裂，诎然声尽疑刀截。有时婉软无筋骨，有时顿挫生棱节。急声圆转促不断，轹轹辚辚似珠贯。缓声展引长有条，有条直直如笔描。下声乍坠石沉重，高声忽举云飘萧"，描写薛阳陶技法的高妙。"明旦公堂陈宴席，主人命乐娱宾客。碎丝细竹徒纷纷，宫调一声雄出群。众音覼缕不落道，有如部伍随将军。嗟尔阳陶方稚齿，下手发声已如此。若教头白吹不休，但恐声名压关李"，描写薛阳陶演奏的效果，白居易到此感叹小童年仅十二岁就有如此的技艺，等到年老头白，推想其声名能够压倒关璀和李衮。诗歌表现也委婉曲折，首尾呼应。有关薛阳陶吹觱栗的本事，唐冯翊《桂苑丛谈·赏心亭》条记载较为详细："咸通中，丞相姑臧公拜端揆日，自大梁移镇淮海。政绩日闻，未期周荣加水土，移风易俗，甚洽群情。……以其郡无胜游之地，且风亭月榭，既已荒凉；花圃钓台，未惬深旨，一朝命于戏马亭西，连玉钩斜道，开辟池沼，构葺亭台，挥斤既毕。萃其所，芳春九旬，都人士女，得以游观。一旦闻浙右小校薛阳陶监押度支运米入城，公喜其

① 朱金城《白居易集笺校》卷二一，第1416页。

姓同曩日朱崖左右者，遂令询之，果是其人矣。公愈喜，似获古物，乃命衙庭小将代押，留止别馆。一日，公召陶同游，问及往日芦管之事，陶因献朱崖、陆邕、元、白所撰歌一曲，公亦喜之，即于兹亭奏之，其管绝微，每于一觱篥管中，常容三管也，声如天际，自然而来，情思宽闲，公大佳赏之，亦赠其诗。不记终篇，其发端云：'虚心纤质雁衔余，凤吹龙吟定不如。'于是赐赍甚丰。出其二子，皆授牢盆倅职。初，公构池亭毕，未有名，因名'赏心'。"[①] 这段记载，颇有助于对于白居易诗的理解。

第三节　刘禹锡与苏州

白居易之后，刘禹锡又担任苏州刺史，成为诗人刺史影响最大的第三位。刘禹锡于唐文宗大和五年（831）至八年（834）担任苏州刺史。其所作《彭阳唱和集后引》云："大和五年，予为领郡，公镇太原。"[②] 又《汝洛集引》："大和八年，予自姑苏转临汝。"[③] 刘禹锡担任苏州刺史期间，也为苏州人民做了很多好事，同时留下了丰富的文学创作。有关刘禹锡苏州诗歌的研究，学术界也取得了丰硕的成果[④]。本节在前人成果的基础，对于刘禹锡的苏州经历、交游和创作进行钩

① 冯翊《桂苑丛谈》，《景印文渊阁四库全书》第 1042 册，第 652—653 页。

② 《刘禹锡集》卷三九，第 588 页。

③ 《刘禹锡集》卷三九，第 589 页。

④ 有关刘禹锡与苏州的研究：梁近飞有《唐代苏州郡守文学研究——以韦应物、白居易、刘禹锡为中心》，苏州大学硕士学位论文 2010 年；肖瑞峰有《论刘禹锡出牧苏州期间的诗歌创作》，《浙江学刊》2014 年第 4 期，第 79—89 页；肖瑞峰、李曼有《论刘禹锡出牧苏州期间的散文创作》，《浙江工业大学学报（社会科学版）》2018 年第 2 期，第 198—204 页。有关刘禹锡苏州经历的考证，则有卞孝萱先生《刘禹锡年谱》，中华书局，1962 年。

稽和阐述。

一、刘禹锡的苏州经历

大和五年(831),刘禹锡在礼部郎中、集贤学士任。十一月,授苏州刺史。刘禹锡出任苏州刺史的时间,各书记载稍有不同。《旧唐书·刘禹锡传》:"(裴)度罢知政事,禹锡求分司东都,终以恃才褊心,不得久处朝列。六月,授苏州刺史。"[①] 刘禹锡《苏州谢上表》:"伏奉制书,授臣使持节苏州诸军事、守苏州刺史。……臣即以今月六日到任上讫。"[②] 刘禹锡《苏州举韦中丞自代状》:"右臣蒙恩授苏州刺史,伏准建中元年正月五日制,刺史上后举一人自代者。"卞孝萱校云:"右臣蒙恩授苏州刺史,董本作'右某伏奉去年十月十二日敕,授使持节苏州诸军事守苏州刺史'。"[③] 是有"六月""十月""十一月"的差异。揆之各文,其《苏州刺史谢上表》为到任时例行谢表,应该最为可信。

大和六年(832)二月六日,刘禹锡抵达苏州。其《苏州谢上表》有"臣即以今月六日到任上讫"[④]。刘禹锡到了苏州后,作了《苏州谢上表》:"伏奉制书,授臣使持节苏州诸军事、守苏州刺史。始从郎署,出领郡章。承命若惊,省躬增感。"[⑤] 接着叙说其从科第到出领苏州之间的曲折历程:"臣本书生,素无党援。谬以薄伎,三登文科。德宗皇帝擢为御史。在台三载,例转省官。永贞之初,权臣领务。遂奏录用,盖闻虚名。唯守职业,实无朋附。竟坐飞语,贬在遐藩。宪宗

---

① 《旧唐书》卷一六〇,第1292页。
② 《刘禹锡集》卷一五,第186页。
③ 《刘禹锡集》卷一七,第205页。
④ 《刘禹锡集》卷一五,第186页。
⑤ 《刘禹锡集》卷一五,第186页。

皇帝后知事情，却授刺史。凡历外任，二十余年。伏遇陛下应运重光，物无废滞。收拾耆旧，尘忝班行。既幸逢时，常思展效。在集贤院四换星霜，供进新书二千余卷。儒臣之分，甘老于典坟；优诏忽临，又委之符竹。”接着叙写到达苏州任所的情况：“臣即以今月六日到任上讫。伏以水灾之后，物力索空。臣谨宣皇风，慰彼黎庶。”① 最后署明上表时间：“大和六年二月六日。”②

大和八年（834）七月，罢苏州，转任汝州刺史。刘禹锡《汝州谢上表》：“伏奉去年七月十四日诏书，授臣使持节汝州诸军事、守汝州刺史、兼御史中丞、充本道防御使，余如故者。”③

刘禹锡为苏州刺史，堪称循吏，并与韦应物、白居易被后人并称“三贤”。北宋朱长文《吴郡图经续记》卷上《牧守》云：“若韦应物、白居易、刘禹锡，亦可谓循吏，而世独知其能诗耳。……梦得之为州，当灾疫之后，民无流徙。朝廷以其课最，赐三品服。此三人者，至今以为美谈。”④ 宋仲弁《三贤堂记》：“绍兴二十八年春，敷文阁待制阳羡蒋公之镇吴门也。……尝捐金欲兴三贤堂，祀唐左司郎中曰洛阳韦公、太子少傅曰太原白公、太子宾客曰中山刘公，皆尝牧此邦者，邦人尊之曰‘三贤’。”⑤ 范成大《思贤堂记》：“吴郡治故有思贤亭，以祠韦、白、刘三太守。更兵烬，久之，遂作新堂，名曰‘三贤’。”⑥ 宋龚明之《中吴纪闻》卷四《思贤堂》：“郡斋后，旧有思贤堂，以祠韦、白、刘三太守。后更名‘三贤’。绍兴末，洪内相景严为郡，益以唐王常侍仲

---

①《刘禹锡集》卷一五，第 186 页。
②《刘禹锡集》卷一五，第 187 页。
③《刘禹锡集》卷一六，第 191 页。
④ 朱长文《吴郡图经续记》卷上，第 19 页。
⑤ 郑虎臣《吴都文粹》卷二，《景印文渊阁四库全书》第 1358 册，第 638 页。
⑥ 郑虎臣《吴都文粹》卷二，《景印文渊阁四库全书》第 1358 册，第 639 页。

舒、本朝范文正之像，复号为‘思贤堂’。今参政范公作记。”① 在历代苏州长官当中，韦应物、白居易、刘禹锡是最受苏州人民尊敬者，故而后人才在苏州建立“三贤堂”以纪念他们。

二、刘禹锡的苏州交游

（一）白居易

刘禹锡在苏州期间，与白居易交往最为密切。刘禹锡赴苏州任时经过洛阳，得到白居易的招待，在洛阳停留十五日。白居易《与刘苏州书》云：“去年冬，梦得由礼部郎中、集贤学士迁苏州刺史，冰雪塞路，自秦徂吴。仆方守三川，得为东道主。阁下为仆税驾十五日，朝觞夕咏，颇极平生之欢，各赋数篇，视草而别。”② 本年，白居易编写与刘禹锡唱和诗集《刘白吴洛寄和卷》，白居易《与刘苏州书》云：“今复编而次焉，以附前集，合成三卷，题此卷为下，迁前下为中，命曰《刘白吴洛寄和卷》，自大和五年冬送梦得之任之作始。”③ 是编写刘禹锡为苏州刺史后的唱和诗。《新唐书·艺文志四》：“《刘白唱和集》三卷，刘禹锡、白居易。”④

（二）令狐楚

刘禹锡在苏州，将其与令狐楚唱和的诗作编为《彭阳唱和集》。刘禹锡《彭阳唱和集引》云：“今年，公在并州，余守吴门，相去回远，而音徽如近。且有书来抵曰：‘三川守白君编录与吾子赠答，缄缥囊以遗余。白君为词以冠其前，号曰《刘白集》。悠悠思与所赋亦盈于巾箱，盍次第之，以塞三川之诮？’于是缉缀凡有百余篇，以《彭阳唱

① 龚明之《中吴纪闻》卷四，上海古籍出版社，1986 年，第 80 页。
② 朱金城《白居易集笺校》卷六八，第 3696 页。
③ 朱金城《白居易集笺校》卷六八，第 3696 页。
④ 《新唐书》卷六〇，第 1624 页。

和集》为目,勒成两轴。尔后继赋,附于左方。大和七年二月五日,中山刘禹锡述。"[①] 刘禹锡有《令狐相公自天平移镇太原以诗申贺》诗:"北都留守将天兵,出入香街宿禁扃。鼙鼓夜闻惊朔雁,旌旗晓动拂参星。孔璋旧檄家家有,叔度新歌处处听。夷落遥知真汉相,争来屈膝看仪形。"[②] 据《旧唐书·文宗纪下》,令狐楚移镇太原在大和六年(832)二月甲子。《和乐天洛下醉吟寄太原令狐相公兼见怀长句》诗:"旧相临戎非称意,词人作尹本多情。从容自使边尘静,谈笑不闻桴鼓声。章句新添《塞下曲》,风流旧占洛阳城。昨来亦有《吴趋》咏,唯寄东都与北京。"[③] 刘禹锡《酬太原令狐相公见寄》诗:"书信来天外,琼瑶满匣中。衣冠南渡远,旌节北门雄。鹤唳华亭月,马嘶榆塞风。山川几千里,唯有两心同。"[④]

(三)崔群

刘禹锡与崔群是密友,白居易《与刘禹锡书》云:"前月廿六日,崔家送终事毕,执绋之时,长恸而已!况见所示祭文及祭微哀辞,岂胜凄咽!来使到迟,不及发引,反虞之明日申奠,亦足以及哀。因睹二文,并录祭敦并微志文同往,览之当一恻恻耳!平生相识虽多,深者盖寡,就中与梦得同厚者,深、敦、微而已。今相次而去,奈老心何!以此思之,遂有奉寄长句。"[⑤] 崔家就是崔群家。崔群于大和六年(832)八月去世,此前与禹锡、居易唱和颇多。白居易《寄刘苏州》诗:"去年八月哭微之,今年八月哭敦诗。何堪老泪交流日,多是秋风摇落时。泣罢几回深自念,情来一倍苦相思。同年同病同心事,除却

① 《刘禹锡集》卷三九,第588页。
② 《刘禹锡集》卷三三,第468页。
③ 《刘禹锡集》卷三二,第449页。
④ 《刘禹锡集》卷三三,第469—470页。
⑤ 朱金城《白居易集笺校》外集卷下,第3940页。

苏州更是谁。”[①] 刘禹锡《乐天见示伤微之敦诗晦叔三君子皆有深分因成是诗以寄》诗:“吟君叹逝双绝句,使我伤怀奏短歌。世上空惊故人少,集中唯觉祭文多。芳林新叶催陈叶,流水前波让后波。万古到今同此恨,闻琴泪尽欲如何。”[②]

(四)李德裕

刘禹锡在苏州刺史任,将其与李德裕唱和之作编为《吴蜀集》。刘禹锡《吴蜀集引》:“凡酬唱,始于江南,而终于剑外,故以‘吴蜀’为目云。”[③]《新唐书·艺文志四》:“《吴蜀集》一卷,刘禹锡、李德裕唱和。”[④]《和西川李尚书伤韦令孔雀及薛涛之什》诗:“玉儿已逐金环葬,翠羽先随秋草萎。唯见芙蓉含晓露,数行红泪滴清池。”[⑤]

(五)裴度

刘禹锡《郡内书情献裴侍中留守》诗:“功成频献乞身章,摆落襄阳镇洛阳。万乘旌旗分一半,八方风雨会中央。兵符今奉黄公略,书殿曾随翠凤翔。心寄华亭一双鹤,日陪高步绕池塘。”[⑥] 按《旧唐书·文宗纪下》:大和八年(834)三月“庚午,以山南东道节度使裴度充东都留守,依前守司徒、兼侍中”[⑦]。是时刘禹锡尚在苏州刺史任。刘禹锡《和乐天送鹤上裴相公别鹤之作》诗:“昨日看成送鹤诗,高笼提出白云词。朱门乍入应迷路,玉树容栖莫拣枝。双舞庭中花落处,数声池上月明时。三山碧海不归去,且向人间呈羽仪。”[⑧]

---

① 朱金城《白居易集笺校》卷二六,第1857页。
② 《刘禹锡集》卷三二,第452页。
③ 《刘禹锡集》卷三九,第589页。
④ 《新唐书》卷六〇,第1624页。
⑤ 《刘禹锡集》卷三七,第551页。
⑥ 《刘禹锡集》卷三四,第478页。
⑦ 《旧唐书》卷一七下,第553页。
⑧ 《刘禹锡集》卷三一,第427—428页。

（六）姚合

姚合有《送刘禹锡郎中赴苏州七言二首》诗："三十年来天下名，衔恩东守阖闾城。初经咸谷眠山驿，渐入梁园问水程。霁日满江寒浪静，春风绕郭白蘋生。虎丘野寺吴中少，谁伴吟诗月里行。"①"州城全是故吴宫，香径难寻古藓中。云水计程千里远，轩车送别九衢空。鹤声高下听无尽，湖色晨昏望不同。太守吟诗人自理，小斋闲卧白蘋风。"②时姚合在长安任刑部郎中。

（七）李程

刘禹锡有《冬夜宴河中李相公中堂命筝歌送酒》诗："朗朗鹍鸡弦，华堂夜多思。帘外雪已深，座中人半醉。翠蛾发清响，曲尽有余意。酌我莫忧狂，老来无逸气。"③"李相公"为李程，时为河中节度使，《旧唐书·文宗纪下》：大和四年（830）"三月乙亥，以河东节度使李程检校左仆射、同平章事、兼河中尹、晋绛慈隰等州节度使"④。刘禹锡离开长安时，经过河中府，故受到李程招待。

（八）李逢吉

刘禹锡有《将赴苏州途出洛阳留守李相公累申宴饯宠行话旧形于篇章谨抒下情以申仰谢》诗："岁杪风物动，雪余宫苑晴。兔园宾客至，金谷管弦声。洛水故人别，吴宫新燕迎。越郎忧不浅，怀袖有琼英。"⑤"洛阳留守李相公"即李逢吉，《旧唐书·文宗纪下》：大和五年（831）八月"壬申，以逢吉检校司徒、兼太子太师，充东都

① 吴河清《姚合诗集校注》卷一，第8—9页。
② 吴河清《姚合诗集校注》卷一，第11页。
③《刘禹锡集》卷二三，第299页。
④《旧唐书》卷一七下，第536页。
⑤《刘禹锡集》卷三六，第534页。

留守”①。

（九）张祜

张祜有《寓怀寄苏州刘郎中》诗：“一闻周邵佐明时，西望都门强策羸。天子好文才自薄，诸侯力荐命犹奇。贺知章口徒劳说，孟浩然身更不疑。唯是胜游行未遍，欲离京国尚迟迟。”校记：“《全诗》于题下注曰：‘时以天平公荐罢归。’”② 盖是时令狐楚推荐张祜未成，再投赠刘禹锡，有望其汲引。

（十）杨虞卿

刘禹锡《寄毗陵杨给事三首》诗：“挥毫起制来东省，蹑蹀足修名谒外台。好著櫜鞬莫惆怅，出文入武是全才。”“曾主鱼书轻刺史，今朝自请左鱼来。青云直上无多地，却要斜飞取势回。”“东城南陌昔同游，坐上无人第二流。屈指如今已零落，且须欢喜作邻州。”③ 刘禹锡《和杨师皋给事伤小姬英英》诗：“见学胡琴见艺成，今朝追想几伤情。捻弦花下呈新曲，放拨灯前谢改名。但是好花皆易落，从来尤物不长生。鸾台夜直衣衾冷，云雨无因入禁城。”④ 刘禹锡《和浙西王尚书闻常州杨给事制新楼因寄之作》诗：“文昌星象尽东来，油幕朱门次第开。且上新楼看风月，会乘云雨一时回。”⑤《容斋随笔》卷一一《杨虞卿》条：“刘禹锡有《寄毗陵杨给事》诗，云：‘曾主鱼书轻刺史，今朝自请左鱼来。青云直上无多地，却要斜飞取势回。’以其时考之，盖杨虞卿也。”⑥ 值得注意的是，杨虞卿由给事中出为常州刺史，

①《旧唐书》卷一七，第542页。
② 尹占华《张祜诗集校注》卷八，第348页。
③《刘禹锡集》卷三八，第557页。
④《刘禹锡集》卷三二，第449页。
⑤《刘禹锡集》卷三六，第534页。
⑥ 洪迈《容斋随笔》卷一一，第142—143页。

是因为朋党事由朝廷斥逐，而刘禹锡赠诗称其出任为“自请”，既是对于杨虞卿的尊重，也是对于杨虞卿的回护。

（十一）李绅

李绅《过吴门二十四韵》注：“大和七年，余镇会稽，刘禹锡为郡，则元和中苏州相识，知与不知，索然皆尽，河柳衰谢，邑居更易，乃甚令威之叹也。”①《旧唐书·文宗纪下》：大和七年（833）闰七月“癸未，以太子宾客李绅检校左散骑常侍、兼越州刺史、充浙东观察使”②。诗中有感于元和时和大和中经过苏州，时隔近二十年，时事变迁，颇生感慨：“风月俄黄绶，经过半白头。重来冠盖客，非复别离愁。候火分通陌，前旌驻外邮。水风摇彩旆，堤柳引鸣驺。问吏儿孙隔，呼名礼敬修。顾瞻殊宿昔，语默过悲忧。义感心空在，容衰日易偷。还持沧海诏，从此布皇猷。”③

（十二）宗密

刘禹锡《送宗密上人归南山草堂寺因诣河南尹白侍郎》诗：“宿习修来得慧根，多闻第一却忘言。自从七祖传心印，不要三乘入便门。东泛沧江寻古迹，西归紫阁出尘喧。河南白尹大檀越，好把真经相对翻。”④宗密为华严宗五祖。本姓何，果州西充人。常住陕西雩县圭峰草堂寺，世称“圭峰大师”。师事澄观，学华严教义。刘禹锡诗首联盛赞宗密慧根高远，第一多闻。颔联叙写宗密传承六祖大师的弟子菏泽神会禅师心印，强调直指人心，并不看重三乘法门。颈联叙写宗密游历江南，西归终南草堂寺修行。尾联叙写宗密上人与白居易等人谈论佛道，会有更深体悟，更加默契。

① 《全唐诗》卷四八一，第5474页。
② 《旧唐书》卷一七下，第551页。
③ 《全唐诗》卷四八一，第5474页。
④ 《刘禹锡集》卷二九，第404页。

三、刘禹锡的苏州创作

刘禹锡在苏州刺史任，诗歌创作也取得了很大的成就。特别是与白居易等诗人唱和，集中在《刘白唱和集》《彭阳唱和集》《吴蜀集》中，分别是他和白居易、令狐楚、李德裕诗歌创作的积淀。在苏州，刘禹锡也经常与群僚宴集，营造出诗歌创作的良好氛围。又时常登高临远，饱览苏州风光，这些都表现于诗作。而比较突出的方面是唱和诗、写景诗和怀古诗。需要说明的是，刘禹锡有《杨柳枝词》九首，是非常著名的乐府诗。旧说是刘禹锡在苏州时所作，即宋人洪迈《容斋随笔》卷七所载晚唐薛能《柳枝词》五首，最后一章为："刘白苏台总近时，当初章句是谁推。纤腰舞尽春杨柳，未有侬家一首诗。"自注："刘、白二尚书，继为苏州刺史，皆赋《杨柳枝词》，世多传唱，虽有才语，但文字太僻，宫商不高耳。"[①] 但根据诗歌的内容，《杨柳枝词》九首未必皆一时所作，即使一时所作，亦在晚年。而且九首多记长安、洛阳事，没有见到苏州的影子。故本章对乐府诗不做单独分析。

（一）唱和诗

刘禹锡在苏州诗歌创作取得最大成就的是唱和诗写作。首先，这些唱和诗集中在三种唱和集中。一是《刘白唱和集》，白居易《与刘苏州书》云："今复编而次焉，以附前集，合成三卷，题此卷为下，迁前下为中，命曰《刘白吴洛寄和卷》，自大和五年冬送梦得之任之作始。"[②] 这是刘禹锡与白居易的唱和集，自大和五年（831）冬送刘禹锡赴任之作始，重点是在担任苏州刺史期间与白居易唱和之诗，其时白居易在洛阳，担任河南尹。二是《彭阳唱和集》，刘禹锡《彭阳唱和

① 洪迈《容斋随笔》卷七，第98页。
② 朱金城《白居易集笺校》卷六八，第3696页。

集引》云："今年，公在并州，余守吴门，相去回远，而音徽如近。且有书来抵曰：'三川守白君编录与吾子赠答，缄缥囊以遗余。白君为词以冠其前，号曰《刘白集》。悠悠思与所赋亦盈于巾箱，盍次第之，以塞三川之诮？'于是缉缀凡有百余篇，以《彭阳唱和集》为目，勒成两轴。"① 这是刘禹锡与令狐楚的唱和诗，时令狐楚担任太原尹、河东节度使。三是《吴蜀集》，刘禹锡《吴蜀集引》："凡酬唱，始于江南，而终于剑外，故以'吴蜀'为目云。"② 这是刘禹锡与李德裕的诗歌唱和集，时李德裕为成都尹、剑南西川节度使。

刘禹锡与白居易的唱和诗最多，据卞孝萱先生《刘禹锡年谱》、朱金城先生《白居易年谱》系年，如大和五年（831）赴苏州任时经过洛阳作有《赴苏州酬别乐天》《赠乐天》《福先寺雪中酬别乐天》《醉答乐天》《和乐天耳顺吟兼寄敦诗》，大和六年（832）到达苏州后作有《到郡未浃日登西楼见乐天题诗因即事以寄》《乐天寄重和晚达冬青一篇因成再答》《乐天寄忆旧游因作报白君以答》《和白侍郎送令狐相公镇太原》《酬乐天见寄》《秋夕不寐寄乐天》《答乐天见忆》《和乐天诮失婢榜者》《郡斋书怀寄江（河）南白尹兼简分司崔宾客》，大和七年（833）在苏州刺史任上作有《和乐天南园试小乐》《和乐天洛下醉吟寄太原令狐相公兼见怀长句》《乐天见示伤微之敦诗晦叔三君子皆有深分因成是诗以寄》《酬乐天衫酒见寄》《秋日书怀寄白宾客》《八月十五日夜半云开然后玩月因书一时之景寄呈乐天》《酬乐天初冬早寒见寄》《酬乐天见贻贺金紫之什》，大和八年（834）在苏州刺史任上作有《酬乐天闲卧见忆》。

这些唱和诗很多是难得的佳制，如《乐天见示伤微之敦诗晦叔

① 《刘禹锡集》卷三九，第 588 页。
② 《刘禹锡集》卷三九，第 589 页。

三君子皆有深分因成是诗以寄》诗："吟君叹逝双绝句，使我伤怀奏短歌。世上空惊故人少，集中唯觉祭文多。芳林新叶催陈叶，流水前波让后波。万古到今同此恨，闻琴泪尽欲如何。"① 诗中"微之"是元稹，"敦诗"是崔群，"晦叔"是崔玄亮，三人都是白居易、刘禹锡的好友，相继去世，白居易作了两首绝句悼念，并且寄给刘禹锡，刘禹锡就作了这首和诗，表现出对于挚友的深切缅怀。首联说收到白居易的诗作，非常哀伤，就写了这篇短诗。颔联说世上的故人一个一个减少了，觉得非常惊诧，但也不能挽回，故言"空惊"，故友去世往往要撰写祭文悼念，故而集中祭文增加了很多。颈联拓开一笔，是说茂林中新长出的叶子不断地催换着旧叶，流水里前波总是让位于后来的波浪，这是不可移易的自然规律，人当然也如此，生老病死也不是随着自己的意志转移。尾联叙写生死乃人生最大的事情，虽然是自然规律，但万古到今同有此恨，悼念亡友眼泪耗尽但又能如之奈何！诗将悼念死者，善待生者，自然变化，人事存亡，都融会在这五十六个字当中，引发读者深深的哲理思考。白居易的原诗是《微之敦诗晦叔相次长逝岿然自伤因成二绝》："并生鹓鸾侣，空留麋鹿身。只应嵩洛下，长作独游人。""长夜君先去，残年我几何。秋风满衫泪，泉下故人多。"② 白居易的诗歌感情真挚，但情绪颓丧，刘禹锡的和诗不仅对于逝去者进行了深深的悼念，对于生存者如白居易也是极大的安慰。因此这首诗相较于白居易的两首绝句，无论是思想内容还是艺术表现，都要稍高一筹。

（二）写景诗

苏州风景优美，文物佳胜，文人墨客来到苏州，无不醉心于此。

① 《刘禹锡集》卷三二，第452页。

② 朱金城《白居易集笺校》卷三一，第2119页。

韦应物、白居易、刘禹锡三人担任苏州刺史，在写景诗方面都取得很大成就。刘禹锡在苏州，登高览胜，也写了不少诗作，这里我们对描写虎丘寺的诗作进行分析。

刘禹锡有一首《虎丘寺路宴》诗："青林虎丘寺，林际翠微路。立见山僧来，遥从鸟飞处。兹峰沦宝玉，千载惟丘墓。埋剑人空传，凿山龙已去。扪萝披翳荟，路转夕阴遽。虎啸崖谷寒，猿鸣松杉暮。徘徊北楼上，海江穷一顾。日映千里帆，鸦归万家树。暂因惬所适，果得捐外虑。庭暗栖还云，檐香滴甘露。久迷空寂理，多为声华故。永欲投此山，余生岂能误。"[①] 刘禹锡与友人到虎丘寺路举行宴集，而这首诗着重写虎丘寺路之景，涉及宴会的很少。诗总共十二韵，可以分为四韵一个段落。开头描写虎丘寺位于青木葱茏的树林之中，树林的旁边是通向虎丘山的青翠道路。到了虎丘寺路，一眼就见到山僧来迎接，而这位山僧来自遥远的鸟飞之处。虎丘山不仅景色优美，而且传说山中丘墓埋藏着许多宝贝，但埋剑之人空留传说，凿山之龙也已远去，只留下遗迹供后人凭吊。中间描写虎丘山所见之景，从近处向远处伸展，攀援的葛藤繁茂掩映，在山回路转夕阳很快下山之时，听到虎啸崖谷，猿鸣松杉，格外感到心生寒意。到了虎丘北楼，眺望远方江海，正值日映千帆，鸦归万树。后段描写作者面对此景产生飘然物外的心理，暂时得到这样恬静的时光觉得十分惬意，也摒弃了很多烦恼，随着日暮的到来，云彩也逐渐黯淡，檐下的树木滴着晶莹的甘露。很长时间迷茫于空寂之理，多半是因为受到声华的诱惑，想永远将此身投到此山中去，岂能因为尘世而误了一生，说明刘禹锡栖心佛教。

刘禹锡郡守期满，将要离开苏州时，还登上了虎丘寺望海楼，写

---

① 《刘禹锡集》诗文补遗，第 629 页。

下一首《发苏州后登武丘寺望海楼》诗："独宿望海楼，夜深珍木冷。僧房已闭户，山月方出岭。碧池涵剑彩，宝刹摇星影。却忆郡斋中，虚眠此时景。"[①] 作者苏州刺史任期已满，转授汝州刺史，从苏州出发，最后一次登上虎丘寺写了这首诗。首联描写登上虎丘寺所见的夜景，其时寒风袭来，吹着珍贵的树木。颔联描写僧房已经关门，山月刚刚出岭，这是一种对比的笔法，表现山寺的清幽。颈联描写月亮的光影倒映在剑池之中，夜中的星光在宝刹上摇曳。尾联描写回忆自己以前在郡斋之中，夜间无眠时常常面对这样优美的景色，现在要一别苏州，将此作为美好的回忆。剑池，据《吴地记》所载："秦始皇东巡至虎丘，求吴王宝剑，其虎当坟而踞，始皇以剑击之，不及，误中于石。其虎西走二十五里，忽失。……剑无复获，乃陷成池，古号剑池。"[②]《越绝书》卷二记载："阖庐冢，在阊门外，名虎丘。下池广六十步，水深丈五尺。铜椁三重。澒池六尺。玉凫之流，扁诸之剑三千，方圆之口三千。时耗、鱼肠之剑在焉。"[③] 刘禹锡诗"碧池涵剑彩"，就将清幽的景色与深沉的典故运用得融合无间。

（三）怀古诗

刘禹锡在苏州饱览了名胜古迹，写了一系列怀古诗。如《姑苏台》诗："故国荒台在，前临震泽波。绮罗随世尽，麋鹿占时多。筑用金锤力，摧因石鼠窠。昔年雕辇路，唯有采樵歌。"[④] 首联描写姑苏台的位置，临于震泽之滨，诗人用"故国"同"荒台"，字里行间流露出对于历史陈迹的凭吊。颔联承首联叙写古时的繁华，满眼绮罗，但随着吴国的灭亡也消逝了，就是古时很多的麋鹿现在也不见踪影。颈联

---

① 《刘禹锡集》卷三八，第 559 页。

② 陆广微《吴地记》，《景印文渊阁四库全书》第 587 册，第 60 页。

③ 李步嘉《越绝书校释》卷二，第 33 页。

④ 《刘禹锡集》卷三八，第 561 页。

叙写当时筑城之苦,用的是“金锤”打夯做成,但很快根基摧败就变成了鼯鼠之窠。尾联是今昔对比之笔,昔年雕辇经过的繁华道路,如今变成了樵夫上山的小径。这首诗寄托了刘禹锡的怀古之思与兴亡之感。

又如《馆娃宫在旧郡西南砚石山上前瞰姑苏台傍有采香径梁天监中置佛寺曰灵岩即故宫也信为绝境因赋二章》其一:“宫馆贮娇娃,当时意大夸。艳倾吴国尽,笑入楚王家。月殿移椒壁,天花代舜华。唯余采香径,一带绕山斜。”① 馆娃宫,古代宫殿名,位于苏州的灵岩山上,吴王夫差为宠幸西施而兴建的规模宏大的宫殿。因吴地称美女为“娃”,故后世诗文中常称馆娃宫。刘禹锡诗首联点题,是说馆娃宫中藏着美丽的少女,当时这件事做得非常铺张。颔联描写西施的美艳倾尽吴国。颈联描写宫殿的豪华,殿阁用椒和泥涂壁,高贵芳香,美丽得就像灿烂的木槿花。尾联写整个宫殿规模宏大,几乎覆盖了整个山头,只留下采香的小径,可以曲径通幽地绕到山上。这首诗诗题就非常复杂,诗句切题,把怀古与写实有机地结合在一起。

再如《题报恩寺》诗:“云外支硎寺,名声敌虎丘。石文留马迹,峰势耸牛头。泉眼潜通海,松门预带秋。迟回好风景,王谢昔曾游。”② 报恩寺是苏州最古老的僧寺之一,在支硎山上。据《吴地记》记载,“支硎山在吴县西十五里。晋支遁,字道林,尝隐于此山,后得道乘白马升云而去。山中有寺,号曰报恩”③。刘禹锡此诗就是登上报恩寺的怀古之作。首联描写报恩寺在支硎山上,高出云外,与虎丘寺的名声相匹敌。颔联描写抱恩寺石上纹路清晰,好像骏马踏行以

---

① 《刘禹锡集》卷三八,第 560 页。

② 《刘禹锡集》卷三八,第 560 页。

③ 陆广微《吴地记》,《景印文渊阁四库全书》第 587 册,第 60 页。

后留下的痕迹，山峰的气势就像高耸的牛头。颈联描写支硎山泉眼远通，达到大海，松门风景如提前进入色彩绚丽的秋天。尾联说这样美好的风景，使人徘徊不忍离去，想象古人，就连王导与谢安这样的高人也曾流连于此。

第五编　诗路蜀道

第十三章　石门题刻的文学内涵和价值

石门是东汉时期于褒斜道南口开凿的人工隧道，褒斜道则是古代秦岭山脉中由关中通往巴蜀的孔道，古代的无数次战争就发生在此地，同时因其地处冲要，也留下了大量的名胜古迹，其中最为著名的就是石门题刻群。这是中国古代最具特色的石刻群落之一，以其巨大的考古学和文化史价值受到国内外研究者的极大重视。与其他石刻群落以造像为主体者不同，石门题刻以形诸文字的石刻占据了绝大部分，这些题刻除了记载了特定时期发生的重大事件，还留下了不少文学家撰写的各类文学作品。然而，长期以来，研究金石的学者很少关涉其文学内涵，研究古典文学者，亦对金石少有研究。台湾著名石学专家叶国良曾有感于研究古典文学利用金石的不足，在《石学的展望》中说："近人研究古典文学，很少注意到其与金石学的关系，这是奇怪的学术脱节现象。古人重视金石文字，金石文字往往占了文集中的最大篇幅，所以研究文学，而不涉猎金石学，是有点奇怪的；清代以前的学者并不如此。石刻释例的起源，正是从研究韩、柳、欧、王的古文来的，其后的研究虽然范畴不限于文字学，但与文学研究与创作关系密切。个人建议古典文学研究者应当将石刻释例的著作纳入参考的范围。"[1] 反过来，石刻研究者也应该关注金石当中的文学

---

① 叶国良《石学的展望》，载《石学续探》附录，台北大安出版社，1999年，第262页。

成分。基于对石门题刻的文学研究，至今几乎无人涉及，故笔者特草此文，试图有助于石刻文学和地方文学研究的拓展。

石门从东汉开凿的时代，就留下一篇《故司隶校尉楗为杨君颂》，即是著名的《石门颂》。这篇文字堪称中国题刻文字由金刻转向石刻的划时代性的文字，可以与战国时期的《石鼓文》以及秦时的李斯刻石相媲美，也是中国古代以题刻为主体的颂美文学的典范之作。自此以后，各朝各代的题刻层见间出：有东汉时期的《杨淮、杨弼表》摩崖，有北魏时期的《石门铭》，有南北朝时期的《南朝宋北魏攻阁道碑》，有晚唐时期的《山南西道新修驿路记》《兴元新路记》和《书褒城驿壁》，有北宋时期的《游石门题诗》，有南宋时期的《石门新修堰记》，有明万历时期的《马道驿樊河桥记》，有清康熙时期的咏汉中及栈道之诗。这些题刻具备了中国文学中颂、铭、碑、记、赋、诗等各种体裁。其中不乏刘禹锡、孙樵、王士禛等名家手笔，也留下了诸如《石门颂》《兴元新路记》等不朽的篇章。因而石门题刻，既是摩崖石刻文学的代表群落，也是汉中地域文学的集中表现。

第一节　石门题刻的文体类型

石门文学是一个具有石刻群落特征的文学，其选用的文体也就与刻石的内容、刻石的功能相一致，石刻的主要功能在于铭功记事，因而石门文学的文体就以颂、铭、碑、记为多。有时候也有名人过此，吟咏题诗，然后上之于石，成为石门文学的重要组成部分。

一、颂

“颂”这一文体与石门的开凿相始终。最早的是东汉建和二年（148）镌刻于石门西壁的摩崖石刻《故司隶校尉楗为杨君颂》。该文共有六百零七字，由颂文、铭文和序文三部分组成。三个部分的主体都是四言句式，而且都是韵文。如颂文：

上则悬峻，屈曲流颠；下则入冥，倾泻输渊。平阿淖泥，常阴鲜晏。木石相距，利磨确磐。临危枪砀，履尾心寒。空舆轻骑，滞碍弗前。恶虫弊狩，蛇蛭毒蟃。未秋截霜，稼苗夭残。终年不登，匮馁之患。卑者楚恶，尊者弗安。愁苦之难，焉可具言？

再如铭文：

君德明明，炳焕弥光。刺过拾遗，厉清八荒。奉魁承杓，绥亿衙彊。春宣圣恩，秋贬若霜。无偏荡荡，贞雅以方。宁静烝庶，政与乾通；辅主匡君，循礼有常。咸晓地理，知世纪纲。言必忠义，匪石厥章。

再如序文：

明哉仁知，豫识难易。原度天道，安危所归。勤勤竭诚，荣名休丽。……造作石积，万世之基。或解高格，下就平易，行者欣然焉！①

三者不同的地方在于铭文全部是四言句式，而颂文则杂有数句散句，如“于是明知故司隶校尉楗为武阳杨君厥字孟文，深执忠伉，数

① 郭荣章《石门石刻大全》，三秦出版社，2001 年，第 54 页。《汉石门颂》拓本选入《历代碑帖法书选》，文物出版社，1984 年。原石现藏汉中市博物馆。

上奏请。……至建和二年仲冬上旬，汉中太守楗为武阳王升字稚纪，涉历山道，推序本原”[①]，序文则散句较四句齐言为多，如“五官掾南郑赵邵字季南，属褒中黾汉蘁字产伯，书佐西城王戒字文宝主。王府君闵谷道危难，分置六部道桥，特遣行丞事西成韩朖字显公，都督掾南郑魏整字伯玉，后遣赵诵字公梁，案察中曹卓行，造作石积”[②]。故而因为其中散体部分文字，将全文的三个部分功能进行了大致的区分，颂文重于纪事，铭文重于褒功，序文重于题款。

《石门颂》在石门题刻中具有重要的文体学意义和文学史价值。“颂”本为《诗》之六义之一，用以揄扬圣帝明王之功德，以奏宗庙，告于鬼神。后来用以揄扬功德者谓之颂。如秦时泰山刻石以颂秦之功。刘勰《文心雕龙·颂赞》云：“原夫颂惟典雅，辞必清铄。敷写似赋，而不入华侈之区；敬慎如铭，而异夫规戒之域。揄扬以发藻，汪洋以树义，惟纤曲巧致，与情而变。”[③]与颂体文学的这些特征相映照，《石门颂》确实是典雅、清铄，似赋而不华，如铭而少戒，运藻纤曲，气势汪洋，置之于后汉的赋颂文之列，更显其文学史意义[④]。

二、铭

石门题刻中的铭文，最早且最为著名者是北魏的《石门铭》。该铭文是魏宣武帝永平二年（509）镌于石门隧道东壁。全文由两部分组成，前面为序文，后面是铭文。与《石门颂》不同的是，序文重于纪事，以散体为主，并不押韵；铭文重于颂功，都是四言句式，全是韵文。

---

① 郭荣章《石门石刻大全》，第54页。

② 郭荣章《石门石刻大全》，第54页。

③ 范文澜《文心雕龙注》卷二，第158页。

④ 参汉元《汉〈石门颂〉在文学史文献学上的价值》，《成都大学学报》1989年第1期，第166—170页。

如序文散体如："皇魏正始元年，汉中献地，褒斜始开。至于门北一里西上凿山为道，峭岨盘迂，九折无以加，经途巨碍，行者苦之。梁秦初附，实仗才贤，朝难其人，褒简良牧。三年，诏假节龙骧将军督梁秦诸军事梁秦二州刺史泰山羊祉，建旂嶓漾，抚境绥边，盖有叔子之风焉。以天险难升，转输难阻，表求自回车已南开创旧路，释负担之劳，就方轨之逸。诏遣左校令贾三德，领徒一万人、石师百人，共成其事。"铭文四言如："龙门斯凿，大禹所彰。兹岩乃穴，肇自汉皇。导此中国，以宣四方。其功伊何，既逸且康。去深去阻，匪阁匪梁。西带汧陇，东控樊襄。河山虽险，汉德是强。昔惟畿甸，今则关疆。永怀古烈，迹在人亡。不逢殊绩，何用则光。水眺悠皛，林望幽长。夕凝晓露，昼含曙霜。秋风夏起，寒鸟春伤。穹隆高阁，有车辚辚。咸夷石道，驷牧其骃。千载绝轨，百辆更新。敢刊岩曲，以纪鸿尘。"[①] 刘勰《文心雕龙》云："铭兼褒赞，故体贵弘润；其取事也必核以辩，其摛文也必简而深。"[②] 就《石门铭》的铭文部分而言，确以褒赞为主，且其体弘润，用事精核而辩诘，文字精简而邃密。

三、记

石门题刻中，记这种文体，以唐刘禹锡《山南西道新修驿路记》、唐孙樵《兴元新路记》最为著名，此外孙樵的《书褒城驿壁》也是一篇记体的文字。记体文学定型较迟，萧统《文选》不涉记体，刘勰《文心雕龙》虽有《书记》一篇，但言"书记广大，衣被事体，笔札杂名，古今多品"[③]，则文体边界甚为宽泛。明人吴讷《文章辨体序说》云："大抵记者，盖所以备不忘。如记营建，当记月日之久近，工费之多

① 郭荣章《石门石刻大全》，第30—31页。
② 范文澜《文心雕龙注》卷三，第195页。
③ 范文澜《文心雕龙注》卷五，第457页。

少，主佐之姓名，叙事之后，略作议论以结之，此为正体。”[1] 故其功能是备忘，其叙事重先后，并以议论作结。这样的记体文学，在唐代正式定型，故而石门题刻的唐代著名的记文就有好几篇。刘禹锡《山南西道新修驿路记》，石刻虽早已不可复见，但全文却保存于古代典籍之中。而据历代金石著录著作如欧阳修《集古录跋尾》、赵明诚《金石录》，知其为刘禹锡撰，柳公权正书，开成四年（839）镌于兴元。当时山南西道节度使归融自散关至剑门凿山石道千余里而通驿路，记即记载此事。孙樵所作的《兴元新路记》本来是刻石于汉中的郑子真祠内，后来原石也佚去，仅见于清人罗秀书等所辑的《褒谷古迹辑略》记载。《兴元新路记》今载于《孙可之文集》之中，与其《书褒城驿壁》是唐代邮驿记的著名篇章。《书褒城驿壁》顾名思义，是孙樵经过褒城驿的题壁之作，故亦可视为石门题刻文学的篇章之一。

此后的记体之作，有南宋乾道二年（1166）杨绛的《汉中新修堰记》，乾道七年（1171）严苍舒的《重修山河堰记》，绍熙五年（1194）的《山河堰落成记》，明嘉靖十一年（1532）李良汉的《马道驿樊河桥记》，清康熙三年（1664）党崇雅的《贾大司马修栈记》等。需要说明的是，石门题刻中称“记”者甚多，主要是“题名”一类，这种题记文字极少，虽有题名，而很少叙事和议论，故不具备文体的特点，文学价值不高，我们就不将其列入讨论范围。

四、碑

石门题刻之碑较多，较早者有《南朝宋北魏攻阁道碑》，但此碑现藏汉中市博物馆，原址不明，故而真伪还难于判定。此碑乃记事之作，全文云：“元嘉十九年二月二十日，北逆魏卒遍勇，强攻阁道，庶

---

① 吴讷《文章辨体序说》，人民文学出版社，1962 年，第 42 页。

荒不安,上书望救。广州刺史诏迁督都益州诸军事、益州刺史陆徽,带军亲克立敌,七战,血染片红,无纪亡者,活捉魏人将卒百余,皆祈生,亦恩与宏慈,勿欲敌仇,普尽归矣。魏兵溃败四百里之外,称仁颂德。魏复俾求和,各守边界,为吾将等仕军辛苦力征,三月治平,以牛酒布金贺其功焉,全军主簿颁文造石刻表。”[①]这是一块刻石记功之碑。姚鼐《古文辞类纂序目》云:“碑志类者,其体本于诗,歌功颂德,其用施于金石。周之时有石鼓刻文,秦刻石于巡狩所经过,汉人作碑文,又加以序。”[②]是碑之兴起,主要用于刻石铭功记事,石门之《南朝宋北魏攻阁道碑》足以当之。碑的种类很多,明人徐师曾《文体明辨序说》云:“后汉以来,作者渐盛,故有山川之碑,有城池之碑,有宫室之碑,有桥道之碑,有坛井之碑,有神庙之碑,有家庙之碑,有古迹之碑,有风土之碑,有灾祥之碑,有功德之碑,有墓道之碑,有寺观之碑,有托物之碑,皆因庸器渐阙而后为之,所谓‘以石代金,同乎不朽’者也。”[③]石门此碑则是山川之碑一类。此外,石门题刻中虽然称碑者甚多,但多为题字的碑刻,以三字、四字碑刻较多,而并不是文体意义上的碑文。

五、赋

石门赋刻,最早者可见南宋晏袤的《山河堰赋》。该赋是对南宋绍兴年间修山河堰的咏叹之作。据《山河堰落成记》所载:“绍熙五年,山河堰落成。郡太守章森、常平使者范中葤、戎帅王宗廉,以二月丙辰,徕劳工徒。”[④]《山河堰赋》前有序文,以记修山河堰之事,后为

---

① 郭荣章《石门石刻大全》,第 197 页。

② 姚鼐《古文辞类纂》,中华书局,2022 年,第 15 页。

③ 徐师曾《文体明辨序说》,人民文学出版社,1962 年,第 144 页。

④ 郭荣章《石门石刻大全》,第 85 页。

赋文，以状山河堰之情状。惜此赋原石早已不存，而赋文后半亦已湮没，仅存如下数行：“阅汉中之形胜兮，实古梁之奥区；挖斜谷之冲要兮，兼褒中而与俱。山连大散兮，势若奔万马；江从太白兮，滥觞而纤徐。不舍昼夜兮，盈科而后进。镗鞳澎湃……”① 数句仅是赋之开头，写出了汉中江流纡徐、山势若奔的形势。而后来对于山河堰的具体铺陈，则现在无从得知了。刘勰《文心雕龙·诠赋》云：“诗有六义，其二曰赋。赋者，铺也，铺采摛文，体物写志也。”② 则赋以体物写志为要旨，以铺采摛文为手段。以此再参合《山河堰赋》之序，可知此赋当以铺陈景物、描摹气势为要。

六、诗

石门题诗最早的石刻和史籍记载在宋代，北宋掌禹锡有《游石门题诗》云：“峭壁矗云三峡里，急湍翻雪五湖边。何年造物施神力，移到褒中小有天。”③ 南宋时有安丙《游石门》：“凌晨走马过花村，先玩玉盆到石门。细想张良烧断处，崖间伫立欲销魂。”④ 南宋吴玠《山河庙诗》：“早起登车日未暾，荛烟萋草北山村。木工已就山河堰，粮道要供诸葛屯。太白峰头通一水，武休关外忆中原。宝鸡消息天知否，去岁创残未殄痕。”⑤ 至明代有崔应科《不佞以汉守叨转楚臬，往辞上官，过褒，览褒谷胜迹漫赋》及《咏郑子真诗》，又有郭元柱《谒山河庙题诗》。清人题诗者甚多，有贾汉复《抚秦修栈咏》、王士禛《入蜀途经汉中题诗》、汪灏《栈道杂诗》、宋琬《栈道平歌》、梁清宽《栈

① 郭荣章《石门石刻大全》，第 114 页。按“纤徐”应为“纡徐”之误。
② 范文澜《文心雕龙注》卷二，第 134 页。
③ 郭荣章《石门石刻大全》，第 86 页。
④ 郭荣章《石门石刻大全》，第 87 页。
⑤ 郭荣章《石门石刻大全》，第 116 页。

道歌》、王豫嘉《栈道歌》、吴荣光《山河庙诗》、罗秀书《游石门题诗》等，甚至还有果亲王允礼的题诗。这些诗作既是重要的石刻文物，也是石门题刻中堪称纯文学的重要篇章。

石门题刻，除了以上六种文体之外，还有“题名”一类，这也是题记的一种，但与记体文学有所不同，盖因其大多仅题写姓名和官衔以及游览日期，文字简短，尚不能构成文章，故而我们不把它们置于文体之中。

第二节　石门题刻的纪实性

石门题刻文学因为其特殊的性质，决定了与中国文学的主流抒情传统有所不同，这就是它的纪实性。各种文体，大多是有为而作，故而重于具体的实际情况的记载。开凿石门时的《石门颂》就是如此，它记述了汉代永平中诏开石门的具体情况，时间、人物、事件一应俱全，而且重点描绘子午道的艰险，以及开凿石门的艰难：“上则悬峻，屈曲流颠；下则入冥，倾泻输渊。平阿淖泥，常阴鲜晏。木石相距，利磨确磐。临危枪砀，履尾心寒。空舆轻骑，滞碍弗前。恶虫弊狩，蛇蛭毒蟃。”① 这是对于自然风貌的写实。要而言之，石门题刻的纪实性主要表现在四个方面。

一、纪人物

石门题刻纪人物的文章较多，最早的《石门颂》就是颂扬杨孟文之作，并且对于共襄是事的其他人物也在文末有所交代。这对石门题刻中后世有关碑文、铭文的人物叙述具有一定的影响。

① 郭荣章《石门石刻大全》，第54页。

位于石门西壁《石门颂》摩崖南侧之《杨淮、杨弼表》,其文末题记:“黄门同郡卞玉字子珪,以熹平二年二月廿二日谒归过此,追述勒铭,故赋表记。”① 该文是石门题刻中纪人物的代表性作品,其文称:“故司隶校尉杨君厥讳淮字伯邳,举孝廉尚书侍郎。上蔡、雒阳令,将军长史,任城、金城、河东、山阳太守,御史中丞,三为尚书、尚书令,司隶校尉,将作大匠,河南尹。伯邳从弟讳弼字颖伯,举孝廉,西鄂长。伯母忧,去官。复举孝廉,尚书侍郎,迁左丞、冀州刺史、太医令、下邳相。元弟功德牟盛,当究三事,不幸早陨,国丧名臣,州里失覆。二君清廉,约身自守,俱大司隶孟文之元孙也。”② 文虽以表称,实则应该是铭文。这样的铭文,记载了杨淮、杨弼家世、历官等,并有数语做出评价,类似于后世的神道碑和墓志铭,但又不是刻于墓前,而是刻于石门之摩崖,可以视为褒扬功德的铭体文字。

清代道光年间,立于汉中褒谷鸡头关上的《清杨太守存爱碑记》,重在记载杨太守治理地方的事迹。如劝农桑:“昔司南褒城洋四县水利,得其要害。时邑令讲求工费樽节,而沟渠疏通。争□□□□而年□登丰。禁杀耕牛,贫民皆得卖刀买□,土地资以□□,其所以衣之食之者,均非目前旦夕之谋也。”兴教育:“既富,方谷植,选各书院主讲,领□端堂程子学,则白鹿洞朱子学规以教之,咸知端品笃学。□修汉南书院附廓□众,别建中梁书院以居之。”重德化:“采访节烈二百数十人,建坊□□以维风化。于城之中枢特建层楼以培风脉。其所以□翼而作兴之心又无微不致也。”平匪寇:“有匪邪窜入宁羌,公擒厥渠魁,涣其余党,民赖以安。”赈水患:“闻略阳水患,先发银□千,亲往抚恤;请币六万三千余金,择地建城,民免于溺。留坝西乡偶

① 郭荣章《石门石刻大全》,第60页。

② 郭荣章《石门石刻大全》,第59—60页。

遇偏灾，捐□救济，各得其所。”[①]诸种记载，将杨君的政绩突出地表现出来，在叙述时条理清晰，足以表现其人的风貌。

二、纪事件

石门题刻大多因事而作，故而对于事件的记载，就成为各类文章的重点。较早的记载事件的石刻是汉代《鄐君开通褒斜道摩崖》，其文云：“永平六□□，中郡以诏书受广汉，蜀郡、巴郡徒二千六百九十人，开通褒斜道。太守钜鹿鄐君，部椽治级，王弘、史荀茂、张宇□□□□□□，太□□□汉□显□□□□，始作桥格□百□□□，大桥五，为道二百□□□□，邮亭驿置徒司空、褒中县官寺并六十四所。凡用功七十六万六千八百□□，瓦卅六万九千八百四。”[②]由这一事件的记载，可以见出褒斜道在当时的重要地位，故而诏命鄐君集结广汉、蜀郡、巴郡数郡人力，全面开通褒斜道，以连接洛阳到蜀地的往来。

此后记事的石刻不断涌现，前引《南朝宋北魏攻阁道碑》就是记载元嘉十九年（442）攻栈道事，这是发生在石门的重要战役，胜利之后，以“牛酒布金贺其功焉”，因而造石刻表。再如宋代曾多次修筑山河堰，故而乾道中有《汉中新修堰记》《重修山河堰记》，绍熙五年（1194）有《山河堰落成记》等。明清时有嘉靖十一年（1532）《马道驿樊河桥记》，康熙三年（1664）《贾大司马修栈记》等。

三、纪胜迹

褒斜道是关中通往蜀中的必经之地，其中多险阻亦多胜迹，故而

---

① 郭荣章《石门石刻大全》，第 148 页。

② 郭荣章《石门石刻大全》，第 71 页。

石门题刻对于胜迹记载者颇多，不仅各种碑铭有所涉及，即是诗歌亦有胜迹的描述。诸种体裁当中，记体文学最值得称道，尤其是唐人所作的《兴元新路记》《书褒城驿壁》《山南西道新修驿路记》是其典范之作。如孙樵《兴元新路记》云：

> 入扶风东皋门十举步，折而南，平行二十里，下念济坂。下折而西，行十里渡渭。又十里至郿。郿多美田，不为中贵人所并，则藉东西军居民百一系县。自郿南平行二十五里，至临溪驿。驿扼谷口，夹道居民皆籍东西军。出临溪驿有步，南登黄蜂岭。平行不能百步，又步登潐潐岭。盘折而上，甚峻。下潐潐岭，岭稍平。二岭之间，凡行十里。自临溪有支路，直绝涧，并山，复绝涧，蛇行碛上十里，合于大路。下黄蜂岭，复有支路，并间出潐潐岭下，行乱石中五六里，与涧西支路合。由大路十里桥无定河，河东南来，触西山不凛，号怒北去。河中多白石，磊磊如斛。又十里至松岭驿。逆旅三户，马始食茅。自松岭平行三里，逾二桥，登八里坂，甚峻。下坂行十里，平如九衢。又高低行五里，行运云驿。自连云西平行二十里，上五里岭，路极盘折。凡行六七里及岭上，泥深灭踝。路旁树往往如挂尘缨，缅缅而长，从风纷然。……自芝田至仙岑，虽阁路，皆平行，往往涧旁谷中有桑柘。民多蘩居，鸡犬相闻，水益清，山益奇，气候甚和。自仙岑南行十三里，路左有崖，壁然而高出，其下殷其有声，如风怒薄水，里人谓之鸣崖。岂石常鸣耶？抑俟人而鸣耶！……又行十五里，至青松驿。驿自仙岑而南，路旁人烟相望，涧旁地益平旷，往往垦田至一二百亩，桑柘愈多。至青松即平田五六百亩，谷中号为夷地，居民尤多。自青松西行一二里，夹路多松竹。稍稍深入，不复有平田。行五六里，上小雪岭，极峻折。岭东多泥土，疏而黑。

岭西尤峻，十里百折。上下岭凡十八里，四望多丛竹。①

孙樵的《兴元新路记》，将自扶风东皋至褒城西斜谷旧路的一段道路十分清晰地记载下来。前引明人吴讷《文章辨体序说》云："大抵记者，盖所以备不忘。如记营建，当记月日之久近，工费之多少，主佐之姓名，叙事之后，略作议论以结之，此为正体。"② 以此衡量，孙樵的这篇文章，正是正体的记文。他以兴元新道即文川道的地点尤其是驿路为中心，旁及路旁的景物，以及当地的风土人情，多层面地表现出褒斜道的名胜风光。如对"鸣崖"的描绘："壁然而高出，其下殷其有声，如风怒薄水。"使人如闻其声，如临其境。而"自芝田至仙岑，虽阁路，皆平行，往往涧旁谷中有桑柘。民多藁居，鸡犬相闻，水益清，山益奇，气候甚和"一段，水之清，山之奇，气候之和，民风之淳，四者融为一体，确实是人们向往的纯美境地。

四、纪游历

石门题刻中，记个人的游历之作也不在少数，其中以诗歌纪行为主。题刻的诗歌，最早在宋代，最迟在民国时期。《石门石刻大全》所录掌禹锡的《游石门题诗》作于北宋英宗时期；冯绍韩《游石门诗》则作于中华民国八年（1919）。因为刻石的缘故，大多为短章。只有清人王士禛的《咏汉中诗碑》是将九首组诗刻于一石，最能表现游历的详细情景。

褒斜十日路，白发忽侵寻。红叶下江水，始知秋已深。马惊

① 孙樵《孙可之文集》卷二，《宋蜀刻本唐人集丛刊》，上海古籍出版社，1994年，第41—45页。

② 吴讷《文章辨体序说》，第42页。

初出谷,闭城不闻砧。何处天河影,浮云只自阴。(《闰七夕抵褒城县》)

路遥褒斜梦故园,今朝风物似中原。平羌蹀躞连钱马,近郭参差橘柚村。万叠云峰趋广汉,千帆秋水下襄樊。只愁明日金牛路,回首兴元落照昏。(《汉中府》)

绛灌当时伍,黥彭异代看。竟成隆准帝,不屑沐猴冠。磊落真王气,苍茫大将坛。风云今寂寞,江汉自波澜。(《汉台》)

三寸黄柑水浸渠,一林红桂映棕榈。钩帘恰对中梁包,正好高眠(同视)读道书。(《虚谷庵》其一)

太息黄杨树子前,琳宫岁岁饱风烟。交打接叶真怜汝,未似先生厄闰年。(《虚谷庵》其二)

黑水梁州道,停车问土风。沔流天汉外,嶓冢夕阳东。处处棕榈绿,村村摆桠红。更须参玉版,修竹贱如蓬。(《南郑至沔县道中》)

朝过女郎道,遥过女郎祠。溪水疑环佩,春山学黛眉。千林丹橘熟,一径碧苔滋。日暮神灵雨,西风满桂旗。(《女郎庙》)

天汉遥遥指剑关,逢人先问定军山。惠林草木冰霜里,丞相祠当桧柏间。八阵风云通指顾,一江波浪急潺湲。遗民衢路还私祭,不独英雄血泪斑。(《谒诸葛忠武侯祠》)

竹条娟娟静,江流漠漠阴。至今筹笔地,犹是出师心。遗恨成衔璧,无声有故琴。千秋弦指外,仿佛遇高深。(《武侯琴堂》)[1]

刻石于诗末题:“康熙壬午入蜀作,丙子重过追录刻石,经筵讲官户部左侍郎济南王士禛阮亭题,赐进士出身南郑县知县姑孰魏寿

① 郭荣章《石门石刻大全》,第 139 页。

期敬书。”[①]“壬午”为“壬子”误录。壬子是康熙十一年(1672),丙子是康熙三十五年(1696)。第一首是经褒城县之作,谓经过十日跋涉初至褒城县,时值秋深时节。第二首是描写汉中府的景况。第三首描写汉台。第四首、第五首描写虚谷庵。第六首是南郑至沔县道中之景。第七首描写女郎庙。第八首是拜谒诸葛武侯庙之情景。第九首描写武侯琴堂。王士禛的《蜀道驿程记》《秦蜀驿程后记》可以与其《咏汉中诗》相参证。

第三节　石门题刻的艺术性

一、叙事性

石门题刻具有纪实的特点,而这种纪实的特点总体上是通过叙事艺术来表现的。当然,因为各种文体的不同,其叙事也有详略之别,或粗存梗概,或详叙曲折。如刘禹锡《山南西道新修驿路记》:

> 开成四年,梁州牧缺,上玩其印,凝旒深思曰:“伊尔卿族归氏,以文儒再世居喉舌。今天官贰卿融能嗣其耿光,尝自内庭历南台,尹毂下,政事以试,可为元侯。”乃付印绶,进秩大宗伯兼御史大夫,玉节兽符,镇于妫墟。公拜手稽首曰:“臣融敢扬王休于天汉之域!”既泣止,咨于群执事,求急病者先之。咸曰:华阳黑水,昔称丑地。近者尝为王所,百态丕变,人风邑屋与山水,俱一都之会,自为善部矣。惟驿遽之途,攲危隘束,其丑尚存,使如周道,在公颐指耳。于是因年有秋,因府无事,军逸农隙,人思

① 郭荣章《石门石刻大全》,第139页。按,“康熙壬午”为“康熙壬子”误录。检碑刻拓本,正作“壬子”。

贾余。乃悬垦山刊木之佣,募其力揆攒凿撞柲之用,庀其工具畀辇畚插之器,膺其要鼛鼓以程之,粿醪以犒之。说使之令既下,奋行之徒坌集。我之提封踞右扶风,触剑阁千一百里。自散关抵褒城,次舍十有五,牙门将贾黯董之;自褒而南,逾利州至于剑门,次舍十有七,同节度副使石文颖董之。两将受命,分曹星驰。并山当蹊,顽石万状;坳者垤者,兀者铦者,磊落倾攲,波翻兽蹲。炽炭以烘之,严醯以沃之,溃为埃煤,一彗可扫。栈阁盘虚,下临谽谺。层崖峭绝,柄木亘铁。因而广之,限以钩栏。狭径深陉,衔尾相接。从而拓之,方驾从容。急宣之骑,宵夜不惑。郄曲棱层,一朝坦夷。兴役得时,国人不知。繇是驶行者忘其劳,吉行者徐其驱,拿(挐)行者家以安,货行者肩不病,徒行者足不茧,乘行者蹄不刓。公谈私咏,溢于人听。伊彼金其牛而诱之以利,曷若我子其民而来之以义乎?既讫役,南梁人书事于牍,请纪之以附于史官地理志。①

赵明诚《金石录》云:"《唐山南西道驿路记》,刘禹锡撰,柳公权正书,开成四年。"② 这篇文章首述新修驿道之背景,次述新修驿道之过程,再述新修驿道之利便,按时纪事,条理井然,又间以对话,使得叙事更为灵动活泼。同时叙事又围绕核心,山南西道华阳之地,由昔日的丑地,变成当时的王所,以至百态丕变,人风邑屋与山水集结,成为一大都会,驿路的修成,由丑地真正成为善部。

石门题刻当中的纪体文字,大都以叙事为主,记述修筑道路、河桥、关堰的全过程。加以历代有关这方面的工程繁多,有时工程浩

① 郭荣章《石门石刻大全》,第 172 页。
② 金文明《金石录校证》卷一〇,第 202 页。

大，工期漫长，故对此曲折过程之记述，成为石门记体文学的独特特点。除了刘禹锡这篇驿路记外，唐人孙樵的《兴元新路记》和《书褒城驿壁》都是著名的记体文学。再如清朝康熙年间贾汉复修连云栈道，不仅有诸多文人题诗咏叹，更有党崇雅所撰之《贾大司马修栈记》，“此文不仅述及修栈道的起因和经过，而且详列所修各种类别的道桥数量、规模和投入等情（况），堪为有关栈道史迹的重要文献”①。

二、抒情性

石门题刻以纪实性为主，故其叙事性的特点非常明显。但因题刻涉及多种文体，故文学的抒情特征也在题刻中表现出来。尤其是其中的赋和诗，更是如此。如南宋安丙《游石门题诗》：“凌晨走马过花村，先玩玉盆到石门。细想张良烧断处，崖间伫立欲销魂。”② 诗将游览和怀古融为一体，楚汉相争时，张良烧断栈道，直至武帝时动用万人方才修复。之后因为战争不断，时烧时复，历尽沧桑。故安丙由花村到石门，联想到古今往事，感慨万千，伫立崖间，魂销欲断。

清人宋琬的《栈道平歌》是石门题刻的精品，在当时就产生了巨大的影响。康熙三年（1664），陕西巡抚贾汉复主持修筑自宝鸡到褒谷口之间六百里的连云栈道，诗人宋琬撰写了《栈道平歌为贾胶侯尚书作》，并由沈荃书写而刻之于摩崖。歌云：

君不见梁州之谷斜与褒，中有栈道干云霄。仰手可以扪参井，下临长江瀚汗汹波涛。大禹胼胝恐未到，帝遣五丁开神皋。巨灵运斧地维坼，然后南通巴蜀西羌髳。蛇盘萦绕六百里，

① 郭荣章《石门石刻大全》，第138页。
② 郭荣章《石门石刻大全》，第87页。

千回万曲缘秋毫。悬车束马弗克以径度，飞腾绝壁愁猿猱。汉家留侯真妇女，烈火一炬嗟徒劳。噫嘻！三秦之人困征伐，军书蜂舞如猬毛。衔枚荷戈戟，转粟穷脂膏。估客尔何来，万里竞锥刀。须臾失足几千仞，猛虎蝮蛇恣贪饕。出险洒酒始相贺，磷磷鬼火闻呼号。泰运开，尚书来，恩如雨露威风雷。一呼集畚锸，再呼伐薪柴。醇醯浇山万夫发，坐看巉崖削尽为平埃。噫嘻乎！益烈山泽四千岁，火攻莫救苍生灾。昔也商旅鱼贯行，今也不忧狼与豺。昔也单车不得上，今也康庄之途足以走连辇。僰童巴舞贡天府，桃笙賨布输邛崃。歌豳风，击土鼓，贾父之来何晚哉！丰功奕奕垂万祀，经济不数韦皋才。中朝衮衣待公补，璇玑在手平秦阶。西望剑阁高崔巍，侧身欲往空徘徊。大书深刻告来世，蛟龙岌业磨青崖。青穿石泐陵谷徙，我公之功不与伏波铜柱同尘埋。①

这样的情怀，这样的气势，堪与李白的《蜀道难》相伯仲。王士禛《蜀道驿程记》记云："余在京师时，友人宋荔裳琬作《栈道平歌》纪其事，语最豪健。沈绎堂荃书之，时称'二绝'。今已陷石嵌绝壁。余踏危石奔浪，仰视略见仿佛。因赋诗怀二君。"② 不仅如此，王士禛还作《观音碥》诗赞之："观音碥险绝，连山列天仗。奔峭汹波涛，大石蹴龙象。造物郁磊砢，及兹乃一放。急瀑何砰訇，盘石成巨防。渟为千丈湫，潭潭不流宕。怪物中屈蟠，岂无锁纽壮。傥燃牛渚犀，劳此精灵状。颇闻贾中丞，于此铲叠嶂。故人推沈宋，诗笔各雄长。星宿森光茫，虬龙怒倔强。解鞍苔石滑，高歌一神王。更须巨灵手，运

① 郭荣章《石门石刻大全》，第177页。

② 王士禛《蜀道驿程记》卷上，《王士禛全集》第4册，齐鲁书社，2007年，第2544页。

斤出天匠。镵我郙阁铭，敌彼小海唱。”题注：“本名阎王碥，贾中丞改今名。壁上有宋荔裳赋《栈道平歌》，沈绎堂书。”[①] 沈德潜《清诗别裁集》卷二称：“贾中丞名汉复，平险为夷，因作歌以颂之；歌勒于观音碥崖石上。出后人手，几成德政歌矣。此服其笔力之大。”[②] 宋琬官京师时，与著名文人严沆、施闰章、丁澎辈酬唱，有“燕台七子”之目[③]。与施闰章时称“南施北宋”[④]。故宋琬这样的诗作，无疑是石门题刻当中最具文学价值的名篇之一。不仅如此，贾汉复修筑这一颇便于行旅的连云栈道，使得本来人人畏惧号称“阎王砭”的地方，变成平安便利的“观音砭”，故而受到了当时文人士大夫的热情歌咏。王士禛两次记载此地：一是康熙十一年（1672）闰七月初七日，“至观音碥，奇石插天，犀株林立，飞湍箭激，凝为深渊，其色黝黑，潭而不流。凭高下瞰，令人魂悸。有旧碑在道左，大书‘云栈首险’。近陕抚贾中丞煅石开道，自此至宝鸡，凡木石之工九百三十八丈有奇，又于此劚大石，置栏楯，行旅便之”[⑤]；二是康熙三十四年（1695）四月初九日，“夹江两岸，石色如铁，壁立千仞，时有大石，牴牾横道，如巨丈夫，颓冠落佩；两山忽合，疑若无路，从石罅螺旋而下，有桥跨水，才通人骑。过桥，石壁益险怪，略如蔺相如持璧睨柱，发尽上指，又如樊将军拥盾裂眦，拔刀割彘肩，愤怒郁勃，不可殚形。予意必观音碥（本名阎王碥）也，问之果然”[⑥]。栈道修成后，户部侍郎党崇雅作有《大

① 王士禛《渔洋续诗集》卷三，《王士禛全集》第 1 册，第 750—751 页。

② 沈德潜《清诗别裁集》卷二，上海古籍出版社，1984 年，第 69 页。

③《清史稿·宋琬传》：“始琬官京师，与严沆、施闺章、丁澎辈酬唱，有‘燕台七子’之目。”中华书局，1977 年，第 13327 页。

④ 王士禛《池北偶谈》：“康熙已来，诗人无出南施北宋之右，宣城施闰章愚山，莱阳宋琬荔裳也。”中华书局，1982 年，第 253 页。

⑤ 王士禛《蜀道驿程记》卷上，《王士禛全集》第 4 册，第 2544 页。

⑥ 王士禛《秦蜀驿程后记》卷上，《王士禛全集》第 5 册，第 3571 页。

司马胶翁贾老公祖抚秦修栈咏》，保和殿大学士梁清宽亦作有《栈道歌》。后者云："君不见栈道高去天尺五，马尽缩足人咸伛。山前白骨野火磷，江岸积骸泣无主。中丞巡边山恻然，浚川炼石何今古。谁云天险不可移，五丁曾为施巨斧。……吁嗟乎，安得中丞此大力，尽平世间险巇之处无长迮。"①

除了诗作，赋也是抒情咏物的文体。晏袤《山河堰赋》存下的残篇云："阅汉中之形胜兮，实古梁之奥区；挖斜谷之冲要兮，兼褒中而与俱。山连大散兮，势若奔万马；江从太白兮，滥觞而纤徐。不舍昼夜兮，盈科而后进。镗鞳澎湃……"②作者对于汉中形胜，饱含着热情加以歌颂。《孟子·离娄下》云："原泉混混，不舍昼夜，盈科而后进，放乎四海。有本者如是，是之取尔。苟为无本，七八月之间雨集，沟浍皆盈；其涸也，可立而待也。故声闻过情，君子耻之。"③晏袤由水流之不舍昼夜，联想到人之内在充美，立身有本，循序渐进，更是一种情感的升华和境界的超越。值得注意的是，晏袤是北宋大文学家又是名相晏殊的四世孙，晏氏家族的文学传承在宋代一直不衰，由此可以提供一证④。

三、议论性

文学作品要表现深刻，就离不开议论，石门题刻当中，无论哪一种文体，都会包含议论性的文字，或对社会进行褒贬，或对事件加以

① 郭荣章《石门石刻大全》，第179页。

② 郭荣章《石门石刻大全》，第114页。按"纤徐"应为"纡徐"之误。

③ 焦循《孟子正义》，中华书局，1957年，第331—334页。

④ 纪昀《四库全书总目》卷一三七："《类要》一百卷：浙江范懋柱家天一阁藏本。宋晏殊撰。……据其四世孙知雅州袤进书原表，则南渡后已多缺佚，袤续加编录，于开禧二年上进。故今书中有于篇目下题四世孙袤补阙者，皆袤所增，非殊之旧矣。"第1160—1161页。

剖析，或对人物给予评判，而其议论往往又与叙事、对比等紧密结合。

孙樵《书褒城驿壁》是传颂千古的名篇，当时作为题壁文字，无疑应该是石门题刻文学的一个部分。而这篇文章与其他题刻有所不同，主要不是记功颂德之文，而是通过一个驿站的盛衰以体现社会变化的情况，如其对比的文字：

> 褒城驿号天下第一。及得寓目，视其沼则浅混而污；视其舟则离败而胶；庭除甚芜，堂庑甚残，乌睹其所谓宏丽者！讯于驿吏，则曰："忠穆公曾牧梁州，以褒城控三节度治所，龙节虎旗，驰驲奔轺，以去以来，毂交缔劘，由是崇侈其驿，以示雄大。盖当时视他驿为壮。且一岁宾至者，不下数百辈，苟夕得其庇，饥得其饱，皆暮至朝去，宁有顾惜心耶？至如棹舟，则必折篙破舷碎鹢而后止；鱼钓，则必枯泉汩泥，尽鱼而后止；至有饲马于轩，宿隼于堂：凡所以污败室庐，糜毁器用。官小者，其下虽气猛可制；官大者，其下益暴横难禁。由是日益破碎，不与曩类。其曹八九辈，虽以供馈之隙，葺治之，其能补数十百人残暴乎？"①

这一段通过褒城驿昔时之宏丽与今日之残芜进行对比，强烈地讽刺了吏治败坏后的晚唐社会凋敝的现实。之后又通过与老甿的对话，说明频繁更换刺史县令以扰民的弊端。最后发出议论说："呜呼！州县真驿耶？矧更代之隙，黠吏因缘恣为奸欺，以卖州县者乎！如此而欲望生民不困，财力不竭，户口不破，垦田不寡，难哉！"② 全文叙述与议论相结合，又借助于对比、对话，将作者的意图表现出来。尤其

① 孙樵《孙可之文集》卷二，第23—24页。
② 孙樵《孙可之文集》卷二，第25页。

是以小见大,以州县等于驿站,国家亦似于州县,从中可见吏治败坏和所用非人是驿站衰败的根源,实则也是整个晚唐社会败坏的根源。《古文渊鉴》云:“前幅似主而实宾,后幅似宾而实主,此文家变化错综之法。”① 清人高士奇亦评曰:“因驿而发明郡县迁代,不宜促数之故,可谓深达物情,有关治体。”②

再如孙樵《兴元新路记》的最后一段也是议论:“孙樵曰:古人尚谋新,仍曰何必改作?利不十世不变。岂谋新亦未易耶?荥阳公为汉中以褒斜旧路修阻,上谓开文古道以易之。观其上劳其将,下劳及卒,其勤至矣。其始立心,诚无异于古人将济民于艰难也。然朝廷有窃窃之议,道路有唧唧之叹,岂荥阳公始望耶?洗(况?)谋肇乎贾昭,事昌乎李俅。役卒督王(工?)者不增品秩于天子,则加班列于荥阳公。荥阳公无毫利以自与,而怨咎独归荥阳公,岂古所谓为民上者难耶!”③ 开通文川路本为生民造福之事,又是朝廷下诏修筑,但修后不久,因为“朝廷有窃窃之议,道路有唧唧之叹”,加以大雨冲坏道路,因而废弃。据《唐会要》记载:“(大中)四年六月,中书门下奏:山南西道新开路,访闻颇不便人,近有山水,摧损桥阁,使命停拥,馆驿萧条,纵遣重修,必倍费力。臣等今日延英面奏,宣旨却令修斜谷旧路及馆驿者。”④ 其时郑涯罢职,而诏封敖重修旧路。孙樵有叹于此,故对于主修之郑涯颇感不平,因而有此议论。受诏修筑,即招致朝廷官员议论,修好不久,又遭毁弃,从中也可以见出晚唐时期吏治的败坏。

本章在引言中,将这一论题定位于石刻文学与地方文学的研究,

① 高步瀛《唐宋文举要》卷五,上海古籍出版社,1982年,第643—644页。

② 高步瀛《唐宋文举要》卷五,第644页。

③ 孙樵《孙可之文集》卷四,第46—47页。

④ 王溥《唐会要》卷八六,第1866页。

试图在实证的层面上挖掘其文学内涵，并展现出石门题刻多方面的研究价值。

就石刻文学而言，石门题刻首先具有丰富的文体类型，包括颂、铭、记、碑、赋、诗等，这些文体以应用性的叙事为主，这与石门开凿及历代拓展褒斜道事功紧密地联系在一起，也有纯文学性的诗、赋等，表现出历代文士面对优美的山川形势和独特的人物事功所发出的赞美与慨叹；其次是石门文学具有突出的纪实性特点，主要表现在纪人物、纪事件、纪胜迹、纪游览诸方面，这与中国文学重抒情的主流传统有着明显的不同；再次是石门文学也达到了很高的艺术境界，在叙事、抒情和议论等方面，都表现出高度的文学技巧。

就地方文学而言，石门题刻也是在石刻文学基础上体现其区域文学研究价值的。对于历代石刻，我们可以分为可移动石刻和不可移动石刻两种类型，墓志墓碑之类的石刻是可以移动的，而摩崖石刻一般以为是不可移动的，这两种石刻的功能和表现也就会有所不同。石门题刻属于摩崖，应属于不可移动的石刻，尽管当代为了建设水库，将部分石刻凿下移到了博物馆，但这并不妨碍将其视为不可移动石刻的性质。这类石刻较之可移动石刻，其文字往往更古朴，更雄健，更有气势，更为壮阔，也更便于应用，还更利于传世久远。尤其重要的是，刻于石门的题刻，历代归属于汉中地方，其文学是汉中本土人士以及其他游历于汉中人士的优秀作品，是汉中地方文学的重要组成部分。

对于石门题刻，以往的研究在三个方面取得的成就最大：一是考古学研究，因为这一石刻群落的考古学价值有目共睹，故而古今中外的学者都极为关注；二是历史学研究，因为石门题刻涉及很多历史事件，为历代史家所关注，尤其成为汉中历朝历代方志不断记载的珍贵材料；三是书法史研究，《石门十三品》为历代书法家所推崇，堪称

“国之瑰宝”,因而有关影印书帖和研究文字不可胜记。本章侧重于石门题刻文学内涵的挖掘和文学价值的衡定,试图在考古学、历史学和书法史研究取得成就的基础上,更为全面地凸显石门题刻在中国文化史建构方面的巨大作用。

第十四章　李白《蜀道难》解读

李白是唐代最伟大的诗人，是盛唐诗坛的泰斗，在中国诗歌史上享有崇高的地位，他特别以奔放雄奇、无与伦比的乐府歌行雄居于诗坛。我们在他的诗作中选取最能代表他风格的作品，无疑要数《蜀道难》。这首诗打破了传统乐府歌行的固有格式，有如天马行空，无可羁勒。风格豪迈奔放，刚健雄奇，清新飘逸，自然明快；诗境变幻莫测，摇曳多姿，想象丰富，意脉奇妙；语言参差错落，长短不齐，回环往复，气韵浑融。杜甫称赞李白诗说“笔落惊风雨，诗成泣鬼神”[①]，《蜀道难》最能当之。而且这样的诗歌，李白一经措手，后人就难以再写，即使有模仿之作，也难以达到如此崇高的境界与如此独特的风格。

李白的《蜀道难》这首千古名篇，至今仍是家喻户晓。全诗内容如下：

噫吁嚱！危乎高哉！蜀道之难，难于上青天！蚕丛及鱼凫，开国何茫然！尔来四万八千岁，不与秦塞通人烟。西当太白有鸟道，可以横绝峨眉巅。地崩山摧壮士死，然后天梯石栈相钩连。上有六龙回日之高标，下有冲波逆折之回川。黄鹤之飞尚不得

① 仇兆鳌《杜诗详注》卷八，第661页。

过，猿猱欲度愁攀援。青泥何盘盘，百步九折萦岩峦。扪参历井仰胁息，以手抚膺坐长叹。问君西游何时还？畏途巉岩不可攀！但见悲鸟号古木，雄飞雌从绕林间。又闻子规啼夜月，愁空山。蜀道之难，难于上青天，使人听此凋朱颜。连峰去天不盈尺，枯松倒挂倚绝壁。飞湍瀑流争喧豗，砯崖转石万壑雷。其险也若此，嗟尔远道之人胡为乎来哉！剑阁峥嵘而崔嵬，一夫当关，万夫莫开。所守或匪亲，化为狼与豺。朝避猛虎，夕避长蛇，磨牙吮血，杀人如麻。锦城虽云乐，不如早还家。蜀道之难，难于上青天，侧身西望长咨嗟！①

蜀道从西安开始一直到成都。西安，在唐代就是长安。蜀道最关键的节点是汉中。由西安到汉中主要的道路就有四条，分别是子午道、傥骆道、褒斜道和陈仓道。我们一直相传的"明修栈道，暗度陈仓"就是从这里来的。修栈道是修的褒斜道，度陈仓是度的陈仓道。以上四条道都要经过汉中。从汉中到成都，主要有两条道：金牛道、米仓道。清人顾祖禹《读史方舆纪要》卷五六云："汉中入关中之道有三，而入蜀中之道有二。所谓入关中之道三者：一曰褒斜道，二曰傥骆道，三曰子午道也。所谓入蜀之道二者：一曰金牛道，二曰米仓关道也。今繇关中以趋汉中，繇汉中以趋蜀中者谓之'栈道'。其北道即古之褒斜，南道即古之金牛。而子午、傥骆以及米仓之道，用之者或鲜矣。"② 故而以汉中为中心，蜀道的北段有四条，即褒斜道、傥骆道、子午道、陈仓道；南道有两条，即金牛道、米仓道。

① 《李太白全集》卷三，第162—164页。

② 顾祖禹《读史方舆纪要》卷五六，中华书局，2005年，第2663页。

第一节　《蜀道难》的渊源

《蜀道难》,是乐府《相和歌辞·瑟调曲》旧题。《乐府诗集》卷四〇《相和歌辞·瑟调曲》:"《古今乐录》曰:'王僧虔《技录》有《蜀道难行》,今不歌。'《乐府解题》曰:'《蜀道难》备言铜梁玉垒之阻,与《蜀国弦》颇同。'《尚书谈录》曰:'李白作《蜀道难》,以罪严武。后陆畅谒韦南康皋于蜀郡,感韦之遇,遂反其词作《蜀道易》云:蜀道易,易于履平地。'按铜梁玉垒在蜀郡西南,今永康是也。非入蜀道,失之远矣。"① 李白诗是用乐府旧题创作的,而古代诗人所作《蜀道难》诗,今尚存梁简文帝《蜀道难二首》:

> 建平督邮道,鱼复永安宫。若奏巴渝曲,时当君思中。
> 巫山七百里,巴水三回曲。笛声下复高,猿啼断还续。②

梁简文帝的诗歌是写溯长江而上入蜀的道路,并将渝巴连在一起描述。前一首写建平,写永安宫,写巴渝,是在蜀地的东部。第二首写巫山,写巴水,写猿啼,仍然在蜀地的东部。但这仅仅是大略的描写,印象的表达。这两首诗主观情绪很强,与其他的《蜀道难》诗都不一样。

梁刘孝威《蜀道难二首》:

> 玉垒高无极,铜梁不可攀。双流逆巇道,九坂涩阳关。邓侯

---

① 郭茂倩《乐府诗集》卷四〇,第 590 页。
② 郭茂倩《乐府诗集》卷四〇,第 590 页。

束马去，王生敛辔还。惧身充叱驭，奉玉若犹悭。

嵎山金碧有光辉，迁停车马正轻肥。弥思王褒拥节去，复忆相如乘传归。君平子云寂不嗣，江汉英灵已信稀。[①]

陈阴铿《蜀道难》：

王尊奉汉朝，灵关不惮遥。高岷长有雪，阴栈屡经烧。轮摧九折路，骑阻七星桥。蜀道难如此，功名讵可要。[②]

唐张文琮《蜀道难》：

梁山镇地险，积石阻云端。深谷下寥廓，层岩上郁盘。飞梁驾绝岭，栈道接危峦。揽辔独长息，方知斯路难。[③]

《乐府诗集》在录张文琮诗之后，就是李白的《蜀道难》。铜梁、玉垒都是蜀中山名。李白之前的诗人所写的《蜀道难》，都比较简略，也是就蜀道本身来写，表现范围有的大一些，如梁简文帝所言蜀道，包括巴蜀的阔远之地，有的范围小一些，如阴铿、张文琮的《蜀道难》，集中写高山、深谷和栈道。总体而言都比较局促单纯。但这些诗是李白诗的重要渊源。对于李白以前的《蜀道难》，我们以刘孝威诗为例分析一下：

刘孝威的这两首《蜀道难》，明代杨慎所编的《全蜀艺文志》所载

---

① 郭茂倩《乐府诗集》卷四〇，第 591 页。
② 郭茂倩《乐府诗集》卷四〇，第 591 页。
③ 郭茂倩《乐府诗集》卷四〇，第 591 页。

五言的一首多了几句，云："玉垒高无极，铜梁不可攀。双流逆巇道，九坂涩阳关。邓侯束马度，王生敛辔还。敛辔惧身尤，叱驭奉王猷。若恪千金重，谁为万里侯。戏马吞珠界，扬舲濯锦流。沉犀厌怪水，掘镜表灵丘。"[①] 杨慎有擅自篡改古书的恶习，这里所增加的内容，我们现在找不出来源，因而也就不可相信，所以仍然以《乐府诗集》收录的为准。

刘孝威的诗歌，第一首的前四句是正面直接描写蜀道难，"玉垒"山在现在的都江堰市西北，《方舆胜览》称其"控制吐蕃"，"金蜀巨屏，即灌口之障蔽"，山势雄峻险要，逶迤而南，直趋都江堰。玉垒山又下临岷江，仅一关可通，极为险要，故而刘孝威称"玉垒高无极"。"铜梁"在蜀地东南，春秋战国时期，铜梁为巴国属地。唐代以县城东的铜梁山命名为铜梁县。传说铜梁山山顶有石梁横亘，其色如铜，故名"铜梁"。诗中的"双流"指李冰所建都江堰，穿内江、外江于成都，其地水流险急。诗中的"九坂"即西邛崃山的"九折阪"。《太平寰宇记》卷七七《雅州·严道县》："九折阪，即严道山，王阳回辔之所，与邓通所赐铜山相连，即邛崃山之西臂也。……自九折之顶，望蜀中众山，累累如平地，常多风雨云雾，少有晴明，首夏犹冰，初秋即雪。"[②] 诗的前四句从高山、急流、险道正面描写蜀道的艰难。后四句则从历史人物展开，据《三国志·邓艾传》记载："艾自阴平道行无人之地七百余里，凿山通道，造作桥阁。山高谷深，至为艰险，又粮运将匮，频于危殆。艾以毡自裹，推转而下。将士皆攀木缘崖，鱼贯而进。……蜀卫将军诸葛瞻自涪还绵竹，列陈待艾。艾遣子惠唐亭侯忠等出其右，司马师纂等出其左。忠、纂战不利，并退还，曰：'贼未

① 杨慎《全蜀艺文志》卷五，线装书局，2003 年，第 99 页。
② 乐史《太平寰宇记》卷七七，第 1551 页。

可击。’艾怒曰：‘存亡之分，在此一举，何不可之有？’乃叱忠、纂等，将斩之。忠、纂驰还更战，大破之。”[①] 这里用邓艾伐蜀事，足见蜀道之难。王生为王尊，《汉书·王尊传》记载：“先是，琅邪王阳为益州刺史，行部至邛郲九折阪，叹曰：‘奉先人遗体，奈何数乘此险。’后以病去。及尊为刺史，至此阪，问吏曰：‘此非王阳所畏道邪？’吏对曰：‘是。’尊叱其驭曰：‘驱之！王阳为孝子，王尊为忠臣。’”[②] 王尊与王阳的行径大不相同，但都表现出蜀道“九折阪”的艰难。

刘孝威的第二首诗同样是写蜀道的艰难。第一句和第三句用王褒“金马碧鸡”之事，《汉书·郊祀志》言：“或言益州有金马碧鸡之神，可醮祭而致，于是遣谏大夫王褒使持节而求之。”[③] 而王褒卒于祭祀的道中。通过这样的典故来衬托蜀道的险阻。第二句和第四句用司马相如开通西南夷事，司马相如“建节往使，副使王然于、壶充国、吕越人驰四乘之传，因巴蜀吏币物以赂西夷”[④]，而略定西南夷。最后两句是用西汉严君平和其弟子扬雄事，说明蜀道之难。严君平和扬雄是出生于蜀地的两位著名的思想家和文学家，但就是这样的文人，对蜀地之外也了解不多，这就说明蜀道之艰难，也阻挡了人文和文化信息的传播。

《蜀道难》是乐府旧题，后有不少文人仿效，大多未得其神而得其怪。比如中唐陆畅，为讨好西川节度使韦皋，别出心裁，反其意而作《蜀道易》：“蜀道易，易于履平地。”[⑤] 宋尤袤《全唐诗话》卷二《陆畅》条：“畅谒韦皋，作《蜀道易》诗云：‘蜀道易，易于履平地。’皋大

---

① 《三国志》卷二八，中华书局，1959年，第779页。
② 《汉书》卷七六，第3229页。
③ 《汉书》卷二五下，第1250页。
④ 《史记》卷一一七，第3046—3047页。
⑤ 郭茂倩《乐府诗集》卷四〇，第590页。

喜。”[①] 后来就成为下级讨好上级、臣下讨好君主的一种套路。比如明方孝孺《蜀道易》诗序：“臣才虽不敢望白，而所遇之时，白不敢望臣也。因奉教作《蜀道易》一篇，以述圣上及贤王之德。”[②] 诗云：“王道有通塞，蜀道无古今。至险不在山与水，只在国政并人心。六朝五季时，王路嗟陆沉。遂令三代民，尽为兽与禽。当时岂惟蜀道难，八荒之内皆晦阴。戎夷杂寇盗，干戈密如林。今逢天子圣，贤王之德世所钦。文教洽飞动，风俗无邪淫。孱夫弱妇怀千金，悍吏熟视不敢侵。蜀道之易谅在此，咄尔四方来者，不惮山高江水深。”[③] 这些都与李白的《蜀道难》形成了鲜明的对照。

第二节　《蜀道难》的主题

关于李白《蜀道难》的主题，古今有多种说法，概括起来大要有五种：

第一，罪严武，危房杜。唐范摅《云溪友议》卷上《严黄门》条：“武年二十三，为给事黄门侍郎，明年，拥旄西蜀，累于饮筵，对客骋其笔札。杜甫拾遗乘醉而言曰：‘不谓严挺之有此儿也。’武恚目久之，曰：‘杜审言孙子拟捋虎须？’合座皆笑，以弥缝之。武曰：‘与公等饮馔谋欢，何至于祖考矣。’房太尉琯亦微有所忤，忧怖成疾。……李太白为《蜀道难》，乃为房、杜之危也。略曰：‘剑阁峥嵘而崔嵬，一夫当关，万夫莫开。所守或非人，化为狼与豺。（此谓武之酷暴矣）朝避猛虎，夕避长蛇。磨牙吮血，杀人如麻。锦城虽云乐，不如早还家。

① 尤袤《全唐诗话》卷二，《历代诗话》，第 113 页。

② 方孝孺《方孝孺集》卷二四，浙江古籍出版社，2013 年，第 925 页。

③ 方孝孺《方孝孺集》卷二四，第 926 页。

蜀道之难难于上青天,侧身西望长咨嗟。’杜初自作《阆中行》:‘豺狼当路,无地游从。’……李翰林作此歌,朝右闻之,疑严武有刘焉之志。”[①] 这种说法,也为《新唐书·严武传》与《韦皋传》所采用。但宋人沈括在《梦溪笔谈》卷四加以反驳说:“前史称严武为剑南节度使,放肆不法,李白为之作《蜀道难》。按孟棨所记,白初至京师,贺知章闻其名,首诣之,白出《蜀道难》,读未毕称叹数四。时乃天宝初也,此时白已作《蜀道难》,严武为剑南乃在至德以后肃宗时,年代甚远。盖小说所记,各得于一时见闻,本末不相知,率多舛误,皆此文之类。李白集中称‘刺章仇兼琼’,与《唐书》所载不同,此《唐书》误也。”[②]

第二,讽章仇兼琼。宋人洪迈《容斋续笔》卷六《严武不杀杜甫》条云:“李白《蜀道难》,本以讥章仇兼琼,前人尝论之矣。”[③] 宋人宋敏求纂辑《李白别集》于此诗注有“讽章仇兼琼也”。南宋胡仔《苕溪渔隐丛话》前集卷五引《洪驹父诗话》云:“尝见李集一本于《蜀道难》题下注:讽章仇兼琼也。考其年月近之矣。”[④] 但除了宋敏求之本外,其他宋蜀刻本、敦煌钞卷、《文苑英华》《唐文粹》等均无此注。

第三,讽玄宗幸蜀。元人萧士赟《李太白集分类补注》卷三云:“太白此时盖亦深知幸蜀之非计,欲言则不在其位,不言则爱君忧国之情不能自已,故作是诗以达意也。”[⑤] 而后弘历《唐宋诗醇》、沈德潜《唐诗别裁集》、陈沆《诗比兴笺》皆主此说。

第四,仅言蜀道,无所寓意。明人胡震亨《李诗通》云:“兼琼在

---

① 唐雯《云溪友议校笺》卷上,第 36 页。

② 沈括《梦溪笔谈》卷四,中华书局,2015 年,第 34 页。

③ 洪迈《容斋随笔》,第 284 页。

④ 胡仔《苕溪渔隐丛话》前集卷五,第 31 页。

⑤ 萧士赟《李太白集分类补注》卷三,《景印文渊阁四库全书》第 1066 册,第 482 页。

蜀御吐蕃著绩，无据险跋扈迹可当斯诗；而严武出镇在至德后，玄宗幸蜀在天宝末，与此诗见赏贺监在天宝初者，年岁亦皆不合；则此数说似并属揣摩。愚谓《蜀道难》自是古相和歌曲，梁、陈间拟作者不乏，讵必尽有为而作？白蜀人，自为蜀咏耳。言其险，更著其戒，如云'所守或非亲，化为狼与豺'，风人之义远矣。必求一时一人之事以实之，不几失之细乎？"[①] 顾炎武《日知录》卷二六亦云："李白作《蜀道难》者，乃为房与杜危之也。此宋人穿凿之论。李白《蜀道难》之作，当在开元天宝间，时人共言锦城之乐，而不知畏途之险、异地之虞。即事成篇，别无寓意。"[②] 则是从蜀道之难本身立论，否定了以前危房杜的穿凿之论。

第五，送友人入蜀。詹锳《李白诗文系年》云："按太白《剑阁赋》注云：'送友人王炎入蜀。'赋中写剑阁之险与此篇颇多有相似处。……白又有《送友人入蜀》……意者《剑阁赋》《送友人入蜀》及此诗三者俱是先后之作。"[③] 郁贤皓《李太白全集校注》卷二云："胡震亨《李诗通》、顾炎武《日知录》谓'即事成篇，别无寓意'；近人詹锳谓送友人入蜀。然此数说又未尽达此诗之意。无寓意，送友人入蜀，何以将蜀道写得如此艰险？今按，陈阴铿《蜀道难》末二句云：'蜀道难如此，功名讵可要！'可知《蜀道难》此题原来就有功业难求之意。中晚唐之际的诗人姚合《送李馀及第归蜀》诗曰：'李白《蜀道难》，羞为无成归。子今称意行，蜀道安觉危。'可知唐人认为李白写《蜀道难》，是寓有功业无成之意的。正如《行路难》寓有仕途艰难之意一样。孟棨《本事诗》和王定保《唐摭言》记载《蜀道难》被贺

① 胡震亨《李诗通》卷四，引自郁贤皓《李太白全集校注》卷二，第211页。

② 黄汝成《日知录集释》卷二六，上海古籍出版社，1985年，第1927页。

③ 詹锳《李白诗文系年》，作家出版社，1958年，第33—34页。

知章赞赏，皆称‘李白初自蜀至京师，舍于逆旅’，‘名未甚振’，当即指出蜀未几，初入长安之时。李白初入长安，为的是追求功业，结果却无成而归。由此证知，此诗当是开元年间初入长安无成而归时，送友人而寄意之作。”[①] 姚合的《送李馀及第归蜀》诗："蜀山高岧峣，蜀客无平才。日饮锦江水，文章盈其怀。十年作贡宾，九年多邅回。春来登高科，升天得梯阶。手持冬集书，还家献庭闱。人生此为荣，得如君者稀。李白《蜀道难》，羞为无成归。子今称意行，所历安觉危。与子久相从，今朝忽乖离。风飘海中船，会合难自期。长安米价高，伊我常渴饥。临岐歌送子，无声但陈词。义交外不亲，利交内相违。勉子慎其道，急若食与衣。苦爇道路赤，行人念前驰。一杯不可轻，远别方自兹。”[②] 与《蜀道难》的主题应该相一致，可以与李白的《蜀道难》相映照参证。

《蜀道难》的写作时间，在天宝十二载（753）之前。这首诗被殷璠选入《河岳英灵集》卷上，殷璠评曰："白性嗜酒，志不拘检，常林栖十数载，故其为文章，率皆纵逸。至如《蜀道难》等篇，可谓奇之又奇。然自骚人以还，鲜有此体调也。"[③] 根据《河岳英灵集》的序文，该书选诗截止时间为天宝十二载（753）。因而历代有关李白作《蜀道难》目的是"罪严武""危房杜""讽玄宗幸蜀""讽章仇兼琼"等说法都不能成立。因为这些事件的年代都在天宝十二载（753）之后。综合以上分析，我们觉得这首诗是开元十八年（730）李白初入长安后送友人入蜀的作品。安旗主编《李白全集编年笺注》卷二系此诗于开元十九年（731）李白将离长安时[④]，可从。

---

① 郁贤皓《李太白全集校注》卷二，第201—202页。

② 吴河清《姚合诗集校注》，第597—598页。

③ 傅璇琮、陈尚君、徐俊《唐人选唐诗新编》（增订本），第171页。

④ 安旗《李白全集编年笺注》卷二，中华书局，2015年，第161页。

《蜀道难》诗题，敦煌写本《唐人选唐诗》作《古蜀道难》，是知李白用乐府古题而作诗。

第三节　《蜀道难》诗意解读

噫吁嚱！危乎高哉！蜀道之难，难于上青天！

宋祁《宋景文公笔记》卷上："蜀人见物惊异，辄曰'噫吁嚱'，李白作《蜀道难》，因用之。"① "噫吁嚱"三字，有惊异，有奇怪，有怀疑，奠定了全诗的感情基调。贺裳《载酒园诗话又编》："《蜀道难》一篇，真与河岳并垂不朽。即起句'噫吁嚱，危乎高哉'七字，如累棋架卵，谁敢并于一处？"② 郁贤皓《李太白全集校注》卷二："开头连用三个口语感叹词，惊呼蜀道的高危奇险，用'难于上青天'这一极度夸张比喻作为全诗主旋律，为全诗奠定雄放基调。"③

开头三句极言蜀道之难，以比喻和夸张出之，并且连用三个叹词，为全诗定下了基调。同时"危乎高哉"四字也统摄了全诗的内容。即诗的前半写地形之险，诗的后半写人事之危。

蚕丛及鱼凫，开国何茫然！

蚕丛和鱼凫是蜀国的两个君主之名，是蜀国开国者。扬雄《蜀王本纪》："蜀王之先称王者，名蚕丛、柏濩、鱼凫、蒲泽、开明。是时，人萌椎髻左衽，不晓文字，未有礼乐。从开明已上到蚕丛，积三万四千岁。"④《蜀王本纪》记载说："蜀王之先名蚕丛，后代曰柏灌，后者名

---

① 宋祁《宋景文公笔记》卷上，《全宋笔记》第8册，大象出版社，2019年，第69页。

② 贺裳《载酒园诗话又编》，《清诗话续编》，第316页。

③ 郁贤皓《李太白全集校注》卷二，第214页。

④ 王文才、王炎《蜀志类钞》，巴蜀书社，2010年，第1页。

鱼凫。此三代各数百岁,皆神化不死,其民亦颇随王化去。鱼凫田于湔山得仙,今庙祀之于湔。时蜀民稀少。”①

《华阳国志·蜀志》云:“有蜀侯蚕丛,其目纵,始称王。……次王曰柏灌。次王曰鱼凫。鱼凫王田于湔山,忽得仙道。”② 四川发现的三星堆遗址,大约相当于古蜀传说中的“鱼凫”王朝,距今四千年至三千二百年。这是当时长江上游的文明中心。其铜人面具与《华阳国志》所记载的“其目纵”完全吻合。

蚕丛以农业兴邦,又应与蚕桑业相关。故而千万年来蜀锦蜀绣一直名闻天下。然据王位替代情况看,三星堆自第二期文化开始,出现了与鸟有关的器物,这就与柏灌氏取代蚕丛氏有关。而第三期所出的大批器物上既有鸟的图案,又有鱼图纹饰,这就说明三星堆第三期文化与鸟族和鱼族密切相关。

尔来四万八千岁,不与秦塞通人烟。

秦塞,即秦地,今陕西省地。秦中自古是山川险阻之地,故名秦塞。秦蜀相通,始于秦惠王伐蜀。扬雄《蜀王本纪》记载:“《秦惠王本纪》曰:秦惠王欲伐蜀,乃刻五石牛,置金其后,蜀人见之,以为牛能大便金。牛下有养卒,以为此天牛也,能便金。蜀王以为然,即发卒千人,使五丁力士拖牛成道,致三枚于成都。秦道得通,石牛之力也。后遣丞相张仪等,随石牛道伐蜀焉。”③

西当太白有鸟道,可以横绝峨眉巅。

先说“太白”,《水经注》:“太白山,在武功县南,去长安二百里,不知其高几何,俗云武功太白。去天三百,山下军行,不得鼓角,鼓角

---

① 王文才、王炎《蜀志类钞》,第2页。
② 任乃强《华阳国志校补图注》卷三,上海古籍出版社,1987年,第118页。
③ 王文才、王炎《蜀志类钞》,第6页。

则疾风雨至。杜彦达曰：太白山南连武功山，于诸山最为秀杰，冬夏积雪，望之皓然。"[①] 这首诗是李白在长安所作，太白峰的方向在长安的西南面，故称"西当太白"。

再说"鸟道"，王琦注《李太白全集》解释云："鸟道，谓连山高峻，其少低缺处，惟飞鸟过此，以为径路，总见人迹所不能至也。"[②] 而古人也以为山路狭窄难行者即为"鸟道"。唐玄宗《早登太行山中言志》诗："火龙明鸟道，铁骑绕羊肠。"[③] 郑世翼《巫山高》诗："危峰入鸟道，深谷写猿声。"[④] 王维《送杨长史赴果州》诗："鸟道一千里，猿啼十二时。"[⑤] 刘长卿《寻张逸人山居》诗："危石才通鸟道，空山更有人家。"[⑥] 李白《秋浦歌十七首》其十一："逻人横鸟道，江祖出鱼梁。"[⑦] 杜甫《秋兴八首》其七："关塞极天唯鸟道，江湖满地一渔翁。"[⑧] 高适《入昌松东界山行》诗："鸟道几登顿，马蹄无暂闲。"[⑨] 李端《送皎然上人归山》诗："云阴鸟道苔方合，雪映龙潭水更清。"[⑩] 刘迥《烂柯山四首》其二："石桥架绝壑，苍翠横鸟道。"[⑪] 翁绶《雨雪曲》诗："铁岭探人迷鸟道，阴山飞将湿貂裘。"[⑫] 司空图《杂题九首》其

---

① 王国维《水经注校》卷一八，第 586 页。

②《李太白全集》卷三，第 163 页。

③《全唐诗》卷三，第 39 页。

④《全唐诗》卷三八，第 489 页。

⑤《全唐诗》卷一二六，第 1272 页。

⑥《全唐诗》卷一五〇，第 1555 页。

⑦《李太白全集》卷八，第 422 页。

⑧ 仇兆鳌《杜诗详注》卷一七，第 1494 页。

⑨《全唐诗》卷二一四，第 2232 页。

⑩《全唐诗》卷二八六，第 3270 页。

⑪《全唐诗》卷三一二，第 3517 页。

⑫《全唐诗》卷六〇〇，第 6939 页。

九："溪涨渔家近，烟收鸟道高。松花飘可惜，睡里洒离骚。"①

再说"峨眉"，山名，在成都北广元。陈红涛、永元《〈长恨歌〉中的"峨眉山"考辨》云："经过实地考查和查证，我们认为它是指利州（今广元县）境内、古蜀道旁的小峨眉山。据《广元县志》载：'小峨眉在县北六十里朝天驿（今朝天公社）。'（清乾隆间修本）另一种《广元县志》称：'小山岸阿似眉，故名。'前明确写道——白居易《长恨歌》'峨眉山下少人行'，即此。盖明皇幸蜀，实经此道。查了县志后，为了访古，我们便从广元出发经石柜阁（千佛岩）、飞仙关，穿过明月峡，来到朝天驿时，那'岸阿似眉'的小峨眉山兀然出现在眼前。它与朝天驿同在嘉陵江东岸，而又中隔一条潜水；潜水就在它们面前汇入嘉陵江。所以《广元县志》称小峨眉在'朝天潜水北岸'。"②向回《李白〈蜀道难〉笺证》："峨眉，以往注家多引《太平寰宇记·嘉州》'峨眉县'：'峨眉山，按《益州记》云：峨眉山在南安县界，两山相对，状似蛾眉。张华《博物志》以为牙门山。'认为指的是今四川省峨眉县西南名扬天下之'峨眉山'。然此峨眉山在成都西南近千里，不在由秦入蜀道上。《广元县志》：'小峨眉在县北六十里朝天驿。又：小山岸阿似眉，故名。白居易《长恨歌》：峨眉山下少人行。即此。'则诗中'峨眉'指广元县之小峨眉山，乃古蜀道所经之山。"③是据《广元县志》所载，广元县北六十里朝天驿有小峨眉山，是蜀道必经之地。朝天驿就是唐代著名的"筹笔驿"，唐代诗人多所吟咏。李白《代寿山答孟少府移文书》称："近者逸人李白，自峨眉而来。……

① 《全唐诗》卷六三二，第7257页。

② 陈红涛、永元《〈长恨歌〉中的"峨眉山"考辨》，《社会科学研究》1982年第2期，第98页。

③ 向回《李白〈蜀道难〉笺证》，《乐府学》第13辑，社会科学文献出版社，2016年，第36页。

遁乎此山。”① 也是指广元的峨眉山。因李白家于江油,即在广元。他从家乡来,一定是广元的峨眉。但李白的《峨眉山月歌》“峨眉山月半轮秋,影入平羌江月流”②,则是现在著名的峨眉山,与平羌江相连。“峨眉”这个地名前人与时贤经常注错,如郁贤皓《李太白全集校注》卷二:“峨眉,山名,在今四川峨眉山市西南,有山峰相对如蛾眉,故名。”③ “太白”“鸟道”“峨眉”都是蜀道最为艰险之地。

地崩山摧壮士死,然后天梯石栈相钩连。

扬雄《蜀王本纪》云:“秦王知蜀王好色,乃献美女五人于蜀王。蜀王爱之,遣五丁迎女还,至梓橦,见一大蛇入山穴中,一丁引其尾不出,五丁共引蛇,山乃崩,压五丁,五丁踏地大呼。秦王五女及迎送者,皆上山化为石。蜀王登台,望之不来,因名五妇候台。蜀王亲埋作冢,皆致万石,以志其墓。”④

常璩《华阳国志·蜀志》:“周显王二十二年,蜀侯使朝秦。秦惠王数以美女进,蜀王感之,故朝焉。惠王知蜀王好色,许嫁五女于蜀。蜀遣五丁迎之。还到梓潼,见一大蛇入穴中。一人揽其尾,掣之,不禁。至五人相助,大呼拽蛇。山崩,同时压杀五人及秦五女,并将从;而分为五岭。”⑤《华阳国志·蜀志》又云:“周慎王五年秋,秦大夫张仪、司马错、都尉墨等从石牛道伐蜀。蜀王自于葭萌拒之,败绩。王遁走至武阳,为秦军所害。其相傅及太子退至逢(当作逄)乡,死于白鹿山。开明氏遂亡。凡王蜀十二世。”⑥

---

①《李太白全集》卷二六,第1225页。

②《李太白全集》卷八,第441页。

③ 郁贤皓《李太白全集校注》卷二,第206页。

④ 王文才、王炎《蜀志类钞》,第8页。

⑤ 任乃强《华阳国志校补图注》卷三,第123页。

⑥ 任乃强《华阳国志校补图注》卷三,第126页。

这里还要解释一下"石栈",这是一种与通常木栈道不同的栈道。一般的栈道,即如《太平寰宇记》卷八四《剑州》所引《华阳国志》所记载:"诸葛亮相蜀,凿石架空为飞阁道,以通蜀汉。"[①] 故而栈道又称"栈阁""阁道"。而"石栈"与一般的栈道不同,石栈的开凿,主要有三种方式:一是傍山开凿石梯,旁设石鼻,以木穿接为护栏;二是在绝壁上凿石孔、石槽,以石条或石板嵌入为栈梁,上铺木板为路;三是在突出的山嘴或绝壁上凿石槽,成为通道。

以上八句写蜀道开辟的艰难。运用神话传说增添了神秘色彩,表现了蜀道开辟的神奇过程,从而渲染了蜀道的险峻气势,也注入了浓厚的浪漫主义色彩。

上有六龙回日之高标,下有冲波逆折之回川。

高标,山中最高处可以作为标志者称为"高标"。古代神话,羲和每天用六条龙驾着太阳的座车出发,到名叫悬车的地方转车回去。诗句是说蜀山高峻险阻,连羲和都得为之回车。按"上有六龙回日之高标",敦煌写本作"上有横河断海之浮云",这两个版本的异文,一个直接写高,一个间接写高,各有优长。我们怀疑敦煌写本可能为李白的初稿,而通行本或为李白的定稿。

"六龙回日"用《淮南子》注的典故,《初学记》卷一:"《淮南子》云:'……爰止羲和,爰息六螭,是谓悬车。'注曰:'日乘车,驾以六龙,羲和御之。日至此而薄于虞泉,羲和至此而回六螭。'"[②] 李白用这一典故,状写蜀道之高峻。

黄鹤之飞尚不得过,猿猱欲度愁攀援。

目前的剑门关,设有"猿猱道",是绝壁之道,比"鸟道"更险峻。

---

① 乐史《太平寰宇记》卷八四,第 1673 页。

② 徐坚《初学记》卷一,中华书局,1962 年,第 5 页。

全长四百四十米，离地高差五百余米，呈“之”字形沿悬崖缝而上，路宽处仅三十厘米，窄处不到十五厘米。但这一猿猱道应该是附会李白诗而成。李白诗的本意应是蜀道至为艰险，猿猱难以飞过，而不一定就有特定的猿猱道。

青泥何盘盘，百步九折萦岩峦。扪参历井仰胁息，以手抚膺坐长叹。

诗歌写到“青泥何盘盘”开启了下一段。前面写的是古蜀道，后面写的是唐蜀道。写古蜀道重点突出褒斜道和金牛道开辟的艰难，而呈现出蜀道的历史、传说与神话；写唐蜀道则点出青泥岭、连峰、剑阁，而使人体会到李白描写蜀道难的现实意义。前半重在虚写，后半重在实写，然又都能做到虚实结合。前半重在写蜀道北段，后半重在写蜀道南段，以表现出南段比北段更难。前半重在写开路，后半重在写行路，行路比开路更难，开路是阶段性的，行路是普遍的，是永久的。这样的分合弛张，这样的虚实相映，共同表现出“蜀道之难，难于上青天”的主题。

青泥，即青泥岭。《元和郡县图志》卷二二《兴州长举县》：“青泥岭，在县西北五十三里，接溪山东，即今通路也。悬崖万仞，山多云雨，行者屡逢泥淖，故号青泥岭。”[①] 李之勤《“故道”释名与考地》云：“青泥路位于唐宋凤州河池县和兴州长举县（今略阳县白水江镇东北，与甘肃省徽县接界处的长烽村）接界处的青泥岭。青泥岭在徽县东南，山东体为青绿色风化岩石构成，高险峻拔，道路盘折，受雨水冲刷，泥浆皆呈绿色。所以古书曾说它‘悬岸万仞，山多云雨，行者屡逢泥淖，故号青泥岭’。唐朝中期，安史之乱爆发，潼关失陷，玄宗仓皇逃往四川，就是取故道，过青泥岭的。”[②] 由青泥岭出，西走至成

① 李吉甫《元和郡县图志》卷二二，第 571 页。

② 李之勤《西北史地研究》，中州古籍出版社，1995 年，第 49 页。

县入蜀，是为阴平道；东走至略阳再至广元汇入金牛道，是为青泥道。青泥岭在蜀道中位置极其重要，也最为险艰。我们这里列举一位明代诗人王云凤的《过铁山歌》，以见经过青泥岭的感受："晓离李白青泥岭，暮度吴玠仙人关。上如绿壁蜗曳涎，下如窜莽雉束翰。曾闻阴平与三峡，舟车往往为摧残。入蜀大抵无坦途，此地令人毛骨寒。悬崖峭壁扼深谷，枯松怪石生其间。魂惊目眩人蚁附，手扪足缩成盘跚。古寨白骨几千载，野翁指点咤自叹。金人既入和尚原，又报百万开铁山。莫道河池蜀门户，要知保蜀须长安。阴风忽自远壑起，随以急雪千万里。行人半载衣裳单，还胜樵夫冻欲死。须臾雪霁云亦无，片月当空去人咫。赵抃元非宰相才，七度过此徒劳哉。新法可罢即当罢，如何却待安石来。中原都无用武地，益州一隅非上计。木牛流马竟何功，道险英雄难用智。吁嗟纷纷不足数，我独有怀怀杜甫。携家冻饥白水峡，犹自清歌无所苦，眼底荣华视如土。"①

扪参历井，"参"与"井"是两个星宿名。参宿是蜀的分野，井宿是秦的分野。"仰胁息"，《资治通鉴》卷一四八："王公畏之，重足胁息。"胡三省注："胁息者，屏气鼻不敢息，唯两胁潜动以舒气息耳。"②

以上八句极言蜀道的高峻奇险，"上有六龙回日之高标"极言其高，"下有冲波逆折之回川"极言其危，是仰视与俯瞰的对比。以下都是对于高、危的正面与侧面描写。

问君西游何时还？畏途巉岩不可攀！但见悲鸟号古木，雄飞雌从绕林间。又闻子规啼夜月，愁空山。蜀道之难，难于上青天，使人听此凋朱颜。

子规，鸟名，即杜鹃。又称杜宇、蜀魄、蜀魂、催归。相传古蜀帝

① 王云凤《博趣斋稿》卷五，《续修四库全书》第1331册，第161页。

②《资治通鉴》卷一四八，第4618页。

杜宇化为杜鹃,上面讲到三星堆,说古代蜀帝鱼凫后就是杜宇。故后人称杜鹃为杜宇。其啼声哀怨动人。西汉扬雄《蜀王本纪》载:“后有一男子名曰杜宇,从天堕止,朱提有女子名利,从江源地井中出,为杜宇妻。宇自立为蜀王,号曰望帝。”① 左思《蜀都赋》:“鸟生杜宇之魄。”李善注:“《蜀纪》曰:‘昔有人姓杜,名宇,王蜀,号曰望帝。宇死,俗说云宇化为子规。子规,鸟名也。蜀人闻子规鸣,皆曰望帝也。’”② 杜甫《杜鹃行》诗:“古时杜宇称望帝,魂作杜鹃何微细。”③

连峰去天不盈尺,枯松倒挂倚绝壁。飞湍瀑流争喧豗,砯崖转石万壑雷。其险也若此,嗟尔远道之人胡为乎来哉!

贺裳《载酒园诗话又编》:“‘连峰去天不盈尺,孤松倒挂倚绝壁。飞湍瀑流争喧豗,砯崖转石万壑雷。’每读之,剑阁、阴平,如在目前。”④

剑阁峥嵘而崔嵬,一夫当关,万夫莫开。所守或匪亲,化为狼与豺。朝避猛虎,夕避长蛇,磨牙吮血,杀人如麻。

剑阁是四川剑阁县东北大剑山、小剑山之间的栈道,连山绝险,三国时诸葛亮于此地凿石架空为飞梁阁道,以通行旅,又于大剑山峭壁中断两崖相峙处,倚崖砌石为门,置阁尉,设戍守,谓之剑阁,成为军事要隘。后来成为秦蜀间的一条主要通道。《华阳国志·汉中志》:“梓橦郡汉德县有剑阁道三十里,至险。”⑤《元和郡县图志》卷三三:“剑门县,中,西南至州六十里。本汉葭萌县地,圣历二年分普

① 王文才、王炎《蜀志类钞》,第3页。
② 萧统《文选》卷四,第189页。
③ 仇兆鳌《杜诗详注》卷一〇,第837页。
④ 贺裳《载酒园诗话又编》,《清诗话续编》,第316页。
⑤ 任乃强《华阳国志校补图注》卷二,第91页。

安、永归、阴平三县置剑门县,因剑门山为名也。"① 同书卷二二:"利州益昌县,中下。东北至州四十五里。本汉葭萌县地。晋改置晋寿县,周改为益昌县,属晋寿郡,隋改属利州。""小剑故城在县西南五十一里,小剑城去大剑戍四十里。连山绝险,飞阁通衢,故谓之剑阁道。自县西南逾小山入大剑口,即秦使张仪、司马错伐蜀所由路也,亦谓之石牛道。"② 安史之乱发生后,唐玄宗李隆基幸蜀经过剑门关时,也作了《幸蜀西至剑门》诗云:"剑阁横云峻,銮舆出狩回。翠屏千仞合,丹嶂五丁开。灌木萦旗转,仙云拂马来。乘时方在德,嗟尔勒铭才。"③

诗中的"一夫当关,万夫莫开",来源于左思《蜀都赋》的"一人守隘,万夫莫向"④。张载《剑阁铭》之"一人荷戟,万夫趑趄"⑤,其义与左赋、李诗涵义相同。诗中的"所守或匪亲",来源于张载《剑阁铭》中的"形胜之地,匪亲勿居"⑥。晋时张载《剑阁铭》是李白作《蜀道难》采用最多的名篇。

明胡震亨《唐音癸签》卷二一云:"《蜀道难》自是古曲,梁、陈作者,止言其险,而不及其他。白则兼采张载《剑阁铭》'一人荷戟,万夫趑趄,形胜之地,匪亲弗居'等语用之,为恃险割据与羁留佐逆者著戒。惟其海说事理,故苞括大,而有合乐府讽世立教本旨,若第取一时一人事实之,反失之细而不足味矣。"⑦ 贺裳《载酒园诗话又

---

① 李吉甫《元和郡县图志》卷三三,第 848 页。
② 李吉甫《元和郡县图志》卷二二,第 565 页。
③《全唐诗》卷三,第 33 页。
④ 萧统《文选》卷四,第 190 页。
⑤ 萧统《文选》卷五六,第 2411 页。
⑥ 萧统《文选》卷五六,第 2411 页。
⑦ 胡震亨《唐音癸签》卷二一,第 229 页。

编》:"'一夫当关,万夫莫开。所守或匪亲,化为狼与豺。'不惟刘璋、李势恨事如见,即孟知祥一辈亦逆揭其肺肝,此真诗之有关系者,岂特文词之雄!纷纷为明皇,为房、杜,讥严武,讥章仇兼琼,俱无烦聚讼。"① 剑门关是三国时诸葛亮所设置,成为秦蜀之间最为重要的军事要塞,也因为剑门关,就将汉中平原连成一线。在剑门关发生了无数次的战争,但一直没有人从正面攻破过剑门关。

锦城虽云乐,不如早还家。蜀道之难,难于上青天,侧身西望长咨嗟!

锦城,即成都。扬雄《蜀都赋》:"尔乃其人,自造奇锦。"② 是成都名为"锦城"的来源。又称"锦官城",因为三国时蜀汉王朝曾设锦官建置于此,并建锦官城以保护蜀锦生产。杜甫《蜀相》诗称:"丞相祠堂何处寻,锦官城外柏森森。"③ 李膺在《益州记》中也说:"锦城在益州南,笮桥东,流江南岸,蜀时故锦官也,其处号锦里,城墉犹在。"④ 唐李吉甫《元和郡县图志》卷三一《成都府成都县》:"锦城在县南一十里。故锦官城也。"⑤

自"剑阁峥嵘而崔嵬"至结尾,是由蜀道高危奇险的地势引出政治局势,并透露出诗人的隐忧。因为特殊的地势易于造成割据的局面,而且历史上也出现了多次割据,这是需要警戒的。这样的警戒也是诗人经常表现的主题,即如杜甫《剑门》诗:"惟天有设险,剑门天下壮。连山抱西南,石角皆北向。两崖崇墉倚,刻画城郭状。一夫怒临关,百万未可傍。珠玉走中原,岷峨气凄怆。三皇五帝前,鸡犬各

① 贺裳《载酒园诗话又编》,《清诗话续编》,第316页。
② 严可均《全上古三代秦汉三国六朝文·全汉文》卷五一,第402页。
③ 仇兆鳌《杜诗详注》卷九,第736页。
④ 孙琪华《〈益州记〉辑注及校勘》,巴蜀书社,2015年,第1页。
⑤ 李吉甫《元和郡县图志》卷三一,第768页。

相放。后王尚柔远,职贡道已丧。至今英雄人,高视见霸王。并吞与割据,极力不相让。吾将罪真宰,意欲铲叠嶂。恐此复偶然,临风默惆怅。”[1] 晚唐李商隐吟剑阁的《井络》诗云:“井络天彭一掌中,漫夸天设剑为峰。阵图东聚夔江石,边柝西悬雪岭松。堪叹故君成杜宇,可能先主是真龙。将来为报奸雄辈,莫向金牛访旧踪。”[2] 都是担心奇险高峻的蜀道、壮丽优美的山川被野心家所利用造成国家分裂的局面。故而《蜀道难》的结尾实则是表达对于国事的关注。

第四节 《蜀道难》艺术分析

李白《蜀道难》之所以能够打动千百年来无数的读者,关键在于这首诗达到了极高的艺术境界。即如唐人殷璠所称“可谓奇之又奇,然自骚人以还,鲜有此体调也”[3]。我们概括其艺术成就,重点在五个方面:

一、以赋为诗的铺排

《蜀道难》以赋为诗的特点,前人已经关注到。明人朱谏《李诗选注》卷二:“赋也。”[4] “首二句以叹辞而发其端,末二句以叹辞而结其意。首尾相应,而关键之密也。白此诗极其雄壮,而铺叙有条,起止有法,唐诗之绝唱者。”[5] 明人陆时雍《唐诗镜》卷一八:“《蜀道难》

---

① 仇兆鳌《杜诗详注》卷九,第 720 页。

②《全唐诗》卷五四〇,第 6207 页。

③ 殷璠《河岳英灵集》,《唐人选唐诗新编》(增订本),第 171 页。

④ 朱谏《李诗选注》卷二,《续修四库全书》第 1305 册,第 558 页。

⑤ 朱谏《李诗选注》卷二,《续修四库全书》第 1305 册,第 560 页。

近赋体,魁梧奇谲,知是伟人。”[1] 论述了李白作诗用赋的写法,并且受到屈原辞赋的影响很大。而《蜀道难》还有两个方面的内容似乎更值得探究。

一是受前人《蜀都赋》的影响。古人作《蜀都赋》者以西汉扬雄和东晋左思最为著名。扬雄《蜀都赋》前启班固之《二都赋》,后启张衡之《南都赋》,并对东晋左思《蜀都赋》产生了很大的影响。而李白的《蜀道难》受左思《蜀都赋》的影响更大。如左赋“夫蜀都者,盖兆基于上世,开国于中古”,李诗“蚕丛及鱼凫,开国何茫然”;左赋“羲和假道于峻歧,阳乌回翼乎高标”,李诗“上有六龙回日之高标”;左赋“一人守隘,万夫莫向”,李诗“一夫当关,万夫莫开”;左赋“猿狖腾希而竞捷,虎豹长啸而永吟”,李诗“黄鹤之飞尚不得过,猿猱欲度愁攀援”;左赋“碧出苌弘之血,鸟生杜宇之魄”,李诗“但见悲鸟号古木,雄飞雌从绕林间。又闻子规啼夜月,愁空山”。

二是以诗的韵律统摄赋的铺排。如果我们仅限于李白《蜀道难》的赋体特点,那么还没有认识到这首诗的价值所在。这首诗之所以打动读者,更在于诗的节奏、诗的韵律,以此统摄赋法,就使得以铺张扬厉为能事的整饬之赋,成为气势恢宏又变化多端的乐府歌行。有赋的特点就能够纵横驰骋地叙事咏物,有诗的韵律就能够放浪恣肆地抒情写意。二者结合,使得《蜀道难》达到了登峰造极的艺术境界。

二、穿越时空的激情

所谓蜀道,是指由秦入蜀的险阻山道。李白这首《蜀道难》却将蜀道的艰险奇伟,描写得淋漓尽致,既让人望而却步,又让后人再也

---

① 陆时雍《唐诗镜》卷一八,《景印文渊阁四库全书》第 1411 册,第 463 页。

无从落笔。就连走过这条蜀道的大诗人杜甫，也没能写出超越李白这首的蜀道诗。此诗纯由激情展开，开篇的感叹，先声夺人，特别有一种将读者裹挟而去的力量。但施蛰存《唐诗百话》对于一些诗句曾有过不同的论说，认为细按其诗，会发现不少翻来覆去的重意句，如“上有六龙回日”二句与后部的“连峰去天”四句，意思就比较复叠。在章法结构上，也有轻重失宜、比例失调之处，如“剑阁”以下九句，就“破坏了全诗的统一性”[①]。在用韵和句法上，如“连峰”二句中，“‘尺’‘壁’一韵，只有二句，接下去立刻就换韵，使读者到此，有气氛短促之感。在长篇歌行中忽然插入这样的短韵句法，一般都认为是缺点。尽管李白才气大，自由用韵，不受拘束，但这两句韵既急促，思想又不成段落，在讲究诗法的人看来，终不是可取的”[②]。但是我们总觉得，这些问题在其他诗人的作品中的确是问题，而在李白诗中就不是问题。这是因为李白写这一类诗歌，发兴无端，气势壮大，想落天外，奇之又奇，这种表达方式无以名之，只能称之为“李白式的方式”。因此读者是不应去细究局部和细节的，而应跟着李白激情的节奏，随其转荡飘飞、任其性情之所之。诗人或大开大合，或骤起骤落，或如行云流水，或如朗月清风，而读者也在这个过程中经历了和李白近似的情感体验和审美快感。这种“被动式”的阅读，或许更能把握李白诗歌的神髓，李白诗歌中喷涌而出的激情，其穿透性是超越时空的。

三、反复咏叹的旋律

诗人大体按照由古到今，自秦入蜀的线索，抓住各处山水特点来

---

① 施蛰存《唐诗百话》，上海古籍出版社，1987 年，第 213 页。

② 施蛰存《唐诗百话》，第 212 页。

描写,以展示蜀道之难。开篇以强烈的咏叹点出主题,为全诗奠定了雄放的基调。“蜀道之难,难于上青天”在全诗中三次出现,反复咏叹,好像一首乐曲的主旋律一样激荡着读者的心弦。接着通过古老的传说来描写山势的高危、险要以及蜀道开辟的艰难。中间又笔锋一转,借问君引出旅愁,把读者引向一个古木荒凉、鸟声悲凄的境界。最后在十分惊险的气氛当中,写到了剑阁,通过剑阁的险要引出对政治形势的描写,警惕战乱的发生。并联系当时的社会背景,揭示蜀中豺狼的“磨牙吮血,杀人如麻”,从而表现了诗人对国事的忧虑与关切,更增强了作品的现实意义。

李白这首诗在用韵方面,也富于变化。大体上以平韵为主,在“先”“寒”“删”与“灰”“佳”“麻”之间转换,又插入“陌”的仄声韵,这样就使得节奏自由变化。

四、想落天外的构思

这首诗在艺术构思上非常成功:第一,诗人善于将想象、夸张与神话传说融为一体进行写景抒情。对于自然景物,不是冷漠的观赏,而是热情的赞叹,借以抒发自己的理想和感受;第二,形式上,变幻莫测而又平易自然。从句法上看,三言、四言、五言、六言、七言,一直到十一言,参差错落,长短不齐,形成极为奔放的语言风格。好像随口喷出,极为自然,没有半点拘束。从韵律上讲,突破了梁陈以来《蜀道难》旧作一韵到底的程式。后面几句一连三换韵脚,极尽变化之能事。诗人在绝不受格律的束缚中显出完整的规律的美。

李白的《蜀道难》并不是山水诗,但置于山水诗中也会是峰巅之作,因为诗中对于蜀道山水的描写淋漓尽致。全诗紧扣“奇”“险”着笔。就“险”而言,作者对于蜀道之险描绘得惊心动魄,通过“高标”与“回川”的对比,“一夫当关,万夫莫开”的衬托,“黄鹤”与“猿猱”的动作与比拟，以及“百步九折”“连峰去天”“枯松倒挂”“飞湍瀑流”“砯崖转石”的直接描写，将蜀道之险惟妙惟肖地表现出来。李白选取的景物，诸如六龙回日的高标、冲波逆折的回川、艰难险绝的鸟道、绝壁倒挂的枯松、千山万壑的飞瀑、峥嵘崔嵬的剑阁，无一不是骇人心魄的。这样的远景，加以“蜀道之难，难于上青天”的反复咏叹，就将人、鸟、猿、物都带进了异常悲愁的境界，从而突出了功业未就、世路艰难的主题。就“奇”而言，作者写这首诗，本来是有所本的，诗题用乐府古题，手法用赋体，源于屈原《离骚》与左思《蜀都赋》，但这些都成为李白表现“奇”的铺垫。他在赋体铺排的基础上，融贯了一唱三叹的咏叹，连用了三次“蜀道之难，难于上青天”，突出了气势磅礴的主旋律，成为唐诗绝调。同时，李白在咏叹中将历史与神话有机地贯穿在一起，如“蚕丛及鱼凫”八句借助历史故事与神话传说写出蜀道开凿的艰难，同时加以丰富的想象、奇特的夸张，以进一步调动读者的想象力，使之受到感染而进入诗歌的境界。这样的构思，确实达到了殷璠《河岳英灵集》所说的“奇之又奇”的境地。

就具体表现技巧而言，“蚕丛及鱼凫，开国何茫然”，突出蜀道的悠久；“西当太白有鸟道，可以横绝峨眉巅”，突出蜀道的险峻；“地崩山摧壮士死，然后天梯石栈相钩连”，突出蜀道的气势；“上有六龙回日之高标”，突出蜀道的高危；“下有冲波逆折之回川”，突出蜀道的幽深；“青泥何盘盘，百步九折萦岩峦”，突出蜀道的迂曲；“飞湍瀑流争喧豗，砯崖转石万壑雷”，突出蜀道的惊心；“剑阁峥嵘而崔嵬，一夫当关，万夫莫开”，突出蜀道的奇绝。这样综合起来，蕴涵着历史的沧桑，饱含着诗人的激情，更展示了诗篇的魅力。

五、飘逸多姿的语言

李白这首诗在语言方面，既飘逸多姿又明净自然。宋人严羽在

《沧浪诗话·诗评》中曾比较李白与杜甫说："子美不能为太白之飘逸，太白不能为子美之沉郁。"[1]说明李白诗歌的语言是以飘逸见长的。司空图《诗品》专门有"飘逸"一类，并言："落落欲往，矫矫不群。缑山之鹤，华顶之云。高人画中，令色絪缊。御风蓬叶，泛彼无垠。"[2]这种特点在《蜀道难》中表现得尤其突出。有时豪放不羁，如整首诗三次咏叹"蜀道之难，难于上青天"；有时想落天外，如"尔来四万八千岁，不与秦塞通人烟"；有时惊心动魄，如"所守或匪亲，化为狼与豺。朝避猛虎，夕避长蛇，磨牙吮血，杀人如麻"；有时极度夸张，如"黄鹤之飞尚不得过，猿猱欲度愁攀援"；有时明净自然，如"但见悲鸟号古木，雄飞雌从绕林间。又闻子规啼夜月，愁空山"。作者把这些变化多端的语言融化在一首诗当中，让它们和谐搭配，完满结合，达到了"清水出芙蓉，天然去雕饰"的境界。并与叙事的铺排、激情的抒发、韵律的变换、构思的奇巧结合在一起，构成了一篇极度完美的七言歌行体的艺术珍品。

在七言古诗中杂用长短句，这也是《蜀道难》语言显著的特色。清王士禛《王文简古诗平仄论》云："（七言古）又有长短句者，唐惟李太白多有之，然不必学。如《蜀道难》……效之而无其才，洵难免沧溟（即李攀龙）'英雄欺人'之诮。"[3]这首诗短则三言，长则十一言，参差错落，变化有致，而且一气呵成，势如破竹，既飘逸多姿，又奇巧诡幻，更自然脱俗。

---

① 郭绍虞《沧浪诗话校释》，人民文学出版社，1983 年，第 168 页。
② 《全唐诗》卷六三四，第 7288 页。
③ 王士禛《王文简古诗平仄论》，无锡丁氏校刊本，第 11a 页。

第十五章　杜甫蜀道纪行诗述论

杜甫入蜀，是其一生中的重要经历，是从秦中到西南的转折。杜甫的蜀道诗，可以从广义上理解，就是杜甫由秦入蜀的过程和在蜀中生活的诗作；也可以从狭义上理解，就是杜甫由秦入蜀时特定的纪行诗。因为杜甫的入蜀纪行诗，作为杜甫一生中的重要段落，加以这些诗都是蜀道纪实，真正体现杜甫诗作为"诗史"的特点，因而历来受到学者们的关注。宋代以来，就有千家杜甫之说，对于杜甫的蜀道诗，黄鹤、蔡梦弼、赵次公的注释打下了坚实的基础。到了清代，杜诗注释更是出现几部集大成的注本，而在蜀道诗方面，发覆较多者还是钱谦益的《钱注杜诗》、仇兆鳌的《杜诗详注》、浦起龙的《读杜心解》、杨伦的《杜诗镜铨》。近代以来，杜诗注释进入新境，萧涤非主编的《杜甫全集校注》、谢思炜编撰的《杜甫集校注》更是代表了迄今为止的杜诗注释的最高水平。在杜诗注释深厚积淀的基础上，杜诗研究也得到了前所未有的推进。在杜甫蜀道诗研究方面，就综合层面而言，有温林虎《杜甫陇蜀道诗歌研究》，中国社会科学出版社 2015 年版；徐希平《杜甫的蜀道书写及其文化内涵》，《中原文化研究》2019年第 3 期。就具体研究而言，举凡蜀道的某一地点，如泥功山、木皮岭、积草岭等都有多篇论文专门研究，如孙启祥《〈泥功山〉属秦州纪行诗吗？——兼论杜甫秦州、同谷纪行诗并非各为 12 首》，《杜甫研究学刊》2006年第4期；刘雁翔《杜甫陇蜀纪行诗〈泥功山〉臆解》，《天水师范学院学报》2012年第2期；赵国正《杜甫陇右诗作中的积草岭考》，《西北师大学报》1991年第4期；张希仁《杜甫陇右诗〈积草岭〉今地考》，《天水师范学院学报》2014年第6期；孙士信《杜甫诗中木皮岭的地理位置及其它》，《兰州教育学院学报》1988年第1期；刘雁翔《杜甫陇蜀纪行诗〈木皮岭〉地理位置讨论》，《大连大学学报》2014年第1期。这些论著都从不同侧面推进了杜甫蜀道诗的研究。本书则集中于杜甫蜀道纪行诗的研究。杜甫的蜀道纪行诗，一共二十四首，分为两段路线：第一段路线是从秦州出发抵达同谷，共十二首；第二段路线是从同谷出发抵达成都，亦为十二首。在对杜甫蜀道纪行诗进行解读的基础上，研究这两组纪行诗表现的蜀道风物和文化内涵。

第一节　从秦州到同谷

杜甫蜀道诗的起点是秦州，因此我们先要从杜甫在秦州说起。杜甫在秦州，是安史之乱以后的避难之举，这一时间虽短，但非常重要，留下的诗歌有八十七首。其中《秦州杂诗二十首》是代表作。唐肃宗乾元二年（759）秋，杜甫离开了华州司功参军之任，从长安出发，到达秦州。在秦州，杜甫只是淹留了三个多月时间，又开始蜀道之行，奔赴成都。《秦州杂诗二十首》，就是记录了杜甫从入秦州到发秦州之间的所历所见所感，有山水风物的表现，有伤时感乱的抒怀，有个人情感的流露，成为杜甫一生中带有里程碑意义的篇章。清代杨伦《杜诗镜铨》引张上若云："是诗二十首，首章叙来秦之由，其余皆至秦所见所闻也：或游览，或感怀，或即事；间有带慨河北处，亦由本地触发。大约在西言西，反复于吐蕃之骄横，使节之络绎，无能为朝庭效一筹者，结以唐尧自圣，无须野人，惟有以家事付之妇与儿、此身访道探奇。穷愁卒岁、寄语诸友，无复有立朝之望矣。公之志可知也。"[①] 对于杜甫一生诗歌创作而言，也是一个重要的转折点。正如马茂元《唐诗选》所言："《秦州杂诗》是老杜五律由雄劲向瘦颈转化的一个标志。其在艺术上多表现为锤词坚凝，音调峭拔，形象孤高，气象萧索。"[②] 从秦州出发以后，所历都是蜀道地名，每到一地，杜甫都作诗纪行。

《发秦州》诗是杜甫进入蜀道的第一首诗，也点明了离开秦州的原因。题注："乾元二年，自秦州赴同谷县纪行。"[③] 蔡梦弼《杜工部草堂诗笺》卷一七："乾元元年，甫贬华州司功，属关辅饥。乾元二年，弃官之秦州，又自秦州适成州同谷县，凡纪行诗十二首。赵叟云：日在房公起秦亭，十一月至西康，冬春之交发同谷，登剑门，公在同谷茅茨，盖不盈月。韩子苍尝论此诗笔力变化，当与太史公诸赞方驾。"[④] 诗云："我衰更懒拙，生事不自谋。无食问乐土，无衣思南州。"[⑤] 是说自己在秦州，因为年龄老大，难以谋生，所以想到南州乐土去。"汉源十月交，天气凉如秋。草木未黄落，况闻山水幽。栗亭名更佳，下有良田畴。充肠多薯蓣，崖蜜亦易求。密竹复冬笋，清池可方舟。虽伤旅寓远，庶遂平生游。"[⑥] 他所去的地方是同谷，这里就描写了同谷属于丰衣足食之地，是杜甫向往的乐土。"此邦俯要冲，实恐人事稠。应接非本性，登临未销忧。溪谷无异石，塞田始微收。岂复慰老夫，

① 杨伦《杜诗镜铨》卷六，上海古籍出版社，1998 年，第 247 页。
② 马茂元《唐诗选》，上海古籍出版社，1999 年，第 319 页。
③ 仇兆鳌《杜诗详注》卷八，第 672 页。
④ 蔡梦弼《杜工部草堂诗笺》卷一七，《续修四库全书》第 1307 册，第 128 页。
⑤ 仇兆鳌《杜诗详注》卷八，第 672 页。
⑥ 仇兆鳌《杜诗详注》卷八，第 672—673 页。

惘然难久留。”① 这一段乃是实写发秦州之事。秦州处于西北要冲之地，人事纷冗，应酬频繁，而我杜甫平昔心性慵懒，不能应接烦剧，频繁的应酬也是违背本性的事情，故而带来很大的忧愁，即使想登高临远以销减忧愁，但这里并无奇山佳水可以排遣忧愁，加以到处都是砂石之田，收入微薄，难以养生，秦州也就难以久留。“日色隐孤戍，乌啼满城头。中宵驱车去，饮马寒塘流。磊落星月高，苍茫云雾浮。大哉乾坤内，吾道长悠悠。”② 因为难以久留，故而要从秦州出发而去同谷。此时孤戍日落，城头乌啼，中宵驱车，寒塘饮马，旅途困顿，难以尽言。杜甫在长安经乱，避乱来秦州，在秦州还没有安定，又要日暮孤征，戴星侵雾，故而末尾也表现出天涯沦落之感。

《赤谷》诗是发秦州后所写的第二首。赤谷是从秦州南行赴同谷的一条山谷，因两侧山石呈现赤色，故云“赤谷”。诗有“晨发赤谷亭，险艰方自兹”语，《大清一统志·秦州》：“赤峪山，在州西南。杜甫诗‘晨发赤峪亭，艰险方自兹’，即此。”③ 温虎林《杜甫陇蜀道诗歌研究》：“赤谷即今甘肃省天水市西南七里南沟河谷一带，俗名暖和湾。当地民间的传说，老君在此炼丹，炼了七七四十九天，仙丹没有炼成，倒把附近的山谷沟坡烧红了，赤谷之名由此而来。”④ 根据杜甫诗“晨发赤谷亭”，是知赤谷中有“赤谷亭”，后来或作“赤峪亭”。“乱石无改辙，我车已载脂。山深苦多风，落日童稚饥。悄然村墟迥，烟火何由追。贫病转零落，故乡不可思。”⑤ 赤谷之路艰险难行，加以贫病交加，饥寒交迫，更加引发思乡之苦，故诗句情调凄婉。

---

① 仇兆鳌《杜诗详注》卷八，第673—674页。
② 仇兆鳌《杜诗详注》卷八，第674页。
③ 和珅等《大清一统志》卷二一〇，《景印文渊阁四库全书》第478册，第680页。
④ 温虎林《杜甫陇蜀道诗歌研究》，中国社会科学出版社，2015年，第27页。
⑤ 仇兆鳌《杜诗详注》卷八，第676页。

《铁堂峡》是发秦州后所写的第三首。祝穆《方舆胜览》卷六九《利州西路》:"铁堂山,在天水县东五里。有石笋青翠,长者至丈余,小者可以为砺。杜甫诗,见成州。"①《大清一统志·秦州》:"铁堂山,在州西七十里。……旧志有蟠龙山,在州西七十里,山有铁炉坡,即铁堂峡也。其峡四山环抱,中为铁堂庄。"②乾隆《成县新志》卷一:"铁堂峡,在废天水县东五里。石笋青翠,长者至丈,余小者可以为砺。蜀姜维世居此,今改隶秦州。唐杜工部有诗。"③诗句"山风吹游子,缥缈乘险绝。峡形藏堂隍,壁色立精铁。径摩穹苍蟠,石与厚地裂"④,首联点明"险绝",就是描写铁堂峡险绝的形势。山峡的形状是两山之间藏着堂隍,山峡陡峭深黑如同堆积的黑铁,蜿蜒的小径蟠山而摩天,峭壁的巨石从厚地上分裂。行走在铁堂峡中,也就非常困苦:"威迟哀壑底,徒旅惨不悦。水寒长冰横,我马骨正折。"⑤在严寒冰横、马骨欲折的环境下,杜甫不尽从自身困苦考虑,而是拓开一笔,表现出对于国事的忧虑:"生涯抵弧矢,盗贼殊未灭。飘蓬逾三年,回首肝肺热。"在流离奔走中,表现出伤时忧乱的情怀。

《盐井》是发秦州后所写的第四首。唐李吉甫《元和郡县图志》卷二二《成州·长道县》:"盐井,在(成州长道)县东三十里,水与岸齐,盐极甘美,食之破气。盐官故城,在县东三十里,在嶓冢西四十里。"⑥这首诗的表现方式与前两首不同,盖以盐井以引发唐代的煮

---

① 祝穆《方舆胜览》卷六九,第1210页。
② 和珅等《大清一统志》卷二一〇,《景印文渊阁四库全书》第478册,第680页。
③ 汪于雍《成县新志》卷一,《中国地方志集成·甘肃府志辑》第38册,凤凰出版社,2018年,第255页。
④ 仇兆鳌《杜诗详注》卷八,第677页。
⑤ 仇兆鳌《杜诗详注》卷八,第677页。
⑥ 李吉甫《元和郡县图志》卷二二,第573页。

盐制度与贩盐之利，从而引申出君子与小人对于利的不同态度。“卤中草木白，青者官盐烟。官作既有程，煮盐烟在川。”① 四句描写煮盐，是说官家煮盐冒起青色的柴烟，草木为烟所熏颜色枯白。因为煮盐为国家专管，故自有制度规定。“汲井岁榾榾，出车日连连。自公斗三百，转致斛六千。”② 四句描写贩盐。是说盐井煮出之盐，连连出车运送出去，因为盐利很大，由产盐时的每斗三百，到转卖时的每斛六千。“君子慎止足，小人苦喧阗。我何良叹嗟，物理固自然。”③ 四句是由煮盐、贩盐引出君子小人的义利之辨，是说君子止足，小人贪欲，而逐利之贪也是物理之常，故而杜甫发出慨叹。诗中记载官家煮盐的制度、商家贩盐的价格，可以借以了解安史之乱的动乱时节唐代的经济情况，为后世留下有稽可循的历史，可以作为杜甫“诗史”的注脚。

《寒硖》是发秦州后所写的第五首。宋人黄鹤《补注杜诗》卷六：“秦、成大抵多峡，然秦至成之界，垂二百里，又七十里至成。”④《杜甫全集校注》卷七云：“寒硖，在今甘肃西和县西，俗名祁家峡，又名大晚家峡、大湾峡，全长十二里，距县城四十里。”⑤ 诗的开头两句“行迈日悄悄，山谷势多端”，这是杜甫行至寒硖的总写，诗人蜀道远行，行役艰苦，因专注于峡谷行走，而整日悄然无声。久客山行，愁苦难言，诗人不直言愁苦，而以“势多端”表现愁之多与苦之深。仇兆鳌《杜诗详注》言：“首记峡中势险而气寒。云门乍转，却逢绝岸，积阻之处，又霾天寒，此所谓势多端也。单衣仲冬，冲寒而度峡，旅人之困

① 仇兆鳌《杜诗详注》卷八，第 679 页。
② 仇兆鳌《杜诗详注》卷八，第 679 页。
③ 仇兆鳌《杜诗详注》卷八，第 679 页。
④ 黄鹤《补注杜诗》卷六，《景印文渊阁四库全书》第 1069 册，第 144 页。
⑤ 萧涤非《杜甫全集校注》卷七，人民文学出版社，2014 年，第 1722 页。

如此。曰仲冬交，盖在十一月初矣。”[1] 后面诗句都是从“势多端”生出。接着六句“云门转绝岸，积阻霾天寒。寒硖不可度，我实衣裳单。况当仲冬交，溯沿增波澜”[2]，两句写硖，处于绝岸，又遇天寒；两句写人，衣单力微，难渡寒硖；两句写时，仲冬之交，天气增寒，扣紧题意。最后四句“野人寻烟语，行子傍水餐。此生免荷殳，未敢辞路难”[3]，抒发感慨，野人寻烟而语，行子傍水而餐，可见峡中极其荒寒，但回头一想，自己属于奉儒守官的家庭，享受免除荷殳的特权，对于艰难的行路，还可聊作安慰。

《法镜寺》是发秦州后所写的第六首。这首诗是杜甫南行经过法镜寺所作。“法镜寺，故址在今甘肃西和县城北十五公里石堡乡石堡西山上。石堡西山又名五台山，山脚下至今有石窟，内有残破塑像、雕刻等，寺创建于北魏时期，现存三十一室。”[4] 相较前面的行程，到了法镜寺，相对平缓一些，故而写景也较前诗不同。清人吴农祥云：“至法镜寺，始平景可观，然正衬经涉险阻之难堪也。用笔妙，亦可悟章法。”[5] 诗的前四句描写山行之苦：“身危适他州，勉强终劳苦。神伤山行深，愁破崖寺古。”[6] 杜甫行到山深之处，极为劳苦，勉强前行，耳目惨淡，魂魄似丧，但到了法镜寺，见到崖寺苍古，突然觉得愁怀顿破。中间八句描写法镜寺景：“婵娟碧鲜净，萧摵寒箨聚。回回山根水，冉冉松上雨。泄云蒙清晨，初日翳复吐。朱甍半光炯，户牖粲可

① 仇兆鳌《杜诗详注》卷八，第680—681页。
② 仇兆鳌《杜诗详注》卷八，第680页。
③ 仇兆鳌《杜诗详注》卷八，第681页。
④ 萧涤非《杜甫全集校注》卷七，第1727页。
⑤ 刘濬《杜诗集评》卷二，《杜诗丛刊》，台北大通书局，1974年，第266页。
⑥ 仇兆鳌《杜诗详注》卷八，第682页。

数。”[1] 婵娟、碧鲜，皆竹之代称。因时季已到初冬，故而竹色更加明润，竹叶也散落凋零。寺前山绕回泉，松含宿雨，景色佳胜。云泄乍蒙，似晴而雨，日翳仍吐，似雨而晴，山寺晓景，更加引人入胜。遥望初日，乍闭乍开，写景如在目前。最后四句描写诗人之感：“拄策忘前期，出萝已亭午。冥冥子规叫，微径不复取。”[2] 诗人拄杖于此，眺望法镜，心神凝聚，忘记前行，等到走出此山，时间已到亭午，此时已出藤萝，听闻子规声惨，不敢再取径搜奇，只能离开法镜，继续前行。

《青阳峡》是发秦州后所写的第七首。这首诗是杜甫南行经过青阳峡所作。“青阳峡，俗名青羊峡，在今甘肃西和县东南二十五公里，以峭壁上有状似青羊的石穴而得名，是西和县通往成县的必经之路。其地势险恶，两面高山对峙，谷狭溪深。”[3] 杜甫行至青阳峡，道路更加艰险：“塞外苦厌山，南行道弥恶。冈峦相经亘，云水气参错。林迥硖角来，天窄壁面削。溪西五里石，奋怒向我落。”[4]《杜诗详注》云：“硖角，从旁横射者。壁面，当前劈峙者。奋怒，崩石危险也。碍日车，石势耸欹。陷地轴，石形重大。魑魅啸，石傍阴惨。霜霰多，石上凝寒也。”[5] 山路叠嶂难行，云水交错复杂，两山相峙，两旁如牛角相犄，峡中逼狭，山峭如削壁悬崖。石状倾险，似乎向我发怒，要落到我身上。“昨忆逾陇坂，高秋视吴岳。东笑莲华卑，北知崆峒薄”[6]，回忆以前所登陇坂、吴岳、莲华、崆峒之状。末二句“突兀犹趁人，及兹

---

① 仇兆鳌《杜诗详注》卷八，第 682 页。
② 仇兆鳌《杜诗详注》卷八，第 683 页。
③ 萧涤非《杜甫全集校注》卷七，第 1733 页。
④ 仇兆鳌《杜诗详注》卷八，第 684 页。
⑤ 仇兆鳌《杜诗详注》卷八，第 684 页。
⑥ 仇兆鳌《杜诗详注》卷八，第 684 页。

叹冥漠"[1]，用拟人的手法，借众山以衬托青阳峡之突兀，是说山石突兀悬空，犹若逐人而来，随人无尽，始叹冥漠之境不可穷尽，此前登山都与此峡无法相比。

《龙门镇》是发秦州后所写的第八首。龙门镇是成县东面的一个集镇，与龙门山、龙门峡和龙门水相关。《明一统志·巩昌府》："龙门镇，在成县东，唐杜甫诗：'石门云雷隘，古镇峰峦集。'后改府城镇。"[2]乾隆《成县新志》卷一："龙门峡，在龙门山下，距县西二十里。俗名蹇家峡。有两水：一自泥功山来，一自亥邱山来。北有小堡，传昔人避兵处。西有大崖，每历五六岁，呜吼有声。"[3]这首诗的表现方式与前几首并不相同，虽然前半部分在描写栈道难行，行程辛苦，但诗的重点是写古镇防戍的情况："胡马屯成皋，防虞此何及。嗟尔远戍人，山寒夜中泣。"[4]感叹古镇戍卒之苦，而此地与安史乱军相距甚远，屯兵于此只能是劳民伤财。实际上，这首诗的主旨是批评当时的军事布置不当，表现出杜甫的仁人之心和忧国之情。这首诗写景也非常独特，"石门云雷隘，古镇峰峦集"，时值冬天，并无雷声，这是描写车行峡谷当中听到的车声、人声回响，如同雷声一般。而龙门镇就位于这样众峰攒集的龙门山中。

《石龛》是发秦州后所写的第九首。石龛是石壁上凿成的洞阁，杜诗中的石龛，是特指从秦州到同谷道路上的石龛。据刘雁翔所引民国《西河县志》："石龛在县南八十里，八峰排列，松柏苍翠，山腰有石龛一带，龛前栈道悬空，怯者望而却步，游人至此，辄有出尘之想。邑人张志诚诗叙云：'八峰耸峙，突兀雄奇，远望之若鸳偶雁行，近即

① 仇兆鳌《杜诗详注》卷八，第 684 页。
② 李贤等《明一统志》卷三五，《景印文渊阁四库全书》第 472 册，第 891 页。
③ 汪于雍《成县新志》卷一，《中国地方志集成·甘肃府志辑》第 38 册，第 255 页。
④ 仇兆鳌《杜诗详注》卷八，第 686 页。

之如星罗棋布。曲崖为龛，深窟作洞，面面有玲珑之观，峰峰有俊俏之态。石磴栈道则凿险而盘行，梵宇道宫则悬空而结构，以天造地设之形势，加勾心斗角之经营，纯系妙出自然，岂是工极人力。松柏掩映，禽鸟曲歌，时见出岫之云，并作无心之侣，洵天然之胜境，亦游览之伟观也。'”[①]《西河县志》于石龛介绍之后即附有杜甫《石龛》诗。诗共十六句，前八句描写经行到石龛的山路艰险，东有熊罴之哮，西有虎豹之啼，后面鬼啸，前面狨啼，天寒无日，山远路迷，驱车到了石龛之下，更见到了山区冬日特异的虹霓景象。后八句由伐竹者的描写，揭示战乱时期人民的徭役之苦，是对于人事方面所见所闻的真实描写。全诗将伤己与悯人融为一体，倾注了深深的感情。

《积草岭》是发秦州后所写的第十首。诗有原注："在同谷界。"[②]积草岭即积草山，《大清一统志·秦州》："积草山，在徽县北四十里，与成县接界。杜甫诗云'山分积草岭'，即此。"[③]乾隆《成县新志》卷一："积草岭，《通志》：'在天水、同谷之间。'杜工部诗云：'山分积草岭，路异明水县。'"[④]诗有"山分积草岭，路异明水县"[⑤]语，是全诗的关键。明水县，《元和郡县图志》卷二二《兴州》："鸣水县，本汉沮县地也，后魏宣武帝于此置落丛郡，因落丛山为名。又置鸣水县，因谷为名，隋开皇三年罢郡，县属兴州。皇朝因之。"[⑥]这两句之前的四句描写途中之景，兼述跋涉之艰，后面十句表现中途可以休息，又得当

---

① 刘雁翔《杜甫〈石龛〉诗与八峰崖石窟》，《敦煌学辑刊》2013年第1期，第143页。

② 仇兆鳌《杜诗详注》卷八，第688页。

③ 和珅等《大清一统志》卷二一〇，《景印文渊阁四库全书》第478册，第682页。

④ 汪于雍《成县新志》卷一，《中国地方志集成·甘肃府志辑》第38册，第255页。

⑤ 仇兆鳌《杜诗详注》卷八，第688页。

⑥ 李吉甫《元和郡县图志》卷二二，第571页。

邑佳主人之邀请，故而心情舒畅，并且致意主人，跋涉之人已饱谙旅途之苦，只需供具一蕨已足以安慰。

《泥功山》是发秦州后所写的第十一首。泥功山，《元和郡县图志》卷二二《成州》："隋大业三年，改成州为汉阳郡。武德元年，复为成州。"[①] 宋祝穆《方舆胜览》卷七〇《同庆府·山川》："泥功山，在郡西二十里。唐贞元五年权置行州，今有旧城基。泥功庙乃石像天成，古怪殊甚。唐赵鸿《泥功庙诗》：'立石泥翁状，天然诡怪形。未尝私祸福，终不费丹青。' 杜甫诗：'朝行青泥上，暮行青泥中。'"[②] 乾隆《成县新志》："泥功山，县西北三十里。上有古刹，峰峦突兀，高插青霄。周围数十里林木丰蔚，鸟兽繁多，采猎者无虚日。氐人杨灵珍据此归款于齐。唐贞元五年权置行成州。咸通中，成州刺史赵鸿诗云：'立石泥翁状，天然诡怪形。未尝私祸福，终不费丹青。'"[③] 钱谦益《钱注杜诗》卷三云："《寰宇记》：'雷牛山、泥公山、五仙山三山，皆历栗亭县界。'《方舆胜览》：'在同谷郡西二十里。'《梁书·西夷传》：'齐永明中，魏氏南梁州刺史仇池公杨灵珍据泥功山归款。'"[④] 仇兆鳌《杜诗详注》："泥泞之处，功须版筑，此泥功所由名也。"[⑤] 首联"朝行青泥上，暮在青泥中"[⑥]，描写杜甫到泥功山遇泥淖从早到晚艰苦跋涉之情状。次联"泥泞非一时，版筑劳人功"[⑦]，点明泥功山的来源。三联"不畏道途永，乃将汩没同"[⑧]，这两句是对比描写，称自

① 李吉甫《元和郡县图志》卷二二，第 572 页。
② 祝穆《方舆胜览》卷七〇，第 1223 页。
③ 汪于雍《成县新志》卷一，《中国地方志集成·甘肃府志辑》第 38 册，第 254 页。
④ 钱谦益《钱注杜诗》卷三，上海古籍出版社，1979 年，第 104 页。
⑤ 仇兆鳌《杜诗详注》卷八，第 690 页。
⑥ 仇兆鳌《杜诗详注》卷八，第 690 页。
⑦ 仇兆鳌《杜诗详注》卷八，第 690 页。
⑧ 仇兆鳌《杜诗详注》卷八，第 690 页。

己并不怕南行道路遥远，怕的是泥泞深重，艰阻难行。四联“白马为铁骊，小儿成老翁”[①]，是说即使是白马过此，也会泥泞污成了黑骊，小儿在泥淖中行走也会像老翁一样弯腰弓背，气喘不已。五联“哀猿透却坠，死鹿力所穷”[②]，是说即使像行走健捷的猿猴也无力跳跃而坠下悬崖，野鹿也会被泥泞所陷无力振拔而死于泥淖之中。尾联“寄语北来人，后来莫匆匆”[③]，警戒从北南来泥功山之人，需要谨慎跋涉，不要匆匆而行，以至陷于泥淖而不能自拔。

《凤凰台》是发秦州后所写的第十二首。钱谦益《钱注杜诗》卷三云：“《寰宇记》：‘凤凰山，在同谷县。’《水经注》：‘浊水南经般头郡东，而南合凤溪水，水上承浊水于广业郡，南径凤凰溪，中有二石双高，其形若阙，汉世有凤凰栖其上，故谓之凤凰台。北去郡二里，水出台下。’《方舆胜览》：‘在同谷东南十里，中有二石如阙，山腰有瀑布，名进玑泉。天宝间，哥舒翰有题刻，宛然半岩间。’”[④]《明一统志》卷三五《巩昌府》：“凤凰台，在成县凤凰山。汉时尝有凤栖于此，因名。唐杜甫诗：‘亭亭凤凰台，北对西康州。西伯今寂寞，凤声亦悠悠。’”[⑤]乾隆《成县新志》卷一：“凤凰山，在县东南七里。秦始皇西略，登鸡山，宫娥有善玉箫者，吹箫引凤。至汉世，又有凤凰栖其上。山后有龙池，有唐李彦深修经阁。前有迸玑泉、张果老洞。旁有台，名凤凰台。”[⑥]这首诗与以上发秦州诗歌也都不同，重点不在纪行，而

① 仇兆鳌《杜诗详注》卷八，第690页。
② 仇兆鳌《杜诗详注》卷八，第690页。
③ 仇兆鳌《杜诗详注》卷八，第690页。
④ 钱谦益《钱注杜诗》卷三，第105页。
⑤ 李贤等《明一统志》卷三五，《景印文渊阁四库全书》第472册，第889页。
⑥ 汪于雍《成县新志》卷一，《中国地方志集成·甘肃府志辑》第38册，第253页。

在抒怀。诗的前八句“亭亭凤凰台,北对西康州。西伯今寂寞,凤声亦悠悠。山峻路绝踪,石林气高浮。安得万丈梯,为君上上头”[①],点题起兴,交代凤台在西康州,并由凤凰想到凤声,因凤声想到西伯,因西伯想到太平盛世,故而希望国家中兴达到太平盛世为诗的主旨。中间“恐有无母雏,饥寒日啾啾。我能剖心血,饮啄慰孤愁。心以当竹实,炯然无外求。血以当醴泉,岂徒比清流”[②],引出无母之雏,愿意为其剖心沥血,以慰无母雏之饥寒,这是托凤寓意,为国自剖忠心,甘献肝胆。这是诗人的托物言志之笔。后段十二句“所重王者瑞,敢辞微命休。坐看彩翮长,举意八极周。自天衔瑞图,飞下十二楼。图以奉至尊,凤以垂鸿猷。再光中兴业,一洗苍生忧。深衷正为此,群盗何淹留”[③],抒写自己的愿望,是说凤凰为王者之祥瑞,是鸟出而天下太平,故而自己愿意为太平而舍弃生命,但还深忧安史未灭,为之焦虑不安。清人张溍评曰:“此公欲舍命荐贤,使致太平,再光中兴之业。因过凤凰台,而发此弘愿也。观‘无母雏’,便是贤臣而不得于君者,或谓房琯、张镐辈耳。为此变调,以见行役不忘君国。”[④]全诗表现杜甫行役不忘君国之心。

第二节　从同谷到成都

杜甫经过千辛万苦,于乾元二年(759)十一月到了同谷,在同谷大约一个月的时间,于十二月底又离开同谷去成都。在同谷,他写了《乾元中寓居同谷县作歌七首》《万丈潭》《两当县吴十侍御江上宅》

① 仇兆鳌《杜诗详注》卷八,第691页。
② 仇兆鳌《杜诗详注》卷八,第691页。
③ 仇兆鳌《杜诗详注》卷八,第692页。
④ 张溍《读书堂杜工部诗文集注解》卷六,齐鲁书社,2014年,第412页。

等诗。从同谷出发到成都,他又写了十二首纪行诗,记载了蜀道的第二段行程。

《发同谷县》是杜甫从同谷出发由蜀道赴成都的第一首。杜甫由同谷县启程赴成都,一路纪行,又写了十二首诗,其总体格局与发秦州诗十二首大致相似。题注:“乾元二年十二月一日,自陇右赴成都纪行。”[①] 蔡梦弼《杜工部草堂诗笺》卷一八云:“乾元二年,甫寓居同谷,属饥歉,又自同谷入蜀。此诗以下皆公道纪行。”[②] 同谷县,《元和郡县图志》卷二二《成州》:“同谷县,中下,西北至州一百八十里。本汉下辨道地,属武都郡。故氐白马王国。后魏宣武帝于此置广业郡并白石县,恭帝改白石为同谷县。隋开皇三年罢郡,以县属康州,大业初属凤州,贞观元年属成州。”[③] 诗共二十句,可以分为上下两段分析。前段十句叙写发同谷县的原因,开头四句“贤有不黔突,圣有不暖席。况我饥愚人,焉能尚安宅”[④],是古圣贤尚不得安居,何况自己饥寒交迫,怎么能够安于此地呢?接着六句“始来兹山中,休驾喜地僻。奈何迫物累,一岁四行役。忡忡去绝境,杳杳更远适”[⑤],叙写自己虽然喜欢同谷的僻静幽远,但只能迫于衣食家属之累,一年之中四度行役,这次又奔向更远的地方。后面十句叙写不忍离别的感情,前面六句“停骖龙潭云,回首虎崖石。临岐别数子,握手泪再滴。交情无旧深,穷老多惨戚”[⑥],叙写与同谷送行的亲朋好友分手时,依依不舍的情景。临发之时,不忍舍同谷之景,不忍别同谷之人。接着四

① 仇兆鳌《杜诗详注》卷九,第705页。
② 蔡梦弼《杜工部草堂诗笺》卷一八,《续修四库全书》第1307册,第133页。
③ 李吉甫《元和郡县图志》卷二二,第572—573页。
④ 仇兆鳌《杜诗详注》卷九,第705页。
⑤ 仇兆鳌《杜诗详注》卷九,第705页。
⑥ 仇兆鳌《杜诗详注》卷九,第705页。

句“平生懒拙意，偶值栖遁迹。去住与愿违，仰惭林间翮”①，叙写自己迫于生计，往往事与愿违，甚至和林中自由的飞鸟相比，都感到很惭愧。

《木皮岭》是杜甫从同谷出发由蜀道赴成都的第二首。木皮岭，宋祝穆《方舆胜览》卷七〇《同庆府·山川》：“木皮岭，在郡东二十里。《郡志》：‘黄巢之乱，王铎置关于此，以遮秦、陇。路极险。’杜甫有诗‘首路栗亭西，尚想凤凰村。’”② 同书卷六九《凤州·山川》：“木皮岭，在河池县西十里。详见成州。杜甫发同谷，取路栗亭，南入郡界，历当房村，度木皮岭，由白水峡入蜀，即此。”③ 清顾祖禹《读史方舆纪要》卷五九《徽州》：“木皮岭，在州西十里。山甚高险。唐黄巢之乱，王铎置关于此，以遮秦、陇。”④ 乾隆《成县新志》卷一：“木皮岭，在县南百里。疑即今白马关。《通志》载黄巢之乱，王铎治兵于此，以遮秦陇。路极险阻，入蜀要路。唐杜工部诗云：‘南登木皮岭，艰险不易论。’”⑤ 木皮岭属于秦岭的一部分，山上多生木兰，因皮入药，故称“木皮”，更将山岭命名为“木皮岭”。诗的前四句“首路栗亭西，尚想凤凰村。季冬携童稚，辛苦赴蜀门”⑥，是写杜甫从同谷首途赴蜀之始。杜甫在同谷，寓居于栗亭、凤凰村。凤凰村即在凤凰台附近，杜甫从秦州到同谷县止于凤凰台。这次赴蜀，从栗亭出发。黄鹤《补注杜诗》卷六：“栗亭、凤皇村，皆在成州。公尝赋《凤皇台》诗云：‘亭亭凤皇台，北对西康州。’《地理志》云：‘同谷县，置西康州。

---

① 仇兆鳌《杜诗详注》卷九，第706页。
② 祝穆《方舆胜览》卷七〇，第1223页。
③ 祝穆《方舆胜览》卷六九，第1213页。
④ 顾祖禹《读史方舆纪要》卷五九，第2859页。
⑤ 汪于雍《成县新志》卷一，《中国地方志集成·甘肃府志辑》第38册，第255页。
⑥ 仇兆鳌《杜诗详注》卷九，第707页。

则台与村在成州之北,而栗亭在州之东也。'"[①]《读史方舆纪要》卷五九:"成县……栗亭城,县东五十里。后魏置兰仓县,属汉阳郡,西魏废。唐为同谷县地。五代唐置栗亭县,属成州。宋因之。元初县直隶行省,寻废。"[②]知其时栗亭属于同谷县之区域。接着"南登木皮岭,艰险不易论。汗流被我体,祁寒为之暄"[③]四句,叙写木皮岭山势高峻之状以及攀登之劳苦。接着描写木皮岭的雄伟峻险和奇秀壮丽。"远岫争辅佐,千岩自崩奔。始知五岳外,别有他山尊"[④]四句,描写远景,突出其高。"仰干塞大明,俯入裂厚坤。再闻虎豹斗,屡局风水昏"[⑤]四句,描写山高蔽天,俯盖大地,山之深僻如同虎斗可畏,水之险阻更是极为难行。"高有废阁道,摧折如断辕。下有冬青林,石上走长根"[⑥],描写山壁间废弃的阁道如同折断的车辕,山中的巨石上爬着冬青树林的树根。最后八句"西崖特秀发,焕若灵芝繁。润聚金碧气,清无沙土痕。忆观昆仑图,目击玄圃存。对此欲何适?默伤垂老魂"[⑦],集中描写西崖之秀丽,景色秀美可餐,光彩鲜明如同一片灵芝。"焕""润""清"都是突出秀发之词,"昆仑""玄圃"借仙境以表现西崖绝胜之美,但对此美景,欲留不得,故而神伤泪下。

《白沙渡》是杜甫从同谷出发由蜀道赴成都的第三首。白沙渡,钱谦益《钱注杜诗》卷三云:"《方舆胜览》:白沙渡、水会渡,俱属剑州。按《水经注》:《续汉书》曰:'虞诩为武都太守,下辨东三十余里

① 黄鹤《补注杜诗》卷六,《景印文渊阁四库全书》第1069册,第150页。
② 顾祖禹《读史方舆纪要》卷五九,第2829页。
③ 仇兆鳌《杜诗详注》卷九,第707页。
④ 仇兆鳌《杜诗详注》卷九,第707页。
⑤ 仇兆鳌《杜诗详注》卷九,第707—708页。
⑥ 仇兆鳌《杜诗详注》卷九,第708页。
⑦ 仇兆鳌《杜诗详注》卷九,第708页。

有峡，峡中白水，生大石，障塞水流，诩使烧石，以水灌之，石皆碎裂，因镌去焉。'诗云水清石礧礧，当即此地也。"[①]前四句"畏途随长江，渡口下绝岸。差池上舟楫，杳窕入云汉"[②]，描写人在渡口之景，随着长江而行，是非常可怕的道路，尤其是白沙渡口在绝壁之下，虽有磴道通船，仍然陡峭绝险，船与江岸蹭蹬不接，上船之时也差池不稳。"天寒荒野外，日暮中流半。我马向北嘶，山猿饮相唤"[③]，描写船至中流之景，到了日暮，船至中流，船中之马面北嘶鸣，山中啼猿相唤饮食。是说我马尚怀同谷，向北而嘶，作者对于同谷的依依不舍之情，也从字里行间生出。"水清石礧礧，沙白滩漫漫。迥然洗愁辛，多病一疏散"[④]，描写观察江中情景，江中众石堆积，江滩白沙遍布，江水清澈，与众石相映，看到这样的美景，洗涤了旅途的愁辛，驱散了身体的疾病。"高壁抵嵚崟，洪涛越凌乱。临风独回首，揽辔复三叹"[⑤]，描写渡江回首之景，前两句描写船至高壁之下，水石相激，愈觉洪涛凌乱，渡过江岸，登上马背，临风回首，觉得虽已脱离了风波之患，但心中忧惧之感仍未消除。

《水会渡》是杜甫从同谷出发由蜀道赴成都的第四首。水会渡，钱谦益《钱注杜诗》卷三云："《水经注》：'汉水又东南迳浊水城南，又迳甘泉戍南，又东迳平洛戍南，又东入汉，谓之会口。汉水东南迳修道城，南与修水合。水总二原，东北合汉。汉水又东南于般头郡南与浊水合，浊水又东迳武街城南，故下辨县治也。'盘头城，在兴州

① 钱谦益《钱注杜诗》卷三，第108页。
② 仇兆鳌《杜诗详注》卷九，第708页。
③ 仇兆鳌《杜诗详注》卷九，第709页。
④ 仇兆鳌《杜诗详注》卷九，第709页。
⑤ 仇兆鳌《杜诗详注》卷九，第709页。

长举县南三里。下辨，即今同谷县。”[1] 诗共二十句，分三段描写。前四句描写山行：“山行有常程，中夜尚未安。微月没已久，崖倾路何难。”[2] 叙写日夜兼程，而山上也找不到住宿之处，故而中夜不得休息赶赴水会渡口，山路夜行，加以微月无光，两岸路仄，行程非常艰难。中六句描写渡水：“大江动我前，汹若溟渤宽。篙师暗理楫，歌笑轻波澜。霜浓木石滑，风急手足寒。”[3] 作者到了水会渡口，只见波涛汹涌，浩瀚如海，而撑船之人，夜间行舟，对于波澜，歌笑晏如，并不在意。过江登岸之时，霜滑风急，尤其艰难。后六句又描写山行：“入舟已千忧，陟巘仍万盘。迥眺积水外，始知众星干。远游令人瘦，衰疾惭加餐。”[4] 入舟时已是千般忧虑，而离舟就陆，复上万盘之巘，更加劳顿不堪。回想渡江舟中，感到天与水连，星在水面；而已渡回望，乃知星水相隔，故言“星干”。全诗突出“渡”字，“前四句行近渡山路，‘大江’四句正渡，‘霜浓’六句是渡后登陆回望也。妙在铺写，与前《白沙》毫不同。‘始知众星干’，盖正渡时；‘若天与水连’，星在水面。已渡回望，乃知相隔。此景甚真”[5]。作者因为陆行水渡，升降困顿，需要加强体力，强饭加餐，但自己因病食少，不能加餐自养，故而给这次旅行又增加一份愁苦。

《飞仙阁》是杜甫从同谷出发由蜀道赴成都的第五首。飞仙阁，杜诗题下原注：“在略阳东南，徐佐卿化鹤于此，故名。上有阁道百间，总名连云栈。”[6] 钱谦益《钱注杜诗》卷三云：“《方舆胜览》：‘飞

---

① 钱谦益《钱注杜诗》卷三，第 109 页。
② 仇兆鳌《杜诗详注》卷九，第 710 页。
③ 仇兆鳌《杜诗详注》卷九，第 710 页。
④ 仇兆鳌《杜诗详注》卷九，第 710—711 页。
⑤ 张溍《读书堂杜工部诗文集注解》卷六，第 424 页。
⑥《全唐诗》卷二一八，第 2300 页。

仙岭,在兴州东三十里,相传徐佐卿化鹤跧泊之地,故名飞仙。上有阁道百余间,即入蜀路。'又云:'飞仙阁在梁山。'梁山,即大剑山也。""《通志》:栈道在褒斜谷中。飞仙阁,即今武曲关,北栈阁五十三间也,总名连云栈。按,飞仙阁,在今汉中府略阳县东南四十里,或云即三国时马鸣阁,魏武帝所谓'汉中之咽喉'。"[①] 飞仙阁是从同谷赴成都途中的栈道。清人吴农祥云:"飞仙至石柜者,皆写栈阁之险,一壁山,一壁水。栈乃架空而行者也,曰'微径缘秋毫,梯石结构牢',曰'仰凌栈道细,俯映江水疏',曰'危途中营盘,仰望垂线缕',曰'石柜曾波上,临虚荡高壁',正看侧看,前瞻后顾,图画所不及。"[②] 仇兆鳌《杜诗详注》云:"此记阁道形势及所见景物。土门之上,山窄径微,故阁道从此而起。高栈连云,外设阑干,垒石成梯,坚于结构,言阁之险而固也。'万壑'二句,此阁上所俯视者。'寒日'二句,此阁上所周历者。"[③] 诗的中间几句描述栈道旅行,逼真如在目前。"歇鞍在地底"[④] 以下八句,描写下了栈道到达地底以后,才觉得所登栈道之高峻。这时往来之人,或坐或卧,人马都非常疲劳。由此想到人的一生各有定分,当饥当饱也非人力所能改变,最后叹息对妻儿言语,我为何要让你们跟随遭受这样的千辛万苦?"我何随汝曹"[⑤] 是倒装的说法,表现感情极其沉痛,表现手法非常奇绝。

《五盘》是杜甫从同谷出发由蜀道赴成都的第六首。《舆地纪胜》卷一八四:"五盘岭,杜甫诗云:五盘虽云险,山色佳有余。"[⑥]《方舆

---

① 钱谦益《钱注杜诗》卷三,第 109 页。
② 刘濬《杜诗集评》卷二,《杜诗丛刊》,第 276 页。
③ 仇兆鳌《杜诗详注》卷九,第 712 页。
④ 仇兆鳌《杜诗详注》卷九,第 712 页。
⑤ 仇兆鳌《杜诗详注》卷九,第 712 页。
⑥ 王象之《舆地纪胜》卷一八四,中华书局,1992 年,第 4735 页。

胜览》卷六六《利州东路》:“五盘岭,杜甫诗:‘五盘虽云险,山色佳有余。仰凌栈道细,俯映江水疏。地僻无网罟,水清反多鱼。好鸟不妄飞,野人半巢居。喜见厚朴俗,坦然心神舒。东郊尚格斗,巨猾何时除。故乡有弟妹,流落随丘墟。成都万事好,岂若归吾庐。”①王飞《〈五盘〉小考》云:“杜甫经历之五盘,当在金牛道上,今川陕交界之七盘关古道地界,下临潜溪河,汇入嘉陵江。沿潜溪河岸栈道经龙门阁南下,再沿嘉陵江栈道达朝天驿。”②诗的前六句描五盘岭之景色:“五盘虽云险,山色佳有余。仰凌栈道细,俯映江木疏。地僻无网罟,水清反多鱼。”③叙写五盘虽是绝险之地,但山色佳胜。仰看山势高峻,显得栈道渐细;俯瞰江木萧疏。因为地方偏僻,故人迹罕至;又因少人捕鱼,故水清还多鱼。妙处在反用“水至清则无鱼”的典故。中四句描写五盘岭当地的习俗:“好鸟不妄飞,野人半巢居。喜见淳朴俗,坦然心神舒。”④描写当地百姓一半在树上筑巢而居,是用好鸟不飞、野人巢居从反面类比作者漂泊不定的生涯。接着描写当地风俗淳朴,自己也就心地坦然舒畅。后六句表现诗人对于乱离而不能归于故乡的感慨:“东郊尚格斗,巨猾何时除。故乡有弟妹,流落随丘墟。成都万事好,岂若归吾庐。”⑤作者回想起东都洛阳安史之乱未平,叛军首领史思明未除,故乡弟妹流落丘墟,想到自己虽然奔赴成都,但那里即使万事皆好,也不如回归故乡营建家园。

《龙门阁》是杜甫从同谷出发由蜀道赴成都的第七首。龙门阁,唐李吉甫《元和郡县图志》卷二二《利州·绵谷县》:“龙门山,在

---

① 祝穆《方舆胜览》卷六六,第 1156 页。

② 王飞《〈五盘〉小考》,《杜甫研究学刊》2022年第 3期,第 16页。

③ 仇兆鳌《杜诗详注》卷九,第 713 页。

④ 仇兆鳌《杜诗详注》卷九,第 713 页。

⑤ 仇兆鳌《杜诗详注》卷九,第 714 页。

县东北八十二里，出好钟乳。”[①] 王象之《舆地纪胜》卷一八四《利州路·景物下》：“龙门山，《梁州记》云：‘葱岭石穴高数十丈，状如门，俗号为龙门山。’《元和郡县志》：‘在绵谷县。’《图经》云：‘山北有燕子谷，谷中有石磬，又有龙门洞。’”[②] 钱谦益《钱注杜诗》卷三云：“《元和郡国志》：‘龙门山，在利州绵谷县东北八十二里，出好钟乳。’《寰宇记》：‘亦名葱岭山。《梁州记》云：葱岭有石穴，高数十丈，其状如门，俗号龙门。’《方舆胜览》：‘在绵谷县。’冯钤干田云：‘其他阁道虽险，然在山腰，亦微有径，可以增置阁道。惟此阁石壁斗立，虚凿石窍，而架木其上，比他处极险。’”[③] 萧涤非主编《杜甫全集校注》卷七：“龙门阁，古阁道名，故址在今四川广市朝天区龙门山上，是自关中进入蜀地的古栈道中最险要的一段。该阁道的修建，是在陡峭的悬崖上凿出石洞，架上木桩之后，在木桩上修架阁道，阁道下临嘉陵江，因此奇险无比。在今广元市朝天区的明月峡、清风峡的嘉陵江东岸悬崖上，尚有阁道遗迹，崖间所存孔洞分上、中、下三层，中层孔洞插上木桩、铺上木板以为行道，下层用作支撑架孔眼，上层架构阁棚以避风雨，因其凌空飞架，故又有云阁之称。”[④] 前四句“清江下龙门，绝壁无尺土。长风驾高浪，浩浩自太古”[⑤]，描写龙门绝壁，清江巨浪，自古而然，合山水而言，说龙门阁在山水之间的绝壁悬空。中八句“危途中萦盘，仰望垂线缕。滑石欹谁凿，浮梁袅相拄。目眩陨杂花，头风吹过雨。百年不敢料，一坠那得取”[⑥]，先述栈道之欹危绝

---

① 李吉甫《元和郡县图志》卷二二，第 565 页。
② 王象之《舆地纪胜》卷一八四，第 4737 页。
③ 钱谦益《钱注杜诗》卷三，第 110 页。
④ 萧涤非《杜甫全集校注》卷七，第 1857 页。
⑤ 仇兆鳌《杜诗详注》卷九，第 715 页。
⑥ 仇兆鳌《杜诗详注》卷九，第 715 页。

险,次述临江之登临恐坠,诗意递进,由客观呈现到主观感受。后四句“饱闻经瞿塘,足见度大庾。终身历艰险,恐惧从此数”①,描写经过栈道以后的感叹,比渡瞿塘峡、登大庾岭更为艰险异常,在作者终身所历的艰险之中,已经达到极致。

《石柜阁》是杜甫从同谷出发由蜀道赴成都的第八首。石柜阁,钱谦益《钱注杜诗》卷三云:“《方舆胜览》:‘石栏桥,在绵谷县北一里。自城北至大安军界,营桥栏阁,共一万五千三百一十六间,其著名者为石柜阁、龙门阁。”② 这首诗前半写景,后半抒情。“季冬日已长,山晚半天赤。蜀道多早花,江间饶奇石。石柜曾波上,临虚荡高壁。清晖回群鸥,暝色带远客”③ 八句,先写昼景,时至冬末,日间渐长,蜀道早花已开,江间奇石丰饶;再写暮景,石柜阁就是架在层层的江波之上,阁旁有石,形似立柜,故称石柜,下临长江,上映山壁,清晖在水,映照着回旋的群雁,暝色在山,映带着远行的归客。“羁栖负幽意,感叹向绝迹。信甘孱懦婴,不独冻馁迫。优游谢康乐,放浪陶彭泽。吾衰未自由,谢尔性所适”④ 八句,叙写旅居之人具有搜奇探幽的本性,对此绝奇之处当然感叹不已,但因自己身体孱懦,冻馁催迫,不能停息以尽情赏览,故而深愧谢灵运之优游,陶渊明之放浪,只能够行色匆匆,达不到自由适性。同样是写栈道,《龙门阁》重在历险,《石柜阁》重在寻幽。

《桔柏渡》是杜甫从同谷出发由蜀道赴成都的第九首。桔柏渡,《舆地纪胜》卷一八四《利州路·景物下》:“桔柏津,在昭化县。杜甫诗云:‘青冥寒江渡,驾竹为长桥。’今昭化驿有古柏,土人以桔柏名

① 仇兆鳌《杜诗详注》卷九,第 715 页。
② 钱谦益《钱注杜诗》卷三,第 111 页。
③ 仇兆鳌《杜诗详注》卷九,第 716 页。
④ 仇兆鳌《杜诗详注》卷九,第 717 页。

之。"[1] 钱谦益《钱注杜诗》卷三云："《峡程记》：'泸、合、遂、蜀四州，皆峡之郡。自峦江、桔柏池、导江等渡至此，二百八十江，会于峡前。'《寰宇记》：'《唐书》：广明二年，僖宗幸蜀，张恶子神见于利州桔柏津。'知属利州也。陈浩然本注：'桔柏，乃文州、嘉陵二江合流处也。东下入渝、合，通荆门矣。'《方舆胜览》：'桔柏渡在昭化县，今昭化驿有古柏，土人呼桔柏，故以名潭。玄宗幸蜀，至益昌县，渡桔柏江，即桔柏渡也。'"[2] 这首诗前八句描写景物之妙："青冥寒江渡，驾竹为长桥。竿湿烟漠漠，江永风萧萧。连笮动袅娜，征衣飒飘飖。急流鸨鹢散，绝岸鼋鼍骄。"[3] 叙写嘉陵二江为合流之津，架竹为桥，以渡行人。江上雾气蒙蒙，竹桥湿滑，江下流水悠悠，风声呼啸，竹索连桥，袅娜摇曳，风吹征衣，飘飖不定，江上水鸟因急流冲激，不能成群游泳，岸上桥梁绝，如鼋鼍而骄壮。后八句抒写情绪之妙："西辕自兹异，东逝不可要。高通荆门路，阔会沧海潮。孤光隐顾眄，游子怅寂寥。无以洗心胸，前登但山椒。"[4] 叙写此渡位于东西枢纽，杜甫过了此桥就要西行，而留不住东流的江水，这江水会不断向东，直通荆门，归于沧海，这时，日光在顾盼之间隐没，给游子留下深深的怅惘，在百无聊赖、无物荡涤心胸之时，只能登上前山，继续西行。

《剑门》是杜甫从同谷出发由蜀道赴成都的第十首。剑门，《元和郡县图志》卷三三《剑州》："剑门县，本汉葭萌县地，圣历二年分普安、永归、阴平三县置剑门县，因剑门山为名也。"[5] 同书卷二二《利州》："益昌县：小剑故城在县西南五十一里，小剑城去大剑戍四十

① 王象之《舆地纪胜》卷一八四，第 4735—4736 页。
② 钱谦益《钱注杜诗》卷三，第 111 页。
③ 仇兆鳌《杜诗详注》卷九，第 718 页。
④ 仇兆鳌《杜诗详注》卷九，第 719 页。
⑤ 李吉甫《元和郡县图志》卷三三，第 848 页。

里。连山绝险，飞阁通衢，故谓之剑阁道。自县西南逾小山入大剑口，即秦使张仪、司马错伐蜀所由路也，亦谓之石牛道。”① 同书卷三三《剑州 · 普安县》：“剑阁道，自利州益昌县界西南十里，至大剑镇合今驿道。秦惠王使张仪、司马错从石牛道伐蜀，即此也。后诸葛亮相蜀，又凿石架空为飞梁阁道，以通行路。”②《剑门》诗是杜甫的蜀道名篇，也是唐诗中吟咏蜀道的名篇。首联“惟天有设险，剑门天下壮”③，是对剑门的总体描写，属于天造之险，是天下最壮观的地势。写大山水，有大气概，能够俯视八荒，吐纳千古。次联“连山抱西南，石角皆北向”④，描写剑门的山势，群山绵延，拥抱西南，山峰巨石，一齐北向。三联“两崖崇墉倚，刻画城郭状”⑤，描写剑门的崖壁，两崖相并，如同墙壁，山岩形状，宛如城廓。四联“一夫怒临关，百万未可傍”⑥，运用比喻以描写剑门的险要，来源于左思《蜀都赋》的“一人守隘，万夫莫向”⑦，李善注：“《淮南子》：‘一人守隘，千夫莫向。’”⑧是左思赋实来源于《淮南子》。张载《剑阁铭》之“一人荷戟，万夫趑趄”⑨，其义与左赋涵义相同。五联“珠玉走中原，岷峨气凄怆”⑩，描写蜀地财物输入中原，使得百姓生活物资匮乏，连岷峨之山也感到凄

① 李吉甫《元和郡县图志》卷二二，第 565 页。
② 李吉甫《元和郡县图志》卷三三，第 846 页。
③ 仇兆鳌《杜诗详注》卷九，第 720 页。
④ 仇兆鳌《杜诗详注》卷九，第 720 页。
⑤ 仇兆鳌《杜诗详注》卷九，第 720 页。
⑥ 仇兆鳌《杜诗详注》卷九，第 720 页。
⑦ 萧统《文选》卷四，第 190 页。
⑧ 萧统《文选》卷四，第 190 页。
⑨ 萧统《文选》卷五六，第 2411 页。
⑩ 仇兆鳌《杜诗详注》卷九，第 720 页。

怆悲伤。六联“三皇五帝前，鸡犬各相放”①，是说三皇五帝的远古时代，蜀地民风淳朴，鸡犬随意放养也不会丢失。七联“后王尚柔远，职贡道已丧”②，是说后代特别是秦蜀道通之后，帝王对蜀地实行安抚怀柔政策，建立职贡制度，三皇五帝时留下的民风遭到了破坏。八联“至今英雄人，高视见霸王”③，是说一些野心家趁着蜀地富饶，加以山川险阻，就割据称雄，诸如公孙述、李特、刘备等。九联“并吞与割据，极力不相让”④，是说出现了一些野心家后，或并吞，或割据，极力争斗，互不相让。十联“吾将罪真宰，意欲铲叠嶂”⑤，是说蜀地自然险阻给割据者提供凭借，我就想问罪上天，想铲除这些险阻，使其不生割据之事。尾联“恐此复偶然，临风默惆怅”⑥，是说自己又想这山川险阻或系偶然而成，与造物主上天无关，也就无从归罪，自己不禁临风惆怅，不知所之。实际上是为蜀地之长久安定深谋远虑。

《鹿头山》是杜甫从同谷出发由蜀道赴成都的第十一首。鹿头山，《太平寰宇记》卷七三《汉州·德阳县》：“鹿头山，自绵州罗江县界迄丽入县界。古老云：昔有张鹿头于此造宅，山因以为名。”⑦蔡梦弼《杜工部草堂诗笺》卷一八云：“《唐地理志》：鹿头山在汉州德阳县，南距成都百五十里，唐高崇文擒刘阚于此。亦有关，以鹿头为名。”⑧诗的前四句叙说登上鹿头山的观感：“鹿头何亭亭，是日慰饥

① 仇兆鳌《杜诗详注》卷九，第720页。
② 仇兆鳌《杜诗详注》卷九，第720页。
③ 仇兆鳌《杜诗详注》卷九，第721页。
④ 仇兆鳌《杜诗详注》卷九，第721页。
⑤ 仇兆鳌《杜诗详注》卷九，第721页。
⑥ 仇兆鳌《杜诗详注》卷九，第721页。
⑦ 乐史《太平寰宇记》卷七三，第1492页。
⑧ 蔡梦弼《杜工部草堂诗笺》卷一八，《续修四库全书》第1307册，第135—136页。

渴。连山西南断,俯见千里豁。"① 宋人蔡梦弼注云:"甫望成都,如饥渴之欲饮食。及至鹿头,山已断绝,下视成都,沃野千里,豁然抒怀,甚慰其饥渴之望也。"② 接着四句叙说走完山路得见平原之喜:"游子出京华,剑门不可越。及兹险阻尽,始喜原野阔。"③ 宋人蔡梦弼注云:"甫自京华至秦亭,自秦亭来游成都,山镇重复,险阻艰难,若恐中途委弃,不谓能越剑门之险,以及于此,得遇平阔而喜也。"④ "殊方昔三分,霸气曾间发。天下今一家,云端失双阙。"⑤ 以三国时争霸与当今天下一家对比。殊方,异域之义。西晋裴秀《九州图经》称巴蜀为"绝域殊方",故这里是说刘备三国时据蜀一方。古代阙为天子的象征,而在杜甫时代天下一统,蜀地与蜀汉时完全不同,故言失双阙。"悠然想扬马,继起名硉兀。有文令人伤,何处埋尔骨。"⑥ 遥想蜀地文人扬雄和司马相如,作为华岷之灵标,但二人皆有文章而不显用于汉,故杜甫感到哀伤,感叹往日遗踪不知何处。"纡余脂膏地,惨澹豪侠窟。仗钺非老臣,宣风岂专达。"⑦ 叙写蜀为富饶之地,但被豪侠之士所利用而惨澹辛苦,需要柱国老臣来扶危持倾,为国柱石。"冀公柱石姿,论道邦国活。斯人亦何幸,公镇逾岁月。"⑧《全唐诗》收此诗,"冀公"下原注:"裴冕封冀国公,拜成都尹。"⑨ 此接前句而赞颂裴冕,蔡梦弼曰:"是时冀公以三公论道之职,复有柱石之才,尹镇

① 仇兆鳌《杜诗详注》卷九,第722页。
② 蔡梦弼《杜工部草堂诗笺》卷一八,《续修四库全书》第1307册,第136页。
③ 仇兆鳌《杜诗详注》卷九,第722页。
④ 蔡梦弼《杜工部草堂诗笺》卷一八,《续修四库全书》第1307册,第136页。
⑤ 仇兆鳌《杜诗详注》卷九,第723页。
⑥ 仇兆鳌《杜诗详注》卷九,第723页。
⑦ 仇兆鳌《杜诗详注》卷九,第723页。
⑧ 仇兆鳌《杜诗详注》卷九,第723页。
⑨《全唐诗》卷二一八,第2302页。

此邦，已逾岁月矣，乃成都之深幸。甫喜遇之，故有‘斯人亦何幸’之句。”① 由此，我们知道杜甫由秦州来成都，是因为投奔裴冕的缘故。

《成都府》是杜甫从同谷出发由蜀道赴成都的第十二首。成都即今四川成都市。这首诗是杜甫蜀道诗的最后一首，是从秦州到成都二十四首诗的总结，描写到达成都后的所见所感。诗分三段，前八句为一段："翳翳桑榆日，照我征衣裳。我行山川异，忽在天一方。但逢新人民，未卜见故乡。大江东流去，游子日月长。"② 这一段描写初到成都的感受，时已日晚，犹照征衣，到了成都，觉得山川特异，更处天之一方，离开家乡更远，不知此生是否还能够见到故乡，游子的客居岁月，就像东流的江水一样悠长。中四句为一段："曾城填华屋，季冬树木苍。喧然名都会，吹箫间笙簧。"③ 这一段正面描写成都，高城之中遍布华屋，直到冬末树木仍然青翠苍苍，西南都会，喧然繁华，箫笛笙歌，彻夜不断。后面八句为一段："信美无与适，侧身望川梁。鸟雀夜各归，中原杳茫茫。初月出不高，众星尚争光。自古有羁旅，我何苦哀伤。"④ 初到成都，虽觉信美之地，仍回望川梁，但觉只身孤寂，尚无归宿，想到鸟雀都夜间各自归巢，故我中原故乡渺茫无际。不觉日渐趋晚，初月不高，众星闪耀，回想自己连年羁旅，哀伤之情，油然而生。

第三节　杜甫蜀道诗艺术表现

杜甫蜀道纪行组诗，是杜甫诗的独绝之作，不仅在杜甫一生中具

① 蔡梦弼《杜工部草堂诗笺》卷一八，《续修四库全书》第 1307 册，第 136 页。
② 仇兆鳌《杜诗详注》卷九，第 724 页。
③ 仇兆鳌《杜诗详注》卷九，第 725 页。
④ 仇兆鳌《杜诗详注》卷九，第 725—726 页。

有里程碑意义,而且在整个文学史上都有重要意义。整组诗体系完备,各首诗又取径不同,达到了较高的艺术水平,并且得到历代学者的高度称颂。宋人苏轼称:“老杜自秦州越(赴)成都,所历辄作一诗,数千里山川在人目中,古今诗人,殆无可拟者。”[①]肯定了这组诗无可替代的价值。明人周珽曰:“少陵入蜀诸篇,绝脂粉以坚其骨,贱丰神以实其髓,破绳格以活其肢,首首摘幽撷奥,出鬼入神,诗运之变,至此极盛矣。”[②]强调了这组诗的变化多端,出神入化。清人李因笃曰:“万里行役,其中山川之夷险,岁月之暄凉,交游之违合,靡不曲尽,真诗史也。”[③]突出了这组诗“诗史”的特点。清人江盈科云:“少陵秦州以后诗,突兀宏肆,迥异昔作。非有意换格,蜀中山水,自是挺特奇崛,独能象景传神,使人读之,山川历落,居然在眼。所谓春蚕结茧,随物肖形,乃为真诗人,真手笔也。”[④]突出了这组诗突兀宏肆、挺特奇崛、象景传神的特点。清人沈德潜《唐诗别裁集》卷二曰:“自秦州至成都诸诗,奥险清削,雄奇荒幻,无所不备。山川诗人,两相触发,所以独绝古今也。”[⑤]得到了历代学者和论者的称赞,端在于杜甫的这组纪行诗达到的艺术高度。

一、杜甫入蜀诗的纪行特点

杜甫这组诗是纪行诗,艺术上首先表现的就是纪行的特点。“按照学术界的观点,杜甫从秦州到成都旅程刚好是被称为蜀道中的祁山道,即从甘肃天水出发,翻越祁山,经陇南市礼县、西和、成县、徽

① 朱弁《风月堂诗话》卷上,《丛书集成初编》,第6页。

② 仇兆鳌《杜诗详注》卷九,第727页。

③ 刘濬《杜诗集评》卷二,《杜诗丛刊》,第263页。

④ 仇兆鳌《杜诗详注》卷八,第685页。

⑤ 沈德潜《唐诗别裁集》卷二,第75页。

县，再到达陕西汉中市的略阳县，再向南经勉县，此处与金牛道相连接，到达宁强，再向东南渡嘉陵江到达四川广元朝天区，往南入昭化、过剑门关，至剑阁、梓潼、绵阳、罗江、德阳、广汉，最后到达终点成都。”[①] 杜甫的入蜀诗就是从秦州到成都的纪行过程。

这组纪行诗的整体过程可以分为两个时段：第一个时段是从秦州到同谷，第一首诗是《发秦州》，题下有注："乾元二年，自秦州赴同谷县纪十二首。”[②] 这十二首诗是《发秦州》《赤谷》《铁堂峡》《盐井》《寒硖》《法镜寺》《青阳峡》《龙门镇》《石龛》《积草岭》《泥功山》《凤凰台》；第二个时段是从同谷到成都，第一首诗是《发同谷》，题下有注："乾元二年十二月一日，自陇右赴剑南纪行。”[③] 这十二首诗是《发同谷县》《木皮岭》《白沙渡》《水会渡》《飞仙阁》《五盘》《龙门阁》《石柜阁》《桔柏渡》《剑门》《鹿头山》《成都府》。这样将两段行程合在一起纪实的二十四首组诗，是蜀道最真切的实地考察和完整记录。

杜甫入蜀纪行诗都是以地名命题，这些地名在唐以后的地理著作和地方志乘中都能找到记载。如见于唐代典籍的地名：盐井，唐李吉甫《元和郡县图志》卷二二《成州·长道县》："盐井，在县东三十里，水与岸齐，盐极甘美，食之破气。盐官故城，在县东三十里，在嶓冢西四十里。”[④] 同谷县，《元和郡县图志》卷二二《成州》："同谷县，中下，西北至州一百八十里。本汉下辨道地，属武都郡。故氐白马王国。后魏宣武帝于此置广业郡并白石县，恭帝改白石为同谷县。隋

① 徐希平《杜甫的蜀道书写及其文化内涵》，《中原文化研究》2019 年第 3 期，第 113 页。

② 仇兆鳌《杜诗详注》卷八，第 672 页。

③ 仇兆鳌《杜诗详注》卷九，第 705 页。

④ 李吉甫《元和郡县图志》卷二二，第 573 页。

开皇三年罢郡，以县属康州，太业初属凤州，贞观元年属成州。”[1] 龙门山，《元和郡县图志》卷二二《利州·绵谷县》：“龙门山，在县东北八十二里，出好钟乳。”[2] 剑门山，《元和郡县图志》卷三三《剑州》：“剑门县，本汉葭萌县地，圣历二年分普安、永归、阴平三县置剑门县，因剑门山为名也。”[3] 至于二十四首诗题的命名，在宋代地志的著作中都可以找到明确的记载。因此我们可以说，杜甫入蜀纪行诗，与唐代的历史地理相互印证，可以对于唐代蜀道的具体环境有更加准确的了解。这是杜诗作为“诗史”特征的直接说明。

杜甫在纪行诗中，还注意到对于蜀道来源的追溯和记述。如《泥功山》“泥泞非一时，版筑劳人功”[4]，因为道路泥泞，甚至下陷泥坑，有时无法行走，需要在夹板中填入泥土，用杵夯实，筑以相通。对于行走蜀道需要凭借的工具也进行了描绘。比如《桔柏渡》“青冥寒江渡，驾竹为长桥。竿湿烟漠漠，江永风萧萧。连笮动袅娜，征衣飒飘飖”[5]，写的是蜀道上特有的笮桥，需要驾竹连桥，才能渡过行人。

杜甫的蜀道纪行诗，还值得注意的是携家征行，故而不是一人行程的记述。这方面，清人汪灏在《树人堂读杜诗》中有论述《发秦州》到《凤凰台》：“十二章中，登高临深，乘危度险，固自瞭然。但曰‘驱车’，曰‘饮马’，曰‘童稚’，曰‘柱策’，须知公是携家长征，几许人同此劳苦也。曰‘霜雪’，曰‘天寒’，曰‘衣单’，曰‘仲冬’，曰‘短景’，曰‘饥’，须知日短严冬，几许人同冻饿也。曰‘南行’，曰‘望北’，曰‘我东’‘我西’，曰‘北来’，须知几许人步步南望也。读者勿作孤客

---

① 李吉甫《元和郡县图志》卷二二，第572—573页。
② 李吉甫《元和郡县图志》卷二二，第565页。
③ 李吉甫《元和郡县图志》卷三三，第848页。
④ 仇兆鳌《杜诗详注》卷八，第690页。
⑤ 仇兆鳌《杜诗详注》卷九，第718页。

行迈观。”[1]因此在诗中，还有家属途中情状的特别记述。如《石柜阁》诗“羁栖负幽意，感叹向绝迹。信甘孱懦婴，不独冻馁迫。优游谢康乐，放浪陶彭泽。吾衰未自由，谢尔性所适”[2]八句，叙写旅居之人具有搜奇探幽的本性，但作者这次行程还着家小，加以自己身体孱懦，冻馁催迫，不能停息以尽情赏览，故而深愧谢灵运之优游，陶渊明之放浪，只能够行色匆匆，达不到自由适性。这是杜甫蜀道纪行诗与一般考察旅行诗的区别所在。再如《飞仙阁》诗：“往来杂坐卧，人马同疲劳。浮生有定分，饥饱岂可逃。叹息谓妻子，我何随汝曹。”[3]《木皮岭》诗：“季冬携童稚，辛苦赴蜀门。南登木皮岭，艰险不易论。”[4]带着妻儿旅行，人马疲劳，这时坐卧叹息，觉得人生前定，这样的饥饱不定，着实难以避免，只有对妻子诉苦，你们为何跟随我这样受苦受累。

二、杜甫蜀道诗的奇险表现

杜甫这组诗是蜀道纪行诗，艺术上更突出的表现是蜀道的特点，这就是“奇险”。李长祥《杜诗编年》卷六云：“蜀山水奇险处，人知之；奇险中有深晦灵奥之处，人不知也。奇险，蜀山水之形；深晦灵奥，蜀山水之理。少陵诸诗，皆在人耳目之前，皆出人意料之外。其奇处、险处、深晦灵奥之处，无不如其山水。似刻意百炼，又非能徒以刻意百炼遽得之者。信有神，信泣鬼神也。”[5]仇兆鳌《杜诗详注》云：“蜀道山水奇绝，若作寻常登临览胜语，亦犹人耳。少陵搜奇抉奥，峭

---

① 萧涤非《杜甫全集校注》卷七，第1768页。
② 仇兆鳌《杜诗详注》卷九，第717页。
③ 仇兆鳌《杜诗详注》卷九，第712页。
④ 仇兆鳌《杜诗详注》卷九，第707页。
⑤ 萧涤非《杜甫全集校注》卷七，第1899页。

刻生新,各首自辟境界。"[①] 无论是直接表现山水的奇险,还是隐晦表现蜀道的灵奥,都达到了极致,都能够惊天地,泣鬼神。

《赤谷》诗中有"晨发赤谷亭,险艰方自兹。乱石无改辙,我车已载脂"[②] 之句,"赤谷"在秦州西南七里,《读史方舆纪要》卷五九《秦州》:"赤谷,在州西南七里,有赤谷川。宋嘉定十一年利州统制王逸复大散关及皂郊堡,进攻秦州,至赤谷口,沔州都统刘昌祖遽命师,遂溃还。"[③] 诗是说早晨从赤谷亭出发,就开始艰险的行程,道途中乱石遍布,但只能沿这样的道路行走,不能改辙,只是在车轮上涂上润滑的油脂,使得行车的艰难稍微减轻一些。这样的险艰之地,让人不由担忧"常恐死道路,永为高人嗤"[④]。清人张溍《读书堂杜工部诗文集注解》卷六云:"此纪山谷艰险荒凉之状,而怖客死也。数诗自为首尾。'方自兹',便伏后诸诗之险。"[⑤] 清人何焯《义门读书记》也说:"秦州至成都皆行万山中,险艰自赤谷始,故曰'方自兹'。村墟炊烟少,未免饥饿,加以贫病零落,故有性命之忧,非久客者不知其痛。"[⑥] 险阻加上久客,就是杜甫蜀道纪行诗的总体基调。

为了表现蜀道奇险,杜甫在这组诗中多选择用仄声韵。如《铁堂峡》用入声韵,《法镜寺》用上声韵,《青阳峡》用入声韵,《龙门镇》用入声韵,《积草岭》用去声韵,《发同谷》用入声韵,《白沙渡》用去声韵,《龙门阁》用上声韵,《石柜阁》用入声韵,《剑门》用去声韵,《鹿头山》用入声韵。而在两段行程中间居于同谷所作的一组诗歌,

---

① 仇兆鳌《杜诗详注》卷九,第 713 页。
② 仇兆鳌《杜诗详注》卷八,第 676 页。
③ 顾祖禹《读史方舆纪要》卷五九,第 2838 页。
④ 仇兆鳌《杜诗详注》卷八,第 676 页。
⑤ 张溍《读书堂杜工部诗文集注解》卷六,第 402 页。
⑥ 何焯《义门读书记》卷五一,中华书局,1987 年,第 1028 页。

也是以仄声韵为主,《乾元中寓居同谷县作歌七首》中六首用仄声韵,《万丈潭》诗用去声韵,《两当县吴十侍御江上宅》诗用入声韵。故仇兆鳌《杜诗详注》卷八:"入蜀诸章,用仄韵居多,盖逢险峭之境,写愁苦之词,自不能为平缓之调也。"① 这是杜甫根据蜀道的奇险的特点随物赋形所致,在用韵上也很有讲究。

这组诗在整体表现奇险的基调上,也富于变化,并不是一味地极端表现奇险。如《法镜寺》诗,在奇险的基础上突出了奇古,而音调韵律上,也峭拔短促,这样的诗,读起来如同看画。即如浦起龙所言:"读诸诗如看横卷,险者、夷者、奥者、旷者,更变迭换。此乃其夷且旷之处也。起四,从行役跌落崖寺,以苦剔乐也。中八,写寺间卉物晴旭之趣,忽欲意开。结四,就过境作余韵,留取不尽。"② 这样在组诗的整体布局和具体诗作的谋划中,都做到篇章和谐,前后协调,表现出蜀道的山川历落,挺特奇崛。

说到奇险,就要特别谈一下《剑门》诗。陈式《问斋杜意》卷六曰:"此惊心剑门之作。起八句,极言剑门为天下之险。'珠玉'十二句,则言通贡之后,非复三皇五帝以前之道,即有英雄之并吞割据,起而凭险。公初入蜀,既睹剑门为天下之险,又想到英雄之并吞割据,起而凭险。万一有此,势必可进而不可出,归期永断。其曰:'吾将罪真宰,意欲铲叠嶂。恐此复偶然,临风默惆怅。'盖以英雄之并吞据,为可偶然听之,而又不敢以偶然听之也。是此一时惊心剑门之情也。"③《剑门》诗对于险的描写,首联就让人极为震撼:"惟天有设险,剑门天下壮。"④ 把剑门的总体形势全部托出,谓天下之中,剑门

① 仇兆鳌《杜诗详注》卷八,第679页。
② 浦起龙《读杜心解》卷一之三,中华书局,1961年,第77页。
③ 萧涤非《杜甫全集校注》卷七,第1880页。
④ 仇兆鳌《杜诗详注》卷九,第720页。

最险要,最壮观。而这种险的描写,还通过用典来表现,这样就加深了诗的内涵。其用典来源于《易·坎》:"天险,不可升也。地险,山川,丘陵也。王公设险,以守其国。"① 赵次公注进一步解释道:"以《易》出处言之,则不可升系之天,山川丘陵系之地,设险系之人。今公诗句,则参取《易》中字语以言剑门乃天造之险也。诗句雄壮当如此,不必泥其斗犯也。东溪于上句注云:'险出于自然也。'于下句注云:'地险莫能拟也。'此泥于《易》,反成不明。"② 赵氏以杜诗对于"险"的描写出于自然,并通过"险"的描写表现出剑门的雄壮,着实把握住杜诗的精髓。在用典的基础上,再加以语言的精准表达,将险推到极致。如"一夫怒当关,百万未可傍"一联,描写剑门的险要,来源于左思《蜀都赋》的"一人守隘,万夫莫向",而左思赋又本于《淮南子》的"一人守隘,千夫莫向"。张载《剑阁铭》之"一人荷戟,万夫趑趄",其义与左赋涵义相同。这一联最为突出的地方是"怒"字用得好,赵次公注:"此言恃为险绝与,其义起于《蜀都赋》曰:'一人守隘,万夫莫向。'故李白《蜀道难》亦云:'一夫当关,万夫莫开。'然公用于五言,则第三字为腰字,最为难下,非'怒'字不足以尽之。盖其虽险,一夫可守,而非怒则犹不能为也。《庄子》:螳螂怒其臂以当车辙。夫以车辙之隆,而虫臂之怒,欲以当之,则临关以当百万之师者,非以一夫之怒乎?此下得'怒'字好矣。"③

吴瞻泰《杜诗提要》卷三则侧重其"奇",他说:"起八句写剑阁已尽,下俱凭空发议。'珠玉'句入得陡健,令人失惊,是一篇大波澜。'吾将罪真宰'二句,即'疏凿控三巴'意,反言以形其险壮,正与起处

① 孔颖达《周易正义》卷三,《十三经注疏》,第42页。
② 林继中《杜诗赵次公先后解辑校》乙帙卷之十,上海古籍出版社,1994年,第378页。
③ 林继中《杜诗赵次公先后解辑校》乙帙卷之十,第378页。

映合。‘恐此’,‘此’字顶‘并吞’‘割据’来,言治乱之数,亦属偶然,又故为跌宕以结之也。摹写剑阁天险,忽怪到秦皇不应开凿蜀道,奇。怪其宰不应生此天险,更奇。盖以蜀中天府,珠玉所生。世治则修职贡,而诛求无已,即乘机窃发,如公孙述之流,恃险为乱。正深惜柔远之无术也。诗意全然不露,而委罪于真宰,奇之又奇。岂复寻章摘句者所能道! ‘走中原’,‘走’字妙。困于诛求,不言可知。‘岷峨’,蜀山也。山无情尚凄怆,蜀中之民其何如哉! 二句蕴蓄无限。‘三皇五帝’四句,一开一阖,以跌醒割据一层,尤见波折。”① 即如“珠玉走中原,岷峨气凄怆”一联,表现“奇”的方面是“走”字用得好。赵次公注:“珠玉之于中原,必着‘走’字者。按《地镜图》曰:玉之千岁者,行游诸国。《后汉·孟尝传》:合浦郡不产谷实,而海出珠实,与交趾比境,常通商贩,货籴粮食。先时,宰守多贪秽,诡人采求不知纪极,珠遂渐徙于交趾郡界。尝为太守,革易前弊,去珠复还。此珠之所谓走也。珠玉走中原,托言珠玉之自走而向中原,其意又有避就之义。盖若石势皆北向,未尝不面内也,其着‘走’字不亦切乎?”② 吴瞻泰对杜甫《剑门》诗“珠玉走中原”进行分析,突出其奇,使得这首诗达到一波三折的变化。而赵次公对于诗中“走”字的分析,认为“走”字既切山势,又关蜀地地理,更与唐代的政治形势相连,更是鞭辟入里。

三、杜甫蜀道诗的风物描写

杜甫这组诗在纪行的过程中,对蜀道风物的描写也非常突出。这组诗无论是叙写离开秦州的原因、蜀道经行过程,还是向往成都的

---

① 吴瞻泰《杜诗提要》卷三,黄山书社,2015 年,第 60 页。
② 林继中《杜诗赵次公先后解辑校》乙帙卷之十,第 378—379 页。

心事,都离不开风土物产与人情世态的描写。

杜甫离开秦州主要有两个原因,一是人事的原因,即《发秦州》诗云"此邦俯要冲,实恐人事稠。应接非本性,登临未销忧"①;二是风土的原因,即前诗"溪谷无异石,塞田始微收。岂复慰老夫,惘然难久留"②。对于风土的原因,诗中写到"溪谷"和"塞田"。"溪谷无异石"是说没有景致好的山石可供观赏,"塞田始微收"是说山田土壤不厚,收成微薄,不足以养活一家。这两句说明杜甫在秦州,精神得不到慰藉,生活得不到满足,所以要离开。这里描写的"塞田",是说边塞沙田,一种带沙的田畴。由此可见,秦州溪谷皆石,难以耕种,塞田带沙,收成微薄。需要注意的是,在这首诗中,杜甫还对"南州"有较高的期待。"汉源十月交,天气凉如秋。草木未黄落,况闻山水幽。栗亭名更佳,下有良田畴。充肠多薯蓣,崖蜜亦易求。密竹复冬笋,清池可方舟。虽伤旅寓远,庶遂平生游"③,这一南州就是杜甫向往的乐土:十月之交的汉水发源之地,天气凉爽如秋,草木还未凋落,山水非常清幽,尤其是栗亭这个地方,不仅有良田可耕,听到栗亭之名也觉得绝佳,山药可以充肠,石密容易采酿,山竹茂密,冬笋繁多,水面宽阔可以并舟而行,虽然行程很远,但可以满足平生喜欢游览的性情。这里的描写,离开之地和向往之地风土人情的对比,表现了离秦入蜀的缘由。

《盐井》一诗描写成州煮盐的情况:"卤中草木白,青者官盐烟。官作既有程,煮盐烟在川。汲井岁榾榾,出车日连连。"④有关煮盐的过程,仇兆鳌《杜诗详注》卷八云:"蜀有盐井,其水下卤上淡,土人取

① 仇兆鳌《杜诗详注》卷八,第673页。
② 仇兆鳌《杜诗详注》卷八,第673—674页。
③ 仇兆鳌《杜诗详注》卷八,第672—673页。
④ 仇兆鳌《杜诗详注》卷八,第679页。

巨竹，尽通中节，惟下梢留节，傍凿小孔，用牛皮掩孔口，皮连绳索，下竹之后，牵索转皮，则卤水入筒，仍掩其孔，汲起倾泻，不杂淡水。又有火井，空穴深邃，投草引火，则烟气腾郁，埋锅其上，藉以鳌盐。”① 成州附近，土地贫瘠，以煮盐为业者多，因为煮盐冒起青色的柴烟，草木为烟所熏颜色枯白。因为煮盐有利可图，诗的下半则写贩盐，由煮盐而贩盐，获利多达数倍，故杜甫在诗中引出君子小人的义利之辨，并由此对于风土人情发出慨叹。

《五盘》一诗描写当地习俗：“好鸟不妄飞，野人半巢居。喜见淳朴俗，坦然心神舒。”② 描写当地百姓一半在树上筑巢而居的习俗，对于这样淳朴的风俗，杜甫觉得心地坦然舒畅。巢居本是上古的风俗，《初学记》卷九云：“有巢氏《始学篇》：上古皆穴处，有圣人教之巢居。”③ 杜甫那个时代，利州五盘之地还有这样的风俗，杜甫觉得淳朴。由此而引出史思明还盘踞于洛阳，安史之乱尚未平息，故乡消息全无，兄弟亲戚流落四方，这与巢居的安定形成鲜明的对比。

《石柜阁》一诗描写自然风物：“蜀道多早花，江间饶奇石。石柜曾波上，临虚荡高壁。清晖回群鸥，暝色带远客。”④ 石柜阁在利州绵谷县，南方地暖，故花开甚早，季冬时即多草花，加以江边山峰，参差互出，奇石密布，成为蜀道的特殊自然景观，石柜阁架在这层层的江波之上，阁旁有石，形似立柜，下临长江，上映山壁，清晖在水，映照着回旋的群雁，暝色在山，映带着远行的归客。仇兆鳌《杜诗详注》云：“此段叙景。上四，蜀道时景。下四，阁道暮景。日妆长，故晚犹赤。地气暖，故早放花。水光上映，则高壁影荡。日落鸥还，则暝色侵客

① 仇兆鳌《杜诗详注》卷八，第 680 页。
② 仇兆鳌《杜诗详注》卷九，第 713 页。
③ 徐坚《初学记》卷九，第 195 页。
④ 仇兆鳌《杜诗详注》卷九，第 716 页。

矣。”① 这一段描写石柜阁作为临江栈道的自然景观,与蜀道特异气候结合起来,呈现出即奇又幽的诗歌意境。

《成都府》一诗是杜甫入蜀到达目的地后,描写这里的风物,与出发地和行程中具有完全不同的风物特征:“我行山川异,忽在天一方。但逢新人民,未卜见故乡。大江东流去,游子日月长。曾城填华屋,季冬树木苍。喧然名都会,吹箫间笙簧。”② 成都为西南名胜,杜甫惊讶异常,与自己以前经历的完全不是一种天地,这里的人民呈现出一种全新的风貌,高城华屋,树木苍翠,音音歌舞,喧然繁盛。李长祥《杜诗编年》卷六云:“自秦州至此,山川之奇险尽,自秦州诗至此,诗之奇险尽,乃发为清和之音,微妙之语,使读者至此,别一眼光,别一世界。人移于诗,诗移于风,不可强也。如吴下人作山水,虽代有名家,终一丘一壑,目之所见,胸怀亦然,笔墨因之。然苟非其人,虽剑阁、夔门、峨眉、锦水日接于前,与面墙何以异哉。”③ 说明这首诗作为入蜀诗的最后一首,通过山川风物与风土人情的描绘,呈现出蜀道诗特异的境界。

四、《同谷七歌》:杜甫蜀道诗的典范之作

《同谷七歌》是杜甫蜀道诗中的特殊组诗。杜甫从秦州到成都,主要有两段行程,每段行程都作了一组诗,每组十二首。在中途的同谷,杜甫暂住了近一个月的时间。钱谦益《钱注杜诗》卷三云:“《寰宇记》:‘本汉下辨道。后魏定仇池,置广业郡,领白石、栗亭二县。后元元年,改白石为同谷县。’赵叟曰:日在房公起秦亭。十一月至

① 仇兆鳌《杜诗详注》卷九,第716页。

② 仇兆鳌《杜诗详注》卷九,第724—725页。

③ 萧涤非《杜甫全集校注》卷七,第1896—1897页。

西康，冬春之交，发同谷，登剑门。公在同谷茅茨，盖不盈月。”[①]在同谷所作诗中，就有《乾元中寓居同谷县作歌七首》，简称“同谷七歌”，这也是杜甫蜀道诗中的标志性作品。蔡梦弼《杜工部草堂诗笺》卷一七云：“李廌《师友论》：‘李太白《远离别》《蜀道难》，杜少陵《寓居同谷七歌》，风骚之极致，不在屈原之下也。’”[②]给予了崇高的评价。

杜甫在同谷，是一生最困窘的时期，他没有凭借，生活困顿，饥寒交迫，加以老病孤愁，骨肉离散，发之于诗，非常沉痛。如第一首云：“有客有客字子美，白头乱发垂过耳。岁拾橡栗随狙公，天寒日暮山谷里。中原无书归不得，手脚冻皴皮肉死。呜呼一歌兮歌已哀，悲风为我从天来！”[③]这首诗是杜甫自序，说自己旅途客居，忧愁愤激，以至白发滋生，乱发如蓬，下垂过耳。垂老之年，无食无衣，天寒日暮，穷居山谷，如同狙猴一般，常以橡实充饥。而中原的亲戚，音信不通，自己皮肤受冻干裂，失去知觉。悲风袭来，天都为之感动，何况人乎！因此，作者所要集中表现的乃是客居、客意、客感、客愁。吴冯栻《青城说杜》评此诗曰：“但读开端‘有客有客’四字，即欲为乱离人放声一哭。我何人也，而为客；今何时也，而作客；此何时也，而久客。人无客我者，而我自客我。我自客我，久亦忘其为我矣。但‘有客有客’云耳。山谷中人，岂识为谁？告以名爵，茫乎不解。但曰某某，犹使相呼，故自注其字也。从来少年作客，犹不胜异乡之叹。今一白头老翁，短发种种，不堪梳栉，任其乱垂过耳。如此之年，尚堪远客穷谷中乎？客何食？资捃拾；客何家？在中原。岁拾橡栗为生，如狙公之畜

① 钱谦益《钱注杜诗》卷三，第 99 页。
② 蔡梦弼《杜工部草堂诗笺》卷一七，《续修四库全书》第 1307 册，第 131 页。
③ 仇兆鳌《杜诗详注》卷八，第 693 页。

狙然。可朝三暮四,亦可朝四暮三。乃今天寒日暮,橡栗已尽,寂寂空山,止客独居,何以卒岁?惟有急归耳。然中原不但无家可归,并无书相讯问,何由得归?忍饥寒谷,手脚冻皴,心虽未死,皮肉则已死矣。悠悠苍天,忍使子美竟以客死耶?所以寒暮悲风,亦若为我助哀声而来也。人悲怨则呼天,以天始,以天终,尤此诗之首尾相应大关键。"[①] 吴氏抓住"客"字,对此诗的理解精深透辟。诗共八句,开头二句总起,点明客人之形貌。因其寓居同谷,故自称为客,"为客为客"重复言之,有一唱三叹之效,"字子美"更是点明主体,也更增加真实感。"白发乱头垂过耳"更是表现自己客居同谷穷愁潦倒、狼狈不堪的形象,当然是世乱流离、无家可归的真实写照。三、四两句言为客同谷之生计艰难,杜甫到同谷,已至岁暮,因为生计无着,只好随着养猴之人入山采摘橡实以充饥。五、六两句言故乡之音信断绝,自己独居同谷,几于不能自保。因为杜甫家于鄠杜,自从安史之乱以后,家信不通,消息断绝,故称"无书归不得",这是杜甫为客的根源,也是安史之乱给百姓造成的灾难。末尾两句发出深沉慨叹,以至天见悲苦,亦为之感动,而为之垂怜。

杜甫《同谷七歌》,连章组诗,经过总体思考,章法严整,丝丝入扣。浦起龙《读杜心解》卷二之二云:"七首皆身世乱离之感。遍阅旧注,疑后三首复离不伦。杜氏连章诗,最严章法,此歌何独不讲?及反覆观之,始叹其丝丝入扣也。盖穷老作客,乃七诗之宗旨,故以首尾两章作关照,余皆发源首章,条疏于左。一歌,诸歌之总萃也。首句,点清'客'字。'白头''肉死',所谓通局宗旨,留在末章应之。其'拾橡栗',则二歌之家计也。'天寒''山谷',则五歌之流寓也。'中原无书',则三歌、四歌之弟妹也。'归不得',则六歌之值乱也。

① 萧涤非《杜甫全集校注》卷七,第1772页。

结独逗一‘哀’字、‘悲’字，则以后诸歌，不复言悲哀，而声声悲哀矣。故曰诸歌之总萃也。各章结句，亦首首贴定，语不浪下。”[①]对于这组诗的章法结构，前人评价颇多，惟浦氏之论最中肯綮。七首诗总体上结构相同，内容有总有分，前后呼应。第一首叙写客居生活，寓居同谷，有家难归，故面对苍天，发出浩叹。第二首叙写寓居处境，穷愁潦倒，家徒四壁，饥寒交迫。第三首叙写自己在同谷，感叹诸弟远隔，恐怕自己身死无归，仍然表现的是客居情怀。第四首叙写兄妹异地，自己客居同谷，其妹客居钟离，况复良人早殁，诸孤憨痴，令人悲叹，二人都是漂泊无依。第五首叙写同谷处境，突出“穷谷”，人烟稀少，野兽猖獗，而自己穷居同谷，与异类杂处，凄惨可畏。第六首突写同谷龙湫，冬天木落龙蛰，毒蛇出没，希望春回大地，天气晴和。第七首感叹自己老不成名而为生计奔走，以穷老作客作结，与第一首相呼应。七首诗都是杜甫的感叹之语，第一首叹己之饥寒窘困而难归乡土；第二首叹持镵求食而累及儿女；第三首叹诸弟远隔而恐身死无归；第四首叹有妹孤苦而不能往恤；第五首叹己居穷谷与异类杂处；第六首叹盗贼纵横，虽欲翦灭而权不在己；第七首叹己身将老而功名无成。总体上看，七首诗立足同谷，感叹君国，切念身家，表现客居情怀，七首连为一体，又各有侧重，而且前后呼应。

杜甫《同谷七歌》，渊源有自，兼有创格。汪灏《树人堂读杜诗》卷八云：“遭乱困于羁旅，脱胎古人《七发》《七启》等篇，反其意以苦语出之，便成创格。”[②]沈德潜《唐诗别裁集》卷六云：“原本平子《四愁》、明远《行路难》诸篇，然能神明变化，不袭形貌，斯为大家。”[③]浦

① 浦起龙《读杜心解》卷二之二，第262页。

② 萧涤非《杜甫全集校注》卷七，第1796页。

③ 沈德潜《唐诗别裁集》卷六，第214页。

起龙《读杜心解》卷二之二云："亦是乐府遗音，兼取《九歌》《四愁》《十八拍》诸调，而变化出之，遂成杜氏创体。"① 吴冯栻《青城说杜》评此诗曰："此歌不可多读，每首相衔而下，烦音促节，如楚骚之怨乱，而一机宛转，又如苏锦之回文。"② 前人还有不少论者认为杜诗渊源于蔡琰《胡笳十八拍》，因蔡琰这组诗真伪难定，或以为产生于中唐以后，故本书不对杜甫《同谷七歌》的渊源加以讨论。《同谷七歌》首选渊源于"七体"赋作。七首诗结构相同，诗歌兼有赋的特点。最早的作品是《楚辞·七谏》，汉代有枚乘《七发》，后来《昭明文选》收有傅毅《七激》、崔骃《七依》、张衡《七辩》、曹植《七启》等篇，遂将文体定为"七体"。著名文人所作还有李尤的《七款》、马融的《七厉》、刘世广《七兴》等。杜诗无疑受赋体"七体"的影响，而用之于诗。其次，受到古代著名作品《楚辞》中的《九歌》《九辨》与张衡《四愁》、鲍照《行路难》等诗的影响。杜甫写《同谷七歌》，表现的是感伤悲慨的情怀，总体格调上由《九辨》悲秋气氛发展而来。杜甫诗每首都用"呜呼一歌兮"到"呜呼七歌兮"，明显是用张衡《四愁》诗"一思曰"至"四思曰"之体例。再者，杜甫诗歌在前人的基础上兼有创格。其感人处足以令人堕泪，王嗣奭《杜臆》卷三云："《七歌》创作，原不仿《离骚》，而哀实过之。读《骚》未必堕泪，而读此不能终篇，则节短而声促也。七首脉理相通，音节俱协，要摘选不得。"③"节短而声促"最能体现出诗的特点，是杜甫在用赋的基础上进行的创造。同时，杜诗风格较前者亦具有更多的变化，即如胡应麟《诗薮》内编卷三所言："杜《七歌》亦仿张衡《四愁》。然《七歌》奇崛雄深，《四愁》和平婉

---

① 浦起龙《读杜心解》卷二之二，第 265 页。

② 萧涤非《杜甫全集校注》卷七，第 1772 页。

③ 王嗣奭《杜臆》卷三，上海古籍出版社，1983 年，第 112 页。

丽。汉唐短歌,名为绝唱,所谓异曲同工。”[①] 比如《同谷七歌》受到《四愁诗》的影响,而《四愁诗》在每首诗之前另加“一思曰”到“四思曰”,首句则用“我所思兮在泰山”到“我所思兮在雁门”,杜甫则融为一句“呜呼一歌兮歌已哀”,前面“呜呼”,感情表达更为浓烈,而七首诗所用的每一句,相互之间遥相勾连。第一首“呜呼一歌兮歌已哀”,第二首“呜呼二歌兮歌始放”,第三首“呜呼三歌兮歌三发”,第四首“呜呼四歌兮歌四奏”,第五首“呜呼五歌兮歌正长”,第六首“呜呼六歌兮歌思迟”,第七首“呜呼七歌兮悄终曲”,从“已哀”到终曲,层层递进,前后呼应。在韵律上,杜甫又采用前六句一韵,后二句换韵的方式,使得整组诗整饬中富于变化。《同谷七歌》更为重要的一点是杜甫身世和当时时世的融合表现,是杜甫“诗史”精神的贯注,故而在杜甫一生的诗作中成为标志性作品,在唐诗发展进程中,也是盛唐到中唐转折时期的代表作品。

杜甫《同谷七歌》,风格豪宕奇崛,沉郁顿挫。朱熹《跋杜工部同谷七歌》的评价最有代表性,他说:“杜陵此歌,豪宕奇崛,诗流少及之者。顾其卒章叹老嗟卑,则志亦陋矣,人可以不闻道哉。”[②] 突出了这组诗“豪宕奇崛”的特点。而这组诗又奇而有度,在前人的基础上富于变化。清人刘凤诰《杜工部诗话》卷二云:“《同谷七歌》‘有客有客字子美’,以寓居同谷自呼,‘有客’用《白马诗》。二章呼‘长镵长镵’,已属奇;致下云‘托子以为命’,‘与子空归来’,乃至呼镵为‘子’,更奇,然亦本‘萚兮萚兮,风其吹女’之意。章末七用‘呜呼’,自一歌至七歌,仿张衡《四愁》诗‘一思曰’至‘四思曰’之例,其句

① 胡应麟《诗薮》内编卷三,第53页。
② 朱熹《晦庵先生朱文公文集》卷八四,《四部丛刊初编》,第8页。

调则蔡女'笳一会兮琴一拍'之遗也。"① 这一风格的形成,盖因为杜甫运用连章之体,表现出安史之乱当中,自己穷困潦倒、骨肉流离的遭遇,由悲家计到悲民生,成为唐诗绝唱。即如诗的第一首言客居同谷,穷饿不堪,以橡实充饥,为整组诗奠定了沉郁感伤的基调。第二首则上承橡栗,以长镵引起,言及黄精。一家依仗,只靠长镵,实在空无所有,家计歌悲。但杜诗表现情文相生,奇出意表。"读之阴风四起,山鬼叫号,天日总此无光矣。橡栗既不可得,山谷更何有,止黄精可充饥耳。因黄精忽想到长镵上,不曰托黄精以为命,而曰托长镵以为命,奇情至理,犹康节鱼火之说。频呼为子,哀音凄恻,可泣可思。"② 既言黄精,而诗句为"黄精无苗山雪盛",盖山雪盛大没胫,覆盖了黄精,欲采无作,故而言之。此为倒装之法,本想以黄精充饥托命,而山雪太盛,欲采黄精而无着,回家四顾,空余四壁,邻人同情自己的困苦,故而表现出"色惆怅"。所谓"色惆怅"是指邻人外貌同情,而同样潦倒愁苦,实际也无法帮助杜甫。七首主旨都在感叹身世,其中第五首实写同谷冬景。作者处于穷谷之中,所见山风射骨,雨骤风狂,荒城云涌,狐迹纵横,故而中夜起坐,万感交集,深叹自己不仅身不得归故乡,甚至连魂都召之不来。全诗写景亦是抒情,情怀融于景物,沉郁之怀,透于字里行间,豪健之笔,呈现诗史实录。

① 萧涤非《杜甫全集校注》卷七,第 1797 页。
② 萧涤非《杜甫全集校注》卷七,第 1776 页。

参考文献

A

安旗:《李白全集编年笺注》,中华书局 2015 年版。

安藤俊雄、薗田香融:《日本思想大系 4·最澄》,岩波书店 1974 年版。

B

班固:《汉书》,中华书局 1962 年版。

北京图书馆金石组:《北京图书馆藏中国历代石刻拓本汇编》,中州古籍出版社 1989 年版。

卞孝萱:《刘禹锡年谱》,中华书局 1962 年版。

卞孝萱:《元稹年谱》,齐鲁书社 1980 年版。

C

蔡梦弼:《杜工部草堂诗笺》,《续修四库全书》本。

曹旭:《诗品集注》,上海古籍出版社 1994 年版。

岑仲勉:《金石论丛》,上海古籍出版社 1981 年版。

苌岚:《7—14 世纪中日文化交流的考古学研究》,中国社会科学出版社 2001 年版。

晁公武:《昭德先生郡斋读书志》,《四部丛刊三编》本。

陈伯海:《唐诗汇评》,上海古籍出版社 2015 年版。

陈冠明:《苏味道李峤年谱》,中央文献出版社 2000 年版。
陈国符:《中国外丹黄白法考》,上海古籍出版社 1997 年版。
陈平原等:《西安:都市想象与文化记忆》,北京大学出版社 2009 年版。
陈耆卿:《嘉定赤城志》,《宋元方志丛刊》,中华书局 1990 年版。
陈尚君:《陈尚君自选集》,广西师范大学出版社 2000 年版。
陈寿:《三国志》,中华书局 1959 年版。
陈思:《宝刻丛编》,《丛书集成初编》本。
陈铁民:《王维新论》,北京师范学院出版社 1990 年版。
陈铁民:《王维集校注》,中华书局 1997 年版。
陈铁民、侯忠义:《岑参集校注》,上海古籍出版社 2004 年版。
陈熙晋:《骆临海集笺注》,上海古籍出版社 1985 年版。
陈寅恪:《元白诗笺证稿》,上海古籍出版社 1978 年版。
陈寅恪:《金明馆丛稿二编》,上海古籍出版社 1980 年版。
陈寅恪:《唐代政治史述论稿》,上海古籍出版社 1997 年版。
陈应行:《吟窗杂录》,中华书局 1997 年版。
陈垣:《道家金石略》,文物出版社 1988 年版。
陈振孙:《直斋书录解题》,上海古籍出版社 1987 年版。
陈志富:《萧山水利史》,方志出版社 2006 年版。
程大昌:《雍录》,中华书局 2002 年版。
川合康三:《终南山的变容:中唐文学论集》,上海古籍出版社 2007 年版。

D

戴伟华:《唐方镇文职僚佐考》,天津古籍出版社 1994 年版。
戴伟华:《唐代使府与文学研究》,广西师范大学出版社 1998 年版。
丁如明:《开元天宝遗事十种》,上海古籍出版社 1985 年版。

东方朔:《海内十洲记》,《汉魏六朝笔记小说大观》,上海古籍出版社1999年版。
董诰等:《全唐文》,中华书局1983年版。
杜牧:《樊川文集》,上海古籍出版社1978年版。
杜蒲:《庚道集》,《道藏要籍选刊》,上海古籍出版社1999年版。

F

范文澜:《文心雕龙注》,人民文学出版社1958年版。
范祥雍:《洛阳伽蓝记校注》,上海古籍出版社1978年版。
范晔:《后汉书》,中华书局1965年版。
方孝孺:《方孝孺集》,浙江古籍出版社2013年版。
冯浩:《玉溪生诗集笺注》,上海古籍出版社1979年版。
冯翊:《桂苑丛谈》,《景印文渊阁四库全书》本。
傅璇琮:《唐才子传校笺》,中华书局1987—1995年版。
傅璇琮、周建国:《李德裕文集校笺》,中华书局2018年版。

G

高步瀛:《唐宋文举要》,上海古籍出版社1982年版。
高正臣:《高氏三宴诗集》,上海古籍出版社1993年版。
高仲武:《中兴间气集》,《唐人选唐诗新编》(增订本),中华书局2014年版。
葛晓音:《诗国高潮与盛唐文化》,北京大学出版社1998年版。
龚国强:《隋唐长安城佛寺研究》,文物出版社2006年版。
龚明之:《中吴纪闻》,上海古籍出版社1986年版。
勾利军:《唐代东都分司官研究》,上海古籍出版社2007年版。
顾璘:《唐音评注》,河北大学出版社2006年版。

顾祖禹:《读史方舆纪要》,中华书局 2005 年版。
管世铭:《读雪山房唐诗序例》,《清诗话续编》,上海古籍出版社 1983 年版。
郭茂倩:《乐府诗集》,中华书局 1979 年版。
郭荣章:《石门石刻大全》,三秦出版社 2001 年版。
郭绍虞:《宋诗话辑佚》,中华书局 1980 年版。
郭绍虞:《沧浪诗话校释》,人民文学出版社 1983 年版。

H

何焯:《义门读书记》,中华书局 1987 年版。
何光远:《鉴诫录》,《知不足斋丛书》,中华书局 1999 年版。
何宁:《淮南子集释》,中华书局 1998 年版。
和珅等:《大清一统志》,《景印文渊阁四库全书》本。
贺裳:《载酒园诗话又编》,《清诗话续编》,上海古籍出版社 1983 年版。
洪迈:《容斋随笔》,中华书局 2005 年版。
洪兴祖:《楚辞补注》,中华书局 1983 年版。
胡阿祥:《魏晋本土文学地理研究》,南京大学出版社 2001 年版。
胡可先:《杜牧研究丛稿》,人民文学出版社 1993 年版。
胡可先:《政治兴变与唐诗演化》,中国社会科学出版社 2003 年版。
胡可先:《唐代重大历史事件与文学研究》,浙江大学出版社 2007 年版。
胡应麟:《诗薮》,上海古籍出版社 1979 年版。
胡仔:《苕溪渔隐丛话》,人民文学出版社 1993 年版。
胡震亨:《唐音癸签》,上海古籍出版社 1981 年版。
胡之骥:《江文通集汇注》,中华书局 1984 年版。
虎关禅师:《济北诗话》,《日本诗话丛书》第六卷,文会堂书店大正九年(1920)版。
黄鹤:《补注杜诗》,《景印文渊阁四库全书》本。
黄汝成:《日知录集释》,上海古籍出版社 1985 年版。
霍松林:《唐音阁论文集》,河北教育出版社 2000 年版。

J

计有功:《唐诗纪事》,上海古籍出版社 1987 年版。
永瑢等:《四库全书总目》,中华书局 1965 年版。
贾晋华:《皎然年谱》,厦门大学出版社 1992 年版。
贾晋华:《唐代集会总集与诗人群研究》(第 2 版),北京大学出版社 2015 年版。
菅原道真:《菅家文草》,岩波书店 1966 年版。
蒋清翊:《王子安集注》,上海古籍出版社 1995 年版。
焦循:《孟子正义》,中华书局 1957 年版。
金文明:《金石录校证》,中华书局 2019 年版。
景遐东:《江南文化与唐代文学研究》,人民文学出版社 2005 年版。

K

康骈:《剧谈录》,古典文学出版社 1958 年版。
孔延之:《会稽掇英总集》,《景印文渊阁四库全书》本。
孔颖达:《周易正义》,《十三经注疏》,中华书局 1980 年版。

L

李白:《李太白全集》,中华书局 1977 年版。
李斌城:《唐代文化》,中国社会科学出版社 2002 年版。
李步嘉:《越绝书校释》,中华书局 2013 年版。

李昉:《太平御览》,中华书局 1960 年版。
李昉:《文苑英华》,中华书局 1960 年版。
李吉甫:《元和郡县图志》,中华书局 1983 年版。
李健超:《增订唐两京城坊考》,三秦出版社 2006 年版。
李商隐:《樊南文集》,上海古籍出版社 1988 年版。
李焘:《续资治通鉴长编》,中华书局 2004 年版。
李贤等:《明一统志》,《景印文渊阁四库全书》本。
李寅生:《日本天皇年号与中国古典文献关系之研究》,凤凰出版社 2018 年版。
李珍华、傅璇琮:《河岳英灵集研究》,中华书局 1992 年版。
李之勤:《西北史地研究》,中州古籍出版社 1995 年版。
李壮鹰:《诗式校注》,人民文学出版社 2003 年版。
厉荃:《事物异名录》,《续修四库全书》本。
林宝:《元和姓纂》,中华书局 1994 年版。
林继中:《杜诗赵次公先后解辑校》,上海古籍出版社 1994 年版。
刘昌诗:《芦浦笔记》,中华书局 1986 年版。
刘濬:《杜诗集评》,《杜诗丛刊》,台北大通书局 1974 年版。
刘俊文:《日本中青年学者论中国史・六朝隋唐卷》,上海古籍出版社 1995 年版。
刘克庄:《后村诗话》,中华书局 1983 年版。
刘肃:《大唐新语》,中华书局 1984 年版。
刘昫等:《旧唐书》,中华书局 1975 年版。
刘学锴、余恕诚:《李商隐诗歌集解》,中华书局 1988 年版。
刘学锴:《温庭筠全集校注》,中华书局 2007 年版。
刘学锴:《唐诗选注评鉴》,中州古籍出版社 2013 年版。
刘禹锡:《刘禹锡集》,中华书局 1990 年版。

柳宗元:《柳宗元集》,中华书局 1979 年版。
卢盛江:《文镜秘府论汇校汇考》,中华书局 2006 年版。
卢宪:《嘉定镇江志》,《宋元方志丛刊》,中华书局 1990 年版。
卢照邻:《卢照邻集》,中华书局 1980 年版。
逯钦立:《先秦汉魏晋南北朝诗》,中华书局 1983 年版。
陆广微:《吴地记》,《景印文渊阁四库全书》本。
陆时雍:《唐诗镜》,《景印文渊阁四库全书》本。
陆心源:《唐文拾遗》,中华书局 1983 年版。
罗濬等:《宝庆四明志》,《宋元方志丛刊》,中华书局 1990 年版。
罗时进:《丁卯集笺证》,中华书局 2012 年版。
骆希哲:《唐华清宫》,文物出版社 1998 年版。
洛阳市新安县千唐志斋管理所:《千唐志斋藏志》,文物出版社 1989 年版。
洛阳市文物工作队:《洛阳出土历代墓志辑绳》,中国社会科学出版社 1991 年版。

M

马德志、马洪路:《唐代长安宫廷史话》,新华出版社 1994 年版。
马积高:《赋史》,上海古籍出版社 1987 年版。
马茂元:《唐诗选》,上海古籍出版社 1999 年版。
马其昶:《韩昌黎文集校注》,上海古籍出版社 1986 年版。
妹尾达彦:《中唐文学の视角》,创文社 1998 年版。
孟二冬:《登科记考补正》,中华书局 2019 年版。
孟郊:《孟东野诗集》,人民文学出版社 1959 年版。

N

倪璠:《庾子山集注》,中华书局 1980 年版。
聂安福:《韦庄集笺注》,上海古籍出版社 2002 年版。
聂清风:《唐国史补校注》,中华书局 2020 年版。

O

欧阳修:《欧阳修全集》,中华书局 2001 年版。
欧阳修、宋祁:《新唐书》,中华书局 1975 年版。
欧阳询:《艺文类聚》,上海古籍出版社 1982 年版。

P

潘桂明:《中国居士佛教史》,中国社会科学出版社 2000 年版。
彭定求等:《全唐诗》,中华书局 1960 年版。
普济:《五灯会元》,中华书局 1984 年版。
浦起龙:《读杜心解》,中华书局 1961 年版。

Q

启功:《启功全集》,北京师范大学出版社 2010 年版。
钱谦益:《钱注杜诗》,上海古籍出版社 1979 年版。
钱易:《南部新书》,中华书局 2002 年版。
钱仲联:《韩昌黎诗系年集释》,上海古籍出版社 1984 年版。
潜说友:《咸淳临安志》,《宋元方志丛刊》,中华书局 1990 年版。
乔亿:《剑溪说诗》,《清诗话续编》,上海古籍出版社 1983 年版。
秦浩:《隋唐考古》,南京大学出版社 1992 年版。
卿希泰:《中国道教史》,四川人民出版社 1996 年版。
仇兆鳌:《杜诗详注》,中华书局 1979 年版。

瞿蜕园:《刘禹锡集笺证》,上海古籍出版社 1989 年版。
权德舆:《权德舆诗文集》,上海古籍出版社 2008 年版。

R

任半塘:《教坊记笺订》,中华书局 1962 年版。
任半塘:《唐声诗》,上海古籍出版社 2006 年版。
任半塘:《唐戏弄》,上海古籍出版社 2006 年版。
任继愈:《中国道教史》(增订本),中国社会科学出版社 2001 年版。
任乃强:《华阳国志校补图注》,上海古籍出版社 1987 年版。
荣新江:《唐研究》第 2 卷,北京大学出版社 1996 年版。
荣新江:《唐研究》第 4 卷,北京大学出版社 1998 年版。
荣新江:《唐研究》第 7 卷,北京大学出版社 2001 年版。
荣新江:《唐研究》第 9 卷,北京大学出版社 2003 年版。
荣新江:《唐研究》第 11 卷,北京大学出版社 2005 年版。

S

邵博:《邵氏闻见后录》,中华书局 1983 年版。
沈德潜:《说诗晬语》,《清诗话》,上海古籍出版社 1978 年版。
沈德潜:《唐诗别裁集》,上海古籍出版社 1979 年版。
沈德潜:《清诗别裁集》,上海古籍出版社 1984 年版。
沈括:《梦溪笔谈》,中华书局 2015 年版。
施补华:《岘佣说诗》,《清诗话》,上海古籍出版社 1978 年版。
施谔:《淳祐临安志》,《宋元方志丛刊》,中华书局 1990 年版。
施宿:《嘉泰会稽志》,《宋元方志丛刊》,中华书局 1990 年版。
施蛰存:《唐诗百话》,上海古籍出版社 1987 年版。
史念海:《河山集》五集,山西人民出版社 1991 年版。

史念海:《西安历史地图集》,西安地图出版社 1996 年版。
司马光:《资治通鉴》,中华书局 1956 年版。
司马光:《涑水记闻》,中华书局 1989 年版。
司马迁:《史记》,中华书局 1959 年版。
宋荦:《漫堂说诗》,《清诗话》,上海古籍出版社 1978 年版。
宋敏求:《长安志》,《宋元方志丛刊》,中华书局 1990 年版。
宋敏求:《唐大诏令集》,中华书局 2008 年版。
苏轼:《苏轼诗集》,中华书局 1982 年版。
苏轼:《苏轼文集》,中华书局 1986 年版。
孙光宪:《北梦琐言》,中华书局 2002 年版。
孙琪华:《〈益州记〉辑注及校勘》,巴蜀书社 2015 年版。
孙樵:《孙可之文集》,《宋蜀刻本唐人集丛刊》,上海古籍出版社 1994 年版。
孙奭:《孟子注疏》,《十三经注疏》,中华书局 1980 年版。
孙映逵、胡可先:《古典文献学论集》,黄山书社 1996 年版。

T

谈钥:《嘉泰吴兴志》,《宋元方志丛刊》,中华书局 1990 年版。
唐汝询:《唐诗解》,河北人民出版社 2001 年版。
唐雯:《云溪友议校笺》,中华书局 2017 年版。
陶敏:《全唐诗人名汇考》,辽海出版社 2006 年版。
陶敏、王友胜:《韦应物集校注》,上海古籍出版社 1998 年版。
陶敏、易淑琼:《沈佺期宋之问集校注》,中华书局 2006 年版。
陶绍清:《唐摭言校证》,中华书局 2021 年版。
佟培基:《孟浩然诗集笺注》(增订本),上海古籍出版社 2013 年版。
脱脱等:《宋史》,中华书局 1977 年版。

W

汪篯:《汪篯隋唐史论稿》,中国社会科学出版社 1981 年版。
汪辟疆:《唐人小说》,上海古籍出版社 1978 年版。
汪于雍:《成县新志》,《中国地方志集成·甘肃府县志辑》,凤凰出版社 2018 年版。
王昶:《金石萃编》,中国书店 1985 年版。
王观国:《学林》,中华书局 1988 年版。
王国维:《水经注校》,上海人民出版社 1984 年版。
王嘉:《拾遗记》,中华书局 1981 年版。
王明:《抱朴子内篇校释》,中华书局 1986 年版。
王溥:《唐会要》,上海古籍出版社 1991 年版。
王钦若:《册府元龟》,中华书局 1960 年版。
王十朋:《王十朋全集》(修订本),上海古籍出版社 2012 年版。
王世贞:《艺苑卮言》,《历代诗话》,中华书局 1981 年版。
王士禛:《王文简古诗平仄论》,无锡丁氏校刊本。
王士禛:《池北偶谈》,中华书局 1982 年版。
王士禛:《香祖笔记》,上海古籍出版社 1982 年版。
王士禛:《王士禛全集》,齐鲁书社 2007 年版。
王叔岷:《列仙传校笺》,中华书局 2007 年版。
王嗣奭:《杜臆》,上海古籍出版社 1983 年版。
王象之:《舆地纪胜》,中华书局 1992 年版。
王云凤:《博趣斋稿》,《续修四库全书》本。
王运熙:《隋唐五代文学批评史》,上海古籍出版社 1994 年版。
魏庆之:《诗人玉屑》,上海古籍出版社 1978 年版。
魏收:《魏书》,中华书局 1975 年版。
魏徵等:《隋书》,中华书局 1973 年版。

魏仲举:《五百家注韩昌黎集》,中华书局 2019 年版。
温虎林:《杜甫陇蜀道诗歌研究》,中国社会科学出版社 2015 年版。
闻一多:《唐诗杂论》,上海古籍出版社 1998 年版。
吴钢:《全唐文补遗》第 1 辑,三秦出版社 1994 年版。
吴钢:《全唐文补遗·千唐志斋新藏专辑》,三秦出版社 2006 年版。
吴河清:《姚合诗集校注》,上海古籍出版社 2012 年版。
吴讷:《文章辨体序说》,人民文学出版社 1962 年版。
吴汝煜:《唐五代人交往诗索引》,上海古籍出版社 1993 年版。
吴文治:《明诗话全编》,江苏古籍出版社 1997 年版。
吴瞻泰:《杜诗提要》,黄山书社 2015 年版。

X

西安碑林博物馆:《纪念西安碑林九百二十周年华诞国际学术研讨会论文集》,文物出版社 2008 年版。
萧涤非:《杜甫全集校注》,人民文学出版社 2014 年版。
萧然客:《两宋萧山渔浦考》,中州古籍出版社 2015 年版。
萧士赟:《李太白集分类补注》,《景印文渊阁四库全书》本。
萧统:《文选》,上海古籍出版社 1986 年版。
小岛宪之校注:《文华秀丽集》,岩波书店 1964 年版。
谢思炜:《白居易文集校注》,中华书局 2011 年版。
谢稚柳:《中国历代法书墨迹大观》,上海书店 1987 年版。
辛德勇:《两京新记辑校》,中华书局 2020 年版。
徐度:《却扫编》,《景印文渊阁四库全书》本。
徐坚:《初学记》,中华书局 1962 年版。
徐师曾:《文体明辨序说》,人民文学出版社 1962 年版。
徐松:《登科记考》,中华书局 1984 年版。

徐松:《唐两京城坊考》,中华书局1985年版。
徐增:《而庵说唐诗》,《四库全书存目丛书》本。
许逸民:《演繁露校证》,中华书局2018年版。

Y

严可均:《全上古三代秦汉三国六朝文》,中华书局1958年版。
阎琦:《古都西安:唐诗与长安》,西安出版社2003年版。
杨宝霖:《词林纪事补正》,上海古籍出版社1998年版。
杨伦:《杜诗镜铨》,上海古籍出版社1998年版。
杨慎:《升庵诗话》,《历代诗话续编》,中华书局1983年版。
杨慎:《全蜀艺文志》,线装书局2003年版。
杨世明:《刘长卿集编年校注》,人民文学出版社1999年版。
杨万里:《诚斋诗话》,《历代诗话续编》,中华书局1983年版。
姚宽:《西溪丛语》,《丛书集成初编》本。
姚鼐:《古文辞类纂》,中华书局2022年版。
叶昌炽、柯昌泗:《语石·语石异同评》,中华书局1994年版。
叶国良:《石学续探》,台北大安出版社1999年版。
伊藤松:《邻交征书》,上海古籍出版社2007年版。
殷璠:《河岳英灵集》,《唐人选唐诗新编》(增订本),中华书局2014年版。
尹占华:《张祜诗集校注》,上海古籍出版社2020年版。
尤袤:《全唐诗话》,《历代诗话》,中华书局1981年版。
余嘉锡:《世说新语笺疏》,上海古籍出版社1993年版。
宇文所安:《初唐诗》,生活·读书·新知三联书店2004年版。
郁贤皓:《唐刺史考全编》,安徽大学出版社2000年版。
郁贤皓:《李太白全集校注》,凤凰出版社2015年版。

袁珂:《山海经校注》,上海古籍出版社 1980 年版。
袁行霈:《中国文学概论》,高等教育出版社 2006 年版。
圆仁:《入唐求法巡礼行记》,上海古籍出版社 1986 年版。
元稹:《元稹集》(修订本),中华书局 2010 年版。
乐史:《太平寰宇记》,中华书局 2008 年版。
佚名:《宣和书谱》,《丛书集成初编》本。
佚名:《汉武故事》,《汉魏六朝笔记小说大观》,上海古籍出版社 1999 年版。
佚名:《穆天子传》,《汉魏六朝笔记小说大观》,上海古籍出版社 1999 年版。
佚名:《大唐传载》,中华书局 2019 年版。

Z

赞宁:《宋高僧传》,中华书局 1987 年版。
曾巩:《曾巩集》,中华书局 1984 年版。
曾益:《温飞卿诗集笺注》,上海古籍出版社 1980 年版。
詹锳:《李白诗文系年》,作家出版社 1958 年版。
张伯伟:《全唐五代诗格汇考》,凤凰出版社 2012 年版。
张步云:《唐代中日往来诗辑注》,陕西人民出版社 1988 年版。
张采田:《玉溪生年谱会笺》(外一种),上海古籍出版社 1983 年版。
张淏:《宝庆会稽续志》,《宋元方志丛刊》,中华书局 1990 年版。
张戒:《岁寒堂诗话》,《历代诗话续编》,中华书局 1983 年版。
张溍:《读书堂杜工部诗文集注解》,齐鲁书社 2014 年版。
张君房:《云笈七签》,中华书局 2003 年版。
张同印:《隋唐墓志书迹研究》,文物出版社 2003 年版。
张彦远:《法书要录》,人民美术出版社 1984 年版。

张鷟:《朝野佥载》,中华书局 1979 年版。

长孙无忌:《唐律疏议》,中华书局 1983 年版。

赵昌平:《赵昌平自选集》,广西师范大学出版社 1997 年版。

赵尔巽等:《清史稿》,中华书局 1977 年版。

赵跟喜:《新中国出土墓志》河南叁《千唐志斋壹》,文物出版社 2008 年版。

赵君平、赵文成:《河洛墓刻拾零》,北京图书馆出版社 2007 年版。

赵璘:《因话录》,上海古籍出版社 1979 年版。

赵彦卫:《云麓漫钞》,中华书局 1996 年版。

赵翼:《瓯北诗话》,《清诗话续编》,上海古籍出版社 1983 年版。

赵贞信:《封氏闻见记校注》,中华书局 2005 年版。

郑处诲:《明皇杂录》,中华书局 1994 年版。

郑虎臣:《吴都文粹》,《景印文渊阁四库全书》本。

中国科学院考古研究所:《唐长安大明宫》,科学出版社 1959 年版。

中国社会科学院考古研究所:《唐大明宫遗址考古发现与研究》,文物出版社 2007 年版。

钟惺:《诗归》,《续修四库全书》本。

周淙:《乾道临安志》,《宋元方志丛刊》,中华书局 1990 年版。

周绍良:《唐代墓志汇编》,上海古籍出版社 1992 年版。

周绍良:《唐传奇笺证》,人民文学出版社 2000 年版。

周生春:《吴越春秋辑校汇考》,中华书局 2019 年版。

周勋初:《唐语林校证》,中华书局 1987 年版。

朱弁:《风月堂诗话》,《丛书集成初编》本。

朱关田:《唐代书法家年谱》,江苏教育出版社 2001 年版。

朱谏:《李诗选注》,《续修四库全书》本。

朱金城:《白居易年谱》,上海古籍出版社 1982 年版。

朱金城:《白居易集笺校》,上海古籍出版社 1988 年版。
朱谦之:《老子校释》,中华书局 1984 年版。
朱熹:《晦庵先生朱文公文集》,《四部丛刊初编》本。
朱彝尊:《曝书亭集》,《朱彝尊全集》,浙江大学出版社 2021 年版。
朱易安:《全宋笔记》,大象出版社 2019 年版。
朱长文:《吴郡图经续记》,江苏古籍出版社 1999 年版。
朱长文:《墨池编》,浙江人民美术出版社 2019 年版。
竹村则行:《杨贵妃文学史研究》,研文出版 2003 年版。
祝穆:《方舆胜览》,中华书局 2003 年版。